BONECO DE NEVE

Obras do autor publicadas pela Editora Record

Headhunters
Sangue na neve
O sol da meia-noite
Macbeth
O filho

Série Harry Hole
O morcego
Baratas
Garganta vermelha
A Casa da Dor
A estrela do diabo
O redentor
Boneco de Neve
O leopardo
O fantasma
Polícia
A sede
Faca

JO NESBØ

BONECO DE NEVE

tradução de **GRETE SKEVIK**

29ª edição

EDITORA RECORD
RIO DE JANEIRO • SÃO PAULO
2021

CIP-BRASIL. CATALOGAÇÃO NA PUBLICAÇÃO
SINDICATO NACIONAL DOS EDITORES DE LIVROS, RJ

Nesbø, Jo, 1960-
N371b Boneco de Neve / Jo Nesbø; tradução de Grete
29ª ed. Skevik. – 29ª ed. – Rio de Janeiro: Record, 2021.
420 p.; 23 cm.

Tradução de: Snømannen
ISBN 978-85-01-11119-7

1. Romance norueguês. I. Skevik, Grete. II. Título.

17-43821 CDD: 839.82
CDU: 821.113.5-3

Título original:
Snømannen

Texto revisado segundo o novo Acordo Ortográfico da Língua Portuguesa.

Editoração eletrônica: Abreu's System

Direitos exclusivos de publicação em língua portuguesa somente para o Brasil adquiridos pela
EDITORA RECORD LTDA.
Rua Argentina, 171 – Rio de Janeiro, RJ – 20921-380 – Tel.: (21) 2585-2000,
que se reserva a propriedade literária desta tradução.

Impresso no Brasil

ISBN 978-85-01-11119-7

Parte 1

1

Quarta-feira, 5 de novembro de 1980

O Boneco de Neve

Era o dia em que a neve veio. Às onze horas da manhã, enormes flocos surgiram de um céu incolor, invadindo os campos, os jardins e os gramados de Romerike, como uma armada vinda do espaço sideral. Às duas da tarde, dois caminhões removedores de neve estavam em ação em Lillestrøm, e às duas e meia, quando Sara Kvinesland conduziu lenta e cuidadosamente seu Toyota Corolla SR5 entre as casas esparsas da rua Kolloveien, a neve de novembro caía sobre a paisagem ondulada do campo como um edredom.

À luz do dia, ela achou que as casas pareciam diferentes. Tão diferentes que quase passou da entrada da garagem. Quando pisou no freio, o carro derrapou, e ela ouviu um gemido vindo do banco de trás. Pelo retrovisor, viu a expressão descontente do filho.

— Não vai demorar, meu bem — disse.

Em frente à garagem havia uma grande faixa de asfalto em meio a toda aquela brancura, e ela pôde ver que a van da mudança esteve ali. Sentiu um nó na garganta. Torceu para que não fosse tarde demais.

— Quem mora aqui? — A pergunta veio do banco de trás.

— É só um conhecido — respondeu Sara, automaticamente verificando seu cabelo no espelho. — Dez minutos, meu bem. Vou deixar a chave na ignição para você poder ouvir rádio.

Ela saiu sem esperar pela resposta e saltitou com os sapatos escorregadios até a porta por onde havia passado tantas vezes, mas nunca assim, em plena luz do dia e à vista de todos os olhares curiosos da vizinhança. Não que visitas tarde da noite aparentassem ser mais inocentes, porém, por algum motivo, atos dessa natureza pareciam mais apropriados quando executados depois do anoitecer.

Ela ouviu a campainha soar lá dentro, como uma abelha no interior de um pote de geleia. Sentindo brotar o desespero, lançou um olhar para as janelas dos vizinhos. Elas não lhe revelaram nada, apenas o reflexo das macieiras pretas e desfolhadas do céu cinzento e da paisagem cor de leite. Finalmente, ela ouviu passos por trás da porta e soltou a respiração, aliviada. No instante seguinte, estava do lado de dentro e nos braços dele.

— Não vá, querido — pediu ela, ouvindo um soluço já fisgando suas cordas vocais.

— Preciso ir — disse ele em voz monótona, como se aquilo fosse um refrão que estava cansado de repetir. Suas mãos procuraram caminhos familiares; essa sim, uma repetição da qual nunca se cansava.

— Não, não precisa ir — sussurrou ela em seu ouvido. — Mas você quer. Você não tem coragem de continuar.

— Isso não tem nada a ver com você e eu.

Dava para ouvir a irritação brotando na voz dele ao mesmo tempo que sua mão, forte mas gentil, deslizava pelo meio das costas dela, indo para o interior do cós da saia e da meia-calça. Eles eram como um par de dançarinos experientes que conheciam cada movimento do parceiro, os passos, a respiração, o ritmo. Primeiro, na cama, o lado claro e prazeroso do amor. Depois, o amor em seu aspecto sombrio, o lado doloroso.

A mão dele passou sobre o casaco dela, procurando o mamilo sob o grosso tecido. Ele era eternamente fascinado pelos mamilos dela; sempre acabava procurando-os. Talvez por ele mesmo não ter nenhum.

— Você estacionou em frente à garagem? — perguntou ele, beliscando com força.

Ela fez que sim e sentiu a dor atingi-la como uma flecha de desejo subindo à cabeça. Seu sexo já estava dilatado para receber os dedos que logo estariam lá.

— Meu filho está esperando no carro.

A mão dele parou abruptamente.

— Ele não sabe de nada — disse ela num gemido ao sentir a mão dele hesitar.

— E seu marido? Onde ele está agora?

— Onde você acha? No trabalho, é claro.

Agora era ela quem parecia irritada. Tanto por ele ter trazido seu marido à conversa quanto por ser difícil para ela dizer qualquer coisa sobre o marido sem se irritar; e também porque seu corpo precisava tê-lo, o quanto antes. Sara Kvinesland abriu a braguilha dele.

— Não... — começou ele, segurando-a pelo punho. Ela lhe deu um tapa com força com a outra mão. Espantado, ele olhou para ela enquanto o rubor espalhou-se pela face. Ela sorriu, agarrou o farto cabelo preto dele e puxou seu rosto para si.

— Você pode ir — disse ela. — Mas antes vai ter que me foder. Está entendido?

Ela sentiu a respiração dele em seu rosto. Agora vinha em fortes arfadas. Outra vez lhe deu um tapa com a mão livre, e o pau dele endurecia na outra mão.

Ele metia, cada vez um pouco mais forte, mas já havia acabado. Ela estava dormente, a magia havia passado, a tensão tinha se dissolvido e tudo o que restou era o desespero. Ela o estava perdendo. Naquele instante, ali deitada, ela o havia perdido. Todos aqueles anos ansiando por ele, todas as lágrimas derramadas, as atitudes desesperadas que ele a induzira a tomar. Sem dar nada em troca. Exceto por uma coisa.

Ele estava posicionado ao pé da cama, pegando-a de olhos fechados. Sara encarou o tórax dele. No começo havia estranhado, porém aos poucos começara a gostar da visão daquela pele branca e sem marcas sob a musculatura peitoral. Lembrava-a estátuas antigas em que os mamilos eram omitidos por consideração ao pudor público.

Os gemidos dele aumentaram, e ela sabia que em breve ele soltaria um urro furioso. Ela amava aquele urro. A expressão facial sempre surpresa, estática, quase de dor, como se todas as vezes o orgasmo ultrapassasse suas mais loucas expectativas. Agora ela esperava o último urro, uma despedida sonora daquela caixa fria que era o quarto dele, despido de quadros, cortinas e carpete. Depois, ele iria se vestir e viajar para outro lugar do país, onde disse que lhe ofereceram um emprego que não podia recusar. Mas ele podia abrir mão disso. Disso aqui. E ainda assim soltaria um urro de prazer.

Ela fechou os olhos. Mas o urro não veio. Ele havia parado.

— O que foi? — perguntou ela, abrindo os olhos. O rosto estava contorcido, sem dúvida. Mas não de prazer.

— Um rosto — sussurrou ele.

Ela se sobressaltou.

— Onde?

— Do lado de fora da janela.

A janela ficava ao pé da cama, logo acima da cabeça dela. Sara virou-se na direção oposta, sentindo-o deslizar para fora, já mole. A janela sobre sua cabeça estava alta demais na parede para que, de onde ela estava deitada, pudesse ver o exterior. E alta demais para que alguém do lado de fora pudesse olhar para dentro. Graças à luz do dia que já começava a morrer, tudo que pôde ver foi a dupla exposição do reflexo do lustre do teto.

— Você se viu — declarou ela, quase implorando.

— Foi o que pensei primeiro — replicou ele, ainda olhando pela janela.

Sara ficou de joelhos. Levantou-se e espiou para o jardim. E lá estava o rosto.

Ela soltou uma gargalhada de alívio. O rosto era branco, com olhos e boca feitos de pedrinhas pretas, provavelmente recolhidas na frente da entrada. Os braços eram galhos de macieiras.

— Mas, meu Deus! — exclamou ela, arfando. — É apenas um boneco de neve.

Então seu riso se transformou em lágrimas. Desamparada, Sara soluçou até sentir os braços dele em volta de si.

— Eu preciso ir — anunciou ela num soluço.

— Fique mais um pouco — pediu ele.

Ela ficou mais um pouco.

Quando Sara chegou à garagem, viu que quase quarenta minutos haviam se passado.

Ele havia prometido ligar de vez em quando. Sempre fora um bom mentiroso, e, ao menos dessa vez, ela achou isso bom. Antes mesmo de chegar ao carro, pôde ver o rosto pálido do menino olhando para ela do banco de trás. Ela puxou a porta do carro e, para sua surpresa, viu que estava trancada. Espiou o interior pelo vidro embaçado. Foi só quando Sara bateu no vidro que o menino abriu.

Ela sentou-se no banco do motorista. O rádio estava mudo, e o carro, gélido. A chave estava no banco do passageiro. Sara se virou para ele. Seu filho estava pálido, e o lábio inferior tremia.

— Tem alguma coisa errada? — perguntou ela.

— Sim — respondeu. — Eu vi ele.

Havia um tom agudo de horror na voz do filho que ela não se lembrava de ter ouvido desde quando ele era apenas um garotinho espremido entre eles no sofá em frente à TV cobrindo os olhos com as mãos. E, agora, sua voz estava na fase de mudança, ele havia parado de lhe dar um abraço de boa-noite e começado a se interessar por motores de carro e garotas. Um dia ele iria se sentar num carro com uma dessas garotas e também sairia da sua vida.

— Como assim? — indagou ela, colocando a chave na ignição e dando a partida.

— O boneco de neve...

O motor não respondeu, e ela foi tomada por um pânico repentino. Ela não sabia do que sentia medo. Sara olhou pelo para-brisa e girou a chave outra vez. Será que a bateria tinha acabado?

— E como era esse boneco de neve? — perguntou ela, pisando fundo no acelerador e, em desespero, girando a chave com tanta força que parecia que iria quebrá-la. O filho respondeu, mas sua resposta foi abafada pelo urro do motor.

Sara engrenou a marcha, soltando a embreagem como se de repente houvesse urgência em sair dali. As rodas derraparam na neve recém-caída e meio derretida. Ela pisou mais fundo no acelerador, porém a traseira do carro deslizou para o lado. Por fim, os pneus derreteram a neve e aderiram ao asfalto, fazendo o carro voar e entrar na rua derrapando.

— Papai está nos esperando — disse ela. — Vamos depressa.

Ela ligou o rádio e aumentou o volume para preencher o gélido interior com outros sons além da própria voz. Um locutor disse pela centésima vez naquele dia que, na noite anterior, Ronald Reagan havia vencido Jimmy Carter na eleição presidencial norte-americana.

De novo, o menino falou algo, e ela olhou pelo retrovisor.

— O que você disse? — perguntou em voz alta.

Ele repetiu, mas ainda não deu para ouvir. Ela abaixou o volume do rádio enquanto guiava em direção à rua principal e ao rio que cortavam a paisagem como duas tarjas negras, de luto. E se sobressaltou ao perceber que o garoto havia se inclinado para ficar entre os dois bancos da frente. Sua voz soou como um sussurro seco no ouvido de Sara. Como se fosse importante que ninguém mais os ouvisse:

— Nós vamos morrer.

2

2 DE NOVEMBRO DE 2004. DIA 1

Olhos de pedrinhas

Harry Hole deu um salto e arregalou os olhos. Estava um frio de congelar, e da escuridão veio a voz que o havia acordado. Anunciava que, naquele dia, o povo americano decidiria se, pelos próximos quatro anos, o presidente se chamaria novamente George Walker Bush. Novembro. Harry pensou que definitivamente entravam num tempo sombrio. Ele jogou o edredom de lado e botou os pés no chão. O linóleo estava tão gelado que ardia. Ele deixou as notícias retumbando no rádio-relógio e foi ao banheiro. Olhou-se no espelho. Também era novembro ali: cansaço, palidez em tons de cinza e tempo fechado. Como sempre, os olhos estavam vermelhos, e os poros no nariz eram grandes crateras pretas. As bolsas embaixo dos olhos, com suas íris azul-claras aguadas pela bebida, desapareceriam depois de lavar o rosto com água quente, secar com uma toalha e tomar o café da manhã. Ao menos ele supunha. Agora que já havia chegado aos 40, Harry não sabia bem como seu rosto se comportaria ao longo do dia. Se as rugas suavizariam, dando uma trégua para a expressão de perseguido com que acordava após passar noites sendo perturbado por pesadelos. O que acontecia na maioria das noites. Motivo pelo qual ele evitava os espelhos assim que deixava seu pequeno apartamento espartano na rua Sofie para se transformar no inspetor Hole da Divisão de Homicídios na sede da Polícia de Oslo. Era quando encarava outros rostos à procura de suas dores, seus calcanhares de aquiles, seus pesadelos, motivos e razões pelos quais decepcionavam a si mesmos, enquanto ouvia suas mentiras cansativas e tentava encontrar um sentido no que fazia: aprisionar pessoas que já estavam aprisionadas em si mesmas. Em prisões feitas de ódio e desprezo pela própria pessoa que se é, coisas que ele mesmo reconhecia bem demais. Harry passou a mão sobre os fios arrepiados e bem-cortados de cabelo louro que crescia a exatos 192 centímetros acima das quase congeladas solas dos pés. Sua clavícula despontava como um cabide por baixo da pele. Ele havia malhado bastante desde seu último caso. Freneticamente, alguns diziam. Além de andar de bicicleta, tinha começado a fazer musculação na sala de ginástica no porão da sede da polícia. Gostava da dor intensa e de poder reprimir os pensamentos. Apesar disso, só conseguiu ficar mais magro. A gordura sumia e os músculos se assentavam em camadas entre o esqueleto e a pele. Enquanto antes tinha ombros largos e era o que Rakel chamava de naturalmente atlético, agora começava a ficar parecido com um urso-polar desfolado que havia visto em uma foto; um predador musculoso, mas absurdamente esquelético. Resumindo, ele estava desaparecendo. Não que se importasse com isso. Harry suspirou. Novembro. Ia ficar ainda mais sombrio.

Foi até a cozinha, bebeu um copo de água para aliviar a dor de cabeça e, surpreso, olhou pela janela. O telhado do prédio no outro lado da rua Sofie estava branco, e o reflexo da intensa luz aguçou sua visão. A primeira neve caíra durante a noite. Ele pensou na carta. De vez em quando recebia cartas desse tipo, mas essa era especial. Havia mencionado Toowoomba.

No rádio, um programa sobre a natureza havia começado, e uma voz animada falava sobre focas como se fossem a coisa mais incrível do mundo.

— Todo verão, as focas de Berhaus se reúnem no estreito de Bering para acasalar. Como os machos são maioria, a competição pelas fêmeas é tão feroz que aqueles que conseguem conquistar uma parceira ficam com ela durante todo o período do acasalamento. O macho cuidará de sua parceira até o filhote nascer e se desenvolver a ponto de poder cuidar de si mesmo. Não por amor à fêmea, mas por amor aos seus próprios genes. A teoria darwiniana diria que é a seleção natural que faz a foca de Berhaus ser monogâmica, não a moral.

Será?, pensou Harry.

A voz do rádio falava quase em falsete de tão empolgada:

— Mas, antes de as focas deixarem o estreito de Bering para procurar comida no mar aberto, o macho tentará matar a fêmea. Por quê? Porque uma foca fêmea de Berhaus nunca se acasala duas vezes com o mesmo macho! Para ela, isso significa distribuir o risco biológico do material genético, exatamente como na bolsa de valores. Para ela, é biologicamente racional ser promíscua, e o macho sabe disso. Ao matá-la, ele quer impedir que filhotes de outras focas venham a competir com sua própria prole pela mesma comida.

— Como os seres humanos também se enquadram na teoria darwiniana, por que não pensamos como as focas? — perguntou outra voz.

— Mas nós pensamos assim! A nossa sociedade não é nem nunca foi tão monógama quanto aparenta ser. Recentemente, uma pesquisa sueca mostrou que entre quinze e vinte por cento de todas as crianças têm um pai diferente do que elas acreditam ter, e vale ressaltar que isso inclui seus próprios pais declarados. Vinte por cento! Isso quer dizer uma em cada cinco crianças! Vivendo uma mentira. E garantindo a diversidade biológica.

Harry mexeu no botão do rádio à procura de alguma música suportável. Ele parou numa versão de "Desperado" executada por um Johnny Cash já maduro.

Alguém batia com força na porta de entrada.

Harry foi até o quarto, vestiu seu jeans, voltou ao hall de entrada e abriu.

— Harry Hole? — O homem do lado de fora vestia um macacão azul e olhou para Harry pelas lentes grossas dos óculos. Seus olhos eram claros como os de uma criança.

Harry assentiu com a cabeça.

— Está com fungo? — O homem fez a pergunta com expressão séria. Um longo tufo de cabelo estava grudado de viés na sua testa. Trazia debaixo do braço uma prancheta de plástico com uma folha cheia de coisas impressas.

Harry esperou o homem prosseguir e explicar, mas ele não disse mais nada. Apenas aquela expressão segura e aberta.

— Isso é uma questão estritamente pessoal — replicou Harry.

O homem esboçou um sorriso como resposta a uma piada que estava verdadeiramente enjoado de ouvir.

— Fungo no seu apartamento. Mofo.

— Não tenho motivos para acreditar que tenho.

— É essa a questão do mofo. Ele raramente dá motivos para acreditar que está aí. — O homem sugou os dentes e balançou nos calcanhares.

— Mas? — perguntou Harry por fim.

— Mas ele está.

— O que faz você achar isso?

— Seu vizinho está com mofo.

— Ah, é? E você acha que pode ter se espalhado?

— Mofo não se espalha. Podridão-seca se espalha.

— E então...?

— Há uma falha de construção na ventilação ao longo das paredes deste quarteirão. Cria condições para o mofo crescer. Posso dar uma olhada na sua cozinha?

Harry deu um passo para o lado. O homem foi direto à cozinha, onde imediatamente encostou na parede um aparelho laranja, parecido com um secador de cabelo. Dois bipes soaram.

— Medidor de umidade — explicou o homem, olhando para aquilo que obviamente era um mostrador. — Como eu pensava. Tem certeza de que não viu ou sentiu o cheiro de algo suspeito?

Harry não tinha uma ideia clara do que poderia ser suspeito.

— Uma camada como aquela que dá em pão velho — disse o homem. — Cheiro de bolor.

Harry sinalizou que não.

— Teve ardência nos olhos? — perguntou o homem. — Se sentiu cansado? Teve dores de cabeça?

Harry deu de ombros.

— Claro. Desde sempre.

— Você quer dizer desde que veio morar aqui?

— Talvez. Escute...

Mas o homem não estava prestando atenção; havia tirado uma faca do cinto. Harry deu um passo para trás e olhou a mão com o instrumento se erguer e golpear a parede com muita força. Algo parecido como um gemido soou quando a faca atravessou a placa de gesso por baixo do papel de parede. O homem retirou a faca, enfiou-a novamente e arrancou um pedaço de gesso pulverizado, deixando um buraco grande na parede. Então sacou uma pequena lanterna e iluminou o buraco. Franziu bem a testa por trás das lentes superdimensionadas dos óculos. Depois enfiou o nariz no buraco e farejou.

— Justamente — concluiu ele. — Olá, pessoal.

— Olá, quem? — perguntou Harry, aproximando-se.

— *Aspergillus* — respondeu o homem. — Um gênero de mofo. Podemos escolher entre trezentas a quatrocentas espécies, e é difícil dizer com certeza qual é esta aqui, porque o crescimento nestas superfícies duras é tão tênue que é quase invisível. Mas o cheiro é inconfundível.

— E isso significa um problema, certo? — perguntou Harry, tentando lembrar quanto ainda tinha em sua conta bancária depois que ele e o pai haviam patrocinado uma viagem à Espanha para Søs, sua irmãzinha que sofria do que ela mesma chamava de "um toque de síndrome de Down".

— Não é como podridão-seca de verdade, o prédio não vai desabar — disse o homem. — Mas você talvez.

— Eu?

— Se estiver predisposto a isso. Algumas pessoas adoecem por respirar o ar com mofo. Se sentem indispostas durante anos e são, naturalmente, acusadas de serem hipocondríacas, já que ninguém detecta nada e os outros moradores continuam saudáveis. E então a peste devora o papel de parede e as placas de gesso.

— Hum. O que você sugere?

— Que eu erradique essa proliferação, é claro.

— E as minhas economias?

— É coberto pelo seguro do prédio, não vai lhe custar nada. Só preciso de acesso ao seu apartamento durante os próximos dias.

Harry encontrou o molho de chaves sobressalentes na gaveta da cozinha e o estendeu ao homem.

— Serei só eu — disse o homem. — Acho que eu devia mencionar isso. Muita coisa esquisita acontece lá fora.

— Sério? — Harry sorriu com tristeza e olhou pela janela.

— Hein?

— Nada — falou Harry. — De qualquer maneira, aqui não tem nada para roubar. Agora tenho que ir.

O sol brando da manhã refletia em toda a fachada envidraçada da sede da Polícia Distrital de Oslo, que continuava no mesmo lugar havia mais de trinta anos, no topo da colina da rua principal, Grønlandsleiret. Mesmo que não tivesse sido exatamente intencional, a sede da polícia ficava bem próxima às áreas de maior criminalidade da zona leste da cidade, e a penitenciária de Oslo, localizada no que era a antiga cervejaria Bayern, era seu vizinho mais próximo. A delegacia era cercada por um gramado marrom e murcho, com bordos e tílias cobertos por uma fina camada de neve branco-acinzentada que caíra durante a noite, fazendo o parque parecer um espólio amortalhado.

Harry subiu pela faixa preta de asfalto até a entrada principal e se encaminhou para o hall central, onde a decoração de porcelana com água escorrendo da parede, projetada por Kari Christensen, sussurrava seus segredos eternos. Ele cumprimentou o segurança na recepção e pegou o elevador para a Divisão de Homicídios no sexto andar. Mesmo já tendo se passado quase seis meses desde que ganhara seu próprio escritório na zona vermelha, quase sempre ia para a sala apertada e sem janelas que antes dividia com o oficial Jack Halvorsen. Agora, era ocupada pelo oficial Magnus Skarre. E Jack Halvorsen estava enterrado no cemitério de Vestre Aker. A princípio, os pais dele quiseram enterrar o filho na cidade natal de Steinkjer, pois Jack e Beate Lønn, a chefe da Perícia Técnica, não eram casados, sequer moraram juntos. Mas, quando ficaram sabendo que Beate estava grávida e que a filha de Jack nasceria no verão, concordaram em enterrar Jack em Oslo.

Harry entrou em sua nova sala. Que ele sabia que seria sempre nova, da mesma maneira que o estádio de futebol do Barcelona, com 50 anos, ainda era chamado de Camp Nou, que em catalão significa estádio novo. Ele se deixou cair na cadeira e ligou o rádio, enquanto dava bom-dia para as fotos em cima da estante de livros e se encostava à parede. Um dia num futuro desconhecido, quando se lembrasse de comprar tachinhas, iria pendurá-las na parede. Ellen Gjelten, Jack Halvorsen e Bjarne Møller. Ali dispostos em sequência cronológica. A Sociedade dos Policiais Mortos.

No rádio, políticos noruegueses e cientistas sociais davam seus pontos de vista acerca da eleição presidencial norte-americana. Harry reconheceu a voz de Arve Støp, o dono da revista de sucesso *Liberal* e conhecido como um dos formadores de opinião mais versados, arrogantes e divertidos do país. Harry aumentou o volume até as vozes retumbarem nas paredes de tijolo e pegou suas algemas Peerless que estavam sobre a mesa. Treinou algemar com rapidez usando o pé da mesa como alvo. A madeira já estava toda lascada por causa desse mau hábito adotado durante um curso no FBI em Chicago e aperfeiçoado em noites solitárias passadas num quarto nojento em Cabrini Green, ao som dos gritos de vizinhos brigando e Jim Beam como única companhia. A meta era lançar a algema ao punho do preso, de modo que a mola da argola atirada ativasse a outra argola e travasse. Com a quantidade certa de força e precisão, era possível se algemar ao prisioneiro com um simples movimento, antes que ele tivesse tempo de reagir. Harry nunca teve a oportunidade de usar isso em serviço e apenas uma vez havia aplicado a outra coisa que aprendera no curso: como prender um serial killer. A algema travou em volta do pé da mesa e as vozes do rádio zumbiram:

— O que você acha que torna os noruegueses tão céticos em relação a George Bush, Arve Støp?

— É porque somos um país superprotegido e, embora nunca tenhamos travado nenhuma guerra, ficamos felizes por deixar outros fazerem isso por nós: a Inglaterra, a União Soviética e os Estados Unidos. Sim, desde as guerras napoleônicas estamos nos escondendo atrás de nossos irmãos mais velhos. A Noruega baseou sua segurança na confiança de que outros se responsabilizarão quando as coisas se complicarem. Tem sido assim por tanto tempo que perdemos nosso senso de realidade, acreditando que a Terra é basicamente povoada por gente que nos deseja o bem por sermos o país mais rico do mundo. A Noruega é uma loura tagarela com o cérebro do tamanho de uma ervilha que se perdeu numa ruela do Bronx e que agora se sente indignada porque seu guarda-costas está sendo violento demais com os assaltantes.

Harry discou o número de Rakel. Além do número de Søs, o de Rakel era o único que sabia de cor. Quando ele era mais novo e inexperiente, pensava que ter uma memória ruim fosse uma desvantagem para um investigador. Agora sabia que não.

— Bush e os Estados Unidos são o guarda-costas? — perguntou o âncora.

— Sim. Lyndon B. Johnson disse uma vez que os Estados Unidos não escolheram esse papel, mas reconheceu que não havia outros para cumpri-lo, e tinha razão. Nosso guarda-costas é um cristão-novo, com uma relação conturbada com o pai, problemas com bebida e de intelecto limitado, sem força de caráter suficiente até para fazer o serviço militar de forma honrosa. Em suma, um cara que devemos ficar felizes por ser reeleito presidente hoje.

— Suponho que esteja sendo irônico.

— De maneira alguma. Um presidente tão fraco escuta seus conselheiros, e a Casa Branca tem os melhores, acredite. Mesmo que com aquele seriado de TV ridículo sobre o Salão Oval nós possamos até ter ficado com a impressão de que os democratas têm monopólio da inteligência, por mais surpreendente que seja, é na extrema direita, entre os republicanos, que encontramos as mentes mais perspicazes. A segurança da Noruega está nas melhores mãos.

— Uma amiga de uma amiga minha já fez sexo com você.

— Sério? — perguntou Harry.

— Você não — consertou Rakel. — Estou falando com o outro cara. Støp.

— Desculpe — disse Harry, e abaixou o volume do rádio.

— Depois de uma palestra em Trondheim. Ele a convidou para ir ao quarto dele. Ela estava interessada, mas fez questão de contar que havia removido um seio. Ele disse que queria pensar um pouco e foi para o bar. Voltou e a levou para o quarto.

— Hum. Espero que tenha correspondido às expectativas.

— Nada é capaz de corresponder a expectativas.

— É — concordou Harry, perguntando-se sobre o que estariam falando.

— E como vai ser hoje à noite? — perguntou Rakel.

— Às oito no Palace Grill está bom. Mas que besteira é essa de não poder reservar mesa?

— Para dar um toque diferenciado, eu acho.

Combinaram de se encontrar no bar. Depois de desligar, Harry ficou pensando. Ela parecia satisfeita. Ou alegre. Alegre e animada. Tentou ver se ele, por sua vez, tinha sido bem-sucedido na tentativa de ficar satisfeito com a alegria dela, satisfeito porque a mulher que ele havia amado tanto estava feliz com outro homem. Rakel e ele já tiveram seu tempo, e ele teve suas chances. As quais desperdiçou. Por que então não ficar contente por ela estar bem, por que não desistir da ideia de que as coisas podiam ter sido diferentes e seguir a própria vida? Prometeu a si mesmo que se esforçaria um pouco mais.

A reunião matinal acabou logo. O chefe da Divisão de Homicídios, Gunnar Hagen, fez uma revisão dos casos em andamento. Que não eram muitos, visto que não tinham nenhum assassinato recente sob investigação, e assassinato era a única coisa que fazia a pulsação da delegacia acelerar. Thomas Helle, um oficial da Divisão de Pessoas Desaparecidas, estava presente e expôs o caso de uma mulher que tinha sumido de casa havia um ano. Nenhum sinal de violência, nenhum sinal do autor do crime e nenhum sinal dela. Era dona de casa e fora vista pela última vez na creche, onde havia deixado o filho e a filha pela manhã. O marido e todas as pessoas próximas tinham álibis e foram descartados como suspeitos. Concordaram que a Homicídios deveria levar o caso adiante.

Magnus Skarre transmitiu saudações de Ståle Aune, o psicólogo fixo da Homicídios, a quem havia visitado no Hospital Ullevål. Harry sentiu uma leve dor na consciência. Ståle Aune não era apenas seu conselheiro em casos criminais mas também seu conselheiro pessoal na luta contra a bebida e o mais próximo que já chegara de um confidente. Já havia mais de uma semana que Aune tinha sido internado com um diagnóstico incerto, porém Harry ainda não havia conseguido superar sua aversão por hospitais. Amanhã, pensou Harry. Ou quinta.

— Temos uma nova oficial — declarou Gunnar Hagen. — Katrine Bratt.

Uma mulher jovem se levantou espontaneamente da primeira fila, mas sem lhes oferecer um sorriso. Era muito atraente. Atraente sem esforço, pensou Harry. Cabelos finos, quase ralos, pendiam sem vida nas laterais do rosto. Este, por sua vez, era pálido, de traços retos e com a mesma expressão séria e cansada que Harry tinha visto em outras mulheres de grande beleza, já tão acostumadas a serem olhadas que haviam parado de gostar ou não disso. Katrine Bratt usava um tailleur azul que ressaltava sua feminilidade, mas as grossas meias-calças pretas embaixo da saia e as botinhas de inverno muito práticas invalidavam quaisquer suspeitas de que estivesse investindo nesse lado. Ela passou o olhar pelo grupo, como se tivesse ficado de pé para vê-los, e não para ser vista. Harry apostou que ela havia planejado tanto o traje quanto essa pequena atuação em seu primeiro dia de trabalho na sede da polícia.

— Katrine trabalhou quatro anos na Polícia de Bergen, a maior parte do tempo na Divisão de Crimes Sexuais, mas também já atuou na Divisão de Homicídios — continuou Hagen, olhando para uma folha que Harry supunha ser o currículo dela. — Formou-se em direito na Universidade de Bergen em 1999, estudou na Academia de Polícia e é nossa oficial. Por enquanto não tem filhos, mas é casada.

Uma das finas sobrancelhas de Katrine Bratt se ergueu quase imperceptivelmente, e Hagen, ou notando esse detalhe, ou talvez achando que a última informação havia sido supérflua, emendou:

— Para quem estiver interessado...

Na pausa opressiva e marcante que se seguiu, Hagen pareceu achar que tinha piorado as coisas ainda mais, pigarreou duas vezes e disse que aqueles que ainda não estivessem inscritos para a festa de Natal deveriam fazê-lo até quarta-feira.

Cadeiras arrastando e Harry já estava no corredor quando ouviu uma voz atrás de si:

— Parece que pertenço a você.

Harry deu meia-volta e se deparou com o rosto de Katrine Bratt. Como seria atraente se fizesse um esforço, pensou.

— Ou você a mim — continuou ela, mostrando uma fileira de dentes regulares, mas sem deixar o sorriso alcançar os olhos. — Depende do ponto de vista. — Ela falou em norueguês-padrão, temperado com sotaque de Bergen e seus erres moderadamente arrastados, fazendo Harry apostar consigo mesmo que ela era de Fana ou de Kalfaret ou de outro bairro de classe média.

Ele continuou andando, e ela apressou o passo para acompanhá-lo.

— Parece que o chefe da Homicídios se esqueceu de informá-lo. — Ela pronunciou o título de Gunnar Hagen dando uma ênfase levemente exagerada a todas as sílabas. — Mas você deveria me mostrar o lugar e cuidar de mim nos próximos dias. Até eu conseguir me virar por conta própria. Você acha que pode fazer isso?

Harry esboçou um sorriso. Até então estava gostando dela, mas é claro que estava aberto a mudar de ideia. Ele estava sempre disposto a dar às pessoas outra chance de figurar em sua lista negra.

— Não sei — disse ele, parando na máquina de café. — Vamos começar com isso.

— Não bebo café.

— Mesmo assim. Ela é autoexplicativa. Como a maior parte das coisas por aqui. O que você pensa a respeito do caso da mulher desaparecida?

Harry apertou o botão "Americano" que, no caso dessa máquina, era tão americano quanto o café norueguês que serviam nas barcas.

— O que é que tem? — perguntou Bratt.

— Você acha que ela está viva? — Harry tentou falar de maneira casual para que ela não percebesse que era um teste.

— Acha que sou estúpida? — retrucou ela, olhando para a máquina que pigarreava e cuspia um líquido preto num copo plástico branco sem disfarçar seu asco. — Não ouviu o chefe da Homicídios dizer que trabalhei na Divisão de Crimes Sexuais durante quatro anos?

— Humm — murmurou Harry. — Morta então?

— Como os dinossauros — respondeu Katrine Bratt.

Harry levantou o copo branco. Não refutou a possibilidade de ter acabado de ganhar uma parceira que poderia vir a apreciar.

À tarde, enquanto caminhava para casa, Harry percebeu que a neve havia sumido das calçadas e que os flocos finos e leves que rodopiavam no ar eram engolidos pelo asfalto molhado assim que caíam no chão. Ele entrou na loja de música de sempre, na rua Aker, e comprou o último disco do Neil Young, mesmo suspeitando que fosse de má qualidade.

Ao abrir a porta de casa, notou alguma coisa diferente. Algo como o som. Ou quem sabe fosse o cheiro. Parou bruscamente na porta da cozinha. Uma parede inteira havia sumido. Quer dizer, no local em que, naquela mesma manhã, havia um alegre e florido papel de parede e placas de gesso, agora só se viam tijolos vermelhos, argamassa cinza e uma armação amarelo-acinzentada com furos de pregos. A caixa de ferramentas do homem do mofo estava no chão, e sobre a mesa da cozinha havia um bilhete dizendo que ele voltaria no dia seguinte.

Harry foi até a sala, colocou o CD do Neil Young, melancolicamente o retirou 15 minutos depois e colocou Ryan Adams. A ideia de tomar um drinque veio do nada. Harry fechou os olhos e fitou o padrão de sangue que dançava na completa escuridão dos olhos fechados. Voltou a pensar na carta. A primeira neve. Toowoomba.

O toque do telefone interrompeu "Shakedown on 9th Street".

Uma voz feminina se apresentou como Oda, disse que estava ligando da redação do *Bosse* e que era um prazer falar com ele novamente. Harry não conseguia se lembrar dela, mas se lembrou do programa de TV. Haviam-no convidado para falar sobre serial killers por ele ser o único policial norueguês a ter estudado no FBI, além de ter abatido um serial killer de verdade. Harry havia sido estúpido o bastante para aceitar. Tinha dito a si mesmo que fazia aquilo para que pudesse dizer algo importante e razoavelmente qualificado sobre pessoas que matam, e não para ser visto no programa de entrevistas mais popular do país. Em retrospecto, não tinha tanta certeza. Mas isso não era a pior parte. A pior parte era ter tomado um drinque antes de ir ao ar. Harry estava convencido de que tinha sido apenas um. Mas no programa pareciam ter sido cinco. Ele havia falado com dicção clara, como de costume. Mas seu olhar estava vidrado, e sua análise fora feita com a lentidão de uma lesma, sem nunca chegar a qualquer conclusão, por isso o âncora tinha sido obrigado a receber outro convidado, o novo campeão europeu de arranjos florais. Harry não dissera nada, mas sua linguagem corporal não havia deixado dúvidas sobre o que pensava do debate acerca dos arranjos florais. Quando o âncora, com um sorriso furtivo, perguntara a ele qual a relação entre um inspetor investigando um assassinato e os arranjos florais, Harry respondera que, pelo menos, as coroas de flores dos enterros noruegueses mantinham o alto padrão internacional. Talvez tenha sido o jeito indiferente e levemente abobalhado da embriaguez que arrancou risos do público no estúdio e tapinhas nas costas do pessoal da TV após o programa. Disseram que ele havia oferecido "do bom e do melhor". E então se juntou a um pequeno grupo deles na Kunstnernes Hus, satisfez-se com a bebida e acordou no dia seguinte com um corpo que, em todas as suas fibras, gritava, exigia, precisava ter mais. Era sábado, e ele havia continuado a beber até o fim de semana terminar. Havia sentado no Restaurante Schrøder, onde gritou por mais chope quando começaram a piscar as luzes para encorajar os clientes a se retirar. Rita, a garçonete, fora até Harry para dizer que ele não poderia mais entrar ali se não fosse embora imediatamente, de preferência indo direto para a cama. Na manhã seguinte, Harry havia comparecido ao trabalho às oito em ponto. Não contribuiu com nada útil ao departamento, vomitando na pia depois da reunião matinal, agarrando-se à cadeira do escritório, tomando café, fumando e vomitando de novo, mas dessa vez na privada. E aquela tinha sido a última vez em que havia sucumbido; não bebera uma gota desde abril.

E agora queriam que ele voltasse para a frente das câmeras.

A mulher explicou que o tema era terrorismo em países árabes e o que transformava pessoas de boa formação da classe média em máquinas de matar. Harry a interrompeu antes de ela terminar.

— Não.

— Mas gostaríamos tanto que viesse, você é tão... tão... rock'n'roll! — Ela riu com um entusiasmo cuja sinceridade ele não pôde determinar, mas naquele momento reconheceu a voz dela. A mulher também esteve na Kunstnernes Hus naquela noite. Tinha aquela beleza entediante dos jovens, falava com aquele jeito entediante dos jovens e havia olhado para Harry com apetite, como se ele fosse um prato exótico que considerava provar; será que ele era exótico *demais*?

— Ligue para outra pessoa — finalizou Harry e desligou. Depois fechou os olhos e ouviu Ryan Adams perguntando-se: "Oh, baby, why do I miss you like I do?"

O menino levantou o olhar para o homem ao seu lado na bancada da cozinha. A luz do jardim coberto de neve refletia na pele lisa e esticada sobre o crânio pesado do pai. Mamãe dissera que o pai tinha um cabeção porque ele era um crânio. O filho perguntou por que ela disse que ele *era* um crânio se na verdade *tinha* um crânio, ao que ela soltou uma gargalhada e fez cafuné no garoto, dizendo que aquilo era coisa dos professores de física. Naquele momento, o crânio estava lavando batatas com a água que caía da torneira e colocando-as direto na panela.

— Não vai descascar as batatas, papai? Mamãe costuma...

— Sua mãe não está aqui, Jonas. Por isso, vamos fazer do meu jeito.

O pai não havia levantado a voz, embora houvesse nela uma irritação que fez Jonas se encolher. Ele nunca soube muito bem o que exatamente deixava o pai com tanta raiva. E, às vezes, nem se ele *de fato* estava com raiva. Até ver o rosto da mãe com aquelas rugas de ansiedade nos cantos da boca, o que parecia aumentar ainda mais a irritação do pai. Queria muito que ela voltasse logo.

— A gente não usa esses prato, pai!

O pai bateu a porta do armário de louças e Jonas mordeu o lábio inferior. O rosto do pai se abaixou para se aproximar do seu. Os óculos finíssimos e quadrados cintilaram.

— Não se diz "esses prato", e sim "esses pratos" — corrigiu o pai. — Quantas vezes vou ter que te dizer isso, Jonas?

— Mas mamãe diz...

— Mamãe não fala direito. Entende? Mamãe vem de um lugar e de uma família que não liga para o uso da língua. — O hálito do pai cheirava a sal, a alga podre.

A porta da entrada bateu.

— Olá — saudou ela, cantarolando, do corredor. Jonas estava prestes a correr ao seu encontro, mas o pai o segurou pelo ombro, apontando para a mesa ainda não posta. — Como vocês são legais!

Jonas podia ouvir o sorriso na voz ofegante que vinha do vão da porta atrás de si, enquanto colocava talheres e copos o mais rápido que podia.

— E que boneco de neve grandão vocês fizeram!

Surpreso, Jonas se virou para a mãe, que estava desabotoando o casaco. Ela era tão bonita. Pele escura, cabelos escuros, igual a ele, e aqueles olhos quase sempre tão meigos. Quase. Ela não era tão magra quanto nas fotos do tempo em que ela e o pai se casaram, mas Jonas tinha notado que os homens sempre olhavam para ela quando passeavam pela cidade.

— Não fizemos nenhum boneco de neve — disse Jonas.

— Não? — A mãe franziu a testa enquanto desenrolava o grande cachecol cor-de-rosa que ele lhe dera de presente de Natal.

O pai foi para a janela da cozinha.

— Devem ter sido os filhos do vizinho — supôs ele.

Jonas subiu numa cadeira e espiou para fora. E lá, no gramado bem na frente da casa, havia de fato um boneco de neve. E, como dissera a mãe, era bem grande. Os olhos e a boca eram feitos de pedrinhas, e uma cenoura servia de nariz. O boneco de neve não usava chapéu, gorro ou cachecol, e tinha apenas um braço, um galho fininho que Jonas tinha certeza de que vinha da cerca viva. De toda forma, havia algo esquisito naquele boneco de neve. Estava virado para o lado errado. Ele não sabia o porquê, mas achava que ele devia olhar para a rua, para o espaço aberto.

— Por que... — começou Jonas, mas foi interrompido pelo pai.

— Vou falar com eles.

— Por quê? — perguntou a mãe do corredor, onde Jonas a ouviu baixar o zíper das botas de couro de cano alto. — Não importa.

— Não quero esses garotos rondando a nossa casa. Vou cuidar disso quando voltar.

— Por que ele não está olhando para fora? — perguntou Jonas.

Do corredor, a mãe soltou um suspiro.

— A que horas vai estar de volta, meu bem?

— Amanhã.

— A que horas?

— Como assim? Você tem algum compromisso? — Havia uma leveza na voz do pai que deixou Jonas arrepiado.

— Pensei em deixar o jantar pronto — respondeu ela ao entrar na cozinha. Foi até o fogão, deu uma espiada nas panelas e aumentou o fogo de duas delas.

— Deixe pronto, então — disse o pai e se virou para a pilha de jornais na bancada. — Alguma hora estarei de volta.

— Está bem. — A mãe foi até ele e o abraçou pelas costas. — Mas você tem mesmo que ir a Bergen esta noite?

— Minha palestra é às oito da manhã — respondeu ele. — Depois que o avião pousa, ainda leva uma hora para chegar até a universidade, então não daria tempo de eu pegar o primeiro voo da manhã.

Jonas podia ver pelos músculos da nuca do pai que ele estava mais relaxado, que a mãe outra vez havia conseguido escolher as palavras certas.

— Por que o boneco de neve está olhando para a nossa casa? — perguntou Jonas.

— Vai lavar as mãos — mandou a mãe.

Comeram em silêncio, interrompidos apenas pelas perguntinhas da mãe sobre a escola e pelas respostas curtas e evasivas de Jonas. O garoto sabia que respostas muito detalhadas podiam resultar em perguntas desagradáveis do pai sobre o que estava aprendendo — ou não aprendendo — naquele "projeto de escola". Ou interrogatórios rascantes sobre alguém com quem Jonas mencionasse ter brincado, sobre o que faziam os pais desse alguém e de onde vinham. Questões que Jonas nunca podia responder satisfatoriamente.

Quando Jonas já estava na cama, ouviu seu pai despedindo-se de sua mãe no andar de baixo, a porta se fechando, o carro dando partida e o som do motor desaparecendo à distância. Estavam sozinhos de novo. A mãe ligou a TV. Ele pensou em algo que ela havia perguntado. Por que Jonas quase não trazia mais colegas da escola para brincar em casa? Ele não soube o que responder, pois não queria que ela ficasse triste. Mas agora quem estava ficando triste era ele. Jonas mordiscou o interior das bochechas, sentindo a dor agridoce irradiar para os ouvidos, e observou os tubos metálicos do sino de vento pendurado no teto. Ele levantou da cama e foi até a janela.

A neve no jardim refletia luz suficiente para que vislumbrasse o boneco de neve lá embaixo. Parecia solitário. Alguém devia ter colocado gorro e cachecol nele. E talvez um cabo de vassoura para segurar. Naquele momento, a lua despontou por detrás de uma nuvem. A fileira de dentes pretos apareceu. E os olhos. Automaticamente, Jonas prendeu a respiração e deu dois passos para trás. Havia um brilho nos olhos de pedrinhas. E eles não olhavam para o interior da casa lá embaixo. Olhavam para cima. Para o quarto dele. Jonas fechou as cortinas e voltou para a cama.

3

Dia 1

Cochonilha

Harry estava sentado numa das banquetas no bar do Palace Grill lendo as placas nas paredes, lembretes bem-humorados para que os fregueses do bar não peçam fiado, não matem o pianista a tiros e para "Be good or be gone". A noite ainda estava começando, e os únicos fregueses no bar além dele eram duas garotas sentadas juntas a uma mesa, digitando freneticamente em seus celulares, e dois rapazes jogando dardos, com experiente refinamento na distância e na mira, mas com péssimos resultados. Dolly Parton, que Harry sabia ter sido trazido de volta do ostracismo pelos árbitros da boa música country, gania seu nasalado sotaque sulista pelos alto-falantes. Outra vez, Harry olhou para o relógio e apostou consigo mesmo que Rakel Fauke estaria parada na porta às oito e sete. Sentiu a costumeira tensão crepitante de quando ia revê-la. Disse a si mesmo que não passava de uma reação condicionada, semelhante aos cães de Pavlov que começavam a babar ao ouvir o sino da comida, mesmo que não houvesse comida alguma. E eles não teriam comida esta noite. Quer dizer; eles iam *apenas* comer. E bater um papo agradável sobre a vida que levavam agora. Ou, para ser mais exato, sobre a vida que ela levava agora. E sobre Oleg, o filho que ela teve com o ex-marido russo quando trabalhava na embaixada da Noruega em Moscou. O menino introspectivo e desconfiado de quem Harry havia conseguido se aproximar e com quem, aos poucos, havia criado laços que de muitas maneiras eram mais fortes do que os seus com o próprio pai. E quando Rakel por fim não aguentou mais e rompeu a relação, ele não soube direito qual foi a maior perda. Mas agora sabia. Porque agora, oito e sete, ela estava no vão da porta com aquela postura reta, a curvatura das costas que ele era capaz de sentir nas pontas dos dedos e as maçãs do rosto sob a pele reluzente que podia sentir tocando-lhe a face. Torcia para que ela não estivesse tão linda. Tão *feliz*.

Ela caminhou até ele, e seus rostos se tocaram. Harry tomou cuidado para soltá-la primeiro.

— Está olhando o quê? — perguntou Rakel, desabotoando o casaco.

— Você sabe — respondeu Harry, dando-se conta de que devia ter pigarreado antes.

Ela deu um risinho, e aquilo tinha o efeito idêntico ao primeiro gole de Jim Beam; ele sentia calor e relaxava.

— Não — replicou ela.

Harry sabia exatamente o que seu "não" queria dizer. Não comece, não crie um constrangimento, não vamos chegar ao lugar de sempre. Ela disse aquilo com suavidade, quase impossível de ouvir, mas para ele era como levar uma bofetada.

— Você está magro — comentou Rakel.

— É o que dizem.

— A mesa...?

— O garçom vem avisar.

Ela sentou-se na banqueta à frente dele e pediu um drinque aperitivo. Campari, nem precisava dizer. Harry costumava chamá-la de "Cochonilha", devido ao pigmento natural que dava à bebida doce e apimentada sua cor característica. Porque ela gostava de usar vermelho vivo. Rakel alegara usar a cor como um alerta, como os bichos usam cores fortes para dizer aos demais que é melhor manter distância.

Harry pediu mais uma Coca-Cola.

— Por que você está tão magro? — perguntou ela.

— Fungo.

— O quê?

— Aparentemente está me devorando. O cérebro, os olhos, os pulmões, a concentração. Suga as cores e a memória. O fungo está crescendo, eu estou desaparecendo. O fungo se torna eu, eu me torno fungo.

— Do que você está falando?! — exclamou ela com uma careta para expressar desgosto, mas Harry viu o sorriso em seus olhos. Rakel gostava de ouvi-lo falar, mesmo quando era apenas um blá-blá-blá prolixo. Ele contou sobre o fungo no apartamento.

— E vocês, como estão indo? — perguntou Harry.

— Bem. Eu estou bem. Oleg está bem. Mas ele sente sua falta.

— Ele disse isso?

— Você sabe que ele sente. Devia dedicar mais tempo a ele.

— Eu? — Harry a olhou, pasmo. — Não foi escolha minha.

— E daí? — retrucou ela, pegando o drinque trazido pelo barman. — O fato de não estarmos mais juntos não quer dizer que Oleg e você não tenham uma relação importante. Para ambos. Nem ele nem você se comprometem facilmente com outras pessoas, por isso deviam cuidar das relações que têm.

Harry bebericou a Coca.

— E qual é a situação entre Oleg e o seu médico?

— O nome dele é Mathias — disse Rakel, soltando um suspiro. — Estão se empenhando. Eles são... diferentes. Mathias quer muito se aproximar, mas Oleg não facilita.

Harry sentiu uma doce pontada de satisfação.

— Mathias também trabalha muitas horas por dia.

— Pensei que não gostasse que seu homem trabalhasse — disse Harry, arrependendo-se no mesmo instante. Mas, em vez de ficar aborrecida, Rakel suspirou com tristeza.

— O problema não era você trabalhar por muitas horas, Harry. Você estava obcecado. Você é o seu trabalho, e o que te move não é amor ou senso de responsabilidade. Ou solidariedade. Sequer é ambição pessoal. É raiva. E desejo de vingança. E isso não é certo, Harry, não é para ser assim. Você sabe o que aconteceu.

Sim, pensou Harry. Deixei a doença entrar na sua casa também.

Ele pigarreou.

— Mas o seu médico é movido... pelas coisas certas, então?

— Mathias ainda dá plantão noturno na emergência. Como voluntário. Além de lecionar em tempo integral no Instituto de Anatomia.

— E é doador de sangue e membro da Anistia Internacional.

Ela deu um suspiro.

— Sangue B negativo é raro, Harry. E sei muito bem que você também apoia a Anistia.

Rakel mexeu no drinque com uma varetinha de plástico laranja com um cavalo na ponta. O líquido vermelho girou em torno dos cubos de gelo. Cochonilha.

— Harry? — chamou ela.

Algo em seu tom de voz o deixou tenso.

— Mathias e eu vamos morar juntos. Depois do Natal.

— Tão rápido? — Harry passou a língua no céu da boca numa tentativa de encontrar umidade. — Vocês só se conhecem há um ano.

— Um ano e meio. Planejamos nos casar no verão.

Magnus Skarre estudava a água quente que escorria sobre suas mãos antes de descer pela pia. E desaparecer. Não, nada desaparecia, só estava em outro lugar. Como aquelas pessoas sobre as quais ele havia passado as últimas semanas coletando informações. A pedido de Harry. Porque Harry dissera que podia ter algo ali. E ele queria o relatório de Magnus antes do final de semana. O que significava que Magnus havia sido obrigado a fazer hora extra, mesmo sabendo que Harry lhes dava funções assim só para mantê-los ativos nesses tempos de pés sobre a mesa. A pequena Divisão de Pessoas Desaparecidas era composta por três policiais que se negavam a fuçar casos antigos; já tinham bastante coisa para fazer com os casos novos.

Voltando pelo corredor deserto, Magnus viu que a porta de sua sala estava entreaberta. Ele sabia que a havia fechado e já passava das nove da noite, portanto o pessoal da limpeza já terminara havia muito tempo. Dois anos antes, tiveram problemas com furto nas salas. Magnus Skarre abriu a porta com um empurrão.

Katrine Bratt estava no centro da sala e se virou para ele com a testa franzida, como se fosse ele quem tivesse invadido a sala dela. Deu as costas para Magnus.

— Só queria ver — disse ela, passando o olhar pelas paredes.

— Ver o quê? — Skarre olhou em torno. A sala dele era igual às outras, exceto que não tinha janela.

— Era a sala dele, não era?

Skarre franziu a testa.

— Como assim?

— Hole. Foi a sala dele durante anos. Até mesmo enquanto ele investigava o serial killer na Austrália?

Skarre deu de ombros.

— Acho que sim. Por quê?

Katrine Bratt passou a mão sobre a superfície da mesa.

— Por que ele trocou de sala?

Magnus passou por ela e se deixou cair em sua cadeira.

— Essa não tem janela. E mais tarde foi promovido a inspetor.

— E primeiro ele dividiu a sala com Ellen Gjelten, e em seguida com Jack Halvorsen — comentou Katrine Bratt. — E ambos foram mortos.

Magnus Skarre colocou as mãos atrás da cabeça. Essa oficial nova tinha classe. Um patamar ou dois acima dele. Apostava que o marido dela era chefe de alguma coisa e tinha grana. O terninho que ela vestia parecia caro. No entanto, olhando-a mais de perto, era como se houvesse uma pequena falha. Uma leve imperfeição que ele não conseguia apontar direito.

— Você acha que Hole ouvia as vozes deles? Foi por isso que trocou de sala? — perguntou Bratt, olhando para o mapa da Noruega na parede, onde Skarre havia desenhado um círculo em volta das cidades natais de todas as pessoas desaparecidas de Østlandet, sudoeste da Noruega, desde 1980.

Skarre riu sem responder. Bratt tinha cintura fina, e as costas eram graciosas. Ele sabia que ela sabia que estava sendo observada.

— Como ele é de verdade? — indagou ela.

— Por que a pergunta?

— Acho que todos perguntam quando têm um novo chefe, não é?

Ela estava certa. Só que ele nunca pensara em Harry Hole como chefe, não dessa maneira. Ok, ele lhe passava algumas tarefas e liderava as investigações, mas, fora disso, só exigia que não ficassem em seu caminho.

— Como você provavelmente sabe, a reputação dele não é das melhores — declarou Skarre.

Ela deu de ombros.

— Já me contaram sobre o alcoolismo. E que ele já denunciou colegas. Que todos os chefes querem vê-lo no olho da rua, mas que o antigo chefe da Homicídios o mantinha debaixo da asa.

— O nome dele era Bjarne Møller — falou Skarre, olhando para o mapa, para o círculo em volta de Bergen. Era onde Møller fora visto pela última vez antes de desaparecer.

— E que o pessoal aqui da sede não gosta da mídia fazendo dele uma espécie de popstar.

Skarre mordeu a parte de dentro do lábio inferior.

— Ele é um baita de um investigador. Para mim, isso é suficiente.

— Você gosta dele? — perguntou Bratt.

Skarre sorriu. Ela se virou na direção dele e lançou um olhar direto.

— Gosto e não gosto — respondeu. — Não sei se consigo dizer apenas uma das duas coisas. — Ele empurrou a cadeira para trás, colocou os pés na mesa, espreguiçou-se e deu um meio bocejo. — E em que você está trabalhando tão tarde da noite?

Era uma tentativa de recuperar o controle. No fim das contas, ela era só uma detetive de escala inferior. E novata.

Mas Katrine Bratt apenas sorriu, como se ele tivesse dito algo engraçado, saiu pela porta e desapareceu.

Desaparecidos. Falando do diabo... Skarre disse um palavrão, endireitou-se na cadeira e ligou de novo o computador.

Harry acordou e ficou de barriga para cima olhando para o teto. Quanto tempo havia dormido? Ele se virou e olhou para o relógio na mesa de cabeceira. Quinze para as quatro. O jantar tinha sido uma provação. Assistira à boca de Rakel falando, tomando vinho, mastigando carne e devorando-o enquanto contava que ela e Mathias estavam pensando em passar alguns anos em Botsuana, onde o governo tinha um bom programa para o combate ao HIV e faltavam médicos. Ela perguntou se ele estava se encontrando com alguém. E Harry respondeu que estava se encontrando com os amigos de infância, Øystein e Tresko. O primeiro era um beberrão, taxista, nerd da informática; o outro, um beberrão, jogador compulsivo e que poderia ter sido campeão mundial de pôquer se tivesse aprendido a se manter impassível tão bem quanto era craque em decifrar os adversários. Ele até começou a lhe contar sobre a derrota fatal de Tresko no campeonato mundial de Las Vegas, até perceber que já havia contado isso. E não era verdade que os tinha encontrado. Harry não se encontrara com ninguém.

Ele viu o garçom encher os copos de bebida na mesa ao lado e, por um momento de loucura, esteve a ponto de arrancar a garrafa das mãos dele e colocá-la na boca. Em vez disso, aceitou levar Oleg a um show que ele havia implorado a Rakel para assistir. Slipknot. Harry omitiu contar a ela o tipo de banda à qual estava prestes a deixar o filho ter acesso, uma vez que ele mesmo queria ver o show do Slipknot. Mesmo que bandas que falavam sem parar sobre morte, com símbolos satânicos e bateria acelerada em geral só o fizessem rir, Slipknot era interessante, na verdade.

Harry jogou o edredom de lado e foi à cozinha, deixou a água da torneira escorrer até ficar fria, usou a mão como cuia e bebeu. Ele sempre achou que a água assim tinha um gosto melhor, quando bebida da própria mão, da própria pele. De repente, deixou a água novamente escorrer pela pia e olhou para a parede preta. Tinha visto alguma coisa? Algo se movendo? Não, não era nada, apenas seu próprio movimento, igual à invisível onda subaquática que acaricia as algas. Por entre fibras mortas, dedos tão finos que se tornam impossíveis de serem vistos a olho nu, esporos que se erguem pelo mais leve movimento de ar, assentando-se em novos lugares, começando a comer e sugar. Harry ligou o rádio da sala. Já estava decidido. George W. Bush ganhara mais um período na Casa Branca.

Harry voltou para a cama e cobriu a cabeça com o edredom.

Jonas acordou com um ruído e levantou o edredom do rosto. Pelo menos achou que fosse um ruído. Um som de trituração, como o da neve grudando sob as botas no silêncio entre as casas numa manhã de domingo. Devia ter sonhado. Mas o sono não voltou nem mesmo ao fechar os olhos. Em vez disso, fragmentos do sonho retornaram. Seu pai estava imóvel e calado na sua frente, com um reflexo nos óculos que deixava as lentes como uma superfície de gelo impenetrável.

Deve ter sido um pesadelo, porque Jonas estava com medo. Ele reabriu os olhos e viu os tubos do sino pendurado no teto se mexerem. Jonas pulou da cama, abriu a porta e correu pelo corredor. Na altura da escada que levava para o andar térreo, conseguiu evitar olhar para a escuridão, e só parou quando chegou à porta do quarto dos pais, onde pressionou a maçaneta com imenso cuidado. Daí lembrou que seu pai estava viajando, e que acordaria a mãe de qualquer forma. Esgueirou-se para dentro. Um quadrado branco de luar se estendia sobre o piso até a cama de casal intacta. Os números do despertador estavam acesos: 01:11. Por um instante, Jonas ficou ali parado, confuso.

Então voltou ao corredor. Foi em direção à escada. A escuridão dos degraus esperava por ele, como uma grande lacuna aberta. Não se ouvia um único som vindo do andar inferior.

— Mamãe!

Jonas se arrependeu de ter gritado assim que ouviu o som do próprio terror no eco breve e desagradável. Porque agora *aquilo* também sabia. O escuro.

Nenhuma resposta.

Jonas engoliu em seco. Então começou a descer a escada.

No terceiro degrau sentiu algo molhado sob o pé. Igual no sexto. E no oitavo. Como se alguém tivesse pisado ali com sapatos molhados. Ou pés molhados.

A luz estava acesa na sala de estar, mas nenhum sinal de sua mãe. Ele foi à janela para olhar a casa dos Bendiksen; às vezes mamãe ia até lá visitar Ebba. Mas todas as janelas estavam escuras.

Ele entrou na cozinha e foi até o telefone, conseguindo com sucesso evitar os pensamentos, não deixando a escuridão penetrar. Ele digitou o número do celular da mãe e sentiu-se alegre ao ouvir sua voz suave. Mas era apenas um recado dizendo para deixar o nome e desejando um bom-dia.

E não era de dia, era de noite.

No hall de entrada, enfiou os pés num par de sapatos grandes do pai, botou um casaco acolchoado sobre o pijama e saiu. A mãe havia dito que a neve sumiria no dia seguinte, mas ainda estava frio e uma brisa sussurrava e murmurava no carvalho perto do portão. A casa dos Bendiksen não ficava a mais de 100 metros, e por sorte havia dois postes de luz no caminho. Ela tinha de estar lá. Jonas olhou à direita e à esquerda para se certificar de que não havia ninguém que podia detê-lo. Foi quando viu o boneco de neve. Estava como antes, imóvel, o rosto virado para a casa, imerso no luar gélido. Mas agora havia algo de diferente nele, algo quase humano, algo familiar. Jonas olhou para a casa dos Bendiksen. Decidiu correr. Mas não o fez. Ficou ali parado, sentindo o vento gelado indo em sua direção. Devagar, virou-se para o boneco de neve. Agora tinha percebido o que o tornava tão familiar. Ele usava uma echarpe. Um cachecol cor-de-rosa. O cachecol que Jonas tinha dado à mãe de presente de Natal.

4

Dia 2

O desaparecimento

Na metade do dia, a neve no centro de Oslo tinha derretido. Mas em Hoff ainda havia trechos brancos nos jardins em ambos os lados da rua pela qual Harry Hole e Katrine Bratt passavam de carro. No rádio, Michael Stipe cantava sobre a sensação de estar afundando, sobre o que a estava causando, sobre saber que algo deu errado e sobre o menino dentro do poço. Entre as casas numa área silenciosa, numa rua ainda mais silenciosa, Harry apontou para um Toyota Corolla prateado estacionado ao lado de uma cerca.

— O carro de Skarre. Estacione atrás.

A casa era grande e amarela. Grande demais para uma família de três pessoas, pensou Harry enquanto subiam pelo caminho de cascalho. Ao redor deles, tudo pingava e suspirava. No jardim havia um boneco de neve meio torto e com péssimas perspectivas futuras.

Skarre abriu a porta. Harry se inclinou e estudou a fechadura.

— Não há sinal de arrombamento em parte alguma — declarou Skarre.

Ele os conduziu até a sala, onde um menino estava sentado no chão de costas para eles, assistindo a um canal de desenho animado na TV. Uma mulher se levantou do sofá, estendeu a mão para Harry e se apresentou como Ebba Bendiksen, vizinha.

— Birte nunca fez esse tipo de coisa antes — disse ela. — Pelo menos não desde que eu a conheço.

— E quanto tempo faz? — perguntou Harry, dando uma olhada ao redor. Na frente da TV havia mobília revestida de couro, grande e pesada, e uma mesa de centro octangular com vidro fumê. As cadeiras, feitas de tubos de aço em torno da mesa de jantar de cor clara, eram leves e elegantes, do tipo que Rakel gostava. Nas paredes havia duas pinturas de homens, ambos com jeito de diretor de banco, fitando-o de cima para baixo com autoridade solene. Ao lado das imagens, arte moderna abstrata, com tempo suficiente para já ter ficado antiquada e muito moderna novamente.

— Dez anos — respondeu Ebba Bendiksen. — Mudamos para a casa do outro lado da rua justamente no dia em que Jonas nasceu. — Ela fez um gesto em direção ao menino, que permanecia imóvel olhando aves correndo a toda velocidade e coiotes explodindo.

— Presumo que foi você que ligou para a polícia esta noite, não foi?

— Foi.

— O menino tocou a campainha em torno de uma e quinze — disse Skarre, conferindo suas anotações. — A polícia foi chamada à uma e meia.

— Primeiro, eu e meu marido viemos até aqui com Jonas para procurar — explicou Ebba Bendiksen.

— Onde procuraram? — Quis saber Harry.

— No porão. Nos banheiros. Na garagem. Em todo lugar. Pois é muito esquisito alguém simplesmente dar no pé desse jeito.

— Dar no pé?

— Desaparecer. Sumir. O policial com quem conversei por telefone perguntou se poderíamos cuidar de Jonas e disse que a gente devia ligar para todas as pessoas com quem Birte pudesse estar. E, além disso, esperar até hoje cedo para saber se ela foi ao trabalho. Ele me explicou que em oito entre dez casos como este a pessoa desaparecida retorna em questão de poucas horas. Tentamos localizar Filip...

— O marido — interrompeu Skarre. — Estava em Bergen para dar uma palestra. Ele é professor de alguma coisa.

— Física. — Ebba Bendiksen sorriu. — De qualquer maneira, o celular dele estava desligado. E não sabíamos em qual hotel estava hospedado.

— Foi contatado em Bergen esta manhã — anunciou Skarre. — Deve chegar logo aqui.

— Sim, graças a Deus — disse Ebba. — Então, quando ligamos para o trabalho de Birte hoje pela manhã e ela não havia comparecido no horário normal, ligamos para vocês de novo.

Skarre fez um gesto afirmativo. Harry sinalizou para que ele continuasse a conversa com Ebba Bendiksen, foi até a TV e sentou-se ao lado do menino. Na tela, um coiote acendia o estopim de uma banana de dinamite.

— Oi, Jonas. Eu me chamo Harry Hole. O outro policial contou para você que casos como esses quase sempre acabam bem? Que as pessoas desaparecem e depois reaparecem por si sós?

O menino fez que não com a cabeça.

— Mas é o que elas fazem — reforçou Harry. — Se você tivesse que chutar, onde acha que sua mãe estaria agora?

O menino deu de ombros.

— Não sei onde ela está.

— Eu sei que você não sabe, Jonas. No momento, nenhum de nós sabe. Mas qual é o primeiro lugar que vem à sua cabeça, já que ela não está aqui nem no trabalho? Não fique pensando se é provável ou não.

O menino não respondeu, ficou apenas olhando para o coiote que tentava em vão jogar longe a banana de dinamite grudada em sua mão.

— Tem alguma casa de veraneio ou algum outro lugar aonde costumavam ir?

Jonas meneou a cabeça.

— Algum lugar especial aonde ela costumava ir se quisesse ficar sozinha.

— Ela não queria ficar sozinha — falou Jonas. — Ela queria estar comigo.

— Só com você?

O menino se virou e encarou Harry. Jonas tinha olhos castanhos, como Oleg. E na íris castanha Harry viu o medo que já previa ver e uma raiva inesperada.

— Por que elas vão? — perguntou o menino. — Essas pessoas que voltam?

Olhos iguais, pensou Harry. Perguntas iguais. As importantes.

— Por vários motivos — explicou Harry. — Algumas pessoas se perdem. E existem várias maneiras de se perder. E algumas pessoas simplesmente precisam de um tempo sozinhas e desaparecem para ter um pouco de paz.

A porta da frente bateu e Harry viu o menino se sobressaltar.

No mesmo instante, a dinamite explodiu na mão do coiote e a porta da sala de estar se abriu.

— Bom dia — saudou uma voz atrás deles. Cortante e ao mesmo tempo controlada. — Quais são as novas?

Harry se virou e viu um homem na casa dos 50 usando paletó dar passos largos até a mesa e pegar o controle remoto. No instante seguinte, a imagem da TV implodiu até virar um ponto branco e o aparelho soltou um longo ruído sibilante em protesto.

— Você sabe o que eu já falei sobre ver TV durante o dia, Jonas — disse ele num tom resignado, como se quisesse contar às outras pessoas na sala como era inglória a tarefa de educar filhos nos dias de hoje.

Harry ficou de pé e se apresentou, depois Magnus Skarre e Katrine Bratt, que até agora apenas permanecera ao lado da porta, observando.

— Filip Becker — apresentou-se o homem e empurrou os óculos, embora já estivessem bem-posicionados no alto do nariz.

Harry tentou captar seu olhar, formar aquela primeira e importante impressão de um suspeito em potencial, se é que chegariam a esse ponto. Mas os olhos estavam escondidos por trás do reflexo das lentes.

— Passei um tempo ligando para todas as pessoas que ela poderia ter contatado, mas ninguém sabe de nada — disse Filip Becker. — O que vocês sabem?

— Nada — respondeu Harry. — Mas a primeira coisa que você pode fazer para nos ajudar é verificar se sumiu qualquer mala, mochila ou roupas, para que possamos formular uma teoria. — Harry estudou Becker antes de prosseguir. — Ver se o desaparecimento foi espontâneo ou planejado.

Becker devolveu o olhar examinador de Harry antes de consentir com um gesto de cabeça e subir a escada que dava ao andar superior.

Harry se abaixou ao lado de Jonas, que ainda estava olhando para a tela preta da TV.

— Então você gosta do Papa-Léguas, não é? — perguntou Harry.

Calado, o menino fez que não com a cabeça.

— Por que não?

O sussurro de Jonas era quase inaudível:

— Tenho pena de Wile E. Coyote.

Cinco minutos depois, Becker voltou e comunicou que nada havia sumido, nem malas de viagem ou roupas, exceto as que ela vestia quando ele saiu de casa, além do casaco, das botas e de um cachecol.

— Humm. — Harry coçou o queixo com a barba por fazer, lançando um olhar a Ebba Bendiksen. — Poderia me acompanhar até a cozinha, Sr. Becker?

Becker mostrou o caminho, e Harry sinalizou para que Katrine os acompanhasse. Na cozinha, o professor pôs imediatamente pó de café num filtro e água na cafeteira. Katrine ficou próxima à porta enquanto

Harry foi à janela e olhou para fora. O rosto do boneco de neve havia afundado entre os ombros.

— A que horas saiu de casa ontem à noite e que voo pegou para Bergen? — perguntou Harry.

— Saí daqui por volta das nove e meia — respondeu Becker sem hesitação. — O voo decolou às onze e cinco.

— Fez qualquer contato com Birte após sair de casa?

— Não.

— O que você acha que pode ter acontecido?

— Não faço ideia, inspetor. Realmente não sei.

— Humm. — Harry olhou para a rua. Desde que chegaram ali, não ouvira um único carro passar. Uma vizinhança realmente tranquila. A paz e a calma deviam custar alguns milhões de coroas naquela parte da cidade.

— Que tipo de casamento vocês têm? — Harry escutou Filip Becker parar o que estava fazendo e acrescentou: — Preciso perguntar porque às vezes o cônjuge simplesmente levanta acampamento e parte.

Filip Becker pigarreou.

— Posso assegurar que eu e minha esposa temos um casamento excelente.

— Já considerou a hipótese de ela estar tendo um caso que você desconhece?

— Isto está fora de cogitação.

— Fora de cogitação é forte demais, Sr. Becker. E relações extraconjugais são bastante comuns.

Filip Becker esboçou um sorriso.

— Não sou ingênuo, inspetor. Birte é uma mulher atraente e bem mais nova que eu. E ela vem de uma família relativamente liberal, é verdade. Mas ela não é do tipo. E tenho uma perspectiva relativamente boa sobre as atividades dela, por assim dizer.

A cafeteira retumbou ameaçadoramente no momento em que Harry abria a boca para fazer outra pergunta. Ele mudou de ideia.

— Notou alguma mudança no humor da sua esposa?

— Birte não é depressiva, inspetor. Ela não foi se enforcar na floresta ou se atirar no lago. Ela está em algum lugar lá fora, e viva. Já li que pessoas desaparecem o tempo todo, depois reaparecem com uma explicação natural e bastante banal. Não é assim?

Lentamente, Harry assentiu.

— Você se importa se eu der uma olhada na casa?

— Por que isso?

Havia uma rispidez na pergunta de Filip Becker que fez Harry pensar que ele devia ser um homem acostumado a estar no comando. A ser mantido informado. O que contrastava com a ideia de sua esposa ir embora sem dizer nada. Ideia essa que, vale ressaltar, Harry já havia descartado. Mães saudáveis e de comportamento estável não vão embora no meio da noite, abandonando um filho de 10 anos. E havia todo o resto. Normalmente, a polícia gasta o mínimo de recursos em uma fase tão inicial de um desaparecimento, a não ser que haja indicações de algo criminoso ou dramático. E foi *todo o resto* que o trouxe pessoalmente a Hoff.

— Às vezes, não se sabe o que está procurando até encontrar — respondeu Harry. — É uma metodologia.

Naquele momento conseguiu captar os olhos de Becker por trás das lentes. Ao contrário dos olhos do filho, os dele eram azul-claros com um brilho intenso e luminoso.

— Mas é claro — disse Becker. — Fique à vontade.

O quarto estava fresco, inodoro e arrumado. Na cama de casal havia uma manta de crochê. Sobre uma mesa de cabeceira estava a foto de uma senhora. A semelhança fez Harry supor que aquele era o lado da cama de Filip Becker. Na outra mesinha havia uma foto de Jonas. O armário de roupas femininas exalava um leve perfume. Harry constatou que os cabides estavam pendurados em intervalos iguais, como estariam ao permanecerem por algum tempo sem serem manuseados. Vestidos pretos com fendas, pulôveres curtos com estampa cor-de-rosa e purpurina. No fundo do armário havia uma seção de gavetas. Ele abriu a primeira de cima. Roupas íntimas. Pretas e vermelhas. A próxima gaveta. Cintas-ligas e meias. Terceira gaveta. Joias arrumadas em nichos revestidos de veludo carmesim. Ele notou um anel bem grande e vistoso com pedras de um brilho intenso. Tudo ali dentro era um pouco Las Vegas. Não havia nenhum nicho vazio.

O quarto tinha uma porta que levava a um banheiro recém-reformado com ducha a vapor e duas pias de aço.

No quarto de Jonas, Harry sentou-se numa pequenina cadeira ao lado de uma escrivaninha. Sobre ela, havia uma calculadora cheia de funções matemáticas avançadas. Parecia nova e sem uso. Na parede acima, havia um pôster mostrando sete golfinhos em uma onda e um calendário do ano. Algumas datas estavam marcadas com círculos e palavrinhas-chave. Harry vira o aniversário da mamãe e do vovô, férias na Dinamarca, dentista às dez e duas datas em julho marcando "médico". Mas Harry não viu nenhum jogo de futebol, idas ao cinema ou festas de aniversário. Avistou um cachecol cor-de-rosa sobre a cama. Uma cor que um menino na idade de Jonas não usaria nem morto. Harry levantou o cachecol. Estava úmido, mas ainda dava para sentir a fragrância distinta de pele, cabelos e perfume femininos. O mesmo perfume que havia no armário.

Ele voltou ao andar térreo. Parou do lado de fora da cozinha e ouviu Skarre ensinando os procedimentos de praxe em casos de desaparecimento. Ouviu o retinir de xícaras de café. O sofá da sala parecia enorme, talvez por causa da figura franzina ali sentada, folheando um livro. Harry se aproximou e viu uma foto de Charles Chaplin em traje completo. Ele sentou-se ao lado de Jonas.

— Você sabia que Chaplin era um Sir? — perguntou Harry. — Sir Charles.

Jonas fez que sim com a cabeça.

— Mas eles o expulsaram dos Estados Unidos.

Jonas continuou folheando.

— Você esteve doente neste verão, Jonas?

— Não.

— Mas foi ao médico. Duas vezes.

— A mamãe queria que eu fosse examinado. A mamãe... — Sua voz falhou de repente.

— Logo ela vai estar de volta, você vai ver — afirmou Harry colocando uma das mãos no ombro estreito do menino. — Ela nem levou o cachecol dela, não é mesmo? Aquele cor-de-rosa que está no seu quarto.

— Alguém amarrou o cachecol no pescoço do boneco de neve — disse Jonas. — Eu o trouxe para dentro.

— Talvez sua mãe não quisesse que o boneco de neve passasse frio.

— Ela nunca teria dado seu cachecol favorito para o boneco de neve.

— Deve ter sido seu pai, então.

— Não, alguém fez isso depois que ele já tinha ido embora. Noite passada. A mesma pessoa que levou a mamãe.

Harry fez que sim lentamente.

— Quem foi que fez o boneco de neve, Jonas?

— Não sei.

Pela janela, Harry olhou para o jardim. Era por isso que tinha vindo. Uma corrente de ar frio parecia atravessar a parede e percorrer a sala.

Harry e Katrine estavam no carro, descendo a Sørkedalsveien a caminho para Majorstua.

— Qual foi a primeira coisa que chamou sua atenção quando entramos? — perguntou Harry.

— Que o casal que mora lá não é formado exatamente por almas gêmeas — respondeu Katrine, passando pelo pedágio sem diminuir a marcha. — Que talvez seja um casamento infeliz. E, se for o caso, era ela quem sofria mais.

— Humm. O que fez você pensar assim?

— É óbvio. — Katrine sorriu olhando pelo retrovisor. — Conflito de gostos.

— Explique.

— Você não reparou no sofá medonho e naquela mesa de centro? Típico estilo anos 1980 comprado por homens nos anos 1990. Enquanto ela escolheu a mesa de jantar em carvalho polido branco com suporte de alumínio. E Vitra.

— Vitra?

— As cadeiras da mesa de jantar. Suíças. Caras. Tão caras que, com o que teria economizado ao comprar imitações por um preço levemente mais razoável, poderia trocar toda aquela mobília horrorosa.

Harry notou que o "horrorosa" na boca de Katrine não parecia uma palavra vil, apenas um contraponto linguístico que destacava a classe social à qual pertencia.

— E então?

— Aquele casarão, naquele endereço de Oslo, significa que dinheiro não é problema. Ela não teve *permissão* para trocar o sofá e a mesa de centro dele. E, quando um homem sem bom gosto ou aparente interesse por decoração faz isso, me leva à conclusão sobre quem domina quem.

Harry assentiu com a cabeça, mais para si mesmo. A primeira impressão dela não estava errada. Katrine Bratt era boa.

— Me diga o que *você* acha — pediu ela. — Sou eu quem devia estar aprendendo aqui.

Harry olhou pela janela, para o velho e tradicional, embora não particularmente respeitável, café e bar Lepsvik.

— Eu não acho que Birte Becker tenha deixado a casa por livre e espontânea vontade — comentou ele.

— Por que não? Não havia nenhum sinal de violência.

— Porque foi bem-planejado.

— E quem seria o culpado? O marido? É sempre o marido, não é?

— É — respondeu Harry, percebendo que seu pensamento vagava. — É sempre o marido.

— Exceto que esse marido tinha ido para Bergen.

— É o que parece.

— No último voo, por isso não pode ter voltado e chegado a tempo para a primeira palestra. — Katrine acelerou e passou o cruzamento em Majorstua no sinal amarelo. — De qualquer forma, se Filip Becker fosse culpado, ele teria mordido a isca que você plantou.

— Isca?

— Sim. A parte sobre a mudança de humor dela. Você sugeriu a Becker que suspeitava de suicídio.

— E daí?

Ela riu alto.

— Ah, qual é, Harry. Todo mundo, incluindo Becker, sabe que a polícia tem recursos limitados num caso que parece suicídio. Em suma, você deu a ele a possibilidade de sustentar uma teoria que, se ele fosse culpado, teria solucionado a maior parte dos problemas. Contudo, Becker respondeu que ela estava feliz como um passarinho.

— Hum. Então você acha que a pergunta foi um teste?

— Você testa as pessoas o tempo todo, Harry. A mim, inclusive.

Harry não respondeu até terem descido a Bogstadveien.

— Em geral, as pessoas são mais espertas do que você imagina — disse ele e depois ficou em silêncio até chegarem ao estacionamento da sede da polícia. — Vou ter que trabalhar sozinho o resto do dia.

E falou aquilo porque esteve pensando sobre o cachecol cor-de-rosa e tinha chegado a uma conclusão. Ele precisava, com urgência, estudar o material de Skarre sobre pessoas desaparecidas e também precisava, com urgência, ter sua perturbadora suspeita confirmada. E, se fosse como temia, ele teria que ir ao chefe da Homicídios, Gunnar Hagen, com a carta. A maldita carta.

5

4 DE NOVEMBRO DE 1992

O totem

Quando William Jefferson Blythe III chegou ao mundo em 19 de agosto de 1946, na cidadezinha de Hope, no Arkansas, haviam se passado exatamente três meses desde que seu pai tinha morrido num acidente de carro. Quatro anos depois disso, a mãe de William se casou novamente, e ele adotou o sobrenome do seu novo pai. E naquela noite de novembro de 1992, 46 anos mais tarde, confete branco descia como neve pelas ruas de Hope, celebrando a esperança da cidade e o fato de seu filho, William — ou apenas Bill — Clinton, ter sido eleito o 42º presidente dos EUA. A neve que caía sobre a cidade de Bergen naquela mesma noite como sempre não chegava às ruas, mas derretia no ar e caía em forma de chuva, como acontecia desde meados de setembro. Porém, ao nascer da manhã seguinte, havia uma bela camada de açúcar polvilhado por cima dos sete picos de montanha que vigiavam a bela cidade. E o inspetor Gert Rafto já havia alcançado o pico mais alto, Ulriken. Trêmulo, respirou o ar da montanha e arqueou os ombros em volta da sua cabeça larga, o rosto tão cheio de dobras de pele que parecia ter sido perfurado.

O teleférico amarelo que trouxera ele e três oficiais da perícia técnica da Polícia de Bergen 642 metros acima da cidade balançava levemente nos sólidos cabos de aço, esperando. O funcionamento tinha sido interrompido assim que os primeiros turistas que chegaram pela manhã ao popular cume de montanha soaram o alarme.

— Espalhe-se por aí — deixou escapar um dos peritos técnicos.

O slogan turístico da cidade havia se tornado uma paródia tão grande em relação ao estilo de vida de Bergen que a população quase parara de usá-lo. Mas, em situações em que prevalece o medo, o vocabulário mais íntimo prevalece.

— É, espalhe-se por aí — repetiu Rafto com sarcasmo, os olhos luzindo por entre a pilha de dobras de pele.

O corpo que jazia na neve havia sido desmembrado em tantos pedaços que apenas fora possível determinar o sexo graças a um seio nu. O restante lembrou Rafto do acidente de trânsito em Eidsvågneset no ano anterior, em que um caminhão que havia feito uma curva fechada em alta velocidade tinha perdido seu revestimento de alumínio, literalmente fatiando o carro que vinha na direção oposta.

— O assassino matou e desmembrou aqui mesmo — apontou um dos peritos.

Para Rafto, a informação parecera bastante supérflua, considerando que a neve em volta do corpo estava borrifada de sangue e as listras grossas ao lado indicavam que pelo menos uma artéria havia sido cortada enquanto o coração ainda batia. Fez uma nota mental para descobrir a hora em que a neve parara de cair na noite anterior. O último teleférico havia partido às cinco da tarde. Claro que a vítima e o assassino podiam ter chegado pela trilha que serpenteava por baixo das gôndolas. Ou podiam ter tomado o funicular de Fløyen para o topo da montanha ao lado, e dali caminhado. Mas eram caminhadas longas, e sua intuição disse: teleférico.

Havia dois pares de pegadas na neve. As pequenas eram sem dúvida da mulher, mesmo que não houvesse sinal dos seus sapatos. O outro par era necessariamente do assassino. As pegadas levavam à trilha.

— Botas grandes — constatou o jovem perito, um homem do arquipélago de Sotra com o rosto encovado. — Pelo menos 46. Com certeza um cara fortão.

— Não necessariamente — discordou Rafto, farejando o ar. — A pegada é irregular mesmo aqui em terra plana. Sugere que o pé do homem é menor do que o calçado. Talvez estivesse tentando nos despistar.

Rafto sentiu todos os olhares recaindo sobre si. Sabia o que pensavam. Que lá ia ele outra vez, tentando fazer brilhar a estrela de outrora, o homem que havia sido amado pelos jornais; boca grande, rosto impassível e energia. Em suma, um homem feito para as manchetes. Mas em certo momento ele ficara grandioso demais para eles, para todos eles, a imprensa e os colegas. Começaram a circular comentários indiretos dizendo que Gert Rafto só pensava em si mesmo e em seu lugar sob os holofotes, que ele, em seu egoísmo, pisava em colegas e cadáveres demais. Mas ele não tinha se importado. Não possuíam nada de concreto para derrubá-lo. Ao menos não o bastante. Um objeto de valor ou outro havia sumido de cenas de crime. Uma joia ou um relógio que pertencera ao morto, coisas que se supunha que ninguém sentiria falta. Mas um dia um dos colegas de Rafto estava procurando uma caneta e abriu uma gaveta em sua mesa. Pelo menos foi o que ele disse. E encontrou três anéis. Rafto foi chamado à presença do delegado, a quem teve de se explicar, e ele lhe dissera para ficar de boca calada e não mexer no que está quieto. Isso foi tudo. Mas começaram os rumores. Até a mídia acabou sabendo. Talvez por isso não tenha sido surpresa quando as acusações sobre violência policial atingiram a delegacia alguns anos atrás, e provas concretas logo foram encontradas contra um homem. O homem feito para as manchetes.

Gert Rafto era culpado das acusações, ninguém tinha qualquer dúvida quanto a isso. Mas todos também sabiam que o inspetor fora usado como bode expiatório para uma cultura que permeava a Polícia de Bergen havia anos. Ele só tinha assinado uma parte dos relatórios sobre presos — a maioria por abuso sexual de menores e narcotraficantes — que haviam caído na velha escada de ferro que dava para as celas de detenção e tiveram umas contusões aqui e ali.

Os jornais foram impiedosos. O apelido que lhe deram, Rafto de Ferro, não era exatamente original, mas mesmo assim apropriado. E agora ganhara novo significado. Um jornalista havia entrevistado vários de seus inimigos de longa data em ambos os lados da lei, e, é claro, todos aproveitaram a oportunidade. Por isso, quando a filha de Rafto chegou da escola chorando, dizendo que a chamaram de "ferrada", sua mulher disse que bastava, que ele não podia esperar que ela ficasse sentada assistindo a ele arrastar a família toda para a sarjeta. Como tantas vezes antes, Rafto perdera a cabeça. Depois disso, ela levou a filha consigo e dessa vez não voltou.

Foi um período difícil, mas ele nunca esqueceu quem era. Ele era o Rafto de Ferro. E, quando o período de quarentena chegou ao fim, Rafto apostou tudo, trabalhando dia e noite para recuperar o terreno. Mas ninguém estava disposto a perdoar, as feridas eram profundas demais, e ele sentiu uma resistência interna que o impedia de ter êxito. Claro que não queriam que ele brilhasse novamente e lembrasse a todos e à mídia daquilo que tão desesperadamente tentavam deixar para trás: imagens de corpos espancados e algemados. Mas Rafto iria lhes mostrar. Mostrar a eles que Gert Rafto não era homem de ser enterrado antes da hora. Que a cidade lá embaixo pertencia a ele e não aos assistentes sociais, às madames, ao pessoal de fala macia sentado em suas salas, com suas línguas tão compridas que podiam lamber a bunda mole tanto dos políticos locais como dos jornalistas de esquerda.

— Tire algumas fotos e me arrume uma identificação — disse Rafto ao perito com a máquina fotográfica.

— E quem vai ser capaz de identificar isto aqui? — perguntou o jovem, apontando.

Rafto não se importou com o tom com que ele disse aquilo.

— Alguém já registrou ou logo vai registrar o desaparecimento da mulher. Anda logo com isso, meu filho.

Rafto foi até o cume e olhou por sobre aquilo que os habitantes de Bergen chamam de *vidden* — o platô. Seu olhar varreu a paisagem campestre e se deteve numa colina e em algo que parecia ser uma pessoa no cume. Mas, se fosse uma pessoa, estava imóvel. Talvez fosse um moledro, aqueles marcos feitos de pedras empilhadas. Rafto semicerrou os olhos. Com certeza já visitara o lugar centenas de vezes em passeios com a mulher e a filha, mas não se lembrava de ter visto nenhum moledro. Ele desceu até a estação do teleférico, conversou com o operador e pegou seu binóculo emprestado. Quinze segundos depois constatou que não se tratava de um moledro, apenas de três grandes bolas de neve que alguém devia ter empilhado uma em cima da outra.

Rafto não gostava daquele bairro inclinado de Bergen, conhecido como Fjellsiden, com suas casas "pitorescas", tortas e sem isolamento térmico para o inverno, com suas escadas e seus porões, dispostas em vielas estreitas onde o sol nunca batia. Gente da moda, filhos de pais ricos, frequentemente pagavam milhões para serem proprietários de uma casa autêntica de Bergen, que reformavam até não sobrar sequer uma lasca da madeira original. Ali não mais se escutava o som de pisadas das crianças correndo sobre os paralelepípedos, os preços haviam enxotado as jovens famílias de Bergen para os subúrbios no outro lado das montanhas. Estava quieto e vazio como numa área comercial deserta. Mesmo assim, ele ficou com uma sensação de estar sendo observado enquanto esperava no degrau de pedra após tocar a campainha.

Demorou um pouco até a porta se abrir, e um rosto de mulher, pálido e ansioso, fitou-o com expressão alarmada.

— Onny Hetland? — perguntou Rafto, mostrando sua identificação. — É sobre sua amiga, Laila Aasen.

O apartamento era minúsculo e com uma planta incompreensível; o banheiro era atrás da cozinha e entre o quarto e a sala. No meio do papel de parede cor de vinho da sala de estar, Onny Hetland havia conseguido espremer um sofá e uma poltrona verde e laranja, e no que restava de chão havia pilhas de revistas semanais, livros e CDs. Rafto deu um passo por cima de uma bacia de água virada para baixo e de uma gata para poder chegar até o sofá. Onny Hetland sentou-se na poltrona, mexendo em seu colar. O pingente de pedra verde tinha uma fenda preta. Uma imperfeição, quem sabe. Ou talvez fosse para ser assim mesmo.

Onny Hetland havia recebido a notícia da morte da sua amiga naquela mesma manhã pelo companheiro de Laila, Bastian. Ainda assim, seu rosto se transfigurou dramaticamente ao ouvir Rafto pincelar os detalhes sem pena.

— Terrível — sussurrou Onny Hetland. — Bastian não mencionou nada disso.

— É porque não queremos que vaze para a imprensa — disse Rafto. — Bastian me disse que você era a melhor amiga de Laila.

Onny afirmou com a cabeça.

— Sabe o que Laila estava fazendo lá em cima do Ulriken? O companheiro dela não faz ideia. Ele e os filhos estavam na casa da mãe dele em Florø ontem.

Onny fez que não com a cabeça. Um gesto firme que não devia deixar nenhuma dúvida. O ato em si não era o problema. Tinha sido a hesitação de um centésimo de segundo antes. E esse centésimo de segundo era tudo de que Gert Rafto precisava.

— Trata-se de um assassinato, Srta. Hetland. Espero que entenda a gravidade e o risco que corre por não me contar tudo o que sabe.

Ela lançou um olhar perplexo para o policial com rosto de buldogue. Ele farejou a presa.

— Se acha que está poupando a família dela, está enganada. Esses detalhes virão à tona de qualquer maneira.

Ela engoliu em seco. Parecia assustada, já estava assim quando abrira a porta. Então ele deu a cutucada final, um tipo de ameaça que era na verdade insignificante, mas que funcionava maravilhosamente bem tanto com os inocentes quanto com os culpados.

— Você pode contar agora ou ir comigo à delegacia para ser interrogada.

As lágrimas brotaram nos olhos dela e a voz quase inaudível veio de algum lugar do fundo da garganta.

— Ela ia encontrar com alguém lá.

— Com quem?

Onny Hetland respirou fundo, trêmula.

— Laila só me contou o primeiro nome e a profissão. E disse que era segredo, que ninguém podia saber. Principalmente Bastian.

Rafto olhou para seu bloco de anotações para esconder a empolgação.

— E quais eram seu nome e profissão?

Ele anotou o que Onny disse. Olhou para o bloco. Era um nome relativamente comum. E uma profissão relativamente comum. Mas, como Bergen é uma cidade relativamente pequena, Rafto pensou que aquilo seria o suficiente. Ele sabia de corpo e alma que estava na pista certa. E com "de corpo e alma" Gert Rafto queria dizer trinta anos de experiência policial e um conhecimento da humanidade baseado em uma misantropia generalizada.

— Me prometa uma coisa — pediu ele. — Não diga a ninguém o que acabou de me contar. Para ninguém da família. Para ninguém da imprensa. Nem para outros policiais que por acaso venham falar com você. Entendido?

— Nem para... policiais?

— Definitivamente não. Eu sou o chefe desta investigação, e preciso ter total controle sobre quem tem essa informação. Até que eu fale o contrário, você não sabe de nada.

Finalmente, pensou Rafto, mais uma vez parado no degrau da escada. O vidro refletiu quando uma janela se abriu mais adiante da alameda, e novamente teve a sensação de estar sendo observado. Mas e daí? A revanche era dele. Só dele. Gert Rafto abotoou o casaco, mal percebendo a chuva insistente enquanto, em silencioso triunfo, desceu as ruas escorregadias em direção ao centro de Bergen.

Já eram cinco da tarde e a chuva caía sobre a cidade, vinda de um céu explodindo em fúria. Na mesa em frente a Gert Rafto estava uma lista de nomes que ele havia solicitado do sindicato. Começou procurando candidatos com o primeiro nome correto. Por enquanto, apenas três.

Passaram-se apenas duas horas desde que estivera com Onny Hetland, e Rafto achava que logo saberia quem havia assassinado Laila Aasen. Caso solucionado em menos de 12 horas. E ninguém podia tirar isso dele, a honra era sua e de mais ninguém. Porque ele iria informar a imprensa pessoalmente. Os principais veículos de comunicação sobrevoaram as montanhas e já estavam sitiando a delegacia. O comandante tinha dado ordens para que nenhum detalhe sobre o corpo fosse divulgado, mas os abutres já haviam farejado um banho de sangue.

— Deve ter vazado — falou o comandante, olhando para Rafto, que não respondeu nem mostrou o sorriso que ansiava para chegar à superfície. Estavam sentados ali, prontos para entregarem seus relatórios. E em breve Gert Rafto seria novamente o rei da Polícia de Bergen.

Ele abaixou o volume do rádio, de onde Whitney Houston dissera durante todo o outono que iria amá-lo para sempre, mas antes que pudesse tirar o fone do gancho o telefone tocou.

— Rafto — disse ele com irritação e impaciência.

— Sou eu quem você está procurando.

A voz foi o que imediatamente informou ao inspetor desacreditado que aquilo não era um simples trote ou uma piada de mau gosto. Era uma voz fria e controlada, com uma dicção nítida e profissional, que por si excluía os loucos e bêbados de sempre. Mas havia outra coisa com aquela voz, algo que não conseguia determinar.

Rafto pigarreou alto, duas vezes. Ganhou tempo, como se para mostrar que não havia ficado desconcertado:

— Com quem estou falando?

— Você sabe.

Rafto fechou os olhos e soltou palavrões mudos e raivosos. Merda, merda, merda, o suspeito ia se entregar. E isso não chegaria nem perto de ter o mesmo impacto caso fosse ele, Rafto, a prender o criminoso.

— O que o faz pensar que estou procurando você? — perguntou o policial entre os dentes cerrados.

— Eu simplesmente sei — respondeu a voz. — E se pudermos fazer as coisas ao meu modo você vai ter o que quer.

— E o que eu quero?

— Você quer me prender. E poderá fazê-lo. Sozinho. Está prestando atenção agora, Rafto?

O policial fez que sim com a cabeça, antes de se tocar e responder que sim.

— Me encontre no totem do parque de Nordnes — anunciou a voz. — Daqui a exatos dez minutos.

Rafto tentou pensar. O parque de Nordnes ficava ao lado do Aquário, ele chegaria em menos de dez minutos. Mas por que, entre tantos lugares, marcar o encontro justo lá, num parque na ponta de um penhasco?

— Para que eu possa ver se você vai chegar sozinho — disse a voz, como se respondesse seus pensamentos. — Se eu vir outros policiais ou você se atrasar, desapareço. Para sempre.

O cérebro de Rafto processou, calculou e concluiu. Ele não conseguiria organizar uma equipe de captura. Teria que explicar em seu relatório escrito o motivo pelo qual tinha sido forçado a executar a prisão sozinho. Era perfeito.

— Está bem — concordou Rafto. — O que acontece então?

— Eu conto tudo a você e passo as condições para a rendição.

— Que tipo de condições?

— Não quero estar algemado durante o julgamento. A imprensa não terá acesso. E vou cumprir pena em algum lugar onde não precisarei conviver com outros prisioneiros.

Rafto quase engasgou.

— Está bem — disse e olhou para o relógio.

— Espera, tem outras condições: TV no meu quarto, todos os livros que eu possa vir a querer.

— Vamos arranjar isso — disse Rafto.

— Quando você tiver assinado o acordo com minhas condições, vou com você.

— E se... — começou a dizer Rafto, mas um acelerado e repetido bipe disse que a outra pessoa havia desligado.

Rafto estacionou perto do estaleiro de Bergen. Não era o caminho mais curto, mas lhe daria uma visão melhor do parque na hora de entrar. O grande parque ficava num terreno ondulado com trilhas feitas pelos passos e montes com gramado amarelo e seco. As árvores apontavam com dedos pretos e nodosos para as pesadas nuvens vindas do mar atrás da ilha Askøy. Um homem se apressava atrás de um rottweiler nervoso com uma guia curta. Rafto apalpou o Smith & Wesson no bolso do casaco ao passar pelo reservatório de Nordnes: o tanque branco para água salgada parecia uma banheira desproporcional à beira-mar.

Depois da curva ele pôde vislumbrar o totem de 10 metros de altura, um presente de 2 toneladas da cidade de Seattle pelo aniversário de 900 anos de Bergen. Ele podia ouvir sua própria respiração e o chapinhar das folhas molhadas debaixo dos sapatos. Começou a chover. Gotículas afiadas pinicavam seu rosto.

Uma figura solitária estava ao lado do totem, virada para Rafto, como se a pessoa soubesse que o policial viria justamente daquele lado e não do outro.

Rafto apertou o revólver ao andar os últimos passos. A 2 metros de distância, ele parou. Semicerrou os olhos contra a chuva. Não podia ser verdade.

— Surpreso? — indagou a voz que ele só agora reconhecia.

Rafto não respondeu. Seu cérebro havia começado a processar novamente.

— Você achou que me conhecia — disse a voz. — Mas só eu conhecia você. Foi assim que adivinhei que tentaria fazer isso sozinho.

Rafto fitou o homem diante dele.

— Isto é um jogo — anunciou a voz.

Rafto pigarreou.

— Um jogo?

— É. Você gosta de jogar.

Rafto fechou a mão em volta da coronha do revólver, segurando-o de modo a ter certeza de que não se prenderia no bolso do casaco caso tivesse que sacá-lo depressa.

— Por que justo eu?

— Porque você era o melhor. Só jogo contra o melhor.

— Você é louco — sussurrou Rafto, arrependendo-se no mesmo instante.

— Quanto a isso não há a menor dúvida — disse o outro com um leve sorriso. — Mas você também é louco, meu querido. Somos todos loucos. Somos espíritos desassossegados que não encontram o caminho para casa. Sempre foi assim. Sabe por que os índios fizeram estes aqui?

A pessoa na frente de Rafto bateu com o nó do dedo indicador enluvado no tronco de árvore; as figuras entalhadas, uma sobre a outra, encaravam o fiorde com grandes olhos negros e cegos.

— Para tomar conta das almas — continuou a pessoa. — Para que elas não se percam. Mas um totem apodrece. E ele deve apodrecer, faz parte da ideia. E quando isso acontece, a alma precisa encontrar um novo lar. Talvez numa máscara. Talvez num espelho. Ou talvez numa criança recém-nascida.

O som de gritos roucos vinha do pátio dos pinguins no Aquário.

— Você vai me dizer por que a matou? — perguntou Rafto e notou que ele também estava rouco.

— Pena que o jogo acabou, Rafto. Foi divertido.

— E como descobriu que eu estava no seu encalço?

O outro levantou a mão, e Rafto deu automaticamente um passo para trás. Algo estava pendurado nela. Um colar. Na ponta pendia uma pedra em forma de gota com um entalhe preto. Rafto sentiu as batidas pesadas do próprio coração.

— Na verdade, Onny Hetland não queria dizer nada a princípio. Mas ela se deixou... como podemos dizer... convencer.

— Você está mentindo — disse Rafto sem ar e sem convicção.

— Ela contou que você a obrigou a não dizer nada para seus colegas. Foi quando eu soube que você aceitaria minha oferta de vir até aqui sozinho. Porque você achou que aqui seria o novo lar da sua alma, sua ressurreição. Não é?

A fina e gélida chuva se assentou como suor no rosto de Rafto. Ele já estava com o dedo no gatilho do revólver e concentrado em falar lenta e controladamente:

— Escolheu o lugar errado. Você está virado de costas para o mar e há carros da polícia em todas as saídas. Ninguém escapa.

A pessoa na sua frente farejou no ar.

— Está sentindo o cheiro, Gert?

— De quê?

— Medo. Adrenalina tem um cheiro bem particular. Mas você sabe tudo sobre o assunto. Tenho certeza de que você sentiu esse cheiro nos presos que espancava. Laila tinha o mesmo cheiro. Especialmente quando viu as ferramentas que eu iria usar. E Onny ainda mais. Provavelmente porque você tinha contado a ela sobre Laila e ela sabia o que aconteceria. É um cheiro bastante estimulante, não acha? Eu li que é o cheiro que alguns carnívoros usam para encontrar suas presas. Imagine a vítima, trêmula, tentando se esconder, mas sabendo que o cheiro do próprio medo irá matá-la.

Rafto viu as mãos do outro pendendo do corpo, vazias. Estavam em plena luz do dia, perto do centro da segunda maior cidade da Noruega.

Apesar de sua idade, após os últimos anos sem álcool, ele estava em boa forma física. Os reflexos eram rápidos, e as técnicas de combate estavam razoavelmente em dia. Sacar o revólver levaria uma fração de segundo. Por que então estava com medo a ponto de seu queixo tremer?

6

Dia 2

Celular

O policial Magnus Skarre se inclinou para trás em sua cadeira giratória e fechou os olhos. E a imagem que de imediato surgiu usava um terninho e estava de costas para ele. Reabriu os olhos rapidamente e conferiu o relógio. Seis horas. Havia decidido que merecia uma pausa, uma vez que já havia feito os procedimentos de praxe em casos de desaparecimento. Tinha ligado para todos os hospitais para saber se haviam recebido uma Birte Becker. Havia ligado para a Norgestaxi e para a Oslo Taxi, conferindo as corridas da noite anterior até a área próxima ao endereço de Hoff. Falara com o banco de Birte, constatando que ela não havia sacado valores altos da conta antes de desaparecer, nem havia registro de saques durante a noite anterior ou naquele dia. A polícia no aeroporto de Oslo teve permissão para verificar todas as listas de passageiros da noite anterior, mas o único que encontraram com o nome Becker era o marido, Filip Becker, no voo para Bergen. Skarre também tinha falado com as empresas de transporte de balsa com saídas para a Dinamarca e para a Inglaterra, mesmo sendo improvável que tivesse ido para a Inglaterra, pois o marido havia ficado com seu passaporte e o mostrara à polícia. O ambicioso oficial enviara o costumeiro fax de segurança a todos os hotéis de Oslo e Akershus e, por fim, instruíra todas as unidades operacionais, incluindo os carros de patrulha de Oslo, para que ficassem de olhos abertos.

Faltava apenas a questão do celular.

Magnus ligou para Harry para informá-lo da situação. O inspetor estava ofegante, e no fundo soou um agudo canto de pássaros. Antes de desligar, Harry fez algumas perguntas sobre o celular. Então Skarre se levantou e foi ao corredor. A porta da sala de Katrine Bratt estava aberta, a luz, acesa, mas não havia ninguém. Ele foi pela escada até a cantina no andar de cima.

Não serviam mais comida, mas havia café morno numa garrafa térmica e biscoitos e geleia numa mesa de rodinhas próxima à porta. Só havia quatro pessoas no recinto, e uma delas era Katrine Bratt, que estava numa mesa perto da parede. Ela lia documentos num fichário. Na sua frente estavam um copo de água e uma embalagem contendo dois sanduíches abertos. Ela estava de óculos. Armadura fina, vidros finos — mal dava para notá-los em seu rosto.

Skarre se serviu de café e foi até a mesa dela.

— Hora extra programada? — perguntou ao sentar-se.

Magnus Skarre achou ter ouvido um suspiro antes que ela levantasse o olhar da folha de papel.

— Como é que eu adivinhei? — Ele sorriu. — Sanduíche trazido de casa. Você sabia antes de sair de casa que a nossa cantina fecha às cinco e que ficaria até mais tarde. Desculpe, mas é assim que a gente fica quando é investigador.

— É mesmo? — perguntou ela sem piscar, voltando seu olhar às folhas do fichário.

— É mesmo — disse Skarre, sorvendo o café e aproveitando a ocasião para dar uma boa olhada em Katrine. Ela estava inclinada para a frente, de modo que podia ver a renda do sutiã pela abertura da blusa. — Esse desaparecimento de hoje, por exemplo. Não tenho nenhuma informação que os outros não tenham. Mesmo assim, estou aqui pensando comigo mesmo que ela ainda poderia estar em Hoff. Quem sabe embaixo da neve ou das folhas secas em algum lugar. Ou talvez num dos muitos lagos e riachos que há por lá.

Katrine Bratt não respondeu.

— E sabe por que estou pensando isso?

— Não — respondeu ela, monocórdia, sem tirar os olhos do fichário.

Skarre se inclinou sobre a mesa e colocou um celular bem na frente dela. Katrine levantou o olhar com uma expressão resignada.

— Isto é um celular — começou ele. — Suponho que você deva achar que é uma invenção bastante recente. Mas já em abril de 1973 o pai dos celulares, Martin Cooper, fez a primeira ligação de um telefone móvel para sua mulher em casa. E é claro que ele não fazia ideia de que sua invenção passaria a ser, para a polícia, um dos meios mais importantes para se encontrar pessoas desaparecidas. Se quiser se tornar uma investigadora razoável, deve prestar atenção e aprender essas coisas, Bratt.

Katrine tirou seus óculos e olhou para Skarre com um sorrisinho que ele gostou, mas que não conseguia decifrar.

— Sou toda ouvidos.

— Ótimo — animou-se Skarre. — Porque Birte Becker é dona de um celular. E um celular emite sinais que são captados por estações-base na área onde está localizado. Não apenas quando você liga para alguém, mas simplesmente pelo aparelho estar ligado. É por isso que os norte-americanos o batizaram de *telefone celular*, para começo de conversa. Porque ele tem a cobertura de estações-base em pequenas áreas, em outras palavras: em células. Eu verifiquei com a Telenor, e a estação-base de Hoff continua recebendo sinais do telefone de Birte. Mas vasculhamos a casa inteira e não há nenhum telefone lá. E dificilmente ela o perdeu perto de casa, seria muita coincidência. Portanto... — Skarre levantou as mãos como um mágico depois de executar um truque. — Depois desse café, vou contatar a Central de Operações e enviar um grupo de busca.

— Boa sorte — disse Katrine, estendendo-lhe o celular e virando a folha.

— Isso é um dos antigos casos de Hole, não é? — perguntou Skarre.

— Isso mesmo.

— Ele pensou que houvesse um serial killer.

— Eu sei.

— É mesmo? Então talvez saiba também que ele estava errado? E que não foi a primeira vez. Hole tem uma obsessão mórbida por serial killers. Ele pensa que isto aqui é os Estados Unidos. Mas ainda não encontrou seu serial killer neste país.

— Houve diversos serial killers na Suécia. Thomas Quick, John Asonius, Tore Hedin...

Magnus Skarre riu.

— Você fez seu dever de casa. Mas, se quiser aprender uma coisa ou outra sobre investigação de verdade, sugiro que a gente vá tomar uma cerveja.

— Obrigada, não sou...

— E talvez comer alguma coisa. Sua embalagem de sanduíche não era muito grande.

Finalmente, Skarre conseguiu captar o olhar dela e retê-lo. Tinha um brilho esquisito, como se bem no fundo houvesse uma chama latente.

Nunca tinha visto um brilho como aquele. E pensou ter sido o responsável por isso; ele havia acendido a chama e durante a conversa tinha alcançado o mesmo patamar de Bratt.

— Pode encarar isso como um... — começou a dizer e fez de conta que estava procurando a palavra certa — treinamento.

Ela sorriu. Um sorriso largo.

Skarre sentiu o pulso acelerar, estava com calor e pensou que já podia sentir o corpo dela contra o seu, um joelho com meia de seda sob seus dedos, o som crepitante ao deslizar a mão mais para cima.

— O que está querendo, Skarre? Dar uma conferida na nova lingerie da unidade? — Seu sorriso ficou ainda mais largo, e o brilho no olhar parecia ainda mais intenso. — Transar com ela o quanto antes, como fazem os meninos quando cospem no maior pedaço do bolo de aniversário para que possam comê-lo em paz sem dividi-lo com os outros?

Magnus Skarre suspeitou estar boquiaberto.

— Vou te dar algumas dicas bem-intencionadas, Skarre. Fique longe das mulheres no trabalho. Não gaste seu tempo na cantina tomando café se acredita que tem uma pista quente. E não tente me convencer de que você pode solicitar a Central de Operações. Você liga para o inspetor Hole e, então, é ele quem decide se deve mandar uma equipe de busca. E em seguida é ele quem vai ligar para a Central de Emergência, onde existem pessoas de prontidão, não apenas o nosso grupo de busca.

Katrine amassou o papel engordurado do lanche e o jogou na lixeira atrás de Skarre. Ele não precisou se virar para saber que ela havia acertado. Katrine fechou o fichário e se levantou, mas Skarre já havia conseguido se recompor um pouco.

— Não sei o que está imaginando, Bratt. Você é uma mulher casada rejeitada que talvez não tenha o suficiente em casa e, por isso, espera que um cara como eu se dê ao trabalho de... se dê ao trabalho de... — Ele não achou as palavras. Merda, ele não estava achando as palavras. — Só estou me oferecendo para ensinar uma coisa ou outra a você, sua vadia.

Algo aconteceu no rosto dela, como uma cortina se abrindo para que ele olhasse direto para as chamas. Por um momento, teve certeza de que ela ia lhe dar um tapa. Mas nada aconteceu. E, quando ela retomou a palavra, ele entendeu que tudo havia acontecido apenas no seu olhar, que ela não havia movido um dedo e que sua voz estava totalmente equilibrada.

— Peço desculpas caso o tenha interpretado mal — disse ela, embora sua expressão indicasse que ela acreditava que isso era muitíssimo improvável. — A propósito, Martin Cooper não fez a primeira ligação de celular para a mulher dele, mas sim para seu concorrente, Joel Engel, do Bell Laboratories. Você acha que foi para ensinar-lhe algumas coisinhas, Skarre? Ou para se gabar?

Skarre a observou ir embora, viu a saia apertando as nádegas enquanto Katrine rebolava em direção à porta da cantina. Merda, a mulher era maluca! Ele sentiu vontade de se levantar e jogar algo nela. Mas sabia que não ia acertar. Além do mais, era melhor não se mexer; temia que sua ereção ainda estivesse visível.

Harry sentiu os pulmões pressionando as costelas. A respiração havia começado a se acalmar. Mas não o coração, que estava disparado feito uma lebre dentro do peito. As roupas de ginástica estavam pesadas de suor quando parou na beira da floresta, próximo ao restaurante de Ekeberg. O restaurante de arquitetura funcionalista construído no período entreguerras e que outrora havia sido o orgulho de Oslo se erguia sobre a cidade na face íngreme da serra a leste. Mas os fregueses tinham parado de encarar o longo trajeto do centro até a floresta, e o lugar se tornou pouco lucrativo, deteriorou-se até se tornar uma choupana com paredes descascando, atraindo dançarinos fora de moda, beberrões de meia-idade e almas solitárias à procura de outras almas solitárias. Por fim fechou. Harry sempre gostou de pegar o carro e ir até ali, acima da camada amarela de poluição vinda dos escapamentos, e correr pela rede de trilhas no terreno íngreme; um desafio que fazia o ácido lático queimar na musculatura. Gostava de fazer uma parada ali, na beleza do restaurante naufragado, sentar-se no terraço molhado pela chuva e coberto de plantas e olhar por sobre a cidade que outrora fora dele, mas que agora não passava de uma massa falida, os bens todos transferidos, uma ex-namorada que transferira seu afeto para outro lugar.

A cidade ficava lá embaixo numa depressão cercada de colinas por todos os lados e uma única saída pelo fiorde. Geólogos diziam que Oslo era a cratera de um vulcão morto. E, em noites como esta, Harry às vezes imaginava que as luzes da cidade eram perfurações na crosta terrestre por onde a lava incandescente transluzia. Olhando para a pista de esqui de Holmenkollen, que parecia uma vírgula branca e iluminada no morro do outro lado da cidade, ele tentou localizar onde seria a casa de Rakel.

Pensou na carta. E no telefonema que tinha acabado de receber de Skarre sobre os sinais do celular desaparecido de Birte. O coração já desacelerava, bombeando sangue e enviando sinais tranquilos e regulares para o cérebro, dizendo que ainda havia vida. Como um telefone celular enviando sinais para a estação-base. Coração, pensou Harry. Sinal. A carta. Era um pensamento doentio. Por que então já não o descartara? Por que já estava calculando quanto tempo levaria para correr até o carro, ir até Hoff e procurar saber quem era mais doentio?

Rakel estava parada diante da janela da cozinha olhando a propriedade, os pinheiros que já bloqueavam sua vista para os vizinhos. Numa reunião dos moradores da área, ela sugeriu que cortassem algumas árvores para deixar entrar mais luz, porém a falta de entusiasmo não declarada foi tão óbvia que sequer pediu para o tópico ser votado. Os pinheiros impediam que as pessoas olhassem para dentro, e era assim que os moradores gostavam que fosse em Holmenkollen. A neve ainda estava pelo chão, onde carros BMW e Volvo gentilmente subiam os morros sinuosos a caminho de casa, com suas portas de garagens automáticas e o jantar posto, feito por esposas saradas que faziam uma pausa na carreira e contavam com uma ajudinha das babás.

Mesmo através dos pisos sólidos da casa de madeira que havia herdado do seu pai, Rakel podia ouvir a música do quarto de Oleg no andar de cima. Led Zeppelin e The Who. Quando Rakel tinha 12 anos, teria sido impensável ouvir música da geração de seus pais. Mas ele havia ganhado esses CDs de Harry e os escutava com um amor genuíno.

Pensou no quanto Harry havia emagrecido, em como encolhera. Feito as lembranças que tinha dele. Era quase assustador como era possível que uma pessoa com quem estivemos tão intimamente ligados pudesse desvanecer e sumir. Ou talvez fosse por isso mesmo; depois de estar tão próximo a alguém, o contrário parecia irreal, como um sonho que esquecemos logo porque ele aconteceu somente em nossa cabeça. Talvez por isso tenha sido um choque revê-lo. Abraçá-lo, sentir seu cheiro, ouvir sua voz sem ser pelo telefone, mas de uma boca com aqueles lábios estranhamente macios naquele rosto impassível e cada vez mais vincado. Olhar para aqueles olhos azuis cuja intensidade do brilho varia de acordo com o discurso. Exatamente como antes.

Mas Rakel estava satisfeita por aquilo estar terminado, por já ter colocado aquele assunto em seu passado. Por esse homem agora ser uma pessoa com quem ela não dividiria seu futuro, uma pessoa que não traria sua realidade suja para dentro de suas vidas.

Rakel estava melhor agora. Muito melhor. Ela olhou para o relógio em seu pulso. Mathias estaria ali a qualquer momento. Porque, ao contrário de Harry, ele costumava ser pontual.

Mathias aparecera de repente. Em um jardim, numa festa organizada pela Associação de Moradores de Holmenkollen. Ele sequer morava no bairro, mas tinha sido convidado por amigos, e ele e Rakel acabaram conversando a noite inteira. Na maior parte do tempo, falando sobre ela, na verdade. E ele tinha escutado com atenção, um pouco como fazem os médicos, Rakel havia achado. Mas então, dois dias depois, Mathias telefonara, convidando-a para ir a uma exposição na Galeria de Arte Henie-Onstad em Høvikodden. E Oleg também estava convidado, pois havia uma exposição para crianças. O clima, péssimo; a arte, medíocre; Oleg, intratável. Mas Mathias havia conseguido melhorar o astral com seu bom humor e seus comentários afiados sobre o talento do artista. Depois, ele os deixara em casa, desculpando-se pela ideia e prometendo, com um sorriso, nunca mais convidá-los para qualquer coisa. A não ser que pedissem, é claro. Logo depois, Mathias fora passar uma semana em Botsuana. E na noite em que retornou havia telefonado para perguntar se podia revê-la.

Rakel escutou o som de um carro diminuindo a marcha para subir a ladeira íngreme. Ele tinha um Honda Accord antigo. Não sabia por quê, mas gostava da ideia. Mathias estacionava na frente da garagem, nunca dentro. E ela gostava disso também. Gostava do fato de ele sempre trazer uma muda de roupa de baixo e seu nécessaire numa bolsa que levava para casa na manhã seguinte. Gostava dele perguntando quando ela queria revê-lo, e do fato de que ele não dava tudo como sendo certo. Isso mudaria agora, é claro, mas ela estava preparada.

Ele desceu do carro. Era alto, quase tanto quanto Harry, e sorriu para a janela da cozinha com seu rosto aberto de menino, mesmo que devesse estar morrendo de cansaço depois de um plantão desumano de tão longo. Sim, ela estava preparada para aquilo. Para um homem que estava presente, que a amava e que priorizava aquele trio que formavam acima de todo o resto. Ela ouviu uma chave girar na fechadura da porta da frente. A chave que dera a ele na semana passada. Inicialmente, Mathias parecera um grande ponto de interrogação, como uma criança que acaba de ganhar a entrada para uma fábrica de chocolate.

A porta abriu, ele entrou, e Rakel caiu em seus braços. Achou que até o casaco de lã dele cheirava bem. O material era suave e tinha um frescor de outono contra seu rosto, mas a segurança do calor que havia por debaixo dele já começara a irradiar para o seu corpo.

— O que foi? — Ele riu com a boca encostando em seu cabelo.

— Esperei tanto por você — sussurrou ela.

Rakel fechou os olhos, e ficaram assim por um tempo.

Ela soltou Mathias e olhou para seu rosto sorridente. Era um homem bonito. Mais bonito que Harry.

Ele se libertou do abraço, desabotoou o casaco, pendurou-o e foi até a pia, onde lavou as mãos. Sempre fazia isso quando vinha do Departamento de Anatomia, onde manuseavam cadáveres de verdade durante as aulas. Como Harry sempre fazia quando vinha direto de um caso de assassinato. Mathias abriu o armário embaixo da pia, despejou batatas do saco dentro da cuba e abriu a torneira.

— Como foi seu dia, querida?

Mathias pensou que a maioria dos homens teria perguntado sobre a noite anterior, afinal ele sabia que ela havia encontrado Harry. E ela gostava dele por isso também. Rakel falava, olhando pela janela. Seu olhar passou por cima dos pinheiros e foi até a cidade abaixo deles, onde as luzes começavam a cintilar. Nesse momento, ele estava em algum lugar lá embaixo. Numa caçada sem esperança por algo que nunca havia encontrado, nem nunca iria encontrar. Rakel sentiu pena dele. Restava apenas a compaixão. Para falar a verdade, houve um momento na noite anterior em que ficaram em silêncio olhando-se nos olhos, sem conseguir se libertar de imediato. Foi como um choque elétrico, mas havia passado num instante. Totalmente. Não sobrara magia alguma. Ela havia tomado sua decisão. Parou logo atrás de Mathias, pôs seus braços em torno dele e encostou a cabeça em suas costas largas.

Ela podia sentir os músculos e os tendões trabalhando por baixo da camisa enquanto ele descascava e colocava batatas na panela.

— Acho que vamos precisar de mais algumas — disse ele.

Ela captou um movimento na porta da cozinha e se virou.

Oleg estava olhando para eles.

— Você pode pegar mais algumas batatas no porão? — perguntou para Oleg, e os olhos dele ficarem sombrios.

Mathias se virou. Oleg continuou calado.

— Eu posso ir — disse Mathias, pegando o balde vazio que estava debaixo da pia.

— Não — interrompeu Oleg e deu dois passos para a frente. — Eu vou.

Ele pegou o balde de Mathias, deu meia-volta e saiu.

— O que foi isso? — perguntou Mathias.

— Ele só tem um pouco de medo do escuro — suspirou Rakel.

— Entendi, mas por que ele foi mesmo assim?

— Porque Harry disse que ele deveria.

— Deveria o quê?

Rakel balançou a cabeça.

— Fazer as coisas de que tem medo e de que não gostaria de ter. Quando Harry estava aqui, ele costumava mandar Oleg para o porão o tempo todo.

Mathias franziu a testa.

Rakel mostrou um sorriso triste.

— Harry não é exatamente um psicólogo infantil. E Oleg não me escutava se Harry já tivesse dito o que pensava. Por outro lado, não há monstros lá embaixo.

Mathias virou um botão do fogão e disse em voz baixa:

— Como pode ter tanta certeza disso?

— Mathias? — Rakel riu. — *Você* teve medo do escuro?

— Quem está dizendo *teve*? — disse Mathias com um sorriso brincalhão.

Sim, ela gostava dele. Assim era melhor. Uma vida melhor. Gostava dele, sim, ela gostava dele.

Harry parou o carro em frente à casa de Becker. Permaneceu no carro, observando a luz amarela que vinha das janelas esparramando-se pelo jardim. O boneco de neve havia derretido até virar um duende. Mas sua sombra ainda se estendia até as árvores e além da cerca de ferro.

Desceu do carro. O ranger do portão de ferro o fez se encolher. Ele sabia que devia tocar a campainha primeiro; um jardim era propriedade tão particular quanto uma casa. Mas não estava com paciência nem vontade de discutir com o professor Becker.

O gramado molhado parecia elástico. Harry se agachou. A luz refletia no boneco de neve como se este fosse feito de vidro fosco. O degelo durante o dia fizera com que pequenos cristais se ligassem, formando cristais maiores, mas agora, com a temperatura novamente baixa, o vapor havia condensado e congelado, formando outros cristais. O resultado era que a neve, tão pura, branca e leve pela manhã, agora estava cinzenta, compacta e granulada.

Harry ergueu a mão direita. Fechou o punho. E atacou.

A cabeça esmagada do boneco de neve rolou dos ombros para o gramado marrom.

Harry deu outro soco, desta vez de cima para baixo e no meio do pescoço. Os dedos formaram uma garra ao perfurar a neve e encontraram o que procuravam.

Ele retirou a mão e segurou triunfante o objeto diante do boneco de neve, como Bruce Lee costumava mostrar ao oponente o coração que havia acabado de arrancar de seu peito.

Era um celular Nokia, vermelho e prateado. Ainda estava ligado.

Mas o sentimento de triunfo logo se dissipou. Por ele saber que aquilo não significava nenhuma descoberta importante para a investigação, que era apenas uma cena secundária em um teatro de marionetes em que alguém manipulava fios invisíveis. Fora simples demais. O celular era para ser encontrado mesmo.

Harry foi até a porta e tocou a campainha. Filip Becker abriu. O cabelo estava desalinhado, e a gravata, torta. Ele piscou várias vezes, com força, como tivesse acabado de acordar.

— Sim — respondeu à pergunta de Harry. — Ela tem um celular desse tipo.

— Posso pedir para você ligar para o número dela?

Filip Becker desapareceu no interior da casa, e Harry esperou. De repente, Jonas enfiou a cabeça pelo vão da porta. Harry ia dizer oi, mas no mesmo instante o celular vermelho começou a tocar uma música infantil: "*Blåmann, blåmann, bukken min.*" E Harry se lembrou do resto da estrofe do livro de canto da escola: "*Tenk på vesle gutten din.*" Pense no seu filhinho.

E ele viu o rosto de Jonas se iluminar. Viu o processo inexorável de raciocínio do menino, a confusão imediata e a alegria de escutar a musiquinha da mãe transformando-se no medo mais puro e intenso. Harry engoliu em seco. Era um medo que ele mesmo conhecia muito bem.

Ao abrir a porta de seu apartamento, Harry sentiu o cheiro de gesso e serragem. As placas de gesso que formavam a parede do corredor foram removidas e empilhadas no chão. Havia algumas manchas claras nos tijolos agora aparentes. Harry passou um dedo sobre a fina camada branca, que caiu como pó no sinteco. Enfiou a ponta do dedo na boca. Tinha gosto de sal. O mofo tinha esse sabor? Ou o sal apenas brotara ali, como suor vindo da estrutura? Harry acendeu um isqueiro pequeno e encostou o rosto na parede. Nenhum cheiro, nada visível.

Depois de se deitar, olhando para a escuridão hermética do quarto, pensou em Jonas. E na própria mãe. No cheiro da doença e no rosto dela que pouco a pouco ficava com a mesma brancura do travesseiro. Por dias e semanas ele havia brincado com Søs, sua irmã, seu pai ficando cada vez mais mudo, todos esforçando-se para fazer de conta que nada estava acontecendo. Ele pensou ouvir um leve farfalhar vindo do corredor. Como se os fios das marionetes invisíveis estivessem se multiplicando, alongando-se e caminhando furtivamente por aí ao devorar o escuro, produzindo uma luz fraca e bruxuleante, que tremeluzia e chacoalhava.

7

Dia 3

Estatísticas ocultas

A fraca luz da manhã se infiltrou pelas persianas da sala do delegado Hagen, cobrindo os rostos dos dois homens de cinza. O delegado estava escutando Harry com uma ruga pensativa entre as fartas sobrancelhas pretas que se uniam num mesmo ponto. Na imensa mesa havia um pequeno suporte expondo o osso branco de um dedinho, que de acordo com a inscrição pertencera ao comandante de batalhão japonês Yoshito Yasuda. Durante seus anos na Escola Superior de Guerra, Hagen havia lecionado sobre esse dedo mindinho, que Yasuda, em desespero, havia cortado na frente de seus homens durante a retirada de Burma em 1944. Fazia apenas um ano desde que Hagen fora trazido de volta a seu empregador, a polícia, para chefiar a Divisão de Homicídios e, como muita água passara por baixo da ponte desde aqueles tempos, escutou com razoável paciência seu inspetor veterano expor sobre o tema "pessoas desaparecidas".

— Só em Oslo, mais de seiscentas pessoas são registradas como desaparecidas todos os anos. Depois de poucas horas, apenas meia dúzia delas não é encontrada. Quase ninguém continua desaparecido por mais que alguns dias.

Hagen passou um dedo sobre os pelos que marcavam o encontro das sobrancelhas na base do nariz. Ele precisava preparar a reunião de orçamento na sala do comandante. O tema era redução de custos.

— A maioria dos desaparecidos é de instituições para doentes mentais ou idosos que sofrem de demência — continuou Harry. — Mas mesmo as pessoas razoavelmente sãs que fugiram para Copenhagen ou se mataram são encontradas. Seus nomes aparecem em listas de passageiros, elas retiram dinheiro de um caixa eletrônico ou vão boiando até dar numa praia.

— Aonde está querendo chegar? — Quis saber Gunnar Hagen, olhando para o relógio de pulso.

— A isto aqui — indicou Harry, arremessando uma pasta amarela que caiu na mesa do delegado com um estalo.

Hagen se inclinou para a frente e folheou os documentos grampeados.

— Nossa, Harry. Você não costuma ser do tipo que escreve relatórios.

— Isso é trabalho de Skarre — disse Harry, economizando palavras. — Mas a conclusão é minha, e vou passá-la a você agora, verbalmente.

— A versão curta, por favor.

Harry olhou para suas próprias mãos sobre o colo. As pernas compridas estavam esticadas na frente da cadeira. Ele respirou fundo. Sabia que assim que dissesse isso em voz alta não haveria mais retorno.

— Desapareceram pessoas demais — começou Harry.

A metade direita da sobrancelha de Hagen se ergueu.

— Explique.

— Você encontra na página seis. Uma lista de mulheres desaparecidas com idades entre 25 e 50 anos, de 1995 até hoje. Mulheres que não foram encontradas nos últimos dez anos. Conversei com a Divisão de Pessoas Desaparecidas, e eles concordaram. Simplesmente foram muitas.

— Muitas em relação a quê, então?

— Em relação a antes. Em relação à Dinamarca e à Suécia. E em relação a outros grupos demográficos. Mulheres casadas ou morando com seus parceiros estão super-representadas.

— As mulheres são mais independentes do que antes — disse Hagen. — Algumas vão embora, cortam laços com a família, saem do país com um homem, quem sabe. Isso tem alguma relevância para as estatísticas. E daí?

— Elas também se tornaram mais independentes na Dinamarca e na Suécia. Mas lá elas são encontradas.

Hagen soltou um suspiro.

— Se os números divergem tanto da norma como você alega, por que isso não foi descoberto por ninguém antes?

— Porque os números de Skarre valem para o país inteiro e, normalmente, a polícia só olha os desaparecidos do seu próprio distrito. Entretanto, existe um registro nacional de pessoas desaparecidas em Kripos, detalhando 1.800 nomes, mas abrange os últimos cinquenta anos e inclui pessoas desaparecidas em naufrágios e grandes acidentes, como o da plataforma de petróleo Alexander Kielland. Acontece que ninguém procurou um padrão representativo em nível nacional. Não até agora.

— Está bem, mas não somos responsáveis pelo país, Harry. É pelo distrito policial de Oslo. — Hagen bateu com as palmas das mãos na mesa para indicar o fim da audiência.

— O problema — disse Harry, esfregando o queixo — é que isso já está acontecendo em Oslo.

— O que é *isso* que está acontecendo?

— Ontem à noite encontrei o celular de Birte Becker dentro de um boneco de neve. Não sei exatamente o que é *isso*, chefe, mas acho que é importante descobrir. E rápido.

— Essas estatísticas são interessantes — comentou Hagen, distraidamente pegando o osso do mindinho do chefe de batalhão Yasuda, pressionando-o com o polegar. — E entendo que esse último desaparecimento seja motivo de preocupação. Mas não é o suficiente. Por isso me diga: afinal, o que foi que levou você a mandar Skarre fazer este relatório?

Harry olhou para Hagen. Depois retirou um envelope amassado do bolso de dentro do casaco e o estendeu a Hagen.

— Estava na minha caixa de correio logo depois que estive no programa de TV no início de setembro. Até agora pensei que fosse obra de um maluco.

Hagen retirou a folha de papel, e depois de ler as seis frases olhou para Harry, balançando a cabeça.

— O boneco de neve? E o que é The Murri?

— A questão é exatamente essa — respondeu Harry. — Receio que seja *isso* que está acontecendo.

Perplexo, o delegado o fitou.

— Espero que eu esteja enganado — disse Harry. — Mas receio que temos dias bastante sombrios pela frente.

Hagen soltou um suspiro.

— O que você quer, Harry?

— Quero uma equipe de investigação.

Hagen estudou Harry. Como a maioria dos oficiais, ele considerava Harry Hole um homem obstinado, arrogante, briguento, instável e alcoólatra. Contudo, sentia-se contente por estarem no mesmo time e por não ter esse homem rosnando nos calcanhares.

— Quantos? — perguntou por fim. — E por quanto tempo?

— Dez investigadores. Dois meses.

* * *

— Duas semanas? — perguntou Magnus Skarre. — E quatro pessoas? É *isso* que se chama de investigação de assassinato?

Com desaprovação, ele olhou ao redor para os outros três amontoados na sala apertada de Harry: Katrine Bratt, Harry Hole e Bjørn Holm, da perícia técnica.

— Foi o que Hagen me deu — explicou Harry, inclinando-se para trás em sua cadeira. — E isso não é um caso de assassinato. Por enquanto.

— O que é, então? — perguntou Katrine Bratt. — Por enquanto.

— Um caso de desaparecimento — respondeu Harry. — Mas que guarda certa semelhança com outros casos recentes.

— Donas de casa que, certo dia, no final do outono, desaparecem do nada? — perguntou Bjørn Holm, com resquícios do dialeto rural de Toten, que trouxera consigo do vilarejo de Skreia, junto com a coleção de vinis de Elvis, música caipira de raiz, Sex Pistols, Jason & The Scorchers, três ternos de Nashville costurados à mão, uma Bíblia em inglês, um sofá-cama um pouco curto demais e um conjunto de sala de jantar que sobrevivera a três gerações da família Holm. Tudo empilhado num trailer e rebocado para a capital pelo último modelo de Amazon que havia saído da linha de montagem da Volvo em 1970. Bjørn Holm havia comprado o Amazon por 12 mil coroas, mas mesmo naqueles tempos ninguém sabia a quilometragem rodada, pois o hodômetro só ia até 100 mil. Contudo, o carro expressava tudo que Holm era e no que acreditava; o veículo cheirava melhor do que qualquer outra coisa que conhecia, um misto de couro artificial, latão, óleo de motor, para-lama desbotado de sol, fábrica de Volvo e "suor pessoal" impregnado nas costas dos assentos, que Bjørn Holm dizia se tratar não de suor corporal comum, mas de um nobre verniz de todos os donos anteriores, suas almas, carmas, hábitos alimentares e estilo de vida. Os dados de pelúcia pendurados no retrovisor eram Fuzzy Dice originais, expressando a mistura certa de amor verdadeiro e irônico distanciamento de uma cultura e de uma estética americana ultrapassada, que se adequavam perfeitamente ao filho de um lavrador norueguês que havia crescido com Jim Reeves num ouvido, Ramones no outro, e que amava os dois. Agora, ele estava sentado na sala de Harry usando um gorro rastafári que o fazia parecer mais com um agente infiltrado do Departamento Antidrogas que um oficial da perícia técnica. Despontavam por debaixo do gorro duas enormes costeletas de um ruivo intenso, emoldurando o rosto cheio e redondo, e olhos levemente salientes que lhe davam um aspecto de peixe, eternamente intrigado. Ele era o único que Harry fizera questão de incluir em seu pequeno grupo de investigadores.

— Tem mais uma coisa — disse Harry, estendendo a mão para ligar o projetor em meio a pilhas de papel em sua mesa. Magnus Skarre soltou um palavrão e protegeu os olhos quando, de repente, seu rosto foi impregnado por uma escrita fora de foco. Ele mudou de lugar, e a voz de Harry soou por detrás do projetor.

— Esta carta apareceu na minha caixa de correios há exatamente dois meses. Sem remetente e com carimbo de Oslo. Gerada em uma impressora comum.

Antes que Harry pudesse pedir, Katrine Bratt já havia apertado o interruptor da luz próximo à porta, deixando a sala escura. Um quadrado iluminado se agigantou na parede branca.

Leram em silêncio.

Em breve virá a primeira neve. E então ele aparecerá outra vez. O boneco de neve. E, quando a neve sumir, ele terá levado alguém consigo. O que você deve se perguntar é: "Quem fez o boneco de neve? Quem faz bonecos de neve? Quem deu à luz The Murri?"Porque o boneco de neve não sabe.

— Poético — murmurou Bjørn Holm.

— O que vem a ser The Murri? — perguntou Skarre.

O zumbido monótono da ventoinha do projetor foi a resposta.

— A parte mais interessante é quem é o Boneco de Neve — apontou Katrine Bratt.

— Obviamente alguém que precisa ter a cabeça examinada — acrescentou Bjørn Holm.

O riso solitário de Skarre foi cortado.

— The Murri é o apelido de uma pessoa que já está morta — disse Harry, sua voz vinda da escuridão. — Um *murri* é um aborígine de Queensland, na Austrália. Enquanto esse *murri* estava vivo, assassinava mulheres em toda a Austrália. Ninguém sabe quantas ao certo. O nome verdadeiro dele era Robin Toowoomba.

A ventoinha continuava seu zunido.

— O serial killer — disse Bjørn Holm. — Aquele que você matou.

Harry fez que sim com a cabeça.

— Isso quer dizer que você acha que estamos enfrentando outro agora?

— Com esta carta, não podemos descartar a possibilidade.

— Alto lá. Segurem a onda! — Skarre levantou as mãos. — Quantas vezes você gritou que tinha visto um serial killer desde que virou uma celebridade graças àquele caso dos australianos, Harry?

— Três — respondeu Harry. — Pelo menos.

— E ainda não vimos um serial killer na Noruega. — Skarre olhou Bratt de relance, como que para ter certeza de que ela estava acompanhando. — Foi por causa daquele curso sobre serial killers no FBI? Foi isso que fez você os ver em todo lugar?

— Talvez — respondeu Harry.

— Então, me deixe recordá-lo de que, além daquele enfermeiro que dava injeções nos velhinhos, que já estavam à beira da morte de qualquer maneira, não tivemos um único serial killer na Noruega. Nunca. Esses caras só existem nos Estados Unidos e, mesmo por lá, normalmente só nos filmes.

— Engano seu — interveio Katrine Bratt.

Os outros se viraram para ela. Ela conteve um bocejo.

— Suécia, França, Bélgica, Alemanha, Inglaterra, Itália, Holanda, Dinamarca, Rússia e Finlândia. E estamos apenas falando de casos resolvidos. Ninguém está sequer mencionando as estatísticas ocultas.

Harry não podia ver o rubor no rosto de Skarre no escuro, apenas o perfil do seu queixo que apontava agressivamente em direção a Katrine Bratt.

— Não temos sequer um cadáver, e posso mostrar a você uma gaveta entupida de cartas iguais a essa aqui. Pessoas que são muito mais malucas do que esse... esse... cara da neve.

— A diferença é que esse maluco fez um trabalho meticuloso — disse Harry ao se levantar e caminhar até a janela. — O nome The Murri nunca foi mencionado em nenhum jornal na época. Era o apelido que Robin Toowoomba usava quando trabalhou como boxeador num circo itinerante.

Os últimos raios de luz do dia vazaram através de uma fenda nas nuvens. Ele olhou para o relógio em seu pulso. Oleg havia insistido que fossem mais cedo para que pudessem assistir ao show do Slayer também.

— E por onde a gente começa? — Quis saber Bjørn Holm.

— Hein? — perguntou Skarre.

— Por onde a gente começa? — repetiu Holm com dicção exagerada.

Harry voltou à mesa.

— Holm, esquadrinhe a casa e o jardim de Becker como se fosse uma cena de crime. Examine principalmente o celular e aquele cachecol. Skarre, você faz uma lista de condenados por assassinato, estupro, suspeitos de...

— ... casos semelhantes e escória que está em liberdade — completou Skarre.

— Bratt, você se concentra nos relatórios sobre desaparecidos, começando a procurar um padrão.

Harry esperou pela pergunta inevitável: que tipo de padrão? Mas ela não veio. Katrine Bratt apenas deu um breve aceno de cabeça.

— Ok — concluiu Harry. — Ao trabalho.

— E você? — perguntou Bratt.

— Vou a um show — respondeu Harry.

Quando os outros já haviam saído da sala, ele deu uma olhada em seu bloco de anotações. Para as únicas duas palavras que havia anotado. *Estatísticas ocultas.*

Sylvia correu o mais rápido que pôde. Correu para onde as árvores estavam mais juntas, na escuridão que se adensava. Correu por sua vida.

Ela não havia amarrado as botas, e agora elas estavam cheias de neve. Mantinha a mão com a machadinha à sua frente ao irromper por entre camadas de galhos baixos e desfolhados. A lâmina estava vermelha e brilhando de sangue.

Ela sabia que a neve que caíra no dia anterior já havia derretido no centro da cidade, mas mesmo que mal levasse meia hora de carro de lá até Sollihøgda, a neve podia ficar depositada até a primavera ali àquela altura. E, neste exato momento, ela desejava que nunca tivessem se mudado para aquele quinto dos infernos, para aquele pedaço de terra ermo nas imediações da cidade. Desejava estar correndo no asfalto preto, onde não deixasse pegadas, numa cidade onde o barulho abafasse os sons de fuga e onde ela pudesse se esconder na segurança de uma multidão. Mas ali estava completamente só.

Não.

Não completamente.

8

Dia 3

Pescoço de cisne

Sylvia correu para dentro da floresta. A noite estava chegando. Normalmente, ela odiava as noites de novembro, pois escurecia muito cedo, mas hoje pensou que ela não chegaria depressa o suficiente. Procurava a escuridão na parte mais densa da floresta, a escuridão que apagaria suas pegadas na neve e a esconderia. Ela conhecia bem o caminho ali, podia se orientar para que não voltasse para a fazenda, direto para os braços... *daquilo*. O problema era que a neve havia mudado a paisagem da noite para o dia, cobrindo as trilhas, as formações rochosas familiares, nivelando todos os contornos. E o crepúsculo... tudo era distorcido e desfigurado pela escuridão. E pelo próprio pânico.

Ela parou para escutar. Sua respiração ofegante, pesada e desagradável rasgava o silêncio, soando como se ela estivesse rasgando papel-toalha para embrulhar o lanche das meninas. Conseguiu se controlar. Tudo que ouvia era o sangue latejando nos ouvidos e o gorgolejar baixinho de um riacho. O riacho! Costumavam seguir o riacho quando catavam frutinhas, montando armadilhas ou procurando galinhas que, no fundo, sabiam ter sido pegas por uma raposa. O riacho levava para a estrada de cascalho, onde mais cedo ou mais tarde haveria de passar um carro.

Ela não ouvia mais outros passos. Nenhum galho partindo, nenhum som de neve sendo pisada. Será que havia conseguido escapar? Encolhida, ela se movia depressa em direção ao som dos gorgolejos.

O riacho parecia fluir no meio de um lençol branco, sobre uma depressão no chão da floresta.

Sylvia entrou direto nele. A água chegava até o meio dos tornozelos e não demorou em penetrar as botas. O frio era tanto que paralisou a musculatura. Então começou a correr de novo. Na mesma direção da água. Lançava grandes borrifos ao levantar bem as pernas em passos largos. Sem pegadas, pensou triunfante. E as batidas do coração desaceleraram, apesar de estar correndo.

Devia ser resultado das horas gastas na esteira da academia no ano anterior. Ela havia perdido 6 quilos e estava convencida de que seu corpo encontrava-se mais em forma do que o da maioria das pessoas de 35 anos. Pelo menos era o que ele, Yngve, dizia, a quem ela havia conhecido no ano passado no chamado seminário de inspiração. Onde ela havia se inspirado até demais. Meu Deus, se ao menos pudesse voltar atrás no tempo. Oito anos. Quantas coisas teria feito diferente! Não teria se casado com Rolf. E teria abortado. Sim, claro, era um pensamento impossível agora que as gêmeas haviam nascido. Mas antes de nascerem, antes que tivesse visto Emma e Olga, teria sido possível, e ela não estaria nessa prisão que havia construído para si com tanto zelo.

Ela afastou galhos que pendiam sobre o riacho e, de canto de olho, viu alguma coisa, um bicho, reagir com um movimento assustado e desaparecer nas trevas cinzentas da floresta.

Sylvia pensou que devia tomar cuidado na hora de girar os braços para não enfiar a machadinha na própria perna. Haviam se passado alguns minutos, mas parecia uma eternidade desde que estivera no celeiro abatendo as galinhas. Ela havia cortado a cabeça de duas e se preparava para cortar a terceira quando ouviu o ranger da porta atrás de si. Ela se assustou, claro; estava sozinha em casa e não tinha ouvido passos ou carros no jardim da frente. A primeira coisa que havia notado fora aquele instrumento esquisito, um laço de metal preso a um cabo. Parecido com as armadilhas que usavam para caçar raposas. E, quando a pessoa que segurava o instrumento começou a falar, lentamente compreendeu que ela era a presa, que era ela quem iria morrer.

Sylvia fora avisada do motivo.

E havia escutado a lógica doentia, porém cristalina, enquanto o sangue começava a correr mais devagar em suas veias, como se já estivesse começando a coagular. Depois, lhe foi explicado o procedimento. Detalhadamente. E o laço de metal havia começado a incandescer, primeiro vermelho, depois branco. Foi quando ela, em pânico, havia lançado o braço, sentindo a recém-afiada lâmina da machadinha cortar o tecido logo abaixo do braço erguido do outro, vendo a jaqueta e o pulôver se abrirem como se ela estivesse abrindo seus zíperes, vendo o aço traçar um risco vermelho na pele desnuda. Quando o outro cambaleou para trás, caindo no chão de tábuas escorregadias com o sangue das galinhas, ela correu até a porta no fundo do celeiro. Aquela que levava para a floresta. Para a escuridão.

A dormência já havia se espalhado para cima dos joelhos, e suas roupas estavam ensopadas até o umbigo. Mas ela sabia que logo chegaria à estrada de cascalho. E de lá seria uma corrida de não mais do que 15 minutos até a fazenda mais próxima. O riacho fez uma curva. O pé esquerdo esbarrou em alguma coisa despontando por cima da água. Houve um estalo, como se alguém houvesse agarrado seu pé, e, no instante seguinte, Sylvia Ottersen foi lançada para a frente. Caiu de barriga, engoliu água com gosto de terra e folhas podres, depois conseguiu ficar de joelhos. Assim que entendeu que ainda estava sozinha e passado o pânico inicial, descobriu que o pé estava preso. Ela tateou com a mão embaixo d'água, esperando encontrar raízes entrelaçadas em torno da perna, mas em vez disso os dedos sentiram algo liso e duro. Metal. Uma argola de metal. Sylvia tentou descobrir em que havia esbarrado. E lá, na neve à beira do riacho, ela viu o que era. Tinha olhos, penas e uma crista vermelha pálida. Ela sentiu o pânico invadi-la de novo. Era a cabeça decepada de uma galinha. Não uma daquelas que ela havia acabado de cortar, mas uma das que Rolf usava. Como isca. Após escreverem para as autoridades municipais informando que raposas haviam pegado 16 galinhas no ano anterior, tiveram permissão para colocar um número limitado de armadilhas para raposas — chamadas pescoço de cisne — num certo raio de distância a partir da fazenda e longe das trilhas por onde as pessoas passavam. O melhor lugar para esconder as armadilhas era embaixo d'água, com a isca logo acima. Quando a raposa tirava a isca, a armadilha se fechava, quebrando o pescoço do animal, que morria instantaneamente. Pelo menos em teoria. Ela sentiu com a mão. Quando haviam comprado as armadilhas no Depósito de Caça em Drammen, disseram que as molas eram tão fortes que as argolas podiam quebrar a perna de uma pessoa adulta, mas ela não sentiu nenhuma dor na perna gelada. Seus dedos encontraram o cabo de aço fino preso ao pescoço de cisne. Ela não conseguiria abrir a armadilha sem a alavanca que estava na caixa de ferramentas em casa, e, além do mais, eles costumavam amarrar o pescoço de cisne a uma árvore com cabo de aço, para que uma raposa agonizando, ou outro bicho, não pudesse fugir com o equipamento tão caro. Sua mão seguiu o cabo pela água até a borda. Ali estava a placa de metal com seus nomes, como mandava a lei.

Ela se retesou. Havia escutado um galho se partir ao longe? Sentiu o coração voltar a bater enquanto esquadrinhava a densa escuridão.

Seus dedos dormentes seguiram o cabo em meio à neve enquanto ela rastejava para cima pelo barranco do riacho. O cabo estava amarrado em volta de uma bétula jovem, porém sólida. Ela procurou e encontrou o nó sob a neve. O metal havia congelado numa dura massa inflexível. Ela precisava abri-lo, precisava sair dali.

Outro galho se partiu. Agora mais perto.

Ela sentou-se encostada no tronco, no lado oposto de onde vinha o ruído. Tentou dizer a si mesma para não entrar em pânico, que o nó iria afrouxar após lhe dar alguns puxões, que sua perna estava intacta, que os ruídos que chegavam cada vez mais perto eram produzidos por um veado. Sylvia tentou puxar uma ponta do nó e não sentiu a dor quando uma unha quebrou ao meio. Mas não adiantou. Ela se agachou e seus dentes trincaram com a mordida no aço. Merda! Ela ouviu passos leves e calmos na neve e prendeu a respiração. Os passos pararam em algum lugar do outro lado da árvore. Talvez fosse imaginação, mas ela pensou ouvir *aquilo* farejando, inalando o cheiro. Ela ficou completamente imóvel. Depois, *aquilo* retomou os movimentos. O ruído ficou mais fraco. Afastando-se.

Ela respirou fundo, trêmula. Agora precisava se soltar. As roupas estavam ensopadas, e com certeza ela morreria congelada durante a noite se ninguém a encontrasse. No mesmo instante se lembrou. A machadinha! Sylvia havia esquecido a machadinha. O cabo de aço era fino. Era só colocá-lo sobre uma pedra e, com alguns golpes certeiros, ela estaria livre. A machadinha devia ter caído no riacho. Ela entrou na água sem fazer barulho, enfiou os dedos na água escura e vasculhou o fundo pedregoso.

Nada.

Desesperada, caiu de joelhos, percorrendo com o olhar a neve nos dois lados. Viu então a lâmina da machadinha despontar da água preta 2 metros adiante. E sabia — antes mesmo de sentir o puxão do cabo, antes de se deitar na água com a neve derretida gorgolejando por cima dela, tão gélida que pensou que seu coração fosse parar enquanto se esticava como um pedinte desesperado em direção à machadinha — que ainda faltava meio metro. Seus dedos agarraram o ar, a 50 centímetros do cabo. O choro veio, mas ela o reprimiu; podia chorar depois.

— É isto que está procurando?

Sylvia não tinha visto ou ouvido nada. Mas na sua frente estava uma figura agachada. *Aquilo.* Sylvia rastejou para trás, mas a figura acompanhou-a com a machadinha estendida para ela.

— Pode pegar.

Sylvia se pôs de joelhos e pegou a machadinha.

— O que você vai fazer com ela? — perguntou a voz.

Sylvia sentiu a ira brotar, a ira que sempre acompanha o medo, e o resultado foi violento. Ela se atirou para a frente com a machadinha em riste, girando-a bem baixo com o braço estendido. Mas o cabo a puxou para trás, a machadinha só cortou o escuro, e, em seguida, ela caiu de novo na água.

A voz riu baixinho.

Sylvia se virou de lado.

— Vá embora — esbravejou ela num gemido, cuspindo pedrinhas.

— Quero que você coma neve — disse a voz, ficando de pé e por um momento segurando a lateral do corpo onde a jaqueta havia sido cortada.

— O quê? — questionou Sylvia.

— Quero que coma neve até mijar nas calças. — A figura estava fora do raio de alcance do cabo de aço, inclinando a cabeça ao observá-la. — Até que sua barriga fique tão fria e cheia a ponto de não conseguir mais derretê-la. Até ter gelo por dentro. Até você se tornar quem é de verdade. Algo incapaz de sentir.

O cérebro de Sylvia registrava as palavras, mas não conseguia absorver o sentido delas.

— Nunca! — gritou.

Um som veio da figura, mesclando-se aos gorgolejos do riacho.

— Agora é a hora de gritar, Sylvia querida. Porque ninguém vai ouvi-la de novo. Nunca mais.

Sylvia viu a figura erguer alguma coisa. Que se iluminou. Uma argola formou o desenho de uma gota incandescente no escuro. A coisa sibilou e fumegou quando entrou em contato com a superfície da água.

— Você vai escolher comer neve. Acredite em mim.

Sylvia entendeu com uma certeza paralisante que seu instante final havia chegado. Só restava uma única possibilidade. O anoitecer chegara depressa nos últimos minutos, mas ela tentou encarar a figura entre as árvores enquanto sopesava a machadinha na mão. O sangue pinicava nos seus dedos ao fluir novamente até eles, como se soubesse que aquela era a última chance. Ela e as gêmeas haviam treinado aquilo. Na parede do celeiro. E toda vez que uma delas arrancava a machadinha do alvo pintado — a imagem de uma raposa —, gritavam triunfantes:

— Você matou a besta, mamãe! Você matou a besta!

Sylvia pôs um pé um pouco à frente do outro. Um passo para dar impulso, o ideal para obter a combinação certa de força e precisão.

— Você é louco — sussurrou ela.

— Quanto a isso... — disse a figura, e Sylvia pensou ver um esboço de um sorriso — não há a menor dúvida.

A machadinha rodopiou no breu quase tangível de tão denso, produzindo um leve zumbido. Sylvia estava em equilíbrio perfeito, com o braço direito apontando para a frente, e seguiu a arma letal com o olhar. Viu quando ela entrou em meio às árvores. Ouviu quando cortou um galho fino. Viu quando desapareceu na escuridão e ouviu o som abafado quando ela se enterrou na neve em algum lugar ao fundo.

Ela pressionou as costas contra o tronco da árvore e lentamente se deixou cair até o chão. Sentiu o choro vir, mas dessa vez não tentou reprimi-lo. Porque agora sabia. Não haveria um depois.

— Podemos começar? — pediu a voz, suavemente.

9

Dia 3

O buraco

— Isso foi o *máximo*, não foi?

A voz animada de Oleg abafou o óleo fritando dentro da kebaberia, já lotada do pessoal que o Oslo Spektrum despejava após o show. Harry fez que sim para Oleg, que usava um pulôver com capuz, ainda suado e movendo-se no ritmo da música, tagarelando sobre os membros do Slipknot, nomes que Harry sequer sabia, uma vez que havia pouca informação pessoal nos CDs e as revistas de música convencionais como a *MOJO* e a *Uncut* não escreviam sobre bandas desse tipo. Harry pediu kebabs e olhou para o relógio. Rakel disse que estaria bem ali em frente às dez. Harry olhou mais uma vez para Oleg. Ele falava sem parar. Quando foi que isso aconteceu? Quando foi que o menino completou 12 anos e decidiu gostar de música que falava de variados estágios de morte, alienação, frieza e destruição em geral? Talvez isso devesse preocupar Harry, mas não era o caso. Era um ponto de partida, uma curiosidade que devia ser satisfeita, roupas que o menino precisava provar para ver se lhe caíam bem. Outras coisas viriam. Coisas melhores. E piores.

— Você também curtiu, não foi, Harry?

Harry fez que sim com a cabeça. Não tinha coragem de dizer que o show havia sido um pouco decepcionante para ele. Não sabia dizer exatamente qual era o problema, talvez ele simplesmente não estivesse bem naquela noite. Assim que foram para o meio da multidão no Spektrum, ele sentira a paranoia que usualmente acompanhava o fato de estar bêbado, mas que no último ano também havia surgido quando estava sóbrio. E, em vez de entrar na onda, tivera a sensação de ser observado e permanecera olhando a multidão, escaneando a parede de rostos ao redor.

— Slipknot manda muito — comentou Oleg. — E as máscaras estavam muito maneiras. Especialmente aquela com o nariz longo e fino. Parecia um... um daqueles...

Harry ouvia sem prestar muita atenção, ansioso para que Rakel chegasse logo. De repente, o ar dentro da kebaberia parecia pesado e sufocante, como se uma fina camada de gordura cobrisse a pele e a boca. Tentou não pensar na ideia seguinte. Mas ela estava a caminho, já havia dobrado a esquina. A ideia de tomar um drinque.

— É uma máscara mortuária indiana — completou uma voz de mulher atrás deles. — E o show do Slayer foi melhor que o do Slipknot.

Surpreso, Harry se virou.

— Slipknot é muito *poser*, não é? — continuou ela. — Ideias recicladas e atitudes vazias.

Ela estava usando um casaco apertado, de um preto brilhoso, que ia até os pés e estava abotoado até o pescoço. A única coisa visível por baixo dele era um par de botas pretas. O rosto estava pálido, e os olhos, maquiados.

— Jamais teria acreditado que você curtia esse tipo de música — disse Harry.

Katrine Bratt esboçou um breve sorriso.

— Suponho que eu poderia dizer o contrário.

Ela não deu nenhuma outra explicação e sinalizou ao atendente atrás do balcão que queria uma água mineral.

— Slayer é uma merda — murmurou Oleg, quase inaudível.

Katrine se virou para ele.

— Você deve ser Oleg.

— Sou — respondeu Oleg, emburrado, puxando as calças camufladas e parecendo ao mesmo tempo gostar e não gostar da atenção de uma mulher mais velha. — Como é que tu sabe?

Katrine sorriu.

— Como é que tu sabe? Você, que mora lá no alto de Holmenkollen, não deveria dizer: "Como você sabe?" Harry está sendo uma má influência?

O sangue subiu ao rosto de Oleg.

Katrine riu baixinho e tocou de leve o ombro do garoto.

— Sinto muito, só estava curiosa.

O rosto do menino passou para um vermelho tão profundo que o branco dos olhos brilhava.

— Eu também estou curioso — disse Harry, passando um kebab a Oleg. — Imagino que tenha encontrado o padrão que lhe pedi, Bratt. Visto que teve tempo de vir ao show.

Harry a olhou de um jeito que dizia: não provoque o garoto.

— Encontrei algo — respondeu Katrine, destampando a garrafa de água mineral. — Mas você está ocupado, podemos tratar disso amanhã.

— Não estou *tão* ocupado — objetou Harry, já esquecido da camada de gordura, da sensação sufocante.

— É confidencial, e tem muita gente aqui — disse Katrine. — Mas posso sussurrar algumas palavras-chave.

Ela se inclinou para ele e, por cima do cheiro de gordura, Harry sentiu a fragrância quase masculina e o calor da respiração dela no ouvido.

— Um Passat prateado acabou de encostar ali na frente. Tem uma mulher dentro que está tentando chamar sua atenção. Aposto que é a mãe de Oleg...

Harry se endireitou bruscamente e viu o carro pela grande janela. Rakel havia abaixado o vidro e estava olhando para eles.

— Não faça sujeira — pediu Rakel quando Oleg entrou no banco de trás com o kebab nas mãos.

Harry parou ao lado do vidro aberto. Ela vestia um simples pulôver azul-claro. Ele conhecia bem aquele pulôver. Conhecia o cheiro, e como era senti-lo na mão e no rosto.

— Bom show? — perguntou ela.

— Pergunte a Oleg.

— Que tipo de banda é essa mesmo? — Ela olhou para Oleg pelo retrovisor. — Esse pessoal aqui fora está com umas roupas meio esquisitas.

— Músicas tranquilas sobre amor e coisas afins — disse Oleg, piscando rápido para Harry assim que o olhar dela sumiu do retrovisor.

— Obrigada, Harry — disse Rakel.

— De nada. Dirija com cuidado.

— Quem era a mulher lá dentro?

— Uma colega. Nova no emprego.

— Ah... Parece que vocês já se conhecem bem.

— Como assim?

— Vocês... — Ela se calou de repente. Depois balançou a cabeça devagar e riu. Um riso profundo, mas límpido, vindo de algum lugar do fundo da garganta. Ao mesmo tempo confiante e alegre. O riso que outrora o fizera se apaixonar.

— Desculpe, Harry. Boa noite.

O vidro subiu e o carro prateado se afastou.

Harry caminhou pela Brugata, uma espécie de corredor polonês entre bares com música saindo pelas portas abertas. Ele pensou em tomar um café no Teddys Softbar, mas sabia que seria uma péssima ideia. Por isso, decidiu que ia passar.

— Café? — repetiu o cara atrás do balcão, incrédulo.

A jukebox no Teddys tocava Johnny Cash, e Harry passou um dedo sobre o lábio superior.

— Tem uma ideia melhor? — Harry ouviu a própria voz, familiar e ao mesmo tempo estranha.

— Bem — disse o cara, alisando o cabelo engomado e brilhoso. — O café não saiu da máquina exatamente agora, então que tal um chope tirado na hora?

Johnny Cash estava cantando sobre Deus, batismo e novas promessas.

— Certo — concordou Harry.

O cara atrás do balcão abriu um largo sorriso.

Nisso, Harry sentiu o celular vibrando dentro do bolso. Ele o agarrou rápido e com vontade, como se estivesse justamente esperando aquela ligação.

Era Skarre.

— Acabamos de receber um registro de desaparecimento que se encaixa. Mulher casada e com filhos. Ela não estava em casa quando o marido e as filhas voltaram algumas horas atrás. Eles moram no meio da floresta de Sollihøgda. Nenhum dos vizinhos a viu, e ela não pode ter saído de carro, porque o veículo estava com o marido. E não há pegadas na rua.

— Pegadas?

— Ainda tem neve lá no alto.

O chope aterrissou na frente dele.

— Harry? Está aí?

— Sim, estou. Estou pensando.

— Em quê?

— Tem um boneco de neve no local?

— Hein?

— Boneco de neve.

— Como eu vou saber?

— Então vamos até lá para saber. Entra no carro e me pega em frente ao shopping Gunerius na Storgata.

— Não podemos fazer isso amanhã, Harry? Eu programei um lance para esta noite, e a mulher em Sollihøgda está apenas desaparecida, não é tão urgente assim.

Harry olhou para a faixa de espuma que escorria como uma serpente pelo copo do chope.

— Na verdade... — disse Harry. — É muito urgente.

Espantado, o barman olhou para o chope intocado, para a nota de 50 coroas sobre o balcão e para as costas largas saindo pela porta enquanto Johnny Cash entrava em *fade out*.

— Sylvia jamais teria simplesmente ido embora — disse Rolf Ottersen.

Rolf Ottersen era magro. Ou, para ser mais exato: ele era esquelético. A camisa de flanela estava abotoada até em cima, de onde despontava um pescoço comprido e magro, que, somando-se à cabeça, fez Harry pensar numa ave pernalta. Das mangas da camisa saía um par de mãos finas, com longos dedos finos que se curvavam, flexionavam e giravam o tempo todo. As unhas na mão direita eram longas e pontudas, como garras. Os olhos eram anormalmente grandes, por detrás das lentes grossas em uma armação redonda de aço, do tipo popular entre os radicais nos anos 1970. Um pôster na parede cor de mostarda mostrava índios carregando uma anaconda. Harry reconheceu a capa do álbum de Joni Mitchell, de uma era hippie da idade da pedra. Ao lado havia uma reprodução de um dos conhecidos autorretratos de Frida Kahlo. Mulher sofredora, pensou Harry. Uma imagem escolhida por uma mulher. O piso era de pinho não tratado, e a sala estava iluminada por uma mistura de antigas luminárias de parafina e outras em terracota, que pareciam ser caseiras. No canto, encostado à parede, havia um violão com cordas de náilon, que Harry supôs ser a explicação para as unhas pontudas de Rolf Ottersen.

— O que quer dizer com "ela jamais teria ido embora"? — perguntou Harry.

Na mesa à sua frente, Rolf Ottersen havia colocado uma foto da esposa junto às filhas gêmeas, Olga e Emma, de 8 anos. Sylvia Ottersen tinha olhos grandes e sonolentos, como os de quem tinha usado óculos a vida inteira e então começado a usar lentes de contato ou se submetido a uma cirurgia de correção a laser. As gêmeas tinham os olhos da mãe.

— Ela teria falado — disse Rolf Ottersen. — Teria deixado um bilhete. Deve ter acontecido alguma coisa.

Apesar do desespero, a voz estava baixa e suave. Rolf Ottersen tirou um lenço do bolso da calça e o levou ao rosto. O nariz parecia anormalmente grande em seu rosto magro e pálido. Ele assoou o nariz com um único sopro forte.

Skarre enfiou a cabeça pela porta.

— A patrulha canina chegou. Trouxeram um farejador de cadáveres.

— Pode começar então — autorizou Harry. — Falou com todos os vizinhos?

— Falei. Nada ainda.

Skarre fechou a porta, e Harry notou que os olhos de Ottersen estavam ainda maiores por detrás dos óculos.

— Farejador de cadáveres? — sussurrou Ottersen.

— É só uma expressão — disse Harry, fazendo uma nota mental de dar umas dicas a Skarre sobre como se expressar.

— Então usam esse cão para procurar pessoas vivas também? — Pelo tom usado, o marido parecia implorar.

— Sim, é claro — mentiu Harry, em vez de contar que os farejadores de cadáveres podiam indicar locais onde pessoas mortas estiveram. Que não são usados para narcóticos, objetos perdidos ou pessoas vivas. Que eram usados para os mortos. Ponto final.

— Então, a última vez que você a viu foi hoje às quatro — disse Harry, olhando para suas anotações. — Antes de você e suas filhas irem para a cidade. O que fizeram lá?

— Eu cuidei da loja enquanto as meninas estavam na aula de violino.

— Loja?

— Temos uma lojinha em Majorstua que vende artesanato africano. Artes, móveis, toalhas de mesa, roupas, um pouco de tudo. As peças são importadas diretamente dos artesãos, que são pagos direitinho. Em geral, é Sylvia quem cuida da loja, mas nas quintas ficamos abertos até tarde, então ela volta para casa com o carro e eu levo as meninas à cidade. Eu fico na loja enquanto elas têm aula na escola de música Barratt Due das cinco às sete. Depois fui buscá-las e viemos para casa. Chegamos um pouco depois das sete e meia.

— Humm. Quem mais trabalha na loja?

— Ninguém.

— Isso significa então que às quintas vocês fecham por um tempo. Cerca de uma hora?

Rolf Ottersen esboçou um sorriso.

— É uma loja bem pequena. Não temos muitos clientes. Na verdade, antes das vendas de Natal, não temos quase ninguém, para ser honesto.

— Como...

— Agência Norueguesa de Cooperação ao Desenvolvimento. Eles dão auxílio à loja e aos nossos fornecedores como parte do programa de ação do governo para países do Terceiro Mundo. — Ele pigarreou de leve. — Nesse caso, a mensagem que esse trabalho transmite é mais importante do que o dinheiro e o lucro fácil, certo?

Harry fez que sim com a cabeça, mesmo estando mais preocupado com a hora e o tempo no trânsito em Oslo que com a ajuda para o desenvolvimento e o comércio justo na África. Da cozinha, onde as gêmeas lanchavam, ouviu-se o som de um rádio. Não tinha visto aparelhos de TV na casa.

— Obrigado. Por enquanto é só. — Harry se levantou e saiu.

Havia três carros no jardim da frente. Um era o Volvo Amazon de Bjørn Holm, repintado de preto com uma faixa quadriculada sobre o teto e o porta-malas. Harry olhou para cima, para o céu límpido e estrelado feito um arco sobre a fazendinha na clareira da floresta. Ele inalou o ar. Cheirava a pinheiro e lenha em brasa. Dos limites da floresta ouviu um cão arfando e palavras encorajadoras do policial.

Para chegar ao celeiro, Harry seguiu o semicírculo determinado pela equipe para não estragar eventuais pistas que podiam vir a ser úteis. Pela porta aberta vinham vozes. Ele se agachou e estudou as pegadas na neve à luz da lâmpada externa. Depois se levantou, encostou-se no batente da porta e pescou do bolso um maço de cigarros.

— Parece um cenário de assassinato — comentou ele. — Sangue, cadáveres e mobília revirada.

Bjørn Holm e Magnus Skarre se calaram, viraram-se e seguiram o olhar de Harry. O grande galpão estava iluminado por uma única lâmpada que pendia de um fio amarrado a uma viga no teto. Num lado do celeiro havia um torno mecânico e, do outro lado dele, um painel com ferramentas: martelos, serrotes, alicates, brocas. Nenhum apetrecho elétrico. No lado oposto havia uma cerca de arame e, atrás dela, galinhas em poleiros presos à parede ou ciscando com as patas esticadas sobre a palha no chão. No meio do celeiro, em tábuas rústicas e cinzentas manchadas de sangue, havia três corpos sem cabeça. Em cima do bloco de corte tombado, três cabeças. Harry enfiou um cigarro entre os lábios sem acendê-lo, entrou, tomando cuidado para não pisar no sangue, agachou-se ao lado do bloco, estudando as cabeças das galinhas. A luz da sua caneta-lanterna cintilou em olhos foscos e pretos. Primeiro levantou uma pena branca cortada ao meio, que parecia estar queimada na ponta, em seguida estudou o corte liso nos pescoços das galinhas. O sangue havia coagulado e estava preto. Ele sabia que isso era um processo rápido, não mais do que meia hora.

— Está vendo alguma coisa interessante? — perguntou Bjørn Holm.

— Meu cérebro foi danificado pela profissão, Holm. No momento, ele está analisando cadáveres de galinhas.

Skarre riu alto e desenhou a manchete de jornal no ar.

— "Assassinato triplo de galinhas. Vodu no interior. Harry Hole investiga o caso."

— O que eu não estou vendo é mais interessante — disse Harry.

Bjørn Holm ergueu uma das sobrancelhas, deu uma olhada ao redor e fez um demorado gesto afirmativo com a cabeça.

Skarre olhou para eles, desconfiado.

— E isso seria...?

— A arma do crime — disse Harry.

— Um machado — completou Holm. — A única maneira sensata de matar galinhas.

Skarre bufou.

— Se foi a mulher quem fez o abate, ela deve ter devolvido o machado ao seu lugar. Esses camponeses são organizados.

— Concordo com isso — disse Harry, escutando o cacarejo das galinhas, que parecia vir de todos os lados. — Por isso é interessante que o bloco de corte esteja tombado, e os corpos das galinhas, espalhados. E o machado não está no lugar.

— No lugar? — Skarre revirou os olhos para Holm.

— Se você se incomodar em dar uma olhadinha, Skarre — pediu Harry sem levantar o olhar.

Skarre continuou olhando para Holm, que acenou com a cabeça em direção ao painel atrás do torno.

— Que merda — xingou Skarre.

No lugar vazio entre um martelo e um serrote enferrujado havia o contorno de uma machadinha.

Lá de fora vinham o latido de um cachorro, ganidos e então o grito de um policial, que não era mais de encorajamento.

Harry esfregou o queixo.

— Vasculhamos o celeiro inteiro e por enquanto parece que Sylvia Ottersen deixou o local no meio do abate e levou a ferramenta. Holm, pode medir a temperatura dessas galinhas e estimar a hora da morte?

— Claro.

— Hein? — perguntou Skarre.

— Quero saber a hora em que ela se mandou daqui — explicou Harry. — Conseguiu alguma coisa com as pegadas lá fora, Holm?

O perito técnico fez que não com a cabeça.

— Já foi pisoteado demais e preciso de mais luz. Encontrei diversas pegadas das botas de Rolf Ottersen. Além de outro par que leva *ao* celeiro, mas nenhuma que sai *do* celeiro. Talvez tenha saído carregada?

— Humm. Assim as pegadas de quem a carregou seriam mais profundas. Pena que ninguém pisou no sangue. — Harry examinou as paredes escuras aonde a luz da lâmpada não chegava. Do pátio, ouviram ganidos de dar pena e o praguejar furioso do policial.

— Vai lá ver o que está acontecendo, Skarre — pediu Harry.

Skarre saiu, e Harry ligou a lanterna e foi até a parede. Percorreu a mão sobre as tábuas sem pintura.

— O que é... — começou Holm, mas parou quando Harry deu um pontapé na parede com um som abafado.

Surgiu o céu estrelado.

— Uma porta dos fundos — disse Harry, olhando para a floresta ne gra e a silhueta de pinheiros contra a cúpula de luz suja e amarelada da cidade à distância.

Direcionou a lanterna para a neve. O feixe de luz encontrou as pegadas imediatamente.

— Duas pessoas — disse Harry.

— É o cão — explicou Skarre ao voltar. — Ele não quer.

— Não quer? — Harry iluminou as pegadas. A neve refletiu a luz, mas o rasto desaparecia na escuridão sob as árvores.

— O policial não está entendendo nada. Diz que o cão parece petrificado. Está se recusando a entrar na floresta.

— Talvez esteja farejando raposas — disse Holm. — Tem muitas raposas nessa floresta.

— Raposa? — Skarre bufou. — Um cachorro daquele tamanho não pode ter medo de uma raposa.

— Talvez ele nunca tenha visto uma raposa na vida — tentou justificar Harry. — Mas reconhece o cheiro de um predador. É racional ter medo daquilo que você não conhece. Quem não tem não sobrevive por muito tempo. — Harry podia sentir seu coração acelerando. E ele sabia o porquê. A floresta. O tipo de terror que não era racional. O tipo que precisava ser superado.

— Este lugar deve ser considerado um local de crime até segunda ordem — anunciou Harry. — Ao trabalho. Vou dar uma olhada para ver aonde estas pegadas levam.

— Ok.

Harry engoliu em seco antes de sair pela porta dos fundos. Já fazia 25 anos. E ainda assim ficou arrepiado.

Aconteceu quando estava passando as férias de outono na casa dos avós em Åndalsnes. A pequena fazenda ficava na encosta da montanha, cercada pela imponente cordilheira de Romsdal. Harry tinha 10 anos e entrou na floresta para ver se encontrava a vaca que o avô estava procurando. Ele queria encontrá-la antes dele, antes dos outros. Por isso, se apressou. Correu feito um louco sobre colinas com macios arbustos de mirtilo e pequenas bétulas retorcidas e de aspecto engraçado. As trilhas iam e vinham enquanto ele corria em linha reta em direção ao sino que achou ter ouvido por entre as árvores. E lá estava o repicar outra vez, agora um pouco mais à direita. Ele pulou por cima de um riacho, passou por debaixo de uma árvore, e as botas chapinharam enquanto atravessava uma área pantanosa com uma nuvem carregada vindo em sua direção. Ele podia ver um véu da garoa por baixo da nuvem que banhava a encosta íngreme.

E aquela chuva era tão agradável que Harry não percebera a noite caindo; ela escapulia de dentro da água pantanosa, surgia furtiva em meio às árvores, escorria como tinta preta das sombras da encosta para se juntar no fundo do vale. Ele olhou para cima, para um pássaro grande que voava em círculos lá no alto, tão vertiginosamente alto que podia ver a montanha atrás dele. Daí, uma de suas botas ficou presa e ele caiu. De cara, sem tempo de encontrar um apoio. Tudo ficou escuro, e o gosto de pântano, morte, putrefação e escuridão inundaram o nariz e a boca. Nos poucos segundos que ficou submerso pôde experimentar *o sabor* do escuro. E, quando emergiu, deu-se conta de que toda a luz havia sumido. Ela havia atravessado a montanha que agora se elevava por cima dele com altivez pesada e calada, sussurrando que ele não sabia onde estava, e que não sabia havia tempo. Sem notar que estava sem uma das botas, levantou-se e começou a correr. Logo, veria algo que pudesse reconhecer. Mas a paisagem parecia enfeitiçada, as pedras viraram cabeças de seres surgindo da terra, os arbustos eram dedos que subiam e arranhavam suas pernas, e os vidoeiros-anões eram bruxas que se dobravam de tanto rir ao apontar o caminho; para lá ou para cá, o caminho da casa ou o caminho da perdição, o caminho para a casa da avó ou o caminho para o Buraco. Porque os adultos haviam contado a ele sobre o Buraco. O pedaço sem fundo do pântano, onde gado, pessoas e carretas desapareciam para nunca mais voltar.

Era quase noite quando Harry cambaleou para dentro da cozinha e a avó o abraçou, dizendo que o pai, o avô e todos os adultos da vizinhança estavam lá fora procurando por ele. Onde estivera?

Na floresta.

Mas ele não ouvira os gritos do pessoal? Ela havia escutado todos gritando por Harry o tempo inteiro.

Harry mesmo não lembrava, mas depois lhe contaram muitas vezes como ele havia sentado na caixa de lenha em frente à estufa, tremendo de frio, o olhar apático fitando o nada, e como havia respondido.

— Não pensei que eram eles que estivessem gritando.

— E quem você achou que fosse, então?

— Os outros. Você sabia que o escuro tem *sabor*, vovó?

Harry mal havia caminhado alguns metros para o interior da floresta quando foi tomado por um silêncio intenso, quase sobrenatural. Ele manteve o feixe de luz apontado para o chão à sua frente porque, cada vez que a luz apontava para a floresta, sombras corriam como espíritos ariscos por entre as árvores na escuridão. Estar isolado do escuro por uma bolha de luz não lhe dava a sensação de estar seguro. Pelo contrário. A certeza de ser o objeto mais visível movendo-se na floresta o fez sentir-se nu e desprotegido. Galhos arranhavam seu rosto, como dedos de uma pessoa cega querendo identificar um estranho.

As pegadas levaram até um riacho cujo som do gorgolejo abafou sua própria respiração ofegante. Uma das trilhas desapareceu, enquanto a outra seguia o riacho em terreno mais baixo.

Ele continuou. O riacho serpenteava para lá e para cá, mas Harry não estava com medo de se perder. Tudo que precisava era refazer os passos.

Uma coruja, que devia estar bem próxima, emitiu um "cruu" de alerta. O mostrador do relógio reluziu verde e informou que ele estava andando há mais de 15 minutos. Hora de voltar e mandar vir um grupo devidamente equipado, com botas e roupas apropriadas e um cão que não tivesse medo de raposas.

O coração de Harry parou.

Algo fora lançado bem na frente de seu rosto. Sem ruído e tão rápido que ele nada tinha visto. Mas o golpe de ar foi revelador. Harry ouviu as asas da coruja batendo na neve e o guincho lastimoso de um pequeno roedor que acabara de virar sua presa.

Lentamente ele soltou o ar dos pulmões. Deixou a lanterna varrer a floresta à sua frente uma última vez e se virou para voltar. Deu um passo, mas parou. Queria dar mais um, e mais outro, sair dali. Mas fez o que tinha que fazer. Girou de novo a lanterna. E lá estava outra vez. Um relance, um reflexo de luz que não deveria estar ali no meio da floresta escura. Ele se aproximou. Olhou para trás e tentou gravar o local na memória. Estava a cerca de 15 metros do riacho. Agachou-se. Apenas o aço despontava para fora, mas ele não precisou tirar a neve para saber o que era. Um machado. Uma machadinha. Se a lâmina alguma vez esteve suja de sangue do abate das galinhas, agora já não estava mais. Não havia nenhuma pegada em volta do machado. Harry usou a lanterna e viu um galho cortado na neve alguns metros adiante. Alguém devia ter jogado o machado nessa direção com muita força.

Nesse instante, Harry sentiu de novo. A sensação que tivera no Spektrum, mais cedo naquela mesma noite. A sensação de estar sendo observado. Instintivamente apagou a lanterna, e a escuridão recaiu sobre ele como um cobertor. Ele prendeu a respiração e escutou. Não, pensou. Não deixe isso acontecer. O mal não é uma coisa, o mal não se incorpora. É o oposto disso, é um vácuo, a ausência do bem. A única coisa a temer aqui é você mesmo.

Mas ele não conseguiu se livrar daquela sensação. Alguém cravava o olhar nele. Algo. Os outros. O luar se infiltrou numa clareira perto do riacho e ele viu algo que podia ser o contorno de uma figura.

Harry ligou a lanterna e apontou-a para a clareira.

Era ela. Estava ereta e imóvel por entre as árvores, olhando para ele sem piscar, com os mesmos olhos grandes e sonolentos da foto. A primeira coisa que Harry pensou foi que Sylvia estava vestida como uma noiva, de branco, que estava perante o altar ali no meio do mato. A luz a fez brilhar. Harry respirou, trêmulo, e pescou o celular do bolso da jaqueta. Bjørn Holm atendeu no segundo toque.

— Interdite toda a área — mandou Harry. Sua garganta estava seca, arranhando. — Vou chamar a cavalaria.

— O que houve?

— Tem um boneco de neve aqui.

— E daí?

Harry explicou.

— Não peguei a última parte — gritou Holm. — A cobertura aqui está péssima...

— A cabeça — repetiu Harry. — Pertence a Sylvia Ottersen.

O outro lado da linha emudeceu.

Harry pediu para Holm seguir as pegadas e desligou.

Então se agachou, encostado a uma árvore, desabotoou o casaco e apagou a lanterna para economizar a pilha enquanto esperava. Pensando que ele quase havia esquecido como era aquele sabor, o sabor do escuro.

Parte 2

10

Dia 4

Giz

Eram três e meia da manhã e Harry estava morto de cansaço quando finalmente destrancou a porta de casa. Tirou a roupa e foi direto para o chuveiro. Tentou não pensar enquanto deixava jatos de água escaldante anestesiarem a pele, massagearem seus músculos tensos, derreterem seu corpo gelado. Falaram com Rolf Ottersen, mas o interrogatório formal precisaria esperar até a manhã. Em Sollihøgda, rapidamente finalizaram os interrogatórios com os vizinhos, que não eram muitos. Mas o perito técnico e os cães continuavam trabalhando e passariam a noite toda lá. Tinham um pequeno intervalo de tempo até a evidência ser contaminada, derretendo ou sendo coberta pela neve. Ele desligou o chuveiro. O ar estava branco de vapor e, quando Harry secava o espelho, outra camada de condensação cobria-o de novo. Aquilo distorcia seu rosto e borrava o contorno de seu corpo nu.

Harry estava escovando os dentes quando o celular tocou.

— Harry.

— Stormann, o homem do mofo.

— Você fica acordado até tarde — surpreendeu-se Harry.

— Imaginei que estivesse trabalhando.

— Ah, é?

— Passou no *Jornal da Noite*. A mulher em Sollihøgda. Vi você no fundo. Tenho o resultado do teste.

— E?

— Você tem fungo. Diabo faminto, esse. *Aspergillus versicolor*.

— Que significa...?

— Que ele pode ser de qualquer cor. Se e quando for visível. Além disso, significa que preciso pôr abaixo outras paredes suas.

— Humm. — Harry tinha a vaga sensação de que deveria mostrar mais interesse, ficar mais preocupado ou pelo menos fazer mais perguntas. Mas não tinha paciência. Não no meio da noite.

— Fique à vontade.

Harry desligou e fechou os olhos. Esperou pelos fantasmas, pelo inevitável, ao menos enquanto não tomasse o único remédio que conhecia contra eles. Talvez houvesse um novo encontro essa noite. Ele esperou que ela saísse da floresta, cambaleando em sua direção num imenso corpo branco e sem pernas, uma bola de boliche disforme e com cabeça, órbitas negras onde corvos bicavam os últimos restos dos seus globos oculares, os dentes expostos depois que as raposas serviram-se de seus lábios. Difícil de saber se ela viria, o inconsciente é imprevisível. Tão imprevisível que, quando Harry caiu no sono, sonhou que estava numa banheira com a cabeça embaixo d'água, ouvindo um profundo borbulhar e um riso de mulher. Algas cresciam na laca branca, esticando-se na direção dele como dedos verdes de uma mão branca que procurava a dele.

A luz da manhã lançava retângulos sobre os jornais na mesa do delegado Gunnar Hagen. Iluminou o sorriso de Sylvia Ottersen na primeira página e as manchetes. "Assassinada e decapitada", "Decapitada na floresta" e a mais sucinta e provavelmente a melhor: "Decapitada."

A cabeça de Harry doía desde o momento em que ele tinha acordado. Agora estava segurando-a com cuidado entre as mãos, pensando que devia ter bebido ontem à noite, que não teria deixado a dor pior. Queria fechar os olhos, mas Hagen olhava direto para ele. Harry notou que a boca de Hagen não parava de se abrir, de retorcer e se fechar; em suma, formulava palavras que Harry assimilou numa frequência meio mal sintonizada.

— A conclusão — disse Hagen, e Harry sabia que estava na hora de prestar atenção — é que esse caso tem prioridade máxima a partir de agora. Isso quer dizer que seu grupo de investigação será imediatamente aumentado e...

— Discordo — interrompeu Harry. Articular aquela única palavra lhe dava a sensação de que seu crânio ia explodir. — Podemos requisitar pessoal sempre quando for necessário, mas por enquanto não quero mais pessoas nas reuniões. Quatro é o bastante.

Gunnar Hagen parecia confuso. Em casos de assassinato, mesmo nos mais simples, havia sempre pelo menos uma dúzia de investigadores.

— O fluxo de pensamento funciona melhor em grupos menores — emendou Harry.

— Pensamento?! — exclamou Hagen. — Que tal o trabalho policial de rotina? Acompanhar as evidências forenses, interrogatórios, verificar as pistas? E a coordenação de dados? Um grupo de no mínimo...

Harry ergueu a mão para deter o fluxo de palavras.

— É exatamente esse o ponto. Não quero me afogar nisso tudo.

— Se afogar? — Hagen olhou incrédulo para Harry. — Melhor eu passar o caso para alguém que saiba nadar, então.

Harry massageou as têmporas. Hagen sabia que, naquele momento, não havia mais ninguém na Homicídios, além do inspetor Hole, que estivesse apto a liderar um caso de assassinato daquele tipo, e Harry sabia disso. Harry também sabia que passar o caso para a Kripos, o Serviço Nacional de Investigação Criminal, seria uma perda de prestígio tão grande para o novo delegado que ele iria preferir sacrificar seu braço direito extremamente peludo.

Harry soltou um suspiro.

— Grupos de investigação normais lutam para não se afogar no fluxo de informações. Isso quando se trata de um caso *normal*. Com decapitação nas primeiras páginas... — Harry fez que não com a cabeça. — As pessoas enlouqueceram. Só depois dos noticiários da noite de ontem recebemos mais de cem telefonemas. Você sabe: bêbados balbuciando e os malucos de carteirinha, além de alguns novos. Pessoas dizendo que o assassinato foi descrito no Livro do Apocalipse, coisas do gênero. Só hoje, até agora, já recebemos duzentas ligações. Espere até vazar que pode haver vários outros mortos. Digamos que será preciso alocar vinte pessoas só para cuidar das denúncias. Eles verificam e escrevem relatórios. Digamos que o chefe do grupo de investigação precise gastar duas horas diárias para, literalmente, ler as informações recebidas, outras duas para coordená-las e ainda mais duas para reunir o grupo todo, informá-los, responder às perguntas de todos e mais meia hora para filtrar as informações que possam ser levadas à coletiva de imprensa. Que leva 45 minutos. O pior é que... — Harry pressionou os maxilares doloridos com os dedos indicadores e fez uma careta — ... num caso de assassinato normal, seriam recursos bem-aplicados. Pois sempre vai haver alguém lá fora que saiba de algo, que viu ou ouviu alguma coisa. Pequenas informações que meticulosamente podemos juntar ou que nos permitam, como num truque de mágica, resolver o caso todo.

— Exato — concordou Hagen. — Por isso...

— O problema é que este não é um caso desse tipo — continuou Harry. — Não é esse tipo de assassino. Essa pessoa não se confidenciou com um amigo ou mostrou sua cara na vizinhança da cena do crime. Ninguém lá fora sabe qualquer coisa, as denúncias não vão ajudar, vão apenas atrasar nosso trabalho. E quaisquer possíveis evidências forenses que obtivermos foram deixadas lá para nos confundir. Resumindo: o jogo aqui é outro.

Hagen estava inclinado para trás na cadeira, pressionando as pontas dos dedos umas nas outras, observando Harry pensativamente. Piscou como um lagarto sonolento antes de perguntar:

— Então considera isso um jogo?

Ao fazer que sim com a cabeça, Harry se perguntava aonde Hagen estava querendo chegar.

— Que tipo de jogo? Xadrez?

— Bem — respondeu Harry. — Xadrez de olhos vendados, talvez.

Hagen fez que sim com a cabeça.

— Então você está imaginando um serial killer clássico, um assassino de sangue-frio com inteligência superior e propensão a fazer brincadeiras, jogos e desafios?

Agora Harry sabia aonde Hagen queria chegar.

— Um homem saído diretamente do perfil de assassinatos em série que vocês estudaram no curso do FBI? Do tipo que você encontrou na Austrália daquela vez? Uma pessoa que é... — o delegado estalou os lábios como se estivesse saboreando as palavras — ... basicamente um oponente à altura de alguém com o seu histórico.

Harry soltou um suspiro.

— Não é assim que penso, chefe.

— Não? Não se esqueça de que eu lecionava na Academia Militar, Harry. Com o que você acha que sonham os aspirantes a general quando conto a eles como militares estrategistas mudaram pessoalmente o curso da história mundial? Você acha que sonham em ficar por aí, silenciosamente torcendo pela paz, podendo contar a seus netinhos que simplesmente *estavam* lá, que ninguém jamais saberia o que seriam capazes de fazer em tempos de guerra? Talvez digam que torcem pela paz, mas por dentro eles sonham, Harry. Com uma única oportunidade. O ser humano tem uma forte preocupação social com ser *necessário*, Harry. É por isso que os generais no Pentágono pintam o pior dos cenários tão logo estoure um conflito em algum lugar no mundo. Eu acho que você *quer* que esse caso seja especial, Harry. E você quer tanto que já vê o pior dos piores cenários.

— O boneco de neve, chefe. Se lembra da carta que mostrei?

Hagen suspirou.

— Me lembro de um louco, Harry.

Harry sabia que precisava ceder. Apresentar a sugestão conciliatória que já havia tramado. Dar aquela pequena vitória a Hagen. Mas, em vez disso, deu de ombros.

— Quero meu grupo do jeito que está, chefe.

O rosto de Hagen se fechou, endureceu.

— Não posso deixar que você faça isso, Harry.

— Não *pode*?

Hagen deteve o olhar de Harry, mas então aconteceu. Hagen piscou; seu olhar vagou. Apenas por uma fração de segundo, mas foi o suficiente.

— Há outras coisas a considerar — disse Hagen.

Harry tentou manter uma expressão inocente ao insistir:

— Que tipo de coisas, chefe?

Hagen olhou para as próprias mãos.

— O que você acha? Oficiais superiores. Imprensa. Políticos. Se passados três meses ainda não tivermos o assassino, quem você acha que terá de responder às perguntas sobre as prioridades da delegacia? Quem é que vai explicar que colocamos quatro pessoas para cuidar do caso porque grupos pequenos são mais aptos para coordenar o... — Hagen cuspiu as palavras como se fossem camarões podres — ... fluxo de pensamento e partidas de xadrez? Você considerou isso, Harry?

— Não — respondeu Harry, cruzando os braços sobre o peito. — Pensei em como pegaremos esse cara, e não como vou justificar o contrário.

Harry sabia que era um argumento barato, mas as palavras acertaram em cheio. Hagen piscou duas vezes. Abriu e fechou a boca e, de repente, Harry sentiu-se envergonhado. Por que tinha sempre que provocar essas competições infantis, do tipo mijo à distância, que nada significavam, apenas pela satisfação de poder mostrar o dedo do meio a alguém — quem quer que fosse? Uma vez, Rakel havia dito que ele no fundo queria ter nascido com um dedo do meio extra, que ficasse em riste o tempo todo.

— Há um homem na Kripos chamado Espen Lepsvik — falou Harry. — Ele é bom para liderar grandes investigações. Posso falar com ele, fazê-lo montar um grupo que se reporte a mim. Os dois grupos trabalhariam de forma paralela e independente. Você e o superintendente cuidariam das entrevistas coletivas à imprensa. O que acha, chefe?

Harry não precisou esperar pela resposta. Ele viu a gratidão no olhar de Hagen. E sabia que tinha vencido a competição de mijo.

A primeira coisa que Harry fez assim que voltou a sua sala foi telefonar para Bjørn Holm.

— Hagen disse sim, vai ser como eu falei. Reunião na minha sala daqui a meia hora. Você avisa a Skarre e Bratt?

Desligou. Pensou naquilo que Hagen dissera sobre militares beligerantes que queriam sua própria guerra. E abriu a gaveta para, em vão, caçar uma aspirina.

— Além das pegadas, não encontramos uma única pista do assassino naquela que presumimos ter sido a cena do crime — informou Magnus Skarre. — O que é ainda mais difícil de entender é como não conseguimos encontrar nenhum sinal do corpo. Afinal, ele decapitou a mulher, o que devia ter deixado um monte de evidências. Mas não havia nada. Os cães nem reagiram! É um mistério.

— Ele a matou e decapitou no riacho — afirmou Katrine. — As pegadas dela desapareceram mais acima no riacho, não foi? Ela correu na água para não deixar pistas, mas ele a alcançou.

— O que ele usou? — perguntou Harry.

— Machado ou serrote, o que mais podia ser?

— Mas e as marcas de queimadura em volta da pele no local do corte?

Katrine olhou para Skarre, e os dois deram de ombros.

— Ok, Holm, verifique isso — delegou Harry. — E depois?

— Depois, ele talvez a tenha carregado pelo riacho até a estrada — disse Skarre. Ele havia dormido por duas horas, e seu pulôver estava do lado avesso, mas ninguém teve a coragem de dizer isso a ele. — Digo *talvez* porque lá também não achamos coisa alguma. E devíamos ter achado. Um filete de sangue num tronco de árvore, um pedacinho de carne num galho ou um resto de tecido rasgado. Mas encontramos as pegadas dele onde o riacho passa por baixo da estrada. E ao lado da estrada havia marcas na neve do que pode ter sido um corpo. Mas os cães nem reagiram, só Deus sabe o porquê. Nem o farejador de cadáveres! É um...

— Mistério — repetiu Harry, esfregando o queixo. — Não seria pouco prático cortar a cabeça dela dentro do riacho? É apenas uma vala estreita. Mal há espaço para abrir os braços? Por quê?

— Óbvio — disse Skarre. — A água leva as pistas embora.

— Não óbvio — replicou Harry. — Ele deixou a cabeça lá, então não está preocupado com o fato de deixar pistas. Mas por que não há sinais no caminho até a estrada...

— Saco mortuário! — concluiu Katrine. — Estava justamente me perguntando como é que ele conseguiu carregá-la até tão longe naquele terreno. No Iraque usavam sacos mortuários com alças, para carregá-los como mochilas.

— Humm — murmurou Harry. — Isso pode explicar por que o farejador de cadáveres não sentiu cheiro nenhum perto da estrada.

— E por que ele pôde correr o risco de deixá-la ali — completou Katrine.

— Deixá-la? — perguntou Skarre.

— As marcas de um corpo na neve. Ele a deixou no chão enquanto foi pegar o carro. Que provavelmente estava estacionado em algum lugar perto da fazenda dos Ottersen. Teria levado uma meia hora, concorda?

Skarre murmurou um relutante "algo do tipo".

— Esse tipo de saco é preto, pareceria um saco de lixo comum para alguém que estivesse passando de carro.

— Ninguém passou de carro — informou Skarre áspero, abafando um bocejo. — Falamos com todo mundo naquela maldita floresta.

Harry concordou.

— O que devemos pensar sobre a história de Rolf Ottersen, de que esteve na loja das cinco às sete?

— O álibi não vale porra nenhuma se não entrou nenhum freguês na loja — comentou Skarre.

— Ele teria tido tempo para ir e voltar enquanto as gêmeas estavam na aula de violino — adicionou Katrine.

— Mas ele não faz o tipo — disse Skarre, inclinando-se para trás na cadeira e assentindo com a cabeça, como se para confirmar sua própria conclusão.

Harry estava tentado a fazer uma extensa declaração sobre a percepção dos policiais em geral sobre sua própria capacidade de reconhecer um assassino quando viam um, mas estavam na fase em que todos deviam dizer o que pensavam, sem medo de cair em contradição. Por experiência, sabia que as melhores ideias costumavam surgir de devaneios, suposições prematuras e errôneos julgamentos precipitados.

A porta se abriu.

— Tudo em paz? — cantarolou Bjørn Holm. — Mil desculpas, mas estava seguindo uma pista sobre a arma do crime.

Ele tirou a capa impermeável que usava e a pendurou no cabide de Harry, que oscilou bastante. Por baixo vestia uma camisa lilás com bordado amarelo e um texto nas costas proclamando que Hank Williams — apesar do atestado de óbito do inverno de 1953 — estava vivo. Ele se deixou cair na última cadeira vazia e encarou os rostos dos demais, todos virados para ele.

— O que houve? — Sorriu, e Harry esperou pela piada favorita de Holm. Que não demorou a vir. — Alguém morreu?

— Arma do crime — disse Harry. — Anda logo.

Holm sorriu e esfregou as mãos.

— É claro que fiquei me perguntando de onde teriam vindo as marcas de queimadura no pescoço de Sylvia Ottersen. A médica-legista não fazia a mínima ideia. Disse apenas que as artérias menores foram cauterizadas, como se faz em amputações para estancar o sangramento. Antes de serrar uma perna. E quando ela falou aquilo sobre serrar me lembrei de uma coisa. Como vocês sabem, eu cresci numa fazenda...

Bjørn Holm se inclinou para a frente, os olhos brilhando, fazendo Harry pensar num pai em vias de abrir o presente de Natal, o grande trem elétrico que havia comprado para o filho recém-nascido.

— Quando uma vaca estava parindo e o bezerro estava quase morto, às vezes a carcaça era grande demais para a vaca conseguir pari-lo sem ajuda. E se o bezerro, além de tudo, estivesse numa posição complicada, não conseguiríamos tirá-lo sem o risco de machucar a vaca. Nesse caso, o veterinário tinha que vir e usar o serrote.

Skarre fez uma careta.

— É um tipo de lâmina superfina e flexível que você pode colocar dentro da vaca e ao redor do bezerro, como um laço. Então você puxa e torce o serrote para lá e para cá, cortando o corpo.

Holm ilustrou tudo com as mãos.

— Até que esteja partido em dois e você possa retirar metade da carcaça. Normalmente, o problema acaba aí. Normalmente. Porque às vezes a lâmina do serrote acaba cortando a mãe também ao ficar indo para lá e para cá dentro dela, fazendo com que ela sangre até morrer. Por isso, há alguns anos, uns fazendeiros na França inventaram uma engenhoca prática que resolveu o problema. Uma fibra elétrica em forma de laço que queima a pele. Consiste num simples cabo de plástico com um fio metálico fininho e superforte, preso nas pontas do cabo, formando um laço que você pode pôr em volta daquilo que quer cortar. Aí é só ligar. Em 15 segundos, o fio metálico está incandescente. Você aperta um botão no cabo e o laço vai se fechando, cortando o corpo. Por não haver movimentos laterais, a chance de a mãe ser cortada é muito menor. E se mesmo assim acontecer, há duas vantagens para...

— Você está tentando nos vender a ferramenta ou o quê? — perguntou Skarre, sorrindo e olhando à procura da reação de Harry.

— Devido à alta temperatura, o fio metálico é totalmente estéril — prosseguiu Holm. — Não transmite bactérias ou sangue contaminado do cadáver. E o calor cauteriza as artérias menores, reduzindo o sangramento.

— Ok — falou Harry. — Você tem certeza de que foi esse tipo de ferramenta que ele usou?

— Não — respondeu Holm. — Eu podia fazer um teste se tivesse conseguido uma, mas o veterinário com quem conversei disse que esse laço elétrico cortador ainda não foi aprovado pelo Ministério da Agricultura da Noruega. — Ele olhou para Harry com pesar profundo e verdadeiro.

— Bem — disse Harry —, se não foi essa a arma do crime, pelo menos explicaria como ele pôde decapitar a cabeça dela com os pés ainda no riacho. O que vocês acham?

— A França — disse Katrine Bratt. — Primeiro a guilhotina e agora isso.

Skarre franziu a boca e fez um gesto negativo com a cabeça.

— Parece esquisito demais. De toda forma, onde foi que conseguiu essa engenhoca de laço? Visto que não foi aprovado, quero dizer.

— Podemos começar procurando a partir daí — concluiu Harry. — Você pode verificar isso, Skarre?

— Eu disse que não acredito nessa história.

— Desculpe, não fui claro — disse Harry. — Eu quis dizer: "Verifique isso, Skarre." Algo mais, Holm?

— Não. Devia ter muito sangue na cena do crime, mas o único sangue que encontramos foi o das galinhas abatidas no celeiro. E, falando em galinhas, a temperatura dos seus corpos e a temperatura do celeiro mostraram que foram abatidas por volta das seis e meia. Difícil saber a hora exata, porque uma das galinhas estava mais quente que as outras duas.

— Vai ver estava com febre. — Skarre riu.

— E o boneco de neve? — perguntou Harry.

— Não se acham impressões digitais num monte de cristais de neve que se transforma de hora em hora, mas devia ter sido possível encontrar restos de pele da mão, pois cristais de neve são cortantes. E fibras de luvas, caso tenham sido usadas. Mas não achamos nem uma coisa nem outra.

— Luvas de borracha — sugeriu Katrine.

— Além disso, nadica de nada — disse Holm.

— Ok. Pelo menos temos uma cabeça. Já verificaram os dentes...

Harry foi interrompido por Holm, que se endireitou e fez uma expressão de quem está ofendido.

— Atrás de algum vestígio? O cabelo? Marcas de dedos no pescoço? Outras coisas que os peritos não pensam em ver?

Harry fez um gesto de "desculpe" e olhou para seu relógio.

— Skarre, mesmo achando que Rolf Ottersen não faça o tipo, descubra onde ele estava e o que fazia no momento do desaparecimento de Birte Becker. Vou levar um papo com Filip Becker. Katrine, faça uma revisão de todos os casos de desaparecimento, incluindo esses dois, e procure semelhanças.

— Ok — respondeu.

— Compare tudo — continuou Harry. — A hora do crime, a fase da lua, o que estava passando na televisão, a cor do cabelo das vítimas, se alguma pegou emprestado o mesmo livro na biblioteca, se foram a um mesmo seminário, a soma dos dígitos dos números telefônicos. Temos que descobrir como ele as seleciona.

— Espere um pouco — interrompeu Skarre. — Nós já decidimos que há alguma conexão? Não devíamos estar abertos para todas as possibilidades?

— Você pode estar aberto para as possibilidades que desejar — disse Harry, levantando e assegurando-se de que as chaves do carro estavam no bolso. — Contanto que faça o que seu chefe manda. O último a sair apaga a luz.

Harry estava esperando o elevador quando ouviu alguém se aproximar. Os passos pararam bem atrás dele.

— Conversei com uma das gêmeas durante o intervalo na escola hoje de manhã.

— Ah é? — Harry se virou para Katrine Bratt.

— Perguntei o que fizeram anteontem.

— Anteontem?

— No dia em que Birte Becker desapareceu.

— Exato.

— Ela, a irmã e a mãe estiveram na cidade. Ela se lembrou disso porque foram ao museu de Kon-Tiki procurar um brinquedo depois de terem ido ao médico. E dormiram na casa de uma tia enquanto a mãe visitava uma amiga. O pai estava cuidando da casa. Sozinho.

Ela estava tão perto que Harry podia sentir seu perfume. Não era parecido com nenhum perfume que ele conhecia de outras mulheres. Bem picante e em nada doce.

— Humm. Com qual das gêmeas você conversou?

Katrine Bratt manteve seu olhar.

— Não faço ideia. Tem alguma importância?

Um tinido informou a Harry que o elevador havia chegado.

Jonas estava desenhando um boneco de neve. A ideia era fazê-lo sorrindo e cantando, fazer daquele um boneco de neve feliz. Mas ele não conseguiu; o boneco só ficou ali na grande folha em branco encarando Jonas com um olhar inexpressivo. Ao redor dele no amplo auditório, mal se ouviu um som, apenas o giz de seu pai que arranhava e vez ou outra batia no quadro-negro à sua frente, e as canetas esferográficas dos alunos sussurrando nas folhas. Ele não gostava de canetas. Usando caneta, não dava para apagar, não dava para mudar nada; o que desenhava teria de ficar assim para sempre. Naquela manhã, ele acordara pensando que a mãe estava de volta, que tudo tinha voltado ao normal, e correra até o quarto dela. Mas encontrou apenas o pai vestindo-se, dizendo que Jonas também precisava se vestir porque ele iria acompanhá-lo à universidade hoje. Canetas.

O piso da sala era inclinado até onde estava seu pai, como num teatro. Seu pai não tinha dito uma palavra aos alunos, nem quando ele e Jonas entraram. Limitou-se a acenar com a cabeça, apontar para o lugar onde Jonas devia se sentar e ir direto ao quadro-negro, onde começou a escrever. E claramente os alunos estavam acostumados àquilo, pois estavam prontos em seus lugares e começaram a tomar notas imediatamente. O quadro-negro se encheu de números, letrinhas e alguns rabiscos que Jonas não conhecia. Uma vez, seu pai havia explicado que a física tinha sua própria linguagem, a qual ele usava para contar histórias. Quando Jonas perguntara se eram contos de fadas, o pai havia começado a rir, dizendo que a física só podia ser usada para contar o que era verdade, que era uma língua incapaz de mentir, mesmo que tentasse.

Alguns rabiscos eram engraçados. E muito bonitos.

Caía pó de giz nos ombros do pai. Uma camada fina e branca se assentou como neve na jaqueta. Jonas olhou para as costas do pai e tentou desenhá-lo. Mas este também não foi um boneco de neve feliz. E, de repente, a sala ficou em silêncio total. Todas as canetas haviam parado de sussurrar. Porque o giz havia parado. Ficou imóvel no alto do quadro-negro, tão alto que o pai precisou esticar o braço por cima da cabeça para alcançar. E agora parecia que o giz estava preso e o pai pendurado no quadro-negro, como quando o Coiote se pendura num galho fininho acima de um precipício e é muito, muito alto até lá embaixo. Daí, os ombros do pai começaram a chacoalhar, e Jonas pensou que ele estivesse tentando soltar o giz, fazendo-o andar de novo, mas sem conseguir. Um sussurro atravessou a sala, como se todos abrissem a boca para tomar ar no mesmo instante. Então seu pai conseguiu soltar o giz, foi até a porta sem se virar e saiu. Ele foi pegar mais giz, pensou Jonas. Um zunido crescente de vozes surgiu em volta dele. Jonas captou duas palavras: "mulher" e "desaparecida". Olhou para o quadro-negro, que estava praticamente coberto pela escrita. Seu pai havia tentado escrever que ela estava morta, mas o giz só podia escrever coisas que eram verdade, por isso havia ficado preso. Jonas usou a borracha no seu boneco de neve. Ao seu redor, os alunos guardavam suas coisas, e os assentos se arrastaram quando eles se levantaram para ir embora.

Uma sombra caiu sobre o boneco de neve desenhado sem sucesso na folha, e Jonas levantou o olhar.

Era o policial, aquele grandão, de cara feia e olhos gentis.

— Quer vir comigo para ver se a gente encontra o seu pai? — perguntou.

Harry bateu com cuidado na porta da sala com a placa que dizia *Prof. Filip Becker.*

Não houve resposta, e ele abriu.

O homem atrás da mesa levantou a cabeça das mãos.

— Por acaso eu disse que podia entrar...?

Calou-se ao ver Harry. E seu olhar se voltou para o menino ao lado dele.

— Jonas! — disse Filip Becker com um misto de espanto e repreensão. Seus olhos estavam vermelhos. — Eu não disse para você ficar quieto?

— Eu o trouxe comigo — disse Harry.

— Hein? — Becker olhou o relógio e se levantou.

— Seus alunos já foram — anunciou Harry.

— Já? — Becker se deixou cair na cadeira. — Eu... Eu só queria fazer um intervalo.

— Eu estava lá — disse Harry.

— Estava? Por que...

— Todos nós precisamos de uma pausa de vez em quando. Podemos conversar?

— Não quero que ele vá à escola — explicou Becker depois de ter mandado Jonas para a cafeteria com a ordem de esperar lá. — Todas aquelas perguntas, especulações; simplesmente não queria isso. Bem, tenho certeza de que compreende.

— Bem. — Harry tirou um maço de cigarros, lançou um olhar questionador para Becker e o devolveu ao bolso depois que o professor fez que não com a cabeça. — É mais fácil entender isso do que aquilo que estava escrito no quadro-negro.

— É física quântica.

— Parece sinistro.

— O mundo dos átomos é sinistro.

— De que maneira?

— Quebra nossas leis físicas mais fundamentais. Como aquela que diz que uma coisa não pode estar em dois lugares ao mesmo tempo. Nils Bohr disse uma vez que, se você não fica profundamente chocado com a física quântica, não a entendeu.

— Mas você a entende?

— Não, está maluco? É puro caos. Mas prefiro aquele caos a este tipo de caos.

— Qual tipo?

Becker soltou um suspiro.

— Nossa geração se fez serva dos próprios filhos. Temo que isso também se aplique a Birte. Há tantos compromissos e aniversários e comidas favoritas e treinos de futebol que estou enlouquecendo. Hoje ligaram de algum médico lá em Bygdøy, porque Jonas não havia comparecido na hora marcada. E hoje à tarde ele tem um treino Deus sabe lá onde e a geração dele nunca ouviu falar da possibilidade de pegar um ônibus.

— O que há de errado com Jonas? — perguntou Harry, tirando o bloco de anotações em que nunca anotava nada, mas, na sua experiência, isso parecia dar foco para as pessoas.

— Nada. Um check-up normal, imagino. — Becker fez um gesto irritado com a mão como se para afastar a questão. — E imagino que sua visita seja sobre outro assunto?

— Sim — respondeu Harry. — Quero saber onde esteve na tarde e na noite de ontem.

— O quê?

— Apenas rotina, Becker.

— Isso tem alguma ligação com... com... — Becker fez um aceno com a cabeça em direção ao jornal *Dagbladet* que estava no topo de uma das pilhas de papel.

— Não sabemos — disse Harry. — Apenas me responda, por favor.

— Me diga, vocês todos enlouqueceram?

Sem responder, Harry olhou para o relógio.

Becker soltou um gemido.

— Está bem, afinal, quero ajudar. Ontem à noite eu estava aqui trabalhando num artigo sobre comprimentos de onda em hidrogênio que espero conseguir publicar.

— Algum colega que possa confirmar isso?

— O motivo pelo qual a contribuição dos noruegueses para as pesquisas científicas é tão ínfima é que a autossatisfação dos nossos acadêmicos é superada apenas por sua indolência. Como de costume, completamente sozinho.

— E Jonas?

— Ele mesmo preparou algo para comer e ficou vendo televisão até eu voltar.

— A que horas foi isso?

— Logo depois das nove, acho.

— Humm. — Harry fez de conta que estava anotando. — Já revistou as coisas de Birte?

— Sim.

— Encontrou algo?

Filip Becker passou um dedo sobre o canto da boca e fez que não com a cabeça. Harry deteve o olhar dele, usando o silêncio como uma forma de motivá-lo a falar. Mas Becker havia se fechado.

— Obrigado por sua ajuda — disse Harry, colocando o bloco de anotações no bolso da jaqueta e levantando-se. — Vou dizer a Jonas que pode entrar.

— Me dê um tempinho, por favor.

Harry encontrou a cafeteria onde Jonas estava desenhando, a ponta da língua despontando no canto da boca. Ele se pôs ao lado do menino e olhou para a folha na qual, por enquanto, havia dois círculos irregulares.

— Um boneco de neve.

— É — disse Jonas, levantando o olhar. — Como conseguiu ver?

— Por que sua mãe ia levar você ao médico, Jonas?

— Não sei. — Jonas desenhou uma cabeça no homem de neve.

— Como é o nome do médico?

— Não sei.

— Onde era?

— Eu não devo contar a ninguém. Nem para o meu pai. — Jonas se inclinou sobre a folha e desenhou cabelos na cabeça do boneco de neve. Cabelo comprido.

— Eu sou um policial, Jonas. Estou tentando encontrar sua mãe.

O lápis desenhava com cada vez mais força, o cabelo ficando cada vez mais escuro.

— Não sei como o lugar se chama.

— Você se lembra de alguma coisa lá por perto?

— As vacas do rei.

— As vacas do rei?

Jonas fez que sim.

— A mulher que fica sentada atrás da janela se chama Borghild. Ganhei um pirulito porque deixei ela tirar sangue com uma daquelas agulhas.

— Está desenhando algo especial? — perguntou Harry.

— Não — respondeu Jonas, concentrando-se em desenhar os cílios.

Filip Becker estava à janela, observando Harry cruzar o estacionamento. Perdido em pensamentos, batia a pequena agenda preta na palma da mão. Perguntava-se se o policial havia acreditado nele quando fingiu não saber que estava presente durante sua aula. Ou quando disse que estivera trabalhando num artigo na noite anterior. Ou que ele não havia encontrado nada nas coisas de Birte. A agenda preta estava na gaveta da mesa dela, ela nem havia tentado escondê-la. E o que estava escrito ali...

Ele quase precisou rir. Aquela mulher simplória tinha acreditado que podia enganá-lo.

11

Dia 4

Máscara mortuária

Katrine Bratt estava inclinada sobre o computador quando Harry enfiou a cabeça pela porta.

— Encontrou alguma conexão?

— Pouca coisa — respondeu Katrine. — Todas as mulheres tinham olhos azuis. Fora isso, são todas diferentes em termos de aparência. Todas tinham marido e filhos.

— Tenho um ponto de onde podemos começar — disse Harry. — Birte Becker levou Jonas para um médico que fica perto das vacas do rei. Deve ser a propriedade real em Bygdøy. E você disse que as gêmeas estavam no museu de Kon-Tiki depois de uma visita médica. Também fica em Bygdøy. Filip Becker não conhecia o médico, mas talvez Rolf Ottersen saiba quem e.

— Vou telefonar para ele.

— Depois venha falar comigo.

Na sua sala, Harry tirou as algemas, prendeu uma argola no braço e ficou lançando a outra em volta da perna da mesa, enquanto ouvia os recados do correio de voz. Rakel disse que Oleg levaria um amigo para Valle Hovin. Era um recado desnecessário, e ele sabia que era um lembrete disfarçado caso tivesse esquecido a coisa toda. Até essa data, Harry nunca se esquecera de um compromisso com Oleg, mas aceitava essas pequenas cutucadas que outras pessoas talvez considerassem uma declaração de desconfiança. Na verdade, ele *gostava* delas. Porque mostrava que tipo de mãe ela era. E porque ela disfarçava o lembrete a fim de não o ofender.

Katrine entrou sem bater.

— Safado — disse ela, fazendo um gesto com a cabeça em direção à mesa onde Harry estava algemado. — Mas eu gosto.

— Treino para algemar rápido com uma das mãos. — Harry sorriu. — Uma bobagem que aprendi nos Estados Unidos.

— Devia experimentar as novas algemas rápidas Hiatt. Nem precisa pensar se vai atacar pela direita ou pela esquerda; se acertar direito, a argola vai se fechar em volta do seu punho de qualquer maneira. Assim, pode praticar com dois pares de algemas, um em cada punho, para ter duas tentativas de acerto.

— Humm. — Harry abriu as algemas. — O que tem para contar?

— Rolf Ottersen não sabia nada sobre visitas médicas ou sobre um médico em Bygdøy. Pelo contrário, o médico da família fica em Bærum. Posso perguntar se as gêmeas se lembram do médico, ou talvez possamos ligar para os consultórios em Bygdøy e verificar. Só tem quatro listados aqui.

Ela deixou um bilhete amarelo em sua mesa.

— Eles não podem informar o nome dos pacientes — disse Harry.

— Vou falar com as gêmeas na saída da escola.

— Espere — disse Harry, tirando o telefone do gancho e discando o primeiro número.

Uma voz nasalada atendeu dizendo o nome do consultório.

— Borghild está? — perguntou Harry.

Nenhuma Borghild.

No segundo número, a secretária eletrônica informou com uma voz igualmente nasalada que o consultório só atendia as ligações durante um período restrito a duas horas, que já havia passado fazia tempo.

No quarto número, finalmente, uma voz alegre e risonha respondeu o que Harry queria ouvir.

— Sim. Sou eu.

— Olá, Borghild. Aqui quem fala é o inspetor Harry Hole do distrito policial de Oslo.

— Data de nascimento?

— Algum dia de primavera, mas se trata de um assassinato. Suponho que já tenha lido o jornal de hoje. Gostaria de saber se você viu Sylvia Ottersen durante a última semana.

Silêncio no outro lado.

— Um momento — respondeu ela.

Harry a ouviu se levantar e esperou. Então a mulher retornou.

— Sinto muito, Sr. Hole. Informações sobre pacientes estão sujeitas ao sigilo profissional. E acho que a polícia sabe disso.

— Sabemos. Mas, se não estou enganado, são as filhas dela que são pacientes, e não Sylvia.

— Mesmo assim. O senhor está pedindo informação que indiretamente pode revelar a identidade dos nossos pacientes.

— Quero lembrar a você que isso é uma investigação de assassinato.

— Quero lembrar ao senhor que pode voltar a nos procurar com um mandado de busca. Talvez sejamos mais zelosos com os dados de nossos pacientes que a maioria, mas é a natureza do nosso trabalho.

— Natureza?

— Nossas áreas de especialização.

— E quais são?

— Cirurgia plástica e cirurgias especiais. Veja o nosso site: www.kirklinikk.no.

— Obrigado, mas acho que tenho bastante informação por enquanto.

— Se o senhor diz.

Ela desligou.

— Então? — quis saber Katrine.

— Jonas e as gêmeas estiveram no mesmo médico — disse Harry, inclinando-se para trás na cadeira. — Isso quer dizer que temos por onde começar.

Harry podia sentir a torrente de adrenalina, o tremor que sempre acompanhava o primeiro cheiro da besta. E depois da torrente vinha A Grande Obsessão. Que era tudo de uma só vez: paixão e entorpecimento, cegueira e clareza, sentido e loucura. Às vezes, seus colegas falavam sobre a excitação, mas o que ele sentia era outra coisa, algo além. Nunca havia contado a ninguém sobre a Obsessão ou feito alguma tentativa de analisá-la. Não teve coragem. Sabia apenas que ela o ajudava, lhe dava direção, era o combustível do trabalho que coube a ele executar. Não queria saber mais. Não queria mesmo.

— E agora? — perguntou Katrine.

Harry reabriu os olhos e pulou da cadeira.

— Agora vamos fazer compras.

A loja Taste of Africa ficava bem perto da rua com as lojas mais movimentadas de Majorstua, Bogstadveien. Mas infelizmente sua localização, a 14 metros de distância em uma rua lateral, era suficiente para deixá-la na periferia.

O sino sobre a porta soou quando Harry e Katrine entraram. Na esparsa iluminação — ou, mais exatamente, na falta dela — Harry viu tapetes rústicos de cores fortes, tecidos tipo sarongue, almofadas enormes com estampas africanas, mesinhas que pareciam talhadas diretamente da própria floresta tropical, esculturas altas e magras, representando guerreiros da tribo Masai e uma seleção dos bichos mais conhecidos da savana. Tudo parecia meticulosamente planejado e executado: não havia etiquetas visíveis com preços, as cores se complementavam e os produtos estavam dispostos em pares como na Arca de Noé. Em suma, mais parecia uma exposição que uma loja. Uma exposição levemente empoeirada. Essa impressão foi reforçada pelo silêncio quase artificial após a porta se fechar e o sino parar de tocar.

— Olá? — chamou uma voz do interior da loja.

Harry seguiu o som. No escuro nos fundos da loja, atrás de uma girafa de madeira e iluminada apenas por um ponto de luz, ele viu as costas de uma mulher em pé numa cadeira. Ela estava pendurando uma máscara preta de madeira na parede, com o formato de um rosto chorando.

— Do que se trata? — perguntou sem se virar.

Ela deu a impressão de estar condicionada a esperar o inesperado, tudo menos fregueses.

— Somos da polícia.

— Ah, sim. — A mulher se virou, a luz caiu sobre seu rosto. Harry sentiu o coração parar e automaticamente deu um passo para trás. Era Sylvia Ottersen.

— Algo de errado? — perguntou ela, franzindo a testa por entre as lentes dos óculos.

— Quem... é você?

— Ane Pedersen — disse ela, de repente parecendo entender o motivo da expressão perplexa de Harry. — Sou irmã de Sylvia. Somos gêmeas.

Harry começou a tossir.

— Este é o inspetor Harry Hole. — Ouviu Katrine dizer atrás de si. — E eu sou Katrine Bratt. Esperávamos encontrar Rolf aqui.

— Ele está na funerária. — Ane Pedersen fez uma pausa e no mesmo instante todos três sabiam o que os demais estavam pensando: como se enterra uma cabeça?

— E você veio cobrir o serviço? — perguntou Katrine para aliviar o constrangimento.

Ane Pedersen esboçou um breve sorriso.

— Vim. — Ela desceu da cadeira com cuidado, ainda com a máscara na mão.

— É uma máscara cerimonial ou espiritual? — perguntou Katrine.

— Cerimonial — respondeu. — Hutu. Leste do Congo.

Harry olhou o relógio.

— A que horas ele vai estar de volta?

— Não sei.

— Alguma ideia?

— Como disse, não...

— É uma máscara muito bonita — interrompeu Katrine. — Você esteve no Congo e a comprou pessoalmente, não é?

Ane olhou para ela com surpresa.

— Como sabe?

— Posso ver pela maneira com que você está segurando, sem cobrir os olhos ou a boca. Respeitando os espíritos.

— Você se interessa por máscaras?

— Um pouco — respondeu Katrine, apontando para uma máscara preta com pequenos braços laterais e pernas penduradas embaixo. O rosto era meio humano, meio animal. — Essa é uma máscara Kpelie, não é?

— É. Da Costa do Marfim. Senufo.

— Uma máscara de poder? — Katrine passou uma das mãos sobre a pelagem animal, dura e sebosa, que pendia da casca de coco na parte superior da máscara.

— Uau, você sabe bastante. — Ane sorriu.

— O que é uma máscara de poder? — perguntou Harry.

— Exatamente o que o nome diz — explicou Ane. — Na África, máscaras desse tipo não são apenas símbolos vazios. Uma pessoa que usa uma máscara dessas na comunidade Lo tem concedido a si automaticamente todo o poder executivo e judicial. Ninguém questiona a autoridade do usuário, a máscara por si só confere o poder.

— Vi duas máscaras mortuárias penduradas perto da porta — comentou Katrine. — Muito bonitas.

Ane respondeu com um sorriso.

— Tenho várias delas. São de Lesoto.

— Posso dar uma olhada?

— Claro. Espere um pouco.

Ela desapareceu, e Harry olhou para Katrine.

— Só achei que podia valer a pena bater um papo com ela — explicou, respondendo à pergunta não expressa do inspetor. — Verificar se há algum segredo familiar, entende?

— Entendo. E você faz isso melhor sozinha.

— Você tem algo importante a fazer?

— Estarei no meu escritório. Se Rolf Ottersen aparecer, não esqueça de pedir a declaração de que ele abre mão do sigilo médico.

Já na porta, Harry lançou um olhar aos rostos humanos, feitos de couro e enrugados, congelados num grito. Supôs que fossem réplicas.

Eli Kvale empurrava o carrinho de compras em meio às prateleiras no supermercado ICA perto do Ullevål Stadion. Era enorme. Um pouco mais caro que outros supermercados, mas com produtos bem melhores. Ela não ia lá sempre, só quando queria preparar algo especial. E hoje à noite, Trygve, o primogênito, estava voltando dos Estados Unidos. Ele estava no terceiro ano do curso de administração em Montana, mas neste outono não tinha provas e podia ficar estudando em casa até janeiro. Andreas ia direto do escritório da igreja para buscá-lo de carro no aeroporto de Gardermoen. E ela sabia que, ao chegarem em casa, já estariam no meio de uma discussão animada sobre pesca com moscas e passeios de canoa.

Ela se inclinou sobre o freezer e sentiu o frio subindo quando uma sombra passou por ela. E, sem olhar, sabia que era a mesma. A mesma sombra que havia passado por ela no balcão de perecíveis e no estacionamento, quando trancara o carro. Não significava nada. Apenas coisas do passado vindo à tona. Ela já havia se conformado com a ideia de nunca perder totalmente o medo, mesmo que já se passasse meia vida desde então. No caixa, escolheu a fila mais longa; pela sua experiência, era sempre a mais rápida. Pelo menos pensou que essa fosse sua experiência. Andreas achava que estava enganada quanto a isso. Alguém entrou na fila atrás dela. Então, havia mais pessoas enganadas, pensou. Eli não se virou, pensou apenas que a pessoa em questão devia estar carregada de congelados: dava para sentir o frio nas costas.

Mas, quando ela por fim se virou, não havia mais ninguém. Seu olhar começou a escanear as outras filas. Não comece com isso, disse a si mesma. Não comece tudo outra vez.

Quando chegou lá fora, forçou-se a andar com calma até o carro, a não olhar ao redor, a destrancar o veículo, colocar as compras, sentar-se e dar a partida. E, enquanto o Toyota subia lentamente as longas colinas em direção ao seu apartamento duplex em Nordberg, Eli só pensava em Trygve e no jantar que estaria pronto quando eles entrassem pela porta.

* * *

Harry escutava Espen Lepsvik ao telefone e olhava as fotos dos colegas mortos. Lepsvik estava com seu grupo montado e queria ter acesso a todas as informações relevantes.

— Você vai receber uma senha do nosso chefe de informática — disse Harry. — Depois abra a pasta chamada Boneco de Neve na rede da Homicídios.

— Boneco de Neve?

— Tem que ter algum nome.

— Tá legal. Obrigado, Hole. Com que frequência você quer relatórios meus?

— Só quando tiver alguma coisa. E... Lepsvik?

— Sim?

— Fique longe do nosso canteiro.

— Que é exatamente qual?

— Você se concentra nas pistas, nas testemunhas e nas pessoas com ficha suja o bastante para serem serial killers. É onde fica o grosso do trabalho.

Harry sabia o que o experiente investigador da Kripos estava pensando: "O trabalho mais chato."

Lepsvik pigarreou.

— Então concordamos que há ligação entre os desaparecimentos?

— Não temos que concordar. Siga seus instintos.

— Tá legal.

Harry desligou e olhou para a tela do computador à sua frente. Ele tinha entrado no site que Borghild recomendara e olhado fotos de mulheres lindas e homens tipo modelo com linhas pontilhadas no rosto e no corpo, indicando onde sua aparência perfeita ainda podia — se desejassem — ser melhorada. O próprio cirurgião, Idar Vetlesen, sorria para ele de uma foto, indistinguível entre seus modelos masculinos.

Embaixo da foto de Idar Vetlesen havia um currículo listando seus diplomas e cursos, com nomes compridos em francês e inglês, que, pelo que Harry sabia, podiam ter sido concluídos em dois meses, mas que mesmo assim concediam a ele o direito de acrescentar abreviações latinas ao seu título de doutor. Ele digitou o nome de Idar Vetlesen no Google e apareceram listas de resultados do que pensava ser competições de *curling*, além de um site antigo de um dos seus locais de trabalho anteriores, a Clínica Marienlyst. Quando viu o nome ao lado de Ivar Vetlesen foi que pensou que devia ser verdade o que diziam: a Noruega é um país tão pequeno que todos estão no máximo a duas pessoas de se conhecerem.

Katrine Bratt entrou e se deixou cair na cadeira em frente a Harry com um suspiro profundo. Ela cruzou as pernas.

— Você acha que é verdade que pessoas bonitas se preocupam mais com a beleza que as feias? — perguntou Harry. — É por isso que as pessoas bonitas são tão obcecadas pela própria aparência?

— Não sei — respondeu Katrine. — Mas faz algum sentido. Pessoas com QI alto se preocupam tanto com QI que fizeram um clube próprio, não é? Suponho que a gente se concentre naquilo que tem. Aposto que você tem bastante orgulho do seu talento de investigador.

— Está falando do gene de caçar ratos? A capacidade inata de botar atrás das grades pessoas com doenças mentais, problemas com drogas, inteligência abaixo da média e uma infância de privações bem acima da média?

— Não passamos de caçadores de ratos, então?

— Não. E é por isso que ficamos tão felizes quando, uma vez a cada ano bissexto, surge na nossa mesa um caso como esse. A chance de fazer uma caçada de verdade, de abater um leão, um elefante, a porra de um dinossauro.

Katrine não riu. Ao contrário, fez um gesto afirmativo, séria.

— O que a irmã gêmea de Sylvia tinha para contar?

— Eu estava correndo o risco de me transformar na melhor amiga dela — suspirou Katrine, entrelaçando os dedos sobre um joelho coberto pela meia.

— Me conte.

— Bem — começou, e Harry reconheceu seu próprio "bem" na boca de Katrine. — Ane contou que tanto Sylvia como Rolf achavam que ele é quem havia sido o sortudo dos dois quando ficaram juntos. Mas todos os outros no seu meio acharam que era ao contrário. Rolf havia acabado de se formar em engenharia pela Universidade Técnica de Bergen e se mudado para Oslo com um emprego na Kværner Engenharia. Aparentemente, Sylvia era do tipo que acorda todo dia com uma ideia nova sobre o que faria na vida. Havia frequentado meia dúzia de cursos na faculdade e nunca ficava mais de seis meses no mesmo emprego. Era teimosa, cabeça quente e mimada, socialista declarada e atraída por ideologias que pregam a supressão do ego. Manipulava as poucas amigas que tinha, e os homens com quem se envolvia logo a deixavam por não aguentarem mais conviver com ela. A irmã achava que Rolf ficou tão profundamente apaixonado porque Sylvia representava seu extremo oposto. Ele havia seguido os passos do pai, tornando-se engenheiro. Vem de uma família que acreditava na invisível mão caridosa do capitalismo e na felicidade da classe média. Sylvia achava que nós, na civilização ocidental, fôssemos materialistas e corruptos enquanto seres humanos, que tínhamos perdido contato com nossa verdadeira identidade e com a fonte da felicidade. E que algum rei na Etiópia fosse o Messias reencarnado.

— Haile Selassie — disse Harry. — A crença rastafári.

— Você sabe de cada coisa.

— Ouvindo Bob Marley. Bem, talvez isso explique a ligação com a África.

— Talvez. — Katrine mudou de posição na cadeira, a perna esquerda sobre a direita agora, e Harry desviou o olhar. — De qualquer maneira, Rolf e Sylvia tiraram um ano de férias e viajaram pelo oeste da África. Acabou sendo uma viagem de formação para os dois. Rolf descobriu que sua vocação era ajudar a África a se reerguer. Sylvia, que tinha a tatuagem de uma grande bandeira da Etiópia nas costas, descobriu que todas as pessoas se preocupam consigo mesmas, mesmo na África. Daí, fundaram a Taste of Africa. Rolf, para ajudar um continente pobre, Sylvia, porque a combinação de importação barata e subsídio do governo parecia dinheiro fácil. Tinha a mesma motivação quando foi pega com uma mochila cheia de maconha na alfândega do aeroporto de Fornebu, vindo de Lagos.

— Agora sim.

— Sylvia pegou uma pena curta em condicional por ter conseguido levantar o benefício da dúvida, dizendo que não sabia o que estava na mochila, que ela a havia trazido de favor para um amigo nigeriano que morava na Noruega.

— Humm. E o que mais?

— Ane gosta de Rolf. Ele é gentil e atencioso e tem um amor infinito pelas crianças. Mas aparentemente é cego em relação a Sylvia. Duas vezes, Sylvia se apaixonou por outros homens, deixando Rolf e as crianças. Mas os homens a deixaram e, ambas as vezes, Rolf aceitou que ela voltasse de bom grado.

— O que você acha que ela tinha para mantê-lo dessa forma?

Katrine mostrou um sorriso pintado com tristeza e olhou para o nada, alisando a bainha da saia.

— O de sempre, aposto. Ninguém consegue deixar alguém com quem o sexo é bom. Podem até tentar, mas sempre acabam voltando. Somos bem simplórios nessa área, não somos?

Harry fez um lento gesto afirmativo.

— E no caso dos homens que a deixaram e nunca retornaram?

— Os homens são diferentes. Depois de algum tempo, alguns começam a sofrer de ansiedade quanto ao desempenho.

Harry a fitou. E resolveu não prolongar o tema.

— Encontrou Rolf Ottersen?

— Encontrei. Ele chegou dez minutos depois de você ter saído — respondeu Katrine. — E parecia melhor do que da última vez. Nunca ouviu falar da clínica de cirurgia plástica em Bygdøy, mas assinou a declaração para desobrigar o médico do sigilo. — Ela colocou uma folha de papel dobrada em cima da mesa de Harry.

Um vento gélido soprou sobre as tribunas mais baixas em Valle Hovin, onde Harry estava sentado observando os patinadores deslizarem pela pista. Ao longo do último ano, a técnica de Oleg havia se tornado mais suave e eficiente. Toda vez que seu amigo aumentava a velocidade para ultrapassá-lo, Oleg se inclinava mais para a frente, aumentava o impulso e calmamente deixava o outro para trás mais uma vez.

Harry ligou para Espen Lepsvik e os dois trocaram os últimos dados. Harry ficou sabendo que um sedã escuro fora visto ao entrar na Hoffsveien bem tarde da noite quando Birte desapareceu. E que havia voltado pelo mesmo caminho pouco depois.

— Sedã escuro — repetiu Harry sombrio. — Bem tarde da noite.

— É, sei que não é grande coisa — suspirou Lepsvik.

Harry estava colocando o celular no bolso da jaqueta quando notou alguma coisa tapando um dos holofotes do estádio.

— Me desculpe por estar um pouco atrasado.

Harry levantou o olhar e se deparou com o rosto sorridente e jovial de Mathias Lund-Helgesen. O enviado de Rakel se ajeitou no assento.

— Você gosta de esportes de inverno, Harry?

Harry notou que Mathias tinha aquele olhar que encarava a outra pessoa diretamente, somado a uma expressão tão intensa que dava a sensação de estar apenas escutando seu interlocutor mesmo quando era ele próprio quem falava.

— Não muito. Patinação, um pouco. E você?

Mathias fez um gesto negativo.

— Mas já decidi que, no dia em que o trabalho da minha vida estiver terminado, e eu estiver doente a ponto de não querer mais viver, vou pegar o elevador até o alto daquela torre de salto de esqui naquela colina. — Ele apontou com o polegar sobre o ombro, e Harry não precisou virar para ver. Holmenkollbakken, o monumento mais querido de Oslo e a pior pista para saltos com esqui, podia ser visto de qualquer lugar da cidade. — E vou saltar. Não com esquis, mas da torre.

— Dramático — comentou Harry.

Mathias sorriu.

— Quarenta metros de queda livre. Acaba em segundos.

— Nada iminente, espero.

— Com o nível de anti-Scl-70 no meu sangue, nunca se sabe. — Mathias soltou um riso sombrio.

— Anti-Scl-70?

— Sim, anticorpos são uma coisa boa, mas é sempre bom desconfiar quando eles aparecem. Estão aí por algum motivo.

— Humm. Pensei que suicídio fosse uma ideia herética para um médico.

— Ninguém sabe melhor do que os médicos o que as doenças podem envolver. Eu concordo com o estoico Zenon, que considerava o suicídio um ato digno quando a doença faz a morte mais atraente do que a vida. Quando ele chegou aos 98 anos, deslocou o dedão do pé. Ficou tão perturbado com isso que foi para casa e se enforcou.

— Então por que não se enforcar em vez de se dar ao trabalho de subir ao topo da torre de esqui de Holmenkollen?

— Bem, a morte devia ser uma espécie de homenagem à vida. Além do mais, devo confessar que gosto da ideia da publicidade que viria com isso. Receio que meu trabalho de pesquisa atraia muito pouca atenção. — A risada jovial de Mathias foi picotada pelo som de velozes lâminas de patins. — A propósito, desculpe por ter comprado novos patins de corrida para Oleg. Só depois disso é que Rakel me contou que você havia planejado comprar patins no aniversário dele.

— Sem problema.

— Sabe, ele teria preferido ganhá-los de você.

Harry não respondeu.

— Eu invejo você, Harry. Você pode ficar aqui lendo o jornal, fazendo ligações no celular, conversando com os outros; para ele, basta que você simplesmente *esteja* aqui. Quando eu fico torcendo e gritando, tentando encorajá-lo, fazendo tudo certo como manda o manual para ser um pai bom e engajado, ele só fica irritado. Sabia que todos os dias ele dá polimento nos patins por saber que você costumava fazer o mesmo? E até Rakel exigir que Oleg guardasse os patins dentro de casa, ele insistia em deixá-los lá fora na escada porque uma vez você havia dito que o aço dos patins devia sempre ser mantido gelado. Você serve de modelo para ele, Harry.

Harry ficou arrepiado com a ideia. Mas bem lá no fundo — aliás, nem tão fundo assim — ficou feliz ao ouvir aquilo. Porque ele era um desgraçado ciumento que teria gostado de lançar uma leve maldição sobre as tentativas de Mathias de conquistar Oleg.

Mathias remexeu num botão do casaco.

— Nesses tempos de divórcios, é estranho como as crianças têm uma profunda consciência das suas origens. De modo que um novo pai nunca pode substituir o verdadeiro.

— O verdadeiro pai de Oleg mora na Rússia — retrucou Harry.

— No papel, sim — disse Mathias, esboçando um sorriso. — Mas na realidade não é assim, Harry.

Oleg passou e acenou para os dois. Mathias retribuiu o aceno.

— Você trabalhou com um médico chamado Idar Vetlesen — afirmou Harry.

Mathias olhou para ele, surpreso.

— Idar, claro. Na Clínica Marienlyst. Meu Deus, você conhece Idar?

— Não. Procurei o nome dele no Google e apareceu uma página com os médicos empregados na clínica. E seu nome estava lá.

— Isso foi há alguns anos, mas nos divertimos bastante na Marienlyst. Ela começou a funcionar numa época em que todos achavam que empreendimentos privados de saúde eram feitos para ganhar muito dinheiro. E fechou quando se percebeu que, logicamente, as coisas não eram bem assim.

— Faliram?

— Acho que *downsizing* foi o termo usado. Você é paciente de Idar?

— Não, o nome dele surgiu conectado a um caso. Pode me dizer que tipo de pessoa ele é?

— Idar Vetlesen? — Mathias riu. — Claro, posso dizer bastante sobre ele. Estudamos juntos e fizemos parte do mesmo grupo de amigos durante anos.

— Isso significa que vocês não têm mais contato?

Mathias deu de ombros.

— Acho que Idar e eu éramos bem diferentes. A maioria do nosso grupo considerava a medicina... bem, uma vocação. Exceto Idar. Ele disse, sem papas na língua, que estudava medicina por ser uma das profissões mais respeitadas. Pelo menos, eu admirava a franqueza dele.

— Então Idar Vetlesen estava preocupado em ganhar respeito?

— Havia também o dinheiro, claro. Ninguém se surpreendeu quando Idar escolheu a cirurgia plástica. Ou por ele acabar montando uma clínica para uma seleta clientela de ricos e famosos. Ele sempre teve uma atração por esse tipo de pessoas. Idar queria ser como eles, andar nesses círculos. O problema é que ele tenta um pouco demais. Posso imaginar que aquelas socialites sorriam diante dele, mas que pelas costas o chamavam de babaca pretensioso e grudento.

— Diria que ele é uma pessoa disposta a ir longe para alcançar seus objetivos?

Mathias refletiu um pouco.

— Idar sempre esteve à procura de algo que pudesse lhe trazer fama. O problema dele não é não ser esforçado, mas nunca ter encontrado seu grande projeto de vida. Na última vez que conversei com ele, parecia frustrado, quase deprimido.

— Você consegue imaginá-lo encontrando um projeto que lhe desse fama? Algo fora da medicina, talvez?

— Nunca pensei sobre isso, mas quem sabe. Ele não é exatamente um médico nato.

— Em que sentido?

— No sentido de que Idar admira os bem-sucedidos, mas despreza os fracos e os doentes. Ele não é o único médico a agir assim, mas o único que admite isso abertamente. — Mathias riu. — Em nosso círculo profissional, todos começamos como idealistas fazendo barulho e, a certa altura, ficamos mais preocupados com melhores cargos, em pagar as prestações da garagem nova e com o valor da hora extra. Pelo menos, Idar não traiu seus ideais; ele foi o mesmo desde o começo.

Idar Vetlesen soltou uma gargalhada.

— Mathias disse isso? Que eu não traí os ideais?

Ele tinha um rosto bonito, quase feminino, com sobrancelhas tão finas que se podia suspeitar que as depilasse, e dentes tão brancos e regulares que era possível suspeitar que não fossem seus de verdade.

Sua pele tinha aparência macia e retocada, seus cabelos eram fartos e ondulavam com vitalidade. Em suma, ele parecia vários anos mais novo que seus 37.

— Mas não entendi o que ele quis dizer com isso — mentiu Harry.

Estavam acomodados cada um em sua poltrona funda na biblioteca de uma espaçosa casa branca, construída ao estilo das antigas e majestosas mansões típicas de Bygdøy. Sua casa de infância, como Idar Vetlesen havia explicado ao guiar Harry por dois salões escuros até uma sala com as paredes cobertas de livros. Mikkjel Fønhus. Kjell Aukrust. *Tillitsmannen*, de Einar Gerhardsen. Uma seleção vasta de literatura popular e biografias de políticos. Uma prateleira inteira com edições amareladas de *Reader's Digest*. Harry não viu um único título publicado após 1970.

— Ah, eu sei o que ele quis dizer. — Idar riu.

Harry já fazia ideia da alusão feita por Mathias ao dizer que os dois haviam se divertido muito na Clínica Marienlyst: provavelmente competiam para ver quem podia rir mais.

— Mathias, o diabo sagrado. Sortudo, quero dizer. Não, caramba, quero dizer as duas coisas. — A gargalhada de Idar Vetlesen ribombou. — Dizem que não acreditam em Deus, mas meus colegas tementes a Deus são uns moralistas medrosos que acumulam boas ações porque no fundo, no fundo, morrem de medo de queimar no inferno.

— E você não? — perguntou Harry.

Idar ergueu uma das sobrancelhas elegantemente moldadas e fitou Harry com interesse. Estava usando mocassins de material macio, azul-claro e de cadarços soltos, jeans e uma camisa polo branca com um jogador de polo no peito esquerdo. Harry não conseguiu lembrar qual era a marca, apenas que por algum motivo qualquer ele a relacionava a caras chatos.

— Venho de uma família pragmática, inspetor. Meu pai era taxista. Acreditamos naquilo que vemos.

— Humm. Bela casa para um motorista de táxi.

— Ele era dono de uma empresa de táxi e tinha três licenças. Mas aqui em Bygdøy um taxista é, e sempre será, um criado, um plebeu.

Harry olhou para o médico e tentou determinar se ele havia tomado *speed* ou outras drogas. Vetlesen estava exageradamente relaxado na cadeira, como se quisesse esconder uma postura irrequieta ou de excitação. Harry havia ficado com a mesma impressão quando ligou para explicar que a polícia queria que respondesse a algumas perguntas, e Idar Vetlesen fizera um convite quase efusivo para que fossem até sua casa.

— Mas você não queria dirigir um táxi — afirmou Harry. — Você queria... fazer com que as pessoas ficassem mais bonitas?

Vetlesen sorriu.

— Podemos dizer que ofereço meus serviços no mercado da vaidade. Ou que conserto a aparência das pessoas para suavizar a dor que há por dentro. A escolha é sua. Na verdade, não dou a mínima. — Vetlesen riu como se antecipasse uma reação de choque em Harry. Como ela não veio, Vetlesen assumiu um ar mais sério. — Me vejo como um escultor. Não tenho vocação. Gosto de modificar aparências, modelar rostos. Sempre gostei. Sou bom no que faço, e as pessoas me pagam para isso. É só.

— Humm.

— Mas isso não quer dizer que não tenho princípios. E o sigilo profissional é um deles.

Harry não respondeu.

— Conversei com Borghild — prosseguiu ele. — Sei o que está procurando, inspetor. E entendo que se trata de um caso sério. Mas não posso ajudar. Estou preso ao meu juramento.

— Não mais. — Harry tirou o papel dobrado de um bolso interno, colocando-o sobre a mesa. — Isto é uma declaração assinada pelo pai das gêmeas, liberando você do sigilo.

Idar fez que não com a cabeça.

— Não faz diferença.

Surpreso, Harry franziu a testa.

— Não?

— Eu não posso dizer quem veio me ver e o que disse, mas posso, em termos gerais, dizer que quem procura um médico com seus filhos é também protegido pelo sigilo em relação ao seu cônjuge, se este assim quiser.

— Por que Sylvia Ottersen iria querer esconder do seu marido que esteve aqui com as gêmeas?

— Nosso comportamento pode parecer rígido, mas lembre que muitos dos nossos clientes são pessoas conhecidas, sujeitas a fofocas e atenção indesejada da mídia. Vá a Kunstnernes Hus numa sexta-feira e dê uma olhada. Você nem imagina quantas daquelas pessoas estiveram na minha clínica para fazer alguns ajustes aqui e ali. Gente que desmaiaria só de imaginar que o fato de elas terem passado por aqui se tornará algo público. Discrição é a base da nossa reputação. Se algum dia vazasse que nós somos relaxados em relação a informações de clientes, as consequências para a clínica seriam catastróficas. Tenho certeza de que compreende.

— Temos duas vítimas de assassinato e uma única coincidência — disse Harry. — As duas estiveram na sua clínica.

— Coisa que não posso nem irei confirmar. Mas, vamos supor que seja verdade. — Vetlesen abanou a mão no ar. — E daí? A Noruega é um país com poucas pessoas e relativamente poucos médicos. Você sabe quantos apertos de mão faltam para todos nós nos conhecermos? A coincidência de terem estado no consultório do mesmo médico não é mais sensacional do que terem se encontrado no mesmo bonde em dado momento. Já encontrou amigos no bonde?

Harry não se lembrou de uma única vez. Ele não andava muito de bonde.

— Foi uma longa viagem para ouvir você dizer que não vai me contar nada — disse Harry.

— Lamento. Convidei você para vir até aqui por supor que a alternativa seria a delegacia. Onde, neste momento, a imprensa faz plantão 24 horas por dia para examinar minuciosamente quem entra e quem sai. Sim, de fato, conheço aquela gente...

— Você sabe que posso conseguir uma ordem judicial que transformaria seu juramento de confidencialidade em algo nulo e vazio?

— Fique à vontade — respondeu Vetlesen. — Nesse caso, a clínica não teria nada a temer. Mas até lá... — Ele passou um zíper imaginário pela boca.

Harry se retorcia na cadeira. Os dois sabiam que, para conseguir a ordem judicial de suspensão do sigilo, mesmo em caso de assassinato, seriam necessários claros indícios de que as informações do médico fossem significativas. E o que eles tinham de fato? Como o próprio Vetlesen dissera: a chance de um encontro no bonde. Harry sentiu-se impelido a fazer algo. Beber. Ou fazer musculação. Com muito peso, por muito tempo. Ele respirou fundo.

— De qualquer maneira, preciso perguntar onde você esteve nas noites de 3 e 5 de novembro.

— Foi o que pensei. — Vetlesen sorriu. — Eu estava aqui, com... pois bem, ela chegou.

Uma mulher idosa com cabelo grisalho caindo como uma cortina em volta da cabeça entrou no consultório com passos curtos e uma bandeja de prata com duas xícaras de café que chacoalhavam de forma ameaçadora. O rosto tinha uma expressão como se carregasse uma cruz e uma coroa de espinhos. Ela lançou um olhar ao filho, que saltou da cadeira e pegou a bandeja.

— Obrigado, mãe.

— Amarre seus sapatos. — Ela se virou um pouco para Harry. — Será que alguém vai me informar quem é que entra e sai da minha casa?

— Este é o inspetor Hole, mãe. Ele quer saber onde eu estava há três dias e ontem à noite.

Harry se levantou e estendeu a mão.

— É claro que me lembro — começou ela, oferecendo a Harry uma expressão resignada e uma mão ossuda salpicada de manchas escuras. — Ontem assistimos ao programa de debates de que seu amigo do *curling* participou. E eu não gostei do que ele disse sobre a casa real. Como é mesmo o nome dele?

— Arve Støp. — Idar suspirou.

A velha se inclinou para Harry.

— Ele disse que devíamos acabar com a monarquia. O senhor pode imaginar uma monstruosidade dessas? Onde estaríamos se não fosse pela família real durante a guerra?

— Exatamente onde estamos agora — disse Idar. — Poucas vezes um chefe de Estado fez tão pouco durante uma guerra. E ele também disse que o amplo suporte à monarquia é a prova cabal de que as pessoas acreditam em *trolls* e fadas.

— Não é terrível?

— É verdade, mãe. — Idar sorriu, colocando uma das mãos no ombro dela e, no mesmo instante, olhando para o relógio, um Breitling que parecia grande e desproporcional em seu braço fino. — Nossa! Vou ter que ir, Hole. Temos que tomar esse café depressa.

Harry balançou a cabeça e sorriu para a Sra. Vetlesen.

— Com certeza está muito gostoso, mas vai ter de ficar para uma próxima vez.

Ela suspirou fundo, murmurou algo inaudível, pegou a bandeja e saiu arrastando os pés.

Quando Idar e Harry estavam no hall da entrada, Harry se virou.

— O que quis dizer com "*sortudo*"?

— Como é?

— Você disse que Mathias Lund-Helgesen não era apenas um diabo sagrado, mas sortudo?

— Ah, aquilo! É por causa da mulher com quem ele se juntou. Em geral, Mathias é bem perdido nesse quesito, mas parece que ela já teve dois homens imprestáveis na vida. Devia estar precisando de um otário como ele. Bem, não diga a Mathias o que eu disse. Ou, aliás, pode dizer.

— Por acaso sabe o que é anti-Scl-70?

— É um anticorpo no sangue. Pode ser indício de esclerodermia. Você conhece alguém que tenha isso?

— Não sei nem o que é esclerodermia. — Harry sabia que devia deixar passar. Ele *queria* deixar passar. Mas não conseguiu. — Então, Mathias disse que ela teve homens imprestáveis?

— Interpretação minha. São Mathias não usa palavras negativas sobre as pessoas; na visão dele, todos têm potencial para se tornar melhores. — A gargalhada de Idar Vetlesen ecoou pelas salas escuras.

Depois que Harry havia se despedido e calçado as botas, virou-se da escadaria lá fora e viu — antes de a porta se fechar — Idar sentado com o corpo inclinado, amarrando os sapatos.

No caminho de volta, Harry ligou para Skarre, pediu para que ele imprimisse a foto de Vetlesen do site da clínica e fosse à delegacia de Narcóticos para verificar se algum agente infiltrado o havia visto comprar anfetamina.

— Na rua? — perguntou Skarre. — Os médicos não costumam ter isso nos seus armários de medicamentos?

— Sim, mas atualmente as rotinas das declarações de suprimentos de drogas são tão rigorosas que um médico deve preferir comprar sua anfetamina de um traficante na Skippergata.

Desligaram, e Harry ligou para Katrine no escritório.

— Por enquanto nada — anunciou ela. — Estou saindo agora. Indo para casa?

— Sim. — Harry hesitou. — Quais você acha que são as chances de conseguir uma ordem judicial liberando Vetlesen do sigilo?

— Com o que temos? Bem, posso até botar uma saia supercurta, passar no tribunal e encontrar um juiz na idade certa. Mas, para ser franca, acho melhor esquecer.

— Concordo.

Harry foi em direção a Bislett. Pensou em seu apartamento vazio e desmontado. Olhou o relógio. Mudou de ideia e pegou a Pilestredet em direção à sede da polícia.

Eram duas da madrugada quando Harry falou outra vez com Katrine, grogue de sono, ao telefone.

— O que é agora? — perguntou ela.

— Estou no escritório e dei uma olhada nos dados que você coletou. Você disse que todas as mulheres desaparecidas tinham marido e filhos. Acho que pode haver alguma pista aí.

— O quê?

— Não faço ideia, só precisava me ouvir dizendo isso para alguém em voz alta. Para poder decidir se soa estúpido.

— E como soa?

— Estúpido. Boa noite.

Eli Kvale estava deitada com os olhos arregalados. Ao seu lado, Andreas respirava profundamente, o sono dos inocentes. Uma faixa de luar entrava pelas cortinas, iluminando a parede e o crucifixo que ela havia comprado durante a lua de mel em Roma. O que foi que a havia acordado? Foi Trygve? Ele estava acordado? O jantar e a noite haviam sido exatamente como ela esperava. Vira rostos felizes e reluzentes à luz de velas, e todos haviam falado ao mesmo tempo; tinham tanto para contar! Principalmente Trygve. E, enquanto ele contava sobre Montana, sobre os estudos e seus amigos de lá, ela permanecera calada, apenas olhando para o menino, esse jovem que estava em vias de se tornar adulto, de se tornar o que queria ser e escolher a vida que queria para si. Era isso que mais a alegrava: o fato de ele poder escolher. Aberta e livremente. Não como ela. Não às escondidas, em segredo.

Ela ouviu a casa ranger, ouviu as paredes conversarem.

Mas havia também outro ruído, um ruído estranho. Um ruído de fora.

Ela levantou da cama, foi até a janela e entreabriu a cortina. Havia nevado. Os galhos das macieiras estavam felpudos, e o luar era refletido na fina camada branca no chão, destacando todos os detalhes do jardim. Seu olhar deslizou do portão para a garagem, incerto do que estava procurando. E parou. Ela soltou um gemido de surpresa e terror. Não recomece, disse a si mesma. Deve ter sido Trygve. Ele está com *jet lag*, não conseguiu dormir e então saiu. As pegadas levavam em linha reta do portão até a janela onde ela estava. Como uma linha pontilhada na fina camada de neve. Uma pausa dramática no texto.

Não havia nenhuma pegada voltando.

12

Dia 7

A conversação

— Um dos rapazes da Narcóticos o reconheceu — disse Skarre. — Quando lhe mostrei a foto de Vetlesen, o agente disse que o viu várias vezes no cruzamento da Skippergata com a Tollbugata.

— O que tem naquele cruzamento? — perguntou Gunnar Hagen, que havia insistido em participar da reunião matinal *na* sala de Harry.

Skarre fitou Hagen inseguro, como se quisesse se certificar de que o delegado da Homicídios estava brincando.

— Traficantes, prostitutas, clientes — respondeu. — É o novo lugar depois que a gente os afugentou da Plata.

— Só lá? — perguntou Hagen e empinou o queixo. — Me disseram que estão bem mais espalhados agora.

— É uma espécie de centro — explicou Skarre. — Mas, claro, você pode encontrá-los descendo em direção à Bolsa de Valores e subindo em direção ao Norges Bank. Ao redor do museu de arte moderna Astrup Fearnley, da sala de concerto Gamle Logen e do café da Missão Religiosa... — Ele parou quando Harry bocejou bem alto.

— Desculpe — disse Harry, sem culpa. — Tive um final de semana bastante cansativo. Continue.

— O agente não se lembrou de tê-lo visto comprando droga. Ele achou que Vetlesen frequentasse o Hotel Leon.

Nisso, entrou Katrine Bratt. Estava desgrenhada, pálida e com olhos pequenininhos, mas cantarolou um contente "bom dia" com sotaque de Bergen, enquanto procurava uma cadeira com o olhar. Bjørn Holm saltou de seu assento, fez um floreio com a mão e foi pegar outra cadeira.

— Leon na Skippergata? — perguntou Hagen. — É um lugar onde se vendem drogas?

— Pode até ser — respondeu Skarre. — Mas vi várias prostitutas negras entrarem, por isso deve ser uma suposta casa de massagem.

— Pouco provável — apontou Katrine Bratt de costas para eles, pendurando seu casaco. — Casas de massagem fazem parte do mercado interno, atualmente nas mãos dos vietnamitas. Ficam no subúrbio, em áreas residenciais discretas, usam mulheres asiáticas e se mantêm longe do território do mercado externo africano.

— Acho que vi uma placa anunciando quartos baratos no lado de fora desse lugar — disse Harry. — Quatrocentas coroas por noite.

— Sim — concordou Katrine. — Eles têm quartinhos que, no papel, são alugados por noite, mas que na prática são cobrados por hora. Dinheiro ilegal, os fregueses não são de pedir nota fiscal. E mulheres negras. E cafetão negro. Mas o dono do hotel, que ganha a maior parte, é branco.

— Ponto para as meninas — disse Skarre, sorrindo para Hagen. — Curioso que a Delegacia da Mulher em Bergen de repente saiba tanto sobre os bordéis de Oslo.

— São bastante parecidos em todo lugar — comentou Katrine. — Quer apostar em alguma coisa que eu disse?

— O dono é paquistanês — disse Skarre. — Duzentas coroas.

— Feito.

— Bem — concluiu Harry, batendo as mãos. — Por que ainda estamos aqui?

O dono do Hotel Leon se chamava Børre Hansen, era de Solør, na região leste, e sua pele era tão acinzentada quanto a neve derretida que os supostos hóspedes traziam de fora e deixavam pelo assoalho gasto em frente ao balcão, sob a placa dizendo RECEPSÃO em letras pretas. Como nem a clientela nem Børre estavam muito preocupados com a gramática, a placa havia ficado ali, sem contestação, desde quando Børre a havia colocado: fazia quatro anos. Antes disso, ele havia cruzado a Suécia de cabo a rabo vendendo bíblias, tentando vender pornografia de segunda em Svinesund, o lado sueco na divisa com a Noruega, adotando um sotaque num meio-termo entre um músico e um pastor. Foi em Svinesund que encontrou Natasja, uma dançarina erótica russa, e foi só por um triz que conseguiram fugir do agente russo dela. Natasja havia adotado um novo nome e no momento morava na casa de Børre em Oslo. Ele havia assumido o Hotel Leon de três sérvios que, por razões diversas, não podiam mais permanecer no país, dando continuidade do ponto em que eles pararam, pois não tinha motivos para mudar o conceito do negócio: aluguel temporário — e, diga-se de passagem, extremamente temporário — de quartos. Em geral, a renda entrava em espécie, e os hóspedes não eram muito exigentes em termos de padrão e manutenção. Era um negócio bom. Um negócio que ele não tinha interesse em perder. Por isso, ficou incomodado imediatamente com tudo a respeito das duas pessoas à sua frente, principalmente com seus crachás.

O grandalhão com cabelo cortado rente colocou uma foto no balcão.

— Já viu esse cara?

Børre Hansen fez que não com a cabeça, aliviado por não ser ele a pessoa que procuravam.

— Tem certeza? — perguntou o homem, colocando os cotovelos sobre o balcão e inclinando-se para a frente.

Børre olhou outra vez para a foto e pensou que devia ter estudado melhor o crachá do sujeito, mais parecido com os drogados que vadiavam pelas ruas do que com um policial. Tampouco a mulher atrás dele parecia da polícia. Sem dúvida tinha aquele olhar de durona, olhar de puta, mas o resto dela era de madame, cem por cento. Se ela arranjasse um cafetão que não a roubasse, podia no mínimo quintuplicar seu salário.

— Sabemos que gerencia um bordel aqui — disse o policial.

— Administro um hotel legítimo, tenho alvará e todos os documentos em ordem. Querem ver? — Børre apontou para o pequeno escritório atrás da recepção.

O policial fez que não.

— Você aluga quartos para prostitutas e seus fregueses. Isso é proibido por lei.

— Escute aqui — falou Børre, engolindo em seco. A conversa estava tomando o rumo que ele temia. — Eu não estou interessado no que meus hóspedes fazem, desde que paguem suas contas.

— Mas eu estou — replicou o policial baixinho. — Olhe bem para a foto.

Børre olhou. A foto devia ter sido tirada há alguns anos, porque ele estava muito jovem. Jovem e despreocupado, sem qualquer traço de desespero ou angústia.

— Na última vez que verifiquei, a prostituição não era ilegal na Noruega — afirmou Børre Hansen.

— Não é — confirmou a policial. — Mas administrar um bordel é.

Børre Hansen se esforçou para mostrar uma expressão de indignação

— Como você sabe, a intervalos regulares, a polícia é obrigada a controlar se o regulamento de hotelaria está sendo cumprido — disse o policial. — Como a presença de saídas de emergências de todos os quartos para o caso de um incêndio, por exemplo.

— Arquivamento aprovado do registro de hóspedes estrangeiros — continuou a policial.

— Máquina de fax para inquirição policial sobre hóspedes.

— Impostos.

Ele vacilou. O policial deu o golpe de nocaute.

— Estamos pensando em mandar o departamento de fraudes verificar a contabilidade relativa a certos clientes cuja entrada e saída nossos agentes registraram nas últimas semanas.

Børre Hansen pôde sentir a náusea crescendo. Natasja. O empréstimo da casa. E um pânico o invadiu ao pensar em noites frias de inverno em escadarias estranhas com bíblias debaixo do braço.

— Ou não — disse o policial. — É uma questão de prioridade. Uma questão de como aplicar os escassos recursos da polícia. Não é, Bratt?

A policial fez que sim.

— Ele aluga um quarto aqui duas vezes por semana — informou Børre Hansen. — Sempre o mesmo quarto. E passa a noite toda lá.

— A noite toda?

— Ele recebe várias visitas.

— Brancas ou negras? — perguntou a mulher.

— Negras. Só negras.

— Quantas?

— Não sei. Varia. Oito. Doze.

— Ao mesmo tempo? — surpreendeu-se a policial.

— Não, revezam. Algumas vêm aos pares. Andam em pares na rua também, não é?

— Jesus! — exclamou o policial.

Børre Hansen fez que sim.

— Que nome ele assina no registro?

— Não me lembro.

— Mas a gente acha no livro de hóspedes? E na contabilidade?

As costas da camisa de Børre Hansen estavam molhadas de suor por baixo do paletó brilhoso.

— Elas o chamam de Doctor White. As mulheres que o procuram, quero dizer.

— Doctor?

— Não tenho nada a ver com isso. Ele... — Børre Hansen hesitou. Ele não queria dizer mais que o necessário. Por outro lado, queria mostrar sua disposição para colaborar. E esse já era um cliente perdido. — Ele traz consigo uma daquelas bolsas grandes de médico. E sempre pede... toalhas extras.

— Epa! — exclamou a mulher. — Isso não parece legal. Já viu sangue quando limpa o quarto?

Børre não respondeu.

— *Se* você limpa o quarto — corrigiu o policial. — Então?

Børre suspirou.

— Não muito, não mais que... — Ele se deteve.

— Que o normal? — perguntou a mulher, com sarcasmo.

— Eu não acho que ele as machuca — apressou-se em dizer Børre Hansen, e se arrependeu no mesmo instante.

— Por que não? — indagou o policial.

Børre deu de ombros.

— Suponho que não teriam voltado.

— E são apenas mulheres?

Børre fez que sim. Mas o policial deve ter registrado alguma coisa. Uma tensão nervosa no músculo do pescoço, uma contração na membrana do olho injetado.

— Homens?

Børre fez que não.

— Meninos? — perguntou a policial, decerto farejando a mesma coisa que o colega.

Novamente, Børre Hansen fez que não com a cabeça, mas com aquele breve, quase imperceptível atraso que ocorre quando o cérebro tem que escolher entre alternativas.

— Crianças — disse o policial, abaixando a testa como se fosse fazer uma acusação. — Ele recebeu crianças lá?

— Não! — gritou Børre, sentindo o suor espalhar pelo corpo inteiro. — Nunca! É onde coloco o limite. Só aconteceu duas vezes... E eles não entraram; eu os mandei de volta para a rua!

— Origem africana? — perguntou o homem.

— Sim.

— Meninos ou meninas?

— Os dois.

— Vieram sozinhos? — perguntou Katrine.

— Não, com mulheres. As mães, eu acho. Mas, como já disse, não deixei que subissem.

— Você disse que ele vem duas vezes por semana. Em horários fixos?

— Segundas e quintas. Das oito às onze. E ele é sempre pontual.

— Hoje à noite, então? — perguntou o homem e fitou a colega. — Ok, obrigado pela ajuda.

Børre soltou o ar dos pulmões e percebeu que as pernas estavam doendo; ele havia ficado nas pontas dos pés o tempo todo.

— Fico feliz em ter ajudado. — Sorriu.

Os policiais se dirigiram à porta. Børre sabia que devia ter ficado de bico calado, mas também sabia que não conseguiria pregar o olho se não se certificasse.

— Mas... — disse ele às costas dos policiais. — Mas então temos um acordo, não é?

O policial deu meia-volta com uma das sobrancelhas levantadas, surpreso.

— Quanto a quê?

Børre engoliu em seco.

— Quanto a essas... inspeções?

O policial esfregou o queixo.

— Está querendo dizer que tem algo a esconder?

Børre piscou duas vezes. Depois, ouviu seu próprio riso, alto e nervoso, exclamando:

— Não, não, claro que não! Haha! Aqui está tudo na mais perfeita ordem.

— Ótimo, então não tem pelo que temer quando eles vierem. Inspeções não são da minha responsabilidade.

Saíram, e Børre abriu a boca, querendo protestar, dizer algo, só não sabia o quê.

O telefone tocou, dando boas-vindas a Harry quando ele entrou em sua sala.

Era Rakel que queria devolver o DVD que havia pegado emprestado.

— *Regras da atração*? — repetiu Harry, surpreso. — Está com você?

— Você disse que estava na sua lista de filmes modernos mais subestimados de todos os tempos.

— É, mas você nunca gostou daqueles filmes.

— Não é verdade.

— Você não gostou do *Tropas estelares*.

— Porque é uma bosta de filme machista.

— É uma sátira — disse Harry.

— Sobre o quê?

— Sobre o fascismo inerente à sociedade norte-americana. Os Hardy Boys encontram a Juventude Hitlerista.

— Qual é, Harry. Guerra contra insetos gigantes num planeta distante?

— Medo de estrangeiros.

— Enfim... Gostei daquele seu filme dos anos 1970, aquele sobre grampear...

— *A conversação* — disse Harry. — O melhor de Coppola.

— Esse mesmo. Concordo que *aquele* foi subestimado.

— Não foi subestimado. — Harry suspirou. — Apenas esquecido. Foi indicado ao Oscar de melhor filme.

— Hoje à noite vou jantar com umas amigas. Posso deixar o filme na volta para casa. Vai estar acordado lá pela meia-noite?

— Talvez. Mas por que não passa antes do jantar?

— É um pouco mais complicado, mas claro, posso passar antes.

A resposta dela veio depressa. Mas não tanto a ponto de Harry não a ter compreendido.

— Humm — murmurou. — De qualquer maneira, não consigo dormir. Estou respirando mofo e ficando sem ar.

— Quer saber? Vou colocá-lo na caixa do correio lá embaixo, assim você não vai ter que se levantar. Ok?

— Ok.

Desligaram. Harry viu que sua mão tremia ligeiramente. Concluiu que devia ser por falta de nicotina e foi até o elevador.

Katrine apareceu no vão da porta de sua sala, como se soubesse que os passos pesados eram dele.

— Falei com Espen Lepsvik. Podemos usar um policial do grupo dele para a missão de hoje à noite.

— Ótimo.

— Boas-novas?

— O quê?

— Está sorrindo.

— Estou? Devo estar feliz, então.

— Com o quê?

Ele bateu no bolso.

— Com o cigarro.

Eli Kvale estava sentada à mesa da cozinha com uma xícara de chá, olhando o jardim e ouvindo o ronronar tranquilizador da lava-louça. O telefone preto estava na bancada. O aparelho havia ficado quente em suas mãos tamanha força com que o havia segurado, mas fora engano. Trygve tinha gostado do peixe gratinado, disse que era seu prato preferido. Mas era o que ele dizia em relação a tudo. Era um bom menino. Lá fora, a grama estava marrom e sem vida, sem qualquer sinal da neve que havia caído à noite. E vai saber? Talvez tenha sonhado aquilo tudo.

Ela folheava a esmo uma revista. Havia tirado folga nesses primeiros dias em que Trygve estava em casa, para passarem algum tempo juntos. Ter uma boa conversa, só os dois. Mas agora ele estava na sala com Andreas, fazendo o que ela tinha dado espaço para eles fazerem. Mas tudo bem, eles tinham mais assuntos em comum. Afinal, os dois eram muito parecidos. E, na verdade, ela gostava mais da ideia da conversa que da conversa em si. Porque a conversação sempre parava num ponto. Na grande e intransponível parede.

Claro, ela havia concordado em dar ao menino o nome do pai de Andreas. Deixar o menino pelo menos ter um nome da família dele. Esteve prestes a abrir a boca e contar tudo antes de dar à luz. Contar sobre o estacionamento escuro, sobre a escuridão, sobre as pegadas pretas na neve. Sobre a faca em sua garganta e a respiração sem rosto contra o seu rosto. Voltando para casa, com sêmen escorrendo até a calcinha, havia pedido a Deus que continuasse a escorrer até sair completamente. Mas suas preces não foram atendidas.

Posteriormente, havia se perguntado inúmeras vezes como as coisas estariam se Andreas não tivesse sido padre e, com isso, tivesse uma opinião menos intransigente sobre aborto, e se ela não tivesse sido tão covarde. Se Trygve não tivesse nascido. Mas a parede já estava erguida, um inabalável muro de silêncio.

O fato de Trygve e Andreas serem tão parecidos era uma bênção no meio da maldição. Havia até dado a ela uma centelha de esperança, então Eli fora a um consultório médico onde ninguém a conhecia e deixara dois fios de cabelo retirados de seus travesseiros. Ela lera que isso seria o suficiente para poder encontrar o código de algo chamado DNA, uma espécie de impressão digital genética. O médico havia encaminhado os fios de cabelo ao Instituto de Perícia Técnica no Hospital Riks, onde esse novo método era utilizado para determinar a paternidade. E, após dois meses, não restava dúvida. Não havia sido um sonho; o estacionamento, as pegadas pretas, a respiração ofegante, a dor.

Olhou para o telefone outra vez. Claro que fora engano. A respiração que ela ouvira do outro lado da linha era de uma pessoa que simplesmente tinha ficado um pouco perplexa ao ouvir uma voz estranha, sem saber se desligaria ou diria alguma coisa. E só.

Harry foi até o hall de entrada e levantou o gancho do interfone.

— Alô? — gritou sobre o som do Franz Ferdinand saindo do rádio da sala.

Ninguém respondeu, apenas o zumbido de um carro na rua Sofie.

— Alô?

— Oi! É Rakel. Já estava deitado?

Pela voz dela pôde perceber que Rakel havia bebido. Não muito, mas o suficiente para que elevasse meio tom e o riso, aquele seu riso profundo e delicioso, pinçasse as palavras.

— Não — respondeu ele. — Noite divertida?

— Foi.

— Ainda são onze horas.

— As meninas queriam ir cedo para casa. Trabalhar amanhã etc.

— Humm.

Harry podia visualizá-la. O olhar provocante, o álcool fazendo os olhos brilharem.

— Estou com o filme — anunciou ela. — Se vou deixá-lo na caixa do correio, acho que você tem que abrir a porta para mim.

— Claro.

Harry levantou o dedo para apertar o botão para que ela pudesse entrar. Esperou. Sabia que era um intervalo de tempo. Dispunham de dois segundos. Por enquanto, podiam recuar a qualquer momento. Ele gostava da possibilidade de recuar. E sabia muito bem que ele mesmo não queria que isso acontecesse, que seria complicado demais, doloroso demais passar por aquilo novamente. Mas por que sentiu como se tivesse dois corações batendo em seu peito? Por que não apertou aquele botão imediatamente, para que ela pudesse entrar e sair do prédio e da cabeça dele? Agora, pensou, e pôs a ponta do dedo no plástico duro do botão.

— Ou posso subir com o DVD.

Antes de falar, Harry já sabia que sua voz soaria estranha.

— Não precisa — disse ele. — Minha caixa postal é a que está sem nome. Boa noite.

— Boa noite.

Ele apertou o botão. Entrou na sala, aumentou Franz Ferdinand, botou bem alto, tentando afastar os pensamentos, esquecer a excitação idiota, apenas absorvendo o som, as guitarras furiosas. Com raiva, fragilidade e não muito bem-executado. Escocês. Mas outro som se somava à série febril de acordes.

Harry abaixou a música. Parou para ouvir. Ia aumentar o volume de novo quando ouviu algo. Como alguém lixando madeira. Ou sapatos arrastando-se sobre o assoalho. Ele foi até o hall de entrada e viu um vulto atrás do vidro ondulado da porta.

Ele abriu.

— Toquei a campainha — disse Rakel, olhando-o com ar de desculpas.

— É?

Ela agitou a caixa do DVD no ar.

— Não passava pela abertura.

Ele ia dizer alguma coisa, queria dizer algo. Mas já havia esticado o braço, pegado Rakel, puxando-a para perto de si, escutando-a suspirar quando a apertou com força, vendo sua boca se abrindo e a língua que veio ao encontro da sua, vermelha e debochada. E basicamente não havia nada a dizer.

Ela se aconchegou nele, macia e quente.

— Meu Deus — sussurrou Rakel.

Ele beijou sua testa.

O suor formava uma camada fina que ao mesmo tempo os separava e colava um ao outro.

Foi exatamente do jeito que ele sabia que seria. Como fora da primeira vez, porém sem o nervosismo, o acanhamento, as perguntas não feitas. Foi como da última vez, sem a tristeza, sem o choro dela depois. É possível deixar alguém com quem se tem um bom sexo. Mas Katrine estava certa; você sempre volta. Porém Harry sabia que também era outra coisa. Para Rakel, isso era uma última e necessária visita a antigas pastagens, um adeus para o que ambos outrora chamaram de "o grande amor de suas vidas". Antes que ela desse um passo em direção a uma nova era. Uma era de menos amor? Talvez, mas um amor suportável.

Rakel ronronava, passando a mão na barriga dele. Mas Harry notou a leve tensão no corpo dela. Ele podia simplificar ou dificultar as coisas para Rakel. Escolheu a segunda opção.

— Consciência pesada? — perguntou, sentindo que ela se retraiu.

— Não quero falar sobre isso — respondeu ela.

Harry tampouco queria falar sobre aquilo. Queria ficar deitado bem quietinho, ouvir a respiração dela e sentir sua mão sobre a barriga. Mas ele sabia o que ela precisava fazer, e não queria adiar mais nada.

— Ele está esperando você, Rakel.

— Não — disse ela. — Ele e os peritos estão preparando um cadáver para uma palestra no Instituto de Anatomia amanhã cedo. E disse que não chegaria perto de mim depois de mexer em cadáveres. Ele vai dormir na casa dele.

— E eu? — Harry sorriu no escuro, pensando que ela havia planejado tudo, sabendo que ia acontecer. — Como sabe que eu não mexi em defuntos?

— Mexeu?

— Não — respondeu Harry, pensando no maço de cigarros que estava na gaveta da cabeceira. — Não temos nenhum defunto.

Ficaram em silêncio. A mão dela fazia círculos maiores em sua barriga.

— Tenho a sensação de que alguém se instalou aqui dentro — disse Harry, do nada.

— Como assim?

— Não sei direito. Só tenho uma sensação de que alguém está me vendo o tempo todo, que alguém está me vendo agora. Como se eu fizesse parte de um plano. Entende?

— Não. — Rakel se aconchegou ainda mais perto dele.

— É este caso em que estou trabalhando. É como se eu mesmo estivesse envolvido no próprio...

— Shhh. — Ela mordeu a orelha dele. — Você sempre está envolvido, Harry, é esse o seu problema. Relaxa.

A mão dela encontrou o membro flácido, e ele fechou os olhos, ouvindo seu sussurro, sentindo chegar a ereção.

Às três da madrugada, ela se levantou da cama. Harry olhou suas costas à luz da rua que entrava pela janela. Suas costas delineadas e a sombra de sua coluna. E lhe ocorreu algo que Katrine havia mencionado; que Sylvia Ottersen tinha uma tatuagem da bandeira da Etiópia nas costas, que precisava se lembrar de mencionar isso na reunião. E que

Rakel tinha razão: ele nunca parava de pensar nos casos, estava sempre envolvido.

Harry acompanhou-a até a porta. Rakel o beijou de leve na boca e desapareceu pela escada. Não havia o que dizer. Ele ia fechar a porta quando notou pegadas de botas molhadas bem em frente à porta. Seguiu o rastro delas até desaparecerem no escuro do vão da escada. Devem ter sido deixadas por Rakel na hora de subir a escada. E ele pensou nas focas de Berhaus, na fêmea que acasalava na época de procriação e nunca mais voltava para o mesmo macho no próximo cio. Porque não era biologicamente racional. As focas de Berhaus deviam ser criaturas espertas.

13

Dia 8

Papel

Eram nove e meia da manhã e o sol iluminava um carro solitário na rotatória do viaduto sobre a autoestrada de Sjølyst. Entrou na Bygdøy, que levava à idílica península rural a apenas cinco minutos da praça da Prefeitura. Estava quieto, quase não havia tráfego, nenhuma vaca ou cavalo na propriedade de Kongsgården, e as calçadas estreitas, onde durante o verão as pessoas faziam uma romaria até as praias, estavam desertas.

Harry guiou o carro pelas curvas do terreno sinuoso, ouvindo Katrine falar.

— Neve — disse Katrine.

— Neve?

— Fiz o que você mandou. Me concentrei nos desaparecimentos de mulheres casadas com filhos. Depois comecei a reparar nas datas. A maioria foi em novembro e dezembro. Isolei os casos e considerei a extensão geográfica. A maioria foi em Oslo, alguns em outras partes do país. Foi quando me lembrei da carta que você recebeu. Sobre o Boneco de Neve que voltaria com a primeira neve. E que o dia que estivemos em Hoffsveien foi o primeiro do ano que nevou em Oslo.

— É mesmo?

— Fiz o Instituto Meteorológico verificar todas as datas e os lugares relevantes. E sabe de uma coisa?

Harry sabia. E devia ter sacado há muito tempo.

— A primeira neve — anunciou ele. — Ele as mata no dia em que cai a primeira neve.

— Exato.

Harry deu um soco no volante.

— Puta merda, estava tudo tão claro. De quantos desaparecimentos estamos falando?

— Onze. Uma por ano.

— E duas neste ano. Ele quebrou o padrão.

— Em 1992, houve um duplo assassinato no primeiro dia de neve em Bergen. Acho que devemos começar por aí.

— Por quê?

— Porque uma das vítimas era uma mulher casada com filho. A outra era a melhor amiga dela. Além do mais, temos dois defuntos, um local de crime e relatórios da investigação. Além de um suspeito que fugiu e nunca mais foi visto.

— Quem?

— Um policial. Gert Rafto.

Harry lançou um olhar rápido a Katrine.

— Ah, sim, me lembro desse caso. Não foi aquele policial que roubava coisas dos locais do crime?

— Segundo rumores, sim. Testemunhas viram Rafto entrar no apartamento de uma das mulheres, Onny Hetland, algumas horas antes de ela ser encontrada assassinada. E ele sumiu sem deixar rastro.

Harry olhou para a estrada, para as árvores desnudas ao longo da avenida Huk, que levava para o mar, e os museus daquilo que os noruegueses consideravam as maiores façanhas nacionais: uma travessia de balsa pelo Pacífico e uma tentativa frustrada de chegar ao Polo Norte.

— E agora acha possível que ele no fim das contas não tenha desaparecido? — perguntou ele. — Que ele possa reaparecer todo ano ao primeiro sinal da neve?

Katrine deu de ombros.

— Acho que vale a pena gastar recursos para tentar descobrir o que houve de fato.

— Humm. Vamos ter que começar pedindo ajuda a Bergen.

— Eu não faria isso — sugeriu ela rapidamente.

— Não?

— O caso Rafto ainda é uma questão extremamente delicada para a delegacia de Bergen. A maior parte dos recursos gastos naquele caso foi para enterrá-lo e não para investigá-lo. Morriam de medo do que podiam desenterrar. E, como o cara havia desaparecido por si mesmo... — disse, desenhando um grande X no ar.

— Entendo. O que você sugere?

— Que nós dois façamos uma visita a Bergen para investigar um pouco por conta própria. Afinal, isso agora faz parte de um assassinato em Oslo.

Harry estacionou em frente ao endereço, um prédio de tijolos de quatro andares à beira-mar, rodeado pelo cais. Ele desligou o motor, mas continuou sentado, percorrendo com o olhar a baía de Frognerkilen até os cais de Filipstad.

— Como foi que o caso Rafto entrou na sua lista? — Quis saber Harry. — Em primeiro lugar, ele é anterior ao período que pedi para você verificar. Segundo, não é um caso de desaparecimento, mas de assassinato.

Ele se virou e fitou Katrine. Ela retribuiu o olhar dele sem piscar.

— O caso Rafto foi bastante divulgado em Bergen — disse ela. — E havia uma foto.

— Uma foto?

— É. Foi mostrada a todos os *trainees* da polícia na delegacia de Bergen. Era da cena do crime no topo da montanha Ulriken, e servia como uma espécie de batismo de fogo. Acho que a maioria ficou tão assustada com os detalhes em primeiro plano que nunca olhou para o plano de fundo. Ou talvez nunca tivesse estado em Ulriken antes. De qualquer maneira, havia algo ali que não fazia sentido, uma elevação no fundo do terreno. Ampliando a foto, dá para ver claramente o que é.

— E?

— Um boneco de neve.

Harry assentiu lentamente.

— Falando em fotos — disse Katrine, tirando um envelope A4 da bolsa e deixando-o cair sobre o colo de Harry.

A clínica ficava no terceiro andar, e a sala de espera tinha um design impecável e caríssimo, com um conjunto de sofás italianos, uma mesa de centro tão rebaixada quanto uma Ferrari, esculturas de vidro de Nico Widerberg e uma gravura original de Roy Lichtenstein mostrando uma pistola fumegante.

Em vez da recepção com parede de vidro, obrigatória em consultórios médicos, uma mulher estava sentada atrás de uma bela mesa antiga no meio da sala. Ela vestia um jaleco branco aberto sobre o terninho executivo azul e o sorriso de boas-vindas. Um sorriso que não endureceu de maneira perceptiva quando Harry se apresentou, falando o motivo da visita deles e presumindo que ela se chamasse Borghild.

— Podem aguardar um instante? — pediu ela, apontando para um conjunto de sofás com a mesma elegância experiente de uma comissária de bordo mostrando a saída de emergência. Harry declinou da oferta de espresso, chá e água e sentou-se.

Notou que as revistas expostas eram atuais, abriu uma edição da *Liberal* e prestou atenção ao ver o artigo editorial. Nele, Arve Støp alegava que a boa vontade dos políticos em comparecer a programas de entretenimento para "se mostrar" e fazer o papel de palhaço era a última conquista do governo popular; o povo no trono e o político sendo o bobo da corte.

Então a porta com a placa *Dr. Idar Vetlesen* se abriu, e uma mulher saiu e cruzou a sala a passos largos, dando um breve "tchau" a Borghild e desaparecendo sem olhar ao redor.

Katrine a seguiu com o olhar.

— Não era aquela do noticiário da TV2?

No mesmo instante, Borghild anunciou que Vetlesen estava pronto para recebê-los, foi até a porta e a segurou para que eles passassem.

O escritório de Idar Vetlesen era do tamanho da sala de um diretor-executivo, com vista para o fiorde de Oslo. Na parede atrás da mesa havia diplomas emoldurados.

— Só um momento — disse Vetlesen, digitando num computador sem tirar o olhar da tela. Por fim, com uma expressão triunfante, digitou um último comando, girou a cadeira e tirou os óculos. — Um *lifting* facial, Hole? Aumento de pênis? Lipo?

— Obrigado pela oferta — respondeu Harry. — Esta é a policial Bratt. Viemos para novamente pedir sua ajuda com informações sobre Ottersen e Becker.

Idar Vetlesen suspirou e começou a limpar os óculos com um lenço.

— Como posso explicar isso de uma forma que você entenda, Hole? Até para alguém como eu, que tem um desejo sincero e ardente de ajudar a polícia e que em geral não podia se importar menos com princípios, algumas poucas coisas são sagradas. — Ele pôs um dedo em riste. — Durante todos esses anos em que trabalhei como médico, eu nunca, nunca... — o dedo indicador começou a bater o ritmo das palavras — ... quebrei o sigilo médico. E não pretendo começar com isso agora.

Seguiu-se um longo silêncio, em que Vetlesen só ficou olhando para eles, visivelmente contente com o efeito que criara.

Harry pigarreou:

— Talvez ainda possamos satisfazer seu desejo ardente de ajudar, Vetlesen. Estamos investigando um possível caso de prostituição de menores em uma espécie de hotel em Oslo chamado Leon. Ontem à noite, dois de nossos oficiais estavam em frente a ele, num carro, tirando fotos das pessoas que entravam e saíam.

Harry abriu o envelope pardo A4 que havia recebido de Katrine, inclinou-se para a frente e dispôs as fotos para o médico vê-las.

— É você, não é?

Vetlesen tinha a expressão de quem tem algo entalado na garganta; seus olhos arregalaram-se e as veias do pescoço ficaram visíveis.

— Eu... — gaguejou Vetlesen. — Eu... não fiz nada de errado ou ilegal.

— Não, não. Claro que não — disse Harry. — Estamos apenas pensando em convocá-lo como testemunha. Uma testemunha que pode contar o que acontece lá dentro. É sabido que o Leon é um lugar para prostitutas e seus clientes, a novidade é que foram vistos menores lá dentro. E, ao contrário de outro tipo de prostituição, a prostituição de menores, como você sabe, é ilegal. Só pensamos em informá-lo antes de irmos à imprensa com o negócio todo.

Vetlesen olhou fixamente para a foto, esfregando o rosto com força.

— A propósito, acabamos de ver aquela âncora do noticiário da TV2 sair daqui — comentou Harry. — Como é mesmo o nome dela?

Vetlesen não respondeu. Era como se todo seu meloso ar jovial tivesse sido sugado na frente dos policiais, como se seu rosto tivesse envelhecido no intervalo de um segundo.

— Ligue para a gente se porventura achar alguma brecha no Juramento de Hipócrates — disse Harry.

Harry e Katrine estavam a meio caminho da porta quando Vetlesen os deteve.

— Estiveram aqui para serem examinadas — declarou ele. — Mais nada.

— Que tipo de exame? — perguntou Harry.

— Uma doença.

— A mesma doença? Qual?

— Não tem importância.

— Bem — disse Harry, indo para a porta. — Quando for convocado como testemunha você poderá expressar esse ponto de vista. Não tem importância. Afinal, não encontramos nada ilegal.

— Espere!

Harry deu meia-volta. Vetlesen estava com o rosto nas mãos, apoiado nos cotovelos.

— Doença de Fahr.

— Doença de Pahr?

— De Fahr. Com efe. Uma doença hereditária rara. Se assemelha um pouco a Alzheimer. A capacidade motora vai se deteriorando, especialmente nas áreas cognitivas, e os movimentos vão ficando rígidos. A maioria desenvolve a doença depois de completar 30 anos, mas pode ocorrer na infância.

— Humm. E Birte e Sylvia sabiam então que seus filhos tinham essa doença?

— Tinham apenas suspeitas quando vieram para cá. É difícil diagnosticar a doença de Fahr, e tanto Birte Becker quanto Sylvia Ottersen haviam consultado vários médicos sem descobrir algo conclusivo nos filhos. Pelo que me lembro, ambas haviam procurado na internet, digitando os sintomas, e descoberto que se encaixavam assustadoramente na doença de Fahr.

— E então entraram em contato com você? Um cirurgião plástico?

— Por acaso, eu sou especialista nessa doença.

— Por acaso?

— Na Noruega, só existem cerca de 18 mil médicos. Sabe quantas doenças conhecidas existem no mundo? — Vetlesen acenou para a parede com os diplomas. — A doença de Fahr fez parte de um curso que fiz na Suíça sobre vias neurais. O pouco que aprendi foi suficiente para me tornar um especialista na Noruega.

— O que pode nos contar sobre Birte Becker e Sylvia Ottersen?

Vetlesen deu de ombros.

— Vinham com seus filhos uma vez por ano. Eu os examinei, sem conseguir determinar qualquer deterioração nas condições físicas deles e, fora isso, não sei nada sobre a vida delas. Ou, nesse caso... — Vetlesen jogou o cabelo para trás — sobre a morte delas.

— Você acredita nele? — perguntou Harry ao passarem pelos campos desertos.

— Não totalmente — respondeu Katrine.

— Nem eu — declarou ele. — Acho que devemos nos concentrar nisso e deixar Bergen para lá por enquanto.

— Não.

— Não?

— Tem uma conexão aqui em algum lugar.

— Que é?

— Não sei. Parece maluquice, mas talvez haja uma conexão entre Rafto e Vetlesen. Talvez seja por isso que Rafto tem conseguido se esconder durante todos esses anos.

— Como assim?

— Pode ser que ele simplesmente tenha arranjado uma máscara para si. Uma máscara de verdade. Uma cirurgia plástica.

— Com Vetlesen?

— Isso explicaria a coincidência de duas vítimas terem filhos em tratamento com o mesmo médico. Rafto pode ter visto Birte e Sylvia na clínica e resolvido que seriam suas vítimas.

— Você está pulando etapas — disse Harry.

— Como assim?

— Uma investigação de um assassinato desse tipo é como um quebra-cabeça. Na fase inicial, juntamos todas as peças, estudando possíveis encaixes com muita paciência. O que você está fazendo é encaixar as peças na marra antes da hora. Está cedo demais.

— Só estou me expressando em voz alta para alguém. Para ouvir se parece idiotice.

— Parece idiotice.

— Esse não é o caminho para a sede da polícia.

Estranhamente, Harry ouviu a própria voz vacilar e olhou Katrine de esguelha, mas o rosto não revelou nada.

— Quero verificar algumas coisas que Vetlesen nos disse com um conhecido meu — explicou Harry. — Que também conhece Vetlesen.

Mathias recebeu Harry e Katrine de jaleco branco e luvas de limpeza amarelas na garagem no subsolo do Pré-clínico, como chamavam o prédio marrom na parte do hospital de Gaustad que dava para a autoestrada Ring 3.

Ele indicou o caminho para o que se mostrou ser sua própria vaga de estacionamento, que não era usada.

— Tento pedalar sempre que possível — explicou Mathias, que usou seu cartão-chave para abrir a porta que levava direto da garagem para um corredor no porão do Instituto de Anatomia. — É prático ter uma entrada dessas na hora de transportar defuntos. Gostaria de oferecer um café, mas acabei de terminar com um grupo de estudantes e o próximo está para chegar.

— Desculpe incomodar, você deve estar cansado hoje.

Mathias olhou para Harry com um ar questionador.

— Conversei por telefone com Rakel, ela disse que você precisou fazer hora extra ontem à noite — emendou Harry, amaldiçoando-se em silêncio, torcendo para que sua expressão não o traísse.

— Rakel, sim. — Mathias fez um gesto negativo com a cabeça. — Ela também ficou fora até tarde. Saiu com as amigas e não conseguiu ir ao trabalho hoje. Mas quando liguei para ela ainda há pouco estava no meio de uma faxina geral na casa. Mulheres! O que dizer?

Harry forçou um sorriso e imaginou se haveria alguma resposta-padrão para aquela pergunta.

Um homem em uniforme verde hospitalar empurrava uma cama metálica para a porta da garagem.

— Novo envio para a universidade de Tromsø? — perguntou Mathias.

— Diga adeus a Kjeldsen — falou o empregado de verde, sorrindo. Tinha um montão de argolinhas numa das orelhas, levemente parecidas com os anéis de pescoço das mulheres masai, com a diferença de que, no caso dele, as argolas davam ao rosto uma assimetria irritante.

— Kjeldsen? — surpreendeu-se Mathias e parou. — É verdade?

— Treze anos em serviço. Agora é a vez de Tromsø dissecá-lo.

Mathias levantou a coberta. O bastante para Harry ver o rosto do morto. A pele cobrindo o crânio estava esticada, alisando as rugas do velho e tornando o rosto sem gênero, branco como uma máscara de gesso. Harry sabia que isso era efeito da preservação do cadáver — isto é, as veias haviam sido preenchidas com uma mistura de formol, glicerina e álcool para impedir o corpo de apodrecer por dentro. Uma etiqueta metálica redonda com um número de três dígitos estava presa em uma das orelhas. Mathias ficou observando o assistente empurrar Kjeldsen para a porta da garagem. Então, pareceu despertar novamente.

— Desculpem. É que Kjeldsen estava conosco há muito tempo. Era professor do Instituto de Anatomia, na época em que ficava no centro da cidade. Brilhante anatomista. Com músculos bem-definidos. Vamos sentir falta dele.

— Não vamos tomar muito do seu tempo — disse Harry. — Gostaríamos de saber se pode nos contar alguma coisa sobre a relação de Idar com pacientes mulheres. E com os filhos delas.

Mathias levantou a cabeça, olhando com surpresa para Harry, para Katrine e de novo para Harry.

— Está me perguntando sobre o que acho que está me perguntando?

Harry fez que sim.

Mathias destrancou outra porta para conduzi-los. Chegaram a uma sala com oito bancos de metal e uma lousa ao fundo. As mesas estavam ocupadas por luminárias e pias. Em cada um dos bancos havia algo comprido embrulhado em toalhas brancas. A julgar pela forma e tamanho, Harry imaginou que o tema do dia estava em algum lugar entre quadris e pés. Havia um leve cheiro de cloro, mas nem de longe tão intenso quanto o que Harry estava acostumado a sentir da sala de necropsia do Instituto de Perícia Técnica. Mathias se deixou cair numa cadeira, e Harry sentou-se na ponta da mesa do professor. Katrine foi até uma das mesas e estudou três cérebros; impossível dizer se eram modelos ou verdadeiros.

Mathias pensou bastante antes de responder:

— Pessoalmente, nunca notei ou ouvi outras pessoas comentando sobre a possibilidade de haver algo entre Idar e qualquer uma de suas pacientes.

Algo no modo dele de acentuar a palavra *pacientes* fez Harry estranhar.

— E não pacientes?

— Não conheço Idar o suficiente para comentar. Mas o conheço o bastante para preferir não comentar. — Ele esboçou um sorriso. — Se estiver tudo bem assim.

— Claro. Tem outra coisa que eu queria saber. A doença de Fahr. Você sabe o que é?

— Superficialmente. Uma doença terrível. E infelizmente hereditária.

— Você conhece algum especialista norueguês nessa doença?

Mathias refletiu.

— Ninguém que eu consiga me lembrar assim de repente.

Harry coçou o pescoço.

— Ok, obrigado pela ajuda, Mathias.

— Por nada, é um prazer. Se quiser saber mais sobre a doença de Fahr, pode me ligar hoje à noite, quando eu tiver alguns livros por perto.

Harry se levantou. Foi até Katrine, que havia levantado a tampa de uma das quatro grandes caixas de metal que ficavam ao longo da parede, e espiou por cima do ombro dela. A língua de Harry estava coçando, e a reação se espalhou pelo corpo inteiro. Não por causa das partes de cadáver imersas em álcool transparente, parecendo pedaços de carne num açougue. Mas pelo cheiro de álcool. Quarenta por cento.

— Inicialmente estão mais ou menos intactos — explicou Mathias. — Depois, vamos cortando em pedaços individuais de acordo com o que precisamos usar.

Harry observou o rosto de Katrine. Parecia totalmente impassível. Alguém entrou pela porta atrás deles. Os primeiros alunos começavam a chegar, colocando seus jalecos azuis e suas luvas brancas.

Mathias os acompanhou até a garagem. Na porta, ele segurou Harry levemente pelo braço.

— Só uma coisinha que devia mencionar a você, Harry. Ou não. Não tenho certeza.

— Pode falar — disse Harry, pensando: é agora. Mathias devia saber sobre ele e Rakel.

— Tenho um pequeno dilema moral aqui. Em relação a Idar.

— Ah, é? — disse Harry e, para sua própria surpresa, sentiu-se desapontado e não aliviado.

— Estou certo de que não tem nenhuma importância, mas me ocorreu que talvez não seja eu quem deva decidir. E que não se pode deixar prevalecer a lealdade num caso tão horrível. Não importa. No ano passado, quando ainda trabalhava na emergência, eu e um colega, que também conhece Idar, demos uma passada no Postkafeen para tomar café da manhã depois de um plantão noturno. O lugar abre ao nascer do sol e serve cerveja, por isso muitos madrugadores se reúnem lá para beber. E outros pobres coitados.

— Conheço o lugar — disse Harry.

— Para nossa surpresa, encontramos Idar lá. Ele estava sentado a uma mesa com um menino todo sujo, tomando sopa. Quando Idar se deparou conosco, pulou da cadeira de susto e nos ofereceu uma desculpa qualquer. Não pensei mais sobre o assunto. Quer dizer, não achei que tivesse pensado mais a respeito. Até você dizer aquilo há pouco. E me lembrei do que havia pensado naquela ocasião. Que talvez... Bem, você entende.

— Entendo — disse Harry. E emendou, ao ver a expressão perturbada do outro: — Você fez a coisa certa.

— Obrigado. — Mathias esboçou um sorriso. — Mas me sinto um judas.

Harry procurou algo sensato para dizer, mas só conseguiu estender a mão e murmurar um “obrigado”. Além de ficar arrepiado ao apertar a fria luva de limpeza de Mathias.

* * *

Judas. O beijo de Judas. Estavam descendo a Slemdalsveien, e Harry pensava na língua voraz de Rakel em sua boca, seu suspiro suave e seu gemido alto, a dor na pelve batendo contra a dela, os sons de frustração que ela soltou quando ele de repente parou o movimento porque queria que durasse mais. Mas ela não estava lá para que durasse mais. Ela estava lá para exorcizar demônios, purificar o corpo para poder voltar para casa de alma lavada. E fazer uma faxina geral. O quanto antes, melhor.

— Ligue para a clínica — pediu Harry.

Ele ouviu os dedos velozes de Katrine e pequenos bipes. Em seguida, ela lhe estendeu o celular.

Borghild atendeu com um misto ensaiado de gentileza e eficiência.

— Aqui é Harry Hole. Me diga: quem eu devia procurar se tivesse a doença de Fahr?

Silêncio.

— Depende — respondeu Borghild hesitante.

— De quê?

— Da síndrome que o seu pai tem, suponho.

— Certo. O Dr. Vetlesen está?

— Ele já foi embora.

— Já?

— Tinha uma partida de *curling*. Tente novamente amanhã.

Ela irradiava impaciência. Harry supôs que também estivesse em vias de ir para casa.

— O clube de *curling* de Bygdøy?

— Não, o particular. Que fica depois do cinema Gimle.

— Obrigado. Bom fim de semana.

Harry devolveu o celular a Katrine.

— Vamos enquadrá-lo — anunciou ele.

— Quem?

— O especialista que tem uma assistente que nunca ouviu falar da doença na qual é especializado.

Depois de perguntar o caminho, encontraram a propriedade luxuosa de Villa Grande, que durante a Segunda Guerra Mundial pertencera a um norueguês com um nome que, diferentemente do viajante de balsa e do explorador do Polo Norte, também era conhecido fora da Noruega: Quisling, o traidor da pátria.

Ao pé da ladeira no lado sul da propriedade havia uma comprida casa de madeira que parecia um velho alojamento militar. Assim que se entrava nela, se era recebido por um frio gélido. E, depois de outra porta, a temperatura era ainda mais baixa.

Havia quatro homens na pista de gelo. Seus gritos ecoavam entre as paredes de madeira, e ninguém notou a chegada de Harry e Katrine. Gritavam para uma pedra polida que deslizava pela pista. Os 20 quilos de granito do tipo *ailsite*, da ilha escocesa Aisle Craig, parou numa barreira de três pedras semelhantes em frente a dois círculos desenhados no gelo. Os homens deslizavam em volta da pista, equilibrando-se num pé, dando impulso com o outro, discutindo, apoiados em suas vassouras e preparando-se para outra pedra.

— Esporte esnobe — sussurrou Katrine. — Olha só para eles.

Harry não respondeu. Ele gostava de *curling*. Da parte meditativa ao olhar a demorada passagem da pedra, girando num universo em que a fricção era aparentemente ausente, como uma das espaçonaves da odisseia de Kubrick, não acompanhada pelo som de Johann Strauss, mas por um ruído surdo e pelo furioso esfregar de vassouras.

Os homens já haviam percebido suas presenças. E Harry reconheceu dois rostos da mídia. Um era Arve Støp.

Idar Vetlesen veio patinando até eles.

— Veio jogar conosco, Hole?

Ele gritou de longe, como se a pergunta fosse endereçada aos companheiros de jogo, e não a Harry. Foi acompanhada por uma risada aparentemente jovial. Mas os músculos delineando-se sob a pele na região do maxilar o traíram. Vetlesen parou na frente deles, e o vapor que saía de sua respiração pela boca era branco.

— Creio que o jogo acabou — anunciou Harry.

— Acho que não. — Vetlesen sorriu.

Harry já estava quase sentindo o frio do gelo atravessar as solas das botas, subindo pelas pernas.

— Gostaríamos que nos acompanhasse à sede da polícia — disse Harry. — Agora.

O sorriso de Idar Vetlesen evaporou.

— Por quê?

— Porque você está mentindo para nós. Entre outras coisas, você não é especialista na doença de Fahr.

— Quem disse? — questionou Idar, lançando um olhar aos outros jogadores para constatar que estavam longe demais para poder ouvi-los.

— Sua assistente. Visto que claramente ela nunca ouviu falar da doença.

— Escute aqui — disse Idar, e um novo som, o do desespero, havia se infiltrado em sua voz. — Vocês não podem simplesmente vir me buscar dessa maneira. Não aqui, não na frente...

— Dos seus clientes? — perguntou Harry, olhando por cima do ombro de Idar. Ele podia ver Arve Støp removendo o gelo do fundo de uma pedra enquanto estudava Katrine.

— Não sei o que está procurando. — Ele ouviu Vetlesen dizer. — Estou disposto a cooperar, mas não se vocês estiverem a fim de me humilhar deliberadamente e estragar as coisas para mim. Estes são meus melhores amigos.

— Vamos continuar, Vetlesen — ressoou um barítono grave. Era Arve Støp.

Harry fitou o cirurgião infeliz. Perguntou-se o que será que ele compreendia por "melhores amigos". E pensou que, se houvesse apenas uma ínfima chance de terem algo a ganhar cedendo ao pedido de Vetlesen, já valeria a pena.

— Ok — disse Harry. — Vamos embora. Mas você deve se apresentar na sede da polícia em Grønland dentro de uma hora, sem falta. Se não, vamos vir atrás de você com sirenes e toque de trombetas. E são bem audíveis em Bygdøy, não são?

Vetlesen assentiu com um gesto, e por um momento pareceu que ele, por força do hábito, queria rir.

Oleg bateu a porta com um estrondo, tirou as botas e subiu correndo as escadas. A casa inteira tinha um aroma fresco de limão e sabão. Ele irrompeu no quarto, e o móbile pendurado no teto tocou alto enquanto ele tirava os jeans e vestia as calças de malhar, assustando-o. Saiu correndo, mas, no momento em que ia agarrar o corrimão para descer a escada em dois pulos, ouviu chamar seu nome por detrás da porta aberta do quarto da mãe.

Ele entrou e encontrou Rakel de joelhos em frente à cama, com uma vassoura enfiada embaixo do móvel.

— Achei que tivesse feito faxina no final de semana.

— Fiz, mas não tão bem — disse a mãe, ao se levantar e passar a mão sobre a testa. — Aonde você vai?

— Ao estádio. Patinar. Karsten está esperando lá fora. Volto para a hora do lanche. — Ele deu meia-volta e deslizou de meias pelo assoalho até a escada, dobrando-se para manter a força da gravidade baixa, como Eric V, um dos patinadores veteranos em Valle Hovin, havia lhe ensinado.

— Espere aí, mocinho. Falando em patins...

Oleg parou. Ah, não, pensou. Ela achou os patins.

Ela estava na porta, de cabeça inclinada, fitando-o.

— E o dever de casa?

— Não tenho muito — respondeu aliviado e sorriu. — Faço depois do lanche. — Ele a viu hesitar e emendou depressa: — Você fica bem nesse vestido, mãe.

Ela baixou o olhar para o velho vestido azul-celeste com flores brancas. E, mesmo dando-lhe um olhar repreensivo, um sorriso apareceu nos cantos de sua boca.

— Cuidado com isso, Oleg. Agora você está parecendo seu pai.

— É? Pensei que ele só falava russo.

Ele não teve nenhuma intenção com aquele comentário, mas alguma coisa aconteceu com a mãe, que pareceu ter levado um choque.

Ele saltitou impaciente.

— Posso ir agora?

— "Sim, pode ir?" — A voz de Katrine Bratt ricocheteou pelas paredes na sala de musculação no porão da sede da polícia. — Você disse isso mesmo? Que Idar Vetlesen podia ir embora, sem mais nem menos?

Harry olhou para o rosto dela, que estava inclinado sobre o banco onde ele estava deitado. A lâmpada em formato de cúpula no teto envolvia a cabeça dela numa auréola amarela reluzente. A respiração de Harry estava pesada por causa da barra de ferro sobre o tórax. Ele estava prestes a fazer um levantamento de supino com 99 quilos e havia acabado de tirar a barra do suporte quando Katrine marchou para dentro da sala, frustrando sua tentativa.

— Eu precisei — justificou Harry, conseguindo empurrar a barra um pouco mais para cima, para que ficasse sobre as costelas. — Ele veio acompanhado de seu advogado. Johan Krohn.

— E daí?

— Bem. Krohn começou perguntando sobre o método que usamos para chantagear o cliente dele, visto que a prostituição é legal na Noruega e que nossos métodos para forçar um médico respeitado a quebrar o Juramento de Hipócrates também dariam boas manchetes nos jornais.

— Mas pelo amor de Deus, homem! — gritou Katrine, a voz trêmula de ira. — É um caso de assassinato!

Harry não a havia visto perder o controle dessa maneira antes e respondeu com a voz mais suave possível.

— Escute, não podemos ligar o assassinato à doença ou sequer fazer a conexão parecer provável. E Krohn sabe disso. Por isso não posso prender Vetlesen.

— Não, mas você não pode... ficar aí deitado... sem fazer nada!

Harry sentiu o tórax doer e lhe ocorreu que ela estava certíssima.

Ela cobriu o rosto com as mãos.

— Eu... Eu... sinto muito. Só acho que... foi um dia estranho.

— Está bem — gemeu Harry. — Pode me ajudar com essa barra? Estou quase...

— A outra ponta! — exclamou Katrine, tirando as mãos do rosto. — Temos que começar pela outra ponta. Em Bergen!

— Não — sussurrou Harry, com o que ainda tinha de ar nos pulmões. — Bergen não pode ser considerada uma ponta. Poderia...

Ele a fitou. Viu seus olhos escuros se encherem de lágrimas.

— TPM — sussurrou ela. Então abriu um sorriso. Foi tão rápido que quase pareceu haver outra pessoa inclinada sobre ele, alguém com um brilho esquisito no olhar e uma voz sob total controle. — E você pode simplesmente morrer.

Surpreso, ouviu seus passos se afastarem, ouviu suas costelas estalarem e pontinhos vermelhos começaram a dançar diante de seus olhos. Ele vociferou, agarrou a barra de ferro com força e, com um berro, empurrou. A barra nem se mexeu.

Ela estava certa; de fato, ele podia morrer assim. Ele podia escolher. Engraçado, mas real.

Ele se retorceu e inclinou a barra para um dos lados até ouvir os pesos caírem no chão com um estrondo ensurdecedor. Então a barra também caiu, para o outro lado. Ele sentou-se e ficou olhando os pesos rolando cambaleantes pela sala, sem rumo nem sentido.

Harry tomou banho, vestiu-se e subiu as escadas até o sexto andar. Deixou-se cair na cadeira, já sentindo a maravilhosa dor na musculatura, dizendo-lhe que no dia seguinte estaria todo dolorido.

Havia uma mensagem de Bjørn Holm na secretária eletrônica para ele retornar a ligação o quanto antes.

Quando Holm atendeu, Harry ouviu ao fundo um pranto dilacerante, acompanhado de riffs de guitarra com pedal de aço.

— O que é? — perguntou Harry.

— Dwight Yoakam — respondeu Holm, abaixando o volume. — O desgraçado é sexy, não é?

— Quero dizer, por que me ligou?

— Recebemos os resultados da carta do Boneco de Neve.

— É?

— A impressão não tem nada de especial. Uma impressora a laser padrão.

Harry esperou. Sabia que Holm tinha alguma coisa.

— O que chama a atenção é a folha de papel usada. Ninguém no laboratório já havia visto aquele tipo, é por isso que levou tanto tempo. É feito de mitsumata, uma fibra de ráfia, japonesa, semelhante ao papiro. Parece ser fácil distinguir um mitsumata pelo cheiro. Usam a casca da árvore para fazer o papel à mão, e esse tipo de folha é especialmente exclusivo. Se chama Kono.

— Kono?

— Você só o encontra em lojas especializadas, o tipo de lugar onde se vendem canetas tinteiro a 10 mil coroas, tinta especial e cadernos encadernados em couro. Você sabe...

— Na verdade, não sei, não.

— Nem eu — admitiu Holm. — Mas, seja como for, só tem uma loja em Oslo vendendo papel Kono. Fica na Gamle Drammensveien. Falei com o dono, e fiquei sabendo que é tão raro vender esse tipo de mercadoria que provavelmente não fará mais pedidos. Ele alegou que as pessoas não têm o senso de qualidade que tinham antes.

— Isso quer dizer...?

— Pois é. Infelizmente, quer dizer que ele não conseguiu lembrar quando foi que vendeu a última folha.

— Humm. E ele é mesmo o único vendedor?

— É — respondeu Holm. — Havia um em Bergen, mas parou de vender o papel há alguns anos.

Holm esperou pela resposta — ou melhor, pela pergunta — enquanto Dwight Yoakam, em volume baixo, cantava, ao estilo dos Alpes, para o amor de sua vida a caminho do túmulo. Mas não houve pergunta.

— Harry?

— Sim. Estou pensando.

— Ótimo! — exclamou Holm.

Era aquele humor interiorano que podia fazer Harry rir por um bom tempo, mesmo sem saber bem o porquê. Mas nesse momento não. Harry pigarreou.

— Acho muito esquisito que uma folha dessas seja colocada nas mãos de um investigador de homicídio se você não quiser ser rastreado por nada nesse mundo através dela. Não precisa ter visto muitos filmes policiais na TV para saber que a gente iria verificar.

— Talvez ele nem soubesse que era um papel raro — sugeriu Holm. — Talvez não tenha sido ele quem o comprou.

— Claro, é possível, mas algo me diz que o Boneco de Neve não cometeria um deslize como esse.

— Mas é o que fez.

— Quero dizer, não acho que seja um deslize — disse Harry.

— Quer dizer...

— Sim, acho que ele quer que a gente o rastreie.

— Por quê?

— É clássico. O serial killer narcisista fazendo uma peça de teatro com ele próprio no papel principal de invencível, de conquistador superpoderoso que acaba triunfando no final.

— Triunfando sobre quem?

— Bem — disse Harry, pela primeira vez expressando a ideia em voz alta. — Arriscando parecer narcisista, sobre mim.

— Sobre você? Por quê?

— Sei lá. Talvez porque ele saiba que sou o único policial na Noruega a ter pegado um serial killer. Ele me vê como um desafio. É o que a carta indica, ele menciona Toowoomba. Não sei, Holm. A propósito, tem o nome daquela loja de Bergen?

— Flæsk!

A palavra foi articulada com o sotaque gutural de Bergen. Ou seja, com um *l* suave, um longo æ com uma quebra no meio e um *s* macio. Peter Flesch, o homem que voluntariamente pronunciou seu sobrenome igual a palavra "flecha", estava ofegante, barulhento e amável. Falando de bom grado, contou que vendia todos os tipos de antiguidades, contanto que fossem pequenas, mas que sua especialidade eram cachimbos, isqueiros, pastas em couro e acessórios de papelaria. Novos ou usados. A maioria de seus clientes era de fregueses fixos com uma idade média na faixa da sua própria.

Respondeu a pergunta de Harry sobre folhas de papel Kono com um lamento na voz, dizendo que não trabalhava mais com aquele tipo de material. E fazia anos que havia tido alguma no estoque.

— Talvez seja pedir muito — disse Harry. — Mas, como a maioria dos seus clientes são fregueses conhecidos, seria possível se lembrar de alguém que comprava esses papéis de carta?

— Alguns deles, talvez. Møller. E o velho Kikkusæn de Møllaren. Não fica registrado, mas minha mulher tem boa memória.

— Talvez pudessem anotar os nomes completos, suas idades aproximadas e os endereços de quem conseguem lembrar e mandar por e-mail...

Harry foi interrompido por um tsc-tsc.

— Não temos e-mail, filho. Nem vamos ter. Seria melhor se você me passasse um número de fax.

Harry informou o fax da sede da polícia. Hesitou. Teve um impulso repentino. E os impulsos nunca vêm sem motivo.

— Por acaso tiveram um cliente alguns anos atrás chamado Gert Rafto?

— O Rafto de Ferro? — Peter Flesch riu.

— Já ouviu falar dele?

— A cidade inteira sabia quem era Rafto. Não, ele não era freguês nosso.

O delegado Bjarne Møller costumava dizer que, para isolar a única coisa possível, é preciso eliminar tudo que é impossível. Por isso, um investigador não deve se desesperar, mas ficar feliz toda vez que puder apagar uma pista que não contribui para solucionar o caso. Além do mais, havia sido só um impulso.

— Bem, agradeço mesmo assim — disse Harry. — Tenha um bom dia.

— *Ele* não era freguês — continuou Flesch. — O freguês era eu.

— Como assim?

— Ele me trazia coisinhas usadas. Isqueiros de prata, canetas de ouro. Coisas assim. Às vezes, eu comprava dele. Bem, isso era antes de eu saber de onde vinham as coisas...

— E de onde vinham?

— Você não sabe? Ele as roubava das cenas de crime nas quais trabalhava.

— Mas ele nunca comprava nada?

— Rafto não precisava do tipo de coisas que vendemos.

— Mas folhas de papel? Todos precisam de folhas de papel, não é mesmo?

— Bem. Um momento, me deixe conferir com a minha mulher.

Ele pôs a mão sobre o fone, mas Harry conseguiu ouvi-lo chamar, seguido por uma conversa mais baixinha. A mão foi retirada e Flesch trombeteou exultante, com sotaque de Bergen.

— Ela acha que Rafto ficou com o restante das folhas quando a gente parou de vendê-las. Em troca de uma caneta de prata holandesa quebrada Baita memória, essa da minha mulher.

Harry desligou, sabendo que estava a caminho de Bergen.

Às nove da noite, ainda havia luz no primeiro andar do número seis da Brynsalléen, em Oslo. Do lado de fora, o prédio de seis andares se parecia com qualquer outro prédio comercial, com fachada moderna de tijolo aparente e aço cinza. No interior, a mesma coisa, considerando que a maioria dos quatrocentos empregados era composta de engenheiros, especialistas em TI, cientistas sociais, técnicos de laboratório, fotógrafos etc. Não obstante, o lugar era a "unidade nacional para o combate ao crime organizado e outros crimes graves" — em geral, chamado pelo seu nome antigo *Kriminalpolitisentralen*, Central da Polícia Criminal, ou simplesmente pela forma abreviada, Kripos.

Espen Lepsvik havia acabado de liberar seus homens após uma revisão da investigação do assassinato. Permaneciam apenas dois deles na sala de reunião friamente iluminada.

— Não é muita coisa — concluiu Harry Hole.

— Uma boa variante de *zero* — disse Espen Lepsvik, massageando as pálpebras com o polegar e o dedo indicador. — Vamos tomar um chope para você contar o que desencavaram?

Harry contou enquanto Espen Lepsvik dirigia para o Justisen, um bar no centro que era caminho de casa para os dois. Sentaram-se à mesa no fundo do bar frequentado por muita gente, de estudantes sedentos a advogados e policiais cuja sede era ainda maior.

— Estou pensando em levar Katrine Bratt para Bergen em vez de Skarre — comentou Harry, bebericando água com gás direto da garrafa. —

Pouco antes de vir para cá, verifiquei os documentos dela na ficha de emprego. Ela ainda está bem verde, mas consta que já trabalhou em dois casos de assassinato em Bergen e, se minha memória não falha, você foi para lá para cuidar dos dois.

— Bratt, claro, me lembro bem dela. — Espen Lepsvik riu e fez sinal para o barman pedindo outro chope.

— Satisfeito com ela?

— Muito satisfeito. Ela é extremamente... competente. — Lepsvik piscou para Harry, que viu no colega aquele olhar vidrado de cansaço após os três chopes. — E, se não fôssemos os dois casados, acho que eu teria dado uma bela cantada nela.

Ele esvaziou o copo.

— Estava mais interessado em saber se você a considerava estável — disse Harry.

— Estável?

— É. Tem algo nela... não sei direito como explicar. Algo intenso.

— Sei o que quer dizer — disse Lepsvik, assentindo com um demorado gesto de cabeça, seu olhar tentando focar o rosto de Harry. — A ficha dela é impecável. Mas, cá entre nós, ouvi um dos rapazes de lá fazer um comentário sobre ela e o marido.

Lepsvik procurou algum estímulo no rosto de Harry para ir adiante; não encontrou, mas prosseguiu mesmo assim.

— Algo... você sabe... que ela curte couro e borracha. S&M. Parece que frequentavam clubes do ramo. Meio tarada.

— Não é da minha conta — disse Harry.

— Não, não. Nem da minha! — exclamou Lepsvik e abriu os braços, na defensiva. — É apenas um boato. E sabe de uma coisa? — Lepsvik riu entre os dentes, inclinando-se sobre a mesa até Harry sentir o hálito de cerveja em sua boca. — Ela pode me dominar quando quiser.

Harry sacou que devia ter transparecido algo no olhar, porque Lepsvik parecia de repente arrependido de sua franqueza e recuou depressa para seu lado da mesa. E continuou num tom mais pragmático.

— Ela é profissional. Esperta. Intensa e engajada. Lembro que ela insistiu com certa veemência exagerada para que eu a ajudasse em alguns casos já arquivados. Mas nem um pouco instável, pelo contrário. Mais do tipo fechado e carrancudo. Mas nisso ela não está sozinha. De fato, acho que vocês dois podem formar uma equipe perfeita.

Harry sorriu com o comentário sarcástico e se levantou.

— Obrigado pela dica, Lepsvik.

— Que tal me dar uma dica em troca? Você e ela... estão...?

— Minha dica — disse Harry, jogando uma nota de 100 coroas na mesa — é que você deixe o carro aqui.

14

Dia 9

Bergen

Às oito e vinte e seis em ponto, as rodas do DY604 de Oslo tocaram o asfalto molhado do aeroporto de Flesland. Com força suficiente para Harry despertar depressa.

— Dormiu bem? — perguntou Katrine.

Harry fez que sim, esfregou os olhos e observou o amanhecer chuvoso e cinzento.

— Você falou dormindo. — Ela sorriu.

— Humm. — Harry não queria perguntar sobre o quê. Preferiu recapitular rapidamente com o que havia sonhado. Não foi com Rakel. Fazia tempo que não sonhava com ela. Ele a havia afugentado. Juntos, eles a haviam afugentado. Mas havia sonhado com Bjarne Møller, seu chefe e mentor que subira aos planaltos de Bergen, tendo sido encontrado no lago Revurtjernet duas semanas depois. Era uma decisão que Møller havia tomado, porque ele — exatamente como Zenon com seu dedão doído — não achava que a vida valesse mais a pena. Será que Gert Rafto havia chegado à mesma conclusão? Ou será que ainda estava vivo por aí em algum lugar?

— Já telefonei para a ex-mulher de Rafto — disse Katrine ao atravessarem o hall de chegada. — Nem ela nem a filha querem mais falar com a polícia, não querem reabrir velhas feridas. Mas tudo bem, os relatórios daquela época são mais do que suficientes.

Entraram num táxi em frente ao terminal.

— Bom estar em casa? — perguntou Harry em voz alta devido ao martelar da chuva e o zunido ritmado do para-brisa.

Katrine deu de ombros, indiferente.

— Sempre odiei a chuva. E também o pessoal de Bergen, por alegar que não chove tanto aqui quanto o pessoal do leste insiste em dizer.

Eles passaram a Danmarksplass, e Harry olhou para o topo do Ulriken. Estava coberto de neve, e pôde ver o teleférico em funcionamento. Passaram pelas ruas de acesso, que pareciam um ninho de víboras beirando o lago Store Lundegårdsvann, chegando por fim ao centro, que para os visitantes era sempre uma surpresa bem-vinda depois da pardacenta paisagem até lá.

Hospedaram-se no Hotel SAS em Bryggen, no porto. Harry havia perguntado se Katrine queria ficar na casa dos pais, mas ela havia respondido que seria muito estresse para uma noite só; que eles teriam trabalho demais e que, na verdade, ela nem avisara que estaria na cidade.

Receberam os cartões de seus quartos e ficaram em silêncio no elevador. Katrine olhou sorrindo para Harry, como se o silêncio nos elevadores fosse uma piada implícita. Harry baixou o olhar, torcendo para que seu corpo não estivesse mandando sinais falsos. Ou verdadeiros.

Finalmente, as portas se abriram, e os quadris dela balançaram pelo corredor.

— Recepção em cinco minutos — anunciou Harry.

— O que temos agendado? — perguntou ela quando, seis minutos mais tarde, estavam sentados no saguão.

Katrine se inclinou para a frente na poltrona funda e folheou sua agenda de couro. Ela havia trocado de roupa e usava um elegante terninho cinza que fazia com que ela imediatamente se mesclasse à clientela executiva do hotel.

— Você vai encontrar Knut Müller-Nilsen, o chefe da Divisão de Pessoas Desaparecidas e Crimes Violentos.

— Você não vem?

— Teria que cumprimentar e conversar com todo mundo e perderia o dia todo. Na verdade, é melhor que você nem mencione meu nome. Só vai deixá-los chateados por eu não ter ido fazer uma visita. Vou para Øyjordsveien para conversar com a última pessoa que viu Rafto.

— Humm. E onde foi isso?

— Perto das docas. A testemunha o viu estacionar o carro e entrar no parque de Nordnes. Ninguém voltou para pegar o carro, e esquadrinharam a área sem encontrar nada.

— O que fazemos depois? — perguntou Harry, enquanto passava os dedos pelo queixo e pensava que devia ter se barbeado antes de viajar.

— Você faz uma revisão dos relatórios antigos com os investigadores que trabalhavam no caso e que ainda estão na delegacia. Para refrescá-lo. Tentar vê-lo por outro ângulo.

— Não — objetou Harry.

Katrine levantou o olhar da agenda.

— Os investigadores da época chegaram às suas próprias conclusões e só vão defendê-las — explicou Harry. — Prefiro ler os relatórios em paz e com calma em Oslo. E usar o tempo aqui para conhecer Gert Rafto melhor. Os pertences dele estão em algum lugar?

Katrine fez que não.

— A família doou tudo para o Exército de Salvação. Não era grande coisa, parece. Alguns móveis e roupas.

— E o lugar onde morava ou costumava ficar?

— Ele morava sozinho num apartamento em Sandviken depois do divórcio, mas o imóvel foi vendido faz tempo.

— Humm. E não há nenhuma casa que frequentava na infância, casa de campo ou cabana que ainda pertença à família?

Katrine hesitou.

— Os relatórios mencionam uma cabana na área de veraneio da corporação policial na ilha de Finnøy, em Fedje. Nesses casos, as famílias costumam ficar com as cabanas. Quem sabe possamos vê-la. Tenho o telefone da mulher de Rafto, vou ligar para ela.

— Pensei que ela não estivesse falando com a polícia.

Katrine deu uma piscada.

Na recepção, Harry tomou emprestado um guarda-chuva, que as rajadas de vento viraram ao avesso antes de ele chegar ao Fisketorget — o mercado de peixes — e que parecia um morcego espancado quando, de cabeça baixa, ele correu para a entrada da delegacia de Bergen.

Na recepção, enquanto esperava o delegado Knut Müller-Nilsen, Katrine ligou para contar que a cabana em Finnøy ainda estava em poder da família Rafto.

— Mas a mulher dele não pôs mais os pés lá depois do caso. E ela acha que nem a filha.

— Vamos para lá — disse Harry. — Até uma hora termino aqui.

— Está bem, vou arranjar um barco. Me encontre no cais de Zacharias.

Knut Müller-Nilsen era um urso de pelúcia risonho com olhos sorridentes e mãos do tamanho de raquetes de tênis. As altas pilhas de papel o fizeram parecer preso atrás de montes de neve, com suas raquetes entrelaçadas atrás da cabeça.

— Rafto, hum — ponderou Knut Müller-Nilsen, depois de dizer que não chovia tanto em Bergen como o pessoal do leste alegava.

— Parece que os policiais têm uma tendência a escapar pelos seus dedos — disse Harry, mexendo na foto de Gert Rafto que viera com o relatório que tinha no colo.

— É mesmo? — Müller-Nilsen olhou com um ar questionador para Harry, que tinha encontrado uma cadeira num canto da sala sobre a qual não havia papel.

— Bjarne Møller — disse Harry.

— Exato — disse Müller-Nilsen, mas o tom de voz inseguro o traiu.

— O oficial que desapareceu em Fløyen.

— Claro! — Müller-Nilsen deu uma tapa na testa. — Caso trágico. Ele ficou tão pouco por aqui, então não tive tempo de... Achamos que ele se perdeu, não foi?

— Foi o que aconteceu — respondeu Harry e olhou pela janela, pensando no percurso trilhado por Bjarne Møller do idealismo à corrupção. Em suas boas intenções. Suas trágicas pisadas em falso. Que outros nunca ficariam sabendo. — O que pode me dizer sobre Gert Rafto?

Meu *doppelgänger* espiritual em Bergen, pensou Harry depois da descrição de Müller-Nilsen: péssima relação com a bebida, temperamento difícil, lobo solitário, não confiável, moral duvidosa e uma ficha bastante suja.

— Mas ele tinha excelentes habilidades analíticas e intuitivas — completou Müller-Nilsen. — E uma enorme força de vontade. Era como se fosse movido a... algo, não sei bem como explicar. Rafto era um extremista. O que fica óbvio agora que sabemos o que aconteceu.

— E o que aconteceu? — perguntou Harry, visualizando um cinzeiro no meio das pilhas de papel.

— Rafto era violento. E sabemos que ele esteve no apartamento de Onny Hetland pouco antes de ela ser assassinada, e que ela possivelmente tinha informações reveladoras sobre o assassino de Laila Aasen. Além disso, ele mesmo desapareceu logo depois. Não é improvável que tenha se afogado. Pelo menos, não vimos nenhum motivo para iniciar uma investigação minuciosa.

— Ele não pode ter fugido para o exterior?

Müller-Nilsen fez que não com um sorriso.

— Por que não?

— Permita-me dizer que, neste caso, tínhamos a vantagem de conhecer o suspeito muito bem. Mesmo que ele teoricamente pudesse ter fugido de Bergen, não fazia o tipo. Simples assim.

— E nenhum parente ou amigo teve sinal de vida dele?

Müller-Nilsen fez que não.

— Os pais dele já morreram, e Rafto não tinha muitos amigos. Sua relação com a ex-mulher era tão tensa que seria improvável ele entrar em contato com ela.

— E a filha?

— Tinham uma boa relação. Menina legal, aplicada. Até que deu certo, levando em conta a criação que teve.

Harry notou o subentendido senso comum. "Até que deu certo", uma frase típica em delegacias pequenas, onde era natural saber tudo, ou quase tudo, sobre a maioria das pessoas.

— Rafto tinha uma cabana em Finnøy, não é? — perguntou Harry.

— Tinha, e é claro que ela poderia ser um lugar lógico para se esconder. Ruminar um pouco as coisas e então... — Müller-Nilsen traçou uma linha horizontal sobre o pescoço com sua mão gigante. — Vasculhamos a cabana, fizemos buscas com cães na ilha e dragamos as águas. Nada.

— Pensei em dar uma olhada por lá.

— Não tem muito para ver. Temos uma cabana bem em frente à cabana de Rafto de Ferro, e, infelizmente, ela está caindo aos pedaços. É uma vergonha que a mulher dele não se desfaça dela, considerando que nunca vai lá. — Müller-Nilsen olhou para o relógio. — Tenho que ir a uma reunião, mas um dos inspetores que trabalhou no caso naquela época vai rever os relatórios com você.

— Não será preciso — disse Harry, olhando para a foto que repousava sobre seu colo. De repente, o rosto pareceu estranhamente familiar, como se o tivesse visto há pouco tempo. Uma pessoa disfarçada? Alguém que tivesse visto de passagem na rua? Alguém num papel tão trivial que ele não havia prestado atenção, um dos guardadores de carros que andava pela rua Sofie ou um atendente do Vinmonopolet? Harry desistiu.

— Não Gert, então?

— Como é? — perguntou Müller-Nilsen.

— Você disse Rafto de Ferro. Vocês não o chamavam simplesmente de Gert?

Müller-Nilsen lançou a Harry um olhar dúbio, esboçou um riso, mas se contentou com um sorriso torto.

— Não, acho que não.

— Bem. Obrigado pela sua ajuda.

Ao sair, Harry ouviu Müller-Nilsen chamar e se virou. O chefe da divisão estava na porta da sua sala no final do corredor, e suas palavras repercutiram em eco entre as paredes.

— Acho que Rafto também não teria gostado.

Harry parou em frente à delegacia e ficou olhando as pessoas nas calçadas que, cabisbaixas, se esforçavam para enfrentar o vento e a chuva. Não conseguia se livrar daquela sensação. A de que algo ou alguém estava por perto, visível, se ele ao menos pudesse ver as coisas do modo certo, sob a luz certa.

Katrine buscou Harry no cais, conforme combinado.

— Um amigo me emprestou — disse ela ao conduzir a lancha de 21 pés, típica naquela área, para fora do porto estreito. Ao navegarem pela península Nordnes, um ruído fez Harry se virar e um totem apareceu em sua vista. Os rostos de madeira, boquiabertos, gritavam roucamente em sua direção. Uma rajada de vento frio passou pelo barco.

— São os leões-marinhos do Aquário — explicou Katrine.

Harry apertou o casaco ainda mais.

Finnøy era uma ilha pequena. Além de arbustos, não havia vegetação naquele pedaço de terra chicoteado pela chuva, mas havia cais, onde Katrine amarrou o barco de forma experiente. A área residencial consistia em sessenta habitações de madeira, em proporções de casinhas de boneca, que lembraram Harry das residências dos mineradores que ele tinha visto em Soweto.

Katrine guiou Harry pelo caminho de cascalho entre as cabanas e se aproximou de uma. Ela destacava-se das demais porque a tinta estava toda descascada. Uma das janelas estava quebrada. Katrine ficou na ponta dos pés, agarrou o globo de uma luminária sobre a porta e o desatarraxou. Um ruído áspero veio de dentro do globo quando ela o girou, e insetos mortos esvoaçaram para fora dele. Junto com uma chave, que ela catou no ar.

— A ex-mulher gostou de mim — disse Katrine, enfiando a chave na fechadura.

Havia um cheiro de mofo e madeira podre no interior. Harry olhou para dentro da penumbra, ouviu o estalar do interruptor e a luz se acendeu.

— Então ela tem luz mesmo não usando a cabana — comentou ele.

— É comunitário — explicou Katrine, lentamente esquadrinhando o lugar. — A polícia paga.

A cabana tinha 25 metros quadrados, consistindo em uma sala com cozinha americana e um quarto de dormir. Garrafas vazias de cerveja cobriam a bancada da cozinha e a mesa da sala. Não havia nada nas paredes, nenhuma peça decorativa nas janelas ou livros na estante.

— Também tem um porão — disse Katrine, apontando para um alçapão no chão. — Isso é sua área. O que fazemos agora?

— Procuramos — respondeu Harry.

— O quê?

— Essa é a última coisa com que nos preocupamos.

— Por quê?

— Porque é fácil ignorar algo importante se estiver procurando outra coisa. Esvazie a mente. Vai entender o que está procurando quando se deparar com a coisa.

— Ok — respondeu Katrine com lentidão exagerada.

— Você começa aqui em cima — disse Harry, indo até o alçapão e puxando a argola de ferro. Uma estreita escada de madeira o levou até a escuridão embaixo. Ele torceu para que a parceira não visse sua hesitação. Teias de aranha secas cujas donas estavam há muito tempo mortas grudaram no rosto de Harry enquanto ele descia para o escuro úmido cheirando a terra e tábuas podres. O porão inteiro era subterrâneo. Ele encontrou um interruptor no fim da escada e o ligou, sem resultado. A única luz lá embaixo vinha do olho vermelho de um freezer numa das paredes. Ele ligou sua lanterna de bolso, e o feixe de luz caiu numa porta que levou até um depósito.

As dobradiças rangeram quando ele abriu. Era um cubículo de carpintaria com ferramentas. Para um homem com ambições de fazer algo relevante, pensou Harry. Além de capturar assassinos.

Porém as ferramentas não pareciam ter sido muito usadas; talvez Rafto tivesse compreendido que não era bom em mais nada, que não era do tipo que constrói, mas do tipo que limpa tudo no final. Um ruído repentino fez Harry dar meia-volta. Respirou aliviado ao perceber que era só o termostato do freezer que havia acionado a ventoinha. Harry foi até o outro depósito. Tudo estava coberto por uma manta. Ele a removeu, e o cheiro de umidade e mofo o acertou em cheio. O feixe de luz captou um guarda-sol deteriorado, uma mesa de plástico, uma pilha de gavetas de freezer, cadeiras de plástico descoloridas e um conjunto de croquet. Não havia mais nada no porão. Ele ouviu Katrine remexer no andar de cima, e ia fechar a porta para o depósito. Mas uma das gavetas de plástico havia deslizado para o vão da porta quando ele retirou a coberta. Ia empurrá-la com o pé no momento em que parou para olhá-la. À luz da lanterna podia ver a escrita em relevo no lado. Electrolux. Harry foi até a parede onde a ventoinha do freezer ainda zunia. Era Electrolux. Ele pegou a maçaneta e puxou, mas a porta estava emperrada. Descobriu a fechadura logo embaixo da maçaneta e entendeu que o freezer simplesmente estava trancado. Ele foi até o depósito de ferramentas e pegou um pé de cabra. Ao voltar, Katrine estava descendo a escada.

— Nada lá em cima — anunciou ela. — Acho que podemos ir embora. O que está fazendo?

— Quebrando a lei de busca e apreensão — disse Harry, que havia enfiado a ponta do pé de cabra na porta do freezer logo acima da fechadura. Fez contrapeso com seu corpo na outra ponta. Nada aconteceu. Ele mudou de posição, apoiou um pé na escada e empurrou.

— Merda de...

A porta se abriu com um estalido seco, e Harry caiu de cabeça. Ele ouviu a lanterna bater no chão de tijolos e sentiu o frio atingi-lo, como se fosse o sopro vindo de uma geleira. Estava tateando no escuro procurando a lanterna quando ouviu Katrine. O grito atravessou seu corpo todo, vinha do fundo da garganta e se transformou num soluço histérico, parecido com uma gargalhada. Silenciou por alguns segundos enquanto ela tomava fôlego antes de recomeçar; o mesmo grito longo, como o canto dolorido, metódico e ritual de uma mulher em trabalho de parto. Mas a essa altura Harry já havia visto a coisa e sabia o motivo do grito. Depois de 12 anos, o freezer ainda estava funcionando perfeitamente, e sua luz interna mostrava algo apertado lá dentro, com os braços na frente, joelhos dobrados e a cabeça espremida contra o teto. O corpo estava coberto por cristais de gelo, como se uma camada de fungo branco tivesse se alimentado dele, e a posição retorcida era a representação visual do grito de Katrine. Mas não foi isso que fez o estômago de Harry embrulhar. No momento em que a porta foi aberta à força, o corpo, que provavelmente estava encostado à porta, havia caído para a frente, e a testa tinha batido no canto da porta, fazendo os cristais de neve caírem do rosto e salpicarem o chão do porão. Foi assim que Harry pôde constatar que era Gert Rafto quem sorria para eles. A boca com que ele sorria não era aquela que estava costurada em zigue-zague, com um fio grosso e fibroso, entrando e saindo dos lábios. O sorriso atravessava o queixo e subia para as bochechas, desenhado com uma fileira de pregos pretos que só podiam ter sido martelados. O que chamou a atenção de Harry, porém, foi o nariz. Harry engoliu a bile à força. O osso nasal e a cartilagem deviam ter sido retirados primeiro. O frio havia sugado toda a cor da cenoura. O boneco de neve estava completo.

Parte 3

15

Dia 9

Número oito

Eram oito horas da noite, mas as pessoas que desciam a Grønlandsleiret podiam ver que a luz estava acesa em todo o sexto andar na sede da polícia.

Na sala K1, Holm, Skarre, Espen Lepsvik, Gunnar Hagen e o superintendente estavam sentados diante de Harry. Haviam se passado seis horas e meia desde que encontraram Gert Rafto em Finnøy, e quatro desde que Harry ligara de Bergen antes de ir para o aeroporto, convocando a reunião.

Harry havia reportado a descoberta do corpo, e até o superintendente tinha se retorcido na cadeira quando ele enviara por e-mail para a delegacia de Bergen as fotos da cena do crime.

— O relatório da necropsia ainda não está pronto — disse Harry. — Mas a causa da morte é bastante evidente. Uma arma na boca e uma bala atravessando o palato, saindo pela parte de trás da cabeça. Aconteceu no local; os rapazes de Bergen encontraram a bala na parede do depósito.

— Sangue e substância cerebral? — perguntou Skarre.

— Não — respondeu Harry.

— Não depois de tantos anos — emendou Lepsvik. — Ratos, insetos...

— Poderia haver evidências residuais — disse Harry. — Mas falei com o perito técnico, e concordamos: Rafto provavelmente ajudou para não fazer muita sujeira.

— Hein? — perguntou Skarre.

— Ugh — gemeu Lepsvik.

A ficha pareceu cair para Skarre, e seu rosto se contorceu de horror.

— Ah, cacete...

— Desculpe — interrompeu Hagen. — Alguém pode explicar do que vocês estão falando?

— É algo que às vezes presenciamos em casos de suicídio — disse Harry. — O coitado suga o ar do cano antes de atirar em si mesmo. O vácuo faz com que produza menos... — ele procurou a palavra certa — ... sujeira. O que aconteceu aqui é que provavelmente mandaram Rafto sugar o ar.

Lepsvik balançou a cabeça.

— E um policial como Rafto devia saber exatamente o porquê.

Hagen empalideceu.

— Meu Deus, mas como... como seria possível fazer um homem sugar...

— Talvez lhe tenha sido dada uma escolha — sugeriu Harry. — Há piores maneiras de morrer do que com uma bala na boca. — Instalou-se um silêncio total. E Harry o deixou reinar por alguns segundos antes de prosseguir. — Até agora não encontramos os corpos das vítimas. Rafto também foi escondido, mas ele teria sido encontrado bem rápido se os parentes não tivessem evitado ir à cabana. Isso me leva a crer que Rafto não fazia parte do projeto do assassino.

— Que você acredita ser um serial killer? — Não havia nada desafiador no tom de voz do superintendente, apenas um desejo de confirmação.

Harry assentiu.

— Se Rafto não fazia parte desse chamado projeto, qual seria o motivo então?

— Não sabemos, mas, quando um investigador é assassinado, é natural pensar que ele passou a representar um perigo para o assassino.

Espen Lepsvik pigarreou.

— Às vezes, a maneira de os corpos serem tratados revela algo sobre o motivo. Nesse caso, por exemplo, o nariz foi trocado por uma cenoura. Em outras palavras, está apontando o nariz para nós.

— Fazendo piada com a nossa cara? — perguntou Hagen.

— Talvez esteja dizendo para não metermos o nariz — sugeriu Holm.

— Exato! — exclamou Hagen. — Um aviso para os outros ficarem longe.

O superintendente inclinou a cabeça e olhou Harry de soslaio.

— E quanto à boca costurada?

— Um recado: fiquem de bico calado — disse Skarre, convencido.

— Exato! — exclamou Hagen mais uma vez. — Se Rafto era corrupto, talvez ele e o assassino fossem parceiros de alguma forma e Rafto tenha ameaçado desmascará-lo.

Olharam para Harry, que não havia reagido a nenhuma das sugestões.

— E então? — rosnou o chefe.

— Vocês podem estar certos, é claro — disse Harry. — Mas eu acho que o único aviso que ele quer dar é que o Boneco de Neve esteve lá. E que ele gosta de fazer bonecos de neve. Ponto final.

Os outros trocaram olhares, mas ninguém objetou.

— Temos outro problema — continuou Harry. — A delegacia de Bergen informou à imprensa que uma pessoa foi encontrada morta em Finnøy, mais nada. E eu pedi que retivessem maiores detalhes por enquanto, para termos alguns dias para procurar pistas sem que o Boneco de Neve fique sabendo que encontramos o corpo. Infelizmente, seria inocência contar com dois dias, nenhuma delegacia é *tão* impermeável.

— A imprensa vai publicar o nome de Rafto amanhã cedo — disse Espen Lepsvik. — Conheço o pessoal do *Bergens Tidende* e do *Bergensavisen*.

— Errado. — Ouviram atrás de si. — Vai estar no último noticiário da TV2 hoje à noite. Não só o nome, mas detalhes sobre a cena do crime e a conexão com o Boneco de Neve.

Viraram-se. Katrine Bratt estava na porta. Ela ainda estava pálida, mas não com o tom cinzento que tinha na hora em que Harry a havia observado enquanto ela navegava para fora da ilha, ao passo que ele ficou para esperar a polícia.

— Então você conhece aquele pessoal da TV2? — perguntou Espen Lepsvik, esboçando um sorriso.

— Não — respondeu Katrine. — Conheço a delegacia de Bergen.

— Onde você esteve, Bratt? — perguntou Hagen. — Você sumiu faz horas.

Katrine olhou para Harry, acenou com a cabeça de modo imperceptível e pigarreou.

— Katrine estava fazendo umas coisas que eu pedi.

— Então deve ter sido importante. Nos conte, Bratt.

— Não precisamos tratar disso agora — disse Harry.

— Só estou curioso — provocou Hagen.

"Merda de general de poltrona", pensou Harry. "Sr. Pontualidade, Sr. Relatórios, não pode deixá-la em paz, não está vendo que a moça ainda está em choque? Você mesmo empalideceu ao ver aquelas fotos. Ela correu para casa, fugiu de tudo. E daí? Ela já voltou. Dê um tapinha no ombro dela em vez de humilhá-la diante dos colegas." Foi o que passou pela mente de Harry, alto e claro, enquanto tentava captar o olhar de Hagen para fazê-lo entender.

— E então, Bratt?

— Estive verificando algumas coisas — disse Katrine e levantou o queixo.

— Estou vendo. Tipo o quê, por exemplo?

— Tipo Idar Vetlesen estudando medicina na época em que Laila Aasen e Onny Hetland foram mortas e Rafto sumiu.

— E isso é relevante? — perguntou o superintendente.

— É relevante — respondeu Katrine. — Porque ele estudava na Universidade de Bergen.

K1 silenciou.

— Um estudante de medicina? — O superintendente olhou para Harry.

— Por que não? — respondeu Harry. — Que mais tarde virou cirurgião plástico e diz que gosta de modelar as pessoas.

— Verifiquei os lugares onde fez estágio como residente e depois trabalhou — disse Katrine. — Não coincidem com os lugares onde desapareceram as mulheres que acreditamos terem sido mortas pelo Boneco de Neve. Mas, como médico novato, é comum viajar bastante. Em conferências, trabalhos temporários...

— Uma pena que Krohn não nos deixe falar com o cara — lamentou Skarre.

— Esquece — disse Harry. — Vamos prender Vetlesen.

— Alegando o quê? — perguntou Hagen. — Que ele estudou em Bergen?

— Por tentativa de pagar por sexo com menores.

— Com base em quê? — questionou o superintendente.

— Temos uma testemunha. O dono do Leon. E temos fotos que ligam Vetlesen ao lugar.

— Detesto ter que dizer isso, mas conheço aquele cara do Leon, e ele nunca vai testemunhar — disse Espen Lepsvik. — O caso não vai se sustentar, com certeza vão ter que soltar Vetlesen em questão de 24 horas.

— Eu sei — disse Harry, olhando o relógio. Ele calculou quanto tempo levaria para dirigir até Bygdøy. — E é incrível o que as pessoas conseguem contar durante esse espaço de tempo.

* * *

Harry tocou a campainha outra vez, pensando que aquilo se parecia com suas férias de verão quando era menino: enquanto todos viajavam, ele era o único garoto a ficar em Oppsal. Ele havia tocado a campainha na casa de Øystein ou de um dos outros amigos, na esperança de que um deles, por milagre, estivesse em casa e não na casa da avó em Halden, na casa de campo em Son ou acampando na Dinamarca. Harry tinha tocado a campainha de novo e de novo até se dar conta de que restava uma única chance. Tresko. Tresko, com quem ele e Øystein nunca estavam a fim de brincar, mas que mesmo assim sempre estava por perto, como uma sombra esperando que mudassem de opinião e o aceitassem no grupo. Ele devia ter escolhido Harry e Øystein por eles também não serem tão populares, e, por isso, formarem o clube do qual ele tinha mais esperança de participar. E essa era a sua oportunidade, por ele ser o único que havia restado e porque Harry sabia que Tresko sempre estava em casa, pois sua família nunca tinha dinheiro para ir a lugar nenhum e ele não possuía outros amigos com quem brincar.

Harry escutou chinelos sendo arrastados dentro da casa e a porta foi entreaberta. O rosto da mulher se iluminou. Da mesma forma que o rosto da mãe de Tresko se iluminava ao ver Harry. Ela nunca o convidava para entrar, mas chamava Tresko, ia buscá-lo, ralhava com ele, enfiava-o na sua parca horrível e o enxotava para a escada do lado de fora da casa, onde ficava amuado olhando para Harry. E Harry sabia que Tresko sabia. E podia sentir seu ódio mudo ao descerem a rua para a loja de guloseimas. Mas tudo bem. Ajudava a passar o tempo.

— Infelizmente, Idar saiu — disse a Sra. Vetlesen. — Mas não quer entrar para esperar? Ele disse que só ia dar uma voltinha.

Harry fez que não e se perguntou se ela podia ver as luzes azuis varrendo a escuridão de Bygdøy na rua atrás dele. Apostou que havia sido Skarre quem ligara as luzes, aquele idiota.

— Ele saiu a que horas?

— Um pouco antes das cinco.

— Mas isso já faz horas — disse Harry. — Ele disse para onde ia?

Ela fez que não.

— Ele nunca me conta nada. O que o senhor acha disso? Nem quer deixar a própria mãe a par do que anda fazendo.

Harry agradeceu e disse que voltaria mais tarde. Desceu o caminho de cascalho e as escadas até o portão de ferro retorcido. Não encontraram Idar Vetlesen no consultório, ou no Hotel Leon, e o clube de *curling* estava fechado e às escuras. Harry fechou o portão e foi até o carro da polícia. O policial fardado abaixou o vidro.

— Apague a luz azul — pediu Harry e se dirigiu a Skarre no banco de trás. — Ela diz que ele não está e deve estar dizendo a verdade. Melhor vocês esperarem aqui para ver se ele volta. Ligue para o policial de plantão e peça para montarem uma equipe de busca. Mas nada pelo rádio da polícia, ok?

Dirigindo de volta à cidade, Harry ligou para a central administrativa da Telenor e ficou sabendo que Torkildsen já havia ido para casa e que uma eventual requisição para localizar Idar Vetlesen pelo rastreio do seu celular devia ser apresentada pelas vias formais na manhã seguinte. Ele desligou e aumentou o volume de "Vermilion", do Slipknot, mas sentiu que não estava naquele clima e apertou o botão de ejetar para mudar para um CD de Gil Evans que ele havia reencontrado no fundo do porta-luvas. A rádio NRK de Notícias 24 horas tagarelava enquanto ele tentava abrir a caixa do CD.

— A polícia está procurando um médico na casa dos 30 anos, morador de Bygdøy. O homem é suspeito de ter alguma ligação com os assassinatos do Boneco de Neve.

— Droga! — berrou Harry e jogou o CD de Gil Evans no para-brisa, fazendo chover cacos de plástico. O CD caiu próximo aos pedais. Completamente frustrado, Harry acelerou e passou um caminhão-tanque que estava na pista à esquerda. Vinte minutos. Havia levado vinte minutos. Por que simplesmente não davam um microfone e tempo de transmissão ao vivo para a sede da polícia?

A cantina na sede da polícia estava fechada e vazia, mas foi lá que Harry a encontrou. Ela e seus sanduíches numa mesa para dois. Harry sentou-se na outra cadeira.

— Obrigada por não contar a ninguém que eu perdi o controle em Finnøy — agradeceu Katrine, baixinho.

Harry assentiu.

— Para onde você foi?

— Eu fiz o *check out* no hotel e consegui pegar o voo das três para Oslo. Eu precisava sair dali. — Ela olhou para a xícara de chá. — Eu... sinto muito.

— Tudo bem — disse Harry, olhando para o fino pescoço inclinado dela, o cabelo preso em um coque e a delicada mão sobre a mesa. Ele a via de modo diferente agora. — Quando uma pessoa durona perde o controle, perde pra valer.

— Por quê?

— Talvez por ter pouca prática em situações de descontrole.

Katrine assentiu, ainda com o olhar na xícara de chá com o logo do clube esportivo da polícia.

— Você também é um controlador, Harry. Nunca perde a cabeça? — Ela levantou o olhar, e Harry pensou que devia ser a luz intensa em suas íris que dava ao branco dos olhos um vago toque de azul. Ele procurou o maço de cigarros.

— Tenho horas de prática em perder o controle. Quase não pratiquei outra coisa além disso. Tenho faixa preta no quesito.

Ela esboçou um sorriso como resposta.

— Já mediram a atividade cerebral de boxeadores experientes — prosseguiu ele. — Sabia que eles perdem a consciência várias vezes durante uma luta? Um segundinho aqui e outro lá. Mas mesmo assim conseguem ficar em pé. Como se o corpo soubesse que é temporário, tomasse o controle e os mantivesse de pé até recuperarem a consciência. — Harry bateu no maço e retirou um cigarro. — Eu também perdi o controle na cabana. A diferença é que, depois de todos esses anos, meu corpo sabe que vou recuperar o controle.

— Mas o que você faz? — perguntou Katrine, afastando uma mecha de cabelo do rosto. — Para não ser nocauteado logo de cara?

— Faço o que os boxeadores fazem: acompanho o golpe. Não resisto. Se alguma parte do que acontece no trabalho afeta você, deixe-o. De qualquer modo, você não vai conseguir evitar no longo prazo. Aceite pouco a pouco, vá liberando feito uma represa, não deixe acumular até estourar o muro de contenção.

Ele enfiou o cigarro entre os lábios, sem acender, e continuou:

— É, eu sei. O psicólogo da corporação te disse tudo isso quando você era aspirante. Meu conselho é o seguinte: mesmo quando você vai liberando essas coisas na vida real, deve tentar sentir o que isso faz com você, sentir se está te destruindo.

— Ok — respondeu Katrine. — E o que a gente faz caso sinta que a coisa está te destruindo?

— Procura outro emprego.

Ela o fitou longamente.

— E o que você fez, Harry? O que você fez quando sentiu que estava te destruindo?

Harry mordeu o filtro de leve, sentiu a fibra seca e macia raspar em seus dentes. E pensou que ela podia ser uma irmã ou uma filha, que eram feitas do mesmo material. Duro, rígido e pesado, com grandes fendas.

— Esqueci de procurar outro emprego — respondeu ele.

Ela sorriu.

— Sabe de uma coisa? — perguntou ela baixinho.

— O quê?

Ela estendeu a mão, arrancou o cigarro da boca dele e se inclinou sobre a mesa.

— Eu acho...

A porta da cantina se abriu com um golpe. Era Holm.

— TV2 — anunciou ele. — Está passando no noticiário agora. Nomes e fotos de Rafto e Vetlesen.

E com isso veio o caos. Mesmo às onze da noite, o saguão da sede da polícia ficou lotado de jornalistas e fotógrafos em meia hora. Todos esperando o chefe da Kripos, Espen Lepsvik, ou Hagen, o chefe da Homicídios, ou o superintendente, ou o comandante da polícia, ou, a princípio, qualquer um que aparecesse para dizer alguma coisa. Murmurando entre si que a polícia devia saber de sua responsabilidade em manter o público em geral informado sobre um assunto tão grave, chocante e bom para a venda de jornais.

Harry estava no corrimão do mezanino, olhando-os lá embaixo. Circulavam como tubarões irrequietos, consultando um ao outro, enganando um ao outro, ajudando um ao outro, blefando e farejando pequenas informações. Alguém tinha ouvido alguma coisa? Teria coletiva de imprensa essa noite? Ou ao menos um *briefing* improvisado? Vetlesen já estaria a caminho da Tailândia? O *deadline* se aproximava, algo tinha que acontecer.

Harry havia lido que a palavra *deadline* tinha origem nos campos de batalha durante a Guerra Civil Americana, quando, por não haver onde manter os prisioneiros de guerra, reuniam-se todos e traçavam uma linha no chão ao redor do grupo. Essa linha ficou conhecida como *deadline*, e qualquer um que a ultrapassasse era imediatamente morto. E aqueles guerreiros da notícia lá embaixo no saguão eram exatamente isso: prisioneiros de guerra restringidos por um *deadline*.

Harry se juntava aos outros na sala de reunião quando seu celular tocou. Era Mathias.

— Já ouviu a mensagem que deixei na sua caixa postal há pouco? — perguntou ele.

— Ainda não tive a chance, as coisas estão esquentando aqui — respondeu Harry. — Podemos falar mais tarde?

— Claro — disse Mathias. — Mas é sobre Idar. Vi no noticiário que ele está sendo procurado.

Harry trocou o aparelho de mão.

— Pode falar, então.

— Idar me ligou hoje de manhã. Queria perguntar sobre carnadrióxido. Ele às vezes me liga para perguntar sobre medicamentos; farmacologia não é o seu lado forte. Por isso, não reparei na hora. Estou ligando, porque o carnadrióxido é um remédio extremamente perigoso. Só achei que você ia gostar de saber.

— Claro, claro — disse Harry, remexendo nos bolsos até encontrar um toco de lápis e uma passagem de bonde. — Carna...?

— Carnadrióxido. Contém veneno da lesma *Conus* e é usado como analgésico para pacientes com câncer e HIV. É mil vezes mais forte do que a morfina, e apenas uma leve overdose paralisa a musculatura com efeito imediato: o aparelho respiratório e o coração param e você morre na hora.

Harry anotou.

— Ok. O que mais ele disse?

— Nada. Parecia estressado. Agradeceu e desligou.

— Alguma ideia de onde ele estava quando ligou?

— Não, mas havia algo esquisito com a acústica, com certeza não estava ligando do consultório. Era mais como se estivesse numa igreja ou numa caverna, entende?

— Entendo. Obrigado, Mathias. Ligaremos se precisarmos saber mais.

— Fico feliz em poder...

Harry não pegou o resto, pois havia apertado o botão de encerrar a ligação, cortando a conexão. Na K1, todo o pequeno grupo de investigação estava em volta da mesa segurando xícaras de café — a cafeteira fervia com café feito há pouco —, seus casacos pendurados nos encostos das cadeiras. Skarre acabara de voltar de Bygdøy. Ele reportava a conversa que tivera com a mãe de Idar Vetlesen, que repetidamente dissera não saber de nada e que tudo não passava de um terrível mal-entendido.

Katrine havia ligado para a assistente de Vetlesen, Borghild Moen, que tinha expressado a mesma opinião.

— Vamos interrogá-las amanhã, se for preciso — disse Harry. — Receio que, no momento, tenhamos um problema mais urgente...

Os outros três fitaram Harry enquanto ele resumia a conversa que tivera com Mathias. E leu o que estava escrito no verso da passagem do bonde. Carnadrióxido.

— Você acha que foi assim que ele as matou? — perguntou Holm. — Com remédio paralisante?

— É isso aí — interrompeu Skarre. — É por isso que ele tem que esconder os corpos. Para que o remédio não seja descoberto na necropsia e nos leve até ele.

— A única coisa que sabemos é que Idar Vetlesen está fora de controle — disse Harry. — E se ele for o Boneco de Neve, está quebrando o padrão.

— A questão é quem ele está querendo pegar agora — declarou Katrine. — Definitivamente alguém logo vai morrer desse remédio.

Harry esfregou a nuca.

— Conseguiu uma transcrição das ligações de Vetlesen, Katrine?

— Consegui. Tenho nomes e números e dei uma olhada com Borghild. A maioria é paciente dele. E havia dois telefonemas para Krohn, o advogado dele, e aquele que você acabou de resumir para Lund-Helgesen. Havia também um número registrado em nome da Editora Popper.

— Não temos muito material para trabalhar — disse Harry. — Podemos ficar aqui tomando café e coçando nossas cabeças estúpidas. Ou ir para casa e voltar amanhã com as cabeças igualmente estúpidas, mas pelo menos descansadas.

Os outros continuaram olhando para ele.

— Não estou brincando. Já pra casa!

Harry ofereceu carona para deixar Katrine em casa no Grünerløkka, antigo bairro operário. Seguindo as coordenadas dela, ele parou em frente a um prédio antigo de quatro andares, típico da Seilduksgata.

— Que apartamento? — perguntou, inclinando-se para a frente.

— Terceiro andar, à esquerda.

Ele olhou para cima. As janelas estavam todas escuras.

— Parece que seu marido não está. Ou talvez já tenha ido dormir.

— Talvez — disse ela, sem se mexer. — Harry?

Ele a fitou, interrogativo.

— Quando eu disse que a questão é quem o Boneco de Neve quer pegar agora, você sabe de quem eu estava falando?

— Talvez — respondeu.

— O que encontramos em Finnøy não era um assassinato aleatório de uma pessoa que sabia demais. Foi planejado muito antes.

— O que você quer dizer?

— Quero dizer que, se Rafto de fato estava na cola dele, isso também foi planejado.

— Katrine...

— Espera. Rafto era o melhor investigador de homicídios de Bergen. Você é o melhor de Oslo. Ele pode ter previsto que o investigador desses casos seria você, Harry. Foi por isso que você recebeu aquela carta. Só estou dizendo que deve tomar um pouco de cuidado.

— Está tentando me deixar com medo?

Ela deu de ombros.

— Se você estiver com medo, sabe o que isso quer dizer?

— Não?

Katrine abriu a porta do carro.

— Que deve procurar outro emprego.

Harry abriu a porta do seu apartamento, tirou as botas e parou na entrada da sala. Agora parecia totalmente desmontada, como um kit de construção ao contrário. O luar iluminou algo branco na parede vermelha e desnuda. Ele entrou. Era o número oito, desenhado com giz. Ele esticou a mão e tateou. Deve ter sido feito pelo homem do mofo, mas o que queria dizer? Talvez um código para informar o tipo de produto a ser aplicado exatamente naquele lugar.

Durante o resto da noite, Harry se jogou para lá e para cá, atormentado por pesadelos terríveis. Ele sonhou que algo havia sido forçado dentro de sua boca, e que tinha que respirar por uma espécie de abertura no objeto para não morrer sufocado. Tinha gosto de petróleo, metal e pólvora, e, no fim, não havia mais ar lá dentro, apenas vácuo. Ele então cuspiu a coisa para fora e descobriu que não havia respirado pelo cano de uma pistola, mas sim pela figura de um número oito. Um número oito com um grande círculo embaixo, um menor em cima. Aos poucos, o número oito ganhou um terceiro círculo, menor, no topo. Uma cabeça. A cabeça de Sylvia Ottersen. Ela tentou gritar, tentou lhe contar o que houve, mas não conseguiu. Sua boca estava costurada.

Quando acordou, os olhos de Harry estavam colados, ele estava com dor de cabeça e havia uma fina camada nos lábios com gosto de giz e bile.

16

Dia 10

Curling

Era uma manhã fria em Bygdøy quando Asta Johannessen abriu o clube de *curling* às oito horas, como sempre. A viúva de quase 70 anos fazia a faxina lá duas vezes por semana, o que era mais do que suficiente, visto que o saguão privativo não era usado por mais que meia dúzia de homens e, além do mais, não tinha chuveiros. Ela acendeu a luz. Nas paredes de vigas de madeira havia troféus, diplomas, flâmulas com palavras em latim e velhas fotos em preto e branco de homens de bigode, tweed e expressões respeitáveis. Asta os achava engraçados, como aqueles caçadores de raposa nos seriados ingleses sobre a alta sociedade. Ela cruzou a porta que dava entrada para a sala de *curling* e sentiu pelo frio lá dentro que haviam se esquecido de aumentar o termostato do gelo, como costumavam fazer para economizar energia. Asta Johannessen ligou o interruptor da luz, e, enquanto os tubos de neon piscavam, lutando para decidir se queriam acender ou não, ela colocou os óculos e viu que o termostato dos cabos de refrigeração de fato estava baixo demais, e ela então o aumentou.

A luz refletiu na superfície cinzenta do gelo. Através dos óculos de leitura ela vislumbrou alguma coisa no outro lado da sala e os retirou do rosto. Lentamente, a coisa entrou em foco. Uma pessoa? Quis andar sobre o gelo, mas hesitou. Asta Johannessen não era mesmo do tipo que se assusta à toa, mas temia que um dia quebrasse o fêmur no gelo e tivesse que ficar ali até ser encontrada pelos caçadores de raposa. Ela pegou uma das vassouras de brinquedo que estava encostada à parede e, usando-a como bengala, avançou por cima do gelo com passinhos curtos.

O homem inerte estava estirado na extremidade da pista, com a cabeça no meio dos círculos. A luz neon branco-azulada iluminou o rosto enrijecido numa careta. Havia algo de familiar naquele rosto. Era alguma celebridade? O olhar vítreo parecia estar procurando algo além dela, além das coisas dali. A mão direita segurava uma seringa vazia com o resíduo de um conteúdo vermelho.

Asta Johannessen constatou calmamente que não havia nada que ela pudesse fazer por ele e se concentrou na travessia de volta sobre o gelo até o telefone mais próximo.

Depois de ter ligado para a polícia e eles terem ido ao local, Asta foi para casa e tomou seu café da manhã.

Foi só ao pegar o jornal *Aftenposten* que ela se deu conta de quem havia encontrado.

Harry estava agachado, olhando as botas de Idar Vetlesen.

— O que nosso perito diz sobre a hora da morte? — perguntou a Bjørn Holm, que estava ao seu lado, usando uma jaqueta jeans forrada com pelúcia branca. As botas de couro de cobra quase não faziam barulho quando ele batia com os pés no gelo. Mal havia passado uma hora desde que Asta Johannessen tinha ligado, mas os repórteres já estavam aglomerados atrás do cordão de isolamento vermelho em frente ao clube de *curling*.

— Ele diz que é difícil determinar — respondeu Holm. — Como o corpo está deitado no gelo num recinto muito mais quente, ele só pode chutar a velocidade da queda de temperatura.

— Mas ele *fez* um chute?

— Algo entre cinco da tarde e sete da noite de ontem.

— Humm. Antes da notícia de que estava sendo procurado, então. Viu a fechadura?

Holm fez que sim.

— Uma Yale comum. Estava trancada quando a faxineira chegou. Vi que você estava olhando as botas. Verifiquei as pegadas. Tenho quase certeza de que são idênticas às que temos de Sollihøgda.

Harry estudou o desenho das solas.

— Então você acha que esse é o nosso homem?

— Acho que sim.

Pensativo, Harry assentiu.

— Sabe se Vetlesen era canhoto?

— Creio que não. Como pode ver, ele está segurando a seringa na mão direita.

Harry assentiu.

— Está. Mas verifique mesmo assim.

Harry nunca havia conseguido ficar verdadeiramente contente quando os casos nos quais trabalhava eram concluídos, solucionados, finalizados. Enquanto o caso estava sendo investigado, era essa sua meta, mas, ao cumpri-la, sabia que ainda não havia chegado ao fim da jornada. Ou que aquele não era o desfecho que havia imaginado. Ou a meta havia mudado de lugar, ou ele havia mudado, ou sabe-se lá o quê. A verdade é que ele se sentia vazio, o sucesso não tinha o gosto prometido, capturar o culpado vinha sempre acompanhado da pergunta: e daí?

Já eram sete da noite; testemunhas já haviam sido interrogadas, as provas técnicas, coletadas, uma coletiva de imprensa fora realizada e nos corredores da Homicídios havia uma crescente atmosfera de comemoração. Hagen tinha encomendado bolo e cerveja e convocado o pessoal de Lepsvik e de Harry para confraternizarem na K1.

Harry estava numa cadeira olhando para o pedaço enorme de bolo no prato que alguém havia colocado sobre seu colo. Ele ouviu o discurso de Hagen, os risos e os aplausos. Alguém ao passar lhe deu um tapinha nas costas, mas a maioria o deixou em paz. Havia um burburinho de conversas ao seu redor.

— O filho da mãe era um mau perdedor. Amarelou quando soube que íamos pegá-lo.

— Enganou a gente.

— A gente? Quer dizer que vocês do grupo de Lepsvik...?

— Se a gente tivesse capturado ele vivo, o tribunal o teria declarado louco e...

— Devíamos estar contentes. No fim das contas, não havia provas conclusivas, apenas circunstanciais.

A voz de Espen Lepsvik retumbou do outro lado da sala.

— Ok, pessoal. Fiquem quietos! Foi sugerido, e passado adiante, que a gente se encontre no Fenris Bar às oito para ficarmos seriamente bêbados. E isso é uma ordem. Ok?

Aplauso geral.

Harry colocou o prato de bolo na mesa e estava se levantando quando sentiu a mão leve de alguém no ombro. Era Holm.

— Verifiquei. Foi como eu disse. Vetlesen era destro.

O gás chiou de uma latinha de cerveja sendo aberta, e um Skarre já meio embriagado pôs o braço em volta de Holm.

— Dizem que os destros têm uma expectativa de vida maior do que os canhotos. Mas isso não se aplica a Vetlesen. Hehehe!

Skarre sumiu para compartilhar suas pérolas de sabedoria com os demais, e Holm olhou para Harry, inquisitivo.

— Está saindo?

— Vou dar uma volta. Talvez a gente se veja no Fenris.

Harry estava quase à porta quando Hagen agarrou seu braço.

— Seria legal se ninguém fosse embora ainda — pediu ele baixinho. — O chefe disse que queria descer para dizer algumas palavras.

Harry olhou para Hagen e percebeu que devia haver algo em seu olhar, porque Hagen soltou seu braço como se tivesse se queimado.

— Só vou ao banheiro — disse Harry.

Hagen sorriu e fez que sim.

Harry foi para sua sala, pegou o casaco e desceu as escadas devagar, saindo da sede da polícia rumo à Grønlandsleiret. Havia alguns flocos de neve no ar, as luzes piscavam na colina de Ekebergåsen, o som de uma sirene subia e descia, como um canto de baleia à distância. Dois paquistaneses discutiam amigavelmente em frente a suas lojas adjacentes, enquanto a neve cobria suas laranjas e um bêbado cambaleante cantava uma canção de marinheiro na praça de Grønland. Harry podia sentir as criaturas da noite farejando o ar, se perguntando se era seguro sair. Meu Deus, como amava essa cidade.

— Você por aqui?

Eli Kvale olhou surpresa para seu filho Trygve, que estava à mesa da cozinha lendo uma revista. O rádio zunia no fundo.

Ela ia perguntar por que ele não estava sentado na sala com o pai, mas lhe ocorreu que também era natural que ele quisesse falar com ela. Só que não era. Eli se serviu de uma xícara de chá, sentou-se e olhou para ele em silêncio. Trygve era tão bonito. Ela sempre imaginara que ia achá-lo repulsivo, mas tinha se enganado.

A voz no rádio disse que os homens não representavam mais um obstáculo para as mulheres entrarem nos conselhos administrativos na Noruega; as empresas estavam lutando para conseguir a cota de mulheres determinada por lei, porque a maioria delas parecia ter uma resistência crônica em relação a cargos em que estivessem sujeitas a críticas e desafios profissionais, sem poder se esconder atrás de ninguém.

— São como crianças que ficam chorando sem parar até conseguir o sorvete verde, que é de pistache, mas que, quando finalmente conseguem, cospem — disse a voz. — É realmente irritante de se ver. Está na hora de as mulheres assumirem responsabilidades e mostrarem um pouco de garra.

Sim, pensou Eli. Está na hora.

— Alguém me abordou no supermercado hoje — disse Trygve.

— É mesmo? — perguntou Eli, o coração na garganta.

— Perguntou se eu era seu filho, seu com meu pai.

— Ah, é? — disse Eli de forma casual, casual demais, sentindo-se tonta. — E o que você respondeu?

— O que eu respondi? — Trygve levantou o olhar. — Respondi que sim, evidente.

— E quem era o homem que perguntou?

— O que você tem, mamãe?

— Como assim?

— Você está tão pálida.

— Não é nada, meu bem. Quem era ele?

Trygve voltou à revista.

— Eu não disse que era um homem, disse?

Eli se levantou, abaixou o rádio onde uma voz de mulher agradecia ao ministro da Indústria e a Arve Støp pelo debate. Ela ficou observando o escuro lá fora, onde alguns flocos de neve rodopiavam para lá e para cá, sem rumo, aparentemente impassíveis diante da força da gravidade e sem vontade própria. Iam aterrissar em qualquer lugar escolhido pelo destino. Para depois derreter e sumir. Havia certo conforto nisso.

Ela pigarreou.

— O que foi? — perguntou Trygve.

— Nada — respondeu. — Acho que estou ficando resfriada.

Harry vagava sem rumo e sem vontade própria pelas ruas da cidade. Foi só quando se encontrou em frente ao Hotel Leon que ele entendeu que era para lá que estava indo. As prostitutas e os traficantes já estavam a postos nas ruas ao redor. Era hora do rush. Os fregueses preferiam negociar sexo e drogas antes da meia-noite.

Harry entrou na recepção e viu, pela expressão apavorada de Børre Hansen, que ele o havia reconhecido.

— Fizemos um trato! — exclamou o proprietário do hotel com a voz esganiçada, enxugando o suor da testa.

Harry se perguntou por que os homens que viviam à custa das necessidades alheias sempre pareciam ter essa camada de suor, como um verniz de falsa vergonha sobre sua falta de escrúpulos.

— Me passa a chave do quarto do doutor — disse Harry. — Ele não vem esta noite.

Três das paredes do quarto estavam decoradas com papel de parede dos anos 1970, com estampas psicodélicas em marrom e laranja, enquanto a parede que dava para o banheiro era pintada de preto, com rachaduras e manchas cinza onde o reboco havia descascado. A cama de casal tinha cedido no meio. O carpete estava duro como se fosse feito de agulhas. Impermeável à água e ao sêmen, supôs Harry. Ele removeu uma toalha de mão velha da cadeira ao pé da cama e sentou-se. Ficou ouvindo o zunido ansioso da cidade e sentiu que os cães estavam de volta. Mordiam e latiam, puxando a corrente de ferro, gritando: "Só um drinque, só uma dose para que possamos te deixar em paz e deitar a seus pés." Harry não estava no clima de rir, mas riu mesmo assim. Demônios precisavam ser exorcizados; a dor, abafada. Ele acendeu um cigarro. A fumaça subiu em espirais até o lustre de papel de arroz.

Quais seriam os demônios que Idar Vetlesen havia tentado combater? Será que ele os trazia até aqui ou era este seu santuário, seu refúgio? Já possuía algumas respostas, mas não todas. Nunca todas. Por exemplo: se maldade e loucura são duas coisas distintas ou se somos apenas nós que decidimos chamar de loucura tudo que está além daquilo que compreendemos como motivo para a destruição. Somos capazes de entender que alguém precisa soltar uma bomba atômica sobre uma cidade de civis inocentes, mas não que outros tenham que retalhar prostitutas que espalham doenças e decadência moral pelos bairros pobres de Londres. Dessa forma, chamamos a primeira situação de realismo, e a segunda, de loucura.

Meu Deus, como ele precisava de um drinque. Apenas um para eliminar a pontada de dor, eliminar esse dia, essa noite.

Alguém bateu na porta.

— Sim! — berrou Harry, assustando-se com a ira da própria voz.

A porta se abriu e um rosto negro apareceu. Harry olhou para ela. Embaixo do rosto bonito e forte vestia uma jaqueta curta, tão curta que deixava à mostra as dobras de gordura salientes sobre o cós das calças apertadas.

— *Doctor*? — perguntou em inglês. A ênfase na segunda sílaba soava francês.

Ele fez que não com cabeça. Ela o olhou. A porta se fechou, e ela sumiu.

Passaram-se dois segundos até Harry levantar da cadeira e ir até a porta. A mulher já estava no final do corredor.

— *Please!* — chamou Harry. — *Please, come back!*

Ela parou e o fitou, cautelosamente.

— *Two hundred kroner* — disse ela. Com ênfase na última sílaba.

Harry concordou.

Ela sentou-se na cama e ouviu as perguntas dele, perplexa. Sobre Doctor, essa pessoa má. Sobre as orgias com várias mulheres. Sobre as crianças que ele queria que elas trouxessem. E a cada nova pergunta balançava a cabeça por nada entender. Por fim, perguntou se ele era da *police.*

Harry confirmou.

As sobrancelhas dela se juntaram na testa.

— *Why you ask these questions? Where is Doctor?*

— *Doctor killed people* — respondeu Harry.

Ela o fitou, incrédula.

— *Not true* — declarou ela por fim.

— *Why not?*

— *Because Doctor is a nice man. He help us.*

Harry perguntou de que forma Doctor as ajudava. E agora era sua vez de ouvir a mulher negra, perplexo, contar que toda terça e quinta o doutor ficava naquele quarto com sua maleta conversando com elas, mandando-as ao banheiro para tirar amostras de urina e fazendo exames de sangue para detectar qualquer doença venérea. Ele dava pílulas e remédios quando tinham alguma doença comum. E o endereço do hospital, caso tivessem a outra doença, a Peste. Se tivessem mais alguma coisa, ele trazia remédio para isso também. Ele nunca cobrava nada, e a única coisa que tinham de fazer era prometer não contar nada a outras pessoas sobre o que ele fazia, só para as colegas que estivessem na rua. Algumas moças haviam trazido seus filhos quando estavam doentes, mas eles foram barrados pelo dono do hotel.

Enquanto ouvia, Harry fumou um cigarro. Essa seria a indulgência de Vetlesen? O contrapeso do mal, o equilíbrio necessário? Ou apenas acentuava a maldade através desse consolo? Diziam que o Dr. Mengele gostava muito de crianças.

A língua não parava de inchar; ia sufocá-lo se não tomasse logo um drinque.

A mulher havia parado de falar. Ela estava mexendo na nota de 200 coroas.

— *Will Doctor come back?* — perguntou ela por fim.

Harry abriu a boca para responder, mas a língua o impedia. O celular tocou e ele atendeu.

— Hole.

— Harry? É Oda Paulsen. Lembra de mim?

Ele não se lembrava dela, e, além do mais, sua voz era muito jovem.

— Da TV NRK — esclareceu ela. — Fui eu quem convidei você para o programa *Bosse* da última vez.

A mulher da pesquisa. A mulher-cilada.

— Queremos saber se você aceita participar de novo, nesta sexta. Gostaríamos de ouvir sobre o triunfo de ter pegado o Boneco de Neve. Bem, sabemos que ele morreu, mas mesmo assim. Sobre o que de fato se passa dentro da cabeça de uma pessoa desse tipo. Se é que ele pode ser chamado assim...

— Não.

— O quê?

— Não quero participar.

— É o *Bosse* — disse Oda Paulsen, com um genuíno tom de confusão na voz. — Na TV NRK.

— Não.

— Mas escute, Harry, não seria interessante falar...

Harry jogou o celular contra a parede preta. Uma parte do reboco se soltou.

Ele pôs a cabeça entre as mãos, tentando segurá-la para que não explodisse. Tinha que tomar alguma coisa. Qualquer coisa. Quando levantou o olhar, estava sozinho no quarto.

Talvez pudesse ter sido evitado, se o Fenris Bar não servisse bebida alcoólica. Se Jim Beam não estivesse na prateleira atrás do barman, berrando com sua voz rouca de uísque coisas sobre anestesia e amnésia: "Harry! Vem cá, vamos recordar os velhos tempos. Os fantasmas horríveis que você e eu afugentamos, as noites que conseguimos dormir."

Por outro lado, talvez não.

Harry mal notou seus colegas, e eles tampouco o notaram. Quando ele entrou no bar espalhafatoso com interior de veludo vermelho tipo *ferry* dinamarquês, todos já estavam bem animados. Debruçavam-se nos ombros uns dos outros, gritando e respirando álcool, ouvindo Stevie Wonder cantando que só ligou para dizer que te amava. Resumindo, pareciam um time de futebol que havia ganhado o campeonato. E, quando Wonder terminou, afirmando que sua declaração de amor vinha do fundo do coração, o terceiro drinque de Harry foi posto na sua frente no balcão do bar.

O primeiro drinque deixara tudo dormente; ele não conseguira respirar e tinha pensado que devia ser essa a sensação ao tomar carnadrióxido. Mas seu corpo se recuperara do primeiro choque, sabendo que já tinha recebido aquilo que havia implorado por tanto tempo. E agora estava respondendo com um murmúrio de bem-estar. O calor o perpassava em ondas. Isso era música para a alma.

— Está bebendo?

Katrine surgiu de repente ao seu lado.

— Este é o último — afirmou Harry, sentindo que a língua já não estava grossa, mas fina e maleável. O álcool simplesmente melhorava sua dicção. E, até certo ponto, as pessoas nem percebiam que ele estava bêbado. Era por isso que ainda tinha um emprego.

— Não é o último — corrigiu Katrine. — É o primeiro.

— Esse é um dos preceitos do AA. — Harry levantou o olhar para ela. Os olhos intensamente azuis, o nariz fino, os lábios grossos. Meu Deus, como estava linda. — Você é alcoólatra, Katrine Bratt?

— Tinha um pai que era.

— Humm. Foi por isso que não quis visitar seus pais em Bergen?

— Você evita visitar pessoas por terem uma doença?

— Não sei. Talvez você tivesse passado por uma infância infeliz por causa dele ou algo assim.

— Ele chegou tarde demais para me fazer infeliz. Nasci assim.

— Infeliz?

— Talvez. E você?

Harry deu de ombros.

— Não preciso nem falar.

Katrine bebericou seu próprio drinque, algo transparente. De vodca, não cinzento como era o gim, ele constatou.

— E qual é a causa da sua infelicidade, Harry?

As palavras vieram antes de ele ter tempo para pensar.

— Amar alguém que me ama.

Katrine riu.

— Coitadinho. Você tinha uma vida cheia de harmonia, era alegre até ser destruído? Ou seu caminho já havia sido traçado?

Harry observou o líquido dourado em seu copo.

— Às vezes é o que me pergunto. Mas é raro. Tento pensar em outras coisas.

— Como o quê?

— Outras coisas.

— Pensa em mim às vezes?

Alguém esbarrou nela, que se aproximou. Harry sentiu seu perfume se mesclar ao perfume de Jim Beam.

— Nunca — respondeu ele, agarrando o copo e tomando o conteúdo num gole só. Ele olhou fixo para a frente, para a parede espelhada atrás das garrafas, onde viu Katrine Bratt e Harry Hole muito perto um do outro. Ela se inclinou para a frente.

— Harry, você está mentindo.

Ele se virou para ela. Os olhos de Katrine pareciam reluzir, amarelos e borrados, como os faróis de um carro vindo na direção oposta em meio à neblina. Suas narinas se alargaram e ela respirava com força. Katrine cheirava como quem bebeu vodca com limão.

— Me conta em termos exatos e detalhados o que você está com vontade de fazer agora, Harry. — Sua voz soava confusa. — Tudo. E dessa vez, não minta.

Ele se lembrou da fofoca que Espen Lepsvik havia mencionado, sobre as preferências de Katrine Bratt e seu marido. Merda; não conseguiu se lembrar, o pensamento esteve na parte frontal do seu córtex o tempo todo. Ele respirou fundo.

— Ok, Katrine. Sou um homem simples com necessidades simples.

Ela havia inclinado a cabeça para trás, como algumas espécies de animais fazem para mostrar subordinação. Ele levantou o copo.

— Estou com vontade de beber.

Katrine levou um forte empurrão de um colega trôpego e cambaleou em direção a Harry. Harry a impediu de cair, agarrando-a pelo lado esquerdo com a mão livre. Uma expressão de dor perpassou o rosto dela.

— Desculpe — disse ele. — Um machucado?

Ela apoiou-se na lateral do corpo.

— Esgrima. Não é nada. Desculpe.

Ela virou as costas para ele e abriu caminho por entre os colegas. Harry viu vários rapazes virando-se para olhá-la. Ela entrou no banheiro. Harry observou o local, notou Lepsvik afastando os olhos quando estes encontraram os de Harry. Ele não podia ficar ali. Havia outros lugares onde ele e Jim poderiam conversar. Ele pagou e estava em vias de sair. Ainda havia um restinho no copo. Mas Lepsvik e dois colegas o observavam do outro lado do bar. Era apenas uma questão de um pouquinho de autocontrole. Harry queria mover seus pés, mas eles estavam colados ao chão. Ele pegou o copo, levou à boca e esvaziou o conteúdo.

O ar gélido da noite lá fora estava delicioso em contato com sua pele em chamas. Ele podia beijar aquela cidade.

Quando Harry chegou em casa, tentou se masturbar na pia, mas acabou vomitando e olhou para o calendário preso no prego embaixo do armário. Tinha sido um presente de Natal de Rakel há dois anos. Havia fotos de todos eles. Dos três. Uma foto para cada mês que estiveram juntos. Novembro. Rakel e Oleg riam para ele, sobre um fundo de folhas secas de outono e um céu azul pálido. Tão azul quanto o vestido que ela havia usado, aquele com florzinhas brancas. O vestido do primeiro encontro. E ele resolveu que à noite sonharia com aquele céu. Por isso abriu o armário, afastou as garrafas vazias de Coca, que caíram barulhentas, e lá — bem lá no fundo — estava ela. Uma garrafa intocada de Jim Beam. Harry nunca teve coragem de não ter nenhuma bebida em casa, mesmo durante os períodos mais sóbrios. Porque sabia o que seria capaz de fazer para conseguir uma quando já havia começado a beber. Como para adiar o inevitável, Harry passou a mão sobre a etiqueta. Depois abriu a garrafa. Quanto era o suficiente? A seringa que Vetlesen havia usado ainda tinha um resíduo vermelho do veneno, mostrando que estivera cheia. Vermelho como Cochonilha. Meu amor, Cochonilha.

Ele respirou fundo e levantou a garrafa. Pôs na boca, sentiu o corpo enrijecer, preparando-se para o choque. Então bebeu. Ávido e desesperado, como se para acabar logo com aquilo. O ruído que vinha de sua garganta entre cada gole soava como um soluço.

17

Dia 14

Boas notícias

Gunnar Hagen passou pelo corredor a passos largos.

Era segunda-feira, e já haviam se passado quatro dias desde o desfecho do caso do Boneco de Neve. Deveriam ter sido quatro dias agradáveis. E, de fato, houve os parabéns, chefes sorridentes, menção positiva na imprensa e até solicitações da imprensa internacional pedindo todo o histórico da investigação do começo ao fim. E foi aí que o problema começou: a pessoa que poderia passar os detalhes da história de sucesso para Hagen não estava presente. Porque também se passaram quatro dias desde que alguém tivesse visto ou ouvido Harry Hole. E o motivo era evidente. Colegas tinham visto Harry bebendo no Fenris Bar. Hagen guardou isso para si, mas as fofocas já tinham chegado ao superintendente. E Hagen fora chamado na sala dele esta manhã.

— Gunnar, isso não pode continuar.

Gunnar Hagen tinha dito que poderia haver outras explicações, que Harry nem sempre seguia a regra de avisar quando fazia trabalho externo. Ainda havia muita investigação a ser feita no caso do Boneco de Neve, mesmo que o criminoso tenha sido encontrado.

Mas o chefe estava decidido.

— Gunnar, estamos no fim da linha em relação a Hole.

— Ele é o nosso melhor investigador, Torleif.

— E o pior representante da nossa corporação. Quer apresentar esse tipo de modelo exemplar para nossos jovens investigadores, Gunnar? O homem é um alcoólatra. Todos aqui dentro sabem que ele estava bebendo no Fenris, e que desde então não compareceu ao trabalho. Se aceitarmos isso, estabeleceremos um padrão muito baixo, e os danos serão praticamente irreparáveis.

— Mas dispensá-lo? Não podemos...

— Chega de avisos. O regulamento dos serviços públicos quanto ao abuso de álcool é bastante claro.

Essa conversa ainda reverberava nos ouvidos do delegado quando ele bateu na porta do superintendente outra vez.

— Ele foi visto — anunciou Hagen.

— Quem?

— Hole. Li me ligou e disse que viu quando ele entrou na sala e fechou a porta.

— Bem — disse o chefe, ficando de pé. — Então vamos até lá ter essa conversa de uma vez.

Pisadas duras soaram pelos corredores na zona vermelha da Homicídios, que ficava no sexto andar na sede da polícia. E a equipe, como se farejasse o que estava em vias de acontecer, apareceu no vão da porta de suas respectivas salas, botando as cabeças para fora para espiar os dois homens andando lado a lado com expressões severas e fechadas.

Ao chegarem em frente à porta 616, pararam. Hagen respirou fundo.

— Torleif... — começou a dizer, mas o chefe já havia colocado a mão na maçaneta e a abria com um golpe.

Ficaram parados na soleira da porta, os olhos arregalados de incredulidade.

— Meu Deus! — exclamou o chefe.

Atrás da mesa estava Harry Hole, de camiseta, com uma fita elástica amarrada no antebraço e a cabeça inclinada sobre a mesa. Logo embaixo da fita pendia uma seringa enfiada na pele. O conteúdo era transparente, e mesmo da porta dava para ver várias marcas vermelhas de agulhas no pálido antebraço.

— O que diabos você está fazendo, criatura? — sibilou o chefe, empurrando Hagen para dentro e batendo a porta atrás de si.

Harry levantou a cabeça e lhes lançou um olhar distante. Hagen pôde ver que ele segurava um cronômetro. De repente, Harry arrancou a seringa, olhou o restante do conteúdo, jogou a seringa de lado e fez anotações numa folha de papel.

— Isso... Isso... na verdade deixa as coisas mais fáceis, Hole — gaguejou o chefe. — Porque temos péssimas notícias.

— *Eu* tenho péssimas notícias, senhores — disse Harry, arrancando um chumaço de algodão do saco na sua frente e apertando-o contra o antebraço. — É impossível que Idar Vetlesen tenha cometido suicídio. E suponho que vocês saibam o que isso significa?

Gunnar Hagen teve uma súbita necessidade de rir. A situação toda parecia tão absurda que sua cabeça simplesmente não conseguiu inventar uma reação mais adequada. E ele viu pelo rosto do chefe que nem ele sabia o que fazer.

Harry olhou para o relógio e se levantou.

— Venham para a sala de reuniões daqui a exatamente uma hora que ficarão sabendo o porquê — disse ele. — Agora preciso cuidar de outros assuntos.

O inspetor passou depressa pelos dois chefes estupefatos, abriu a porta e desapareceu pelo corredor a passos largos.

Uma hora e quatro minutos mais tarde, Gunnar Hagen, acompanhado pelo superintendente e pelo comandante, entrou na silenciosa sala K1. Ela estava lotada do pessoal dos grupos de investigação de Lepsvik e de Harry, e só se ouvia a voz deste último. Encontraram lugares ficando em pé no fundo da sala. Uma tela mostrava fotos projetadas de Idar Vetlesen do modo como foi encontrado no clube de *curling*.

— Como podem ver, Vetlesen está com a seringa na mão direita — disse Harry Hole. — Não é nada estranho, considerando que ele era destro. Mas foram as botas dele que despertaram minha curiosidade. Vejam aqui.

Uma nova foto mostrou um close das botas.

— Essas botas são a única prova técnica da qual dispomos. Mas são o suficiente. Porque a pegada combina com aquela que encontramos na neve de Sollihøgda. Mas olhem os cadarços. — Hole indicou com uma caneta-laser. — Ontem testei com minhas próprias botas. Para que o nó ficasse desse jeito, eu teria que fazê-lo ao contrário do que normalmente faço. Como se eu fosse canhoto. A alternativa seria me posicionar diante das botas como se eu as amarasse para outra pessoa.

Um zunido inquieto passou pela sala.

— Eu sou destro. — Era a voz de Espen Lepsvik. — E eu amarro os cadarços assim.

— Bem, talvez isso seja apenas uma esquisitice. Mas são coisas desse tipo que levantam certa... — Hole parecia saborear a palavra antes de escolhê-la — ... inquietação. Inquietação essa que traz outras perguntas. Essas botas são realmente de Idar Vetlesen? São de uma marca barata.

Fiz uma visita à mãe dele ontem, que me deixou ver a coleção de sapatos do filho. Sem exceção, eram todos sapatos caros. E, como pensei, ele era como todos nós; de vez em quando tirava os sapatos sem desatar o nó dos cadarços. É por isso que posso dizer — Hole bateu de leve com a caneta-laser na foto — que eu sei que Idar Vetlesen não amarrou os sapatos desse jeito.

Hagen lançou um olhar para o superintendente, que agora tinha uma ruga profunda na testa. Harry prosseguiu:

— A questão que surge é se alguém teria colocado as botas em Idar Vetlesen. O mesmo par usado em Sollihøgda. O motivo seria fazer parecer que Vetlesen era o Boneco de Neve.

— Um cadarço e botas baratas? — disse um inspetor do grupo de Lepsvik. — Temos um maníaco que queria pagar para ter sexo com crianças, que conhecia as duas vítimas aqui de Oslo e que podemos encaixar na cena do crime. O que você tem não passa de especulação.

O policial alto inclinou sua cabeça raspada.

— Isso está correto até certo ponto. Mas agora vamos aos fatos. Aparentemente, Idar Vetlesen cometeu suicídio injetando carnadrióxido na veia, usando uma agulha muito fina. De acordo com o relatório da necropsia, a quantidade de carnadrióxido era tão expressiva que ele deve ter injetado 20 mililitros no braço. O que também confere com o resíduo no interior da seringa, mostrando que estava bem cheia. Carnadrióxido, como sabemos agora, é uma substância paralisante, e mesmo doses pequenas são letais, pois o coração e os órgãos respiratórios são paralisados de imediato. De acordo com o perito técnico, levaria no máximo três segundos para um adulto morrer, caso tal dose fosse injetada na veia, o que era o caso de Idar Vetlesen. E isso simplesmente não faz sentido.

Hole balançou uma folha de papel no ar, onde Hagen podia ver pequenos números anotados a lápis.

— Fiz alguns testes em mim mesmo, com o mesmo tipo de seringa e agulha usados por Vetlesen. Usei uma solução de água salgada, que é parecida com carnadrióxido, visto que todas as soluções contêm pelo menos noventa por cento de água. Anotei todos os valores. Independentemente da força que usei, a agulha fina impossibilita injetar 20 mililitros em tempo mais curto do que oito segundos. Por isso...

O inspetor esperou, como se quisesse dar a todos tempo para assimilar a inevitável conclusão, antes de prosseguir.

— Vetlesen teria ficado paralisado antes de conseguir injetar um terço do conteúdo. Em suma, ele não pode ter injetado tudo. Não sem ajuda.

Hagen engoliu em seco. O dia seria pior do que ele havia imaginado.

Quando a reunião acabou, Hagen viu o comandante sussurrar algo no ouvido do superintendente, e este, por sua vez, inclinou-se para Hagen.

— Peça para Hole e seu grupo virem à minha sala agora. E coloque uma mordaça em Lepsvik e seu pessoal. Nem *uma única* palavra sobre isso pode vazar. Entendido?

Hagen entendeu. Cinco minutos depois, estavam reunidos na grande e nada aconchegante sala do superintendente.

Katrine Bratt, a última a chegar, fechou a porta e sentou-se. Harry Hole havia deslizado para o fundo de sua cadeira, e suas pernas esticadas descansavam bem em frente à mesa do chefão.

— Vou ser breve — anunciou o superintendente, passando a mão pelo rosto como se quisesse apagar o que via: um grupo de investigadores voltando ao ponto de partida. — Tem alguma boa notícia, Hole? Para adoçar o fato amargo de que nós, durante a sua misteriosa ausência, contamos à imprensa que o Boneco de Neve está morto como resultado do nosso trabalho incansável?

— Bem. Podemos supor que Vetlesen sabia de algo que não deveria saber, que o assassino descobriu que estávamos em vias de capturá-lo e que, por isso, precisou eliminar a possibilidade de ser desmascarado. Se eu estiver correto, a morte de Vetlesen continua sendo resultado de nosso trabalho incansável.

A face do superintendente adquiriu uma cor rósea de estresse.

— Não foi isso que eu quis dizer com boas notícias, Hole.

— Não, a boa notícia é que estamos chegando mais perto da solução. Se não, o Boneco de Neve não teria se dado ao trabalho de fazer parecer que Vetlesen era o homem que estamos procurando. Ele quer que a gente pare a investigação, que acreditemos ter solucionado o caso. Em suma: ele está se sentindo pressionado. E é a partir daí que assassinos como o Boneco de Neve cometem os primeiros erros. Além disso, indica que ele não vai parar o banho de sangue.

O chefe inspirou, pensativo.

— Então é isso que você pensa, não é, Hole? Ou é apenas o que espera?

— Bem — respondeu Harry Hole, coçando o joelho através do furo dos jeans. — Foi você quem pediu boas notícias, chefe.

Hagen gemeu. Olhou pela janela. Nuvens cobriam o céu. A previsão era de neve.

Filip Becker olhou para Jonas, que estava sentado no chão da sala com o olhar cravado na TV. Desde que Birte fora registrada como desaparecida, o menino ficava assim durante horas a fio, todas as tardes. Como se a TV fosse uma janela para um mundo melhor. Um mundo onde ele podia encontrá-la se olhasse com bastante atenção.

— Jonas.

Obediente, mas desinteressado, o menino levantou o olhar. Porém seu rosto congelou de pavor ao ver a faca.

— Você vai me cortar? — perguntou o menino.

A expressão no rosto do menino e a voz fina eram tão cômicas que Filip Becker quase caiu na gargalhada. A luz da lâmpada em cima da mesa da sala se refletiu no aço. Ele havia comprado a faca numa loja de ferragens no shopping de Storo. Logo depois de ter ligado para Idar Vetlesen.

— Só um pedacinho, Jonas. Só um pedacinho.

E fez uma incisão.

18

Dia 15

Vista

Às duas da tarde, Camilla Lossius estava voltando da academia de carro. Como sempre, ela havia atravessado a cidade até a academia de ginástica no Colosseum Park, que ficava na zona oeste. Não por eles terem mais aparelhos que a academia perto de sua casa, em Tveita, mas porque as pessoas no Colosseum eram mais parecidas com ela. Eram típicos da zona oeste. Mudar para Tveita fazia parte do pacto nupcial com Erik. E ela teve que considerar isso parte do pacote. Camilla virou e entrou na rua onde moravam. Viu as luzes nas janelas dos vizinhos, gente com quem ela trocava cumprimentos, mas com quem nunca havia travado uma conversa de verdade. Eram pessoas de Erik. Ela freou. Não era a única garagem para dois carros naquela rua de Tveita, mas era a única com portão automático. Erik era obcecado por coisas desse tipo; ela não dava a mínima. Apertou o controle remoto, o portão se levantou, ela pisou na embreagem e entrou deslizando. Como esperado, o carro de Erik não se encontrava; ele estava no trabalho. Ela se inclinou para o assento do passageiro, pegou a bolsa de ginástica e a sacola com compras do supermercado ICA e, como por hábito, olhou-se no retrovisor antes de sair. Camilla era bonita, diziam suas amigas. Ainda não tinha chegado aos 30 e já tinha casa, um carro só para ela e uma casa de campo perto de Nice, alegavam. E perguntavam como era morar na zona leste da cidade. E como estavam os pais dela depois da falência. Estranho como o cérebro delas automaticamente interligava essas duas perguntas.

Camilla se olhou no retrovisor de novo. Estavam certas. Ela era bonita. Acreditou ter visto outra coisa, um movimento no canto do retrovisor. Não, era só a porta da garagem se fechando. Ela saiu do carro e procurava a chave de casa quando lembrou que o celular ainda estava no suporte dentro do carro. Camilla se virou e soltou um grito curto.

O homem estava logo atrás dela. Apavorada, ela deu um passo para trás e segurou a mão sobre a boca. Estava prestes a pedir desculpas e abrir um sorriso, não porque houvesse algum motivo para pedir desculpas, mas por ele não parecer nem um pouco perigoso. Foi então que viu a pistola na mão dele. Apontada para ela. A primeira coisa que pensou foi que parecia uma pistola de brinquedo.

— Meu nome é Filip Becker — apresentou-se ele. — Toquei a campainha. Não havia ninguém em casa.

— O que você quer? — perguntou ela, tentando controlar o tremor na voz, seu instinto dizendo para não demonstrar medo. — Do que se trata?

Ele mostrou um breve sorriso.

— Prostituição.

Calado, Harry olhou para Hagen, que havia interrompido a reunião na sala do investigador para repetir a ordem do superintendente de que a "teoria" sobre o assassinato de Vetlesen não podia vazar, nem sequer para cônjuges ou namorados. E, finalmente, Hagen encontrou o olhar de Harry.

— Bem, era só isso que eu queria dizer — concluiu ele rapidamente e saiu.

— Prossiga — pediu Harry a Bjørn Holm, que resumia as pistas da cena do crime no clube de *curling*. Ou melhor, a falta de pistas.

— Tínhamos acabado de começar por lá quando foi constatado que era suicídio. Não encontramos nenhuma prova técnica, e agora a cena do crime está contaminada. Dei uma olhada hoje de manhã e receio que haja pouca coisa para se ver.

— Humm — murmurou Harry. — Katrine?

Katrine olhou para suas anotações.

— Sim, sua teoria seria então de que Vetlesen e o assassino se encontraram no clube de *curling* e que deviam ter combinado o encontro antes. A conclusão mais óbvia é que estiveram em contato por telefone. Você pediu para eu verificar as listas de chamadas.

— Isso — disse Harry, abafando um bocejo.

Ela virou a página.

— Recebi listas da Telenor relativas ao celular e ao telefone no consultório de Vetlesen. Levei-as para a casa de Borghild.

— Para a casa? — perguntou Skarre.

— É lógico, ela não tem mais um emprego. Ela contou que, além dos pacientes, Idar Vetlesen não teve visitas de ninguém durante os dois últimos dias. Aqui está a lista deles.

Ela retirou a folha da pasta e a colocou na mesa.

— Como presumi, Borghild conhece bem os contatos profissionais e sociais de Vetlesen. Ela me ajudou a identificar praticamente todas as pessoas na lista de ligações. Dividimos em duas listas: uma com os contatos profissionais e outra com os pessoais. Ambas mostram número de telefone, horário e data da conversa; se a ligação tinha sido feita ou recebida e quanto tempo durou.

Os outros três juntaram suas cabeças para estudar as listas. A mão de Katrine esbarrou na mão de Harry. Ele não detectou nenhum sinal de embaraço nela. Talvez tivesse sido apenas um sonho, a insinuação que ela havia feito no Fenris Bar. Contudo, a questão é que Harry não sonhava quando bebia. O propósito de beber era justamente esse. Mesmo assim, ele havia acordado na manhã seguinte com uma ideia que devia ter sido concebida em algum lugar entre o sistemático esvaziar da garrafa de uísque e o momento implacável de acordar. A ideia da cochonilha e da seringa cheia de Vetlesen. E foi essa ideia que o salvou de correr direto para a loja de bebidas na rua Therese, lançando-o de volta ao trabalho. Uma droga pela outra.

— De quem é esse número aqui? — perguntou Harry.

— Qual? — perguntou Katrine, inclinando-se para a frente.

Harry apontou para um número da lista de contatos sociais.

— O que o faz perguntar sobre este em particular? — perguntou Katrine, curiosa, olhando para ele.

— Por ser o contato social que ligou para Vetlesen e não ao contrário. Devemos supor que quem dirige a cena é o assassino, portanto deve ter sido ele quem entrou em contato.

Katrine conferiu o número com a lista dos nomes.

— Lamento, mas essa ligação aparece nas duas listas, era um paciente também.

— Ok, mas temos que começar por algum lugar. Quem é? Mulher ou homem?

Katrine esboçou um sorriso.

— Definitivamente homem.

— Como assim?

— Homem. Macho. Arve Støp.

— Arve Støp?! — exclamou Holm. — *Aquele* Arve Støp?

— Coloque-o no topo de prioridades da lista de visitas — disse Harry.

Quando terminaram, estavam com uma lista de sete ligações. Tinham nome para todos os sete números, exceto um: um orelhão no shopping de Storo, cuja ligação fora feita na parte da manhã no mesmo dia do assassinato de Idar.

— Temos o horário exato — disse Harry. — Há câmeras de vigilância próximas ao orelhão?

— Acho que não — respondeu Skarre. — Mas sei que há câmeras em todas as entradas. Vou ver com a empresa de segurança se eles têm gravações.

— Verifique todos os rostos meia hora antes e meia hora depois — pediu Harry.

— É um trabalho e tanto — disse Skarre.

— Adivinhe a quem vai ter que pedir ajuda — disse Harry.

— Beate Lønn — respondeu Holm.

— Correto. Mande um abraço.

Holm fez que sim, e Harry sentiu uma pontada de dor na consciência.

O telefone de Skarre tocou ao som de "There She Goes", do The La's.

— O tema da Divisão de Pessoas Desaparecidas — disse Skarre, e atendeu.

Ficaram olhando enquanto Skarre ouvia. Harry refletiu sobre o fato de ele ter evitado ligar para Beate tanto tempo. Desde aquela única visita no verão, após o parto, ele não a via. Ele sabia que ela não o culpava pela morte de Halvorsen em serviço. Mas tinha sido um pouco demais para Harry: ver a filha de Halvorsen, a filha que o jovem policial nunca veria e lá no fundo saber que Beate estava enganada. Ele poderia — ele deveria — ter salvado Halvorsen.

Skarre desligou.

— Uma mulher em Tveita foi registrada como desaparecida por seu marido. Camilla Lossius, 29 anos, casada, sem filhos. Faz poucas horas que aconteceu, mas têm alguns detalhes preocupantes. Tem uma sacola de compras na bancada da cozinha, nada foi colocado na geladeira. O celular foi deixado no carro, e, de acordo com o marido, ela não vai a lugar nenhum sem ele. E um dos vizinhos contou ao marido que viu um homem andando pela área perto da garagem, como se esperasse alguém. O marido não sabe dizer se sumiu alguma coisa, nem sequer artigos de higiene ou malas. Eles são aquele tipo de pessoa com casa de veraneio em Nice, com tantos bens que nem percebem se alguma coisa some. Sabe como é?

— Humm — disse Harry. — O que o pessoal da Divisão de Pessoas Desaparecidas está achando?

— Que ela vai reaparecer. Só quiseram nos manter informados.

— Ok — concordou Harry. — Vamos continuar, então.

Durante o resto da reunião, ninguém comentou o desaparecimento. Contudo, Harry sentiu que havia alguma coisa no ar, como o som distante de um trovão que talvez estivesse a caminho. Depois de distribuir os nomes da lista de telefones que deveriam ser contatados, o grupo deixou a sala.

Harry voltou à janela e olhou para o parque lá embaixo. A noite caía cada vez mais cedo, quase dava para sentir a diferença com o passar dos dias. Ele pensou na reação da mãe de Idar Vetlesen quando contou a ela que o filho costumava prestar ajuda gratuita a prostitutas africanas durante a noite. Pela primeira vez ela havia deixado cair a máscara — não de tristeza, mas de raiva —, gritando que era mentira, que seu filho não cuidava de putas negras. Talvez tivesse sido melhor mentir. Harry pensou sobre o que o superintendente havia dito no dia anterior, que o banho de sangue por ora tinha acabado. Na escuridão, ele só podia vislumbrar o que estava bem embaixo da sua janela. As creches costumavam trazer as crianças ao parque para brincar, especialmente quando havia caído neve, como na noite anterior. Pelo menos foi o que Harry pensou quando viu aquilo ao chegar ao trabalho mais cedo pela manhã. Um grande boneco de neve branco-acinzentado.

Em cima da redação da *Liberal* em Aker Brygge, na cobertura com vista para o fiorde de Oslo, o Forte de Akershus e a cidadezinha de Nesoddtangen, ficavam os 230 metros quadrados mais caros de propriedade particular em Oslo. Pertenciam ao dono e editor da *Liberal*, Arvid Støp. Ou apenas Arve, como estava escrito na porta em que Harry tocou. A entrada era decorada em estilo funcional e minimalista, mas havia dois vasos pintados à mão ladeando a porta de carvalho, e Harry se pegou pensando em quanto seria seu ganho líquido se fugisse com um deles.

Ele havia tocado uma vez, e agora finalmente ouviu vozes lá dentro. Uma era fina e assobiada, a outra, profunda e calma. A porta se abriu e o riso de uma mulher tiniu. Ela estava usando um chapéu branco de pele — sintético, presumiu Harry — do qual caíam seus longos cabelos louros, feito cascata.

— Mal posso esperar! — anunciou ela ao se virar, e só então viu Harry. — Oi — saudou ela em tom neutro, antes de reconhecê-lo e mudar para um entusiástico: — Mas veja só, olá!

— Olá — respondeu Harry.

— Como vai? — perguntou, e Harry podia ver que ela acabava de se lembrar da última conversa deles. Aquela que teve um fim na parede preta do Hotel Leon.

— Então você e Oda se conhecem? — Arve Støp estava no hall da entrada de braços cruzados. Ele estava descalço e vestia uma camiseta com uma etiqueta quase invisível da Louis Vuitton e calças de linho verdes que em outro homem teriam ficado femininas. Arve Støp tinha quase a mesma altura e largura que Harry e um rosto que um candidato à presidência dos Estados Unidos mataria para ter: queixo decidido, olhar azul de menino contornado por rugas quando sorria e uma cabeleira branca e farta.

— Só trocamos um oi — explicou Harry. — Participei daquele programa de entrevistas uma vez.

— Gente, preciso ir — disse Oda, mandando beijinhos para o ar antes de sair correndo. Seus passos retumbaram nos degraus da escada como se sua vida dependesse disso.

— Pois é, isso também foi sobre o maldito programa — disse Støp, acenando para que Harry entrasse e apertando sua mão. — Receio que meu lado exibicionista esteja ficando patético. Dessa vez nem perguntei qual era o tema antes de responder "sim, obrigado, quero participar". Oda veio até aqui fazer o trabalho dela. Bem, você já participou disso, sabe como eles trabalham.

— No meu caso resolveram tudo por telefone — disse Harry, ainda sentindo na pele o calor da mão de Arve Støp.

— Você parecia bem sério ao telefone, Hole. O que um jornalista miserável pode fazer por você?

— É sobre o seu médico e colega de *curling*, Idar Vetlesen.

— Ah, Vetlesen! É claro. Vamos entrar?

Harry tirou as botas e seguiu Støp por um corredor que levou a uma sala dois degraus mais abaixo do que o restante do apartamento. Um olhar foi suficiente para entender onde Idar havia buscado inspiração para sua sala de espera. Pelas janelas via-se o luar brilhando no fiorde.

— Quer dizer que estão fazendo uma investigação *a priori*? — perguntou Støp, deixando-se cair no menor item da mobília, uma cadeira de plástico moldada.

— Como é? — perguntou Harry, sentando-se no sofá.

— Estão começando com a solução, trabalhando de trás para a frente para descobrir como pode ter acontecido.

— É isso que quer dizer *a priori*?

— Sei lá, apenas gosto do som do latim.

— Humm. E o que acha da nossa solução? Acredita nela?

— Eu? — Støp riu. — Não acredito em nada. Mas isso é minha profissão, claro. Assim que algo começa a parecer uma verdade estabelecida, é meu trabalho argumentar ao contrário. Liberalismo é isso.

— E nesse caso?

— Bem. Não vejo Vetlesen tendo algum motivo racional. Ou sendo louco a ponto de desafiar os padrões normais de loucura.

— Então você não acredita que Vetlesen seja o assassino?

— Argumentar contra a crença de que a Terra é redonda não é a mesma coisa que acreditar que ela seja plana. Presumo que vocês tenham provas. Um drinque? Café?

— Café, por favor.

— Estou blefando. — Støp sorriu. — Só tenho água e vinho. Não, minto, tenho um pouco de sidra da Fazendinha de Abbediengen. E você vai prová-la, querendo ou não.

Støp desapareceu numa cozinha, e Harry se levantou para dar uma olhada ao redor.

— Você tem um belo apartamento, Støp.

— Originalmente eram três — gritou Støp da cozinha. — Um pertencia a um armador bem-sucedido que se enforcou de tédio mais ou menos aí onde você está sentado. O segundo apartamento, onde estou agora, pertencia a um corretor de valores que foi acusado como *insider trading*. Na prisão, encontrou Deus, vendeu o apartamento para mim e doou todo o dinheiro para um pregador da Missão Interior. Mas isso também é uma espécie de *insider trading*, se é que me entende. E me contaram que o homem está muito mais feliz agora, então por que não?

Støp entrou na sala carregando dois copos com conteúdo amarelo pálido. Estendeu um a Harry.

— O dono do terceiro apartamento era um encanador de Østensjø que resolveu, quando planejaram a reconstrução da área portuária de

Aker Brygge, que era aqui que queria morar. Uma espécie de ascensão social, imagino. Depois de ralar e juntar dinheiro, ou superfaturar no mercado negro, durante dez anos, comprou o imóvel. Mas custou tanto que ele não pôde pagar uma empresa transportadora e fez ele mesmo a mudança, com a ajuda de dois amigos. O homem tinha um cofre que pesava 400 quilos, devia precisar dele para guardar todo o dinheiro sujo. Estavam já no último lance de escada e faltavam apenas 18 degraus quando o maldito cofre deslizou. O encanador acabou preso embaixo dele, quebrou a coluna e ficou paraplégico. Agora está morando num asilo em sua cidade natal com vista para o lago Østensjøvannet. — Støp parou em frente à janela, pensativo, bebendo do seu copo e olhando sobre o fiorde. — Na verdade é só um lago, mas é uma bela vista.

— Humm. Estávamos pensando em sua ligação com Idar Vetlesen.

Støp deu uma meia-volta teatral, com movimentos suaves como os de um rapaz de 20 anos.

— Ligação? É uma palavra muito forte. Ele era meu médico. E de vez em quando jogávamos *curling* juntos. Quer dizer, *nós, outros,* jogávamos. O que Idar fazia pode ser descrito como empurrar pedras e limpar gelo. — Støp fez um gesto com a mão como se dispensando o próprio comentário. — Sim, sim, eu sei, ele está morto, mas era assim.

Harry colocou seu copo de sidra, intocado, na mesa.

— Do que vocês falavam?

— Em geral sobre meu corpo.

— E?

— Ele era meu médico, pelo amor de Deus.

— E você queria mudar algumas coisas do seu corpo?

Arve Støp deu uma gargalhada.

— Nunca senti necessidade disso. Claro que sei que Idar fazia aquelas cirurgias plásticas ridículas, lipoaspiração e coisas afins, mas eu recomendo prevenção em vez de reparação. Faço esporte, inspetor. Não gostou da sidra?

— Tem álcool.

— É mesmo? — perguntou Støp, estudando o copo que segurava. — Não me ocorreu.

— Então de que parte do corpo vocês tratavam?

— Do cotovelo. Tenho sinovite no cotovelo, o que me atrapalha quando jogo *curling*. Ele prescrevia o uso de analgésicos antes dos treinos, o idiota. Porque também reduz a inflamação. E por conta disso eu sobrecarregava a musculatura toda vez que jogava. Bem, não preciso fazer um alerta contra essa prática, visto que estamos falando de um médico morto, mas não se deve tomar remédio para eliminar a dor. A dor é uma coisa positiva, não sobreviveríamos sem ela. Devemos ser gratos por sentir dor.

— Devemos?

Støp bateu o indicador no vidro da janela, tão grosso que não deixava entrar qualquer som vindo da cidade.

— Na minha opinião, ter vista sobre água doce não é a mesma coisa. O que você acha, Hole?

— Não tenho vista.

— Não? Devia ter. Vista dá perspectiva.

— Falando de perspectiva, a Telenor nos cedeu uma lista das chamadas telefônicas recentes de Vetlesen. Sobre o que vocês conversaram no dia antes de ele ser morto?

Støp fixou um olhar inquisitivo em Harry enquanto inclinava a cabeça para trás, esvaziando o copo de sidra. Depois, respirou fundo e contente.

— Tinha quase esquecido que conversamos, mas imagino que foi sobre cotovelos.

O amigo de infância de Harry, Tresko, uma vez havia explicado que o jogador de pôquer que baseia seu jogo na habilidade de intuir um blefe está fadado a perder. É fato que somos todos facilmente desmascarados através da afetação, mas, de acordo com Tresko, não teremos chance de desmascarar um craque na arte de blefar sem antes fazer um mapeamento metódico das afetações da pessoa em questão. Harry era levado a crer que Tresko tinha razão. Por isso, ele não baseava sua convicção de que Støp mentia pela expressão facial, pela voz ou pela linguagem corporal.

— Onde você estava entre as quatro da tarde e oito da noite do dia em que Vetlesen morreu? — perguntou Harry.

— Epa! — Støp ergueu uma sobrancelha. — Epa! Tem algo nesse caso que eu ou meus leitores devíamos saber?

— Onde você estava?

— Está parecendo que vocês não pegaram o Boneco de Neve afinal. Correto?

— Ficaria grato se me deixasse fazer as perguntas, Støp.

— Está bem, eu estava junto com...

Arve se calou. E seu rosto se iluminou de repente com um sorriso infantil.

— Espere um pouco. Você está insinuando que eu possa ter algo a ver com a morte de Vetlesen. Responder seria admitir as premissas da questão.

— Posso facilmente deixar registrado que você se recusou a responder, Støp.

Støp levantou o copo como se fosse fazer um brinde.

— Um contra-ataque bem familiar, Hole. Um que nós da imprensa usamos todo santo dia. Daí o nome: imprensa. Imprensar as pessoas. Mas lembre que não estou me recusando a responder, Hole. Estou apenas me abstendo de responder neste instante. Isto é, estou pensando a respeito. — Støp voltou à janela, onde ficou balançando a cabeça para si mesmo. — Não estou me recusando, só não determinei se vou, nem o que vou responder. Enquanto isso, você terá de esperar.

— Tenho tempo de sobra.

Støp se virou.

— Não quero jogar seu tempo fora, Hole, mas já afirmei que o único capital e meio de produção da *Liberal* é minha integridade pessoal. Espero que entenda que eu, como um homem da mídia, tenho o dever de explorar essa situação.

— Explorar?

— Já sei que estou sentado numa pequena bomba atômica de furo jornalístico. Presumo que jornal nenhum já tenha ouvido um pio sobre algo suspeito em relação à morte de Vetlesen. Se agora eu te desse uma resposta que me liberasse da suspeita, já teria jogado a minha carta. E então seria tarde demais para eu pedir informações relevantes antes de responder. Estou certo, Hole?

Harry já pressentia aonde isso ia levar. E que Støp era um cara mais esperto do que ele havia imaginado.

— Não é de informação que você está precisando — disse Harry. — Você precisa entender que pode ser processado por obstruir conscientemente o trabalho da polícia durante o curso de uma investigação.

— *Touché*. — Støp riu, agora visivelmente exaltado. — Mas como jornalista e liberalista, tenho princípios a considerar. A questão aqui é se eu, como declarado cão de guarda anticlasse dominante, devo incondicionalmente colocar meus serviços à disposição daqueles que regulam a lei e a ordem. — Ele cuspiu as palavras sem esconder o sarcasmo.

— E quais seriam suas condições para dar uma resposta?

— Exclusividade de informações dos bastidores, naturalmente.

— Posso te dar exclusividade — respondeu Harry. — Junto com a proibição de repassar a informação a uma alma sequer.

— Humm, bem, assim não chegamos a lugar nenhum. Que pena. — Støp enfiou as mãos nos bolsos da calça de linho. — Mas já tenho o suficiente para questionar se a polícia pegou o homem certo.

— Estou avisando.

— Obrigado. Você já me avisou — disse Støp, suspirando. — Mas reflita sobre com quem você está lidando, Hole. No sábado faremos a festa de todas as festas no Plaza. Seiscentos convidados celebrando os 25 anos da *Liberal*. Nada mal para uma revista que sempre foi além dos limites da nossa liberdade de expressão, que todo santo dia navegou em águas jurídicas poluídas. Vinte e cinco anos, Hole, e ainda não perdemos um único processo diante dos tribunais. Vou discutir isso com nosso advogado, Johan Krohn. Presumo que vocês o conheçam, Hole.

Harry assentiu, sombrio. Com um discreto gesto com a mão em direção à porta, Støp indicou que dava a visita por encerrada.

— Prometo ajudar no que puder — declarou Støp quando chegaram à porta do hall de entrada. — Se vocês nos ajudarem.

— Você sabe muito bem que é impossível para nós fazer um trato assim.

— Você não faz ideia dos tratos que já fizemos, Hole. — Støp sorriu ao abrir a porta. — Você realmente não faz ideia. Espero revê-lo em breve.

— Não esperava ver você de novo tão cedo — disse Harry, segurando a porta aberta.

Rakel subiu os últimos degraus para o apartamento de Harry.

— Esperava sim — rebateu ela, aconchegando-se no abraço dele. Em seguida, empurrou-o para dentro, bateu a porta com o pé, pegou a cabeça dele entre as mãos e o beijou com avidez.

— Eu te odeio — disse ela, abrindo a fivela do cinto dele. — Você sabe que eu não precisava disso na minha vida agora.

— Então, vá embora — disse Harry, desabotoando o casaco e depois a blusa. A calça dela tinha um zíper lateral. Ele o abaixou e deslizou a mão para dentro, passando-a sobre a parte inferior da lombar, sobre a seda macia e fresca da calcinha. O hall de entrada ficou em silêncio; ouviu-se apenas a respiração dos dois e um simples clique do salto contra o chão quando ela mexeu o pé para deixá-lo entrar.

Depois, na cama, ao dividirem um cigarro, Rakel o acusou de ser um traficante.

— Não é assim que eles fazem? — perguntou. — As primeiras doses são de graça. Até a pessoa ficar viciada.

— E então precisam pagar — disse Harry, soprando um anel de fumaça grande e outro pequeno que subiram ao teto.

— Pagar caro — disse Rakel.

— Você só está aqui pelo sexo — disse Harry. — Não é? Só para eu saber.

Rakel passou a mão sobre o peito dele.

— Você emagreceu tanto, Harry.

Ele não respondeu. Esperou.

— Não funciona tão bem com Mathias — disse ela. — Quero dizer, ele funciona bem. Ele funciona muito bem. Sou eu quem não funciona.

— Qual é o problema?

— Ah, se eu soubesse. Olho para Mathias e penso que ali está o homem dos meus sonhos. E penso que ele me deixa com tesão, e tento deixá-lo com tesão. Então praticamente o ataco porque tenho vontade de ter tesão, entende? Seria tão bom, tão certo. Mas não consigo...

— Humm. Não consigo imaginar muito bem, mas estou te ouvindo.

Ela o beliscou na ponta da orelha.

— O fato de que estávamos sempre com desejo um pelo outro não necessariamente era um selo de qualidade da nossa relação, Harry.

Harry viu o anel de fumaça pequeno alcançar o grande, formando um número oito. Sim, era sim, pensou ele.

— Já comecei a procurar pretextos — disse ela. — Por exemplo, a tal particularidade corporal esquisita que Mathias herdou do pai.

— O quê?

— Não é nada demais, mas ele tem um pouco de vergonha.

— Vamos, conte.

— Não, não tem importância alguma, e no início eu até achava a timidez dele charmosa. Agora estou começando a achá-lo irritante. Como se eu tentasse fazer dessa coisinha uma falha em Mathias, uma desculpa para... para.... — Ela se calou.

— Para estar aqui — completou Harry.

Rakel o abraçou com força. E se levantou.

— Não vou voltar — anunciou ela, fazendo beicinho.

Era quase meia-noite quando Rakel deixou o apartamento de Harry. Uma garoa fina e silenciosa fazia o asfalto brilhar embaixo dos postes de luz. Ela caminhou até Stensberggata, onde havia deixado o carro. Entrou no veículos e estava prestes a dar a partida quando descobriu um bilhete escrito à mão embaixo do limpador do para-brisa. Ela entreabriu a porta, pescou o bilhete e tentou ler a escrita quase apagada pela chuva.

Nós vamos morrer, sua puta.

Rakel teve um sobressalto. Olhou ao redor. Mas estava só, não via nada além de carros estacionados. Também havia bilhetes neles? Ela não viu nenhum. Devia ter sido por acaso, ninguém sabia onde estava seu carro. Ela baixou um pouco o vidro, segurou o bilhete entre dois dedos, soltou-o pela fresta e deu a partida.

De repente, logo antes do topo de Ullevålsveien, ela teve a súbita sensação de que havia alguém no banco de trás, olhando para ela. De relance viu o rosto de um rapaz. Não de Oleg, mas de outro, um estranho. Ela pisou no freio e os pneus cantaram no asfalto. Veio o som furioso de uma buzina. Três vezes. Ela olhou no retrovisor, sem ar. E viu o rosto apavorado do jovem no carro logo atrás. Trêmula, girou a chave na ignição.

Eli Kvale estava parada no hall de entrada como se estivesse pregada ao chão. Ainda segurava o telefone. Ela não havia imaginado nada, nada mesmo.

Só quando Andreas disse seu nome duas vezes ela voltou a si.

— Quem era? — perguntou.

— Ninguém — respondeu ela. — Foi engano.

Quando foram dormir, ela queria se aconchegar nele. Mas não conseguiu. Não conseguiu ter forças. Ela era impura.

— Nós vamos morrer — dissera a voz no telefone. — Nós vamos morrer, sua puta.

19

Dia 16

TV

Quando o grupo de investigação se reuniu na manhã seguinte, já haviam verificado seis dos sete nomes da lista de Katrine Bratt com quem Idar Vetlesen tinha conversado antes de ser morto. Faltava apenas um.

— Arve Støp?! — exclamaram Bjørn Holm e Magnus Skarre em coro.

Katrine Bratt não disse nada.

— Bem — disse Harry. — Conversei com Krohn por telefone. Ele deixou bem claro que Støp não quer responder a perguntas sobre álibi. Ou a quaisquer outras perguntas. Podemos prender Støp, mas ele está perfeitamente no seu direito de não dar depoimento. A única coisa que vamos conseguir é deixar tudo mundo sabendo que o Boneco de Neve ainda está solto por aí. A questão é se Støp diz a verdade ou se tudo não passa de encenação.

— Mas uma celebridade sendo o assassino — disse Skarre, fazendo uma careta. — Onde já se viu uma coisa dessas?

— O. J. Simpson — disse Holm. — Robert "Baretta" Blake. Phil Spector. O pai de Marvin Gaye.

— Quem diabos é Phil Spector?

— Seria melhor se vocês me dissessem tudo que estão pensando — disse Harry. — Sem papas na língua. Støp tem algo a esconder? Holm?

Bjørn Holm esfregou suas suíças.

— É suspeito o fato de ele não querer responder algo a tão concreto como onde estava quando Vetlesen morreu.

— Bratt?

— Acho que Støp simplesmente acha divertido estar sob suspeita. E, no que diz respeito à revista dele, isso não quer dizer nada. Muito pelo contrário, só fortalece a imagem dele de *outsider*. O grande mártir se mantendo firme contra a opinião pública.

— Concordo — disse Holm. — Estou mudando de ideia. Ele não correria esse risco se fosse culpado. Ele queria o furo.

— Skarre? — perguntou Harry.

— Ele está blefando. É só papo furado. Por acaso, algum de vocês entende esse lance de imprensa e princípios?

Nenhum dos três respondeu.

— Ok — disse Harry. — Imaginando que a maioria tenha razão e que ele esteja dizendo a verdade, então nesse caso devemos eliminá-lo o mais rápido possível e ir em frente. Há alguém que poderia ter estado com ele na hora do crime?

— Pouco provável — disse Katrine. — Liguei para uma garota que conheço na *Liberal*. Ela disse que fora do expediente Støp não é particularmente sociável. Em geral fica sozinho no seu apartamento no Aker Brygge. Salvo visitas femininas.

Harry olhou para Katrine. Ela o fazia lembrar um aluno superesforçado que está sempre à frente do professor.

— Visitas femininas no plural? — perguntou Skarre.

— Para citar minha amiga, Støp é um notório caçador de boceta. Logo depois que ela recusou uma de suas cantadas, ele deixou claro que ela não correspondia às suas expectativas como jornalista e que devia considerar procurar outras pastagens.

— Filho da mãe, duas caras — bufou Skarre.

— Uma conclusão que você compartilha com ela — disse Katrine. — Mas o fato é que ela é uma péssima jornalista.

Holm e Harry caíram na risada.

— Pergunte a sua amiga se ela sabe dizer o nome de alguma amante dele — pediu Harry, levantando-se. — Depois ligue para outros na redação e pergunte a mesma coisa. Quero que ele sinta nossa respiração na nuca dele. Mãos à obra!

— E você? — perguntou Katrine, ainda sentada.

— Eu?

— Você não disse se acha que Støp está blefando ou não.

— Bem. — Harry sorriu. — Definitivamente ele não está dizendo toda a verdade.

Os outros três o olharam.

— Ele disse não se lembrar sobre o que ele e Vetlesen conversaram no último contato telefônico.

— E daí?

— Se você descobrisse que um cara com quem você acabou de bater um papo é um serial killer e que acabou de se suicidar, não teria imediatamente se lembrado da conversa que tiveram, revirando tudo nos mínimos detalhes, se perguntando se não havia algo que você devia ter sacado?

Katrine fez que sim.

— Outra coisa que eu gostaria de saber — continuou Harry — é por que o Boneco de Neve entraria em contato comigo para que eu o procurasse. E por que, quando estou me aproximando, exatamente como ele deve ter previsto, ele se desespera, tentando fazer parecer que Vetlesen era o culpado?

— Talvez fosse essa a ideia o tempo todo — disse Katrine. — Talvez ele tivesse um motivo para apontar o dedo justamente para Vetlesen, alguma coisa mal resolvida entre os dois. Ele trouxe você para esse caminho desde o começo.

— Ou talvez ele pensou que venceria você dessa forma — sugeriu Holm. — Fazendo você pisar na bola. Para depois curtir a vitória em silêncio.

— Qual é! — bufou Skarre. — Vocês estão fazendo parecer que existe um assunto pessoal entre o Boneco de Neve e Harry Hole.

Os outros três fitaram o detetive em silêncio.

Skarre franziu a testa.

— Existe?

Harry pegou o casaco.

— Katrine, quero que faça uma nova visita a Borghild. Diga que temos ordem judicial para ver os registros médicos dos pacientes. Eu enfrento o embate, se vier. E então veja o que consegue desenterrar sobre Arve Støp. Mais alguma coisa antes de eu me mandar?

— Aquela mulher em Tveita — lembrou Holm. — Camilla Lossius. Continua desaparecida.

— Dê uma olhada no caso, Holm.

— E você vai fazer o quê?— perguntou Skarre.

Harry sorriu de leve.

— Aprender a jogar pôquer.

* * *

Quando Harry estava na frente do apartamento de Tresko no sétimo andar do único prédio residencial na Frogner Plass, teve a mesma sensação de quando era pequeno e todos em Oppsal estavam de férias. Esse era seu último recurso, seu último ato desesperado depois de ter tocado a campainha em todas as outras casas. Tresko — ou Asbjørn Treschow, nome de batismo — abriu e olhou emburrado para Harry. Porque ele sabia, sempre soube. Último recurso.

A porta de entrada levava direto a um apartamento de 30 metros quadrados que caridosamente podia ser chamado de "sala com cozinha americana" e, sem caridade, de "quitinete com cozinha embutida". O fedor era impressionante. Era cheiro de bactéria vegetando em pés úmidos e de ar rançoso, daí o termo norueguês, popular e preciso, "*tåfis*", ou peido de pé. Tresko havia herdado os pés suarentos de seu pai. Como também havia herdado o apelido *Tresko*, tamanco, por sempre andar com aqueles calçados duvidosos, na crença de que a madeira absorvia o cheiro.

A única coisa positiva que se podia dizer sobre o odor dos pés de Tresko Júnior era que mascarava o cheiro da louça suja empilhada na pia, dos cinzeiros transbordando ou das camisetas suadas postas para secar sobre os encostos das cadeiras. Ocorreu a Harry que devia ser verdade que o suor dos pés de Tresko tinha levado os oponentes à beira da loucura quando ele chegou à semifinal do campeonato mundial de pôquer em Las Vegas.

— Quanto tempo — saudou Tresko.

— Pois é. Que bom que você teve um tempo para me ver.

Tresko riu, como se Harry tivesse contado uma piada. E Harry, que não queria ficar no apartamento mais do que o necessário, foi direto ao assunto.

— Então por que o pôquer consiste basicamente em ser capaz de ver quando o oponente está mentindo?

Tresko não pareceu se importar em pular a troca de amenidades.

— As pessoas acreditam que pôquer tem a ver com estatística, vantagens e probabilidades. Mas, jogando no nível mais alto, todos os jogadores conhecem de cor as vantagens, então, a batalha não é por aí. O que distingue os melhores do resto é a capacidade de ler os outros. Antes de ir para Las Vegas eu sabia que jogaria com os melhores. E eu podia ver os melhores jogando no Gamblers' Channel, que eu assisto via satélite. Gravei os jogos em vídeo e estudei cada um dos caras quando blefavam. Passei em câmera lenta, fiz um mapeamento de cada detalhe dos seus rostos, o que diziam, o que faziam e o que repetiam. E, depois de ter estudado tudo por muito tempo, sempre havia alguma coisa, alguma afetação que era recorrente. Um cara coçava a narina direita, outro passava a mão no verso das cartas. Viajei para lá com a certeza de que ganharia. Infelizmente, acabamos descobrindo que os meus cacoetes eram ainda mais reveladores.

O riso amargo de Tresko soou como uma espécie de soluço, fazendo o grande corpo amorfo chacoalhar.

— Então, se eu trouxer um cara para ser interrogado, você saberia dizer se ele está ou não mentindo?

Tresko fez que não.

— Não é tão simples assim. Primeiro preciso ver uma gravação em vídeo. Segundo, preciso ter visto as cartas para saber quando ele blefou. Daí, posso voltar o vídeo e analisar o que ele fez de diferente. É como quando se calibra um detector de mentiras, entende? Antes do teste, você faz o cara dizer uma verdade óbvia, seu nome, por exemplo. Em seguida, uma mentira óbvia. Depois, pode rever o resultado para ter pontos de referência.

— Uma verdade óbvia — murmurou Harry. — E uma mentira óbvia. Num vídeo.

— Mas, como eu disse ao telefone, não posso garantir nada.

Harry encontrou Beate Lønn na Casa da Dor, a sala onde passava a maior parte de seu tempo quando trabalhava na Divisão de Roubos e Furtos. A Casa da Dor é uma sala sem janelas, cheia de equipamento para gravar, estudar e editar vídeos de roubos, ampliar imagens e identificar pessoas em fotos granuladas ou vozes indistintas em secretárias eletrônicas. Mas agora ela chefiava a Perícia Técnica em Bryn e estava de licença-maternidade.

As máquinas zuniam, e o calor seco que emanava delas havia criado áreas cor-de-rosa na pele quase transparente de sua bochecha.

— Olá — saudou Harry, deixando a porta de ferro se fechar atrás de si.

A mulher baixinha e delicada se levantou, e eles se abraçaram, os dois meio constrangidos.

— Você está magro — comentou ela.

Harry deu de ombros.

— Como estão... as coisas?

— Tulla dorme na hora certa, come o que deve comer e quase nunca chora. — Ela sorriu. — E para mim é só o que importa agora.

Ele pensou que devia dizer alguma coisa sobre Halvorsen. Para mostrar que não havia esquecido. Mas as palavras certas não vieram. E, como se ela entendesse, perguntou como ele estava.

— Bem — respondeu, deixando-se cair numa cadeira. — Mais ou menos. Péssimo. Depende de quando pergunta.

— E hoje? — Ela se voltou para o monitor de TV, apertou um botão, e pessoas na tela correram de frente para trás até a entrada do shopping de Storo.

— Estou paranoico — disse Harry. — Tenho a sensação de estar caçando alguém que está me manipulando, que tudo está um caos e que ele está me levando a fazer exatamente o que quer. Conhece essa sensação?

— Conheço — disse Beate. — Eu a chamo de Tulla. — Ela parou de rebobinar o filme. — Quer ver o que achei?

Harry chegou a cadeira mais para perto. Não era mito que Beate Lønn possuía dons especiais, que seu giro fusiforme, a parte do cérebro que armazena e identifica rostos humanos, era tão desenvolvido e sensível que ela era um catálogo ambulante de criminosos.

— Estudei as fotos dos envolvidos no caso — disse ela. — Maridos, filhos, testemunhas etc. Pois os nossos velhos conhecidos eu conheço bem demais.

Ela movia as imagens uma por uma.

— Ali — disse Beate, apontando.

A foto congelou e saltou da tela, mostrando uma seleção de pessoas granuladas em preto e branco e fora de foco.

— Onde? — perguntou Harry, como sempre sentindo-se burro ao estudar rostos ao lado de Beate Lønn.

— Ali. É a mesma pessoa desta foto aqui. — Ela tirou uma foto da pasta. — Pode ser essa a pessoa que está atrás de você, Harry?

Harry olhou para a foto, surpreso. Em seguida, fez um longo sim com a cabeça e pegou o telefone. Katrine Bratt atendeu em dois segundos.

— Pegue um casaco e me encontre na garagem — disse Harry. — Vamos passear de carro.

Harry pegou a Uranienborgveien e a Majorstuveien para evitar os sinais na Bogstadveien.

— Ela tem certeza absoluta de que era ele? — perguntou Katrine. — A qualidade da imagem das câmeras de segurança...

— Acredite em mim — disse Harry. — Se Beate Lønn diz que é ele, é ele. Ligue para o Departamento de Inquéritos e pegue o telefone da casa dele.

— Gravei no celular — disse Katrine, pegando o aparelho.

— Gravou? — Harry olhou para ela. — Você faz isso com todas as pessoas nos casos em que trabalha?

— Claro. Coloco todas num grupo. E depois o apago quando o caso é solucionado. Devia tentar, é realmente uma ótima sensação na hora de apertar "apagar". Muito... tangível.

Harry parou em frente à casa amarela em Hoff.

Todas as janelas estavam escuras.

— Filip Becker — disse Katrine. — Quem diria.

— Lembre que vamos apenas levar um papo com ele. Ele pode ter tido motivos absolutamente justificáveis para ligar para Vetlesen.

— De um orelhão no shopping de Storo?

Harry olhou para Katrine. A pulsação era visível sob a pele fina do pescoço. Ele virou a cabeça e olhou para a janela da sala.

— Vamos — disse ele. No instante em que botou a mão na maçaneta da porta, o celular tocou. — Alô?

A voz no outro lado parecia exaltada, mas mesmo assim fez o relato em frases curtas e concisas. Harry interrompeu o fluxo de discurso com dois *humm*, um *o quê?* surpreso e um *quando?*.

Finalmente houve silêncio no outro lado.

— Ligue para o Centro de Operações — comandou Harry. — Peça para mandar as duas viaturas que estiverem mais perto de Hoffsveien. Sem sirenes. E peça para pararem um em cada lado do quarteirão. O quê? Porque tem um menino lá dentro e não queremos deixar Becker mais nervoso do que o necessário. Ok?

Aparentemente, estava ok.

— Era Holm. — Harry se inclinou para Katrine, abriu o porta-luvas, onde remexeu e retirou um par de algemas. — O pessoal dele achou algumas impressões digitais no carro da garagem de Lossius. Conferiram com outras impressões que temos no caso... — Harry tirou o molho de chaves da ignição, inclinou-se e catou uma caixa metálica que estava debaixo do assento. Enfiou uma chave na fechadura, abriu e ergueu um Smith & Wesson preto de cano curto. — ...E uma no para-brisa batia.

Katrine formou um O mudo com a boca e, com um meneio de cabeça, perguntou a Harry se tinha a ver com a casa amarela.

— Ele mesmo — respondeu Harry. — Professor Filip Becker.

Ele viu os olhos de Katrine se arregalarem. Mas sua voz estava calma.

— Tenho a sensação de que vou apertar o botão "apagar" em breve.

— Talvez — disse Harry, abrindo o tambor do revólver e verificando se havia bala em todas as câmaras.

— Não pode haver dois homens sequestrando mulheres da mesma maneira. — Ela inclinava a cabeça de um lado para o outro, como quem se aquece para uma luta de boxe.

— Uma suposição razoável.

— Devíamos ter sacado tudo quando estivemos aqui da primeira vez.

Harry olhou para ela e se perguntou por que ele não dividia a mesma agitação. Onde estava a embriaguez de prazer em prender alguém? Era porque ele sabia que logo isso seria substituído pela sensação vazia de ter chegado tarde demais, de ser um bombeiro vasculhando as cinzas? Sim, mas não era isso. Havia outra coisa — ele podia sentir isso agora. Ele estava duvidando. As impressões digitais e as fotos de Storo seriam mais do que suficientes num processo judicial, mas teria sido fácil demais. Esse assassino não era assim, não cometia erros tão banais. Não era a mesma pessoa que havia colocado a cabeça de Sylvia Ottersen no topo de um boneco de neve, que havia congelado um policial no seu próprio freezer, que havia mandado uma carta a Harry dizendo: *O que você deve se perguntar é: "Quem fez o boneco de neve?"*

— O que devemos fazer? — perguntou Katrine. — Vamos prendê-lo?

Harry não conseguiu distinguir pela entonação dela se aquilo era uma pergunta.

— Por enquanto, esperamos — disse Harry. — Até o nosso reforço estar em posição. Então tocamos a campainha.

— E se ele não estiver em casa?

— Ele está.

— Está? Como...

— Olhe a janela da sala. Fique olhando um pouco.

Ela olhou. E, quando a luz branca mudou atrás da grande janela panorâmica, Harry pôde ver que ela entendeu. A luz vinha de uma TV.

Esperaram em silêncio. Não havia um som. Um corvo crocitou. Silêncio de novo. O celular de Harry tocou.

O reforço estava em posição.

Rapidamente, Harry os deixou a par da situação. Ele não queria ver uniforme nenhum até que fossem chamados, salvo se ouvissem tiros ou gritos.

— Coloque no silencioso — disse Katrine depois que ele desligou.

Harry esboçou um sorriso, fez o que ela disse e a olhou de esguelha. Pensou no rosto dela na hora em que a porta da geladeira se abriu. Mas no momento Katrine não demonstrava medo, nem ansiedade, estava apenas concentrada. Ele enfiou o celular no bolso do casaco e o ouviu tinir contra o revólver.

Desceram do carro, atravessaram a rua e abriram o portão. O cascalho molhado no caminho que levava à casa sugava seus sapatos com avidez. Harry mantinha os olhos na janela panorâmica, procurando sombras de movimentos na parede branca.

Chegaram à entrada. Katrine lançou um olhar a Harry, que fez um movimento afirmativo com a cabeça. Ela tocou. Um toque de sino, profundo e hesitante, soou no interior da casa.

Esperaram. Nenhum passo. Nenhuma sombra contra o vidro ondulado da janela comprida ao lado da porta de entrada.

Harry foi para a frente e encostou a orelha no vidro, uma maneira simples e surpreendentemente eficaz de monitorar uma casa. Mas não ouviu nada, nem sequer a TV. Ele deu três passos para trás, agarrou-se na calha com as mãos e escalou o suficiente para poder ver toda a sala pela janela. Havia uma pessoa no chão, de pernas cruzadas e as costas viradas para ele, usando um casaco cinza. Um par de fones gigantes circundava o crânio, como uma auréola preta. Um fio saía do fone à TV.

— Ele não está escutando porque está com fones de ouvido — anunciou Harry, descendo em tempo de ver Katrine colocar a mão na maçaneta. A vedação de borracha em volta do batente liberou a porta, produzindo um som de sucção.

— Parece que somos bem-vindos — murmurou ela e entrou.

Pego de surpresa e praguejando em silêncio, Harry entrou depois dela. Katrine já estava diante da porta da sala e a abriu. Ficou parada até Harry chegar ao lado dela. Ela deu um passo para trás, esbarrou num pedestal onde um vaso balançou perigosamente antes de resolver ficar em pé.

Havia pelo menos 6 metros até a pessoa que ainda estava de costas para eles.

Na tela, um bebê tentava manter o equilíbrio enquanto segurava o indicador de uma mulher que ria. No DVD embaixo da TV, uma luz azul estava acesa. Harry teve um *déjà vu*, a sensação de uma tragédia que se repetiria. Exatamente assim; o silêncio, gravação caseira com imagens felizes da família, o contraste entre o antes e o agora, a tragédia já anunciada que só precisava de uma conclusão.

Katrine apontou, mas ele já havia reparado.

A pistola estava bem atrás da pessoa no chão, entre um quebra-cabeça incompleto e um Gameboy, e parecia uma arma de brinquedo. Uma Glock 21, imaginou Harry, sentindo-se enjoado quando seu corpo reagiu e mais adrenalina entrou em sua corrente sanguínea.

Eles tinham duas escolhas. Ficar ali próximos à porta, gritar o nome de Becker e arcar com as consequências de confrontar um homem armado. Ou desarmá-lo antes que ele os descobrisse. Harry pôs a mão no ombro de Katrine e a empurrou para trás de si, visualizando quanto tempo Becker levaria até se virar, pegar a pistola, apontar e atirar. Quatro passos largos seriam suficientes, e não havia luz atrás de Harry que pudesse fazer sombra nem luz demais na tela para que seu reflexo aparecesse nela.

Harry respirou fundo e se pôs em movimento. Colocou o pé no assoalho com o máximo de cautela. A figura não se mexeu. Ele estava no meio do segundo passo quando ouviu o estrondo atrás de si. E soube instintivamente que era o vaso. Viu a figura rodopiar, e percebeu a expressão apreensiva de Filip Becker. Harry congelou, e os dois se encararam. A tela da TV atrás de Becker ficou preta. Sua boca se abriu como se quisesse dizer alguma coisa. O branco dos olhos dele tinham rios vermelhos, e as bochechas estavam inchadas, como se tivesse chorado.

— A pistola!

Foi Katrine que gritou e, automaticamente, Harry levantou o olhar e viu o reflexo dela na tela escura da TV. Ela estava perto da porta, com as pernas afastadas e as mãos segurando um revólver.

O tempo pareceu desacelerar, tornando-se uma matéria densa e amorfa. Apenas os sentidos de Harry continuavam em tempo real.

Um agente treinado como Harry devia instintivamente ter se jogado ao chão e sacado a arma. Mas havia outra coisa, algo mais vagaroso que seus instintos, mas que trabalhava com força maior. Posteriormente, Harry mudaria de opinião, mas a princípio achou que fez o que fez por causa de outro *déjà vu*, a imagem de um homem morto no chão, atingido por uma bala da polícia por saber que havia chegado ao fim da linha e que não tinha energia para enfrentar mais fantasmas.

Harry deu um passo à direita, colocando-se na linha de tiro de Katrine. Ele ouviu um clique oleoso e macio atrás de si. O som do cão do revólver sendo desarmado, do dedo aliviando a pressão no gatilho.

A mão de Becker estava pressionada contra o chão perto do revólver. Os dedos e a pele entre eles estavam brancos. O que queria dizer que Becker estava com o peso do corpo apoiado neles. A outra mão — a direita — estava segurando o controle remoto. Se Becker tentasse pegar a pistola com a mão direita da forma como estava sentado, perderia o equilíbrio.

— Não se mexa — gritou Harry.

O único movimento de Becker foi o de piscar duas vezes, como se quisesse apagar a visão de Harry e Katrine. Harry avançou com movimentos calmos, mas eficazes. Inclinou-se e pegou a pistola, que era surpreendentemente leve. Tão leve que seria impossível ter balas no cilindro, ele pensou.

Harry colocou a pistola no bolso do casaco, ao lado do próprio revólver, e se agachou. Pela tela da TV, podia ver Katrine ainda mirando para eles, trocando o peso de um pé para outro, irrequieta. Ele esticou a mão para Becker, que recuou como um animal arredio, e removeu os fones de ouvido.

— Onde está Jonas? — perguntou Harry.

Becker olhou para ele como se não entendesse a situação, nem a língua que falava.

— Jonas? — repetiu Harry. Então gritou: — Jonas! Jonas, você está aqui?

— Shhh — disse Becker. — Ele está dormindo. — A voz dele era sonolenta, como tivesse tomado calmantes.

Becker apontou para os fones de ouvido.

— Ele não deve acordar.

Harry engoliu em seco.

— Onde ele está?

— Onde? — Becker inclinou a cabeça e olhou para Harry como se só agora o reconhecesse. — Na cama dele, é óbvio. Todos os meninos têm que dormir nas suas camas. — O tom de voz subia e descia como se estivesse cantarolando.

Harry enfiou a mão no bolso da jaqueta e tirou as algemas.

— Estique os braços — mandou.

Becker piscou de novo.

— É para sua própria segurança — disse Harry.

Era uma frase bem usada, uma que era instruída a eles já na Academia de Polícia, a princípio com a intenção de acalmar os presos. Mas, quando Harry se ouviu pronunciá-la, de repente entendeu por que havia se posto na linha de fogo. Não era por causa de fantasmas.

Becker levantou os braços para Harry, como em uma súplica, e o aço se fechou em volta dos punhos magros e cabeludos.

— Sente-se — ordenou Harry. — Ela vai cuidar de você.

Harry se levantou e foi até Katrine no vão da porta. Ela havia abaixado o revólver e sorria para ele com um brilho estranho nos olhos. Como se no fundo deles houvesse chamas ardendo de verdade.

— Você está bem? — perguntou Harry baixinho. — Katrine?

— Claro — disse ela, rindo.

Harry hesitou. Então continuou e subiu a escada. Ele lembrou onde ficava o quarto de Jonas, mas abriu as outras portas primeiro. Como se quisesse adiar o momento temido. No quarto de Becker, a luz estava apagada, mas mesmo assim pôde vislumbrar a cama de casal. Um dos lados estava sem lençóis. Como se ele soubesse que ela nunca mais iria voltar.

Por fim, Harry parou na frente da porta de Jonas. Antes de abrir, apagou da mente pensamentos e imagens. Um conjunto de sons desafinados retiniu no escuro, e, mesmo sem ver nada, sabia que o deslocamento de ar provocado pela porta havia iniciado um breve arranjo produzido pelos canos fininhos de metal. Porque Oleg também tinha um mensageiro dos ventos pendurado no teto do seu quarto. Harry entrou e vislumbrou algo ou alguém na cama, por baixo do edredom. Ele tentou ouvir alguma respiração. Mas não conseguiu ouvir nada além dos canos metálicos que continuavam a vibrar, não querendo silenciar. Ele pôs a mão no edredom. E por um momento congelou de medo. Mesmo que nada dentro daquele quarto representasse algum perigo físico para ele, sabia por que estava temendo. Porque outra pessoa, seu chefe anterior, Bjarne Møller, certa vez esclarecera isso para ele. Harry estava com medo de sua própria natureza humana.

Com cuidado, tirou o edredom do corpo ali deitado. Era Jonas. No escuro, parecia mesmo que estivesse dormindo. Exceto pelos olhos que estavam abertos, fitando o teto. Harry descobriu um band-aid no antebraço dele. Inclinou-se sobre a boca semiaberta do menino, colocando a mão em sua testa. E se sobressaltou ao sentir a pele quente e uma corrente de ar em seu ouvido. E ouviu uma voz sonâmbula murmurar:

— Mamãe?

Harry estava totalmente despreparado para sua própria reação. Talvez porque estivesse pensando em Oleg. Ou talvez porque estivesse pensando em si mesmo quando, uma vez, ainda garoto, acordou, acreditando que ela ainda estava viva e irrompeu no quarto dos pais em Oppsal, onde viu a cama de casal com o edredom retirado em um dos lados.

Seja como for, Harry não conseguiu conter as lágrimas que de repente brotaram em seus olhos, inundando-os de modo que a imagem do rosto de Jonas virou um borrão à sua frente. As lágrimas desceram pelo rosto, deixando listras quentes sobre a pele antes de encontrarem sulcos que as levassem até os cantos da boca, onde Harry pôde sentir o sabor salgado de si mesmo.

Parte 4

20

DIA 17

Os óculos de sol

Eram sete da manhã quando Harry abriu a cela 23 na ala prisional. Becker estava sentado na cama, vestido, fitando-o com olhar inexpressivo. Harry colocou no meio da cela a cadeira que havia trazido da sala de segurança. Sentou-se e ofereceu a Becker um cigarro do seu maço de Camel amassado.

— Não é permitido fumar aqui, é? — perguntou Becker.

— Se eu estivesse aqui aguardando prisão perpétua, acho que correria o risco — disse Harry.

Becker apenas olhou para Harry.

— Vamos — disse Harry. — Você não vai encontrar um lugar melhor para fumar escondido.

O professor esboçou um sorriso e pegou o cigarro saindo do maço.

— Jonas está bem, tendo em vista as circunstâncias — disse Harry, pegando o isqueiro. — Conversei com os Bendiksen e eles aceitaram ficar com ele por alguns dias. Tive que brigar um pouco com os agentes da Proteção à Infância, mas eles acabaram aceitando. E ainda não informamos a imprensa sobre a prisão.

— Por que não? — perguntou Becker, inalando com cuidado sobre a chama do isqueiro.

— Vou voltar a esse ponto. Mas espero que entenda que, se você não cooperar, não vou poder continuar mantendo segredo.

— Ahã, você é o policial bonzinho. E quem me interrogou ontem foi o policial mau, certo?

— Correto, Becker, sou o policial bonzinho. E gostaria de fazer algumas perguntas extraoficiais. O que você me contar não poderá nem será usado contra você. Ok?

Becker deu de ombros.

— Espen Lepsvik, que o interrogou ontem, acha que você está mentindo — começou Harry, soprando fumaça azul em direção ao detector de fumaça no teto.

— Sobre o quê?

— Sobre você só ter falado com Camilla Lossius na garagem e depois ter ido embora.

— É a verdade. O que ele está pensando?

— O que ele mesmo disse a você ontem à noite. Que você a sequestrou, matou e escondeu o corpo.

— Isso é loucura! — exclamou Becker. — Nós só conversamos e foi tudo. Essa é a verdade!

— Por que você se nega a nos contar sobre o que falaram?

— É um assunto particular, já disse.

— E você admite ter ligado para Idar Vetlesen no dia em que ele foi encontrado morto, mas também considera o assunto particular, presumo?

Becker olhou ao redor, como se achasse que devia ter um cinzeiro em algum lugar.

— Escute, eu não fiz nada de ilegal, mas não quero responder a mais nenhuma pergunta sem a presença do meu advogado. E ele só vem mais tarde hoje.

— Ontem à noite oferecemos um advogado que poderia ter vindo na hora.

— Quero um advogado decente, não um daqueles... funcionários públicos. Não está na hora de você me dizer por que acha que eu fiz algo com a tal mulher de Lossius?

Harry estranhou a formulação "a tal mulher de Lossius".

— Se ela está desaparecida, vocês deveriam prender Erik Lossius — continuou Becker. — O culpado não é sempre o marido?

— É — respondeu Harry. — Mas ele tem um álibi, estava no trabalho no período em que ela desapareceu. O motivo de você estar aqui é acharmos que você é o Boneco de Neve.

A boca de Becker se entreabriu e ele piscou como havia feito na sala de estar em Hoffsveien na noite anterior. Harry apontou para a fumaça espiralando ao sair do cigarro entre os dedos de Becker.

— Você precisa inalar um pouco para não acionarmos o alarme de incêndio.

— O Boneco de Neve?! — exclamou Becker. — Ele era Vetlesen, não?

— Não — respondeu Harry. — Já sabemos que não.

Becker piscou mais duas vezes antes de cair na gargalhada, tão seca e amarga que mais parecia uma tosse.

— Então é por isso que vocês não deixaram vazar para a imprensa. Para eles não ficarem sabendo que vocês fizeram papel de bobos. E, enquanto isso, estão desesperados tentando encontrar o verdadeiro Boneco de Neve. Ou um possível Boneco de Neve.

— Correto — disse Harry, dando um trago. — E por ora esse homem é você.

— Por ora? Pensei que o seu papel fosse o de me convencer de que já sabem tudo, para que eu confesse logo de uma vez.

— Mas eu não sei tudo — disse Harry.

Becker cerrou um olho.

— Isso é um truque?

Harry deu de ombros.

— É só uma intuição. Preciso que voce me convença de que é inocente. O breve interrogatório só fortaleceu a impressão de que você é um homem com muito a esconder.

— Eu não tinha nada para esconder. Quero dizer, não *tenho* nada para esconder. Só não vejo motivo para contar a vocês um assunto particular; não fiz nada de errado.

— Preste bem atenção, Becker. Eu não acho que você seja o Boneco de Neve ou que tenha matado Camilla Lossius. E acho que você é uma pessoa racional. Do tipo que entende que vai causar menos mal revelar assuntos particulares para mim aqui e agora do que ver nas manchetes amanhã que o professor Filip Becker está preso, suspeito de ser o serial killer mais notório da história da Noruega. Porque você sabe que, mesmo sendo inocentado e solto depois de amanhã, seu nome estará para sempre ligado àquelas manchetes nos jornais. E o do seu filho.

Harry viu o pomo de adão de Becker subir e descer em seu pescoço com a barba por fazer. Acompanhou o cérebro dele chegando a conclusões lógicas. Conclusões simples. E então veio, em tom de tamanha agonia que Harry primeiro pensou que fosse por causa do cigarro, algo a que Becker estava desacostumado.

— Birte, minha mulher, era uma puta.

— Como é? — Harry tentou esconder a surpresa.

Becker soltou o cigarro no chão de cimento, inclinou-se para a frente e tirou do bolso de trás uma agenda preta.

— Encontrei esta agenda no dia depois que ela desapareceu. Estava na gaveta da mesa dela, sequer escondida. À primeira vista, pareceu bastante inocente. Lembretes comuns para si mesma e números de telefone. Só que, quando fui verificar os números na lista telefônica, eles não existiam. Eram códigos. Mas temo que minha mulher não fosse muito boa em escrever em código. Não levei nem um dia para decodificar todos.

Erik Lossius era proprietário e administrador da Rydd & Flytt, uma empresa de mudanças que se posicionara bem nesse ramo pouco lucrativo, com ajuda de preços tabelados, marketing agressivo, força de trabalho estrangeira barata e contratos exigindo pagamento em espécie assim que a mudança estivesse no caminhão, isto é, antes de ser levada para o local do destino. Ele nunca havia perdido dinheiro com um cliente sequer, porque, entre outras coisas que constavam em letras minúsculas no contrato, havia uma cláusula informando que qualquer reclamação quanto a eventuais danos e roubos deveria ser entregue dentro de dois dias. Na prática, isso fazia com que noventa por cento das reclamações relativamente numerosas chegassem tarde demais, podendo assim ser recusadas. Quanto aos dez por cento restantes, Erik Lossius desenvolvera uma rotina de se fazer inacessível ou de atrasar o trâmite normal de forma tão exaustiva que mesmo pessoas que perderam uma TV de plasma ou que tiveram um piano danificado durante a mudança acabavam desistindo.

Erik Lossius começara no ramo quando bem jovem, trabalhando para o antigo dono da Rydd & Flytt. Ele era um amigo do pai de Erik, que foi quem conseguira uma vaga para o filho.

— O garoto é agitado demais para ir à escola e esperto demais para ser malandro — dissera o pai ao dono. — Pode aceitá-lo?

Como vendedor comissionado, Erik não demorou a se destacar com seu charme, sua eficiência e sua agressividade. Havia herdado os olhos castanhos da mãe e os cabelos fartos e encaracolados do pai, e tinha um porte atlético; as mulheres, em particular, desistiam de buscar orçamentos com outras empresas, assinando na hora. Era esperto e bom de cálculos e tática nas raras ocasiões em que recebiam pedidos para apresentar orçamentos para serviços maiores. O preço era baixo, e a taxa de perda ou risco de danos, alta. Após cinco anos, a empresa havia lucrado de modo substancial, e Erik se tornou o braço direito do dono na maior parte do negócio. Porém, durante uma mudança relativamente simples logo antes do Natal — levar uma mesa para o novo escritório de Erik no andar de cima ao lado do chefe —, o dono teve um infarto e caiu morto. Nos dias seguintes, Eric confortou a viúva da melhor maneira que sabia — e ele sabia muito bem como fazê-lo —, e uma semana depois do enterro concordaram quanto a transferência de uma soma praticamente simbólica, refletindo o que Erik havia destacado como "um pequeno negócio num ramo pouco lucrativo, de alto risco e cujas margens de lucro eram inexistentes". Contudo, ele assegurou à viúva que a coisa mais importante para ele era ter alguém dando continuidade à obra da vida do seu marido. Uma lágrima tinha brilhado nos seus olhos castanhos ao dizê-lo, e ela havia colocado uma mão trêmula por cima da dele, dizendo que Erik devia visitá-la pessoalmente para mantê-la informada. Assim, Erik Lossius se tornou o dono da Rydd & Flytt, e a primeira coisa que fez foi jogar todas as reclamações de perdas e danos no lixo, reescrever os contratos e enviar mala direta para todas as casas na rica zona oeste de Oslo, onde os moradores se mudavam com mais frequência e eram mais informados em relação aos preços.

Quando Erik Lossius completou 30 anos, tinha dinheiro o bastante para comprar dois BMW, uma casa de campo ao norte de Cannes e uma casa de 500 metros quadrados em algum lugar em Tveita, onde prédios altos como aqueles onde havia crescido não bloqueavam o sol. Resumindo, tinha dinheiro suficiente para Camilla Sandén.

Camilla vinha de uma família aristocrata falida do ramo de confecções da zona oeste, de Blommenholm, uma área tão desconhecida para o filho do trabalhador quanto as garrafas de vinho francês que agora estavam em seu porão, empilhadas. Mas, quando ele entrou no casarão dos Sandén e viu todas as coisas que deveriam ser transportadas, descobriu o que ele ainda não tinha e que, por isso mesmo, ainda precisava ter: classe, estilo, um passado esplendoroso e uma superioridade natural que as boas maneiras e os sorrisos apenas ajudavam a reforçar. E tudo isso estava personificado na filha Camilla, que se encontrava sentada no balcão olhando o fiorde de Oslo através de grandes óculos de sol que, pelo que Erik sabia, podiam ter sido comprados na loja de conveniência mais próxima, mas que nela se tornavam Gucci, Dolce & Gabbana ou seja lá qual fosse a marca.

Agora sabia o nome de todas as outras grifes.

Salvo duas pinturas que seriam vendidas, Erik fez a mudança de todos os objetos dos Sandén para uma casa menor num endereço menos elegante, e nunca recebeu nenhuma notificação de perda da única coisa que roubou da mudança. Nem quando Camilla Lossius, como noiva, estava na frente da igreja de Tveita, tendo os arranha-céus como silenciosas testemunhas, os pais dela não deram um pio sequer que desaprovasse a escolha da filha. Talvez porque viram que Erik e Camilla de certo modo se complementavam; a ele faltava estilo, e a ela, dinheiro.

Erik tratava Camilla como uma princesa, e ela o deixava fazê-lo. Ele dava a ela o que quer que desejasse, deixando-a em paz no quarto quando quisesse, e não pedia nada, exceto que se arrumasse quando saíam ou convidavam os chamados "casais de amigos" — isto é, os amigos de infância de Erik — para jantar. Às vezes, ela se perguntava se ele realmente a amava, e aos poucos começou a desenvolver uma profunda afeição pelo rapaz ambicioso e batalhador da zona leste de Oslo.

Erik, por sua vez, estava felicíssimo. Soube desde o começo que Camilla não era do tipo sangue quente, e, de fato, essa era uma das coisas que, aos seus olhos, a colocava em uma esfera diferente e mais elevada que as mulheres com quem estava habituado. De qualquer maneira, ele satisfazia suas necessidades físicas através do contato próximo com os clientes. Erik chegara à conclusão de que devia haver algo na natureza das mudanças que deixava as pessoas sentimentais, angustiadas e abertas a novas experiências. Seja como for, ele transava com mulheres solteiras, separadas, "juntadas" e casadas em cima de mesas de jantar, em lances de escada, em colchões embrulhados em plástico e assoalhos recém-limpos, em meio a caixas de papelão e paredes desnudas que ecoavam, enquanto pensava no próximo presente que compraria para Camilla.

A parte genial do arranjo era que ele certamente nunca veria essas mulheres novamente. Elas iam se mudar e desaparecer. E era o que faziam. Exceto uma.

Birte Olsen tinha cabelos escuros, era linda e tinha um corpo tipo *Penthouse*. Era mais nova que ele, e sua voz aguda, as frases formuladas nesse tom, fazia com que parecesse ainda mais jovem. Estava no segundo mês de gestação e ia se mudar para mais perto do centro, saindo do mesmo bairro onde ele morava, Tveita, para Hoffsveien, com o futuro pai da criança, um cara da zona oeste com quem ia se casar. Essa era uma situação com a qual Erik Lossius podia se identificar. E, depois de pegá-la nua numa frágil cadeira de madeira no meio da sala, ele entendeu que aquele era um sexo sem o qual não podia ficar.

Resumindo, Erik Lossius havia encontrado seu semelhante.

Isso mesmo, pois pensava nela como homem, um homem que não fingia querer nada além do que ele mesmo queria: foder até estourar os miolos do outro. E, de certa forma, conseguiram. Então começaram a se encontrar em apartamentos vazios onde havia mudança saindo ou chegando, pelo menos uma vez por mês e sempre com certo risco de serem descobertos. Eram rápidos, eficazes, e seus rituais eram fixos e invariáveis. Mesmo assim, Erik Lossius ansiava por esses encontros como uma criança esperando o Natal; ou seja, com uma expectativa genuína e descomplicada, reforçada apenas pela certeza de que tudo seria igual, que as expectativas dos dois seriam plenamente satisfeitas. Viviam vidas paralelas, em realidades paralelas, o que parecia servir a ela tão bem quanto a ele. E assim continuaram a se encontrar, interrompidos apenas pelo parto, que, felizmente, foi cesariano, por umas férias prolongadas e por uma DST inocente cuja origem ele não podia, nem queria, tentar encontrar. E agora, dez anos haviam se passado, e na frente de Erik Lossius, sentado numa caixa de papelão num apartamento meio vazio em Torshov, um cara alto de cabeça raspada e voz de cortador de grama lhe perguntava se ele conhecia Birte Becker.

Erik Lossius engoliu em seco.

O cara havia se apresentado como Harry Hole, inspetor da Divisão de Homicídios, mas parecia mais com um dos seus homens de mudança do que com um investigador de qualquer coisa. Os policiais com quem Erik estivera em contato depois de registrar o desaparecimento de Camilla eram da Divisão de Pessoas Desaparecidas. Mas, quando o cara havia mostrado sua identificação, a primeira coisa que Erik pensou foi que ele tinha vindo trazer notícias sobre Camilla. E, como o policial na frente dele não havia ligado antes, mas sim rastreado Erik até ali, ele receava que fossem más notícias. Por isso, tinha mandado o pessoal da mudança sair, convidado o inspetor a sentar-se enquanto encontrava um cigarro e tentava se preparar para o que viria.

— Então? — perguntou o inspetor.

— Birte Becker? — repetiu Erik Lossius, tentando acender o cigarro e ao mesmo tempo pensar rápido. Não conseguiu nem uma coisa nem outra. Cristo, nem pensar devagar ele conseguia.

— Entendo que precisa se recompor — disse o inspetor, pegando seu próprio maço de cigarros. — O tempo de que precisar.

Erik ficou observando o inspetor acender um Camel e deu um salto quando este lhe estendeu a mão com o isqueiro ainda aceso.

— Obrigado — murmurou Erik, inalando com tanta força que o tabaco estalou. A fumaça encheu seus pulmões, como se a nicotina tivesse sido injetada em sua corrente sanguínea, dissolvendo quaisquer bloqueios. Ele já havia imaginado que isso, mais cedo ou mais tarde, fosse acontecer; de uma forma ou de outra, a polícia encontraria uma ligação entre ele e Birte e viria com perguntas. Mas na ocasião só havia pensado em como manter isso escondido de Camilla. Agora tudo era diferente. Na verdade, a partir deste momento. Porque até este instante ele não havia compreendido que a polícia poderia pensar que havia uma conexão entre os dois desaparecimentos.

— O marido de Birte, Filip Becker, encontrou uma agenda em que Birte havia anotado uma espécie de código, facilmente decifrável — declarou o policial. — Eram números de telefones, datas e pequenas mensagens. Deixando pouca dúvida de que Birte teve contato regular com outros homens.

— Homens? — deixou escapar Erik.

— Se serve de conforto, Becker acha que era você quem ela via com mais frequência. Em muitos endereços diferentes, pelo que entendi?

Erik, flutuando num barco e observando o tsunami crescer no horizonte, não respondeu.

— Então Becker encontrou seu endereço, pegou a pistola de brinquedo do filho, uma cópia fiel de uma Glock 21, e foi até Tveita para esperar você chegar em casa. Ele disse que queria ver o medo em seus olhos. Ameaçá-lo, para que contasse o que sabia, antes de passar seu nome para nós. Ele seguiu o carro para dentro da garagem, mas descobriu que era sua mulher, Camilla, quem dirigia.

— E ele... ele...

— Contou tudo a ela, sim.

Erik se levantou da sua caixa de papelão e foi até a janela. O apartamento tinha vista para o parque de Torshov e para uma Oslo banhada pelo pálido sol da manhã. Ele não gostava de apartamentos com vista em prédios velhos; isso significava escadas. Mais vista, mais escadas. E apartamentos mais caros, logo, mobília mais cara, mais pesadas, seguros mais caros e mais de seus homens precisando de licença médica. Porém era assim mesmo quando se sujeitava ao risco de ter preços fixos e baixos; sempre ganhava a concorrência pelos piores trabalhos. Com o tempo, todo risco tem seu preço. Erik respirou fundo, ouvindo os passos do policial arrastando-se sobre o assoalho. E ele sabia que esse policial não se deixaria abater por alguma estratégia que envolvesse demora. Essa era uma reclamação por danos que ele não podia jogar no lixo. Birte Olsen, agora Becker, seria o primeiro cliente de quem sofreria uma perda.

— Então ele contou que tinha um caso com Birte Becker há dez anos – declarou Harry. — E que a primeira vez que se encontraram e transaram, ela já estava grávida do marido.

— Você está grávida de uma menina ou de um menino — disse Rakel, abaixando o travesseiro para vê-lo melhor. — Não do marido.

— Humm — disse Harry, inclinando-se sobre ela para pescar o maço de cigarros na mesa de cabeceira. — Não mais do que em oitenta por cento dos casos.

— Como é?

— Disseram no rádio que em algo entre quinze e vinte por cento de todos os filhos da Escandinávia têm um pai diferente daquele que acreditam ter. — Ele tirou um cigarro e o segurou contra a luz da tarde que entrava por baixo da cortina. — Vamos dividir?

Rakel fez que sim. Ela não fumava, mas era uma coisa que eles sempre fizeram depois de transar: compartilhar aquele único cigarro. A primeira vez que Rakel pediu para experimentar o cigarro de Harry, disse que era para sentir a mesma coisa que ele, para estar envenenada e estimulada como ele, chegar o mais perto possível dele. E Harry havia se lembrado de todas as garotas viciadas que conhecera, que haviam colocado a primeira seringa pela mesma razão idiota, e recusara. Mas ela o convencera, e com o tempo aquilo havia se tornado um ritual. Depois de fazerem amor bem devagar, prolongando a relação, o cigarro era como uma extensão desse ato. Em outras vezes, era como fumar um cachimbo da paz após uma briga.

— Mas ele tinha um álibi para a noite inteira em que Birte desapareceu — disse Harry. — Uma noite com os amigos em Tveita que começou às seis e durou a noite toda. Pelo menos dez testemunhas, a maioria bêbada, é claro, mas ninguém pôde ir embora antes das seis da manhã.

— Por que manter em segredo que Vetlesen não é o Boneco de Neve?

— Enquanto o verdadeiro assassino pensar que achamos ter pegado o criminoso, esperamos que ele fique quieto, sem cometer mais nenhum crime. E ele não vai ficar tão alerta se acreditar que a busca está encerrada. Enquanto isso podemos nos aproximar dele com calma e da nossa maneira...

— Estou ouvindo ironia?

— Talvez — respondeu Harry, passando o cigarro.

— Não acredita muito nisso, não é?

— Acredito que meus superiores têm várias razões para não revelar que Vetlesen não era nosso homem. O superintendente e Hagen conduziram a coletiva de imprensa no momento em que se parabenizavam pelo caso solucionado...

Rakel suspirou.

— E mesmo assim, às vezes sinto falta da sede da polícia.

— Humm.

Rakel olhou para o cigarro.

— Você já foi infiel, Harry?

— Defina infiel.

— Fez sexo com alguém que não fosse sua namorada.

— Já.

— Enquanto estava comigo?

— Você sabe que eu não posso saber com certeza.

— Ok, quando estava sóbrio?

— Não, nunca.

— Então o que você pensa de eu estar aqui agora?

— Essa pergunta é uma pegadinha?

— Não, é sério, Harry.

— Não sei. Só não sei se tenho vontade de responder.

— Então não vou te dar mais o cigarro.

— Epa. Ok. Penso que você acredita que me quer, mas que gostaria de ser capaz de querer ele.

As palavras pairaram sobre eles como se impressas no escuro.

— Você é tão... irritantemente imparcial — exclamou Rakel, estendendo o cigarro a Harry e cruzando os braços.

— Talvez a gente não deva falar sobre isso — sugeriu Harry.

— Mas tenho que falar sobre isso! Não está vendo? Senão vou enlouquecer. Meu Deus, eu já estou louca, estar aqui quando... — Ela puxou o edredom até o queixo.

Harry se virou e se aconchegou nela. Antes mesmo de tocá-la, ela havia fechado os olhos, inclinado a cabeça para trás, e pelos lábios entreabertos ele ouviu sua respiração acelerar. E ele pensou: como é que ela faz isso? Passar da vergonha ao tesão num piscar de olhos? Como ela pode ser tão... imparcial?

— Você acha que a consciência pesada deixa a gente com tesão? — disse Harry, vendo-a abrir os olhos e encarar o teto com surpresa e frustração pelo toque dele que não se materializou. — Que somos infiéis não apesar da vergonha, mas por causa dela?

Rakel piscou algumas vezes.

— É, pode ser — disse ela por fim. — Mas isso não é tudo. Não dessa vez.

— Dessa vez?

— É, dessa vez.

— Eu te perguntei isso uma vez, e você tinha dito...

— Eu menti — respondeu ela. — Já fui infiel antes.

— Humm.

Ficaram em silêncio ouvindo o zunido distante da hora do rush da tarde na Pilestredet. Ela tinha vindo direto do trabalho; ele conhecia a rotina dela e de Oleg e sabia que ela logo precisaria ir embora.

— Sabe o que odeio em você? — perguntou ela por fim, dando um beliscão na orelha dele. — Você é tão bestamente orgulhoso e teimoso que nem consegue perguntar se foi com você.

— Bem — disse Harry, pegando o resto do cigarro e admirando o corpo nu dela ao se levantar. — Por que eu ia querer saber?

— Pela mesma razão do marido de Birte. Para revelar a mentira. Trazer a verdade à tona.

— Você acha que a verdade vai fazer Filip Becker menos infeliz de algum modo?

Ela enfiou a cabeça no pulôver justo, de lã grossa e preta, sem mais nada sobre a pele macia. Harry pensou que, se estivesse com ciúmes de alguém, esse alguém seria o pulôver.

— Sabe de uma coisa, Sr. Hole? Para alguém que tem como profissão desencavar verdades incômodas, você certamente gosta de viver uma mentira.

— Ok — disse Harry, apagando o cigarro no cinzeiro. — Desembuche, então.

— Foi em Moscou, enquanto estava com Fjodor. Na embaixada havia um *attaché* norueguês fazendo o curso de treinamento comigo. Ficamos completamente apaixonados.

— E?

— Ele também estava em um relacionamento. Quando estávamos prestes a romper com nossos parceiros, a namorada dele se adiantou e contou que estava grávida. E, como eu em geral tenho bom gosto em matéria de homens... — ela fez beicinho e calçou as botas —, escolhi um que não fugiu da sua responsabilidade. Ele voltou para Oslo, e a gente nunca mais se viu. E eu me casei com Fjodor.

— E logo depois ficou grávida?

— Foi. — Ela abotoou o casaco e olhou para ele. — E de vez em quando me pergunto se não engravidei para esquecer o outro. Se Oleg não seria fruto de amor, mas de uma dor de cotovelo. Não acha?

— Não sei — respondeu Harry. — Só sei que ele é um resultado muito bom.

Ela sorriu agradecida para ele, inclinou-se e o beijou na testa.

— Nunca mais vamos nos ver, Hole.

— Claro que não — disse ele, sentando-se na cama e assim permanecendo, olhando para as paredes despojadas até ouvir o portão da entrada do prédio fechando-se atrás de Rakel com um baque surdo. Depois, foi à cozinha, abriu a torneira e pegou um copo limpo do armário. E, enquanto esperava a água esfriar, passou o olhar pelo calendário com a foto de Oleg, e de Rakel em seu vestido azul-celeste, e em seguida para o chão. Havia duas pegadas de botas molhadas no linóleo. Deviam ser de Rakel.

Ele vestiu o casaco e as botas, estava prestes a sair quando deu meia-volta, pegou seu Smith & Wesson de serviço de cima do armário de roupas e o enfiou no bolso do casaco.

O sexo ainda estava em seu corpo, como um frêmito de bem-estar, uma leve embriaguez. Ele já estava no portão quando um ruído, um clique, o fez se virar e olhar para o pátio nos fundos do prédio, onde a escuridão era mais densa que na rua. Pretendia ir em frente e teria continuado se não fossem as pegadas. As pegadas de botas no linóleo. Por isso, foi até o pátio. A luz amarela das janelas em cima dele era refletida pelos restos de neve que ainda permaneciam onde o sol não alcançava. Estava ao lado da entrada para o porão. Uma figura torta com a cabeça inclinada, olhos feitos de pedrinhas e a boca feita de cascalho ria dele. Uma risada muda reverberou entre os tijolos das paredes, transformando-se num guincho histérico que ele reconheceu como sendo dele mesmo ao agarrar a pá de neve ao lado da escada, balançando-a no ar com fúria violenta. A ponta afiada de metal acertou por baixo da cabeça, levantando-a do corpo, jogando a neve molhada contra o muro. O golpe seguinte partiu o torso do boneco de neve em dois, e o terceiro espalhou os últimos restos sobre o asfalto negro no meio do pátio. Harry estava ali parado, arfando, quando ouviu outro clique atrás de si. Como o som de revólver sendo engatilhado. Com um único movimento suave, ele girou, soltou a pá e sacou o revólver preto.

Na cerca de madeira, embaixo do velho vidoeiro, Muhammed e Salma estavam bem quietinhos, olhando para o vizinho deles com olhos arregalados de medo. As mãos seguravam galhos secos. Os galhos teriam sido braços perfeitos para um boneco de neve se Salma, por puro pânico, não tivesse acabado de quebrar o seu.

— Nosso... Nosso boneco de neve — gaguejou Muhammed.

Harry guardou o revólver na jaqueta e fechou os olhos. Xingando a si mesmo em silêncio, engoliu em seco e instruiu a cabeça a soltar a arma. Depois reabriu os olhos. Os olhos de Salma estavam marejados.

— Desculpa — sussurrou ele. — Vou ajudar vocês a fazer outro.

— Quero ir pra casa — murmurou Salma, sufocando o choro.

Muhammed pegou a mão da irmãzinha e a guiou para casa, contornando Harry em um grande círculo.

Harry ficou parado, sentindo o cano do revólver na mão. O clique. Ele pensou ter sido o som de um cão de revólver armando. Mas estava enganado, aquele procedimento antes do tiro é silencioso. O que se ouve é o som do cão quando desarmado, o som do tiro que não é disparado, o som de estar vivo. Ele pegou sua pistola de novo. Apontou para o chão e apertou o gatilho. O cão ainda não se movia. Só quando forçou mais o gatilho para trás, pensando que o tiro aconteceria a qualquer momento, o cão começou a se levantar. Ele soltou o gatilho. O cão retornou à posição original com um clique metálico. E reconheceu o som. Entendendo que uma pessoa que aperta o gatilho até este ponto tem intenção de atirar.

Harry olhou para as janelas do seu apartamento no terceiro andar. Estavam escuras, e uma ideia lhe ocorreu: ele não fazia a mínima ideia do que acontecia atrás delas quando não estava em casa.

Erik Lossius, apático, estava sentado e olhando pela janela de seu escritório, refletindo sobre o fato de não saber quase nada do que se passava atrás dos olhos castanhos de Birte. Sobre como era pior saber que ela esteve com outros homens do que ela ter desaparecido e que talvez estivesse morta. E que ele teria preferido perder Camilla para um assassino a perdê-la desse modo. Mas, acima de tudo, Erik Lossius estava pensando que deve ter amado Camilla. E ainda amava. Ele havia ligado para os pais dela, mas eles tampouco tinham notícias. Talvez estivesse morando com uma dessas amigas da zona oeste de quem ele apenas havia ouvido falar.

Ele olhou o escurecer da tarde que lentamente descia sobre Groruddalen, cada vez mais denso, apagando os detalhes. Não havia mais trabalho por hoje, mas Erik não tinha vontade de voltar para casa, grande e vazia demais. Ainda não. Havia um compartimento de bebidas variadas no armário atrás dele, a chamada margem de perda de diversos bares nas mudanças. Mas nada para misturar. Ele encheu sua xícara de café com gim e teve tempo de tomar um pequeno gole antes de o telefone tocar. Reconheceu o código da França no display. O número não estava na lista de reclamações, por isso atendeu.

Ele soube que era sua esposa pelo som da respiração, antes que ela pronunciasse uma palavra sequer.

— Onde você está? — perguntou ele.

— Onde você acha? — A voz dela parecia vir de muito longe.

— E de onde você está ligando?

— Do Casper.

Era o café a 3 quilômetros da sua casa de campo.

— Camilla, você está sendo procurada pela polícia.

— Estou?

Pela voz, parecia que ela estava cochilando numa espreguiçadeira. Entediada, mostrando apenas um pouquinho de interesse, com aquela indiferença educada e distante pela qual ele havia se apaixonado anos atrás, no terraço em Blommenholm.

— Eu... — começou ele, mas se deteve. O que podia dizer?

— Achei correto ligar para você antes do nosso advogado — disse ela.

— *Nosso* advogado?

— Da minha família — explicou. — Um dos melhores nesse tipo de caso, receio. Ele vai solicitar imediatamente uma partilha meio a meio de todos os bens e dinheiro. Vamos pedir a casa e vamos consegui-la, mesmo que eu não esconda o fato de que pretendo vendê-la.

Não precisava nem dizer, ele pensou.

— Vou voltar daqui a cinco dias. Presumo que até lá você já tenha se mudado.

— É um tempo muito curto — declarou ele.

— Mas você vai conseguir. Ouvi dizer que ninguém faz um serviço mais rápido e barato que a Rydd & Flytt.

Ela disse a última parte com um desdém que o fez se encolher. Do mesmo modo que ele havia se encolhido desde a conversa com o inspetor Hole. Ele era um cobertor lavado em água quente demais, tinha se tornado pequeno demais para ela, inútil. E com a mesma certeza de que, neste instante, a amava mais do que nunca, ele também sabia que a havia perdido para sempre, não haveria reconciliação. E depois que ela desligara, ele imaginou Camilla observando o pôr do sol na Riviera francesa, com óculos de sol comprados por 20 euros, mas que nela pareciam Gucci ou Dolce & Gabbana ou... Ele já se esquecera os nomes das outras marcas.

Harry subiu as colinas altas na zona oeste da cidade. Deixou o carro no estacionamento grande e vazio do ginásio e continuou a pé até a pista de esqui de Holmenkollen. Lá, ficou no mirante ao lado da rampa de esqui, onde ele e alguns turistas fora da estação olhavam por sobre as tribunas vazias nos dois lados da rampa para o lago lá embaixo, que era drenado no inverno, e para a cidade que se esparramava em direção ao fiorde. Uma vista dá perspectiva. Não tinham evidências concretas. O Boneco de Neve esteve tão perto, a sensação era de que teria bastado esticar a mão para tocá-lo. Mas em seguida ele havia escorregado das mãos, ficando fora de alcance, como um astuto boxeador profissional. O inspetor sentia-se velho, pesado e desajeitado. Um dos turistas estava olhando para ele. O peso do revólver puxava o casaco um pouco para baixo no lado direito. E os corpos, onde diabos estavam os corpos? Até corpos enterrados reaparecem. Ele estava usando ácido?

Harry pressentiu os primeiros sintomas da resignação. Não, isso não! No curso do FBI haviam estudado casos que levaram mais de dez anos até que o criminoso fosse pego. Em geral, parecia que o caso era solucionado apenas por um único detalhe casual. Mas o fator decisivo era que nunca haviam desistido; tinham lutado todos os 15 rounds, e, se o oponente ainda continuasse de pé, gritavam por revanche.

O escuro da tarde crescia na cidade embaixo dele, enquanto as luzes ao redor se acendiam aos poucos.

Eles tinham de começar a procurar onde havia luz. Era uma regra de trabalho banal, mas importante. Comece por onde tiver pistas. Nesse caso, significava começar com a pessoa menos provável possível, com a pior e mais maluca ideia que já teve.

Harry suspirou, pegou o celular e procurou na lista de chamadas realizadas. Não havia muitas, por isso ainda estava ali, a conversa curtíssima no Hotel Leon. Ele digitou ok no "Ligue para".

Oda Paulsen, do programa *Bosse*, atendeu imediatamente, com a voz alegre e animada de uma pessoa que via todas as ligações recebidas como uma oportunidade nova e interessante. E, dessa vez, de algum modo, estava certa.

21

Dia 18

A sala de espera

Era a sala do grande pavor. Talvez por isso algumas pessoas a chamassem de "sala de espera", como se estivessem no dentista. Ou "antessala", como se a porta pesada entre o pequeno conjunto de sofás no Estúdio 1 levasse a algo importante ou até sagrado. Mas, nos prédios estatais do rádio e da TV norueguesa na área de Marienlyst, em Oslo, todos se referiam àquele lugar simplesmente, e sem criatividade, como *lounge* do Estúdio 1. Todavia, era o ambiente mais interessante que Oda Paulsen conhecia.

Quatro dos seis convidados que participariam da edição de *Bosse* daquela noite haviam chegado. Como sempre, os convidados menos conhecidos e que apareceriam por menos tempo tinham chegado primeiro. Agora estavam sentados em um dos sofás, recém-maquiados, os rostos vermelhos de ansiedade enquanto conversavam entre si, bebericando chá ou vinho tinto, com seus olhares involuntariamente procurando o monitor que mostrava o plano geral do estúdio no outro lado da porta. Lá dentro haviam liberado a entrada do público, e o gerente de produção os instruía sobre como aplaudir e rir. A imagem também mostrava a cadeira do apresentador e as quatro cadeiras dos convidados, todas vazias, à espera de pessoas, conteúdo, entretenimento.

Oda adorava aqueles minutos intensos e nervosos pouco antes de o programa ir ao ar. Toda sexta, durante quarenta minutos, isso era o mais perto do centro do mundo que era possível se chegar na Noruega. Entre vinte e vinte e cinco por cento dos habitantes assistiam ao programa, uma porcentagem absurdamente alta para um programa de entrevistas. Quem trabalhava lá não só estava presente *onde* as coisas aconteciam, mas era *o próprio acontecimento*. Era o polo norte magnético das celebridades atraindo tudo e todos. E como a fama é uma droga viciante e do

Polo Norte a bússola só aponta em uma direção — sul, para baixo —, todos ali se agarravam aos seus empregos. Um freelancer como Oda tinha que mostrar serviço para continuar no time na próxima temporada, e era por isso que ela estava tão feliz por ter recebido aquela ligação ontem no fim da tarde, pouco antes da reunião editorial. Bosse Eggen, o próprio, havia sorrido para ela, dizendo que era um belo furo. O furo de Oda.

O tema da noite seria jogos para adultos. Um tema típico do *Bosse*, adequadamente sério, mas sem ficar pesado. Algo sobre o qual todos os convidados podiam expressar suas opiniões semiqualificadas. Entre os convidados estava uma psicóloga que havia escrito uma tese sobre o tema, mas o convidado principal era Arve Støp. No sábado, sua revista *Liberal* completaria 25 anos. Støp não havia objetado quanto a ser vinculado à imagem de um adulto brincalhão, um playboy, quando Oda se encontrou com ele para uma prévia em seu apartamento. Ele havia apenas dado um riso quando ela traçou um paralelo entre ele e um maduro Hugh Hefner, metido num robe e fumando cachimbo, numa eterna despedida de solteiro em sua mansão. Oda havia sentido o olhar dele sobre ela, inquisitivo e curioso, até perguntar se Arve Støp não sentia falta de ter filhos, um herdeiro para o império.

— *Você* tem filhos? — perguntara ele.

E quando Oda respondeu que não, Arve, para surpresa dela, parecia de repente ter perdido o interesse por ela e pela conversa. Por isso, ela terminara rapidamente, passando as informações de rotina sobre local, horário da maquiagem e sobre a preferência por não usar roupa listrada. Falou também que os temas e os demais convidados podiam ser alterados em cima da hora, visto que aquele era um programa de atualidades, e assim por diante.

E agora Arve Støp estava na sala de estar, Estúdio 1, vindo direto da maquiagem. Com olhos de um intenso azul e cabelos grisalhos, fartos e recém-penteados, mas longos o suficiente para as pontas ficarem para cima ou para baixo num estilo convenientemente rebelde. Ele vestia um terno cinza simples, que todos sabiam que custava os olhos da cara, embora ninguém soubesse dizer exatamente como sabiam. Uma mão bronzeada já estava estendida para cumprimentar a psicóloga sentada no sofá com amendoins e uma taça de vinho tinto.

— Eu não sabia que as psicólogas podiam ser tão bonitas — disse ele à mulher. — Espero que as pessoas também prestem atenção no que você tem a dizer.

Oda viu a hesitação da psicóloga antes de abrir um largo sorriso. E mesmo que a mulher certamente tenha entendido que o elogio de Støp era uma piada, Oda viu pelo brilho nos olhos dela que fora eficaz.

— Oi, pessoal, obrigado a todos pela presença! — Bosse Eggen entrou em grande estilo. Ele começou com os convidados à esquerda; deu um aperto de mão, olho no olho, e disse como estava feliz por tê-los no programa e que se sentissem à vontade para interromper os demais com comentários ou perguntas; assim, a conversa ficaria mais animada.

Gubbe, o produtor, sinalizou para que Støp e Bosse se retirassem para a sala ao lado para bater um papo sobre a entrevista principal e a abertura do programa. Oda olhou o relógio. Oito minutos e meio para irem ao ar. Começou a ficar um pouco preocupada e pensou em ligar para a recepção para saber se ele já havia chegado; o verdadeiro convidado principal. O furo. Mas, ao levantar o olhar, ele apareceu na sua frente com um dos assistentes, e ela sentiu o coração saltitar. Ele não era exatamente bonito, talvez até feio, mas Oda não tinha vergonha em admitir que sentia certa atração por ele. E que essa atração tinha algo a ver com o fato de ele ser o convidado que todas as redações de TV da Escandinávia gostariam de ter neste exato momento. Porque era o homem que havia prendido o Boneco de Neve, o maior criminoso na Noruega em anos.

— Eu disse que iria me atrasar — disse Harry Hole antes que ela conseguisse abrir a boca.

Oda inalou o cheiro da respiração dele. Da última vez que havia participado do programa, ele estava visivelmente embriagado e havia enchido o saco da nação inteira. Pelo menos entre vinte e vinte e cinco por cento dela.

— Estamos felizes por você estar aqui — anunciou ela, com a voz assobiada. — Você é o segundo a entrar. E aí permanece sentado pelo resto do programa; os outros são substituídos aos poucos.

— Está bem — respondeu ele.

— Leve-o para a maquiagem — disse Oda ao assistente. — Use Guri.

Guri não era apenas eficiente, ela também conhecia truques simples, e outros menos simples, para fazer um rosto cansado se tornar apresentável para um público da TV.

Saíram, e Oda respirou fundo. Ela amava aqueles últimos minutos de nervosismo quando tudo parecia caótico, mas acabava entrando nos eixos.

Bosse e Støp voltaram. Oda levantou o polegar para Bosse. Ela ouviu os aplausos do público quando a porta do estúdio se fechou. No monitor, viu Bosse tomar seu lugar, e sabia que o diretor de filmagem fazia a contagem regressiva. Então, entrou a vinheta, e estavam no ar.

Oda percebeu que havia algo de errado. Estavam quase no final do programa e tudo havia se passado às mil maravilhas. Arve Støp esteve brilhante, e Bosse estava se deleitando. Arve Støp tinha dito que ele era conhecido como elitista por ser elitista mesmo. E que ele não seria lembrado se não sofresse uma ou duas derrotas de verdade.

— As boas histórias nunca são sobre o sucesso regular, mas sobre as perdas espetaculares — dissera Støp. — Mesmo que Roald Amundsen tenha ganhado a corrida e se tornado o primeiro a chegar ao Polo Sul, é Robert Scott quem é lembrado pelo mundo. Nenhuma batalha ganha de Napoleão é lembrada como a derrota em Waterloo. O orgulho nacionalista sérvio tem por base a batalha contra os turcos em Kosovo Polje em 1389, uma batalha que os sérvios perderam feio. E vejam Jesus! O símbolo do homem que alegam ter vencido a morte devia ser este homem em frente à sepultura com os braços ao céu. Em vez disso, os cristãos sempre preferiam a derrota espetacular; quando ele pendia na cruz, perto de desistir. Porque é sempre a história da perda que mais nos toca.

— E você gostaria de fazer como Jesus?

— Não — respondera Støp, baixando o olhar e sorrindo enquanto o público ria. — Eu sou covarde. Fico com o sucesso esquecível.

Em vez de sua notória arrogância, Støp havia mostrado um inesperado lado afável, quase humilde. Bosse perguntou se ele, como solteiro inveterado, não sentia vontade de ter uma mulher ao seu lado. E, quando Støp respondeu que sim, que sentia falta, só não tinha encontrado a mulher certa, Oda sabia que ia chover pedidos de casamento na caixa postal dele. O público respondeu com um longo e caloroso aplauso. Em seguida, Bosse fez uma dramática apresentação.

— Sempre na caçada, o lobo solitário da Polícia de Oslo, inspetor Harry Hole. — E, quando a câmera por um momento enquadrou Støp, Oda achou ver certo espanto em seu rosto.

Parecia que Bosse tinha gostado da resposta dada à pergunta sobre ter uma relação estável, porque tentou seguir o mesmo tema ao perguntar se Harry, também solteiro, não sentia falta de ter uma mulher. Harry esboçou um sorriso e fez um gesto de que não. Mas Bosse não ia deixar escapar e perguntou se talvez houvesse uma em especial por quem estivesse esperando.

— Não — respondeu Harry, curta e docemente.

Normalmente, uma rejeição semelhante teria impelido Bosse a pressionar o convidado, mas ele sabia que não podia estragar a melhor parte. O Boneco de Neve. Por isso perguntou se Harry podia contar sobre o caso que a Noruega inteira estava comentando, o primeiro serial killer do país. E Harry se contorceu na cadeira como se fosse pequena demais para seu corpo grande, enquanto resumia os acontecimentos em frases curtas e estruturadas. Contou que durante os últimos anos ocorreram desaparecimentos com claras semelhanças. Todas as mulheres desaparecidas estavam em relações estáveis, tinham filhos, e não havia qualquer vestígio dos cadáveres.

Bosse tinha adotado aquela expressão séria, indicando que este seria um bloco sem piadas.

— Este ano, Birte Becker desapareceu de sua casa em Hoff, aqui em Oslo, em circunstâncias parecidas — disse Harry. — E logo em seguida Sylvia Ottersen foi encontrada morta em Sollihøgda, nos arredores de Oslo. Foi a primeira vez que encontramos um corpo. Ou, pelo menos, partes de um.

— Sim, porque acharam a cabeça dela, não é? — perguntou Bosse. Ponderadamente informativo para quem não era do meio, e no estilo "sangue e tabloides" para quem era. Ele era tão profissional que Oda se inflou de contentamento.

— Depois encontramos o corpo de um policial desaparecido perto de Bergen — continuou Harry. — Ele estava desaparecido há 12 anos.

— Rafto de Ferro — disse Bosse.

— Gert Rafto — corrigiu Harry. — Há alguns dias, encontramos o corpo de Idar Vetlesen em Bygdøy. São os únicos que temos.

— Qual você diria que tem sido o pior aspecto desse caso? — Oda foi capaz de perceber a impaciência na voz de Bosse, provavelmente porque Harry não havia mordido a isca da cabeça, nem retratado os assassinatos com os detalhes sangrentos que esperava.

— Terem se passado muitos anos até descobrirmos uma ligação entre os desaparecimentos.

Outra resposta sem graça. O diretor de filmagem sinalizou a Bosse para que começasse a pensar numa passagem para o tema seguinte.

Bosse juntou as pontas dos dedos.

— E agora o caso está esclarecido, e novamente você é a estrela, Harry. Como se sente? Recebe cartas de fãs? — O sorriso apaziguador. Haviam saído do bloco sem piadas.

O inspetor fez um longo sim e, concentrado, umedeceu os lábios, como se a formulação da resposta fosse importante.

— Bem, recebi uma carta no início do outono, mas creio que Støp possa contar mais sobre isso.

Close em Støp olhando para Harry levemente curioso. Seguiram-se dois longos segundos televisivos. Oda mordeu o lábio inferior. Do que Harry estava falando? Então Bosse entrou e esclareceu:

— Claro. Støp recebe muitas cartas de fãs. E *groupies*. E você, Hole, também tem *groupies*? Existem *groupies* de policiais?

O público soltou um riso contido.

— Vamos — encorajou Bosse. — Alguma aspirante às vezes deve pedir umas aulas extras de revista corporal.

A audiência riu para valer. Contente, Bosse sorriu de satisfação.

Harry Hole ficou impassível, o olhar resignado, lançando um olhar para a porta de saída. Por um breve momento de inquietude, Oda pensou que ele ia se levantar e ir embora. Em vez disso, voltou-se para Støp na cadeira ao lado.

— O que você faz, Støp? Quando, depois de uma palestra em Trondheim, uma mulher vem e diz que ela só tem um seio, mas que está a fim de trepar com você. Você a convida para uma aula extra no quarto do hotel?

O público se calou imediatamente, e até Bosse parecia perplexo.

Só Arve Støp pareceu achar a pergunta divertida.

— Não, não é o que faço, não. Não porque o sexo não seria legal com um seio apenas, mas porque as camas nos hotéis de Trondheim são muito apertadas.

O público riu, mas sem força, mais por alívio de que a conversa não tenha se tornado mais constrangedora. A psicóloga foi apresentada.

Conversaram sobre adultos que gostam de brincar, e Oda notou que Bosse conduzia a conversa para longe de Harry Hole. Devia ter decidido que o policial imprevisível não estava em boa forma hoje. Por isso, Arve Støp, que definitivamente estava em boa forma, ganhou mais tempo no ar.

— Do que você gosta de brincar, Støp? — perguntou Bosse com uma expressão ingênua que destacava as entrelinhas nada ingênuas. Um deleite para Oda, considerando que fora ela quem havia preparado aquela pergunta.

Mas, antes que Støp tivesse tempo de responder, Harry Hole se inclinou na direção dele e perguntou em voz alta e clara:

— Você faz bonecos de neve?

E foi então que Oda entendeu que havia algo de errado. O tom de voz autoritário e irritado de Harry, sua linguagem corporal agressiva, Støp erguendo uma das sobrancelhas, surpreso, enquanto seu rosto parecia se encolher e retesar. Bosse ficou calado. Oda não sabia o que estava acontecendo, mas contou quatro segundos, uma eternidade para uma transmissão ao vivo na TV. Então entendeu que Bosse sabia o que estava fazendo. Porque, mesmo que Bosse considerasse ser sua tarefa criar um bom tom entre os convidados, ele sabia, evidentemente, que a tarefa mais importante, a tarefa primordial, era entreter. E não há melhor entretenimento do que pessoas com raiva, que perdem o controle, que choram, que sofrem algum tipo de crise ou que de outra forma revelem seus sentimentos diante de um grande público ao vivo. Foi exatamente por isso que ele simplesmente soltou as rédeas e olhou para Støp.

— Claro que faço bonecos de neve — respondeu Støp após os quatro segundos. — Eu os faço no terraço do prédio, ao lado da minha piscina. Eu os faço de forma que cada um se pareça com alguém da família real. Assim, quando chega a primavera, fico feliz por saber que coisas que não pertencem à estação derretem e desaparecem.

Pela primeira vez na noite, Støp não recebeu nem riso, nem aplauso. Oda pensou que Støp devia saber que comentários essencialmente antimonárquicos jamais recebiam nada.

Resoluto, Bosse cortou o silêncio ao apresentar a artista pop que falaria sobre seu recente colapso em cena, e depois fecharia o programa cantando o *single* que seria lançado na segunda-feira.

— Que merda foi aquela? — perguntou Gubbe, o produtor, que agora tomou lugar atrás de Oda.

— Talvez ele não esteja sóbrio afinal — respondeu Oda.

— Meu Deus, ele é um maldito policial! — retrucou Gubbe.

No mesmo instante, Oda lembrou que ele era dela. Seu furo.

— Mas ele é demais! — disse.

O produtor não respondeu.

A cantora falou de seus problemas psicológicos, explicou que haviam sido herdados, e Oda olhou o relógio. Quarenta segundos. Isso era sério demais para uma noite de sexta-feira. Quarenta e três. Bosse interrompeu depois de quarenta e seis segundos.

— E você, Arve? — No final do programa, Bosse costumava passar a usar o primeiro nome do convidado principal. — Já experimentou a sensação da loucura ou outra doença hereditária grave?

Støp sorriu.

— Não, Bosse. A não ser que você considere o vício pela liberdade total uma doença. Na verdade, é uma fraqueza familiar.

Bosse havia chegado à última rodada, só precisava passar pelos outros convidados antes de apresentar a música. Palavras finais da psicóloga sobre o lado lúdico da vida. E então:

— E agora que o Boneco de Neve não está mais entre nós, talvez você tenha tempo de tirar alguns dias para brincar, Harry?

— Não — respondeu Harry. Ele estava tão afundado na cadeira que as pernas compridas quase tocavam a cantora. — O Boneco de Neve não foi pego.

Bosse franziu a testa, sorriu e esperou pela continuação, pela piada. Oda pediu a Deus que ela fosse melhor que a frase anterior.

— Eu nunca disse que Idar Vetlesen era o Boneco de Neve — disse Harry Hole. — Pelo contrário. Tudo leva a crer que o Boneco de Neve ainda esteja solto por aí.

Bosse soltou um risinho. Era o riso que usava para atenuar uma tentativa malsucedida do convidado de ser engraçado.

— Pelo sono da minha mulher, espero que você esteja brincando — disse Bosse.

— Não — respondeu Harry. — Não estou.

Oda olhou o relógio e sabia que o diretor de filmagem estava atrás da câmera, pulando para cima e para baixo, passando a mão sobre o pescoço para sinalizar a Bosse que estavam passando da hora, que ele precisava dar início à música, para que o primeiro refrão entrasse antes dos créditos. Mas Bosse era o melhor. Ele sabia que isso era mais importante que todos os *singles* no mundo. Por isso, ignorou o sinal e se inclinou para a frente na cadeira, mostrando a quem estivesse em dúvida sobre o que aquilo se tratava. O furo. A notícia sensacional. Aqui, no seu programa, no programa deles. O tremor em sua voz era quase genuíno.

— Está nos dizendo aqui e agora que a polícia mentiu, Hole? Que o Boneco de Neve está lá fora e pode acabar com outras vidas?

— Não — respondeu Harry. — Não mentimos. Mas surgiram novos fatos.

Bosse girou a cadeira, e Oda achou ser capaz de ouvir o produtor de imagens gritando "câmera 1", em seguida surgindo o rosto de Bosse, seu olhar encarando os espectadores.

— E imagino que teremos mais detalhes no noticiário da noite. *Bosse* estará de volta na próxima sexta-feira. Obrigado por assistirem.

Oda fechou os olhos enquanto a banda começava a tocar.

— Meu Deus. — Ouviu o produtor chiar atrás de si. E depois repetir: — Meu bom Deus no céu. — Oda só queria gritar. Gritar de prazer. Aqui, ela pensou. Aqui no Polo Norte. Não *estamos* onde as coisas acontecem. Nós *somos* o que acontece.

22

Dia 18

DNA

Do lado de dentro do restaurante Schrøder, Gunnar Hagen estava parado próximo à porta, olhando ao redor. Ele havia saído de casa exatamente 32 minutos e três conversas telefônicas depois que rolaram os créditos de *Bosse*. Ele não havia encontrado Harry em casa, em Kunstnernes Hus ou em sua sala na delegacia. Foi Bjørn Holm quem dera a dica de tentar o Schrøder, o lugar favorito de Harry. O contraste entre a clientela jovem, bonita e semifamosa do Kunstnernes Hus e a clientela desregrada de beberrões do Schrøder era impressionante. A uma mesa num canto, ao lado da janela, estava Harry, sozinho. Com um chope.

Hagen abriu caminho até a mesa.

— Estava tentando te ligar, Harry. Desligou o celular?

O inspetor levantou o olhar, os olhos embaçados.

— Está uma confusão. Um monte desses jornalistas de merda de repente estava atrás de mim.

— Na NRK me disseram que o pessoal do *Bosse* e os convidados costumam ir para Kunstnernes Hus depois do programa.

— O pessoal da imprensa estava me esperando na frente. Por isso, me mandei. Do que se trata, chefe?

Hagen se jogou numa cadeira e olhou Harry levar o chope aos lábios, o líquido dourado escorrendo para dentro de sua boca.

— Conversei com o superintendente — começou Hagen. — Isso é sério, Harry. Vazar que o Boneco de Neve ainda está à solta é quebra de sigilo profissional.

— Correto — concordou Harry e bebeu outro gole.

— Correto? É tudo o que você tem a dizer? Pelo amor de Deus, Harry, por quê?

— O público tem o direito de saber — disse Harry. — A nossa democracia é baseada na franqueza, chefe.

Hagen deu um soco na mesa, recebendo alguns olhares encorajadores das mesas vizinhas e um de repreensão da garçonete que passava com o braço cheio de canecas de chope.

— Não brinque comigo, Harry. Anunciamos publicamente que o caso estava solucionado. Você colocou a corporação numa péssima situação. Está ciente disso?

— Meu trabalho é pegar bandidos — declarou Harry. — Não ficar bem diante das câmeras.

— São dois lados da mesma moeda, Harry! Nossas condições de trabalho dependem da opinião pública. A imprensa é fundamental!

Harry fez que não.

— A imprensa nunca me impediu ou me ajudou a solucionar um único caso. A imprensa só é importante para pessoas que querem aparecer. As pessoas a quem você dirige seus relatórios só estão preocupadas com resultados concretos na medida em que eles lhes conferem uma boa imagem na imprensa. Ou evitem mídia negativa. Eu quero pegar o Boneco de Neve, ponto final.

— Você é um perigo para os seus colegas — disse Hagen. — Sabe disso?

Harry pareceu avaliar a afirmação antes de fazer que sim com a cabeça, depois esvaziou o copo e sinalizou para a garçonete que queria outro.

— Conversei com o superintendente e com o comandante hoje à noite — anunciou Hagen, retesando-se. — Disseram para localizá-lo e colocar uma mordaça em você imediatamente. A partir deste momento. Entendido?

— Certo, chefe.

Hagen piscou, surpreso, mas a expressão no rosto de Harry nada revelou.

— A partir de agora, vou ter que ficar de olho em tudo em tempo integral — disse o chefe da Homicídios. — Quero relatórios contínuos. Sei que não vai fazê-los, por isso conversei com Katrine Bratt e passei a tarefa para ela. Alguma objeção?

— Nenhuma, chefe.

Hagen pensou que Harry devia estar mais bêbado do que aparentava.

— Bratt contou que você pediu a ela que fosse ver essa tal assistente de Idar Vetlesen e verificar os registros de Arve Støp. Sem passar pelo promotor público. O que diabos vocês dois estão fazendo? Sabe o risco que estaríamos correndo caso Støp tivesse descoberto?

Harry levantou a cabeça como um animal vigilante.

— O que quer dizer com se ele *tivesse* descoberto?

— Felizmente não havia nenhum registro de Støp lá. Essa secretária de Vetlesen disse que nunca houve registro em nome dele.

— Sério? E por que não?

— Como eu posso saber, Harry? Só que acho melhor assim, não estamos precisando de mais problemas agora. Arve Støp, meu Deus! De qualquer modo, de agora em diante, Bratt vai estar no seu encalço o tempo todo para poder fazer relatórios para mim.

— Humm — disse Harry, acenando para a garçonete, que colocou outro chope na sua frente. — Ela já não está instruída?

— Como assim?

— Quando ela começou, você disse a ela que eu seria seu... — Harry se deteve de repente.

— Seu o quê? — perguntou Hagen, irritado.

Harry fez que não.

— O que foi? Algo errado?

— Nada — disse Harry, esvaziou a metade do chope num grande gole e pôs uma nota de 100 coroas na mesa. — Tenha uma boa noite, chefe.

Hagen ficou sentado até Harry ter saído. Só então percebeu que não havia bolhas subindo à superfície do copo ainda pela metade. Ele lançou alguns olhares ao redor e cuidadosamente pôs o copo aos lábios. Gosto ácido. Sidra sem álcool.

Harry voltou para casa por ruas silenciosas. As janelas dos prédios antigos e de poucos andares luziam como olhos de gato na noite. Teve uma súbita vontade de ligar para Tresko para saber como ele estava indo, mas decidiu deixá-lo ter a noite para trabalhar, conforme combinado. Contornou a esquina da Sofie. Deserta. Dirigia-se para seu prédio quando captou um movimento e um leve cintilar. Luz refletida em óculos. Uma pessoa estava no outro lado da fileira de veículos ao longo da calçada, aparentemente tendo problemas para abrir a porta de um carro. Harry conhecia os carros que costumavam ficar estacionados naquela parte da rua. E aquele carro, um Volvo C70 azul, não era um deles.

Estava escuro demais para Harry ver o rosto com clareza, mas notou que a pessoa movia a cabeça de modo a manter os olhos nele. Um jornalista? Harry passou pelo carro. Pelo retrovisor de outro veículo, viu uma sombra sair por entre os carros estacionados e se aproximar dele por trás. Sem pressa, Harry enfiou a mão por baixo do casaco. Ouviu os passos se aproximarem. E sua raiva chegando. Ele contou até três, e se virou. A pessoa atrás dele congelou no asfalto.

— É a mim que está procurando? — perguntou Harry, rouco, dando um passo para a frente com o revólver em riste.

Ele agarrou o homem pelo colarinho, puxou-o de lado e o derrubou antes de se jogar por cima, os dois caindo sobre a capota de um carro. Harry pressionou o antebraço na garganta do homem e encostou o cano do revólver na lente dos óculos.

— Está atrás de mim? — sibilou Harry.

A resposta do homem foi abafada pelo alarme do carro. O barulho encheu completamente a rua. O homem tentou se soltar, mas Harry o segurou com força até ele desistir. A cabeça bateu na capota com um baque surdo, e a luz do poste caiu sobre o rosto do sujeito. Então, Harry o soltou. O outro se encolheu, tossindo.

— Vamos! — gritou Harry por cima do uivo insistente, agarrou o homem pelo braço e o arrastou para o outro lado da rua.

Abriu o portão e empurrou o homem para dentro.

— Que merda você está fazendo aqui? — perguntou Harry. — E como sabe onde eu moro?

— Tentei a noite toda ligar para o número que você me deu. No fim das contas acabei ligando para o auxílio à lista, que me deu seu endereço.

Harry olhou para o homem. Quer dizer, olhou para o fantasma do homem. Até na prisão preventiva o professor Filip Becker estivera melhor.

— Eu precisei desligar o celular — respondeu Harry.

Ele subiu as escadas para seu apartamento seguido por Becker, destrancou a porta, tirou as botas, foi à cozinha e ligou a cafeteira.

— Vi você no *Bosse* mais cedo — disse Becker. Ele havia entrado na cozinha, sem tirar o casaco e os sapatos. Seu rosto estava cadavérico. — Você foi corajoso. Por isso resolvi ser corajoso também. Devo isso a você.

— Me deve?

— Você acreditou em mim quando ninguém mais acreditava. Você me salvou de ser humilhado publicamente.

— Humm. — Harry puxou uma cadeira para o professor, mas ele declinou.

— Já vou embora, só queria te contar algo que ninguém mais pode saber. Nem sei se tem alguma relação com o caso, mas é sobre Jonas.

— E?

— Tirei um pouco de sangue dele na mesma noite em que fiz uma visita a Camilla Lossius.

Harry se lembrou do band-aid no antebraço de Jonas.

— Além de uma amostra da mucosa bucal. Mandei-os para o departamento de paternidade do Instituto de Perícia Técnica para um teste de DNA.

— É mesmo? Pensei que para fazer isso a pessoa precisasse de um advogado.

— Antes era assim. Agora, qualquer cidadão pode comprar o teste. Duas mil e oitocentas coroas por pessoa. Um pouquinho mais se você quiser o resultado logo. Optei pelo último. E o resultado veio hoje. Jonas... — Becker parou e respirou fundo. — Jonas não é meu filho.

Harry assentiu lentamente.

Becker balançou nos calcanhares como se quisesse pegar impulso.

— Pedi para conferi-lo com todos os dados do banco deles. Encontraram um DNA idêntico.

— Idêntico? Quer dizer que Jonas estava registrado no banco?

— É.

Harry pensou. Começou a compreender o que aquilo significava.

— Em outras palavras, alguém já havia mandado fazer um exame de DNA de Jonas — disse Becker. — Informaram que o exame anterior tem sete anos.

— E eles confirmaram que era Jonas?

— Não, era anônimo. Mas tinham o nome de quem pediu o teste.

— E quem foi?

— Um centro médico que não existe mais. — Harry sabia a resposta antes de Becker pronunciá-la. — A Clínica Marienlyst.

— Idar Vetlesen — declarou Harry, inclinando a cabeça como se estudasse um quadro para determinar se estava torto ou não.

— Exato — disse Becker, batendo as mãos e sorrindo sem força. — Era isso. Só queria dizer que... eu não tenho filho.

— Sinto muito.

— Na verdade, faz muito tempo que tenho essa sensação.

— Humm. Por que a pressa em vir me contar?

— Não sei — respondeu Becker.

Harry esperou.

— Eu... Eu tinha que fazer alguma coisa esta noite. Como vir até aqui. Caso contrário não sei o que eu teria feito. Eu... — O professor fez uma pausa. — Agora estou só. Minha vida não tem mais muito sentido. Se aquela pistola fosse de verdade...

— Não — disse Harry. — Nem pense nisso. Deixa pra lá. Quanto mais você pensar nisso, mais atraente a ideia vai ficar. E você está se esquecendo de uma coisa. Mesmo que a sua vida não tenha mais sentido para você, tem para os outros. Para Jonas, por exemplo.

— Jonas? — bufou Becker com um riso amargo. — A prova da infidelidade de Birte? E esse "Deixa pra lá" é algo que te ensinaram na Academia de Polícia?

— Não — respondeu Harry.

Os dois se encararam.

— Enfim — concluiu Becker. — Agora você sabe.

— Obrigado — respondeu Harry.

Depois de Becker ter ido embora, Harry continuou sentado, tentando determinar se o quadro estava torto, sem perceber que a água tinha fervido, que a cafeteira havia desligado e que a luzinha vermelha abaixo do botão de ligar morrera lentamente.

23

Dia 19

Mosaico

Eram sete horas da manhã, e nuvens fofas camuflavam o amanhecer quando Harry entrou no corredor do sétimo andar do arranha-céu em Frogner. Tresko deixara a porta de casa entreaberta, e, quando Harry entrou, ele estava sentado com os pés na mesa de centro verde, a bunda no sofá e o controle remoto na mão esquerda. As imagens em reverso na tela da TV se dissolviam num mosaico digital.

— Não está a fim de uma cerveja? — repetiu Tresko, erguendo a garrafa já pela metade. — Hoje é sábado.

Harry pensou ser capaz de ver gases tóxicos no ar. Os dois cinzeiros estavam abarrotados de guimbas.

— Não, obrigado — disse Harry, sentando-se. — E então?

— Bem, só tive uma noite — disse Tresko e parou o DVD. — Em geral, levo no mínimo dois dias.

— Essa pessoa não é um jogador de pôquer profissional — disse Harry.

— Não esteja tão seguro disso — disse Tresko, bebendo do gargalo. — Ele blefa melhor do que muitos jogadores de cartas. Vejamos, é aqui que você faz a pergunta planejada, em que achou que ele ia mentir, não é?

Tresko apertou o play e Harry se viu no estúdio de TV. Vestia um paletó risca de giz, de marca sueca, ligeiramente apertado. Uma camiseta preta que fora presente de Rakel. Jeans Diesel e botas Dr. Marten. Estava sentado numa posição estranha e desconfortável, como se a cadeira tivesse pregos no encosto. A pergunta ecoou pelos alto-falantes da TV: "Você a convida para uma aula extra no quarto do hotel?" "Não, não é o que faço, não", Støp havia começado a responder, mas seu rosto congelou quando Tresko apertou o pause.

— E você sabe que ele está mentindo agora? — perguntou Tresko.

— Sei — afirmou Harry. — Ele trepou com uma amiga de Rakel. As mulheres não costumam contar vantagem. O que vê?

— Se tivesse tido tempo para passar isso para o computador, podia ampliar a imagem dos olhos, mas não preciso. Dá para ver que as pupilas dilataram. — Tresko levantou um indicador com a unha roída para a tela. — Isso é um sinal bem clássico de estresse. E veja as narinas, consegue ver que se dilataram um pouco? É o que fazemos em momentos de estresse, quando o cérebro precisa de mais oxigênio. Mas não quer dizer que ele esteja mentindo; muitas pessoas ficam estressadas mesmo quando dizem a verdade. Ou não se estressam quando mentem. Você pode ver, por exemplo, que ele não mexe as mãos.

Harry notou que a voz de Tresko havia passado por uma transformação, não chiava mais; estava suave, quase agradável. Harry olhou para a tela, para as mãos de Støp, imóveis sobre o colo, a esquerda por cima da direita.

— Infelizmente, receio dizer que não existem sinais fixos — declarou Tresko. — Todos os jogadores de pôquer são diferentes, por isso tudo que precisamos fazer é localizar essas diferenças. Encontrar o que fica diferente naquela pessoa quando ela mente e quando diz a verdade. É como uma triangulação, são necessários dois pontos fixos.

— Uma mentira e uma resposta verdadeira. Parece simples.

— *Parece* é a palavra certa. Se a gente supõe que ele diz a verdade quando conta sobre o início da sua revista e por qual motivo ele detesta políticos, temos o segundo ponto. — Tresko procurou e apertou play. — Olha.

Harry olhou. Mas obviamente não viu o que devia ver. Ele fez um gesto negativo.

— As mãos — indicou Tresko. — Olhe as mãos.

Harry viu o dorso das mãos bronzeadas de Støp descansando nos braços da cadeira.

— Não se movem — disse Harry.

— Sim, mas ele não as está escondendo — explicou Tresko. — É típico de jogadores de pôquer ruins, quando têm cartas fracas, escondê-las nas mãos. E, ao blefarem, costumam colocar uma das mãos meio pensativa sobre a boca, para esconder expressões faciais. Nós os chamamos de escondedores. Outros exageram o blefe endireitando-se na cadeira ou inclinando os ombros para trás para parecerem maiores do que são. Nós os chamamos de blefadores. Støp é um escondedor.

Harry se inclinou para a frente.

— Você já...?

— Já — respondeu Tresko. — E continua assim pelo resto do vídeo. Ele retira as mãos dos braços da cadeira e esconde a direita; presumo que seja destro, quando mente.

— Qual é a reação dele quando pergunto se faz bonecos de neve? — Harry nem tentou esconder seu entusiasmo.

— Ele mente — respondeu Tresko.

— Em que parte? Sobre fazer bonecos de neve ou sobre fazê-los no próprio terraço?

Tresko soltou um grunhido curto, que Harry interpretou como riso.

— Isso aqui não é uma ciência exata — disse Tresko. — Como disse, ele não é um jogador ruim. Nos primeiros segundos depois de você ter feito a pergunta, ele mantém as mãos no braço da cadeira, como se tivesse a intenção de dizer a verdade. Ao mesmo tempo, as narinas se dilatam um pouquinho ao passo que ele vai ficando estressado. Mas então ele muda de ideia, esconde a mão direita e vem com uma mentira.

— Exato — disse Harry. — E isso quer dizer que ele tem algo a esconder, não é?

Tresko apertou os lábios como se quisesse mostrar que não era assim tão simples.

— Ou pode querer dizer que escolhe contar uma mentira que ele sabe que será desmascarada. Para esconder que ele podia muito bem ter dito a verdade.

— Como assim?

— Quando jogadores profissionais têm boas cartas, às vezes, em vez de tentarem aumentar o *pot*, apostam alto no início, ao mesmo tempo que dão pequenos sinais de estarem blefando. O suficiente para fazer jogadores inexperientes acreditarem que detectaram um blefe, levando-os a entrar na aposta. De fato, é o que isso aqui parece. Um blefe blefado.

Harry fez que sim com a cabeça lentamente.

— Quer dizer que Støp quer que eu acredite que ele tem algo a esconder?

Tresko olhou para a garrafa de cerveja vazia, olhou para a geladeira, fez uma pífia tentativa de tirar seu corpo volumoso do sofá e suspirou.

— Como disse, isso aqui não é uma ciência exata. Será que você pode...

Harry se levantou e foi até a geladeira. Praguejou em silêncio. Quando telefonou para Oda na redação do *Bosse*, ele sabia que iam aceitar sua oferta para comparecer. E sabia também que ele não teria problemas em fazer perguntas diretamente a Støp, era o formato do programa. E sabia que a câmera gravava quem respondia, em close ou com a parte superior do corpo. Tudo era perfeito para a análise de Tresko. E, mesmo assim, haviam falhado. Fora o último fio de esperança, o último lugar para procurar sob alguma luz. O resto era escuridão. E talvez dez anos tateando e rezando pela sorte, por uma coincidência, por um deslize.

Harry olhou para as fileiras zelosamente arrumadas de garrafas de cerveja Ringnes na geladeira, um contraste cômico com o caos dominante no resto do apartamento. Ele hesitou. Pegou duas garrafas. Estavam tão geladas que queimavam na palma da mão. A porta da geladeira ia se fechando.

— A única hora em que posso dizer com certeza que Støp está mentindo — anunciou Tresko do sofá — é quando ele fala que não há loucura ou doenças hereditárias na família.

Harry teve tempo de enfiar o pé no lado de dentro da porta da geladeira. A luz da fresta refletia na janela preta sem cortinas.

— Repete — pediu ele.

Tresko repetiu.

Vinte e cinco segundos depois, Harry estava no meio da escada, e Tresko, na metade da garrafa de cerveja que Harry havia jogado para ele.

— Ah sim, tinha mais uma coisa, Harry — murmurou Tresko para si mesmo. — Bosse perguntou se você estava esperando uma mulher em especial e você respondeu que não. — Ele arrotou. — Nem tente jogar pôquer, Harry.

Harry ligou do carro.

Do outro lado, a resposta veio antes mesmo que ele dissesse quem era.

— Oi, Harry.

A ideia de que Mathias Lund-Helgesen reconhecesse seu número ou que ele o houvesse adicionado à sua lista telefônica fez Harry ficar arrepiado. Ele podia ouvir as vozes de Rakel e Oleg no fundo. Fim de semana. Família.

— Tenho uma pergunta sobre a Clínica Marienlyst. Ainda existem registros médicos dos pacientes de lá?

— Duvido — respondeu Mathias. — Acho que existem normas que regulamentam que esse tipo de registro seja destruído caso ninguém assuma a clínica. Mas, se isso for importante, é claro que posso verificar.

— Obrigado.

Harry passou pela estação de bonde em Vinderen. O vislumbre de um fantasma passou voando. Uma perseguição de carro, uma colisão, um colega morto, um rumor de que Harry estava ao volante e de que deveria passar pelo teste do bafômetro. Já fazia tempo. Águas passadas. Cicatrizes por baixo da pele. *Versicolor* na alma.

Quinze minutos depois, Mathias retornou a ligação.

— Conversei com Gregersen, ele era o diretor da Marienlyst. Sinto dizer que tudo foi apagado. Mas acho que algumas pessoas, entre elas Idar, levaram dados dos seus pacientes.

— E você?

— Eu sabia que não ia abrir um consultório particular, por isso não levei nada.

— Você consegue se lembrar de algum nome entre os pacientes de Idar?

— Alguns, talvez. Não muitos. Foi há muito tempo, Harry.

— Eu sei. De qualquer maneira, obrigado.

Harry desligou e seguiu a placa para o Hospital Riks. O conjunto de prédios à frente ocultava a colina baixa.

Gerda Nelvik era uma quarentona de seios e sorrisos fartos e a única pessoa no departamento de paternidade do Instituto de Perícia Técnica no Hospital Riks daquele sábado. Ela recebeu Harry na recepção e o acompanhou para dentro. Não havia muitos sinais revelando que aquele era um lugar onde se caçavam os piores criminosos do país. As salas iluminadas, decoradas de modo caseiro, indicavam que o pessoal consistia quase exclusivamente em mulheres.

Harry já conhecia o lugar e as rotinas dos testes de DNA. Em um dia de semana, atrás das janelas dos laboratórios, ele teria visto mulheres vestindo jalecos e toucas brancos e luvas descartáveis, inclinadas sobre soluções e equipamentos, ocupadas com processos misteriosos que chamavam de prep-cabelo, prep-sangue e ampliação, que no final se tornariam relatórios curtos com uma conclusão em valores numéricos de 15 marcadores diferentes.

Eles passaram por uma sala com prateleiras cheias de envelopes tamanho carta pardos, com carimbos de delegacias do país inteiro. Harry sabia que continham artigos de vestimenta, fios de cabelo, tecido de mobiliário, sangue e demais materiais orgânicos enviados para análise. Tudo para se extrair o código numérico que representava pontos selecionados da miscelânea misteriosa que era o DNA e que identificava seu dono com uma segurança de 99,999 por cento.

A sala de Gerda Nelvik era do tamanho justo para caberem ali prateleiras com pastas e uma mesa com um computador, pilhas de papel e uma foto grande de dois meninos sorridentes, cada um com sua prancha de body-board.

— Seus filhos? — perguntou Harry ao se sentar.

— Acho que sim. — Ela sorriu.

— Como é?

— Piada interna. Você disse algo sobre alguém que fez pedidos de análise?

— Isso. Estou interessado em saber sobre todos os pedidos de análise de DNA emitidos por um único lugar. Começando dez anos atrás. E em nome de quem foi feito o pedido.

— Está bem. Trata-se de que lugar?

— A Clínica Marienlyst.

— A Marienlyst? Tem certeza?

— Por que não?

Ela deu de ombros.

— Em casos de paternidade, os pedidos são em geral emitidos por tribunais ou advogados. Ou diretamente por indivíduos.

— Essas não são análises de paternidade, mas para determinar eventuais parentescos devido ao risco de doenças hereditárias.

— Ah, sim — disse Gerda. — Então estão no nosso banco de dados.

— É algo que você pode verificar agora?

— Se tiver tempo para esperar... — Gerda olhou o relógio — trinta segundos.

Harry fez que sim.

Gerda teclou no computador, ditando a si mesma. C-l-í-n-i-c-a-M-a-r-i-e-n-l-y-s-t.

Ela se inclinou para trás e deixou a máquina trabalhar.

— Triste esse tempo de outono, não é? — comentou.

— É — disse Harry distraído, ouvindo o zunido do HD como se este pudesse revelar se a resposta era aquela que ele esperava.

— A escuridão pode afetar a gente — continuou ela. — Torço para que a neve esteja a caminho. Ao menos tudo fica mais claro.

— Humm — disse Harry.

O zunido terminou.

— Aqui está — disse ela, olhando para a tela.

Harry respirou fundo.

— A Marienlyst foi cliente daqui, sim. Mas não durante os últimos sete anos.

Harry tentou pensar. Quando será que Idar Vetlesen deixara de trabalhar lá?

Gerda franziu a testa.

— Mas, antes disso, vejo que fizeram muitos pedidos. — Ela hesitou. Harry a esperou continuar, e então: — Um número extremamente alto e incomum, tratando-se de um centro médico.

Harry teve aquela sensação. Que o caminho era por aí, que era essa a pista que levaria para fora do labirinto. Ou, para ser mais preciso, para dentro do labirinto. Para o coração da escuridão.

— Vocês têm os nomes e os dados pessoais das pessoas analisadas?

Gerda fez que não com a cabeça.

— Normalmente temos, mas, neste caso, evidentemente o centro médico queria que ficassem anônimos.

Merda! Harry fechou os olhos e pensou.

— Mas vocês ainda têm os resultados dos testes? Se a pessoa é pai ou não, quero dizer.

— Temos, sim — respondeu Gerda.

— E o que dizem?

— Não posso responder assim prontamente, eu teria que olhar cada um deles, e isso leva mais tempo.

— Está bem. Mas vocês guardaram o perfil de DNA daqueles que analisaram?

— Sim.

— E a análise é tão ampla quanto em processos criminais?

— Mais ampla, até. Para determinar a paternidade com segurança, precisamos de mais marcadores, pois metade do material hereditário vem da mãe.

— Então o que você está dizendo é que posso coletar uma amostra de material de determinada pessoa, enviar para cá e pedir para vocês verificarem se é idêntica a outra já verificada para a Clínica Marienlyst?

— A resposta é sim — disse Gerda, indicando pelo tom de voz que gostaria de uma explicação.

— Ótimo — disse Harry. — Meus colegas vão enviar algumas amostras de pessoas, maridos e filhos de mulheres desaparecidas durante os últimos anos. Para verificarmos se vocês já receberam esse mesmo material antes. Vou providenciar uma autorização para que seja dada a mais alta prioridade.

Uma luz pareceu se acender no olhar de Gerda.

— Agora sei de onde eu te conheço! Do *Bosse*. Isso tem a ver com aquele...?

Mesmo que só houvesse os dois lá dentro, ela abaixou o tom de voz, como se o nome que deram ao monstro fosse um palavrão, uma obscenidade, uma conjuração que não devia ser dita em voz alta.

Harry ligou para Katrine, pedindo para que ela se encontrasse com ele no café e bar Java em St. Hanshaugen. Ele estacionou em frente ao antigo condomínio de apartamentos, com uma placa na entrada sinalizando o risco de reboque, apesar de o portão ser tão estreito que nem passaria um cortador de grama. Ullevålsveien estava cheio de pessoas correndo para lá e para cá com suas compras de sábado. Um gélido vento vindo do norte soprou de St. Hanshaugen, levando consigo chapéus negros de um cortejo cabisbaixo a caminho do cemitério Vår Frelser.

Harry pagou por um espresso duplo e um *cortado*, os dois para viagem, e sentou-se numa das cadeiras na calçada. No laguinho do parque no outro lado da rua, um cisne solitário dava voltas silenciosas com seu pescoço em forma de ponto de interrogação. Harry o seguiu com o olhar, lembrando-se do nome da armadilha de raposas. O vento soprou uma brisa arrepiante sobre a superfície da água.

— O *cortado* ainda está quente?

Katrine estava diante dele, com a mão estendida.

Harry lhe estendeu o copo, e foram para o carro dele.

— Que bom que podia trabalhar num sábado de manhã — disse ele.

— Que bom que podia trabalhar num sábado de manhã — disse ela.

— Eu sou solteiro — declarou ele. — Sábado de manhã não vale muito para pessoas como nós. Você, por outro lado, deveria ter uma vida

Um velho estava olhando feio para o carro deles.

— Já pedi um caminhão de reboque — disse ele.

— Pois é, ouvi dizer que são populares — disse Harry, e destrancou a porta. — O único problema é achar um lugar onde estacioná-los.

Entraram no carro, e um dedo ossudo e rugoso bateu no vidro. Harry abaixou a janela.

— O carro está a caminho — disse o velho. — É para você ficar aqui e esperar.

— É mesmo? — disse Harry e mostrou sua credencial.

O homem ignorou e olhou carrancudo para o relógio.

— Seu portão é estreito demais para ser qualificado como entrada — declarou Harry. — Vou mandar um oficial do departamento de trânsito para despregar aquela placa ilegal. Acho que vai ter que pagar uma baita multa também.

— Como é?

— Somos da polícia.

O velho agarrou a credencial e olhou desconfiado para Harry, para a credencial e de novo para Harry.

— Tá legal, dessa vez pode ir — disse o velho rispidamente, devolvendo-a para Harry.

— Não tá legal — disse Harry. — Vou ligar para o departamento de trânsito agora mesmo.

O velho olhou para ele, furioso.

Harry girou a chave na ignição e deixou o motor esquentar antes de se voltar para o velho.

— E é para você ficar aqui.

Podiam ver a expressão boquiaberta dele pelo retrovisor ao irem embora.

Katrine soltou uma gargalhada.

— Como você é *mau*! É só um velho, coitado.

Harry a olhou de esguelha. Ela estava com uma expressão esquisita, como se rir fosse doloroso. Paradoxalmente, parecia que o episódio no Fenris Bar a havia deixado mais relaxada em relação a ele. Talvez fosse esse o lance com as mulheres bonitas: rejeição criava respeito, fazia com que confiassem mais em você.

Harry sorriu. Perguntou-se como ela teria reagido se soubesse que acordara naquela manhã com uma ereção e fragmentos de um sonho em que ele a havia pegado enquanto estava sentada de pernas abertas na pia do banheiro do Fenris Bar. Ele a tinha pegado com tanta força que os canos rangeram, a água transbordara da privada e os tubos de luz fluorescente zuniram e piscaram, enquanto ele sentia a porcelana gelada contra as bolas toda vez que metia. O espelho atrás dela vibrava, e seus próprios traços estavam borrados enquanto batiam os quadris, as costas e as coxas nos canos, nos secadores de mãos e nas saboneteiras. Só quando parou foi que viu que o rosto no espelho não era seu, mas o de outro homem.

— Em que está pensando? — perguntou ela.

— Reprodução — respondeu Harry.

— É mesmo?

Harry lhe estendeu um pacote, que ela abriu. Em cima tinha uma folha com o título *Instrução para teste de DNA. Kit de coleta.*

— De uma forma ou de outra tudo está ligado à paternidade — explicou Harry. — Só não sei ainda como ou por quê.

— E nós vamos...? — perguntou Katrine, levantando uma caixinha com cotonetes.

— Para Sollihøgda — respondeu Harry. — Coletar material de teste das gêmeas.

Nos campos ao redor da fazendinha, a neve estava rareando. Úmida e cinzenta, estava dispersa sobre o terreno.

Rolf Ottersen os recebeu na escada e ofereceu café. Enquanto penduravam seus casacos, Harry contou o que queria. Rolf Ottersen não perguntou o porquê, apenas assentiu.

As gêmeas estavam na sala fazendo tricô.

— O que vai ser? — perguntou Katrine.

— Um cachecol — responderam as gêmeas em uníssono. — Titia está ensinando a gente.

Acenaram para Ane Pedersen, que estava na cadeira de balanço, tricotando e sorrindo para Katrine como quem diz "bom vê-la novamente".

— Só queria um pouco de cuspe — disse Katrine animada, erguendo um cotonete. — Abram bem a boca.

As gêmeas deram risadinhas e deixaram o tricô de lado.

Harry seguiu Rolf Ottersen até a cozinha, onde o conteúdo de um grande bule havia fervido e cheirava a café.

— Então vocês se enganaram — disse Rolf. — Com aquele médico.

— Talvez — argumentou Harry. — Ou talvez ele tenha algo a ver com o caso. Você se importa se eu der outra olhada no celeiro?

Rolf Ottersen fez um gesto dizendo para ele ficar à vontade.

— Mas Ane já arrumou, não tem muita coisa para ver.

Decerto estava bem-arrumado mesmo. Harry se lembrou de que havia sangue de galinha grosso e escuro no piso quando Holm coletara suas provas, mas agora o piso estava lavado. As tábuas estavam cor-de-rosa onde o sangue havia penetrado a madeira. Harry se posicionou ao lado do bloco de corte e olhou para a porta. Tentou imaginar Sylvia ali abatendo galinhas quando o Boneco de Neve entrou pela porta. Ela teria ficado surpresa? Ela havia matado duas galinhas. Não, três. Por que ele pensou que eram duas? Duas mais uma. Por que mais uma? Ele fechou os olhos.

Duas galinhas estiveram ao lado do bloco, o sangue delas havia escorrido para onde estava a serragem. Esse era o procedimento para o abate de galinhas. Mas a terceira estava no meio do chão e havia sujado as tábuas. De forma amadora. E o sangue tinha coagulado no corte do pescoço da terceira galinha. Exatamente como no pescoço da cabeça de Sylvia. Ele lembrou a explicação de Bjørn Holm. E sabia que o pensamento não era novo, que esteve ali um bom tempo entre as ideias meio pensadas, meio mastigadas, meio imaginadas. A terceira galinha sendo morta da mesma forma, com um cortador de fio incandescente.

Ele foi até o lugar onde as tábuas haviam absorvido o sangue e se agachou.

Se o Boneco de Neve tivesse matado a última galinha, por que havia usado o cortador incandescente e não o machado? Simples. Porque o machado havia desaparecido em algum lugar na mata escura. Então a terceira galinha veio depois do assassinato. Ele havia percorrido todo o caminho de volta e matado uma galinha. Mas por quê? Uma espécie de ritual de vodu? Uma súbita inspiração. Bobagem, a máquina de matar seguia o plano, seguia um padrão.

Havia um motivo.

Por quê?

— Por quê?

Harry não a ouvira chegar. Ela estava no vão da porta para o celeiro, a luz da lâmpada solitária recaindo sobre seu rosto, e segurava dois saquinhos plásticos com cotonetes. Harry se arrepiou ao vê-la de novo do mesmo jeito, num vão de porta com as mãos apontando para ele. Como na casa de Becker. Mas havia outra coisa, outra coisa que ele reconheceu.

— Como eu disse — murmurou Harry, olhando para os resíduos cor-de-rosa. — Acho que tudo tem a ver com parentesco. Com encobrir coisas.

— Quem? — perguntou ela, aproximando-se. Os saltos das botas batiam contra as tábuas. — Quem você tem em mente?

Katrine se agachou ao lado dele. Seu perfume masculino passou por Harry, saindo de sua pele quente para se misturar ao ar frio.

— Não faço ideia.

— Isso não é uma conclusão sistemática, é uma ideia que você teve. Você tem uma teoria — constatou ela, passando o indicador direito no meio da serragem.

Harry hesitou.

— Nem chega a ser uma teoria.

— Vamos, desembuche.

Harry respirou fundo.

— Arve Støp.

— O que tem ele?

— De acordo com Arve Støp, ele usou Idar Vetlesen como médico para tratar seu cotovelo de tenista. Mas, de acordo com Borghild, Vetlesen não mantinha nenhum registro de Støp. Tenho me perguntado por qual motivo.

Katrine deu de ombros.

— Talvez houvesse algo além do cotovelo. Talvez Støp tivesse medo de que alguém documentasse que ele se submetia a um tratamento estético.

— Se Idar Vetlesen tivesse topado não fazer registros para todos os seus pacientes com o mesmo receio, ele não teria nenhum nome nos arquivos. Por isso, acho que deve ser por outro motivo, algo que realmente não suportaria uma inspeção minuciosa.

— Como por exemplo...?

— Støp mentiu no *Bosse*. Ele disse que não havia doenças hereditárias ou loucura na sua família.

— E tem?

— Vamos supor que sim, em teoria.

— A teoria que nem chega a ser uma teoria?

Harry fez que sim.

— Idar Vetlesen era o especialista em doença de Fahr mais secreto da Noruega. Nem sequer Borghild, a própria assistente dele, sabia disso. Então como foi que Sylvia Ottersen e Birte Becker o encontraram?

— Como?

— Suponhamos que a especialidade de Vetlesen não fosse doenças hereditárias, mas sim a discrição. Ele mesmo disse que todo seu negócio era baseado nisso. E foi por isso que um paciente e amigo o procurou, dizendo que tinha a doença de Fahr, um diagnóstico que recebeu em outro lugar, de um especialista de verdade. Mas esse especialista não tinha o *expertise* de Vetlesen em discrição, e aquilo era um segredo a ser trancado a sete chaves. O paciente insiste, talvez pagando extra. Porque era alguém que realmente podia pagar.

— Arve Støp?

— Exato.

— Mas ele já teria sido diagnosticado por alguém que poderia vazar a informação.

— Não é esse o maior medo de Støp. Ele tem medo de que venha à tona o fato de que ele leva sua prole para lá. A prole que ele quer testar para saber se tem a doença hereditária. E isso tem que ser tratado com o máximo de confidencialidade, porque ninguém sabe que os filhos são dele. Pelo contrário. Alguns pais acreditam que sejam deles mesmo. Como Filip Becker acreditou ser o pai de Jonas. E... — Harry fez um gesto em direção à casa.

— Rolf Ottersen? — sussurrou Katrine, segurando a respiração. — As gêmeas? Você acha... — ela levantou os saquinhos — que isto aqui seja material genético de Arve Støp?

— Pode ser.

Katrine olhou para ele.

— As mulheres desaparecidas... as outras crianças...

— Se o teste de DNA mostrar que Støp é pai de Jonas e das gêmeas, na segunda-feira vamos começar a fazer testes com os filhos das outras mulheres desaparecidas.

— Quer dizer... que Arve Støp andou trepando pela Noruega inteira? Engravidando várias mulheres, matando-as depois que deram à luz?

Harry deu de ombros.

— Por quê? — perguntou ela.

— Se eu estiver certo, estamos obviamente falando de loucura, e tudo isso aqui é pura especulação. Muitas vezes, há uma lógica clara por trás da loucura. Já ouviu falar da foca de Berhaus?

Katrine fez que não.

— O pai dessa espécie é um assassino frio e racional — explicou Harry. — Depois de a fêmea parir a cria e os filhotes terem sobrevivido à primeira fase crítica, o pai tenta matar a mãe. Por saber que ela não vai querer se acasalar com ele novamente. E ele não quer que ela tenha outros filhotes que irão competir com sua própria prole.

Katrine pareceu não entender direito.

— É loucura, sim — disse ela. — Mas eu não sei o que é mais louco: pensar como uma foca ou pensar que alguém pensa como uma foca.

— Como eu disse... — Harry se levantou, e deu para ouvir seus joelhos estalando. — Nem teoria isso é.

— Mentira sua — afirmou Katrine, erguendo o olhar para ele. — Você já tem certeza de que Arve Støp é o pai.

Harry esboçou um sorriso.

— Você é tão louco quanto eu — disse ela.

Harry olhou para ela longamente.

— Vamos. Os peritos estão esperando os seus cotonetes.

— Num sábado? — Katrine passou a mão sobre a serragem, encobrindo o que havia desenhado ali com o dedo e se levantou. — Eles não têm vida?

Após entregar os saquinhos ao Instituto de Perícia Técnica com a promessa de ter o resultado já à noite ou de manhã cedo, Harry levou Katrine de carro para sua casa na Seilduksgata.

— Suas janelas estão escuras — disse Harry. — Sozinha?

— Uma garota bonita como eu? — Ela sorriu e segurou a maçaneta. — Nunca sozinha.

— Humm. Por que você não quis que eu contasse aos seus colegas na delegacia de Bergen que você estava lá?

— Como é?

— Pensei que eles achariam o máximo saber que você está trabalhando em um importante caso de assassinato na capital.

Ela deu de ombros e abriu a porta.

— O pessoal de Bergen não pensa em Oslo como sendo a capital. Boa noite.

— Boa noite.

Harry dirigiu até Sannergata.

Ele não tinha certeza, porém achou ter visto Katrine ficar tensa. Mas do que era possível ter certeza? Nem mesmo de um clique, que se achou ter vindo de um cão de revólver, mas que por fim descobriu-se ser apenas uma menina que por puro susto quebrara um galho seco. Todavia, ele não podia continuar fazendo de conta, não podia fingir que não sabia. Naquela noite, Katrine havia apontado o revólver dela para as costas de

Filip Becker. E, quando Harry havia entrado na linha de fogo, pôde ouvir aquele som, o mesmo que pensou ter ouvido quando Salma quebrou um galho no pátio. Era o clique lubrificado de um cão de revólver que fora relaxado. O que significa que ele já estivera erguido, que Katrine tinha apertado mais de dois terços do gatilho, que o tiro podia ter sido disparado a qualquer momento. Que ela teve a intenção de matar Becker.

Não, não podia fingir. Porque a luz havia caído sobre o rosto dela no vão da porta do celeiro. E Harry a havia reconhecido. E, como ele lhe havia explicado, tudo tinha a ver com parentesco.

O delegado Knut Müller-Nilsen amava Julie Christie. Até o ponto de nunca ter tido coragem de contar à sua esposa toda a verdade. Mas, como ele desconfiava de que ela também vivia uma relação extraconjugal com Omar Sharif, ele não tinha consciência pesada, sentado ali ao lado dela, comendo Julie Christie com o olhar. O único problema era que sua Julie, no momento, estava nos braços ardentes do mencionado Omar. E, quando o telefone na mesa da sala tocou e ele atendeu, sua mulher apertou o pause, de modo que a imagem desse maravilhoso porém insuportável momento do DVD favorito deles, *Doutor Jivago*, ficou congelado na sua frente.

— Ah, boa noite, Hole — disse Müller-Nilsen depois que o inspetor se apresentou. — Pois é, imagino que vocês tenham muito o que fazer nesses dias.

— Tem um minuto? — perguntou a voz rouca e suave do outro lado.

Müller-Nilsen olhou para os lábios trêmulos e vermelhos e o olhar enevoado de Julie.

— Temos o tempo de que precisar, Hole.

— Você me mostrou uma foto de Gert Rafto quando estive em seu escritório. Reconheci alguma coisa naquela foto.

— Sim?

— E então você disse algo sobre a filha dele. Que até que ela havia *obviamente* dado certo. É sobre esse *obviamente*. Como se eu já soubesse de alguma coisa.

— Sim, mas ela está se saindo bem, não está? — perguntou Müller-Nilsen.

— Depende do ponto de vista — respondeu Harry.

24

Dia 19

Toowoomba

Havia um zumbido de ansiedade embaixo dos lustres no Salão Sonia Henie no Hotel Plaza. Arve Støp estava na entrada, onde havia recebido os convidados. O maxilar estava doído de tanto sorrir, e os apertos de mão o lembraram de como era ter cotovelo de tenista. Uma jovem da empresa de eventos responsável pela execução técnica apareceu ao seu lado, sorridente, dizendo que os convidados já estavam à mesa. Seu sóbrio traje preto e os fones de ouvido com um microfone quase invisível evocaram em Arve a lembrança de uma agente em *Missão impossível*.

— Vamos entrar — disse ela, ajeitando a gravata-borboleta dele com um movimento afável, quase carinhoso.

Ela usava aliança. Seus quadris gingavam à sua frente pelo salão. Será que aqueles quadris já deram à luz uma criança? As calças pretas estavam apertadas na bunda malhada, e Arve Støp imaginou a mesma bunda, sem calças, na sua frente na cama do seu apartamento em Aker Brygge. Mas ela parecia profissional demais. Daria trabalho demais. Muita persuasão. Ele encontrou o olhar dela no grande espelho ao lado da porta, entendeu que fora desmascarado e abriu um largo sorriso, pedindo desculpas. Ela riu, ao mesmo tempo em que um rubor nada profissional lhe subiu ao rosto. Missão impossível? Claro que não. Mas não esta noite.

Ao entrar, todos da sua mesa para oito se levantaram. Seu par à mesa era sua própria editora-assistente. Uma escolha tediosa, mas necessária. Ela era casada, tinha filhos e o rosto acabado de uma mulher que passa 12 a 14 horas no trabalho todo dia. Coitados dos filhos. E coitado dele, no dia em que ela descobrisse que a vida era mais do que a *Liberal*. Seus convidados brindaram a ele enquanto seu olhar varria o salão. Cintilava em paetês, joias e olhos sorridentes iluminados pelos lustres. E os vestidos. Sem tiras, sem ombros, sem costas, sem vergonha.

Então a música começou. Os tons intensos de "Also sprach Zarathustra" ribombaram dos alto-falantes. Na reunião com a agência de eventos, Arve Støp havia ressaltado que a abertura não era exatamente original, que era pomposa e o fazia se lembrar da criação da humanidade. E lhe disseram que a intenção era mesmo essa.

No palco enorme, embalado em fumaça e luz, apareceu uma celebridade da TV que havia exigido — e recebido — um valor de seis dígitos para ser mestre de cerimônias.

— Senhoras e senhores! — gritou para um grande microfone sem fio, cujo formato fez Støp pensar num grande pênis ereto. — Sejam bem-vindos! — Os lábios famosos da celebridade quase tocaram o pênis preto. — Bem-vindos ao que prometo ser uma noite muito especial!

Arve Støp já não via a hora de ela acabar.

Harry olhava as fotos na estante de sua sala, a Sociedade dos Policiais Mortos. Ele tentou pensar, mas a cabeça estava a mil, incapaz de encontrar um ponto de apoio, uma imagem completa. O tempo todo teve a sensação de que havia alguém por dentro, alguém que soubesse o tempo todo o que ele faria. Mas não tinha imaginado que seria assim. Era tão incrivelmente simples. E, ao mesmo tempo, tão incompreensivelmente complicado.

Knut Müller-Nilsen dissera a ele que Katrine fora considerada uma das mais promissoras investigadoras criminais da Polícia de Bergen, uma estrela em ascensão. Nunca houve problemas. Bem, houve esse único caso, claro, que a fez pedir transferência para a Divisão de Crimes Sexuais. Uma testemunha de um caso arquivado havia ligado, reclamando que Katrine Bratt sempre o procurava com novas perguntas, que ela não desistira mesmo depois de ele ter deixado bem claro que já tinha dado seu depoimento à polícia. Descobriram então que Katrine já vinha investigando aquele caso havia muito tempo, por conta própria, sem informar a seus superiores. Como ela fizera isso durante suas folgas, normalmente não teria problema, mas justo naquele caso não queriam que Katrine Bratt metesse seu nariz. Ela foi devidamente informada, e sua reação foi apontar vários erros na investigação anterior, mas sem ganhar ouvidos. Frustrada, pediu para ser transferida.

— O caso virou uma obsessão para ela. — Fora a última coisa que Müller-Nilsen havia dito. — Foi nessa época, se não me engano, que o marido dela a deixou.

Harry se levantou, saiu para o corredor e foi até a sala de Katrine. Estava, como ditavam as regras internas, trancada. Ele continuou até a sala da xerox. Na última prateleira ao lado das resmas, pegou a guilhotina de papel, uma placa de ferro grande e pesada com lâmina montada. De acordo com sua memória, a máquina enorme nunca havia sido usada, mas agora ele a carregava pelo corredor até a porta de Katrine Bratt.

Ele levantou a guilhotina sobre a cabeça e mirou. Então baixou os braços com força.

A guilhotina acertou a maçaneta, empurrou a fechadura para dentro do batente, que estourou com um breve estalido.

Harry mal teve tempo de retirar os pés antes de a guilhotina aterrissar no chão com um baque surdo. A porta cuspiu lascas de madeira e se abriu com o primeiro chute. Ele catou a guilhotina e entrou com ela.

A sala de Katrine Bratt era idêntica à sala que ele antes dividia com Jack Halvorsen. Arrumada, de forma despojada, sem fotos ou outros objetos pessoais. A mesa tinha uma fechadura simples na parte de cima que servia para todas as gavetas. Após duas tentativas com a guilhotina, a gaveta de cima e a fechadura estavam quebradas. Harry vasculhou as gavetas com rapidez, afastando papéis e folheando pastas, furadores e outros apetrechos de escritório até encontrar uma faca. Ele tirou-a da bainha. A parte de cima era serrilhada. Definitivamente não era uma faca para escoteiros. Harry passou a lâmina sobre a pilha de papéis, e a faca afundou sem resistência.

Na gaveta de baixo, havia duas caixas seladas de balas para o revólver de serviço. Os únicos objetos pessoais que Harry encontrou foram dois anéis. Um estava incrustado com pedras que cintilavam intensamente sob a luz da lâmpada da mesa. Ele já o tinha visto. Harry fechou os olhos e tentou visualizar onde. Um anel grande e espalhafatoso. Estilo Las Vegas. Katrine jamais usaria um anel daqueles. E no mesmo instante soube onde o havia visto. Ele sentiu o coração bater; forte, mas regular Ele o havia visto num quarto. No quarto de Birte Becker.

No Salão Sonia Henie, o jantar havia acabado e as mesas foram arrumadas. Arve Støp estava encostado à parede no fundo do salão, olhando para o palco onde os convidados haviam se aglomerado, olhando extasiados para a banda. Era um som grandioso. Era um som caro. Era o som da megalomania. De início, ele teve suas dúvidas, mas, por fim, a agência de eventos havia conseguido convencê-lo de que investir em uma experiência era uma forma de comprar a lealdade, o orgulho e o entusiasmo dos empregados pelo seu local de trabalho. E, ao comprar um pedacinho de sucesso internacional, ele destacava o sucesso da revista e construía a marca *Liberal*, um produto ao qual os anunciantes gostariam de ser associados.

O vocalista levou o dedo ao fone de ouvido ao atacar a nota mais alta da música, um sucesso internacional dos anos 1980.

— Ninguém desafina tão bonito quanto Morten Harket — disse uma voz ao lado de Støp.

Ele se virou. E imediatamente soube que já a havia visto antes, porque nunca esquecia uma bela mulher. O que ele esquecia cada vez mais era quem, onde e quando. Ela era esbelta, usava um vestido simples, preto e com fenda que o lembrou alguém. Birte. Birte tivera um vestido desse.

— É um escândalo — declarou ele.

— É uma nota difícil de acertar — disse ela, sem tirar o olhar do vocalista.

— É um escândalo que eu não consiga me lembrar do seu nome. Só sei que já nos encontramos.

— Não nos encontramos, não — corrigiu ela. — Você só ficou olhando para mim. — Ela afastou o cabelo preto do rosto. Era atraente de um modo clássico, meio severo. Atraente estilo Kate Moss. Birte havia sido mais Pamela Anderson.

— Por isso definitivamente espero que possa me desculpar — disse ele, sentindo-se despertar, o sangue começando a correr pelo corpo, levando o champanhe para as partes do cérebro que o deixavam relaxado em vez de sonolento. — Quem é você?

— Sou Katrine Bratt — respondeu ela.

— Ah, sim. Você é um dos nossos anunciantes, Katrine? Uma conexão bancária? Locadora? Fotógrafa freelancer?

Para cada pergunta, Katrine sorria e balançava a cabeça negativamente.

— Sou uma penetra — disse ela. — Uma das suas jornalistas é minha amiga. Ela me contou quem ia tocar depois do jantar, e que eu podia colocar um vestido e entrar de fininho. Quer me expulsar?

Ela levou a taça de champanhe aos lábios. Não eram tão carnudos como ele gostava, mas eram úmidos e de um vermelho profundo. Ela ainda estava virada para o palco, e ele podia estudar seu perfil à vontade. O perfil inteiro. As belas costas, o arco perfeito dos seios. Não necessariamente de silicone, apenas um bom sutiã, talvez. Mas teriam amamentado uma criança?

— Estou considerando a possibilidade — respondeu ele. — Algum argumento que gostaria de expressar?

— Uma ameaça seria suficiente?

— Talvez.

— Vi os paparazzi lá fora esperando as celebridades saírem com a caça da noite. Que tal se eu contasse a eles sobre minha amiga jornalista? Que ela recebeu um aviso de que suas perspectivas de futuro na *Liberal* ficaram piores depois de ela ter rejeitado suas cantadas?

Arve Støp riu alto e com sinceridade. Ele notou que já atraíam olhares curiosos dos outros convidados. Quando ele se inclinou para ela, sentiu que seu cheiro não era tão diferente do perfume que ele mesmo usava.

— Primeiro, não tenho medo nenhum de uma reputação ruim, menos ainda entre meus colegas nas revistas de fofoca. Segundo, como jornalista, sua amiga é inútil, e terceiro, ela está mentindo. Já trepei com ela três vezes. *Isso* você pode contar aos paparazzi. Você é casada?

— Sou — respondeu a mulher desconhecida, virando-se para o palco, trocando o peso de pé, permitindo uma visão da liga rendada da meia. Arve Støp sentiu a boca ficando seca e bebeu um gole do champanhe. Olhou para o grupo de mulheres na ponta dos pés em frente ao palco. De onde estava, podia sentir cheiro de boceta.

— Tem filhos, Katrine?

— Você quer que eu tenha filhos?

— Quero.

— Por quê?

— Porque através da procriação as mulheres aprendem a se sujeitar à natureza, o que confere a elas maior compreensão da vida do que outras mulheres. E homens.

— Bobagem.

— É verdade. Faz com que vocês não continuem tão desesperadas na busca de um pai em potencial. Querem apenas participar da brincadeira.

— Ok. — Ela riu. — Então tenho filhos. Do que você gosta de brincar?

— Epa — disse Støp, olhando o relógio. — Estamos avançando depressa.

— Do que é que você gosta de brincar?

— De tudo.

— Ótimo.

O cantor fechou os olhos, agarrou o microfone com as duas mãos e atacou o crescendo da canção.

— Esta festa está chata e estou indo para casa. — Støp colocou a taça vazia numa bandeja que passou voando. — Moro em Aker Brygge. A mesma entrada da *Liberal*, na cobertura. A campainha de cima.

Ela sorriu de leve.

— Sei onde é. Quanto tempo você quer de vantagem?

— Me dê vinte minutos. E a promessa de que não vai falar com ninguém antes de ir embora. Nem mesmo com sua amiga. Temos um trato, Katrine Bratt? — Ele a olhou, na esperança de ter falado o nome certo.

— Pode confiar — disse ela, e Støp notou que seu olhar tinha um brilho estranho, como o brilho de um incêndio na floresta refletido no céu. — Estou tão interessada quanto você em manter isso só entre nós dois. — Ela levantou a taça. — E, a propósito, você transou com ela quatro vezes, não três.

Støp lançou a ela um último olhar antes de se dirigir à saída. Atrás dele, o falsete do vocalista tremia, quase imperceptivelmente, abaixo dos lustres.

Um portão fechou com uma batida, e gritos altos e entusiasmados reverberaram na Seilduksgata. Quatro jovens saindo de uma festa, indo para um dos bares na Grünerløkka. Passaram pelo carro estacionado na calçada sem notar o homem sentado lá dentro. Depois, viraram a esquina e a rua ficou em silêncio novamente. Harry se inclinou para o para-brisa e olhou para cima, para as janelas do apartamento de Katrine Bratt.

Ele podia ter ligado para Hagen, podia ter soado o alarme, levado Skarre e um carro da patrulha. Mas ele podia estar enganado. Primeiro precisava ter certeza; havia coisas demais a perder, tanto para ele quanto para ela.

Ele desceu do carro, foi até o portão e tocou a campainha sem nome no terceiro andar. Esperou. Tocou outra vez. Depois voltou ao carro, pegou o pé de cabra no porta-malas, voltou ao portão e tocou no primeiro andar. Um homem atendeu com um sonolento "pois não" com zunido de TV no fundo. Quinze segundos depois, o homem desceu para abrir. Harry mostrou sua identificação.

— Não ouvi bagunça aqui — disse o homem. — Quem foi que ligou?

— Eu encontro a saída sozinho — anunciou Harry. — Obrigado pela ajuda.

A porta do terceiro andar tampouco tinha placa com nome. Harry bateu, pôs o ouvido na madeira fria e escutou. Depois enfiou a ponta do pé de cabra entre a porta e o batente, logo acima da fechadura. Como os prédios em Grünerløkka haviam sido construídos por empregados das fábricas ao longo do rio Akerselva e, portanto, com o material mais barato possível, o segundo arrombamento de Harry em menos de uma hora foi fácil.

Ele ficou escutando alguns segundos no escuro na entrada antes de acender a luz. Olhou para os sapatos à sua frente. Seis pares. Nenhum era grande o bastante para pertencer a um homem. Ele levantou um par, as botas que Katrine havia usado mais cedo. As solas ainda estavam molhadas.

Ele entrou na sala. Acendeu a lanterna em vez da luz do teto, para que ela não visse da rua que tinha visita.

O feixe de luz varreu o assoalho de pinho com grandes pregos entre as tábuas, um sofá simples, branco, estantes baixas e um exclusivo sistema de som da Linn Systems. Encostada à parede havia uma cama estreita e arrumada e um canto com fogão e geladeira. A impressão era austera, espartana e arrumada. Como o apartamento dele próprio. O feixe da luz havia captado um rosto que olhou fixo para ele. Depois, mais um rosto. E mais outro. Máscaras negras de madeira com entalhes e desenhos pintados.

Harry olhou o relógio. Onze. Deixou a luz perambular.

Havia recortes de jornais pendurados sobre a única mesa da sala. Cobriam as paredes do chão ao teto. Ele chegou perto. Deixou o olhar passar ao longo deles, sentindo o coração começar a bater como um contador Geiger.

Eram casos de assassinato.

Muitos, dez ou doze, alguns tão antigos que o papel do jornal estava amarelado. Mas Harry se lembrava de todos com clareza. Isso porque todos tinham uma coisa em comum: ele estivera à frente da investigação.

Na mesa, ao lado do computador e de uma impressora, havia uma pilha de pastas. Relatórios de investigação. Ele abriu uma. Não era nenhum de seus casos, mas do assassinato de Laila Aasen, em Ulriken. O outro era do desaparecimento de Onny Hetland, em Fjellsiden. A terceira, sobre o caso de violência policial em Bergen, sobre a acusação contra Gert Rafto. Harry a folheou. Descobriu a mesma foto de Rafto que havia visto na sala de Müller-Nilsen. Vendo agora, tudo parecia óbvio.

Ao lado da impressora havia uma pilha de papel. Tinha um desenho na folha de cima. Um esboço feito a lápis, rápido, amador, mas o motivo era bastante claro. Um boneco de neve. O rosto era comprido, como se estivesse escorrendo, derretido, os olhos feitos com carvão estavam mortos, e a cenoura comprida e fina apontava para baixo. Harry folheou mais. Havia outros desenhos. Todos de bonecos de neve, a maioria apenas do rosto. Máscaras, pensou Harry. Máscaras mortuárias. Um dos rostos tinha um bico de pássaro, bracinhos humanos nos lados e pés de pássaro embaixo. Outro tinha um focinho de porco e usava cartola.

Harry começou a fazer uma busca no outro lado da sala. E disse a si mesmo o que tinha dito a Katrine em Finnøy: esvazie sua mente de expectativas e olhe, não procure. Ele revistou todos os armários e gavetas, vasculhou entre utensílios da cozinha e parafernália de limpeza, roupas, xampus exóticos e cremes estrangeiros no banheiro, onde ainda pairava o cheiro do seu perfume. O piso no chuveiro ainda estava molhado, e na pia havia um cotonete com marcas de rímel. Ele saiu. Não sabia o que estava procurando, só sabia que não estava ali. Ele endireitou as costas e olhou ao redor.

Errado.

Estava ali. Só faltava encontrar.

Ele empurrou os livros para fora das estantes, abriu a cisterna da privada, procurou tábuas soltas no assoalho e nas paredes, virou o colchão da cama. Então terminou. Havia revirado tudo. Sem resultado. Se não fosse pela premissa mais importante de qualquer busca; o que *não* se encontra é tão importante quanto o que se encontra. Harry olhou o relógio. E começou a arrumar.

Foi só ao deixar os desenhos no lugar que lhe ocorreu não ter checado a impressora. Ele abriu a gaveta de papel. A primeira folha era amarelada e mais grossa do que o papel de impressão comum. Ele levantou a folha. Tinha um cheiro peculiar, como se fosse levemente temperada ou queimada. Ele segurou a folha contra a luz da mesa, procurando a marca. E encontrou. No fim da página, à direita, uma espécie de marca-d'água entre as finas fibras de papel que eram visíveis à luz da lâmpada. Os vasos em seu pescoço pareceram dilatar, subitamente a corrente sanguínea acelerou, o cérebro gritando por mais oxigênio.

Harry ligou o computador. Olhou de novo para o relógio e escutou atentamente enquanto levou uma eternidade para iniciar o sistema operacional e os programas. Ele foi direto à função de busca e digitou uma palavra simples. Clicou com o mouse em "Procurar". Um desenho animado de um cachorro igualmente animado apareceu, pulando para cima e para baixo e latindo sem som, numa tentativa de encurtar o tempo de espera. Harry olhou atentamente para o texto que passava rápido enquanto os documentos eram vasculhados. Mudou o olhar para o campo onde por enquanto constava "nenhum item corresponde à sua busca". Ele verificou se a palavra estava soletrada corretamente. Toowoomba. Ele fechou os olhos. Ouviu o pesado ronronar da máquina, como um gato carente de afeto. Então parou. Harry abriu os olhos. "Texto encontrado em 1 documento."

Ele colocou o cursor em cima do ícone do documento do Word. Apareceu uma informação num retângulo amarelo. "Última alteração: 9 de setembro." Ele sentiu um leve tremor no dedo ao dar um clique duplo. O fundo branco do curto texto iluminou a sala. Não havia dúvida. As palavras eram idênticas àquelas da carta do Boneco de Neve.

25

Dia 19

Deadline

Arve Støp estava deitado numa cama feita sob medida na fábrica Misuku em Osaka, e entregue, já montada, a um curtume em Chennai, na Índia, visto que as leis do estado de Tamil Nadu não permitiam a exportação direta desse tipo de couro. Desde o pedido até a entrega da cama se passaram seis meses, mas valeu a pena. A cama se adaptava perfeitamente ao seu corpo, como uma gueixa, dando apoio onde era preciso e permitindo a regulagem em todos os níveis e direções.

Observava a rotação lenta das lâminas do ventilador de teto.

Ela estava no elevador, a caminho. Ele tinha explicado pelo interfone que esperava por ela no quarto, e havia deixado a porta de entrada encostada. A seda da cueca samba-canção era refrescante na sua pele aquecida pela bebida. Música de um CD do Café del Mar saía do aparelho da Bose, com seus alto-falantes pequenos e compactos escondidos em todos os cômodos do apartamento.

Ele escutou os saltos dela sobre o assoalho da sala. Passos lentos, mas determinados. Só o som já o deixou com tesão. Se ela soubesse o que a esperava...

Sua mão tateou por debaixo da cama, os dedos encontraram o que estavam procurando.

E então, ela apareceu no vão da porta, sua silhueta contra o luar no fiorde, olhando para ele com aquele meio sorriso. Ela soltou o cinto do longo casaco de couro e o deixou cair. Ele gemeu, mas ela ainda estava de vestido por baixo. Ela foi até a cama e lhe estendeu algo emborrachado. Era uma máscara. Uma máscara de animal cor-de-rosa claro.

— Coloque — disse ela com voz neutra, pragmática.

— Veja só — surpreendeu-se ele. — Uma máscara de porco.

— Faça como estou mandando. — De novo aquele estranho brilho amarelo no olhar.

— *Mais oui, madame.*

Arve Støp vestiu a máscara. Cobriu-lhe o rosto inteiro, cheirava a luvas de borracha, e ele mal podia vê-la através das estreitas fendas dos olhos.

— E eu quero que você... — começou ele, ouvindo sua própria voz, enclausurada e estranha. Foi só o que deu para falar antes de sentir uma dor ardente sobre a orelha esquerda.

— Cala a boca! — gritou ela.

Lentamente entendeu que ela lhe dera um tapa. Ele sabia que não deveria, que ia estragar o jogo dela, mas não conseguiu. Era demasiado cômico. Máscara de porco! Uma coisa borrachuda, úmida e cor-de-rosa com orelhas de porco, nariz de porco e dentes caninos à mostra. Ele soltou uma gargalhada. O golpe seguinte o acertou na barriga com uma força chocante, e ele se dobrou ao meio, gemendo e caindo para trás na cama. Ele não percebeu que estava sem conseguir respirar até tudo ficar preto. Desesperadamente, tentou buscar o ar dentro da máscara fechada, sentindo as mãos dela segurando as dele pelas costas. Finalmente, seu cérebro recebeu oxigênio ao mesmo tempo que dor. E a fúria. Vaca maldita, o que ela achava que estava fazendo! Ele se retorceu e ia pegá-la, mas não conseguiu mexer as mãos. Estavam presas nas costas. Ele puxou e sentiu alguma coisa afiada cortar a pele nos punhos. Algemas! Que puta perversa!

Ela o puxou de modo que ficasse sentado.

— Está vendo o que é isso? — Ele a ouviu sussurrar.

Mas a máscara havia escorregado para o lado, e ele não via nada.

— Nem é preciso — disse ele. — Pelo cheiro dá pra saber que é a sua boceta.

O soco o acertou na têmpora. Era como um CD pulando, e, quando o som voltou, ele ainda estava sentado na cama. Arve sentiu algo escorrer entre o rosto e o interior da máscara.

— Com que merda você está me batendo? — gritou ele. — Estou sangrando, sua maluca!

— Com isto.

Arve Støp sentiu algo duro sendo pressionado entre o nariz e a boca.

— Sinta o cheiro — disse ela. — Não é bom? Aço e lubrificante de arma. Smith & Wesson. Não há cheiro igual, não é? O cheiro de pólvora e cordite é ainda melhor. Isto é, se você tiver tempo para cheirar.

Apenas uma brincadeira meio violenta, disse Arve Støp a si mesmo. Encenação. Mas havia outra coisa, algo na voz dela, algo naquela situação toda. Algo que de repente colocou tudo o que havia ocorrido numa nova perspectiva. E, pela primeira vez em muito tempo — tanto que era preciso voltar à infância, tanto que ele de início nem reconheceu a sensação —, Arve Støp percebeu: estava com medo.

— Tem certeza de que não seria melhor primeiro esquentá-lo um pouco? — perguntou Bjørn Holm, tremendo de frio e fechando melhor a jaqueta de couro. — Quando o Amazon foi lançado, ficou conhecido por seu superaquecedor.

Harry fez que não e olhou o relógio. Uma e meia. Já estavam há mais de uma hora no carro de Holm em frente ao apartamento de Katrine. A noite estava azul-acinzentada, as ruas desertas.

— Originalmente era branco californiano — disse Bjørn Holm. — Cor de Volvo número 42. O dono anterior o pintou de preto. Agora está definido como um carro veterano. Só 365 coroas em impostos por ano. Uma coroa por dia...

Bjørn Holm se calou ao ver o olhar repreensivo de Harry e aumentou David Rawlings e Gillian Welch, a única música nova que ele suportava ouvir. Ele havia passado a música de CD para cassete, não só para poder tocar no gravador montado no carro, mas porque ele pertencia à pequeníssima mas irredutível facção de amantes de música que achava que os CDs nunca foram capazes de reproduzir a qualidade de som única e calorosa das fitas cassetes.

Bjørn Holm sabia que estava falando demais porque estava nervoso. Harry não havia dito nada além de que Katrine Bratt precisava ser eliminada de uma investigação. E que o dia a dia de Bjørn Holm pelas próximas semanas seria mais agradável se ele não ficasse sabendo dos detalhes. E como a pessoa pacífica, despreocupada e inteligente que era, Bjørn Holm não tentou criar problemas para si mesmo. Mas isso não queria dizer que estivesse gostando da situação. Ele olhou o relógio.

— Ela deve ter ido para a casa de algum cara.

Harry reagiu.

— O que faz você pensar assim?

— Ela não é casada. Não foi isso que você disse? Hoje em dia, as mulheres solteiras são como nós, caras solteiros.

— E o que você quer dizer com isso?

— Os quatro passos. Sair, observar a manada, selecionar a presa mais fraca, atacar.

— Humm. Você usa os quatro passos?

— Os três primeiros — confessou Bjørn Holm, ajeitando o retrovisor e o cabelo ruivo. — Só tem fogo de palha nesta cidade. — Ele havia considerado usar pomada no cabelo, mas chegara à conclusão de que seria radical demais. Por outro lado, talvez fosse exatamente o que faltava. Ir até o fim.

— Merda. — Harry deixou escapar. — Merda, merda, merda.

— Hein?

— Chuveiro molhado. Perfume. Rímel. Você está certo. — O inspetor já estava com o celular na mão, digitou freneticamente e foi atendido quase de imediato.

— Gerda Nelvik? Aqui é Harry Hole. Ainda estão trabalhando nos testes? Ok. Alguma coisa nos resultados preliminares?

Bjørn Holm ouviu Harry murmurar "humm" duas vezes e "certo" três vezes.

— Obrigado — disse Harry. — Também queria saber se mais alguém da polícia já ligou hoje mais cedo pedindc a mesma coisa. O quê? Entendo. Sim, ligue assim que terminarem

Harry desligou.

— Pode dar a partida — mandou.

Bjørn Holm girou a chave na ignição.

— Aonde vamos?

— Para o Plaza. Katrine Bratt ligou para os peritos no começo da noite para saber o resultado do teste de paternidade.

— Hoje? — Bjørn Holm acelerou e virou à direita em direção a Schous Plass.

— Eles fazem testes preliminares que determinam a paternidade com 95 por cento de certeza. O resto do tempo é usado só para aumentar a probabilidade até 99 por cento.

— E?

— Há 95 por cento de certeza de que o pai das gêmeas Ottersen e de Jonas Becker seja Arve Støp.

— Puta merda.

— E eu acho que Katrine seguiu sua recomendação dos quatro passos para uma noite de sábado. E que a presa seja Arve Støp.

Harry ligou para a Central de Operações e pediu assistência enquanto o velho motor rugia pelas ruas silenciosas de Grünerløkka. E, ao passarem pelo pronto-socorro de Akerselva, deslizando nas linhas do bonde na Storgata, o aquecedor de fato soprava um ar bem quentinho para eles.

Odin Nakken, jornalista do *Verdens Gang*, estava em frente ao Plaza, tremendo de frio, maldizendo o mundo, as pessoas em geral e seu emprego em particular. Pelo visto, os últimos convidados estavam em vias de deixar a festa da *Liberal*. E, em geral, os últimos eram os mais interessantes, aqueles que podiam criar as manchetes da manhã seguinte. Mas seu deadline estava chegando, e em cinco minutos ele teria que ir embora. Ia andar uns 200 metros, até o escritório na Akersgata, e escrever. Escrever para o editor que ele já era adulto, que não estava mais a fim de ficar como um adolescente do lado de fora de uma festa com o nariz na janela, olhando para dentro e esperando que alguém saísse de lá para contar a ele quem havia dançado com quem, quem havia pagado drinques a quem, dado amasso em quem. Escrever que estava se demitindo.

Tinha ouvido uns boatos que eram fantásticos demais para ser verdade, mas claro, eram daqueles que não podiam ser publicados. Havia um limite, e havia as regras não escritas. Regras que pelo menos a sua geração de jornalistas cumpria. Se é que elas valiam para alguma coisa.

Odin Nakken olhou ao redor. Havia apenas uns dois jornalistas e fotógrafos ainda aguentando firme. Ou que tinham os mesmos deadlines para fofocas de celebridades que o jornal dele. Um Volvo Amazon se aproximou em alta velocidade, encostou no meio-fio e freou.

Um homem saltou do lado do passageiro, e Odin Nakken o reconheceu imediatamente. Ele sinalizou para o fotógrafo e seguiram o policial, que estava correndo para a entrada.

— Harry Hole — chamou Nakken, arfando, quando já estavam bem atrás dele. — O que será que a polícia está fazendo aqui?

O policial se virou; seus olhos estavam vermelhos.

— Indo para uma festa, Nakken. Onde é?

— No Salão Sonia Henie, segundo andar. Mas acho que deve estar acabando.

— Humm. Viu Arve Støp?

— Støp foi cedo para casa. Posso perguntar o que quer com ele?

— Não. Ele saiu sozinho?

— Aparentemente.

O inspetor parou bruscamente.

— O que quer dizer?

Odin Nakken inclinou a cabeça. Ele não fazia ideia do que se tratava, mas que havia algo, disso não tinha dúvida.

— Ouvi um boato de que ele estava conversando com um mulherão. Com olhar de vampira. Nada que possamos publicar, infelizmente.

— E? — rugiu o inspetor.

— Uma mulher correspondendo à descrição deixou a festa vinte minutos depois de Støp. Ela entrou num táxi.

Hole foi voltando pelo mesmo caminho pelo qual havia chegado, Odin nos seus calcanhares.

— E você não a seguiu, Nakken?

Odin Nakken não ignorou o sarcasmo, só não o afetava. Não mais.

— Não era uma celebridade, Hole. Um cara famoso trepando com alguém não famoso não é notícia, se posso colocar nesses termos. A não ser que a mulher queira falar, claro. Mas essa em questão já foi embora há muito tempo.

— Como ela era?

— Magra, cabelo escuro. Bonita.

— Vestindo?

— Casaco de couro longo e preto.

— Obrigado. — Hole entrou no banco do carona do Amazon.

— Ei! — gritou Nakken. — O que recebo em troca?

— Uma boa noite de sono — respondeu Harry. — E a certeza de saber que você contribuiu para tornar nossa cidade mais segura.

Com cara de raiva, Odin Nakken ficou olhando o carro velho com listras de rali desaparecer com um rugido rouco. Estava na hora de escrever aquele pedido de demissão. Estava na hora de crescer.

— Deadline — disse o fotógrafo. — Vamos lá escrever essa merda.

Resignado, Odin Nakken soltou um suspiro.

Arve Støp fitava o interior escuro da máscara, perguntando-se o que ela estaria fazendo. Ela o havia puxado pelas algemas para dentro do banheiro, empurrando o que alegava ser um revólver entre suas costelas, mandando que ele entrasse na banheira. Onde ela estava? Ele prendeu a respiração, ouviu as batidas do próprio coração e um zunido elétrico crepitante. Seria de uma das lâmpadas fluorescentes no banheiro se apagando? O sangue escorrido da têmpora já estava no canto da boca, dava para sentir o gosto doce e metálico na ponta da língua.

— Onde você estava na noite em que Birte Becker desapareceu? — A voz vinha do chuveiro.

— Aqui em casa — respondeu Støp, tentando pensar. Ela dissera que era da polícia e no mesmo instante ele se lembrou onde a tinha visto antes: no salão de *curling*.

— Sozinho?

— Sim.

— E na noite em que Sylvia Ottersen foi morta?

— A mesma coisa.

— Sozinho a noite toda sem falar com ninguém?

— Sim — respondeu ele novamente.

— Sem álibi, então?

— Estou dizendo que eu estava aqui.

— Bom.

Bom?, pensou Arve Støp. Por que era bom que ele não tivesse um álibi? O que ela queria? Forçar uma confissão dele? E por que parecia que o zunido elétrico estava aumentando, chegando mais perto?

— Deite-se — ordenou ela.

Ele fez como ela mandou e sentiu a superfície esmaltada e fria da banheira arder nas costas e nas coxas. Sua respiração havia condensado por dentro da máscara, que ficou molhada, dificultando ainda mais a respiração. A voz voltou, bem pertinho agora.

— Como você quer morrer?

Morrer? Ela estava fora de si. Era maluca. Doida de pedra. Ou não? Ele disse a si mesmo que precisava manter a cabeça fria, que ela só queria assustá-lo. Será que Harry Hole estava por trás disso, será que ele havia subestimado aquele policial alcoólatra? Mas seu corpo todo estava tremendo, chacoalhando tanto que dava para ouvir o Tag Heuer tinindo contra a banheira, como se o corpo tivesse compreendido o que a mente demorava a aceitar. Ele esfregou a cabeça no fundo da banheira, tentando endireitar a máscara de porco para poder enxergar através das pequenas fendas. Ele ia morrer.

Foi por isso que ela o havia colocado na banheira. Para que não houvesse tanta sujeira, para poder apagar todas as pistas depressa. Bobagem! Você é Arve Støp, e ela é da polícia. Eles não sabem de nada.

— Ok — disse ela. — Levante a cabeça.

A máscara. Finalmente. Ele fez como ela pediu, sentindo as mãos dela tocarem sua testa e a parte de trás da cabeça, mas ela não afrouxou a máscara. E suas mãos sumiram de novo. Algo fino e duro apertou sua garganta. Que merda! Um laço!

— Não... — começou ele, mas sua voz foi cortada quando o laço pressionou a traqueia. As algemas rangiam e arranhavam o fundo da banheira.

— Você matou todas elas — disse ela, e o laço foi apertado mais um pouco. — Você é o Boneco de Neve, Arve Støp.

Aí estava. Ela disse aquilo em voz alta. A falta de sangue circulando para o cérebro já começava a deixá-lo tonto. Ele fez um enérgico não com a cabeça.

— Sim, você é — insistiu ela, e ele teve a sensação de que teria a cabeça decepada quando ela deu outro puxão. — Acabou de ser nomeado.

O escuro veio de repente. Ele levantou o pé e o deixou cair de novo, batendo o calcanhar inerte no fundo da banheira. Um estrondo surdo reverberou.

— Você conhece essa sensação de efervescência, Støp? É o cérebro que não está recebendo oxigênio suficiente. Delicioso, não é? Meu ex-marido costumava bater umazinha enquanto eu aplicava uma gravata nele.

Arve tentou gritar, tentou forçar o pouco que restava de ar no seu corpo a passar pelo laço de ferro, mas foi em vão. Impossível. Meu Deus, ela nem queria uma confissão? Então sentiu. Um leve zunido no cérebro, como bolhas de champanhe efervescente. Era assim que seria, tão fácil? Ele não queria que fosse fácil.

— Vou enforcá-lo na sala — declarou a voz em sua orelha, enquanto uma das mãos o afagava na cabeça. — Virado para o fiorde. Para que tenha uma vista.

Veio então um chiado fino, igual ao alarme daqueles monitores cardíacos dos filmes, pensou ele. Quando a oscilação vira uma reta e o coração já não bate mais.

26

DIA 19

O silêncio

Harry tocou a campainha de Arve Støp outra vez.

Uma coruja, sem presa, atravessou a ponte do canal com um olhar curioso sobre o Amazon preto estacionado na área de pedestres em Aker Brygge.

— Não vai abrir se estiver com uma mulher — disse Bjørn Holm, encarando a porta de vidro de 3 metros de altura.

Harry apertou as outras campainhas.

— Só tem escritórios aqui — continuou Bjørn Holm. — Li em algum lugar que Støp mora sozinho na cobertura.

Harry olhou ao redor.

— Não — disse Holm, que adivinhou o que ele estava pensando. — Não dá com pé de cabra. E esse vidro é inquebrável. Vamos ter que esperar até o...

Harry já estava voltando para o carro. E, dessa vez, Holm não conseguiu seguir a linha de raciocínio do colega. Não até Harry entrar pelo lado do motorista e Bjørn lembrar que as chaves estavam na ignição.

— Não, Harry! Não! Não...

O resto foi abafado pelo rugido do motor. Os pneus giraram na superfície molhada de chuva antes de ganharem adesão. Bjørn Holm ficou no meio da rua, acenando, mas viu de relance o olhar do inspetor atrás do volante e se jogou de lado. O para-choque do Amazon acertou a porta com um estrondo surdo. O vidro da porta se transformou em cristais brancos que, por um momento de silêncio, pairaram no ar, antes de caírem tinindo ao chão. E, antes que Bjørn tivesse uma ideia geral da extensão dos estragos, Harry já estava fora do carro, adentrando a passos largos pelo espaço já sem vidro.

Bjørn correu desesperadamente atrás dele, xingando. Harry pegou um vaso com uma palmeira de 2 metros, arrastou-a até o elevador e apertou o botão. Quando as portas lustrosas de alumínio se abriram, ele pôs o vaso entre elas e apontou para uma porta com placa verde de saída.

— Se você for pela escada de incêndio e eu pela escada principal, teremos coberto todas as rotas de fuga. Te encontro no sétimo andar, Holm.

Bjørn Holm estava ensopado de suor antes de chegar ao terceiro andar pela estreita escada de ferro. Nem o corpo, nem a mente estavam preparados para aquilo. Ele era perito técnico, pelo amor de Deus! Ele gostava de *re*construir o drama, não de construir.

Ele parou por um momento. Mas não ouviu nada além do eco evanescente da respiração arfante e dos seus próprios passos. O que faria se topasse com alguém? Harry pedira que trouxesse seu revólver de serviço à Seilduksgata, mas será que ele quis dizer que era para usá-lo? Bjørn agarrou o corrimão e voltou a correr. O que Hank Williams teria feito? Afogado a cabeça num drinque. Sid Vicious? Mostrado o dedo e dado no pé. E Elvis? Elvis. Elvis Presley. Certo. Holm pegou o revólver.

A escada terminou. Ele abriu a porta, e ali, no fim do corredor, estava Harry encostado à parede ao lado de uma porta marrom. Tinha o revólver em uma mão e a outra sobre a boca. Olhando para Bjørn, o indicador sobre os lábios, apontou para a porta. Estava entreaberta.

— Vamos quarto a quarto — sussurrou Harry quando Bjørn chegou ao seu lado. — Você, os da esquerda, eu, os da direita. No mesmo ritmo, costas a costas. E me lembre de respirar.

— Espere! — sussurrou Bjørn. — E se Katrine estiver aí?

Harry olhou para ele e esperou.

— Quero dizer... — continuou Bjørn, tentando articular o que estava se passando em sua mente. — Na pior das hipóteses, eu teria que atirar... numa colega?

— Na *pior* das hipóteses, *você* será morto por uma colega — disse Harry. — Pronto?

O jovem perito assentiu e prometeu a si mesmo que, se eles saíssem dessa, iria incrementar o cabelo com a maldita pomada.

Silenciosamente, Harry abriu a porta com um empurrão do pé e entrou. Sentiu de imediato a corrente de ar. A primeira porta à direita ficava no fim do corredor. Harry pegou a maçaneta com a mão esquerda, o revólver apontado. Empurrou a porta e entrou. Era um estúdio. Vazio.

Atrás da mesa de trabalho havia um grande mapa da Noruega cheio de marcadores.

Harry voltou para o corredor, onde Holm o esperava. Sinalizou para o colega ficar com o revólver a postos o tempo inteiro.

Avançaram furtivamente para o interior do apartamento.

Cozinha, biblioteca, sala de ginástica, sala de jantar, jardim de inverno, quarto de hóspedes. Todos vazios.

Harry sentiu a temperatura cair. E, ao chegarem à sala, soube o porquê. A porta corrediça que dava para o terraço e para a piscina estava aberta, e as cortinas brancas esvoaçavam nervosamente ao vento. Em cada lado da sala havia um pequeno corredor levando a uma porta. Ele acenou para Holm pegar a da direita, enquanto ele se pôs na frente da outra.

Harry respirou fundo, encolheu-se para diminuir o alvo o máximo possível e abriu.

No escuro vislumbrou uma cama, lençóis brancos e algo que podia ser um corpo. A mão esquerda tateou a parede perto da porta à procura de um interruptor.

— Harry!

Era Holm.

— Aqui, Harry!

A voz de Holm estava empolgada, mas Harry a ignorou, concentrando-se no escuro à sua frente. Sua mão encontrou o interruptor, e num instante o quarto estava banhado por pontos de luz no teto. Estava vazio. Harry verificou os armários antes de sair. Holm estava diante da porta de outro cômodo com o revólver apontado para dentro. Harry chegou ao lado dele.

— Ele não está se mexendo — sussurrou Holm. — Está morto. Ele...

— Então não precisava me chamar com tanta pressa — disse Harry, indo até a banheira, inclinando-se sobre o homem nu e removendo a máscara de porco. Tinha uma fina listra vermelha ao redor do pescoço, seu rosto estava pálido e inchado, e ele podia ver os olhos salientes debaixo das pálpebras. Arve Støp estava irreconhecível.

— Vou ligar para o pessoal — anunciou Holm.

— Espere. — Harry colocou uma de suas mãos na frente da boca de Støp. Depois agarrou os ombros do editor, chacoalhando-o.

— O que você está fazendo?

Harry chacoalhou com mais força.

Bjørn pôs a mão no ombro de Harry.

— Mas Harry, não está vendo que...

Holm deu um pulo para trás. Støp havia aberto os olhos. E puxado o ar como um mergulhador rompendo a superfície da água — de modo profundo, dolorido e com um som gutural.

— Onde ela está? — perguntou Harry.

Støp balançou a cabeça, fitando Harry com pupilas dilatadas e pretas de choque.

— Onde ela está? — repetiu Harry.

Støp não conseguiu focar o olhar, e da sua boca aberta saíram apenas breves soluços.

— Espere aqui, Holm.

Holm fez que sim, vendo o colega desaparecer do banheiro.

Harry estava na beirada do terraço de Arve Støp. A água escura brilhava no canal, 25 metros abaixo. No luar dava para ver a escultura da mulher de pernas de pau na água e a ponte deserta. E lá... Uma coisa lustrosa flutuava na superfície, como o ventre de um peixe morto. As costas de um casaco de couro preto. Ela havia pulado. Do sétimo andar.

Harry subiu no parapeito do terraço, por entre os cachepôs vazios. Uma imagem do passado veio à sua mente. Østmarka, e Øystein, que havia mergulhado do precipício para o lago Hauktjern. Harry e Tresko arrastando-o para a terra. Øystein internado no Hospital Riks com algo que parecia um andaime em volta do pescoço. O que Harry havia aprendido com aquilo era que, de grandes alturas, deve-se pular, não mergulhar. E se lembrar de manter os braços junto ao corpo para não quebrar a clavícula. Mas, primeiro, é preciso se decidir antes de olhar para baixo, e pular antes que o medo traga a razão. E, por isso, o casaco de Harry caía sobre o piso do terraço com um ruído surdo ao mesmo tempo que Harry já estava no ar, sentindo o rugido nos ouvidos. A superfície negra veio aceleradamente ao encontro dele. Negra como asfalto.

Ele juntou os calcanhares, e no instante seguinte era como se tivesse levado um forte golpe que o deixou completamente sem ar, como se uma grande mão estivesse tentando arrancar suas roupas, e todos os sons sumiram. Depois, veio o frio paralisante. Ele deu impulso e chegou à superfície. Orientou-se, localizou a parte de trás do casaco com o olhar e começou a nadar. Com aquela temperatura, já começava a perder a sensibilidade nos pés e sabia que faltavam poucos minutos até o corpo parar de funcionar. Mas também sabia que, se o reflexo laríngeo de Katrine estivesse funcionando e tivesse se fechado ao entrar em contato com a água, seria justamente essa brusca queda de temperatura que poderia salvá-la. Isso iria interromper o metabolismo, fazendo as células e os órgãos entrarem em estado de hibernação, permitindo que as funções vitais sobrevivessem com um mínimo de oxigênio.

Harry deu impulso e deslizou na água densa e pesada rumo ao couro lustroso.

Chegou e agarrou-a.

Seu primeiro pensamento inconsciente foi que ela estava a caminho do céu, consumida pelos demônios. Porque ali só havia seu casaco.

Harry xingou, girou o corpo na água e olhou para o terraço. Percorreu-o com os olhos até a quina, os canos e os telhados inclinados levando ao outro lado do prédio, a outros prédios, outros terraços e à miscelânea de escadas de incêndio e rotas de fuga ao longo do labirinto de fachadas em Aker Brygge. Ele pisou na água com pernas que não sentiam mais nada, constatando que Katrine sequer o havia subestimado; ele caíra num dos truques mais velhos da cartilha. E, num momento de loucura, considerou a morte por afogamento; diziam que era agradável.

Eram quatro da madrugada, e na cama diante de Harry, metido num robe, estava sentado um Arve Støp trêmulo. O bronzeado parecia ter sido sugado da pele, e ele estava encolhido como um velhinho. Mas as pupilas tinham voltado ao tamanho natural.

Harry havia tomado uma ducha bem quente e estava numa cadeira, usando o pulôver de Holm e uma calça de moletom emprestada de Støp. Dava para ouvir Bjørn Holm, da sala, tentando organizar a caça a Katrine Bratt pelo celular. Harry havia mandado que ele ligasse para a Central de Operações e desse um alerta geral, avisando tanto a polícia do aeroporto Gardermoen, caso ela tentasse pegar algum dos voos da manhã, quanto a Unidade Especial Delta, para fazer uma busca no apartamento dela, mesmo que Harry tivesse quase certeza de que eles não fossem encontrá-la por lá.

— Então você acha que isso não era apenas uma brincadeira sexual, mas que Katrine Bratt tentou te matar? — perguntou Harry.

— Se eu acho? — disse Støp com os dentes batendo. — Ela tentou me estrangular!

— Humm. E ela perguntou se você tinha um álibi para a hora dos crimes?

— Pela terceira vez, sim! — gemeu Støp.

— Então ela acha que você é o Boneco de Neve?

— Sei lá o que ela acha. É evidente que a mulher é uma louca varrida.

— Talvez — disse Harry. — Mas isso não a impede de ter razão.

— E que razão seria essa? — Støp olhou o relógio.

Harry sabia que Krohn estava a caminho e que ele iria amordaçar seu cliente assim que chegasse. Decidido, ele se inclinou para a frente.

— Sabemos que você é pai de Jonas Becker e das gêmeas de Sylvia Ottersen.

Imediatamente Støp levantou a cabeça. Harry sabia que precisava correr o risco.

— Idar Vetlesen era o único que sabia. Foi você quem o mandou para a Suíça, pagando pelo curso sobre a doença de Fahr, não foi? A doença que você herdou.

Ao ver as pupilas de Støp se dilatarem outra vez, Harry soube que havia acertado algum ponto.

— Aposto que Vetlesen contou que foi pressionado por nós — continuou Harry. — Talvez você tivesse medo de que ele fosse contar o que sabia. Ou talvez ele aproveitasse a situação para extorquir favores seus. Dinheiro, por exemplo.

O editor fitou Harry, incrédulo, fazendo que não com a cabeça.

— De qualquer modo, Støp, obviamente você teria muito a perder se a verdade sobre essas paternidades vazasse. O bastante para te dar um motivo para tirar a vida das únicas pessoas que podiam desmascarar você: as mães e Idar Vetlesen. Não é?

— Eu... — O olhar de Støp começou a vagar.

— Você?

— Eu... não tenho mais nada a dizer. — Støp se inclinou para a frente, colocando a cabeça nas mãos. — Fale com Krohn.

— Está bem — disse Harry. Ele não tinha muito tempo. Mas tinha uma última carta. Uma carta boa. — Vou contar a eles que você disse isso.

Harry esperou. Støp estava inclinado, imóvel. Por fim levantou a cabeça.

— Quem são *eles*?

— A imprensa, claro — disse Harry. — Há motivos para crer que eles vão querer saber tudo detalhadamente, não acha? Isso é o que vocês no ramo chamam de um furo, não é?

Pelo olhar de Støp, a ficha pareceu cair.

— Como assim? — perguntou ele, num tom de voz de quem já pareceu saber a resposta.

— Celebridade acredita que está seduzindo uma jovem a ir a sua casa, enquanto na verdade é o contrário — explicou Harry, estudando a pintura na parede atrás de Støp. Parecia ser uma mulher nua equilibrando-se numa corda bamba. — Ele é persuadido a colocar uma máscara de porco, acreditando que seja uma brincadeira sexual, e assim é encontrado pela polícia nu e chorando em sua própria banheira.

— Você não pode contar isso! — exclamou Støp. — Isso é... é quebra de sigilo profissional.

— Bem — disse Harry. — Talvez seja uma quebra da imagem que você construiu para si mesmo, Støp. Contudo, não quebra qualquer obrigação de guardar sigilo. Muito pelo contrário.

— Pelo contrário? — questionou Støp, quase gritando. Seus dentes não batiam mais, e a cor estava voltando ao rosto.

Harry pigarreou.

— Meu único capital e meio de produção é minha integridade pessoal. — Harry esperou até ver Støp reconhecer suas próprias palavras. — E ser policial significa, entre outras coisas, manter o público informado na medida do possível, sem prejudicar a investigação. Nesse caso, isso é possível.

— Você não pode fazer isso.

— Posso, e vou.

— Isso vai... vai acabar comigo.

— Mais ou menos como a *Liberal* acaba com alguém na primeira página toda semana?

Støp abriu e fechou a boca, como um peixe de aquário.

— Mas é claro — prosseguiu Harry. — Mesmo para homens com integridade pessoal há concessões.

Støp olhou longamente para Harry.

— Espero que entenda — disse Harry, estalando os lábios para se lembrar das palavras exatas — que eu como policial tenho a obrigação de me aproveitar da situação.

Støp fez que sim, devagar.

— Vamos começar com Birte Becker — disse Harry. — Como você a encontrou?

— Acho que vamos parar por aí — anunciou uma voz.

Eles se viraram para a porta. Pela sua aparência, Johan Krohn tivera tempo de tomar banho, fazer a barba e passar a camisa.

— Ok — concordou Harry, dando de ombros. — Holm!

O rosto sardento de Bjørn Holm apareceu no vão atrás de Krohn.

— Ligue para Odin Nakken do *Verdens Gang* — pediu Harry, dirigindo-se a Støp. — Tudo bem se eu devolver essas roupas hoje mais tarde?

— Espere — disse Støp.

O quarto ficou em silêncio enquanto Arve Støp levantava as mãos e esfregava o dorso delas com força na testa, como se para ajudar a reativar a circulação sanguínea.

— Johan — chamou por fim. — Você pode ir. Cuido disso sozinho.

— Arve — disse o advogado. — Eu não acho que você deva...

— Vai para casa dormir, Johan. Ligo pra você depois.

— Como seu advogado, devo...

— Como meu advogado, deve calar a boca e se mandar daqui, Johan. Entendido?

Johan Krohn se endireitou, mobilizou o resto de sua dignidade advocatícia ferida, mas mudou de ideia ao ver a expressão de Støp. Acenou com a cabeça, deu meia-volta e saiu.

— Onde estávamos? — perguntou Støp.

— No começo — respondeu Harry.

27

Dia 20

O começo

Arve Støp viu Birte Becker pela primeira vez num dia frio de inverno em Oslo, durante uma palestra que ele dera para uma agência de eventos no Sentrum Auditorium. Era um seminário motivacional para onde as empresas mandavam seus empregados cansados fazerem o que chamavam de "atualização". Ou seja, para assistir a palestras que iam motivá-los a trabalhar ainda mais. Pela experiência de Arve Støp, a maioria dos palestrantes desse tipo de seminários eram homens de negócio que haviam alcançado certo sucesso com ideias não muito originais, medalhistas de ouro de grandes campeonatos de esportes menores ou alpinistas que haviam feito carreira escalando montanhas e voltando para contar como foi. O que tinham de comum era alegarem que o sucesso alcançado resultava de uma força de vontade e de uma disposição excepcionais. Eram motivados. E era isso que se supunha ser motivacional.

Arve Støp era o último do programa — ele sempre fazia disso um pré-requisito para comparecer. Para que pudesse começar expondo os outros palestrantes como sendo narcisistas gananciosos, classificando-os nas três categorias citadas e afirmando que ele, por sua vez, pertencia à primeira categoria — sucesso com uma ideia de negócio não muito original. O dinheiro gasto nesse dia motivador era jogado fora; a maioria das pessoas na sala jamais chegaria tão longe, pois tinham a sorte de não sofrerem daquela necessidade anormal de reconhecimento que perturbava aqueles que estavam no palco. Incluindo ele mesmo. Uma condição que disse ser causada por um pai que nunca dera a mínima para ele. Por isso, Støp teve que buscar amor e admiração dos outros e, portanto, deveria ter se tornado ator ou músico, porém não tinha talento para tais coisas.

Nesse ponto da palestra, o espanto inicial do público havia se transformado em riso. E simpatia. E Støp sabia que acabaria em admiração. Porque ele estava ali e brilhava. Brilhava, porque ele e todos os outros sabiam que, não importando o que dissesse, era um sucesso, e não se pode argumentar com o sucesso. Støp destacava a sorte como o fator mais importante para se sair bem, minimizava seu próprio talento e sublinhava que a ociosidade e a incompetência generalizada do setor de negócios norueguês faziam com que até mesmo a mediocridade pudesse ser bem-sucedida.

Ao final, o aplaudiram de pé.

E ele sorriu ao fixar o olhar na beldade de cabelos pretos na primeira fila. Era Birte. Havia reparado nela no minuto em que entrara. Estava ciente de que a combinação pernas finas e seios fartos muitas vezes significava implante de silicone, mas Støp não era contrário às cirurgias plásticas para mulheres. Esmalte de unhas, silicone; qual era a diferença? Com o aplauso reverberando em seus ouvidos, ele simplesmente desceu do palco, foi à primeira fila e começou a cumprimentar os ouvintes. Era um gesto idiota, algo que um presidente dos Estados Unidos poderia ter se permitido, mas ele não estava nem aí; ficava contente se pudesse aborrecer alguém. Ele parou em frente à mulher, que devolveu seu olhar com rubor exultante. Ao estender-lhe a mão, ela fez uma reverência como se para um membro da realeza, e ele sentiu as bordas afiadas do próprio cartão de visita na palma da mão ao apertar a dela. Ela tentou ver se Støp tinha aliança.

O anel era sem brilho. E sua mão direita, fina e pálida, segurou a mão dele num aperto surpreendentemente firme.

— Sylvia Ottersen — disse ela com um sorriso bobo. — Sou uma grande admiradora sua, por isso tinha que cumprimentá-lo.

Foi assim que encontrara Sylvia Ottersen pela primeira vez, na loja Taste of Africa num dia de verão quente e ensolarado em Oslo. Sua aparência era bem comum. Contudo, era casada.

Arve Støp olhou para as máscaras africanas e perguntou alguma coisa para não deixar a situação mais embaraçosa do que já estava. Não que fosse embaraçoso para ele, mas notou que a mulher ao lado dele havia ficado tensa na hora em que Sylvia Ottersen lhe estendera a mão. Chamava-se Marita. Não, Marite. Ela havia insistido em levá-lo até a loja para lhe mostrar algumas almofadas de pele de zebra que ela — Marite ou Marita? — achava que ele *precisava* ter na cama da qual haviam acabado de sair, e onde agora havia longos fios de cabelo louro nos lençóis. Ele fez uma nota mental: precisaria se lembrar de removê-lo.

— Não temos mais em zebra — disse Sylvia Ottersen. — Mas que tal estas aqui?

Ela foi até uma prateleira perto da janela; a luz do dia caiu sobre suas costas e curvas, que, pensou Støp, não eram nada mal. Mas seu cabelo castanho estava desgrenhado e sem vida.

— O que é? — perguntou a mulher cujo nome começava com M.

— Imitação de couro de antílope.

— Imitação? — bufou M, jogando o cabelo louro brilhante sobre o ombro. — Vamos esperar até receberem mais de zebra.

— O couro de zebra também é imitação — anunciou Sylvia, sorrindo como se faz com crianças quando é preciso explicar que a lua não é mesmo feita de queijo.

— Ah, entendo — disse M, forçando um sorriso com a boca vermelha e pegando Arve pelo braço. — Obrigada.

Støp não havia gostado da ideia de M de sair e se mostrar em público, e menos ainda que seu braço estivesse segurando o dele. E talvez ela tenha percebido seu desagrado, porque assim que chegou lá fora soltou-o. Ele olhou o relógio.

— Ihh — disse ele. — Tenho uma reunião.

— Não podemos almoçar? — M o olhou levemente surpresa e conseguiu esconder que estava magoada.

— Eu ligo para você, quem sabe.

Ela ligou para ele. Apenas meia hora tinha se passado desde que ele havia estado no palco do Sentrum, e agora estava num táxi atrás de um caminhão que empurrava neve suja para fora da pista.

— Eu estava sentada bem na sua frente — disse ela. — Só queria agradecer pela palestra.

— Espero que meu olhar não tenha sido óbvio demais — gritou ele, exultante, por cima do barulho de ferro arranhando o asfalto.

Ela riu baixinho.

— Tem planos para esta noite? — perguntou ele.

— Bem — respondeu ela. — Nada que não possa ser alterado... — Bela voz. Belas palavras.

Ficou pensando nela pelo resto da tarde, com fantasias de fodê-la na cômoda do hall de entrada, a cabeça dela batendo na pintura de Gerhard

Richter que ele havia comprado em Berlim. Pensando que isso era sempre a melhor parte: a espera.

Ela tocou o interfone às oito. Ele esperou à porta. Ouviu o eco dos cliques mecânicos do elevador, como uma arma sendo carregada. Um zumbido em crescendo. O sangue pulsava em seu pau.

E lá estava ela. Foi como levar um soco.

— Quem é você? — perguntou ele.

— Stine — apresentou-se ela, e uma leve confusão se espalhou pelo rosto rechonchudo e sorridente. — Eu liguei...

Støp a mediu de cima a baixo e, por um momento, considerou a possibilidade, porque de vez em quando o ordinário e o pouco atraente o deixavam com tesão. Mas ele sentiu a ereção baixar e desistiu da ideia.

— Sinto muito, mas não consegui avisá-la — disse ele. — Acabei de ser chamado para uma reunião.

— Uma reunião? — perguntou ela, sem conseguir esconder sua decepção.

— Uma reunião de emergência. Eu ligo para você, quem sabe.

Ele ficou no hall ouvindo a porta do elevador abrir e fechar. Então começou a rir. E riu até perceber que talvez nunca mais fosse rever a beldade de cabelos pretos da primeira fila.

Ele a reviu uma hora mais tarde. Depois de ter almoçado sozinho num lugar adequadamente chamado Bar & Restaurant, comprado um terno no Kamikaze, que ele logo vestiu, e passado duas vezes em frente à Taste of Africa, que ficava na sombra refrescante, fora do sol escaldante. Na terceira vez, entrou.

— Já de volta? — Sylvia Ottersen sorriu.

Como uma hora antes, ela estava sozinha na loja fresca e semiescurecida.

— Gostei das almofadas — elogiou ele.

— É, são bem elegantes — concordou ela, passando a mão sobre a imitação do couro de antílope.

— Tem outras coisas para me mostrar? — perguntou ele.

Ela pôs a mão nos quadris. Inclinou a cabeça. Ela sabe, pensou ele. Ela consegue sentir o cheiro.

— Depende do que você quer ver — respondeu.

Ele ouviu o tremor da própria voz ao responder:

— Gostaria de ver sua boceta.

Ela se deixou foder na sala dos fundos e nem se deu ao trabalho de trancar a porta da loja.

Arve Støp gozou quase que imediatamente. Às vezes, o ordinário e o pouco atraente o deixavam com um tesão enorme.

— Meu marido fica na loja às terças e quartas — disse ela enquanto ele saía. — Quinta?

— Talvez — disse ele, e viu que o terno Kamikaze já estava manchado.

A neve rodopiava em meio aos prédios comerciais no Aker Brygge quando Birte ligou.

Ela disse que presumia que Støp lhe tivesse dado o cartão de visita para que ela entrasse em contato.

Vez ou outra Arve Støp se perguntava por que ele precisava ter essas mulheres, essas emoções, essas trepadas que na verdade não passavam de rituais cerimoniais de rendição. Não teria ele conquistado o suficiente em sua vida? Seria isso o medo de ficar velho, será que ele achava que, por penetrar essas jovens, podia lhes roubar um pouco da juventude? E por que essa pressa, o andamento frenético? Talvez viesse da certeza da doença que trazia consigo; por saber que ele em breve não seria mais o homem que ainda era. Støp não tinha as respostas, e, afinal, o que faria com elas se tivesse? Na mesma noite, ele ouviu os gemidos de Birte, graves como os de um homem, sua cabeça batendo no quadro de Gerhard Richter que ele havia comprado em Berlim.

Arve Støp ejaculou seu sêmen contaminado na hora em que o sino acima da porta de entrada da loja, com seu tinir irritado, avisou que alguém estava entrando na Taste of Africa. Ele tentou se soltar, mas Sylvia Ottersen sorriu e segurou as nádegas dele com mais força ainda. Støp se libertou com força e levantou as calças. Sylvia deslizou do balcão, ajeitou a saia de verão e saiu para atender o cliente. Arve Støp se apressou até as prateleiras com peças ornamentais, onde, de costas para a loja, ouviu uma voz masculina se desculpar por ter chegado atrasado e que tinha sido difícil encontrar uma vaga para estacionar. E Sylvia, numa voz afiada, disse que ele devia saber disso, afinal, as férias de verão haviam acabado. Que ela já estava atrasada para um compromisso com a irmã e que ele teria que atender o cliente.

Arve Støp ouviu uma voz masculina atrás de si.

— Posso ajudá-lo?

Ele se virou e viu um esqueleto de homem com olhos desmedidamente grandes atrás de óculos redondos, camisa de flanela e um pescoço que o fez se lembrar de uma cegonha.

Sobre o ombro do homem, ele viu Sylvia sair, o canto da saia levantado, um fio de líquido escorrendo pela parte de trás do joelho nu. E se deu conta de que ela sabia que esse espantalho, que ele supôs ser seu marido, estaria chegando naquela hora. Que ela *queria* que ele os flagrasse.

— Obrigado, já consegui o que queria — anunciou ele, indo em direção à porta.

De vez em quando, Arve Støp tentava imaginar como reagiria se ficasse sabendo que havia engravidado alguém. Se insistiria em um aborto ou para que a criança nascesse. A única coisa que sabia com certeza era que insistiria em uma coisa ou outra; deixar decisões para os outros não era do seu feitio.

Birte Becker havia contado que eles não precisavam usar contraceptivos, pois não podia ter filhos. Quando ela, três meses e seis transas depois, anunciou extasiada que parecia que podia, sim, ter um bebê, ele imediatamente entendeu que ela queria a criança. E sua reação foi de pânico, insistindo na opção oposta.

— Tenho os melhores contatos — declarou ele. — Na Suíça. Ninguém ficará sabendo.

— Essa é a minha chance de ser mãe, Arve. O médico disse que é um milagre que talvez nunca mais aconteça.

— Nesse caso, não quero mais ver você ou qualquer filho que venha a ter. Está ouvindo?

— A criança precisa de um pai, Arve. E de um lar seguro.

— E você não vai encontrar nem um nem outro aqui. Sou portador de uma doença hereditária perigosa. Você entendeu?

Birte Becker entendeu. E, sendo uma garota simples, mas esperta, com um pai bêbado e uma mãe em constante crise nervosa, acostumada desde cedo a cuidar de si mesma, ela fez o que tinha de fazer. Arranjou um pai e um lar seguro para a criança.

Filip Becker não conseguira acreditar quando essa mulher linda que ele havia cortejado tão desesperadamente e em vão de repente cedeu e quis ser sua. E, como ele não podia acreditar, a semente da suspeita já estava lançada. Quando Birte Becker anunciou que ele a havia engravidado — apenas uma semana depois de ela se entregar —, a semente ainda estava bem enterrada.

Quando Birte ligou para Arve Støp para contar que Jonas tinha nascido e que era a cara dele, Arve ficou um bom tempo com o gancho ao ouvido, olhando para o nada. Então pediu uma foto. Ele a recebeu pelo correio e, duas semanas depois, ela estava, como combinado, num café, com Jonas no colo e a aliança no dedo. Arve estava em outra mesa, fingindo ler um jornal.

Naquela noite, ele se revirou nos lençóis, pensando na doença.

Precisava lidar com a questão de modo discreto, com um médico de sua confiança que ficasse de bico calado. Em suma, teria que ser aquele cirurgião babaca, fraco e subserviente, que ele conhecia do clube de *curling*: Idar Vetlesen.

Ele contatou Vetlesen, que trabalhava na Clínica Marienlyst. O babaca aceitou a tarefa, aceitou o dinheiro e foi, por conta de Støp, para Genebra, onde os mais avançados especialistas na doença de Fahr se reuniam todo ano para fazer cursos e apresentar os últimos resultados desanimadores de suas pesquisas.

A primeira análise de Jonas não mostrou nada de errado, mas, mesmo que Vetlesen repetisse que os sintomas em geral só seriam visíveis quando bem adulto — o próprio Arve Støp permanecera assintomático até completar 40 —, Støp insistia que o menino fosse examinado uma vez por ano.

Haviam se passado dois anos desde que ele tinha visto seu sêmen escorrendo pelo joelho de Sylvia Ottersen na hora em que ela saiu da loja e da vida de Arve Støp. Ele simplesmente não havia entrado em contato com ela novamente, e ela tampouco o procurara. Até aquele momento. Quando ela ligou, Støp logo respondeu que estava entrando numa reunião de última hora, mas ela foi breve. Com quatro frases, conseguiu contar que, obviamente, nem todo o sêmen havia escorrido para fora; tinham gêmeas, o marido dela acreditava ser o pai, e precisavam de um investidor benevolente para manter a Taste of Africa funcionando.

— Acho que já investi bastante naquela loja — disse Arve Støp, que era propenso a reagir a notícias ruins com gracejos.

— Por outro lado, posso conseguir o dinheiro procurando uma revista de fofocas. A *Se og Hør*. Eles adoram aquelas histórias de o-pai-dos-meus-filhos-é-o-famoso-fulano.

— Péssimo blefe — respondeu ele. — Você teria muito a perder com isso.

— As coisas mudaram — retrucou ela. — Vou deixar Rolf se eu conseguir dinheiro suficiente para comprar a parte dele da loja. O problema dela é a localização, por isso quero colocar como condição que *Se og Hør* faça a matéria com fotos, para ter bastante publicidade. Sabe quantas pessoas leem aquela bosta?

Arve Støp sabia. Um em cada seis adultos na Noruega. Ele nunca tivera nada contra um bom escândalo glamoroso vez ou outra, mas ser tachado de sedutor e acusado de se aproveitar de seu renome diante de uma inocente mulher casada para depois se acovardar? A imagem pública de Arve Støp de homem justo e destemido seria destruída, e as indignadas opiniões morais da *Liberal*, postas sob uma luz hipócrita. E ela nem bonita era. Isso não era nada bom. Nem um pouco bom.

— De que valores estamos falando? — perguntou ele.

Após entrarem em acordo, ele ligou para Idar Vetlesen na Clínica Marienlyst e explicou que tinha dois pacientes novos. Combinaram proceder como no caso de Jonas, primeiro fazendo testes nas gêmeas, encaminhando-as ao Instituto de Perícia Técnica para determinar a paternidade e então começar a procurar sintomas daquela doença de nome impronunciável.

Depois que Arve Støp desligou e se reclinou no encosto alto e de couro da cadeira, vendo o sol brilhar nas copas das árvores em Bygdøy e até Snarøya, ele sabia que devia sentir-se profundamente deprimido. Mas não. Sentia-se animado. Sim, quase feliz.

A distante lembrança desse sentimento de felicidade fora a primeira coisa a ocorrer a Arve Støp quando Idar Vetlesen telefonou, informando que os jornais diziam que a mulher decapitada em Sollihøgda era Sylvia Ottersen.

— Primeiro desaparece a mãe de Jonas Becker — comentou Vetlesen. — E agora encontram a mãe das gêmeas. Morta. Eu não sou nenhum gênio dos cálculos de probabilidade, mas precisamos ir à polícia, Arve. Eles estão atrás de conexões.

Nos últimos anos, Vetlesen havia feito uma carreira lucrativa embelezando celebridades, na opinião de Arve Støp. Mesmo assim — ou talvez por isso mesmo — ele era um babaca.

— Não, não vamos à polícia — retrucou Arve.

— Não? Então acho que você vai ter que me dar uma boa razão.

— Está bem. De que valores estamos falando?

— Meu Deus, não liguei para extorquir você, Arve. É que não...

— Quanto?

— Pare com isso. Você tem um álibi, não tem?

— Não, mas tenho uma quantidade absurda de dinheiro. Basta você me dizer quantos zeros, e vou pensar a respeito.

— Arve, se você não tiver nada a esconder...

— Mas é claro que tenho algo a esconder, seu idiota! Você acha que tenho interesse em ser exposto publicamente como destruidor de lares e suspeito de assassinato? Temos que nos encontrar para conversar.

— E vocês se encontraram? — perguntou Harry Hole.

Arve Støp fez que não. Pela janela do quarto dava para ver indícios do amanhecer, mas o fiorde ainda estava preto.

— Não deu tempo antes de ele morrer.

— Por que não me contou nada disso quando estive aqui pela primeira vez?

— Não é óbvio? Não sei de nada que possa ter valor para vocês. Por que deveria me intrometer? Não esqueça que tenho uma marca a proteger: o meu nome. De fato, essa marca é o único capital da *Liberal*.

— Pelo que me lembro, você disse que o único capital era sua integridade pessoal?

Descontente, Støp deu de ombros.

— Integridade. Marca. Tudo a mesma coisa.

— Então, se algo se parece com integridade, é integridade?

Støp lançou a Harry um olhar distante.

— É o que a *Liberal* vende. Se as pessoas sentem que estão recebendo a verdade, ficam satisfeitas.

— Humm. — Harry olhou para o relógio. — E você acha que eu pareço satisfeito agora?

Arve Støp não respondeu.

28

Dia 20

Doença

Bjørn Holm levou Harry de Aker Brygge até a sede da polícia. O inspetor havia vestido suas roupas molhadas, e chapinhou no couro artificial ao se mover sobre o banco.

— Delta invadiu o apartamento dela há vinte minutos — anunciou Bjørn. — Estava vazio. Deixaram três guardas.

— Ela não vai voltar para lá.

Em sua sala no sexto andar, Harry se trocou, vestindo seu uniforme, que estava no cabide. Não tinha sido usado desde o enterro de Halvorsen. Ele se viu no reflexo da janela. A jaqueta estava folgada.

Gunnar Hagen fora alertado e chegou ao escritório em pouco tempo. Atrás da própria mesa, ele ouviu o relato de Harry. A história era tão dramática que ele se esqueceu de ficar irritado com o uniforme amarrotado do inspetor.

— O Boneco de Neve é Katrine Bratt — repetiu Hagen, devagar, como se ficasse mais compreensível se pronunciado em voz alta.

Harry fez que sim.

— E você acredita em Støp?

— Acredito — respondeu Harry.

— Tem alguém que possa confirmar a história dele?

— Todos estão mortos. Birte, Sylvia, Idar Vetlesen. Ele poderia ter sido o Boneco de Neve. Era o que Katrine queria descobrir.

— Katrine? Mas você está dizendo que o Boneco de Neve é ela? Por que ela...

— Estou dizendo que ela queria descobrir se ele *podia* ser o Boneco de Neve. Ela queria arranjar um bode expiatório. Støp disse que, quando contou a ela que não tinha álibi para os horários dos assassinatos, ela disse “bom”, e também que ele tinha acabado de ser nomeado o Boneco de Neve. Depois começou a estrangulá-lo. Até ouvir o carro chocando-se contra a porta principal, perceber que estávamos chegando e se mandar. Provavelmente, o plano era encontrarmos Støp morto no próprio apartamento, parecendo que ele havia se enforcado. Assim, iríamos relaxar, na crença de ter encontrado o culpado. Da mesma maneira que assassinou Idar Vetlesen. E ao tentar atirar em Filip Becker quando ele foi preso.

— O quê? Ela tentou...

— Ela estava mirando nele com o revólver e o cão já estava armado. Eu ouvi o cão desarmando quando me coloquei na linha de tiro.

Gunnar Hagen fechou os olhos e esfregou as têmporas com a ponta dos dedos.

— Estou ouvindo. Mas por enquanto tudo isso não passa de especulação, Harry.

— E tem também a carta — acrescentou Harry.

— Carta?

— Do Boneco de Neve. Achei o texto no computador da casa de Katrine, datado de antes de sabermos qualquer coisa sobre o Boneco de Neve. E o mesmo tipo de papel ao lado, na impressora.

— Meu Deus! — Hagen colocou os cotovelos na mesa com força e deitou o rosto nas mãos. — Nós empregamos aquela mulher aqui! Sabe o que isso significa, Harry?

— Bem. Um escândalo e tanto. A corporação inteira sendo desacreditada. Cabeças rolando no alto escalão.

Hagen abriu uma fresta entre os dedos, por onde olhou para Harry.

— Obrigado por ser tão explícito.

— Não há de quê.

— Vou chamar o superintendente e o comandante. Até lá, quero você e Bjørn Holm de bico calado. E Arve Støp, ele vai dar com a língua nos dentes?

— Acho que não, chefe. — Harry mostrou um sorriso malicioso. — Ele já se esgotou.

— Se esgotou de quê?

— De integridade.

Já eram dez horas e, da janela da sua sala, Harry viu a luz pálida do dia, quase hesitante, deitar-se sobre os telhados de Grønland na quietude de domingo. Passaram-se mais de seis horas desde que Katrine Bratt tinha desaparecido do apartamento de Støp, e, até agora, a busca não dera em nada. Claro, ela ainda podia estar em Oslo, mas, se estivesse preparada para uma retirada estratégica, já podia estar longe. E Harry não tinha dúvidas de que ela estava preparada.

Assim como também não duvidava de que Katrine era o Boneco de Neve.

Primeiro, havia as provas: a carta e as tentativas de assassinato. E todos os seus instintos foram confirmados: a sensação de ser observado de perto, a sensação de que alguém havia se infiltrado em sua vida. Os recortes de jornais na parede, os relatórios. Katrine tinha chegado a conhecê-lo tão bem que podia prever seu próximo movimento, usá-lo em seu jogo. E, agora, ela era um vírus na sua corrente sanguínea, uma espiã dentro da sua cabeça.

Ele ouviu alguém entrar, mas nem se virou.

— Rastreamos o celular dela — soou a voz de Skarre. — Ela está na Suécia.

— Hein?

— A Central de Operações da Telenor diz que os sinais estão se movendo na direção sul. A localização e a velocidade conferem com o trem para Copenhague, que saiu da Estação Central de Oslo às sete e cinco. Falei com a polícia de Helsingborg, precisam de um pedido formal para prendê-la. Falta meia hora para o trem chegar. O que fazemos?

Harry assentiu devagar, como para si mesmo. Uma gaivota passou voando com as asas rígidas antes de subitamente mudar de direção, mergulhando por entre as árvores no parque. Talvez tivesse visto algo. Ou simplesmente mudado de ideia. Como as pessoas fazem. Estação Central de Oslo às sete da manhã.

— Harry? Ela pode conseguir chegar à Dinamarca se a gente não...

— Peça para Hagen falar com Helsingborg — disse Harry, virando-se para pegar o casaco no cabide.

Surpreso, Skarre seguiu o inspetor com o olhar enquanto este se apressava pelo corredor a passos largos e determinados.

O oficial Orø, no depósito de armas na sede da polícia, olhou para o inspetor alto e repetiu, com surpresa sincera:

— CS? Quer dizer gás?

— Duas latas — disse Harry. — E uma caixa de munição para o revólver.

O policial voltou ao depósito, mancando e xingando. Esse cara, esse Hole, era maluco, todo mundo já sabia, mas gás lacrimogêneo? Se fosse outra pessoa da polícia, ia apostar que era para uma festa com os amigos. Mas, pelo que ouviu dizer, Hole não tinha amigos, pelo menos não na corporação.

O inspetor pigarreou quando Orø voltou.

— Katrine Bratt da Homicídios já retirou alguma arma aqui?

— A mulher da delegacia de Bergen? Só o que pode portar de acordo com as normas.

— E o que dizem as normas?

— Retornar todas as armas e munição não usada na delegacia que você está deixando, recebendo um revólver novo e duas caixas de munição na delegacia nova para a qual está sendo designado.

— Então ela não tem nada mais pesado do que um revólver?

Orø, surpreso, respondeu que não.

— Obrigado — disse Hole, colocando as caixas de munição na bolsa preta, ao lado das latas verdes e cilíndricas contendo o gás lacrimogêneo à base de pimenta inventado pela Corso & Stoughton em 1928.

O policial não respondeu e, só depois de ter a assinatura de Hole pela entrega da munição, murmurou "Tenha um domingo de paz".

Harry estava na sala de espera no Hospital Ullevål com a grande bolsa ao seu lado. Havia um cheiro de álcool, de idosos e de morte lenta. Uma paciente sentou-se no banco oposto ao dele e ficou olhando fixamente para Harry como se tentasse descobrir alguém que não estava ali: um conhecido de outrora, um amor que nunca tinha vindo visitá-la, um filho que lhe parecia familiar.

Harry suspirou, olhou o relógio e imaginou a polícia irrompendo no trem de Helsingborg. O condutor recebendo ordens para parar 1 quilômetro antes da estação. Os policiais armados espalhados ao longo dos dois lados da linha férrea, de prontidão e com cães. A busca eficiente pelos vagões, pelos compartimentos, pelos toaletes. A reação assustada dos passageiros ao ver policiais armados, coisa tão rara de se ver na terra dos sonhos que era a Escandinávia. As mãos trêmulas das mulheres instadas a mostrar a carteira de identidade. Os ombros curvados dos policiais, o nervosismo, mas também a expectativa. A impaciência, a dúvida, a irritação e, por fim, o desapontamento e o desespero por não encontrarem o que haviam procurado. E, por fim, com sorte e habilidade, os palavrões ao acharem a fonte dos sinais que as estações-base haviam captado: o telefone celular de Katrine Bratt numa lixeira no toalete.

Um rosto sorridente surgiu diante dele.

— Pode vê-lo agora.

Harry seguiu o bater dos tamancos e os quadris largos e enérgicos em calças brancas. Ela abriu a porta para ele.

— Mas não fique muito tempo, ele precisa descansar.

Ståle Aune estava num quarto individual. Seu rosto bochechudo e corado agora estava tão encovado e pálido que quase se mesclava com a fronha branca. Fios de cabelos fininhos, como os de uma criança, caíam sobre a testa do homem na casa dos 60. Se não fosse pelo olhar, tão penetrante e jovial, Harry teria achado que via o corpo morto do psicólogo da Homicídios e seu conselheiro espiritual particular.

— Pelo amor de Deus, Harry — disse Ståle Aune. — Você está parecendo um esqueleto. Está doente?

Harry teve que sorrir. Aune sentou-se, fazendo careta.

— Sinto muito por não ter visitado você antes — disse Harry, puxando uma cadeira para perto da cama. — É que hospitais... são... não sei.

— Hospitais te lembram da sua mãe quando era pequeno. Sem problema.

Harry fez que sim e olhou para as mãos.

— Estão cuidando bem de você?

— É o que se pergunta ao visitar pessoas na prisão, Harry, não num hospital.

Harry fez outro sim.

Ståle Aune suspirou.

— Sei que se preocupa comigo, Harry. Mas conheço você bem demais, e por isso sei que não é uma visita de cortesia. Vamos lá, desembuche.

— Pode esperar. Eles disseram que você não estava bem.

— Estar bem é relativo. E, falando relativamente, eu estou ótimo. Devia ter me visto ontem. O que quer dizer que você *não* devia ter me visto ontem.

Harry sorriu, ainda olhando para as mãos.

— É o Boneco de Neve? — perguntou Aune.

Harry fez que sim.

— Finalmente — disse Aune. — Estou morrendo de tédio aqui. Desembuche.

Harry respirou fundo. Então fez um resumo de tudo que havia acontecido no caso. Tentou cortar informações desnecessárias e cansativas sem perder os detalhes essenciais. Aune o interrompeu apenas duas vezes com perguntas curtas; fora isso, escutou em silêncio com uma expressão concentrada, quase de encantamento. E, quando Harry terminou, ele pareceu reanimado, corado e sentado mais ereto na cama.

— Interessante — disse ele. — Mas você já sabe quem é o culpado. Por que vir a mim?

— Essa mulher é louca, não é?

— Pessoas que cometem esses tipos de crimes são, sem exceção, loucas. Mas não necessariamente num sentido criminal.

— Mesmo assim, há uma ou duas coisas que não entendo nela — disse Harry.

— Nossa. Para mim, há uma ou duas coisas que eu de fato *entendo* nas pessoas, então você é um psicólogo melhor do que eu.

— Katrine tinha apenas 19 anos quando matou aquelas duas mulheres em Bergen e Gert Rafto. Como uma pessoa louca a esse ponto pode passar nos testes psicológicos da Academia de Polícia e ser funcional num emprego durante todos esses anos sem que ninguém desconfiasse de nada?

— Boa pergunta. Talvez ela seja um caso coquetel.

— Caso coquetel?

— Uma pessoa com um pouco de tudo. Esquizofrênica o bastante para ouvir vozes, mas capaz de ocultar a doença das pessoas em sua volta. Transtorno de personalidade obsessivo-compulsivo mesclado a uma pontada de paranoia, criando alucinações sobre a situação em que se encontra e sobre o que precisa fazer para se safar, coisas que o mundo externo percebe apenas como uma certa introspecção. A fúria bestial que surge durante os assassinatos que você descreve confere com uma personalidade *borderline*, mas de alguém capaz de controlar sua ira.

— Humm. Você não tem ideia, então?

Aune riu. O riso passou para tosse.

— Sinto muito, Harry — disse ele com um gemido. — A maioria dos casos é assim. Na psicologia estabelecemos vários currais para onde nosso gado se recusa a ser guiado. Na verdade, não são nada além de umas criaturas impertinentes, ingratas e com merda na cabeça. Imagine toda a pesquisa que fizemos por eles!

— Tem outra coisa. Quando achamos o corpo de Gert Rafto, ela ficou verdadeiramente apavorada. Quero dizer, ela não estava encenando. Eu pude ver o choque, as pupilas dela continuaram dilatadas e pretas mesmo quando coloquei a luz da lanterna direto sobre o rosto.

— Epa! Isso é interessante. — Aune sentou-se ainda mais para cima na cama. — Por que você colocou a lanterna no rosto dela? Já estava suspeitando?

Harry não respondeu.

— Pode ter razão — disse Aune. — Ela pode ter reprimido os assassinatos, não é nada fora do comum. Pelo que me contou, ela de fato foi de grande ajuda na investigação, sem sabotá-la. Pode indicar que ela suspeita de si mesma e tem um desejo sincero de descobrir a verdade. O quanto você sabe sobre noctambulismo, sonambulismo?

— Sei que as pessoas podem andar durante o sono. Falar enquanto dormem. Comer, se vestir e até sair e dirigir dormindo.

— Correto. O maestro Harry Rosenthal dirigiu e tocou os instrumentos de sinfonias inteiras durante o sono. E houve pelo menos cinco casos de assassinato em que o assassino foi absolvido porque a corte o julgou como tendo alguma parassonia, ou seja, como se sofresse de transtornos do sono. Há alguns anos, no Canadá, um homem se levantou, dirigiu mais de 20 quilômetros, estacionou, matou a sogra, com quem tinha uma relação excelente, quase estrangulou o sogro, voltou dirigindo para casa e foi para a cama dormir. Foi absolvido.

— Quer dizer que ela pode ter matado durante o sono? Que tem uma parassonia?

— É um diagnóstico controverso. Mas imagine uma pessoa que a intervalos regulares entra numa espécie de estado de hibernação e depois não consegue se lembrar com clareza do que fez. Alguém que tem uma imagem borrada e fragmentada dos acontecimentos, como em um sonho.

— Humm.

— E suponhamos que essa mulher, durante a investigação, tenha começado a entender o que fez.

Harry assentiu com a cabeça.

— Entendendo que, para se safar, precisaria arranjar um bode expiatório.

— É possível. — Aune fez uma careta. — Mas, quanto à psique humana, quase tudo é possível. O problema é que não podemos ver as doenças das quais estamos falando, só podemos presumir que elas existem com base nos sintomas.

— É como mofo.

— O quê?

— O que faz uma pessoa como essa mulher ser tão psicologicamente perturbada?

Aune gemeu.

— Tudo na existência humana! E ao mesmo tempo nada! Genética e criação.

— Um pai alcoolizado, violento?

— Sim, sim! Acertou noventa por cento. Acrescente uma mãe com um histórico de problemas psiquiátricos, uma ou duas experiências traumáticas na infância, e acertou em cheio.

— Parece provável que ela, se tivesse se tornado mais forte que seu pai violento e alcoolizado, tentaria machucá-lo? Matá-lo?

— Não seria nada impossível. Me lembro de um caso... — Ståle Aune se calou bruscamente. Fitou Harry. Em seguida, se inclinou para a frente e, com um brilho dançando solto nos olhos, sussurrou: — Está dizendo o que acho que você está dizendo, Harry?

Harry Hole estudou suas unhas.

— Na delegacia de Bergen, vi a foto de um homem. Achei que havia algo estranhamente familiar nele, como se eu o conhecesse. Só agora estou entendendo o motivo. Foi a semelhança familiar. O sobrenome de Katrine Bratt, antes de se casar, era Rafto. Gert Rafto era pai dela.

Harry recebeu o telefonema de Skarre quando estava a caminho do trem que levava ao aeroporto. Ele havia se enganado, eles não encontraram o celular dela no toalete. Estava no bagageiro em um dos vagões.

Oitenta minutos mais tarde, ele estava envolto em cinza. O piloto anunciou que Bergen estava coberta de nuvens e de chuva. Zero visibilidade, pensou Harry. Estavam operando por instrumentos.

A porta da frente abriu poucos segundos depois que Thomas Helle, da Divisão de Pessoas Desaparecidas, havia apertado a campainha em cima da plaquinha dizendo *Andreas, Eli e Trygve Kvale.*

— Graças a Deus vieram rápido. — O homem em frente a Helle olhou por sobre seu ombro. — Onde estão os outros?

— Só tem eu. Ainda não teve notícias da sua mulher?

O homem, que Helle supôs se tratar de Andreas Kvale, que havia ligado para a polícia, olhou para ele, incrédulo.

— Ela desapareceu, já disse.

— Nós sabemos, mas elas costumam voltar.

— Quem são "elas"?

Thomas Helle suspirou.

— Posso entrar, Sr. Kvale? Está chovendo...

— Ah, desculpe! Por favor... — O homem, na casa dos 50, deu um passo para trás, e na penumbra às suas costas Helle viu um rapaz de cabelos escuros, de 20 e poucos anos.

Thomas Helle decidiu tratar de tudo ali mesmo, em pé, no hall de entrada. Mal tinham pessoal para atender ao telefone; era domingo, e a equipe de plantão estava procurando Katrine Bratt. Uma delas. Tudo era ultrassecreto, mas havia rumores de que ela pudesse estar envolvida no caso do Boneco de Neve.

— Como descobriram que ela sumiu? — perguntou Helle, preparando-se para tomar anotações.

— Trygve e eu voltamos hoje de um acampamento na floresta Nordmarka. Ficamos fora dois dias. Sem celular, só equipamento de pesca. Ela não estava aqui, nenhum bilhete, e, como eu disse ao telefone, a porta não estava trancada. E ela sempre fica trancada, mesmo quando Eli está em casa. Minha mulher é muito ansiosa. E nenhuma roupa dela sumiu. Nenhum par de sapatos. Apenas os chinelos. Nesse frio...

— Já ligaram para todos os amigos e conhecidos dela? Inclusive os vizinhos?

— Claro. Ninguém soube dela.

Thomas Helle anotava. Uma sensação familiar veio à tona. Esposa e mãe desaparecida.

— Você disse que sua mulher era muito ansiosa — disse ele de forma casual. — A quem ela eventualmente abriria a porta? E quem eventualmente deixaria entrar?

Ele viu pai e filho trocarem olhares.

— Poucas pessoas — respondeu o pai, com convicção. — Deve ter sido alguém que ela conhecia.

— Ou para alguém que não a fizesse se sentir ameaçada, talvez — disse Helle. — Uma criança ou uma mulher, por exemplo?

Andreas Kvale assentiu.

— Ou alguém que tivesse uma explicação plausível para entrar. Alguém da companhia elétrica querendo fazer a medição, por exemplo.

O marido hesitou.

— Talvez.

— Viram alguma coisa incomum por aqui ultimamente?

— Incomum? Como assim?

Helle mordeu o lábio inferior. Preparou-se.

— Algo parecido com um... boneco de neve?

Andreas Kvale olhou para seu filho, que balançou a cabeça energicamente, apavorado.

— Só para eliminar a possibilidade — disse Helle casualmente.

O filho disse alguma coisa. Murmurando baixinho.

— O quê? — perguntou Helle.

— Ele disse que não há mais neve por aqui — repassou o pai.

— Não, claro que não. — Helle enfiou o bloco de anotações no bolso do casaco. — Vamos informar os carros da patrulha sobre o desaparecimento. Se ela não aparecer esta noite, vamos intensificar a busca. Em noventa por cento dos casos, a essa altura ela já terá voltado para casa. Aqui tem meu cartão de visita com...

Helle sentiu a mão de Andreas Kvale em seu antebraço.

— Tem algo que preciso mostrar, oficial.

Thomas Helle seguiu Kvale por uma porta no fundo do corredor, descendo a escada para o porão. Ele abriu a porta de um cômodo cheirando a sabão e roupas secando. Num canto havia uma secadora de roupa antiga ao lado de uma velha lavadora Electrolux. O piso de lajotas se inclinava em direção a um ralo no meio. O piso estava molhado e havia água ao lado da parede, como se o chão tivesse sido lavado com a mangueira verde que estava ali. Mas não foi isso que primeiro chamou a atenção de Thomas Helle. Era o vestido pendurado na corda, preso com um prendedor de roupa em cada ombro. Ou melhor; o que restava do vestido. Estava cortado logo abaixo do busto. O corte era torto e preto, com fios de algodão chamuscados.

29

Dia 20

Gás lacrimogêneo

A chuva vazava pelos céus de Bergen, que estava banhada na luz azul do anoitecer. O barco que Harry havia reservado estava pronto no cais ao pé da ponte Puddefjord quando seu táxi parou em frente à empresa de aluguel.

Era um *cabin cruiser* finlandês de 27 pés, bastante usado.

— Vou pescar — disse Harry, apontando para o mapa náutico. — Alguma rocha submersa ou outra coisa que eu deva saber se eu for para cá?

— A ilha de Finnøy? — perguntou o homem do aluguel. — Pode levar uma vara com chumbo e isca giratória, mas a pesca não é muito boa por lá.

— Veremos. Como se liga essa coisa?

Quando Harry passou pelo cabo de Nordnes estava escurecendo, mas ainda dava para ver o totem entre as árvores desnudas do parque. O mar estava sem ondas embaixo da chuva, que chicoteava a superfície até criar espuma. Harry empurrou a alavanca ao lado do volante para a frente, a proa se levantou, fazendo com que ele precisasse dar um passo para trás para não cair, e o barco ganhou velocidade.

Quinze minutos depois, Harry puxou a alavanca de volta e virou para atracar no cais no lado extremo de Finnøy, de onde não podia ser visto da cabana de Rafto. Ele atracou, pegou a vara de pescar e ficou escutando a chuva. Pescar não era seu negócio. A isca giratória era pesada, o anzol se prendeu no fundo, e Harry pescou algas que se enroscaram em torno da vara ao retirá-la da água. Ele soltou o anzol e tirou a alga. Tentou lançá-lo na água de novo, mas alguma coisa no molinete havia emperrado, e o anzol ficou pendendo 20 centímetros da ponta da vara e não queria descer, nem subir. Harry olhou o relógio. Se o barulho do motor houvesse alertado alguém, já deviam ter sossegado agora, e ele precisava resolver aquilo antes que escurecesse de vez. Ele deixou a vara no assento, abriu a bolsa, tirou o revólver, abriu uma caixa de balas e as enfiou no tambor. Colocou as latas de gás, que pareciam garrafas térmicas, em cada bolso e desceu do barco.

Ele levou cinco minutos andando até o topo da ilha deserta e descendo pelo outro lado até as cabanas, fechadas durante o inverno. À sua frente, a cabana de Rafto estava às escuras e pouco convidativa. Ele escolheu um lugar nas pedras a 20 metros da cabana, de onde podia ver todas as portas e janelas. A chuva já havia encharcado o tecido no ombro do casaco de estampa camuflada fazia tempo. Ele tirou uma das latas de gás lacrimogêneo e tirou o pino de segurança. Em cinco segundos, a válvula ia disparar e o gás começaria a sibilar para fora. Ele correu até a cabana segurando a lata com o braço esticado e a lançou pela janela. O vidro quebrou com um fino tinido. Harry voltou para as pedras e ergueu o revólver. Por cima da chuva podia ouvir o sibilar da lata de gás lá dentro, e podia ver o interior das janelas ficarem cinzentas.

Se ela estivesse lá dentro, não aguentaria mais do que alguns segundos.

Ele mirou. Esperou com o revólver erguido.

Dois minutos, e ainda nada.

Ele esperou mais dois.

Preparou então a outra lata, foi até a porta com o revólver erguido e empurrou a porta. Trancada. Mas frágil. Recuou quatro passos e avançou.

As dobradiças cederam e ele caiu para dentro do cômodo fumacento, o ombro direito primeiro. De imediato, o gás atacou seus olhos. Harry segurou a respiração enquanto tateava até encontrar o alçapão do porão, levantando-o, retirando o pino da outra lata e deixando-a cair. E então correu para fora. Encontrou uma poça de água e ficou de joelhos, olhos e nariz escorrendo, e mergulhou a cabeça com os olhos abertos, até onde podia, até o nariz arranhar o cascalho. Repetiu duas vezes o mergulho raso. O nariz e o céu da boca ainda ardiam de modo infernal, mas a visão já havia clareado. Ele apontou o revólver para a casa novamente. Esperou. E esperou.

— Vem! Vem, sua piranha maldita!

Mas ninguém veio.

Depois de 15 minutos não saía mais fumaça pelo buraco na janela.

Harry foi até a casa e abriu a porta com um chute. Tossiu e lançou um último olhar lá dentro. Terra arrasada banhada em névoa. Operando por instrumentos. Merda, merda, merda!

Ao voltar para o barco, já estava tão escuro que ele sabia que teria problemas com a visibilidade. Harry soltou a amarração, subiu a bordo e agarrou a alavanca de ignição. Um pensamento passou por sua cabeça; ele não dormia havia um dia e meio, não comia desde a manhã, estava ensopado até os ossos e viera para Bergen para absolutamente nada. Se esse motor não ligasse na primeira tentativa, ele ia salpicar o casco com seis pedaços de chumbo de 38 milímetros e nadar até o outro lado. O motor pegou com um bramido. Harry quase achou isso uma pena. Ele estava prestes a empurrar a alavanca para a frente quando a viu.

Ela estava bem na frente dele, na escada que levava para baixo do convés. Apoiava-se arrogantemente ao batente, usando um pulôver cinza sobre um vestido preto.

— Mãos pra cima — ordenou ela.

Soou tão infantil que quase parecia uma brincadeira. Mas o revólver preto apontando para ele não era. Nem a promessa que se seguiu.

— Se não me obedecer eu atiro na sua barriga, Harry. O que vai acabar com os nervos da coluna e te deixar paralisado. Depois um tiro na cabeça. Mas comecemos então com a barriga...

O cano do revólver apontou mais abaixo.

Harry soltou o timão e a alavanca e ergueu os braços sobre a cabeça.

— Para trás, por gentileza — disse ela.

Ela subiu da escada, e só então Harry viu o brilho dos seus olhos, o mesmo que havia visto quando prenderam Becker, o mesmo que havia visto no Fenris. Mas estavam voando faíscas das íris trêmulas. Harry recuou até sentir as pernas encostarem ao assento na popa.

— Sente-se — mandou Katrine, desligando o motor.

Harry se deixou cair, sentou-se sobre a vara de pescar e sentiu a água no assento de plástico molhar o tecido das calças.

— Como foi que me achou? — Ela quis saber.

Harry deu de ombros.

— Vamos — disse ela, levantando o revólver. — Satisfaça minha curiosidade, Harry.

— Bem — disse ele, tentando ler aquele rosto pálido e cansado. Mas esse era um terreno desconhecido, o rosto daquela mulher não pertencia à Katrine Bratt que ele conhecia. Que achava que conhecia. — Todos têm um padrão de comportamento. — Harry ouviu-se. — Uma maneira de jogar.

— Ok. E qual seria o meu?

— Apontar para uma direção e correr na outra.

— É?

Harry sentiu o peso do revólver no bolso direito da jaqueta. Ele se levantou um pouco, tirou a vara do lugar, deixando a mão direita no assento.

— Você escreve uma carta assinando como o Boneco de Neve, envia para mim, e, poucas semanas depois, caminha para dentro da sede da polícia. A primeira coisa que faz é me informar que Hagen disse que era para eu cuidar de você. Hagen nunca disse isso.

— Até agora, correto. O que mais?

— Você jogou o casaco na água em frente ao apartamento de Støp e fugiu na direção oposta, pelo telhado. Por isso, seu padrão é esse; quando você planta seu celular num trem para leste, você está fugindo para oeste.

— Bravo. E como eu fugi?

— Não de avião, claro, você sabia que o aeroporto de Gardermoen estaria sob vigilância. Aposto que plantou o telefone na estação central de Oslo bem antes da partida do trem, foi até a rodoviária e pegou um ônibus bem cedo para oeste. Aposto que fez a viagem em várias etapas. Trocando de ônibus.

— O Notodden Express — disse Katrine. — De lá, o ônibus de Bergen. Desci em Voss e comprei roupas. Ônibus até Ytre Arna. E, de lá, ônibus local até Bergen. Paguei um pescador nos cais de Zacharias para me trazer até aqui. Belas apostas, Harry.

— Não foi tão difícil. Você e eu somos bastante parecidos.

Katrine inclinou a cabeça.

— Se tinha tanta certeza, por que veio sozinho?

— Não estou sozinho. Müller-Nilsen e o pessoal dele estão vindo para cá de barco.

Katrine riu. Harry levou a mão mais perto do bolso da jaqueta.

— Concordo que somos parecidos, Harry. Mas quanto a mentir eu sou melhor que você.

Harry engoliu em seco. A mão estava fria. Os dedos precisavam obedecer.

— Sim, parece que é mais fácil para você — admitiu Harry. — Assim como matar.

— Ah, é? Você está com cara de quem quer me matar agora. Sua mão está chegando perigosamente perto do bolso do casaco. Levante-se e tire a jaqueta. Devagar. E jogue-a para cá.

Harry praguejou, mas fez como Katrine mandou. O casaco caiu no convés na frente de Katrine com um som surdo. Sem tirar o olhar de Harry, ela pegou o casaco e jogou ao mar.

— Já estava na hora de você arranjar outro.

— Humm — disse Harry. — Quer dizer, um que combine com a cenoura no meio da minha cara?

Katrine piscou duas vezes, e Harry viu uma aparente confusão em seu olhar.

— Escute, Katrine, vim para te ajudar. Você está precisando de ajuda. Está doente. Foi a doença que a fez matá-las.

Katrine havia começado a balançar a cabeça devagar. Ela apontou para a terra.

— Fiquei duas horas naquela casa dos barcos esperando você, Harry. Porque eu sabia que viria. Eu estudei você. Você sempre encontra o que procura. Foi por isso mesmo que eu te escolhi.

— Me escolheu?

— Escolhi você para encontrar o Boneco de Neve para mim. Foi por isso que recebeu aquela carta.

— Por que você não podia encontrá-lo por conta própria? Não precisava ir tão longe.

Ela fez que não.

— Já tentei, Harry. Tentei durante muitos anos. Sabia que eu não conseguiria sozinha. Tinha que ser você, a única pessoa que já conseguiu prender um serial killer. Eu precisava de Harry Hole. — Ela mostrou um sorriso triste. — Uma última pergunta, Harry. Como chegou à conclusão de que eu tinha te enganado?

Harry se perguntou como iria acontecer. Um tiro na testa? O laço elétrico? Um passeio ao mar e depois afogamento? Ele engoliu em seco. Deveria sentir medo. Tanto medo que seria incapaz de pensar, tanto medo que cairia chorando no convés, implorando para ela deixá-lo viver. Por que não era assim? Não podia ser orgulho, isso ele já havia engolido com uísque e vomitado muitas vezes. Claro, podia ser sua mente sendo racional, como se soubesse que ter medo não adiantaria, pelo contrário, só encurtaria sua vida ainda mais. Mas acabou concluindo que era pelo cansaço. Uma exaustão tão profunda e poderosa que queria acabar com aquilo logo de uma vez.

— No fundo, eu sempre soube que tudo isso tinha começado há muito tempo — disse Harry, notando que não estava mais sentindo o frio.

— Que tudo havia sido planejado e que quem quer que estivesse por trás disso tinha conseguido se infiltrar na minha vida. E não há tantas pessoas para escolher, Katrine. E, quando vi os recortes de jornais no seu apartamento, soube que era você.

Harry a viu piscar, desorientada. E sentiu uma pontinha de dúvida se infiltrar nas entrelinhas do pensamento, na lógica que ele havia enxergado com tanta clareza. Havia mesmo? Será que a dúvida não estivera ali o tempo todo? Um dilúvio quebrou o ritmo do chuvisco, a água martelou no convés. Ele viu a boca de Katrine se abrir e o dedo dobrando-se sobre o gatilho. Ele agarrou a vara de pescar ao seu lado e olhou direto para dentro do cano do revólver. Então era assim que ia acabar, num barco no litoral oeste, sem testemunhas, sem pistas. Uma imagem surgiu. De Oleg. Sozinho.

Ele girou a vara para a frente, para Katrine. Era o último bote desesperado, uma tentativa patética de virar o jogo, de despistar o destino. A ponta macia acertou Katrine de leve na bochecha, ela mal deve ter sentido, e a investida não a machucou nem a desequilibrou. Em retrospecto, Harry não conseguiu lembrar se o que aconteceu tinha sido planejado, apenas meio pensado ou pura sorte: a velocidade do anzol fez a linha de 20 centímetros girar em volta da parte de trás da cabeça de Katrine, fazendo a isca giratória dar a volta na cabeça dela e acertar-lhe os dentes da frente pela boca aberta. E, quando Harry puxou a vara com força, a ponta do anzol fez o trabalho para o qual era destinada; encontrou carne. Afundou-se no lado direito do canto da boca de Katrine Bratt. E a puxada desesperada de Harry foi tão violenta que a cabeça dela foi torcida para trás e à direita com força suficiente para, por um momento, ele ter a sensação de estar desatarraxando-a do corpo. Com um intervalo infinitesimal de segundo, o corpo seguiu a rotação da cabeça, primeiro à direita e em seguida em direção a Harry. O corpo de Katrine ainda estava girando quando ela caiu na sua frente no convés.

Harry se levantou e investiu contra ela, joelhos primeiro, apertando seu pescoço na altura da clavícula, sabendo que isso paralisava seus braços.

Ele torceu sua mão inerte e pegou o revólver, apertando em seguida o cano num dos olhos arregalados. A arma parecia leve, e ele podia ver o ferro apertar seu globo ocular, mas ela não piscou. Pelo contrário. Sorriu. Um sorriso largo. Com o canto da boca rasgada e com os dentes manchados de sangue, que a chuva tentava lavar.

30

Dia 20

Bode expiatório

Knut Müller-Nilsen, em pessoa, estava no cais embaixo da ponte de Puddefjord quando Harry chegou no *cabin cruiser*. Ele, dois policiais e o psiquiatra de plantão o acompanharam para baixo do convés, onde Katrine Bratt estava algemada à cama. Ela recebeu uma injeção de um calmante antipsicótico e foi levada para o carro que estava esperando.

Müller-Nilsen agradeceu a Harry por ter concordado em fazer tudo discretamente.

— Vamos tentar manter isso entre nós — disse Harry, olhando para o céu que pingava. — Oslo vai querer o controle se isso virar notícia.

— Claro — respondeu Müller-Nilsen.

— Kjersti Rødsmoen — disse uma voz que fez os dois se virarem. — A psiquiatra.

A mulher que olhava para Harry estava na casa dos 40, tinha cabelos claros em desalinho e usava um casaco de um vermelho intenso. Segurava um cigarro e parecia não ligar para a chuva que estava molhando tanto ela quanto o cigarro.

— Foi difícil? — perguntou ela.

— Não — disse Harry, sentindo o revólver de Katrine apertar a pele dele por baixo do cós da calça. — Ela se entregou sem resistência.

— O que ela disse?

— Nada.

— Nada?

— Nem uma palavra. E qual é seu diagnóstico?

— Obviamente uma psicose — disse Rødsmoen sem pestanejar. — O que absolutamente não quer dizer que ela seja doente mental. É apenas a maneira que a mente dela encontrou para lidar com uma situação impossível. Bem parecido com o cérebro que resolve desmaiar quando as dores ficam insuportáveis. Aposto que ela esteve numa situação de extremo estresse durante muito tempo, correto?

Harry fez que sim.

— Ela vai voltar a falar?

— Vai — respondeu Kjersti Rødsmoen, olhando sem aprovação para o cigarro molhado e apagado. — Mas não sei quando. Por ora, ela precisa descansar.

— Descansar? — bufou Müller-Nilsen. — Ela é uma serial killer.

— E eu sou psiquiatra — disse Rødsmoen, antes de jogar o cigarro e se dirigir a um pequeno Honda vermelho, que mesmo na chuva torrencial parecia empoeirado.

— O que você vai fazer? — perguntou Müller-Nilsen.

— Vou pegar o último voo para casa — respondeu Harry.

— Nem pensar, você está com cara de defunto. A delegacia tem um acordo com o Hotel Rica Travel. Vamos deixar você lá e arranjar roupas secas. Tem um restaurante lá também.

Depois de fazer o *check in*, Harry ficou em frente ao espelho no banheiro do seu quarto apertado, pensando no que Müller-Nilsen havia dito. Que ele estava com cara de defunto. Bem que esteve perto de se tornar um. Ou não? Após tomar banho e comer no restaurante vazio, voltou ao quarto e tentou dormir. Não conseguiu e ligou a TV. Porcarias passando em todos os canais, exceto pela NRK 2 que exibia *Amnésia*. Ele já tinha visto o filme. A história era contada por um homem com um dano cerebral, cuja memória recente se tornara tão curta quanto a de um peixinho de aquário. Uma mulher fora assassinada. O protagonista havia escrito o nome do assassino numa foto por saber que logo ia esquecer. A questão era se ele podia confiar no que ele mesmo havia escrito. Harry arrancou o edredom. O minibar embaixo da TV tinha uma porta marrom e nenhuma fechadura.

Ele devia ter pegado aquele voo para casa.

Estava saindo da cama quando seu celular tocou em algum lugar no quarto. Ele enfiou a mão no bolso das calças molhadas penduradas sobre uma cadeira perto do aquecedor. Era Rakel. Perguntou onde ele estava. E disse que eles precisavam conversar. E não no apartamento dele, em algum lugar público.

Harry se deixou cair para trás na cama de olhos fechados.

— Para dizer que não podemos mais nos ver? — perguntou ele.

— Para dizer que não podemos mais nos ver — respondeu ela. — Eu não aguento.

— Basta você me dizer por telefone, Rakel.

— Não, não basta. Não vai doer o bastante.

Harry gemeu. Ela estava certa.

Combinaram às onze no dia seguinte no Museu Fram, em Bygdøy, uma atração turística onde era possível se perder em meio aos alemães e japoneses. Ela perguntou o que ele estava fazendo em Bergen. Ele contou e pediu para ela não dizer nada a ninguém até ler sobre isso nos jornais dali a alguns dias.

Desligaram, e Harry ficou deitado olhando para o minibar enquanto *Amnésia* continuava seu curso em ordem cronológica reversa. Ele quase havia sido morto, o amor de sua vida não queria mais vê-lo e ele tinha concluído seu pior caso. Ou não? Ele não havia respondido quando Müller-Nilsen perguntou o motivo de ele ter escolhido procurar por Bratt sozinho, mas agora sabia. Era a dúvida. Ou a esperança. A esperança desesperada de que as coisas não fossem do jeito que pareciam ser. Uma esperança que ele ainda tinha. Mas agora ela teria de ser extinta, afogada. Vamos lá, ele possuía três boas razões e uma matilha de cães no fundo do estômago que latiam como se estivessem possuídos. Então por que não abrir aquele bar logo de uma vez?

Harry se levantou, foi até o banheiro, abriu a torneira e bebeu, deixando o jato de água escorrer sobre o rosto. Ele se endireitou e se olhou no espelho. Como um defunto. Por que o defunto não quer beber? Ele cuspiu a resposta em voz alta na sua própria cara.

— Porque assim não doeria o bastante.

Gunnar Hagen estava cansado. Cansado até o fundo da alma. Olhou ao redor. Era quase meia-noite e ele estava numa sala de conferência na cobertura de um prédio no centro de Oslo. Tudo ali era de um marrom lustroso: o piso de madeira, o teto com luzes embutidas, as paredes com retratos pintados de ex-presidentes do clube ao qual o lugar pertencia, a mesa de mogno de 10 metros quadrados e os blocos de anotação feitos de couro na frente de cada um dos 12 homens da sala. Hagen havia recebido um telefonema do superintendente uma hora antes, sendo convocado para ir àquele endereço. Algumas das pessoas na sala — como o comandante — ele conhecia, e já vira outros em fotos nos jornais, mas não fazia ideia de quem era a maioria. Foi o superintendente que colocou todos a par do caso. Que o Boneco de Neve era uma oficial de Bergen que atuara por um tempo na Divisão de Homicídios em Grønland. Que a Polícia de Oslo estivera de olhos vendados e que, agora que ela estava presa, logo, logo precisariam tornar público o escândalo.

Quando terminou, o silêncio recaiu sobre eles, tão denso quanto fumaça de charuto.

A fumaça subia da cabeceira da mesa, onde um homem grisalho se recostava em sua cadeira de espaldar alto, seu rosto escondido pela sombra. Pela primeira vez, ele pronunciou um som. Um leve suspiro apenas. E Gunnar Hagen compreendeu que todos que haviam falado até então tinham se dirigido àquele homem.

— Lamentável, Torleif — disse o grisalho com uma voz surpreendentemente fina, quase feminina. — Extremamente prejudicial. A confiança no sistema... Estamos no nível mais alto. E isso significa que... — a sala inteira parecia prender a respiração enquanto o grisalho pitava o charuto — ... cabeças hão de rolar. A questão é: de quem?

O comandante pigarreou.

— Alguma sugestão?

— Ainda não — respondeu o grisalho. — Mas acho que você e Torleif têm uma. Podem falar.

O comandante olhou para o superintendente, que por sua vez tomou a palavra.

— Em nossa opinião, erros específicos se deram nas fases de constatação e no acompanhamento. Falhas humanas e não de sistema. E, por isso, não seria um problema essencialmente gerencial. Então, sugerimos distinguir entre responsabilidade e culpa. A direção fica com a responsabilidade, é humilde e...

— Pule a parte elementar — pediu o grisalho. — Quem é o seu bode expiatório?

O superintendente ajeitou o colarinho. Gunnar Hagen viu que ele estava pouquíssimo à vontade.

— O inspetor Harry Hole — disse o superintendente.

Ficaram novamente em silêncio, enquanto o grisalho reacendia o charuto. Cliques e mais cliques do isqueiro. Seguidos pelos ruídos de baforadas e pela fumaça subindo ao teto.

— Não é uma má ideia — disse a voz fina. — Se houvesse mencionado qualquer outra pessoa além de Harry Hole, teria dito que você precisaria encontrar seu bode expiatório em escalões mais altos do sistema.

Um inspetor não é gordo o suficiente para ser animal de sacrifício. Realmente, talvez tivesse pedido para você reconsiderar, Torleif. Mas Hole é um policial bem conhecido; ele participou daquele *talk show* na TV. Uma figura popular e com certo renome como investigador. Claro, podia ser aceito como jogo limpo. Mas ele iria cooperar?

— Deixa com a gente — disse o superintendente. — O que você acha, Gunnar?

Gunnar Hagen engoliu em seco. Ele pensou — entre todas as coisas — em sua mulher. Em tudo que ela havia sacrificado para que ele fizesse carreira. Quando se casaram, ela havia deixado os estudos de lado, acompanhando-o aonde o trabalho no Ministério da Defesa, e depois na polícia, o levasse. Ela era uma mulher inteligente e sábia, sua semelhante em muitas áreas, sua superior em tantas outras. Era para ela que Hagen levava questões de carreira e de moral. E ela sempre lhe dava bons conselhos. Ainda assim, talvez ele não tivesse conseguido fazer a carreira brilhante que os dois haviam esperado. Mas agora as perspectivas eram mais otimistas. Estava escrito que a posição de chefe da Homicídios podia e iria levá-lo ainda mais alto. Era só uma questão de não dar um passo errado. Não devia ser tão difícil.

— O que você acha, Gunnar? — repetiu o superintendente.

A questão é que ele estava tão cansado. De corpo e alma. Isso é para você, pensou. É o que você teria feito, meu bem.

31

DIA 21

O Polo Sul

Harry e Rakel estavam no museu, na proa do navio de madeira *Fram*, observando um grupo de japoneses tirando fotos de cordas e mastros. Enquanto isso, em meio a sorrisos e sinais afirmativos com a cabeça, ignoravam a explicação do guia de que aquela embarcação simples não só havia transportado Fridtjof Nansen em sua tentativa malsucedida de ser o primeiro homem a chegar ao Polo Norte, em 1893, mas também Roald Amundsen, quando este, em 1911, venceu Scott na corrida para ser o primeiro a chegar ao Polo Sul.

— Esqueci meu relógio na sua mesinha de cabeceira — disse Rakel.

— É um truque antigo — disse Harry. — Quer dizer que vai ter que voltar para buscar.

Ela pôs a mão por cima da mão dele na balaustrada, fazendo um movimento negativo com a cabeça.

— Eu o ganhei de Mathias no meu aniversário.

Que eu esqueci, pensou Harry.

— Vamos sair amanhã à noite, e ele vai me perguntar se eu não estiver com o relógio. E você sabe como sou em matéria de mentir. Será que você...

— Deixo-o antes das quatro — disse ele.

— Obrigada. Vou para o trabalho, mas deixe o relógio na casinha do passarinho na parede ao lado da porta. Lá...

Ela não precisava dizer mais nada. Era onde Rakel costumava deixar a chave de casa quando ele chegava depois de ela já ter ido deitar. Harry bateu com a mão no balaústre.

— De acordo com Arve Støp, o erro de Roald Amundsen é ter ganhado. Ele acha que as melhores histórias são sobre perdedores.

Rakel não respondeu.

— Talvez sirva de consolo — disse Harry. — Vamos?

A neve caía lá fora.

— Então acabou agora? — perguntou ela. — Até a próxima vez?

Ele a olhou de relance, só para se assegurar de que era sobre o Boneco de Neve e não sobre eles que ela estava falando.

— Não sabemos onde estão os corpos — disse ele. — Passei na cela dela hoje de manhã antes de ir ao aeroporto, mas ela não quer falar. Fica com o olhar distante, como se não houvesse ninguém ali.

— Você avisou a alguém que ia para Bergen sozinho? — perguntou ela, do nada.

Harry fez que não.

— Por que não?

— Bem — começou Harry. — Eu podia estar enganado. E, se fosse o caso, poderia ter retornado quietinho sem passar vergonha.

— Não foi por isso.

Harry olhou para ela. Rakel parecia mais triste que ele.

— Para falar a verdade, não faço ideia — disse ele. — Acho que tinha esperanças de que, de uma forma ou de outra, não fosse ela.

— Por ela ser como você? Porque você poderia ter sido ela?

Harry nem conseguiu se lembrar de ter contado a Rakel que eles eram tão parecidos.

— Ela parecia tão só e assustada — disse Harry, sentindo flocos de neve arderem em seus olhos. — Como alguém que se perdeu no crepúsculo.

Merda, merda, merda! Ele piscou e sentiu o choro, como um punho fechado, ameaçando subir pela garganta. Será que estava tendo um colapso nervoso? Ele congelou ao sentir a mão quente de Rakel em seu pescoço.

— Você não é ela, Harry. Você é diferente.

— Sou? — Ele esboçou um sorriso torto e afastou a mão dela.

— Você não mata pessoas inocentes, Harry.

Harry declinou a oferta de uma carona e pegou o ônibus. Ele olhou os flocos de neve e o fiorde pela janela e pensou como Rakel só no último momento havia inserido a palavra *inocentes*.

Harry estava prestes a abrir o portão na Sofie quando se lembrou de que não tinha café, e voltou caminhando 50 metros até a mercearia Niazi.

— Raro ver você a essa hora do dia — disse Ali, recebendo o dinheiro

— Folga — explicou Harry.

— Que clima, hein? Dizem que vai cair meio metro de neve nas próximas 24 horas.

Harry mexeu o vidro de café.

— Acabei assustando Salma e Muhammed no pátio outro dia.

— É, eu soube.

— Me desculpe. Eu estava um pouco estressado, só isso.

— Tudo bem. Só fiquei com medo de você ter voltado a beber.

Harry fez que não e esboçou um sorriso. Ele gostava do jeito franco do paquistanês.

— Bom — disse Ali, contando o troco. — E como está indo a reforma?

— Reforma? — Harry pegou o troco. — Quer dizer, o homem do mofo?

— O homem do mofo?

— É, aquele cara que inspecionou o porão para ver se tinha mofo. Stormann ou algo parecido.

— Mofo no *porão*? — Ali olhou assustado para Harry.

— Você não sabia? — perguntou Harry. — Você é o síndico. Presumi que ele tivesse falado contigo.

Ali fez um vagaroso não com a cabeça.

— Talvez ele tenha falado com Bjørn.

— Quem é Bjørn?

— Bjørn Asbjørnsen, que mora no térreo há 13 anos — disse Ali, olhando com ar de reprovação para Harry. — Que é o subsíndico desde então.

— Ele deve ter falado com Bjørn — concluiu Harry, como se quisesse guardar o nome.

— Vou averiguar — disse Ali.

Já em seu apartamento, Harry tirou as botas, foi direto para o quarto e deitou. No hotel em Bergen ele quase não havia pregado o olho. Quando acordou, estava com a boca seca e sentindo dor de estômago. Levantou-se e foi beber água, parando subitamente quando chegou no hall de entrada.

Ao chegar, nem havia reparado, mas as paredes estavam de novo no lugar.

Ele foi de quarto a quarto. Como mágica. Fora executado de forma tão perfeita que ele podia jurar que ninguém nunca havia mexido ali.

Não havia uma única marca de furo de prego, e nada estava fora do lugar. Ele tocou a parede da sala para ter certeza de que não era uma alucinação.

Na mesa da sala em frente à poltrona havia uma folha de papel amarela. Era um bilhete escrito à mão. Com letras caprichadas, bonitas de um jeito estranho.

Estão erradicados. Você não vai me ver mais. Stormann.
P.S.: Tive que virar uma das tábuas da parede porque me cortei e ela ficou manchada de sangue, que não deu para remover. A alternativa teria sido pintar a parede de vermelho.

Harry se deixou cair na poltrona e estudou as paredes lisas.

Foi só quando entrou na cozinha que descobriu que o milagre não estava completo. O calendário com Rakel e Oleg havia sumido. O vestido azul-celeste. Ele praguejou em voz alta e procurou febrilmente nas latas de lixo e até no contêiner de lixo no pátio, até chegar à conclusão de que seus 12 meses mais felizes haviam sido erradicados com o mofo.

Definitivamente era um dia de trabalho diferente para a psiquiatra Kjersti Rødsmoen. E não só porque o sol havia feito uma rara aparição no céu de Bergen e iluminava seu caminho pelas janelas do corredor da ala psiquiátrica do Hospital Universitário Haukeland, em Sandviken. A ala havia mudado de nome tantas vezes que quase nenhum dos habitantes de Bergen sabia que o nome oficial por ora era Hospital Sandviken. Contudo, a ala fechada continuava a ser chamada de ala fechada, à espera de alguém um dia vir a alegar que a terminologia era equivocada, ou, de qualquer forma, estigmatizante.

Tinha, ao mesmo tempo, receio e boas expectativas em relação à reunião com a paciente que estava presa sob as medidas de segurança mais rígidas de que ela podia se lembrar. Junto a Espen Lepsvik, da Kripos, e Knut Müller-Nilsen, da Polícia de Bergen, havia chegado a um acordo sobre os limites éticos e procedimentos. A paciente era psicótica e, portanto, não podia ser submetida a um interrogatório policial. Kjersti era psiquiatra e, desse modo, capacitada a conversar com a paciente, porém apenas para defender os interesses da mesma, e não com o propósito de um interrogatório policial. E, por fim, havia o sigilo profissional. Kjersti Rødsmoen teria que avaliar por si própria quais informações surgidas nas conversas seriam significativas para a investigação a ponto de serem levadas adiante. De qualquer modo, essas informações não poderiam ser usadas num processo judicial, pois vinham de uma pessoa psicótica. Em suma, estavam pisando em um campo minado jurídico e ético onde o mais leve pisar em falso podia ter consequências catastróficas, visto que tudo o que ela fizesse seria minuciosamente examinado pelo sistema judiciário e pela mídia.

Um enfermeiro e um policial fardado estavam em frente à porta branca da sala de consulta. Kjersti apontou para seu crachá preso no jaleco branco, e o policial abriu a porta.

Haviam combinado que o enfermeiro ia ficar monitorando o que acontecia na sala e, caso necessário, soaria o alarme.

Kjersti Rødsmoen sentou-se na cadeira e olhou para a paciente. Era difícil imaginar que aquela mulher pudesse representar algum perigo, magra como estava, os cabelos caindo sobre o rosto, pontos pretos onde o canto da boca rasgado fora costurado e olhos bem arregalados que, com incomensurável pavor, pareciam enxergar algo que Kjersti Rødsmoen não podia ver. Pelo contrário, a mulher parecia tão incapaz de qualquer ação que dava a impressão de que tombaria com um simples sopro. O fato de aquela mulher ter matado pessoas a sangue-frio era simplesmente incompreensível. Mas coisas assim eram sempre incompreensíveis.

— Olá — saudou a psiquiatra. — Sou Kjersti.

Nenhuma resposta.

— Qual você acha que é o seu problema? — perguntou ela.

A pergunta vinha diretamente do manual para conversas com pessoas psicóticas. A alternativa seria: *de que forma você acha que posso ajudar?*

Continuou sem resposta.

— Nesta sala, você está totalmente segura. Aqui, ninguém vai te machucar. Eu não vou te machucar. Aqui dentro você está totalmente segura.

Essa afirmação ia, de acordo com o manual, tranquilizar uma pessoa psicótica. Porque uma psicose se tratava, primordialmente, de um medo sem limites. Kjersti Rødsmoen sentiu-se como uma aeromoça passando as instruções de segurança antes de decolar. De modo mecânico e rotineiro. Mesmo em rotas que cruzam os desertos mais secos, demonstra-se o uso de colete salva-vidas. Porque isso manifesta o que os passageiros querem ouvir: você tem direito de sentir medo, mas nós cuidaremos de você.

Estava na hora de testar sua percepção da realidade.

— Sabe que dia é hoje?

Silêncio.

— Olhe no relógio ali na parede. Pode me dizer que horas são?

Em resposta, apenas um olhar arisco.

Kjersti Rødsmoen esperou. E esperou. O ponteiro do relógio se moveu trêmulo como o passo de um ganso.

Inútil.

— Estou indo — disse Kjersti ao se levantar. — Alguém virá para buscar você. Você está totalmente segura.

A psiquiatra foi à porta.

— Preciso falar com Harry. — A voz da paciente era profunda, quase masculina.

Kjersti parou e se virou.

— Quem é Harry?

— Harry Hole. É urgente.

Kjersti tentou estabelecer contato visual, mas a mulher permaneceu olhando para dentro de seu próprio mundo distante.

— Receio que precise me dizer quem é Harry Hole, Katrine.

— O inspetor da Homicídios em Oslo. E use meu sobrenome se tiver que se referir a mim de novo, Kjersti.

— Bratt?

— Rafto.

— Está bem. Mas não pode me adiantar o assunto que você quer conversar com Harry Hole, assim posso repassar o que...

— Você não está entendendo. Todos eles vão morrer.

Devagar, Kjersti se deixou cair na cadeira de novo.

— Entendo. E por que você acha que eles vão morrer, Katrine?

E finalmente conseguiu contato visual. E o que Kjersti Rødsmoen viu a fez pensar numa das cartas vermelhas de Banco Imobiliário que costumava jogar na casa de veraneio. Tinha a impressão de que sua casa e seus hotéis estavam pegando fogo.

— Nenhum de vocês entende nada — disse a voz grave e masculina. — Não sou eu.

Às duas, Harry parou na rua embaixo da casa de Rakel em Holmenkollveien. Havia parado de nevar, e ele pensou que não seria prudente deixar pegadas reveladoras de pneus na subida para a casa. Suas pisadas produziram chiados baixinhos e prolongados na neve, e a luz intensa do dia refletiu nas janelas pretas, que pareciam óculos de sol, quando ele se aproximou.

Ele subiu a escada para a porta da entrada, abriu a tampa da casinha de passarinhos, colocou o relógio de Rakel lá dentro e fechou. Já havia se virado para ir embora quando a porta se abriu com um puxão.

— Harry!

Harry deu meia-volta, engoliu em seco e esboçou um sorriso. Na sua frente estava um homem nu, salvo a toalha em volta da cintura.

— Mathias — disse ele, desnorteado, olhando para o peito do outro. — Quase me assustou. Pensei que estivesse trabalhando nessa hora do dia.

— Desculpe. — Mathias riu, cruzando os braços depressa. — Trabalhei até tarde noite passada e hoje é dia de folga. Estava entrando no chuveiro quando ouvi alguém aqui na porta. Pensei que fosse Oleg, a chave dele costuma emperrar, você sabe.

Emperrar, pensou Harry. Isso quer dizer que Oleg tinha ficado com a chave que ele mesmo costumava usar. E que Mathias estava com a chave de Oleg. Mente feminina.

— Posso te ajudar, Harry? — Harry reparou nos braços cruzados bem no alto no peito, como se ele tentasse esconder alguma coisa.

— Não — disse Harry casualmente. — Só estava passando por aqui e trouxe uma coisa para Oleg.

— Por que não tocou a campainha?

Harry engoliu em seco.

— De repente lembrei que ele ainda não havia chegado da escola.

— É? Como você sabia?

Harry acenou para Mathias como que para confirmar que era uma pergunta apropriada. Não havia um pingo de suspeita no rosto amigável e franco de Mathias, apenas um desejo sincero de ter uma explicação para algo que não entendia direito.

— A neve — disse Harry.

— A neve?

— É. Parou de nevar há duas horas, e não tem pegadas na escada.

— Uau — exclamou Mathias com entusiasmo. — Isso é que é empregar raciocínio dedutivo no dia a dia. Você é investigador mesmo, não resta dúvida.

Harry soltou um riso forçado. Os braços cruzados de Mathias tinham descido um pouco, e ele pôde ver o que Rakel quis dizer com a peculiaridade corporal do namorado. Onde se esperava ver dois mamilos, a pele era contínua, branca e lisa.

— É hereditário — disse Mathias, que claramente havia acompanhado o olhar de Harry. — Meu pai também não tinha. É raro, mas totalmente inofensivo. E para que nós, homens, precisamos deles?

— Não precisamos, de fato — respondeu Harry e sentiu as orelhas arderem.

— Quer que eu dê a tal coisa para Oleg?

O olhar de Harry vagou. Passou automaticamente pela casinha dos passarinhos antes de continuar.

— Passo para deixar outra hora — disse Harry, fazendo uma careta que esperou inspirar confiança. — Vá tomar seu banho.

— Ok.

— Até mais.

A primeira coisa que Harry fez após sentar-se no carro foi bater as duas mãos no volante e praguejar bem alto. Ele havia se comportado como um ladrãozinho de 12 anos pego em flagrante. Mentindo na cara de Mathias. Mentindo, rastejando e sendo um merda.

Ele acelerou e soltou a embreagem bruscamente para punir o carro. Não tinha energia para pensar nisso agora. Precisava focar em outras coisas. Mas não conseguia, e associações caóticas voaram por seus pensamentos enquanto dirigia rumo ao centro. Ele pensou em imperfeição, em mamilos vermelhos e achatados, parecendo manchas de sangue na pele nua. Em manchas de sangue na madeira bruta. E por algum motivo qualquer surgiram as palavras do homem do mofo: "A alternativa teria sido pintar a parede de vermelho."

O homem do mofo havia sangrado. Harry semicerrou os olhos e visualizou o corte. Deve ter sido um corte profundo para ele ter sangrado tanto que... a alternativa teria sido pintar a parede de vermelho.

Harry pisou no freio. Ele ouviu uma buzina, olhou no retrovisor e viu um Hiace deslizando na neve recém-caída até os pneus aderirem e passarem derrapando.

Harry chutou para abrir a porta do carro, saltou e viu que estava no estádio ao pé da Holmenkollveien. Respirou fundo e desfez sua construção mental em pedaços para ver se conseguia reuni-las de novo. E conseguiu, sem demora, sem ter que forçar nenhuma peça. Porque elas se encaixaram sozinhas. Sua pulsação acelerava. Se realmente fizesse sentido, tudo estaria virado de ponta-cabeça. E fazia sentido, fazia sentido que o Boneco de Neve tivesse planejado se infiltrar na vida de Harry, e simplesmente tivesse vindo da rua, instalando-se à vontade em sua casa.

E os corpos; isso também explicaria onde foram parar. Trêmulo, Harry acendeu um cigarro e começou a tentar reconstruir o que ele havia visto num vislumbre. A pena da galinha com a ponta chamuscada.

Harry não acreditava em inspiração, clarividência divina ou telepatia. Mas acreditava em sorte. Não o tipo de sorte que vem de nascença, mas a sorte sistemática que se faz merecedora através de trabalho duro e por ele tecer para si uma rede tão fina que as coincidências cedo ou tarde ocorrem a seu favor. Mas isso não era aquele tipo de sorte. Isso era apenas um acaso feliz. Um atípico acaso feliz. Isto é, se ele tivesse razão. Harry olhou para baixo e descobriu que estava andando em neve funda. Que ele de fato — literalmente, e não só em pensamentos — estava com os pés no chão.

Ele voltou ao carro, pegou o celular e discou o número de Bjørn Holm.

— Sim, Harry? — respondeu uma voz nasalada e sonolenta, quase irreconhecível.

— Parece que você está de ressaca.

— Quem me dera. — Holm fungou. — Super-resfriado. Passando frio embaixo de dois edredons. O corpo todo doendo...

— Escute — interrompeu Harry. — Você lembra que eu te pedi para medir a temperatura daquelas galinhas para saber quanto tempo havia se passado desde que Sylvia esteve no celeiro, abatendo-as.

— Sim?

— E você disse depois que uma estava mais quente que as outras duas.

Bjørn Holm fungou.

— Sim. Skarre sugeriu que ela estivesse com febre. E teoricamente, é possível.

— Eu acho que estava mais quente porque foi abatida depois que Sylvia foi morta, isto é, pelo menos uma hora depois.

— É? Por quem?

— Pelo Boneco de Neve.

Harry ouviu Holm assoar o nariz com força antes de responder:

— Você acha que ela pegou o machado de Sylvia, voltou e...

— Não, o machado ficou na floresta. Eu devia ter reagido quando vi, mas não tinha ouvido falar do tal cortador de laço incandescente quando vimos as galinhas mortas no celeiro.

— E o que foi que viu?

— Uma pena de galinha cortada, preta na ponta. Acho que o Boneco de Neve usou esse laço incandescente.

— Está bem — disse Holm. — Mas para que ela abateria uma galinha?

— Para pintar a parede toda de vermelho.

— Oi?

— Tenho uma ideia — anunciou Harry.

— Droga — murmurou Bjørn Holm. — Imagino que essa ideia signifique que vou ter que levantar da cama.

— Bem... — começou Harry.

Era como se a nevasca só tivesse parado para tomar fôlego, porque às três horas, flocos de neve grandes e grossos voltaram a voar sobre Østland. Uma cinzenta camada vítrea de neve cobria a estrada E16, que subia serpenteando a partir de Bærum.

Em Sollihøgda, o ponto mais alto da colina, Harry e Holm saíram da estrada e seguiram mato adentro.

Cinco minutos depois, Rolf Ottersen estava diante deles na porta. Atrás dele, Harry viu Ane Pedersen no sofá da sala.

— A gente só queria dar outra olhada no piso do celeiro — disse Harry. Bjørn Holm teve uma crise forte de tosse.

— Fiquem à vontade — disse Ottersen.

Ao caminharem para o celeiro, Harry sentiu que o homem magricela ainda estava na porta, seguindo-os com o olhar.

O bloco de corte estava no mesmo lugar, mas não havia nenhum traço de galinhas, vivas ou mortas. Encostada na parede havia uma pá com uma lâmina pontuda. Para cavar a terra, não para tirar a neve. Harry foi até a parede com ferramentas. O contorno do machado que devia estar ali lembrou Harry de contornos em giz de corpos que haviam sido removidos da cena do crime.

— Acho que o Boneco de Neve veio para cá e abateu a terceira galinha para salpicar o sangue dela nas tábuas do piso. O Boneco de Neve não podia virar as tábuas, por isso a alternativa era pintá-las de vermelho.

— Você disse isso no carro também, mas ainda não estou entendendo nada.

— Se é para camuflar manchas vermelhas, ou você as remove ou pinta tudo de vermelho. Eu acho que o Boneco de Neve tentou esconder alguma coisa. Uma pista.

— Que tipo de pista?

— Algo vermelho que é impossível de remover porque se infiltrou na madeira não tratada.

— Sangue? Ela tentou esconder sangue com mais sangue? É essa a sua ideia?

Harry pegou uma vassoura e varreu a serragem ao redor do bloco. Abaixou-se e sentiu o revólver de Katrine por baixo do cinto. Examinou o piso. Ainda havia um brilho cor-de-rosa.

— Trouxe as fotos que tiramos aqui? — perguntou Harry. — Comece verificando o lugar onde havia mais sangue. Era um pouco afastado do bloco de corte, mais ou menos aqui.

Holm tirou as fotos de sua bolsa.

— Sabemos que o que estava por cima era sangue de galinha — declarou Harry. — Mas imagine que o primeiro sangue que caiu aqui tivesse tido tempo para se infiltrar na madeira, saturando-a, de modo a não se misturar com o sangue novo que foi derramado por cima e bem mais tarde. O que eu queria saber é se você ainda pode tirar provas do primeiro sangue, digo, daquele que se infiltrou na madeira.

Bjørn Holm piscou, incrédulo.

— Que merda de resposta você acha que eu posso dar?

— Bem — disse Harry. — A única que eu aceito é sim.

Holm respondeu com uma longa crise de tosse.

Harry foi até a casa, bateu, e Rolf Ottersen saiu.

— Meu colega vai ficar aqui por algum tempo — disse Harry. — Você se importa se ele entrar aqui na casa de vez em quando para se esquentar?

— Tudo bem — respondeu Ottersen, relutante. — O que estão cavando agora?

— Eu ia perguntar a mesma coisa a você — disse Harry. — Vi que havia terra na pá lá dentro.

— Ah, sim. Mourões para a cerca.

Harry olhou para o campo coberto de neve que se estendia até a floresta. Perguntou-se o que Ottersen estava querendo cercar. Ou isolar. Porque ele percebera: havia medo no olhar de Ottersen.

Harry fez um gesto para a sala.

— Você tem um visitante... — Ele foi interrompido pelo celular tocando.

Era Skarre.

— Achamos outro — anunciou ele.

Harry olhou para a floresta e sentiu os grandes flocos de neve derretendo em seu rosto.

— Outro o quê? — perguntou baixinho, ainda que, pelo tom de Skarre, já tivesse a resposta.

— Outro boneco de neve.

A psiquiatra Kjersti Rødsmoen conseguiu interceptar o delegado Knut Müller-Nilsen no momento em que ele e Espen Lepsvik, da Kripos, estavam saindo do escritório.

— Katrine Bratt falou — disse ela. — E acho que vocês deveriam ir ao hospital para escutar o que ela tem a dizer.

32

DIA 21

Os tanques

Skarre pisava nas pegadas na neve que levavam até a floresta, seguido por Harry. A tarde que escurecia tão cedo anunciava que o inverno estava para chegar. Acima deles cintilava a torre de comunicação de Tryvann, e, abaixo, Oslo reluzia. Harry tinha vindo direto de Sollihøgda, deixando o carro no grande estacionamento vazio, onde os estudantes recém-formados se reuniam como lemingues toda primavera para a encenação obrigatória dos rituais adultos da espécie: danças em volta da fogueira, entorpecimento com bebidas alcoólicas e sexo desvairado sem limites. A celebração da formatura de Harry havia sido diferente. Apenas dois companheiros, Bruce Springsteen e "Independence Day" berrando do seu rádio no topo do bunker alemão na praia de Nordstrand.

— Foi descoberto por um passante — disse Skarre.

— E ele julgou necessário avisar a polícia que havia um boneco de neve na floresta?

— Ele estava com seu cachorro. E foi o animal quem... bem... é melhor você ver.

Chegaram a uma clareira. Um jovem se endireitou ao avistar Skarre e Harry e veio ao encontro dos dois.

— Thomas Helle, da Divisão de Pessoas Desaparecidas — disse ele. — Estamos contentes por você estar aqui, Hole.

Surpreso, Harry olhou para o jovem policial, mas viu que ele falava com sinceridade.

Harry viu os peritos técnicos trabalhando no topo da colina na sua frente. Skarre se agachou por baixo da fita de isolamento laranja, e Harry passou por cima dela. Um caminho demarcado indicava onde podiam pisar para não destruir pistas técnicas ainda intactas. Os peritos perceberam a chegada de Harry e Skarre e, calados, deram espaço para eles passarem. Como se tivessem esperado por isso; uma chance de mostrar. De ver suas reações.

— Puta merda — disse Skarre, dando um passo para trás.

Harry sentiu a cabeça esfriar, como se todo o sangue tivesse saído do cérebro, deixando uma sensação dormente e inerte de vazio.

Não eram os detalhes, porque, à primeira vista, a mulher nua não parecia estar brutalmente mutilada. Não como Sylvia Ottersen ou Gert Rafto. O que o deixou apavorado de verdade foi a construção, a essência estudada, intencionada e cruel do arranjo. O cadáver estava em cima de duas grandes bolas de neve que haviam sido colocadas uma por cima da outra, encostadas ao tronco de uma árvore, como um esboço de um boneco de neve. O corpo se inclinava contra o tronco, mas, se escorregasse de lado, seria repuxado por um fio de aço preso no galho grosso logo acima de sua cabeça. O fio terminava num laço rígido em volta do pescoço, dobrado de modo a não tocar nos ombros ou no pescoço, como se tivesse congelado no momento em que laçou perfeitamente a presa. Os braços estavam amarrados nas costas. Os olhos e a boca da mulher estavam fechados, deixando o rosto com uma expressão de paz, quase como se dormisse.

Dava quase para acreditar que o corpo havia sido tratado com carinho. Até que os pontos costurados e contrastantes com a pálida pele nua ficavam evidentes. Os cantos de pele por baixo do fio de costura quase invisível só estavam delimitados por uma sutura fina e regular com sangue preto. Uma série de pontos passava por cima da barriga, logo embaixo dos seios. A outra, em torno do pescoço. Trabalho perfeito, pensou Harry. Nenhum furo de ponto vazio, nenhuma linha torta.

— Parece uma daquelas porcarias de arte abstrata — comentou Skarre. — Como é que chamam aquilo?

— Instalação — disse uma voz atrás dele.

Harry inclinou a cabeça. Estavam certos. Mas alguma coisa destoava da impressão de cirurgia perfeita.

— Ele a cortou em pedaços — disse ele, a voz saindo como se estivesse sendo estrangulado. — Para depois fazer a remontagem.

— É? — perguntou Skarre.

— Talvez para facilitar o transporte — disse Helle. — Acho que sei quem é ela. O marido a registrou como desaparecida ontem. Ele está vindo para cá agora.

— Por que acha que é ela?

— O marido encontrou um vestido com marcas de queimado. — Helle apontou para o corpo. — Mais ou menos onde estão os pontos.

Harry se concentrou em respirar. Agora via o que estava destoando. A incompletude do boneco de neve. A irregularidade dos nós e ângulos do fio de aço trançado. Eram toscos, casuais, experimentais. Como se aquilo fosse um rascunho, um exercício. O primeiro esboço de uma obra ainda por terminar. E por que havia amarrado os braços nas costas? Ela devia estar morta muito antes de vir para cá. Fazia parte do rascunho? Ele pigarreou.

— Por que não fui informado antes?

— Eu informei meu chefe, que avisou o superintendente — respondeu Helle. — A única ordem que recebemos foi de ficar de bico calado por enquanto. Presumo que tenha algo a ver com... — ele lançou um olhar rápido ao pessoal da cena do crime — ... aquela pessoa anônima que está sendo procurada.

— Katrine Bratt? — perguntou Skarre.

— Nunca ouvi esse nome — disse uma voz atrás deles.

Viraram-se. O superintendente estava na neve, pernas afastadas, as mãos enfiadas nos bolsos de um casaco. Seus olhos azuis e frios observavam o cadáver.

— Aquilo devia estar na exposição de arte do outono.

Os policiais mais jovens fitaram o superintendente com os olhos arregalados. Impassível, ele se virou para Harry.

— Podemos trocar algumas palavras, inspetor?

Foram até as fitas de isolamento.

— Uma encrenca e tanto — disse o superintendente. Ele estava virado para Harry, mas seu olhar vagueava para o tapete de luz embaixo deles. — Tivemos uma reunião. Por isso preciso falar com você em particular.

— Quem teve uma reunião?

— Não importa, Harry. O que importa é que tomamos uma decisão.

— Ok.

O superintendente batia com os pés na neve, e, por um momento, Harry se perguntou se devia avisá-lo de que ele estava contaminando a cena do crime.

— Eu tinha pensado em resolver isso com você hoje à noite, Harry. Num ambiente tranquilo. Mas agora, com a descoberta de outro assassinato, é urgente. A imprensa vai estar em cima disso dentro de poucas horas. Por isso, não temos o tempo que pensamos ter, e precisamos revelar quem é o Boneco de Neve. E explicar como Katrine Bratt conseguiu entrar na corporação e operar sem o nosso conhecimento. A diretoria assume a responsabilidade, é claro. É para isso que serve a diretoria, certo?

— Do que é que você está falando afinal, chefe?

— Da credibilidade da Polícia de Oslo. Merda está sujeita à gravidade, Harry. Quanto mais de cima ela cai, mais tem poder de sujar a corporação inteira. Que indivíduos do baixo escalão cometam deslizes é perdoável. Mas, se as pessoas perdem a confiança na ideia de que a corporação seja administrada com um mínimo de competência, de que haja certo controle, então estamos perdidos. Imagino que você entenda o que está em jogo, Harry.

— Estou com pressa, chefe.

O olhar do superintendente parou de vaguear sobre a cidade e se fixou no inspetor.

— Sabe o que quer dizer camicase?

Harry trocou o peso do pé.

— Ser japonês e ter sofrido uma lavagem cerebral para chocar seu avião contra um porta-aviões americano?

— Era o que eu achava também. Mas Gunnar Hagen conta que os japoneses nunca usaram essa palavra, e que os decifradores de códigos do Exército norte-americano interpretaram aquilo errado. Camicase é o nome de um tufão que salvou os japoneses numa batalha contra os mongóis em alguma ocasião no século XII. Traduzido ao pé da letra quer dizer "vento divino". Pitoresco, não acha?

Harry não respondeu.

— Precisamos de um vento desses agora — disse o superintendente.

Harry fez um longo sim com a cabeça. Estava entendendo.

— Vocês querem alguém para assumir a culpa por ter empregado Katrine Bratt? Por ela não ter sido desmascarada? Resumindo: para a merda toda?

— Não gosto nem um pouco de pedir para alguém se sacrificar desse modo. Especialmente quando o sacrifício desse alguém significa salvar a própria pele. Mas é preciso lembrar que se trata de algo maior do que os indivíduos em si. — O superintendente voltou o olhar para a cidade. — O formigueiro, Harry. O trabalho duro, a lealdade, o sacrifício às vezes sem sentido. É o formigueiro que faz valer a pena.

Harry passou a mão sobre o rosto. Traição. Covardia. Ele tentou engolir a ira. Convencer a si mesmo de que o superintendente tinha razão. Era necessário sacrificar alguém, e a culpa devia ficar no nível mais baixo possível. Justo. De fato, ele devia ter desmascarado Katrine Bratt antes.

Harry se endireitou. De forma estranha, sentiu alívio. Há muito tempo ele já sentia que seria assim que as coisas acabariam para ele; já aceitava isso como um fato. Da mesma forma como os colegas da Sociedade dos Policiais Mortos haviam saído de cena; sem fanfarras e honrarias, sem nada além do respeito próprio e do respeito daqueles que os conheciam, dos poucos que sabiam do que se tratava. O formigueiro.

— Entendo — concluiu Harry. — E aceito. Preciso ser instruído sobre como vocês gostariam que isso acontecesse. Mas, de qualquer maneira, acho que devemos adiar a coletiva de imprensa por mais algumas horas, até termos mais informações.

O superintendente fez que não.

— Harry, você não está entendendo.

— Talvez haja novos dados no caso.

— Não é você quem vai colocar a cabeça a prêmio.

— Vamos verificar se... — Harry se calou. — O que foi que você disse, chefe?

— A sugestão original era você, mas Gunnar Hagen não aceitou. Então é ele quem vai levar a culpa. Ele está na sala dele agora, escrevendo seu pedido de demissão. Só queria te informar, para você saber antes da coletiva de imprensa.

— Hagen? — perguntou Harry.

— Um bom soldado — disse o superintendente, dando um tapa nas costas de Harry. — Já vou. A coletiva começa às oito no Salão Principal, ok?

Harry viu as costas do superintendente se afastar e sentiu o celular vibrando no bolso do casaco. Ele olhou para o display antes de atender.

— *Love me tender* — disse Bjørn Holm. — Estou no Instituto de Perícia Técnica.

— O que você tem aí?

— Tinha sangue humano na madeira. A mulher do laboratório diz que infelizmente o sangue é muitíssimo superestimado como fonte de DNA, por isso duvida que a gente encontre material celular para um perfil de DNA. Mas ela verificou o tipo sanguíneo, e adivinhe o que achamos.

Bjørn Holm fez uma pausa até perceber que Harry não estava a fim de brincar de *Quem quer ser um milionário?* e continuou:

— Vamos dizer que existe um tipo sanguíneo que exclui a maioria das pessoas. Duas pessoas em cem têm sangue desse tipo, e, no arquivo criminalístico inteiro, há apenas 123 criminosos com esse sangue. Se Katrine Bratt tiver esse tipo sanguíneo, é um forte indício de que ela sangrou no celeiro de Ottersen.

— Fale com a Central de Operações. Eles têm uma lista com o tipo sanguíneo de todos os oficiais da sede.

— Têm? Nossa, vou verificar já.

— Mas não fique decepcionado quando descobrir que ela não é B negativo.

Harry ouviu a surpresa muda do colega e aguardou pela pergunta.

— Como, em nome de Deus, você sabia que era B negativo?

— Em quantos minutos você pode me encontrar no Instituto de Anatomia?

Eram seis horas da tarde, e o pessoal com horário fixo no Hospital Sandviken já tinha ido para casa há algum tempo. Mas, no escritório de Kjersti Rødsmoen, a luz estava acesa. A psiquiatra verificou que Knut Müller-Nilsen e Espen Lepsvik estavam prontos com seus blocos de anotações, antes de olhar o seu próprio bloco e disparar:

— Katrine Rafto contou que amava seu pai acima de tudo. — Kjersti olhou para os outros dois. — Ela era apenas uma menina quando ele foi totalmente exposto na mídia como sendo um homem violento. Katrine ficou magoada, assustada e muito confusa. Sofreu bullying na escola pelo que estava escrito nos jornais. Logo em seguida, os pais se divorciaram. Quando Katrine tinha 19 anos, o pai desapareceu logo depois que duas mulheres foram assassinadas em Bergen. A investigação foi arquivada, mas tanto dentro como fora da polícia achavam que seu pai era o assassino de ambas, tendo se suicidado em seguida por saber que não conseguiria se safar. Foi quando Katrine decidiu entrar para a corporação, solucionar os assassinatos e limpar o nome do pai.

Kjersti Rødsmoen ergueu o olhar. Nenhum dos dois estava fazendo anotações, apenas olhavam para ela.

— Por isso, depois de se formar em direito, se inscreveu na Academia de Polícia — prosseguiu Rødsmoen. — E, depois de se formar, começou a trabalhar na Divisão de Combate à Violência. Onde em pouco tempo, durante suas horas livres, começou a rever o caso do pai. Até que isso foi descoberto e descontinuado, e Katrine pediu transferência para a Divisão de Crimes Sexuais. Correto?

— Correto — disse Müller-Nilsen.

— Cuidaram para que ela nem chegasse perto do caso do pai, por isso Katrine começou a investigar casos relacionados. E, ao pesquisar os relatórios de pessoas desaparecidas do país inteiro, fez uma descoberta interessante. Justamente nos anos posteriores ao sumiço do seu pai, desaparecimentos de mulheres foram registrados em circunstâncias com vários traços em comum com o de Onny Hetland e seu pai. — Kjersti Rødsmoen virou a página. — Mas, para continuar, Katrine precisava de ajuda, e ela sabia que não conseguiria isso em Bergen. Consequentemente, resolveu colocar no caso alguém que tivesse experiência com serial killers. Porém, obviamente, tinha que acontecer sem que ninguém soubesse que era ela, a própria filha de Rafto, por trás daquilo.

Espen Lepsvik, da Kripos, balançou a cabeça devagar, e Kjersti continuou:

— Depois de uma pesquisa meticulosa, a escolha caiu no inspetor Harry Hole da Divisão de Homicídios de Oslo. Ela lhe mandou uma carta, assinando com o título enigmático de *Boneco de Neve* com o intuito de aguçar a curiosidade dele e porque os bonecos de neve haviam sido mencionados em vários depoimentos de testemunhas relacionadas aos desaparecimentos. Um boneco de neve também havia sido mencionado nas anotações do pai dela sobre o assassinato no topo da montanha Ulriken. Quando a Divisão de Homicídios de Oslo anunciou uma vaga, destacando que queriam uma mulher, ela se candidatou e foi chamada para uma entrevista. Disse que lhe ofereceram o cargo antes mesmo de ela se sentar.

Rødsmoen parou, mas, como os outros dois nada disseram, prosseguiu:

— Já no primeiro dia, Katrine fez questão de entrar em contato com Harry Hole para poder participar da investigação. Com tudo que ela já sabia sobre Hole e o caso, foi relativamente fácil para ela manipular o inspetor e guiá-lo a Bergen e ao desaparecimento de Gert Rafto. E, com a ajuda de Hole, ela também pôde encontrar o pai. Dentro de um freezer em Finnøy.

Kjersti tirou os óculos.

— Não é preciso muita imaginação para entender que tal experiência de vida cria a base para uma reação psicológica. O estresse foi se tornando ainda pior quando, por três vezes, ela acreditou que o assassino tivesse sido desmascarado. Primeiro foi Idar Vetlesen, então um tal de... — Kjersti conferiu suas anotações. — Filip Becker. E, por fim, Arve Støp. Só para descobrirem que era a pessoa errada toda vez. Ela tentou forçar uma confissão de Støp, mas desistiu ao perceber que ele não era o homem que ela procurava. Quando ouviu os colegas da polícia chegando ao local, ela fugiu. Katrine alega que não podia ser presa antes de terminar seu trabalho. Que era encontrar o verdadeiro culpado. A essa altura, podemos dizer com segurança que ela já estava profundamente dentro do quadro psicótico. Ela então voltou para Finnøy, convencida de que Harry Hole deduziria que ela estava lá. E, de fato, estava certa. Quando ele chegou, ela o desarmou para que Harry escutasse enquanto ela o instruía sobre como prosseguir com a investigação.

— Desarmou? — perguntou Müller-Nilsen. — Ficamos sabendo que ela se entregou sem resistência.

— Ela diz que a ferida no canto da boca foi causada por Harry Hole, pegando-a desprevenida — disse Kjersti Rødsmoen.

— Podemos acreditar numa pessoa psicótica?

— Ela não está mais psicótica — afirmou Rødsmoen com convicção. — Devemos mantê-la sob observação por mais alguns dias, mas depois vocês devem estar preparados para recebê-la de volta. Isto é, se ainda a considerarem suspeita.

A última observação ficou pairando no ar até Espen Lepsvik se inclinar sobre a mesa.

— Isso quer dizer que você acredita que Katrine Bratt esteja dizendo a verdade?

— Não cabe à minha área de especialidade ter alguma opinião sobre isso — declarou Rødsmoen, fechando seu caderno de anotações.

— E se eu não perguntar a você como especialista?

Rødsmoen mostrou um breve sorriso.

— Acho que deve continuar acreditando no que já acredita, inspetor.

Bjørn Holm havia percorrido a pé o curto caminho entre o Instituto de Perícia Técnica e o de Anatomia, e estava esperando na garagem quando Harry chegou de carro vindo de Tryvann. Com Holm estava o técnico de roupa verde e cheio de argolinhas, o mesmo que havia empurrado um cadáver da última vez que Harry estivera ali.

— Lund-Helgesen não está aqui hoje — informou Holm.

— Talvez você possa nos mostrar o lugar — disse Harry ao técnico de uniforme verde.

— Não temos permissão de mostrar... — começou, mas foi interrompido por Harry

— Qual é o seu nome?

— Kai Robøle.

— Ok, Robøle — disse Harry, mostrando sua credencial. — Eu te dou permissão.

Robøle deu de ombros e abriu a porta.

— Tiveram sorte por achar alguém aqui. Costuma fica vazio depois das cinco.

— Achei que vocês faziam muitas horas extras — disse Harry.

Robøle fez que não com a cabeça.

— Não no porão com os defuntos. A gente prefere trabalhar aqui durante o dia. — Ele sorriu, embora não parecesse satisfeito. — O que querem ver?

— Os cadáveres mais recentes.

O técnico destrancou a porta e os levou por outras duas até uma sala ladrilhada com oito tanques rebaixados, quatro em cada lado de um corredor pequeno. Cada tanque estava coberto com uma tampa de metal.

— Estão ali embaixo — disse Robøle. — Quatro em cada tanque. Os tanques estão cheios de álcool.

— Puríssimo — disse Holm baixinho.

Impossível dizer se o técnico havia entendido mal de propósito, mas respondeu:

— Quarenta por cento, sem aditivos.

— Trinta e dois defuntos então — disse Harry. — Só isso?

— Temos em torno de quarenta, mas esses são os mais recentes. Eles costumam deixá-los aqui por um ano antes de começarmos a usá-los.

— Como é que trazem os corpos até aqui?

— Com o carro da funerária. Alguns a gente mesmo busca.

— E vocês os trazem para cá pela garagem?

— Exato.

— E o que acontece depois?

— O que acontece? Bem, a gente os prepara, fazendo um furo sobre a coxa, onde é injetada uma mistura fixadora. Assim são preservados. Depois fazemos uma plaquinha de metal com o número que está nos documentos.

— Que documentos?

— Os que acompanham o cadáver. São arquivados no escritório lá em cima. Prendemos uma plaquinha ao dedo do pé, uma ao dedo da mão e outra à orelha. Tentamos também manter registradas as partes do cadáver que são partidas, para que o corpo possa ser cremado o mais inteiro possível quando chegar a hora.

— Vocês conferem regularmente os cadáveres com os documentos?

— Conferir? — Ele coçou a cabeça. — Só quando temos que transportá-los. A maioria dos cadáveres é obtida aqui em Oslo, por isso fornecemos para as universidades de Tromsø, Trondheim e Bergen quando eles não têm o suficiente.

— Então vocês podem ter corpos que não deviam estar aqui?

— Ah, não, não. Todos que estão aqui doaram seu próprio corpo para o instituto via testamento.

— É isso que eu queria saber — disse Harry, agachando-se ao lado de um dos tanques.

— O quê?

— Escute, Robøle. Vou fazer uma pergunta hipotética. E quero que pense com cuidado antes de responder. Está bem?

O técnico imediatamente afirmou com um breve aceno.

Harry ergueu seus 190 centímetros.

— Seria possível que alguém com acesso a estas salas pudesse transportar cadáveres para cá à noite, pela garagem, colocar plaquinhas metálicas com números fictícios, botar o cadáver num desses tanques e contar como sendo bastante improvável que isso seja descoberto?

Kai Robøle hesitou. Coçou a cabeça mais um pouco. Passou um dedo ao longo da fileira de argolinhas na orelha.

Harry apoiou o próprio peso no outro pé. Holm esperou, boquiaberto.

— De certo modo, não há nada que impeça isso — disse Robøle.

— Nada que impeça?

Robøle fez um gesto negativo e soltou uma risada curta.

— Puta merda, o pior é que isso seria perfeitamente possível.

— Sendo assim, gostaria de ver esses corpos agora.

Robøle olhou para o inspetor alto.

— Aqui? Agora?

— Pode começar no fundo à esquerda.

— Então acho que preciso ligar para alguém autorizar.

— Se quiser atrasar nossa investigação de assassinato, fique à vontade.

— Assassinato? — Robøle semicerrou um olho.

— Já ouviu falar do Boneco de Neve?

Robøle piscou duas vezes. Virou-se, foi até as correntes de aço que pendiam de uma polia motorizada no teto, puxou-as com um ruído bem alto e prendeu os dois ganchos à placa metálica do tanque. Pegou o controle remoto e apertou. A polia começou a zunir, enrolando a corrente. A tampa do tanque se elevou devagar, sob o olhar atento de Harry e Holm. Havia duas placas horizontais presas ao lado inferior da tampa, uma por baixo da outra, separadas por uma placa vertical. Em cada lado da parte central havia um cadáver nu e branco. Pareciam bonecas pálidas, impressão reforçada pelos furos retangulares e pretos nas coxas. Quando os cadáveres chegaram à altura do quadril, o técnico apertou o controle remoto e parou a polia. No silêncio que se seguiu, podiam ouvir os suspiros profundos dos pingos de álcool ecoando entre as paredes de ladrilhos brancos.

— Então? — disse Robøle.

— Não — respondeu Harry. — O próximo.

O técnico repetiu o procedimento. Quatro novos cadáveres se ergueram do tanque seguinte.

Harry fez um gesto negativo.

Quando apareceu o terceiro quarteto, Harry deu um passo para trás. Kai Robøle, confundindo a reação do policial com horror, sorriu contente.

— O que é aquilo? — perguntou Harry, apontando para a mulher sem cabeça.

— Provavelmente um retorno de uma das outras universidades — respondeu Robøle. — Os nossos costumam estar inteiros.

Harry se agachou e tocou o cadáver. Estava frio, e tinha uma consistência artificial devido ao líquido fixador. Percorreu um dedo pelo corte no pescoço. Estava liso, e a carne, pálida.

— Usamos bisturi na extremidade e depois um serrote fino — explicou o técnico.

— Humm. — Harry se inclinou sobre o cadáver, pegou o braço direito da mulher e a puxou para si de modo que a parte superior do corpo ficou de lado.

— O que está fazendo? — exclamou Robøle.

— Está vendo alguma coisa nas costas dela? — perguntou Harry a Holm, que estava do outro lado do cadáver.

Holm confirmou.

— Uma tatuagem. Parece uma bandeira.

— Qual?

— Não faço ideia. Verde, amarelo e vermelho. Com um pentagrama no centro.

— Etiópia — disse Harry, soltando a mulher que caiu, retornando à posição anterior. — Essa mulher não doou seu corpo, mas foi doada, por assim dizer. Essa aqui é Sylvia Ottersen.

Kai Robøle não parou de piscar, como se esperasse perder algo se não piscasse o suficiente.

Harry pôs a mão no ombro dele e falou:

— Chame quem tem acesso à documentação dos cadáveres e confira todos que vocês têm. Agora. Preciso ir.

— O que está havendo? — perguntou Holm. — Sinceramente, não estou entendendo nada.

— Tente — disse Harry. — Esqueça tudo que acreditava saber e tente.

— Está bem, mas o que está acontecendo?

— Existem duas respostas para essa pergunta — disse Harry. — Uma é que estamos apertando o cerco ao Boneco de Neve.

— E a outra?

— Não faço ideia.

Parte 5

33

QUARTA-FEIRA, 5 DE NOVEMBRO DE 1980

O Boneco de Neve

Era o dia em que a neve veio. Às onze horas da manhã, enormes flocos surgiram de um céu incolor, invadindo os campos, os jardins e os gramados de Romerike, como uma armada vinda do espaço sideral.

Mathias estava sozinho no Toyota Corolla da mãe em frente a uma casa na Kolloveien. Não fazia ideia do que a mãe estava fazendo dentro daquela casa. Ela tinha dito que não ia demorar. Mas já estava demorando. Ela havia deixado a chave na ignição e o rádio estava tocando "Under snø" daquela nova *girl band*, Dollie. Ele abriu a porta do carro com um chute e saiu. Por causa da neve, um silêncio compacto, quase artificial, recaía sobre as casas. Ele se agachou, juntou um punhado daquela coisa branca e molhada e formou uma bola.

Haviam jogado bolas de neve nele no pátio da escola hoje, chamando-o de "Mathias Despeitado", os supostos colegas de classe da 7A. Ele odiava a escola, odiava ter 13 anos. Tudo havia começado depois da primeira aula de educação física, ao descobrirem que ele não tinha mamilos. De acordo com o médico, podia ser hereditário, e ele havia feito exames para algumas doenças. A mãe tinha contado a Mathias e ao pai dele que seu avô, que morrera quando ela era pequena, também não tivera mamilos. Mas, olhando um dos álbuns de fotografia da avó materna, Mathias havia encontrado uma foto do avô durante a colheita, onde ele estava de calças com suspensórios e o torso nu. E a foto não deixava dúvidas de que ele tivera mamilos.

Mathias compactou a bola de neve entre as mãos. Ele queria jogá-la em alguém. Com força. Com força suficiente para doer. Mas não havia em quem jogar. Ele podia fazer alguém em quem jogar. Colocou a bola de neve dura no chão ao lado da garagem. Começou a enrolá-la. Os cristais de neve se engatavam uns nos outros. Depois de dar uma volta no jardim empurrando a bola de neve, ela já estava na altura do seu umbigo, deixando aparente o gramado marrom por baixo da neve. Ele continuou empurrando. Quando não conseguiu mais empurrar, começou a fazer outra. Também ficou grande. A duras penas conseguiu colocá-la em cima da primeira bola. Depois fez uma cabeça, trepou no boneco de neve e a colocou no topo. O boneco de neve estava ao lado de uma das janelas da casa. Vinham ruídos de lá. Ele quebrou alguns galhos da macieira e os enfiou na lateral do boneco. Cavando, encontrou pedrinhas na frente da porta, trepou de novo no boneco e fez dois olhos e um sorriso. Então, enganchou as coxas em volta da cabeça dele e, sentado nos ombros do boneco, olhou pela janela.

No quarto iluminado havia um homem com o torso nu, movendo o quadril para a frente e para trás, de olhos fechados, como se estivesse dançando. Da cama em frente a ele se projetava um par de pernas afastadas. Mathias não podia ver, mas sabia que era Sara. Que era mamãe. Que estavam transando.

Mathias apertou as coxas em volta da cabeça de neve, sentindo o frio entre as pernas. Não conseguia respirar, como se um cabo de aço estivesse se apertando em torno de seu pescoço.

Sem parar, o quadril do homem batia contra o da mãe. Mathias olhou fixamente para o torso do homem lá dentro, enquanto uma sensação de dormência se espalhava das pernas até a barriga, até alcançar a cabeça. O homem estava enfiando o pau nela. Como faziam nas revistas. Logo, o homem ia jorrar seu sêmen dentro da mãe dele. E o homem não tinha mamilos.

De repente, o homem parou. E então seus olhos estavam abertos. Olhando diretamente para Mathias.

Mathias soltou os joelhos, se deixou deslizar por trás do boneco de neve e ficou ali sentado, encolhido e bem quietinho, enquanto esperava. Sua cabeça estava a mil. Ele era um menino esperto, inteligente, sempre disseram isso a ele. Diferente, mas com excelentes faculdades mentais, tinham dito os professores. Assim, todos os pensamentos estavam se encaixando, como peças de um quebra-cabeça que ele há tempo tentava compreender. Mas a imagem que surgia ainda era incompreensível, intolerável. Não podia ser assim. Tinha que ser assim.

Mathias ouviu sua própria respiração ofegante.

Era assim. Ele simplesmente sabia disso. Tudo fazia sentido. A frieza da mãe em relação ao pai. As conversas que os dois pensavam que

Mathias não estava ouvindo; as ameaças e os apelos do pai para que ela ficasse, não apenas por ele mesmo, mas por Mathias; meu Deus, eles tinham um filho juntos, não é?! E o riso amargo da mãe. O avô materno no álbum de fotografia e a mentira da mãe. Claro, o menino não tinha acreditado quando Stian, seu colega de classe, dissera que a mãe de Mathias Despeitado tinha um amante que morava no alto da colina, segundo o que a tia dele havia contado. Porque Stian era tão idiota quanto os outros e não entendia nada. Nem quando, dois dias depois, ele encontrou seu gato enforcado no topo do mastro da bandeira na escola.

Papai não sabia. Cada parte do corpo de Mathias sentiu que papai acreditava que ele era... era seu filho. E papai jamais poderia saber que não era assim. Nunca. Ele morreria se ficasse sabendo. Mathias preferia morrer. Sim, era exatamente o que queria. Ele queria morrer, sumir, se mandar para bem longe da mãe e da escola e de Stian e... de tudo. Ele ficou de pé, chutou o boneco de neve e correu para o carro.

Ele a levaria consigo. Ela também iria morrer.

Quase quarenta minutos tinham se passado desde que ela havia entrado na casa quando ela saiu e Mathias destrancou a porta do carro.

— Tem alguma coisa errada? — perguntou ela.

— Sim — disse Mathias, movendo-se no banco de trás para que ela não o visse pelo retrovisor. — Eu vi ele.

— Como assim? — indagou ela, colocando a chave na ignição, dando a partida.

— O boneco de neve...

— E como era esse boneco de neve? — O carro pegou com um bramido e ela soltou a embreagem de modo tão brusco que ele quase deixou cair o macaco que agarrava com as mãos. — Papai está nos esperando — disse ela. — Vamos depressa.

Ela ligou o rádio. Apenas um locutor com uma lenga-lenga sobre as eleições e Ronald Reagan. Mas ela aumentou o volume mesmo assim. Passaram por cima do cume da colina, desceram até a rua principal e o rio. No campo em frente, rijas palhas amarelas eram visíveis por cima da neve.

— Nós vamos morrer — disse Mathias.

— O que você disse?

— Nós vamos morrer.

Ela abaixou a voz que vinha do rádio. Ele se preparou. Inclinou-se entre os bancos da frente, levantou o braço.

— Nós vamos morrer — sussurrou ele.

Então desferiu o golpe.

O macaco acertou-a na parte de trás da cabeça com um ruído quebradiço. E a mãe não pareceu reagir, apenas se endireitar no assento. Por isso, desferiu outro golpe. E outro. O carro pulou de leve quando o pé dela escorregou da embreagem, mas ainda assim ela não emitiu qualquer som. Talvez a parte responsável pela fala em seu cérebro estivesse quebrada, pensou Mathias. No quarto golpe, ele sentiu que a cabeça dela estava cedendo, que havia ficado meio mole. O carro rolou para a frente e a velocidade estava regular, mas ele sabia que ela já não estava consciente. O Toyota Corolla de sua mãe cruzou a rua principal sem problemas e continuou pelo outro lado, campo afora. A neve desacelerou o veículo, mas não o suficiente para fazê-lo parar. Por fim, chegou ao largo rio e deslizou para dentro da água preta. Ficou um pouco assim, enviesado, até ser pego pela correnteza, que o fez girar. Água se infiltrou pelas portas e pela carroceria, pelas maçanetas e pelos contornos dos vidros enquanto eles flutuavam rio abaixo. Mathias olhou pela janela, acenou para um carro que passava pela rua principal, mas não parecia que alguém o via. A água subiu no carro. E, de repente, ouviu a mãe murmurar alguma coisa. Ele olhou para ela, para a parte de trás da cabeça, que tinha feridas profundas sob o cabelo ensanguentado. Ela se mexia embaixo do cinto de segurança. A água estava subindo depressa, já alcançava os joelhos de Mathias. Ele sentiu o pânico chegar. Ele não queria morrer. Não agora, não assim. Ele lançou o macaco contra a janela lateral. O vidro quebrou e a água jorrou para dentro. Ele subiu no assento e se espremeu pelo vão da parte de cima da janela, atravessando o volume de água que entrava. Uma das suas botas se prendeu no canto da janela; ele girou o pé e sentiu a bota soltar. Então estava livre, e começou a nadar para a terra. Ele viu que um carro havia parado na rua principal, que duas pessoas tinham saltado e caminhavam pela neve em direção ao rio.

Mathias nadava bem. Ele era bom em muitas coisas. Então por que ninguém gostava dele? Um homem entrou na água e o pegou assim que ele chegou perto da margem. Mathias se deixou afundar na neve. Não por não conseguir ficar em pé, mas por instintivamente saber que era mais esperto agir assim. Ele fechou os olhos e ouviu uma voz agitada bem perto de seu ouvido perguntando se havia outras pessoas no carro, talvez ainda pudessem salvá-las. Mathias acenou negativamente com a cabeça, bem devagar. A voz perguntou se ele tinha certeza.

Posteriormente, a polícia iria atribuir o acidente às ruas escorregadias, e as feridas da cabeça da mulher afogada ao choque com a água. O carro estava quase sem danos, entretanto, era a única explicação plausível. Da mesma forma que o choque foi a única explicação possível para a resposta do menino ao ser perguntado se havia mais alguém no carro, quando ele por fim disse:

— Não, só eu. Estou sozinho.

— Não, só eu — repetiu Mathias seis anos mais tarde. — Estou sozinho.

— Obrigado — disse o rapaz à sua frente, colocando a bandeja de comida na mesa da cantina que Mathias até então tivera só para si. Lá fora, a chuva tamborilava sua marcha de boas-vindas para os estudantes de medicina em Bergen, uma marcha rítmica que duraria até a primavera.

— Você também é novo aqui na medicina? — perguntou o rapaz, e Mathias observou sua faca cortar o bife à milanesa.

Ele confirmou.

— Tem sotaque de Østlandet — comentou o rapaz. — Não conseguiu vaga em Oslo?

— Não queria estudar em Oslo — respondeu Mathias.

— Por que não?

— Não conheço ninguém lá.

— E quem você conhece aqui?

— Ninguém.

— Eu também não conheço ninguém aqui. Qual é o seu nome?

— Mathias Lund-Helgesen. E o seu?

— Idar Vetlesen. Já escalou a montanha Ulriken?

— Não.

Mas Mathias já havia subido a Ulriken. E a Fløyen, e a montanha Sandviksfjellet. Ele havia visitado os becos, a praça Fisketorget e Torgalmenningen, tinha visto os pinguins e os leões-marinhos no Akvariet, tomado chope no Wesselstuen, ouvido alguma banda nova superestimada no Garage e até assistido ao Brann perder em seu próprio estádio de futebol. Todas as coisas que deveriam ser feitas na companhia dos colegas, Mathias já havia feito. Sozinho.

Com Idar, ele repetiu o circuito e fez de conta que era a primeira vez.

Mathias logo descobriu que Idar era um parasita social, e, agarrando-se a ele, Mathias se encontrou no centro dos acontecimentos.

— Por que está estudando medicina? — perguntou Idar a Mathias durante uma festa na casa de um colega de uma tradicional família de Bergen. Fora na noite antes do baile anual de outono dos estudantes de medicina, e Idar havia convidado duas lindas garotas de Bergen que agora estavam em seus vestidos pretos e com cabelos presos em coque, inclinando-se para a frente para ouvir o que os dois estavam conversando.

— Para fazer do mundo um lugar um pouco melhor — respondeu Mathias, terminando sua morna cerveja Hansa. — E você?

— Ganhar dinheiro, obviamente — respondeu Idar, piscando para as garotas.

Uma delas foi sentar-se ao lado de Mathias.

— Você tem a insígnia de doador de sangue — disse ela. — Qual é o seu tipo sanguíneo?

— B negativo. E você faz o quê?

— Estou cursando enfermagem.

— Certo — disse Mathias. — Em que ano você está?

— Terceiro.

— Já pensou em fazer alguma especiali...

— Não precisamos falar disso — interrompeu ela, colocando a mãozinha quente na coxa de Mathias.

Ela repetiu a mesma frase quando, cinco horas depois, estava nua embaixo de Mathias na cama dele.

— Isso nunca aconteceu comigo antes — disse ele.

Ela sorriu para ele e passou a mão em sua face.

— Então o problema não é comigo?

— O quê? — Ele gaguejou. — Não.

Ela riu.

— Sabe, acho você um fofo. Você é gentil e atencioso. A propósito, o que houve com esses dois aqui? — perguntou ela, pinçando a pele em seu torso.

Mathias sentiu algo sombrio recair sobre si. Algo ruim e sombrio e delicioso.

— Nasci assim — respondeu.

— É uma doença?

— Figura junto com o fenômeno de Raynaud e a esclerodermia.

— O quê?

— Uma doença hereditária que aumenta a produção de tecido fibroso, fazendo a pele endurecer.

— É perigoso? — Ela passou o dedo com cuidado sobre o torso dele.

Mathias sorriu e sentiu o começo de uma ereção.

— O fenômeno de Raynaud só faz os dedos dos pés e das mãos ficarem frios e brancos. A esclerodermia é pior...

— É?

— O tecido conjuntivo engrossa e faz a pele se esticar. Fica todo liso, as rugas desaparecem.

— E isso não é bom?

Ele sentiu a mão dela descendo pelo seu corpo, tateando.

— A pele esticada começa a impedir as expressões faciais, você passa a ter menos delas, como se o rosto endurecesse e ficasse como uma máscara.

A mãozinha quente se fechou em volta do pau de Mathias.

— As mãos e depois os braços começam a se dobrar e você não consegue mais esticá-los. Por fim, fica totalmente imóvel enquanto é literalmente asfixiado pela própria pele.

Ela sussurrou ofegante:

— Parece uma morte terrível.

— O melhor conselho é cometer suicídio antes de enlouquecer de dor. Você se importa em ficar na beirada da cama? Eu queria fazer em pé.

— É por isso que você estuda medicina, não é? — perguntou ela. — Para entender a coisa. Para encontrar uma maneira de viver com isso.

— A única coisa que eu quero — respondeu ele ao ficar de pé e se posicionar ao pé da cama com a ereção balançando no ar — é descobrir quando está na hora de morrer.

O médico recém-formado Mathias Lund-Helgesen era um homem popular na ala neurológica do Hospital Haukeland, em Bergen. Tanto os colegas quanto os pacientes o descreviam como uma pessoa competente, atenciosa e, sobretudo, como um bom ouvinte. A última qualidade veio a calhar, visto que Mathias frequentemente recebia pacientes com as mais variadas síndromes, a maior parte delas hereditária, e muitas vezes sem perspectivas de cura, apenas de alívio. E quando raramente recebia um paciente com a terrível esclerodermia, estes eram sempre encaminhados ao jovem médico amigável que já começava a pensar numa especialização em imunologia. Foi no início do outono que Laila Aasen e seu marido vieram procurá-lo com a filha. As juntas dela haviam enrijecido, e isso lhe causava dores; o primeiro pensamento de Mathias foi que podia ser a síndrome de Bekhterew. Tanto Laila quanto o marido afirmaram ter doenças reumáticas em suas famílias, por isso Matias tirou uma amostra de sangue dos dois, além da filha.

Quando o resultado chegou, Mathias, sentado à sua mesa, teve que lê-lo três vezes. E sentiu de novo aquela coisa ruim, sombria e deliciosa vir à tona. As respostas foram negativas. Tanto no sentido médico, que excluía a síndrome de Bekhterew como causa das aflições, quanto no sentido familiar, que excluía o Sr. Aasen como sendo pai biológico da menina. E Mathias sabia que ele não fazia ideia. Mas que Laila Aasen sabia. Ele vira a expressão do rosto dela quando pediu para fazer exame de sangue nos três. Será que ela ainda trepava com o outro? Que aparência ele teria? Será que morava numa casa com um gramado na frente? Quais defeitos físicos ele teria em segredo? E como e quando a filha descobriria que fora enganada a vida toda por essa puta mentirosa?

Mathias olhou para baixo e descobriu que tinha derrubado o copo de água. Uma grande mancha molhada se espalhou por entre suas pernas, e ele sentiu o frio passar pela barriga e subir até a cabeça.

Ele ligou para Laila Aasen e a informou do resultado. O resultado médico. Ela agradeceu com uma voz aliviada e desligou. Mathias ficou um bom tempo olhando para o telefone. Meu Deus, como ele a odiava. Depois de estudar, deitou-se na cama estreita de seu apartamento e passou a noite sem conseguir dormir. Ele tentou ler, mas as letras dançavam. Ele tentou se masturbar, o que costumava deixá-lo fisicamente cansado a ponto de dormir depois, mas não conseguiu se concentrar. Ele enfiou uma agulha no dedão do pé, que já havia ficado branco de novo, só para saber se podia sentir alguma coisa. Por fim se encolheu por baixo do edredom, chorando até a madrugada pintar de cinza o céu da noite.

Mathias também cuidava de casos neurológicos em geral, e um deles era de um oficial da Polícia de Bergen. Após o exame, o policial de meia-idade estava se vestindo. A combinação de odores corporais e bafo de álcool era quase anestesiante.

— Então? — grunhiu o policial, como se Mathias fosse um dos seus subalternos.

— Neuropatia em estágio inicial — respondeu ele. — Os nervos embaixo dos seus pés estão danificados. Sensibilidade reduzida.

— Acha que é por isso que comecei a andar que nem um maldito bêbado?

— Você é um bêbado, Rafto?

O policial parou de abotoar a camisa, e o rubor lhe subiu ao pescoço como num termômetro.

— Que merda foi essa que você disse, seu fedelho?

— Normalmente, o excesso de álcool é a causa da polineuropatia. Se continuar bebendo, corre o risco de ter danos cerebrais permanentes. Já ouviu falar de Korsakoff, Rafto? Não? Vamos torcer para que continue assim, porque, quando se ouve esse nome, geralmente está ligado a uma síndrome extremamente desagradável, homônima. Quando você se olha no espelho e se pergunta se é um bêbado, não sei o que responde, mas sugiro que, da próxima vez, acrescente esta pergunta: "Quero morrer agora ou viver um pouco mais?"

Gert Rafto olhou longamente para o fedelho de jaleco. Então praguejou baixinho, saiu marchando e bateu a porta atrás de si.

Quatro semanas mais tarde, Rafto voltou a ligar. Ele perguntou se Mathias podia ir vê-lo.

— Passe aqui amanhã — respondeu Mathias.

— Não posso. É urgente.

— Então vá até um pronto-socorro.

— Me escute, Lund-Helgesen. Estou de cama há três dias sem conseguir me mexer. Você é o único que me perguntou na cara se eu sou um bêbado. Sim, eu sou um bêbado. E não, eu não quero morrer. Ainda não.

O apartamento de Gert Rafto fedia a lixo, garrafas de cerveja vazias e a ele mesmo. Mas não a restos de comida, porque não havia comida nenhuma na casa.

— Isto aqui é um complemento de vitamina B1 — disse Mathias, segurando a seringa contra a luz. — Vai colocá-lo em pé.

— Obrigado — disse Gert Rafto. Cinco minutos depois, ele estava dormindo.

Mathias passeou pelo apartamento. Na mesa havia uma foto de Rafto carregando uma menina de cabelos escuros nos ombros. Na parede sobre a mesa havia fotos do que só podiam ser locais onde ocorreram assassinatos. Muitas fotos. Mathias ficou olhando para elas. Tirou algumas da parede para estudar os detalhes. Meu Deus, como esses assassinos haviam sido desleixados. A ineficácia ficava mais evidente nos cadáveres com feridas de cortes e golpes. Ele abriu as gavetas procurando mais fotos. Encontrou relatórios, anotações, alguns objetos de valor, como anéis, relógios femininos e colares. E recortes de jornais. Ele leu todos. O nome de Gert Rafto aparecia o tempo inteiro, quase sempre com citações dele em coletivas de imprensa, onde contava sobre a estupidez dos assassinos e sobre como ele os havia desmascarado. Porque aparentemente ele havia pegado todos, um por um.

Seis horas depois, quando Gert Rafto acordou, Mathias não havia ido embora. Estava ao lado da cama com dois relatórios de assassinato no colo.

— Me diga — disse Mathias. — Como você cometeria um assassinato se não quisesse ser pego?

— Teria evitado o meu distrito policial — disse Rafto, procurando com o olhar algo para beber. — Se o investigador for bom, não tem um pingo de chance.

— E se eu insistisse em fazer isso no distrito de um bom investigador?

— Então eu ficaria amigo do investigador antes de cometer o assassinato — disse Gert Rafto. — E então, após o assassinato, eu o mataria também.

— Estranho — comentou Mathias. — Eu estava pensando a mesma coisa.

Nas semanas seguintes, Mathias fez várias visitas a Gert Rafto. Ele se recuperava rapidamente, e eles falaram muito e longamente sobre doenças, estilo de vida e a morte, e sobre as únicas duas coisas que Gert Rafto amava na vida: sua filha Katrine, que por motivos incompreensíveis retribuía seu amor. E sobre a pequena cabana na ilha de Finnøy, o único lugar onde ele podia ter certeza de que estaria em paz. Mas em geral falavam dos casos de assassinato que Gert Rafto havia solucionado. Sobre suas conquistas. E Mathias o encorajava, dizendo que ele também podia vencer a luta contra o alcoolismo, que podia conseguir outras conquistas na polícia contanto que ficasse longe da garrafa.

E, quando o final do outono chegou a Bergen, com dias mais curtos e temporais mais demorados, Mathias já estava com seu plano pronto.

Um dia, telefonou para a casa de Laila Aasen pela manhã.

Ele se apresentou, e, em silêncio, ela ouviu Mathias explicar o motivo de sua ligação. Que havia novas descobertas no exame de sangue da filha dela e que ele sabia que Bastian Aasen não era o pai biológico da menina. Era importante que ele tivesse uma amostra de sangue do pai verdadeiro da criança. Isso implicaria que a filha e seu marido fossem colocados a par da situação. Ela concordaria com isso?

Mathias esperou, dando tempo para a ficha de Laila cair.

Em seguida ele disse que, se ela achasse importante manter aquilo em sigilo, ele gostaria de ajudar mesmo assim, mas precisariam proceder em segredo.

— Em segredo? — repetiu ela, com a apatia de alguém em estado de choque.

— Como médico, tenho o dever de seguir certas regras éticas sobre a imparcialidade em relação ao paciente, ou seja, sua filha. Mas estou pesquisando a síndrome e por isso tenho interesse especial em acompanhar seu caso. Se você puder me encontrar hoje à tarde, com toda a discrição...

— Claro — respondeu ela com um sussurro trêmulo. — Sim, por favor.

— Ótimo. Pegue o último teleférico para o topo do Ulriken. Lá podemos ficar em paz e depois descemos a pé. Espero que entenda o que estou arriscando e que não mencione esse encontro a nenhuma alma viva.

— Claro que não! Confie em mim.

Ele ainda segurava o gancho depois de ela ter desligado. Com os lábios encostados ao plástico cinza, sussurrou:

— E por que alguém confiaria em você, sua putinha?

Apenas deitada na neve com o bisturi encostado ao pescoço que Laila Aasen confessou ter contado a uma amiga que iria encontrá-lo. Porque, originalmente, elas já tinham um compromisso de jantar juntas. Mas ela só havia mencionado seu primeiro nome, e não o motivo do encontro.

— Por que teve que contar alguma coisa?

— Para provocá-la — berrou Laila. — Ela é muito curiosa.

Ele apertou o aço afiado com mais força contra a pele dela, e Laila soluçou o nome e o endereço da amiga. Depois não disse mais nada.

Dois dias depois, Mathias leu no jornal sobre o assassinato de Laila Aasen e sobre o desaparecimento de Onny Hetland e Gert Rafto com um misto de sentimentos. Para começar, não estava satisfeito com o assassinato de Laila Aasen. Não foi como ele havia imaginado, ele perdera o controle num frenesi de raiva e pânico. O que resultou em muita sujeira, muita coisa para arrumar, muita coisa que o lembrava das fotos na casa de Rafto. E tempo de menos para curtir a vingança, a justiça.

O assassinato de Onny Hetland havia sido ainda pior, quase uma catástrofe. Por duas vezes tinha perdido a coragem na hora de tocar a campainha da casa dela e fora embora. Na terceira vez, descobrira ter chegado tarde demais. Alguém já estava na porta tocando a campainha. Gert Rafto. Depois de Rafto ter ido embora, ele havia tocado, apresentando-se como assistente de Rafto, tendo assim sua entrada permitida. Mas Onny disse que não queria contar o que havia contado ao policial; ela havia prometido a ele que seria somente entre os dois. Ela só falou quando ele fez um corte com o bisturi na palma de sua mão.

Pelo que ela contou, Mathias entendeu que Gert Rafto tinha decidido solucionar o caso por conta própria. Ele iria refazer seu nome, aquele idiota!

Nenhuma crítica quanto à eliminação de Onny Hetland. Pouco barulho, pouco sangue. E o esquartejamento no chuveiro fora eficaz e rápido. Ele havia embrulhado todas as partes do corpo em plástico e fizera tudo caber na grande mochila e na bolsa que havia trazido para esse propósito. Durante as visitas a Rafto, Mathias aprendera que a primeira coisa que a polícia verifica em casos de assassinato são os carros observados na área e corridas registradas de táxi. Assim, ele voltou a pé para seu apartamento.

Faltava apenas a última parte do manual de Gert Rafto para o assassinato perfeito: matar o investigador.

Estranhamente, aquele foi o melhor dos três assassinatos. Estranho, porque Mathias não sentia nada em relação a Rafto, nada do ódio que sentira em relação a Laila Aasen. Era mais o fato de ele se aproximar, pela primeira vez, da estética que havia imaginado, da própria ideia que tinha quanto à execução do assassinato. A experiência do ato em si foi exatamente tão horrenda e pungente quanto tinha esperado. Ele ainda podia ouvir os gritos de Rafto reverberando pela ilha deserta. E o mais estranho de tudo: no caminho de volta, descobriu que seus dedos do pé não estavam mais brancos e sem sensibilidade, como se o lento processo de congelar por um momento tivesse cessado, como se ele tivesse descongelado.

Quatro anos mais tarde, após Mathias ter matado outras quatro mulheres e vendo que todos os assassinatos eram uma tentativa de reconstruir o assassinato da mãe, chegou à conclusão de que estava louco.

Ou, mais precisamente, que sofria de um grave transtorno de personalidade. Pelo menos era o que indicava toda a literatura que havia consultado sobre o assunto. A natureza ritualística do ato, que de preferência devia ser executado no dia em que caía a primeira neve do ano, a necessidade de construir um boneco de neve. E, não menos importante, o crescente grau de sadismo.

Mas essa compreensão em nada o impedia de continuar. Porque o tempo era curto, o fenômeno de Raynaud já ocorria cada vez com mais frequência, e ele pensou já poder notar os primeiros sintomas de esclerodermia: uma rigidez no rosto que com o tempo lhe daria aquele repugnante nariz pontudo e a boca franzida, como a de uma carpa, que os mais gravemente afetados acabam ganhando.

Ele se mudara para Oslo para continuar suas pesquisas na área de imunologia e hidrocefalia, pois o centro dessa pesquisa era no Instituto de Anatomia em Gaustad. Paralelamente às pesquisas, ele trabalhava na Clínica Marienlyst, recomendado por Idar, que já trabalhava lá. Mathias também fazia plantões noturnos no pronto socorro, pois não conseguia dormir.

Não era difícil encontrar as vítimas. Primeiro eram os exames de sangue de pacientes que em alguns casos podiam excluir a paternidade, além dos testes de DNA feitos pelo departamento de paternidade do Instituto de Perícia Técnica. Idar, cuja competência até para ser um médico em geral era bastante limitada, usava Mathias, às escondidas, como conselheiro em todos os casos de doenças e síndromes hereditárias. E, se os pacientes fossem jovens, o conselho de Mathias era quase sempre o mesmo:

— Chame a mãe e o pai para a primeira consulta, pegue amostras de mucosa bucal de todos, diga que é só para verificar a flora bacteriana, e encaminhe os exames para o departamento de paternidade para pelo menos sabermos se o ponto de partida está correto.

E Idar, o idiota, fazia o que Mathias mandava. O que significava que Mathias logo tinha um pequeno arquivo de mulheres com filhos que velejavam sob bandeira falsa, por assim dizer. E o melhor de tudo: como os exames bucais invariavelmente eram encaminhados em nome de Idar, não havia nenhuma ligação entre o nome dele e essas mulheres.

A maneira de atrair as mulheres para a armadilha era a mesma que ele havia aplicado, com êxito, no caso de Laila Aasen. Um telefonema e um encontro marcado em algum lugar secreto sem que ninguém ficasse sabendo. Aconteceu apenas uma vez de a vítima escolhida ter desmoronado ao telefone, contando tudo ao marido. O que resultou na dissolução da família, e, assim, ela acabou sendo castigada de qualquer maneira.

* * *

Durante muito tempo, Mathias refletiu sobre a maneira mais eficaz de se ver livre dos cadáveres. Sobretudo, estava claro que o método aplicado no caso de Onny Hetland não era viável a longo prazo. Ele havia aplicado ácido clorídrico na banheira do seu apartamento, pedaço por pedaço. Um perigo para a saúde, processo trabalhoso e arriscado que havia levado quase três semanas. Por isso, foi grande sua alegria quando de repente concebeu a solução. Os tanques de cadáveres no Instituto de Anatomia. Era tão genial quanto simples. Exatamente como o cortador de laço incandescente.

Ele havia lido sobre esse cortador numa revista especializada em anatomia. Um anatomista francês recomendava o uso dessa ferramenta veterinária em cadáveres já em processo de decomposição, porque ela era tão eficaz em tecido macio e apodrecido quanto em osso e podia ser usada em vários cadáveres ao mesmo tempo, sem perigo de transmitir bactérias. Ele entendeu imediatamente que, com um laço elétrico desses para partir suas vítimas, o transporte seria radicalmente simplificado. Sendo assim, entrou em contato com o escritório do fabricante e voou para Rouen em uma manhã enevoada, onde assistiu à demonstração, feita em um inglês vacilante num celeiro caiado no norte da França.

O cortador consistia em um simples cabo com a forma e tamanho de uma banana, com um escudo metálico que protegia a mão contra queimaduras. O próprio fio elétrico era fino como uma linha de pesca, entrando em cada ponta da banana, onde podia ser apertado ou afrouxado por um botão no cabo. Também havia um botão de ligar e desligar que ativava o aquecimento à bateria que fazia o fio metálico, parecido com um garrote, adquirir uma coloração branca incandescente em segundos. Mathias ficou exaltado aquele instrumento seria útil para mais do que trinchar cadáveres. Quando escutou o preço, quase caiu na gargalhada. O cortador de fio incandescente custou menos do que a passagem de avião. Baterias incluídas.

Quando foi publicada uma pesquisa sueca concluindo que entre quinze e vinte por cento de todas as crianças tinham um pai biológico diferente do que pensavam, aquilo refletia bem a estatística que Mathias tinha da situação. Ele não estava só. E também não estava sozinho na questão de morrer prematura e cruelmente por causa da putaria da mãe com gente geneticamente corrompida. Mas estaria sozinho naquilo: na purificação, na luta contra a doença, na cruzada. Ele duvidava que alguém um dia fosse agradecer-lhe ou homenageá-lo. Mas ele sabia o seguinte: todos iriam se lembrar dele, e por muito tempo depois da sua morte. Porque finalmente havia encontrado o que seria sua fama póstuma, sua obra-prima, o último floreio de sua espada.

Foi o destino que deu a partida.

Ele o viu na TV. O policial. Harry Hole. Hole estava sendo entrevistado porque havia pegado um serial killer na Austrália. E Mathias se lembrou do conselho de Gert Rafto: "Fique fora do meu distrito policial." Mas ele também se lembrou de como fora satisfatório matar o caçador. A sensação de supremacia. A sensação de poder. Depois daquilo, nada havia se igualado ao assassinato do policial. E a famosa notoriedade de Hole parecia ter algo de Rafto, algo da mesma rudeza e raiva.

Entretanto, talvez tivesse se esquecido totalmente de Harry Hole, não fosse pelo fato de um dos ginecologistas na Clínica Marienlyst no dia seguinte na cantina ter mencionado por acaso que ouviu dizer que, apesar das aparências, o policial sólido era alcoólatra e maluco. Gabriella, uma pediatra, acrescentou que o filho da namorada de Hole era seu paciente. Oleg, um ótimo garoto.

— Com certeza vai se tornar um alcoólatra também, então — disse o ginecologista. — Está nos malditos genes, você sabe.

— Hole não é o pai — disse Gabriella. — Mas o interessante é que aquele que está registrado como pai, um professor russo ou algo assim, de Moscou, também é alcoólatra.

— Epa, não ouvi isso! — gritou Idar Vetlesen, abafando os risos. — Não se esqueçam do sigilo profissional, meus amigos.

O almoço continuou, mas Mathias não conseguiu esquecer o que Gabriella havia dito. Ou melhor, a maneira com a qual havia se expressado: "aquele que está registrado como pai".

Por isso, após o almoço, Mathias seguiu a pediatra até sua sala, entrou depois dela e fechou a porta.

— Posso te fazer uma pergunta, Gabriella?

— Ah, oi — saudou ela, e um rubor cheio de expectativas subiu ao seu rosto. Mathias sabia que ela gostava dele, que provavelmente o achava legal, gentil, bom ouvinte e divertido. Em duas ocasiões, ela até o havia indiretamente convidado para sair; o que ele tinha agradecido, mas recusado.

— Como você deve saber, tenho permissão para usar alguns exames de sangue para minha tese de doutorado — declarou ele. — E, de fato, encontrei algo interessante no exame de sangue do menino que você mencionou. O filho da namorada de Hole.

— Pelo que sei, já são ex-namorados.

— Jura? Como é uma coisa hereditária, queria saber algo sobre o parentesco...

Mathias achou poder ler certa decepção no rosto dela. Mas ele não ficou nem um pouco decepcionado com o que a colega tinha para contar.

— Obrigado — disse ele, e então se levantou e saiu. Ele sentiu o coração bombear sangue bom e vivificante, seus pés levando-o para a frente sem consumir qualquer energia, seu prazer fazendo-o brilhar como um cortador de fio incandescente. Porque ele sabia que esse era o começo. O começo do fim.

A Associação dos Moradores de Holmenkollen fez sua festa de verão num dia tórrido de agosto. No gramado em frente à casa da associação, os adultos estavam sentados em cadeiras de camping sob guarda-sóis, tomando vinho branco, enquanto as crianças corriam por entre as mesas ou jogavam futebol no campo mais embaixo. Apesar dos enormes óculos de sol que quase escondiam seu rosto, Mathias a reconheceu de fotos que havia baixado do site da empresa onde ela trabalhava. Ela estava afastada dos outros, e ele se aproximou, perguntando com um sorriso torto se podia ficar ao lado dela e fazer de conta que se conheciam. Agora já sabia como proceder nesses assuntos. Não era o Mathias Despeitado de antes.

Ela abaixou os óculos, olhando inquisitivamente para ele, e Mathias pôde constatar que a foto havia mentido. Ela era muito mais bonita. Tão bonita que ele por um momento pensou que o plano A possuía um ponto fraco: ele não podia tomar por certo que ela fosse desejá-lo; uma mulher como Rakel, mãe solteira ou não, tinha alternativas. Decerto que o plano B daria o mesmo resultado que o plano A, mas não chegaria nem perto de causar a mesma satisfação.

— Socialmente tímido — explicou ele, levantando o copo de plástico numa espécie de cumprimento embaraçoso. — Fui convidado por um amigo que mora aqui na vizinhança, e ele não apareceu. E todas as outras pessoas parecem se conhecer. Prometo sumir assim que ele chegar.

Ela riu. Ele gostou de seu riso. E soube que os primeiros três segundos críticos foram em seu favor.

— Acabei de ver um menino fazer um supergol lá embaixo — disse Mathias. — Aposto que você é alguma coisa dele.

— É? Deve ter sido Oleg, meu filho.

Ela conseguiu esconder, mas Mathias sabia de inúmeras consultas com pacientes que nenhuma mulher consegue resistir a elogiar os próprios filhos.

— Bela festa — disse ele. — Belos vizinhos.

— E você gosta de ir a festas de vizinhos de outras pessoas?

— Acho que meus amigos se preocupam com o fato de eu passar muito tempo sozinho ultimamente — explicou ele. — Por isso estão tentando me animar. Com seus vizinhos bem-sucedidos, por exemplo. — Ele bebeu um gole do copo de plástico e fez uma careta. — E o vinho bem doce da casa. Qual é o seu nome?

— Rakel. Fauke.

— Olá, Rakel. Mathias.

Ele pegou sua mão. Pequena, quente.

— Você não está bebendo nada — disse ele. — Permita-me. Vinho doce da casa?

De volta, estendendo-lhe o copo, pegou seu pager, que olhou com expressão de preocupação.

— Sabe de uma coisa, Rakel? Eu adoraria ficar para conhecê-la melhor. Mas a emergência está com falta de pessoal e precisa de um homem urgentemente. Vou ter que vestir a roupa de Superman e voar para o centro.

— Uma pena.

— Você acha? Talvez seja só por algumas horas. Está pensando em ficar aqui por muito tempo?

— Não sei. Vai depender de Oleg.

— Entendo. Veremos. De qualquer maneira, foi um prazer conhecê-la.

Pegou a mão dela de novo. E partiu sabendo que o primeiro round estava ganho.

Ele foi para seu apartamento em Torshov e ficou lendo um artigo interessante sobre hidrocefalia. Quando voltou, às oito, ela estava sentada embaixo de um guarda-sol com um grande chapéu branco e sorriu quando ele se sentou ao seu lado.

— Salvou algumas vidas? — perguntou ela.

— A maior parte eram escoriações — respondeu Mathias. — Uma apendicite. O ápice foi um menino com uma garrafa de refrigerante presa em uma das narinas. Eu disse à mãe dele que o garoto provavelmente era jovem demais para cheirar Coca. Infelizmente, as pessoas não têm muito senso de humor em situações como essas...

Rakel riu. Um riso trinado e fino que o fez quase desejar que aquilo tudo fosse de verdade.

Há tempo, Mathias observava o espessamento de certas áreas de sua pele, mas no outono de 2004 percebeu os primeiros sinais de que a doença entrava na fase seguinte. A fase da qual ele não queria fazer parte. O retesamento do rosto. Seu plano era Eli Kvale ser a vítima do ano, e nos anos seguintes as putas Birte Becker e Sylvia Ottersen. Seria interessante ver se a polícia descobriria a conexão entre as duas últimas vítimas e o depravado Arve Støp. Mas, diante dos acontecimentos, seus planos precisavam ser adiantados. Ele sempre prometera a si mesmo que colocaria um ponto final assim que as dores viessem, que não iria esperar. E agora elas estavam se manifestando. Ele resolveu pegar as três. Além do *grand finale*: Rakel e o policial.

Até agora havia trabalhado às escondidas, e estava na hora de colocar a obra de sua vida em execução. Para isso, ele precisava deixar pistas claras, mostrar as conexões, dar a ideia geral.

Começou com Birte. Combinaram de falar sobre os sofrimentos de Jonas na casa dela à noite, após o marido ter ido para Bergen. Mathias chegou na hora marcada, e ela pegou seu casaco na entrada e tinha se virado para pendurá-lo no armário. Ele raramente improvisava, mas havia uma echarpe cor-de-rosa num cabide e ele agarrou-a quase por instinto. Ele torceu o tecido duas vezes antes de se pôr atrás dela, colocando a echarpe em volta do seu pescoço. Mathias levantou a pequena mulher e a colocou em frente ao espelho para poder ver seus olhos. Estavam esbugalhando, como um peixe que tivesse sido tirado depressa do fundo do mar.

Depois de colocá-la no carro, entrou no jardim onde estava o boneco de neve que ele havia feito na noite anterior. Enfiou o celular dentro do peito do boneco, tapou a cavidade e amarrou a echarpe em volta do pescoço. Já passava da meia-noite quando chegou à garagem do Instituto de Anatomia, injetou fixador no corpo de Birte, cunhou e prendeu as placas de metal, colocando-a em uma vaga num dos tanques.

Depois foi a vez de Sylvia. Ele ligou para ela, passou a lábia de sempre, e combinaram de se encontrar na floresta atrás da colina de Holmenkollen, um lugar que ele havia usado antes. Mas dessa vez tinha pessoas por perto, e Mathias não quis correr o risco. Ele lhe explicou que Idar Vetlesen, ao contrário dele, não era exatamente um especialista na doença de Fahr, e que precisavam se ver novamente. Sylvia sugeriu que ele ligasse para ela na noite seguinte, quando estaria sozinha em casa.

Na noite marcada, ele foi até lá de carro, encontrou-a no celeiro e resolveu tudo ali mesmo.

Mas chegou perto de dar tudo errado.

A maluca havia atirado o machado nele, acertando-o na lateral do corpo, rasgando o casaco e a camisa, cortando uma artéria e fazendo o sangue de Mathias jorrar sobre o chão do celeiro. Sangue tipo B negativo. Sangue que só uma entre cem pessoas tem. Por isso, depois de matá-la na floresta, colocando sua cabeça sobre o boneco de neve, ele voltou para camuflar o próprio sangue, matando uma galinha e espalhando o sangue pelo chão.

Foram 24 horas bem estressantes, mas estranhamente naquela noite não sentiu qualquer dor. E nos dias seguintes acompanhou o caso pelos jornais, num triunfo silencioso. O Boneco de Neve. Era esse o nome que lhe deram. Um nome que seria lembrado. Ele nunca havia imaginado que algumas letras impressas em papel podiam dar tamanha sensação de poder e importância. Sentiu-se quase arrependido por ter operado às escondidas durante tantos anos. E era tão fácil! Ele que tinha andado por aí, acreditando ser verdade o que havia dito Gert Rafto, que um bom investigador sempre encontraria o assassino. Mas havia conhecido Harry Hole pessoalmente e notado a frustração no rosto exausto do policial. Era o rosto de quem não estava entendendo nada.

Mas então, enquanto Mathias estava preparando seus últimos passos, veio, como um raio do céu. Idar Vetlesen. Ele ligou, dizendo que Hole o havia procurado com perguntas sobre Arve Støp, pressionando-o para revelar a conexão. E o próprio Idar se perguntava o que estava acontecendo, porque era improvável que a escolha das vítimas fosse fortuita. E, além dele mesmo e Støp, Mathias era o único que conhecia essas duas paternidades, visto que ele, como sempre, o havia ajudado com o diagnóstico.

Idar ficou abalado, é claro, mas, por sorte, Mathias conseguiu manter a cabeça fria. Ele pediu para Idar não contar nada a ninguém e encontrá-lo em algum lugar onde não pudessem ser vistos.

Mathias quase havia começado a rir ao dizer isso; palavra por palavra, era o que costumava dizer a suas vítimas do sexo feminino. Pensou que devia ser por causa da tensão.

Idar sugeriu o clube de *curling*. Mathias desligou e começou a pensar. E lhe ocorreu que podia fazer parecer com que Idar fosse o Boneco de Neve, e, com isso, ao mesmo tempo conseguir um pouco de tempo para trabalhar em paz.

Usou a hora seguinte para esboçar os detalhes do suicídio de Idar. E, mesmo que de muitas maneiras apreciasse o amigo, era um processo mental estranhamente excitante e até mesmo estimulante. Como fora o planejamento do grande projeto. O último boneco de neve. Ela teria que, como ele havia feito no primeiro dia de neve há tantos anos, ficar no ombro do boneco, sentir o frio entre as coxas e olhar pela janela, ver a traição, ver o homem que iria matá-la; ver Harry Hole. Ele fechou os olhos e vislumbrou o fio enlaçado sobre a cabeça dela. Incandescente e cintilante. Como uma auréola falsa.

34

Dia 21

Sirenes

Harry sentou-se no carro na garagem do Instituto de Anatomia. Fechou a porta e os olhos, tentando pensar com clareza. A primeira coisa a fazer era descobrir o paradeiro de Mathias.

Ele havia apagado o contato de Mathias de seu celular e ligou para o auxílio à lista, que informou o número e o endereço. Ele discou, percebendo enquanto esperava que sua respiração estava acelerada e ansiosa, e tentou se acalmar.

— Oi, Harry. — A voz de Mathias era baixinha, mas soava agradavelmente surpresa, como sempre.

— Desculpe por incomodar tanto — disse Harry.

— Não é incômodo nenhum.

— Ótimo. Onde está agora?

— Estou em casa. Estou descendo para ver Rakel e Oleg.

— Que bom. Porque queria saber se você ainda podia entregar aquela coisa para Oleg por mim.

Houve uma pausa. Harry contraiu a mandíbula, fazendo trincar os dentes.

— Claro — respondeu Mathias. — Mas Oleg está em casa, então você mesmo pode...

— Rakel — interrompeu Harry. — Nós... não quero encontrá-la hoje. Posso passar rapidinho na sua casa?

Nova pausa. Harry pressionou o gancho contra o ouvido tentando escutar, como se tentasse captar os pensamentos do interlocutor. Mas só ouviu respiração e música baixa no fundo, *glockenspiel* japonês minimalista ou algo parecido. Ele imaginou Mathias num apartamento igualmente severo e minimalista. Não muito grande, talvez, mas arrumado, com certeza, nada deixado ao acaso. E agora estaria usando uma camisa neutra, azul-clara, e um novo curativo na ferida na lateral do corpo. Porque não fora para esconder a ausência de mamilos que Mathias havia segurado os braços cruzados no alto do peito na ocasião em que esteve diante de Harry na escada. Fora para esconder a ferida do machado.

— Claro — respondeu Mathias.

Harry não conseguiu determinar se a voz soava natural. A música do fundo havia parado.

— Obrigado — disse Harry. — Vou ser rápido, mas prometa que vai me esperar.

— Prometo — disse Mathias. — Mas Harry...?

— Sim? — Harry respirou fundo.

— Você já sabe o meu endereço?

— Rakel me disse.

Harry xingou a si mesmo. Por que não tinha simplesmente dito que conseguiu pelo auxílio à lista? Não havia nada suspeito nisso.

— Ela disse? — perguntou Mathias.

— Sim.

— Ok. É só entrar, a porta vai estar aberta.

Harry desligou e continuou olhando para o telefone. Não conseguiu encontrar uma explicação racional para o pressentimento de que o tempo era curto, de que ele teria de correr antes de ficar escuro demais, e de que era uma questão de vida ou morte. Por isso decidiu que era apenas sua imaginação. Que era aquele tipo de medo que não ajudava em nada, o medo que se sente quando a noite cai e não dá para ver a casa dos avós.

Ele discou outro número.

— Sim — atendeu Hagen. A voz estava sem tom, sem vida. Voz de quem está escrevendo seu pedido de demissão, pensou Harry.

— Esqueça a papelada — disse Harry. — Você precisa ligar para o comandante. Preciso de uma licença para portar arma. Detenção de suspeito de assassinato na Åsengata 12 em Torshov.

— Harry...

— Escute. O resto de Sylvia Ottersen está num tanque de cadáveres no Instituto de Anatomia. Katrine não é o Boneco de Neve. Está entendendo?

Pausa.

— Não — confessou Hagen.

— O Boneco de Neve é um professor do instituto. Mathias Lund-Helgesen.

— Lund-Helgesen? Mas que diabos. Você quer dizer aquele que...

— Sim. O médico que foi tão solícito em nos fazer focar a atenção em Idar Vetlesen.

A vida havia voltado à voz de Hagen.

— O comandante vai perguntar se é provável que o homem esteja armado.

— Bem — disse Harry. — Pelo que sabemos, ele não usou arma de fogo em nenhuma das dez a doze pessoas que matou.

Passaram-se alguns segundos até Hagen perceber o sarcasmo.

— Vou ligar agora — anunciou ele.

Harry desligou e virou a chave na ignição, discando o número de Magnus Skarre com a outra mão. Skarre e o motor responderam em uníssono.

— Ainda em Tryvann? — gritou Harry, acima do barulho.

— Sim.

— Largue tudo e entre num carro. Pare no cruzamento Åsengata-Vogts gate. Vamos detê-lo.

— O bicho está pegando, é?

— É — respondeu Harry. Os pneus cantaram quando ele soltou a embreagem.

Pensou em Jonas. Por algum motivo pensou em Jonas.

Um dos seis carros de patrulha que Harry havia pedido à Central de Operações já estava no cruzamento em Åsengata quando ele chegou pela rua Vogt, vindo de Storo. Harry subiu com o carro na calçada, saltou e foi ao encontro dos demais. Abaixaram o vidro, e um policial lhe estendeu o walkie-talkie que Harry havia pedido.

— Desligue o liquidificador — disse Harry, apontando para a luz azul giratória. Ele apertou o botão para falar e ordenou que os carros de patrulha desligassem as sirenes bem antes de se aproximarem da cena.

Quatro minutos depois, havia seis carros de patrulha no cruzamento. Os policias, Skarre e Ola Li da Homicídios entre eles, cercavam o carro de Harry, e ele estava com a porta aberta, apontando para o mapa em seu colo.

— Li, mande três carros fecharem possíveis rotas de fuga. Aqui, aqui e aqui.

Li se inclinou sobre o mapa e assentiu.

Harry se virou para Skarre.

— O porteiro?

Skarre levantou o telefone.

— Estou falando com ele agora. Ele está indo para a porta de entrada com as chaves.

— Ok. Leve seis homens e se posicionem na entrada, na escada dos fundos e, se for possível, no telhado. Além de me dar cobertura. O carro da Delta já chegou?

— Aqui. — Dois policiais, facilmente confundíveis com os outros, sinalizaram que estavam no carro de patrulha da Delta, a tropa de elite com preparo especial para esse tipo de missão.

— Ok, quero vocês diante da entrada principal agora. Estão todos armados?

Os policiais fizeram que sim, alguns com metralhadoras MP-5 que tiraram da mala do carro. Os outros carregavam apenas revólveres de serviço. Era uma questão de orçamento, como havia explicado uma vez o chefe da polícia.

— O porteiro está dizendo que Lund-Helgesen mora no terceiro andar — repassou Skarre, enfiando o celular no bolso do casaco. — Só tem um apartamento por andar. Nenhuma saída para o telhado. Para chegar à escada dos fundos é preciso subir até o quarto andar e passar pelo sótão, que está trancado.

— Bom — disse Harry. — Mande dois homens pela escada dos fundos e peça para esperarem no sótão.

— Ok.

Harry levou consigo os dois policiais fardados que estavam no primeiro carro que havia chegado ao local: um era mais velho e o outro, um rapaz cheio de espinhas. Os dois já tinham trabalhado com Skarre. Em vez de entrar pela Åsengata 12, cruzaram a rua, entrando no prédio oposto.

Os dois rapazes da família Stigson que moravam no terceiro andar olharam boquiabertos para os dois homens uniformizados, enquanto o pai deles ouvia Harry explicar por que precisavam usar o apartamento deles um pouquinho. Harry entrou na sala, afastou o sofá da janela e deu uma olhada no apartamento do outro lado da rua.

— A luz está acesa na sala — gritou ele.

— Tem alguém sentado lá — disse o policial velho que estava logo atrás dele.

— Ouvi dizer que a visão é reduzida em cinquenta por cento depois que se completa 50 anos — disse Harry.

— Não sou cego. Na poltrona grande ali, com as costas viradas para cá. Pode ver a parte de trás de uma cabeça e a mão no braço da cadeira.

Harry semicerrou os olhos. Merda, será que ele precisava de óculos? Bem, se o velho achava que estava vendo alguém, devia estar vendo alguém mesmo.

— Então fique aqui e avise pelo rádio se ele se mexer, ok?

— Ok. — O velho sorriu.

Harry levou o mais novo.

— Quem é que está sentado lá? — gritou o rapaz acima da barulheira dos passos deles ao correrem escadas abaixo.

— Já ouviu falar do Boneco de Neve?

— Caraca, o serial...

— O próprio.

Cruzaram correndo a rua até o outro prédio. O porteiro, Skarre e cinco policiais uniformizados estavam prontos ao lado da porta principal.

— Não tenho a chave do apartamento — disse o porteiro. — Só desta porta.

— Está bem — disse Harry. — Todos de armas prontas? Vamos fazer o mínimo de barulho possível, ok? Delta, vocês comigo...

Harry tirou o Smith & Wesson de Katrine e sinalizou para o porteiro, que girou a chave na fechadura.

Harry e os dois policiais da Delta, ambos com suas MP-5, avançaram silenciosamente pela escada, de três em três degraus.

Pararam no terceiro andar em frente a uma porta azul sem nenhuma indicação. Um policial colou o ouvido na porta, virou-se para Harry e fez que não com a cabeça. Harry havia baixado o volume do walkie-talkie ao mínimo e o levou à boca.

— Alfa para... — Harry não havia distribuído apelidos e não se lembrava dos nomes — ... para o posto da janela atrás do sofá. O objeto se mexeu? Câmbio.

Ele soltou o botão e houve um zunido baixo. E a voz entrou.

— Ele ainda está na poltrona.

— OK. Vamos entrar. Câmbio, desligo.

Um policial pegou um pé de cabra, enquanto o outro deu uns passos para trás, preparando-se.

Harry havia visto a técnica antes; um força a abertura da porta para o outro entrar correndo. Não porque não pudessem arrombá-la, mas porque o barulho alto, sua força e rapidez paralisavam o objeto, e, em nove entre dez casos, o alvo congela na cadeira, sofá ou cama.

Mas Harry levantou a mão para pararem. Apertou a maçaneta e empurrou.

Mathias não havia mentido; estava aberta.

O apartamento não era tão espartano, não no sentido imaginado por Harry.

Quer dizer; era espartano por não haver nada ali; nenhuma roupa pendurada na entrada, nenhum móvel, nenhuma foto. Apenas paredes desnudas que pediam um novo papel de parede ou camada de pintura. Como se estivesse abandonado fazia tempo.

A porta da sala estava entreaberta e, pelo vão, Harry viu o braço da cadeira, a mão descansando nela. Uma mão fina com relógio. Ele prendeu a respiração, deu dois passos longos, segurou o revólver à frente com as duas mãos e empurrou a porta com o pé.

Pelo canto do olho, notou os outros dois pararem subitamente.

E um sussurro quase inaudível:

— Jesus Cristo...

Um grande lustre aceso pendia sobre a poltrona, iluminando a pessoa sentada ali, cujo olhar estava fixo nele. O pescoço tinha manchas azuis de estrangulamento, o rosto estava pálido e belo, o cabelo preto e o vestido azul-celeste com flores miúdas brancas. O mesmo vestido que o da foto do calendário de sua cozinha. Harry sentiu o coração estourar em pedaços dentro do peito, enquanto o resto do corpo ficou petrificado. Ele tentou se mexer, mas não conseguiu se libertar do olhar vítreo dela. Vítreo e acusador. Acusando-o por não ter feito nada; ele não sabia o quê, mas devia ter adivinhado, devia ter impedido, devia tê-la salvado.

Ela estava tão branca quanto a mãe dele estivera no leito de morte.

— Vasculhe o restante do apartamento — disse Harry com voz pastosa, abaixando o revólver.

Ele deu um passo cambaleante em direção ao corpo e pôs a mão em volta da mão dela. Estava gélida e sem vida, como mármore. Contudo, ele sentiu um tique, uma pulsação fraca, e por um momento absurdo pensou que ela apenas tivesse sido maquiada para parecer morta. Então olhou para baixo e entendeu que era o relógio tiquetaqueando.

— Não há mais ninguém aqui. — Ouviu um policial atrás de si dizer. E um pigarrear. — Sabe quem é ela?

— Sei — respondeu Harry e passou um dedo por cima do vidro do relógio. O mesmo relógio que ele poucas horas antes havia colocado na casinha de passarinhos, porque o namorado de Rakel iria levá-la para sair à noite. Para uma festa. Para celebrar que os dois, de agora adiante, seriam um.

De novo, Harry olhou nos olhos dela, olhos acusatórios.

Sim, pensou. Culpado por todos os erros.

Skarre havia entrado no apartamento e estava logo atrás de Harry, olhando por sobre o ombro dele para a mulher morta na poltrona da sala. Ao lado dele estavam os dois policiais da Delta.

— Estrangulada? — perguntou ele.

Harry não respondeu nem se mexeu. Uma alça do ombro do vestido azul-celeste havia caído.

— Não é comum usar vestido de verão em dezembro — disse Skarre, mais para dizer alguma coisa.

— Ela costuma usar — disse Harry com uma voz que soava como se vinda de algum lugar bem distante.

— Quem? — perguntou Skarre.

— Rakel.

Skarre deu um sobressalto. Ele tinha visto a ex-namorada de Harry quando ela costumava trabalhar para a polícia.

— Ela... é... é Rakel? Mas...

— É o vestido dela — disse Harry. — E o relógio dela. Ele a vestiu igual a Rakel. Mas a mulher sentada ali é Birte Becker.

Skarre olhou para o cadáver em silêncio. Não se parecia com nenhum cadáver que já tivesse visto antes, branco como giz e parecendo inflado.

— Venham comigo — disse Harry aos dois da Delta, antes de se virar para Skarre. — Fique aqui e isole o apartamento. Ligue para os peritos em Tryvann, avisando que tem outro trabalho pela frente.

— O que vai fazer?

— Dançar — respondeu Harry.

O apartamento ficou em silêncio após os outros três se mandarem escada abaixo. No entanto, segundos depois, Skarre ouviu o motor e os pneus cantando no asfalto na rua Vogt.

A luz azul girava e iluminava a rua. Harry estava no banco do passageiro, ouvindo o telefone chamar do outro lado da linha. No retrovisor duas mulheres em miniatura dançavam de biquíni ao som desesperado do choro das sirenes, enquanto a viatura avançava em zigue-zague por entre os carros no anel rodoviário Ring 3.

Por favor, implorou Harry. Por favor, atenda, Rakel.

Ele olhou para as dançarinas de metal presas no retrovisor e pensou que ele era como elas: alguém dançando impotente ao ritmo de outra pessoa, uma figura cômica numa farsa na qual sempre estava dois passos aquém dos acontecimentos, sempre irrompendo as portas um pouco tarde demais e sendo recebido pelo riso do público.

Harry explodiu:

— Merda, merda, merda! — berrou e jogou o celular no para-brisa, fazendo o aparelho escorregar do painel ao chão. Pelo retrovisor, o motorista trocou olhares com o policial no banco de trás.

— Desligue a sirene — ordenou Harry.

Fez-se silêncio.

E Harry ouviu o ruído do chão.

Ele agarrou o telefone.

— Alô! — gritou ele. — Alô! Você está em casa, Rakel?

— Claro, você está ligando para o telefone fixo. — Era a voz dela. Um riso gentil e calmo.

— Oleg está em casa também?

— Está — respondeu ela. — Ele está aqui na cozinha, jantando. Estamos esperando Mathias. Qual é o problema, Harry?

— Preste atenção, Rakel. Está ouvindo?

— Você está me assustando, Harry. O que está havendo?

— Coloque a trava de segurança na porta.

— Por quê? Ela está trancada e...

— Coloque a trava de segurança na porta, Rakel! — berrou Harry.

— Ok, ok.

Ele a ouviu dizer algo a Oleg e o som de uma cadeira sendo arrastada e pés correndo. Quando sua voz voltou, havia adquirido um leve tremor.

— Agora me conte o que está havendo, Harry.

— Já vou contar. Primeiro tem que me prometer que em nenhuma circunstância vai deixar Mathias entrar em casa.

— Mathias? Você está bêbado, Harry? Você não tem nenhum direito de...

— Mathias é perigoso, Rakel. Estou aqui num carro de polícia com dois colegas indo para sua casa. Vou explicar tudo depois, mas agora quero que olhe pela janela. Está vendo alguma coisa?

Harry ouviu que ela hesitou. Mas ele não disse mais nada, apenas esperou. Porque sabia, com uma certeza repentina, que ela confiava nele, que acreditava nele, que sempre havia acreditado. Estavam se aproximando do túnel de Nydalen. Nas margens da estrada, a neve formava uma faixa de lã branco-acinzentada. Então a voz dela voltou.

— Não estou vendo nada. Mas não sei o que devo procurar.

— Não viu um boneco de neve? — perguntou Harry baixinho.

Ele ouviu pelo silêncio que a ficha dela estava caindo.

— Me diz que isso não está acontecendo, Harry — sussurrou ela. — Me diz que isso é só um sonho.

Ele fechou os olhos e avaliou se ela podia ter razão. Então viu a imagem de Birte Becker na poltrona. Claro que era um sonho.

— Eu coloquei seu relógio na casinha dos passarinhos — respondeu ele.

— Mas ele não estava lá, ele... — Rakel começou a dizer, então se deteve e exclamou: — Ai, meu Deus!

35

Dia 21

Monstro

Da cozinha, Rakel podia ver todos os três ângulos de onde era possível se aproximar da casa. No fundo havia um declive íngreme, impossível de descer, especialmente agora que a neve havia assentado. Ela foi de janela a janela. Olhou para fora e testou para se assegurar de que estavam devidamente fechadas. Quando seu pai havia construído a casa depois da guerra, mandara colocar as janelas no alto da parede, protegidas com grades de ferro. Ela sabia que isso era por causa da guerra e por causa de um russo que uma noite havia entrado furtivamente no bunker deles perto de Leningrado, matando a tiros todos os seus companheiros. Todos exceto ele, que estava deitado mais perto da porta, tão exausto que não havia acordado até soar o alarme, descobrindo que seu cobertor estava cheio de cartuchos vazios. Aquela foi a última noite da vida em que dormira direito, ele sempre dizia. Mas ela sempre havia odiado aquelas grades de ferro. Até agora.

— Não posso subir para o meu quarto? — perguntou Oleg, chutando a perna da grande mesa da cozinha.

— Não — respondeu Rakel. — Precisa ficar aqui.

— O que foi que Mathias fez?

— Harry vai explicar tudo quando chegar. Tem certeza de que trancou direito a trava de segurança?

— Sim, mãe. Queria que meu pai estivesse aqui.

— Seu pai? — Ela nunca tinha ouvido o filho usar aquela palavra. A não ser ao se referir a Harry, mas isso tinha sido há vários anos. — Está falando do seu pai da Rússia?

— Ele não é o meu pai.

Ele disse isso com uma convicção que a deixou arrepiada.

— A porta do porão! — gritou ela.

— O quê?

— Mathias tem a chave da porta do porão também. O que fazemos?

— Simples — disse Oleg, esvaziando o copo de água. — Você coloca uma das cadeiras do jardim por baixo da maçaneta. Tem a mesma altura. Não tem como alguém entrar.

— Você já testou? — perguntou ela, surpresa.

— Harry fez isso uma vez quando brincamos de caubói.

— Fique aqui — mandou ela, indo até o corredor e à porta que dava para o porão.

— Espera.

Rakel parou.

— Eu vi como ele fez — disse Oleg, já em pé. — Fique aqui, mamãe.

Ela o encarou. Meu Deus, como ele havia crescido nesse último ano, logo estaria mais alto que ela. E, em seu olhar sombrio, a inocência cedia espaço para algo que, por enquanto, talvez fosse apenas uma teimosia juvenil, mas que ela já podia prever que se tornaria a determinação de um adulto.

Ela hesitou.

— Deixa que eu faço isso — pediu ele.

Havia uma súplica em seu tom de voz. E ela entendeu que isso era importante para ele, que se tratava de coisas maiores. De se entender com o próprio medo infantil. Um ritual de adulto. De se tornar igual ao pai. Independentemente de quem Oleg achasse que fosse o pai.

— Vá, depressa — sussurrou ela.

Oleg correu.

Ela ficou olhando pela janela. Prestando atenção para ouvir se vinha um carro. Rezou para que Harry chegasse primeiro. Reparou no silêncio. E não fazia ideia de onde vinha o pensamento a seguir: ia ficar ainda mais silencioso.

Mas, de repente, ouviu um ruído. Um ruído baixinho. Primeiro pensou que vinha de fora. Logo depois percebeu que vinha detrás dela. Rakel se virou. Não viu nada, apenas a cozinha vazia. Em seguida, o ruído voltou. Como o tique pesado de um relógio. Ou um dedo batendo de leve numa mesa. A mesa. Ela olhou. Era de lá que vinha o som. E então ela viu. Uma gota tinha acabado de cair sobre a mesa. Devagar, Rakel olhou para o teto. No meio do painel branco havia se formado um círculo escuro. E do meio desse círculo pendia uma gota transparente. Soltou-se e caiu sobre a mesa. Rakel viu acontecer, mas, mesmo assim, o som a deixou sobressaltada, como se tivesse recebido um tapa inesperado no rosto.

Meu Deus, devia estar vindo do banheiro! Será que ela se esquecera de fechar o chuveiro? Ela não esteve no andar de cima desde que chegou em casa, tendo começado logo a preparar o jantar. A água devia estar vazando desde de manhã cedo. E, claro, tinha que acontecer justo agora, no meio de tudo.

Ela foi ao corredor, subiu a escada depressa e foi até o banheiro. Não estava ouvindo o chuveiro. Ela abriu a porta. Chão seco. Nenhuma água escorrendo. Rakel fechou a porta e ficou parada alguns segundos diante dela. Olhou para a porta do quarto ao lado. Aproximou-se devagar. Pôs a mão na maçaneta. Hesitou. Parou novamente para ouvir se vinha algum carro. Então abriu. Olhou fixamente para o interior do quarto. Ela queria gritar. Mas instintivamente soube que não podia fazê-lo, que precisava ficar quieta. Bem quieta.

— Merda, merda, merda! — berrou Harry, dando uma pancada no painel, que tremeu. — O que está havendo?

O trânsito estava totalmente parado à frente deles no túnel. Já estavam há dois longos minutos parados ali.

A resposta veio no mesmo instante pelo rádio da polícia:

— Há uma colisão no Ring 3 na saída do túnel à esquerda, perto de Tåsen. Nenhum ferido. Reboque a caminho.

Por um impulso repentino, Harry agarrou o microfone:

— Sabem quem foi?

— Só que são dois carros de passeio, ambos com pneus de verão — respondeu uma lacônica voz nasalada.

— Sempre tem caos quando neva em novembro — disse o policial no banco de trás.

Harry não respondeu, ficou apenas tamborilando os dedos no painel. Avaliou as alternativas. Havia uma barreira de carros à frente e outra atrás deles, e todas as luzes azuis do mundo não dariam jeito de tirá-los dali.

Ele podia saltar e correr até o final do túnel, ordenar para que um carro policial fosse buscá-lo lá, mas era uma distância de quase 2 quilômetros.

O silêncio no carro era total agora, tudo que se ouvia era o zumbido baixo dos motores dos carros ligados. A van na frente deles andou 1 metro para a frente, e o motorista acompanhou. Só freou quando quase bateu no para-choque, como se apenas uma condução agressiva pudesse evitar que o inspetor explodisse novamente. A freada brusca fez as mulheres metálicas de biquíni tinirem alegremente no silêncio que se seguiu.

Harry voltou a pensar em Jonas. Mas por quê? Por que havia pensado em Jonas quando conversou com Mathias ao telefone? Havia algo com o som. No fundo.

Harry olhou fixo para as duas dançarinas embaixo do retrovisor. E de repente tudo se encaixou.

Ele sabia por que tinha pensado em Jonas. Ele sabia que som era aquele. E sabia que não podia perder nem um segundo sequer. Ou — ele tentou afastar o pensamento — que não precisava mais correr. Que já era tarde demais.

Oleg correu pelo corredor no porão, sem olhar para os lados, onde sabia que os depósitos de sal desenhavam monstros brancos nas paredes de tijolo. Tentou se concentrar no que faria e não pensar em mais nada. Não deixar os pensamentos errados virem. Harry dissera isso. Que era possível vencer os únicos monstros que existiam, aqueles que estavam dentro de sua cabeça. Mas ele precisava treinar. Precisava se aproximar deles e lutar o máximo possível. Pequenas batalhas que você podia vencer, ir para casa, curar as feridas e voltar. Fizera isso, várias vezes estivera no porão sozinho. Os patins precisavam ficar no frio.

Ele agarrou a cadeira do jardim, arrastou-a atrás de si para que o ruído abafasse o silêncio. Verificou que a porta do porão de fato estava trancada. Então enfiou a cadeira por baixo e cuidou para que ficasse bem presa. Pronto. Ele congelou. Era um ruído? Ele olhou para a pequena portinhola de vidro que havia na porta. Não conseguiu mais deter os pensamentos, invadiram-no de assalto. Havia alguém parado lá fora. Ele queria subir correndo, mas se forçou a ficar. Lutou contra os pensamentos com outros pensamentos. Estou do lado de dentro, pensou. Estou tão seguro aqui quanto lá em cima. Ele respirou fundo, sentiu o coração bater como um tambor desafinado no peito. Então, inclinou-se para a frente e olhou pela portinhola de vidro. Viu o reflexo do seu próprio rosto. Mas por cima viu outro rosto, um rosto retorcido que não era o dele. E viu mãos, mãos de monstro sendo levantadas. Oleg recuou, aterrorizado. Encostou em algo e sentiu mãos se fecharem sobre seu rosto e sua boca. Ele não conseguiu gritar. Mas queria. Queria gritar que aquilo não estava nos pensamentos, que aquilo era o monstro, ali mesmo. O monstro estava do lado de dentro. E todos iriam morrer.

— Ele está na casa — anunciou Harry.

Os outros policiais olharam para ele sem entender, enquanto Harry apertava o botão de rediscagem no telefone.

— Achei que fosse música japonesa, mas eram sinos de vento metálicos. Do tipo que Jonas tinha no quarto dele. E que Oleg também tem. Mathias estava lá o tempo todo. Ele até me disse, não foi...?

— Como assim? — O policial no banco de trás tomou coragem para perguntar.

— Ele disse que estava em casa. E agora isso quer dizer Holmenkollveien, é claro. Ele até me disse que estava *descendo* para ver Oleg e Rakel. Eu devia ter entendido, Holmenkollen localiza-se em uma região mais alta que Torshov. Ele estava no andar de cima em Holmenkollveien. Descendo. Temos que tirá-los da casa já. Atenda, pelo amor de Deus!

— Talvez ela não esteja perto do...

— Tem quatro telefones na casa. Ele cortou a conexão. Tenho que ir para lá já.

— Vamos mandar outro carro da patrulha — disse o motorista.

— Não! — retrucou Harry. — De qualquer maneira, é tarde demais. Ele já pegou os dois. E a única chance que temos é a última peça do jogo. Eu.

— Você?

— Eu. Faço parte do plano dele.

— Você quer dizer que *não* faz parte do plano dele.

— Não. Eu faço parte. Ele está esperando por mim.

Os dois policiais trocavam olhares enquanto ouviam o som berrante de uma motocicleta serpenteando por entre os carros parados atrás deles.

— Acha mesmo?

— Acho — respondeu Harry, olhando pelo retrovisor e vendo a motocicleta. E pensou que essa era a única resposta que podia dar. Porque era a única resposta que dava alguma esperança.

Oleg lutou o quanto pôde, mas ficou sem ação quando o monstro lhe aplicou uma gravata e ele sentiu o aço frio ao pescoço.

— Isso é um bisturi, Oleg. — O monstro tinha a voz de Mathias. — Usamos para dissecar as pessoas. E você nem imagina como é fácil.

Então o monstro pediu para ele abrir bem a boca, enfiou um pano sujo lá dentro e mandou que se deitasse de bruços com as mãos nas costas. Quando Oleg não obedeceu imediatamente, o aço foi enfiado por baixo da sua orelha, e ele sentiu o sangue quente escorrendo sobre o ombro e por baixo da camiseta. Oleg se deitou de bruços no chão de cimento gelado, e o monstro sentou-se sobre ele. Uma caixa vermelha caiu ao lado do seu rosto. Ele leu a etiqueta. Eram tiras plásticas, daquelas tirinhas usadas para amarrar fios elétricos e embalagens de brinquedos, muito irritantes porque só era possível apertá-las, não afrouxá-las, e não dava para rasgá-las, mesmo sendo muito finas. Ele sentiu o plástico cortar a pele em volta dos pulsos e dos tornozelos.

Depois foi levantado e largado, e não teve tempo de esperar pelas dores enquanto caía em cima de algo duro. Ele olhou para cima. Estava de costas no freezer, dava para sentir o gelo que havia soltado das paredes ardendo na pele dos antebraços e do rosto. O monstro estava inclinado por cima dele, a cabeça ligeiramente caída para o lado.

— Adeus — disse. — Em breve nos veremos no além.

A tampa foi fechada com força e ficou totalmente escuro. Oleg podia ouvir a chave girando na fechadura e passos rápidos se afastando. Ele tentou levantar a língua, tentou movê-la por trás do pano, tinha que tirá-lo. Tinha que respirar.

Rakel havia parado de respirar. Estava no vão da porta para o quarto e sabia que o que estava vendo era loucura. Uma loucura que fez sua pele arrepiar, a boca escancarar, os olhos esbugalharem.

A cama e os outros móveis estavam encostados na parede, e o assoalho estava coberto por uma superfície quase invisível de água que só se quebrava quando nela caía outra gota. Mas Rakel não prestou atenção; a única coisa que viu foi o enorme boneco de neve dominando o centro do quarto.

A cartola sobre a cabeça com a boca sorridente, quase alcançando o teto.

Quando finalmente respirou de novo e o oxigênio fluiu para o cérebro, ela sentiu o cheiro de lã molhada e de madeira úmida, e ouviu o som da neve derretida pingar. Uma onda de frio exalava da neve, mas não foi por isso que ela ficou arrepiada. Foi por causa do calor corporal do homem logo atrás dela.

— Não é lindo? — perguntou Mathias. — Eu o fiz só para você.

— Mathias...

— Shhh. — Ele colocou uma espécie de braço protetor em volta do pescoço dela. Rakel olhou para baixo. A mão segurava um bisturi. — Não fale, querida. Há tanta coisa para fazer e tão pouco tempo.

— Por quê? Por quê?

— Este é o nosso dia, Rakel. O resto da vida é tão incrivelmente curto, por isso vamos celebrar, sem perder tempo com explicações. Por favor, coloque os braços nas costas.

Rakel obedeceu. Ela não tinha ouvido Oleg subir do porão. Talvez ele ainda estivesse lá, talvez ele pudesse sair da casa, se ela conseguisse deter Mathias.

— Eu gostaria de saber o motivo — disse ela, ouvindo o choro pinçar as cordas vocais.

— Porque você é uma puta.

Ela sentiu algo fino e duro apertá-la ao redor dos punhos. Sentiu a respiração quente dele em sua nuca. Os lábios. Depois a língua. Ela trincou os dentes, sabendo que, se gritasse, ele podia parar, e ela queria que ele continuasse, perdesse tempo. A língua dele deu voltas, subindo até sua orelha. Mordeu de leve.

— E o filho dessa sua putaria está dentro do freezer — sussurrou ele.

— Oleg? — perguntou ela, sentindo que perdia o controle.

— Relaxe, querida, ele não vai morrer de frio.

— Não... Não vai?

— Muito antes de o corpo ficar gelado o bastante, o filho desta puta terá morrido por falta de oxigênio. É simples matemática.

— Matemá...

— Fiz os cálculos há muito tempo. É tudo calculado.

Uma moto de alta rotação subiu as ladeiras sinuosas de Holmenkollen, derrapando no escuro. O barulho ecoou por entre as casas, e quem observou aquilo deve ter pensado que era uma loucura com toda aquela neve, que o motorista merecia perder a carteira. Mas o motorista não tinha carteira.

Harry acelerou na subida que levava até a casa de toras pretas, mas na curva fechada ele derrapou na neve recém-caída e sentiu a moto perder velocidade. Nem tentou endireitá-la; ele saltou, e a moto caiu no precipício, irrompendo entre galhos de pinheiro antes de bater contra um tronco e despencar, cuspindo neve pela roda traseira antes de soltar o último suspiro.

A essa altura, Harry já estava no meio da escada.

Não havia pegadas na neve, nem chegando nem saindo da casa. Ele puxou o revólver ao pular os últimos degraus até a porta.

Estava destrancada. Como prometido.

Ele se esgueirou para o hall de entrada, e a primeira coisa que viu foi a porta do porão aberta.

Harry parou para escutar. Havia um ruído. Uma espécie de som tamborilando. Parecia vir da cozinha. Ele hesitou. Decidiu-se pelo porão.

Desceu a escada com as costas junto à parede e com o revólver à sua frente. Parou no último degrau para os olhos se acostumarem com a semiescuridão, e prestou atenção. Tinha a sensação de que o porão inteiro prendia a respiração. Viu a cadeira do jardim por baixo da maçaneta. Oleg. O olhar continuou sondando. Ele havia decidido subir quando o olhar recaiu sobre uma mancha escura no chão em frente ao freezer. Água? Ele deu um passo para a frente. Devia vir por baixo do freezer. Ele forçou seus pensamentos a tomarem outro rumo e não aquele que queriam, e tentou levantar a tampa. Trancada. A chave estava na fechadura, mas Rakel não costumava trancar o freezer. Imagens de Finnøy surgiram, mas ele agiu rápido, girando a chave e abrindo a tampa.

Harry teve tempo de ver o reflexo metálico no escuro lá no fundo, antes que uma dor lancinante em seu rosto o fizesse se jogar para trás. Uma faca? Ele caiu de costas entre dois cestos de roupas sujas, e uma figura rápida e ágil, já fora do freezer, surgiu por cima dele.

— Polícia! — gritou Harry, puxando rapidamente o revólver. — Parado!

O vulto parou com uma das mãos por cima da cabeça.

— Ha... Harry?

— Oleg?

Harry baixou o revólver e viu o que o rapaz segurava. Um patim de gelo.

— Eu... pensei que era Mathias que havia voltado — sussurrou.

Harry se levantou.

— Onde está Mathias?

— Não sei. Ele disse que a gente se veria em breve, por isso pensei que...

— De onde vieram esses patins? — Harry sentiu o gosto metálico na boca e passou os dedos sobre o corte na bochecha, de onde o sangue escorria em profusão.

— Do freezer. — Oleg esboçou um sorriso. — Dá trabalho demais deixá-los na escada, por isso os guardo por baixo das ervilhas, onde minha mãe não vê. A gente nunca come ervilhas mesmo.

Ele seguiu Harry, que já estava subindo a escada.

— Por sorte estava recém-afiado, então consegui cortar as tiras plásticas. A fechadura foi impossível, mas consegui fazer alguns furos no fundo para entrar o ar. E quebrei a lâmpada para não ter luz caso ele abrisse.

— E o calor do seu corpo derreteu o gelo que escorreu pelos buracos — completou Harry.

Chegaram ao hall de entrada, e Harry puxou Oleg para a porta de entrada, abriu e apontou.

— Está vendo as luzes do vizinho? Corra e fique lá até eu ir te buscar, ok?

— Não! — exclamou Oleg resoluto. — Minha mãe...

— Escute! A melhor coisa que você pode fazer pela sua mãe neste momento é se mandar daqui!

— Quero encontrá-la!

Harry pegou Oleg pelos ombros e apertou com tanta força que lágrimas de dor brotaram nos olhos do menino.

— Quando eu mando correr, você corre, seu burro!

Ele falou baixinho, mas com tanta raiva reprimida que Oleg piscou, confuso, e uma lágrima rolou sobre o cílio e escorreu pelo rosto. Então o menino deu meia-volta e disparou porta afora, logo sendo engolido pela escuridão e pela neve que continuava caindo.

Harry pegou o walkie-talkie, apertando o botão para falar.

— Harry falando, estão longe?

— Estamos no campo de futebol, câmbio. — Harry reconheceu a voz de Gunnar Hagen.

— Estou dentro da casa — disse Harry. — Venham para a frente dela, mas não entrem até eu avisar, câmbio.

— OK.

— Câmbio e desligo.

Harry foi na direção do som que continuava vindo da cozinha. Parou no vão da porta e observou um fino fio de água pendendo do teto. Estava tingido de cinza por causa do gesso dissolvido e tamborilava febrilmente ao cair sobre a mesa da cozinha.

Em quatro passos, Harry subiu a escada para o andar de cima. Aproximou-se da porta do quarto na ponta dos pés. Engoliu em seco. Estudou a maçaneta. Do lado de fora, podia ouvir o som distante de uma sirene policial se aproximando. Um pingo de sangue do corte caiu no assoalho com um barulhinho macio.

Ele podia sentir agora, como uma pressão nas têmporas; era ali que tudo terminaria. E que havia certa lógica nisso. Quantas vezes ele não havia ficado assim diante daquela porta, no amanhecer depois de uma noite em que havia prometido estar com ela, com aquela dor na consciência, sabendo que ela dormia lá dentro. Com cuidado, baixou a maçaneta, que ele sabia que rangia exatamente no meio. E ela acordaria, olharia para ele com aquele olhar sonolento, tentando castigá-lo com esse olhar, até que ele deslizasse por baixo do edredom e se enroscasse em seu corpo, sentindo derreter a resistência nela. E Rakel iria grunhir de prazer, mas não muito. Então ele continuaria passando a mão pelo seu corpo, beijando-a e mordendo-a, sendo subserviente até que ela sentasse por cima dele, não mais uma rainha sonolenta, mas miando e gemendo, lasciva e ofendida ao mesmo tempo.

Ele pegou a maçaneta, sentindo a mão reconhecer seu formato liso e anguloso. Com infinito cuidado pressionou-a para baixo. Esperou pelo rangido familiar. Mas ele não veio. Algo estava diferente. A resistência da maçaneta. Alguém teria apertado as molas? Ele a soltou com cuidado. Inclinou-se, tentando olhar pela fechadura. Preto. Alguém havia tapado o buraco.

— Rakel! — gritou ele. — Você está aí?

Nenhuma resposta. Ele pôs o ouvido à porta. Achou ter escutado um ruído de arranhar, mas não tinha certeza. Ele pegou de novo na maçaneta. Hesitou. Mudou de ideia, soltou-a e entrou depressa no banheiro ao lado do quarto. Empurrou a janelinha aberta, esgueirou-se pelo vão pequeno e se inclinou para fora. Luz fluía por entre as barras de ferro da janela do quarto. Ele apoiou os pés do lado de dentro do batente, tensionando os músculos das pernas e esticando-se para fora da janelinha do banheiro e ao longo da parede. Os dedos tatearam em vão um ponto de apoio entre as toras brutas de madeira, enquanto a neve grudava em seu rosto, derretida e mesclando-se ao sangue que escorria. Ele aplicou mais força; o batente da janela pressionava sua perna com tanta força que parecia que ia quebrar. As mãos tatearam febrilmente ao longo da parede, como aranhas de cinco patas. Os músculos da barriga doíam. Mas era longe demais, ele não alcançava. Harry olhou para o chão lá embaixo; sabia que sob a fina camada de neve havia asfalto.

As pontas dos dedos tocaram algo frio.

Uma barra de ferro.

Ele segurou com dois dedos. Três. Depois, a outra mão. Deixou as pernas doídas se soltarem do batente, balançou e apoiou os pés contra a parede para aliviar os braços. Finalmente podia olhar para dentro do quarto. E viu. O cérebro lutando para assimilar a cena, mas instantaneamente ciente do que estava vendo: a obra de arte concluída, cujo esboço ele já havia visto.

Os olhos de Rakel estavam arregalados e pretos. Estava de vestido. Carmim. Como Campari. Ela era "Cochonilha". Sua cabeça estava esticada para o teto, como se tentasse olhar por cima de uma cerca, e, nessa posição, ela olhou para baixo e para ele. Seus ombros estavam esticados para trás, e os braços, escondidos. Suas bochechas estavam enormes, como se houvesse uma meia ou um pano dentro da boca. Ela estava montada nos ombros de um enorme boneco de neve. Suas pernas nuas enlaçando o peito do boneco e presas uma à outra. Harry podia ver os músculos dela tremerem de câimbra. Ela não podia cair. De maneira nenhuma. Pois em volta do pescoço não havia um fio de aço cinza e inerte como no caso de Eli Kvale, mas um círculo branco incandescente, como uma absurda imitação de um antigo anúncio de pasta de dente que prometia um "círculo" de autoconfiança, sorte no amor e uma vida longa e feliz. Do cabo preto de plástico do cortador incandescente saía um fio, que ia até um gancho no teto logo acima da cabeça de Rakel. De lá, o fio conduzia ao outro lado do quarto, à porta. À maçaneta. O fio não era grosso, mas longo o suficiente para ter produzido uma resistência mais perceptível quando Harry testara a maçaneta. Se tivesse aberto a porta, se tivesse pressionado a maçaneta até o fim, o metal incandescente teria cortado o pescoço logo abaixo do queixo dela.

Rakel olhou de volta para Harry, sem piscar. Os músculos se repuxavam em seu rosto, alternando expressões de fúria e puro terror. O laço estava estreito demais para ela poder retirar a cabeça ilesa; em vez disso, ela forçava a cabeça para baixo, para que não entrasse em contato com o círculo mortífero que pendia quase verticalmente em volta do pescoço.

Ela olhou para Harry, para o chão e de novo para Harry. E ele entendeu.

Pedaços cinzentos de neve já haviam caído na água que cobria o chão. O boneco de neve estava derretendo. Rapidamente.

Harry apoiou os pés e puxou as barras de ferro com força máxima. Não se mexeram nem soltaram um esperançoso rangido sequer. O ferro era fino, mas preso no interior das toras.

O vulto lá dentro balançava.

— Segure firme! — gritou Harry. — Já vou entrar!

Mentira. Ele não ia conseguir dobrar aquelas barras de ferro nem com um pé de cabra. E não tinha tempo para começar a serrá-las. Maldito pai dela, aquele maluco degenerado! Os braços já estavam começando a doer. Ele ouviu a sirene estridente do primeiro carro de polícia entrando no pátio. Harry se virou. Era um dos carros especiais da unidade Delta, uma Land Rover que mais parecia uma fera grande e blindada. Um homem de jaqueta camuflada verde saltou do assento do passageiro, posicionando-se atrás do carro e levantando um walkie-talkie. O aparelho de Harry chiou.

— Alô! — gritou Harry.

O homem olhou ao redor, confuso.

— Aqui em cima, chefe.

Gunnar Hagen se endireitou atrás do carro quando outra viatura chegou com a luz azul ligada.

— Devemos invadir a casa? — gritou Hagen.

— Não! — gritou Harry. — Ela está com a corda no pescoço lá dentro. Só...

— Só?

Harry levantou o olhar, não para a cidade abaixo, mas para a colina de Holmenkollen iluminada mais para cima.

— Só o quê, Harry?

— Espere.

— Esperar?

— Preciso pensar.

Harry encostou a testa nas barras frias, os braços doíam, e ele dobrou as pernas para colocar o máximo do peso sobre os pés. O cortador incandescente devia ter um botão de desligar. Provavelmente no cabo de plástico. Eles podiam quebrar o vidro da janela e enfiar uma vara comprida com um espelho acoplado, talvez assim pudessem... Mas como poderiam apertar um botão de desligar sem que a coisa toda entrasse em movimento e... e...? Harry afugentou a imagem da pele ridiculamente fina e do tecido macio que protegia a carótida. Tentou ter pensamentos construtivos e ignorar o pânico que berrava em seu ouvido para ele entrar e tomar o controle da situação.

Eles podiam entrar pela porta. Sem abri-la. Apenas cortar o painel. Precisavam de um serrote elétrico. Mas quem teria um? O bairro de Holmenkollen inteiro. Afinal, todos eles tinham uma floresta de pinheiros no jardim.

— Arranje um serrote elétrico com o vizinho — berrou Harry.

Ele ouviu passos correndo lá embaixo. E água caindo no quarto. O coração de Harry parou e ele olhou para dentro. O lado esquerdo do corpo havia sumido. Tinha simplesmente deslizado para dentro d'água. O boneco de neve estava em vias de desmoronar. Ele viu o corpo de Rakel tremendo enquanto lutava para manter o equilíbrio, para evitar o laço branco de forca em forma de gota. Nunca conseguiriam chegar a tempo com o serrote, muito menos a tempo de serrar a porta.

— O jardim! — Harry ouviu a histeria estridente em sua própria voz. — A viatura tem um cabo de reboque. Jogue para cá e encoste o Land Rover de costas para a parede.

Harry ouviu vozes animadas, o motor do Land Rover acelerando em marcha a ré e um porta-malas sendo aberto.

— Toma!

Harry soltou uma das mãos da barra de ferro e se virou a tempo de ver o cabo enrolado vindo ao encontro dele. Ele lançou a mão no escuro, agarrou e segurou enquanto o resto do cabo se esticava, caindo pesadamente ao chão.

— Prenda a ponta à barra de reboque.

Rápido como um raio, procurou a ponta do cabo, onde havia um mosquetão. Ele bateu o mosquetão no cruzamento entre as barras, no meio da janela, e ouviu o estalo quando travou. Era rápido com algemas.

Outro gotejar do quarto. Harry não olhou. Para quê?

— Vai! — berrou.

Ele segurou na calha com as duas mãos, usou as barras como escada e ouviu o Land Rover acelerar no mesmo instante em que se jogou para cima do telhado. Com o peito sobre as telhas e de olhos fechados, ouviu o motor engatar, a rotação cair e a grade ranger. Ranger mais. E mais. Vamos! Harry sabia que o tempo passava mais devagar do que ele estava sentindo. Mas não devagar o suficiente. Então, enquanto esperava o estalo auspicioso, a rotação acelerou com um gemido violento. Merda! Harry entendeu que os pneus do Land Rover estavam girando impotentes sobre a neve.

Um pensamento esvoaçou em sua cabeça; ele podia fazer uma prece. Mas ele sabia que Deus havia se decidido, que o destino estava esgotado, que o ingresso dele precisaria ser adquirido no mercado negro. Mas, de qualquer modo, a alma dele seria de pouca serventia sem ela. O pensamento esvaneceu no mesmo instante, interrompido pelo som de borracha contra asfalto, a rotação que diminuía e um ranger crescente.

Os pneus grandes e pesados haviam penetrado a neve, encontrando o asfalto.

Veio então o estrondo. A rotação rugiu e morreu. Seguiu-se um segundo de total silêncio. Depois, um estalo surdo quando as barras acertaram o carro lá embaixo.

Harry se içou para ficar de pé. Ele estava na ponta da calha, com as costas para o pátio, e sentiu que a calha cedia devagar. Então rapidamente se agachou, agarrou a calha com as duas mãos e tomou impulso. Esticou o corpo e balançou como um pêndulo, indo da calha até a janela. Dobrou-se e enfiou os pés primeiro. No mesmo instante que a velha vidraça cedeu com um tinido por baixo de suas botas, Harry soltou as mãos. E por um décimo de segundo não fazia ideia de onde aterrissaria; lá embaixo no pátio, na vidraça estilhaçada ou dentro do quarto.

Houve um estalo; um fusível deve ter queimado, e ficou tudo escuro.

Harry voou pelo espaço vazio, não sentiu nada, não se lembrou de nada, não era ninguém.

E, quando a luz voltou, só pensou que queria voltar para aquele escuro. Dores se espalhavam pelo corpo inteiro. Ele estava deitado de costas na água gelada. Mas devia estar morto, porque estava olhando para cima, para um anjo vestido de vermelho sangue, vendo sua luminosa auréola brilhando no escuro. Devagar, os sons retornaram. O ruído de arranhar. A respiração. Por fim viu o rosto retorcido, o pânico, a bola amarela enfiada na boca escancarada, os pés trepados na neve. Ele só queria fechar os olhos. Um barulho, um gemido baixinho. Neve derretendo e caindo.

Em retrospecto, Harry não saberia explicar o que de fato aconteceu, só conseguia se lembrar do cheiro nauseante quando o cortador incandescente cortou, queimando a pele.

No mesmo instante em que o boneco de neve ruiu, ele se levantou. Rakel caiu para a frente. Harry levantou a mão direita ao mesmo tempo em que lançou o braço esquerdo em volta das coxas dela para mantê-la erguida. Ele sabia que era tarde demais. Ouviu o chiado de carne queimando, suas narinas se encheram com um cheiro seboso e doce, e o sangue o acertou no rosto. Ele olhou para cima. Sua mão direita estava entre o fio incandescente e o pescoço de Rakel. O peso do pescoço empurrava sua mão para o fio incandescente, que atravessava a carne dos dedos, como um cortador de ovos cortando um ovo cozido. E assim que tivesse cortado sua mão, cortaria o pescoço dela. A dor veio, surda e com atraso, como o martelo de um sino, primeiro reticente, depois insistente. Ele lutou para se manter de pé. Precisava soltar a mão esquerda. Cego pelo sangue, conseguiu içá-la por cima do ombro e esticou a mão livre sobre a cabeça. Sentiu a pele dela com as pontas dos dedos, o cabelo farto, o fio incandescente queimando a própria pele dele, antes que sua mão encontrasse o plástico duro, o cabo. Os dedos encontraram um interruptor. Ele o empurrou para a direita. Mas soltou no mesmo instante ao perceber que o laço havia começado a se fechar. Os dedos encontraram outro botão, e ele apertou. Os sons sumiram, a luz bruxuleou, e ele entendeu que estava em vias de perder os sentidos de novo. Respirar, pensou, tratava-se de enviar oxigênio para o cérebro. Mas os joelhos começaram a ceder. O anel incandescente, branco, tornou-se vermelho. E, gradativamente, preto.

Atrás de si ouviu o tinir de vidro quebrado por baixo de outras botas.

— Nós a pegamos — disse uma voz atrás dele.

Harry caiu de joelhos na água tingida de sangue, onde flutuavam pedaços de neve e tiras de plástico não usadas. O cérebro ligava e desligava, como se houvesse uma falha no fornecimento de força lá dentro.

Alguém disse alguma coisa atrás dele. Harry captou fragmentos, respirou fundo e gemeu:

— O quê?

— Ela está viva — repetiu a voz.

Sua audição se estabilizou. Assim como seu olhar. Ele se virou. Os dois policiais de preto haviam deitado Rakel na cama e cortavam as tiras de plástico. O conteúdo do estômago de Harry veio à tona sem avisar. Em duas ondas ele botou tudo para fora. Olhou para o vômito flutuando na água e sentiu um ímpeto histérico de gargalhar. Porque seu dedo parecia ter sido vomitado junto com todo o resto. Ele levantou sua mão direita e olhou para o coto sangrento do dedo do meio, o que confirmou: era seu dedo flutuando na água.

— Oleg... — Era a voz de Rakel.

Harry pegou uma tira de plástico, colocou-a em volta do coto e apertou o máximo que conseguiu. Fez a mesma coisa no indicador direito, que fora cortado até o osso, mas que ainda estava firme.

Em seguida, foi até a cama, afastou o policial, cobriu Rakel com o edredom e sentou-se ao lado dela. Os olhos que o fitaram estavam arregalados e pretos de choque, e escorria sangue das feridas nos pontos em que o fio incandescente havia entrado em contato com a pele nos dois lados do pescoço. Ele pegou a mão dela usando a esquerda dele, intacta.

— Oleg — repetiu ela.

— Ele está bem — disse Harry, respondendo ao aperto dela. — Ele está na casa do vizinho. Já acabou.

Harry viu o olhar dela tentando entrar em foco.

— Promete? — sussurrou ela, quase inaudível.

— Prometo.

— Graças a Deus.

Ela soluçou uma vez, escondeu o rosto nas mãos e começou a chorar.

Harry olhou para a mão ferida. Ou as tiras haviam estancado o sangue, ou ele não tinha mais nada dentro de si.

— Onde está Mathias? — perguntou baixinho.

Ela levantou o olhar depressa.

— Você acabou de prometer que...

— Para onde ele foi, Rakel?

— Não sei.

— Ele não disse nada?

Sua mão apertou a dele.

— Não vá agora, Harry. Tenho certeza de que outra pessoa pode...

— O que foi que ele disse?

Ele entendeu pelo retesamento do seu corpo que havia levantado a voz.

— Ele falou que estava concluído, que só faltava o ponto final — disse ela, de novo com lágrimas nos olhos escuros. — E que o fim seria uma homenagem à vida.

— Uma homenagem à vida? Foram essas as palavras que ele usou?

Rakel fez que sim. Harry soltou a mão dela, levantou-se e foi até a janela. Olhou para a noite. Havia parado de nevar. Olhou para o monumento iluminado que se podia ver de qualquer lugar de Oslo. A pista de esqui. Como uma vírgula branca em contraste com a montanha preta. Ou um ponto final.

Harry voltou à cama, inclinou-se e beijou-a na testa.

— Aonde você vai? — sussurrou ela.

Harry levantou a mão sangrenta e sorriu.

— Ver um médico.

Ele se retirou do quarto. Quase tropeçou na escada. Saiu para a escuridão fria e branca do pátio, mas a náusea e a tontura não queriam deixá-lo.

Hagen estava ao lado do Land Rover, falando no celular.

Ele interrompeu a conversa e acenou afirmativamente quando Harry perguntou se eles podiam levá-lo.

Harry sentou-se no banco de trás. Pensou no fato de que Rakel havia agradecido a Deus. Ela não podia saber que não era a Deus que devia agradecer. Que o comprador tinha aceitado a oferta. E que o pagamento das prestações havia começado.

— Para o centro? — perguntou o motorista.

Harry fez que não com a cabeça e apontou para cima. O indicador direito parecia estranhamente só entre o polegar e o dedo anelar.

36

DIA 21

A torre

Da casa de Rakel até a pista de esqui de Holmenkollen foram três minutos de carro. Passaram pelo túnel e estacionaram no mirante entre as lojas de souvenirs. A rampa de esqui parecia uma cachoeira branca e congelada que caía entre as arquibancadas, alargando-se numa planície 100 metros abaixo deles.

— Como você sabe que ele está aqui? — perguntou Hagen.

— Porque ele me disse que estaria aqui — respondeu Harry. — Estávamos na pista de patinação quando ele disse que, no dia em que completasse a obra da sua vida e estivesse tão doente que quisesse morrer, pularia daquela torre. Como uma homenagem à vida. — Harry apontou para a torre de salto iluminada e o trampolim que se erguia contra o céu preto acima deles. — E ele sabia que eu ia me lembrar disso.

— Doido varrido — sussurrou Gunnar Hagen e olhou para a gaiola de vidro escurecido empoleirada no topo da torre.

— Posso usar suas algemas? — perguntou Harry ao motorista.

— Você já está com um par — disse Hagen, acenando para o punho direito de Harry, onde ele havia colocado uma argola. A outra estava aberta.

— Eu gostaria de ter dois pares — disse Harry, pegando o estojo de couro do motorista. — Pode me ajudar? Estão me faltando uns dedos...

Balançando a cabeça, Hagen prendeu a argola das algemas do motorista no outro punho de Harry.

— Não estou gostando de você ir sozinho. Isso me assusta.

— Não tem muito espaço lá em cima, e eu posso conversar com ele. — Harry mostrou o revólver de Katrine. — E tenho isto aqui.

— É disso que tenho medo, Harry.

O inspetor lançou um breve olhar para seu chefe antes de se virar para abrir a porta do carro com a mão intacta.

O policial acompanhou Harry até a entrada do Museu de Esqui, por onde tinha que passar para chegar ao elevador da torre. Eles haviam levado um pé de cabra para quebrar o vidro da porta. Mas, ao se aproximarem, a luz da lanterna captou estilhaços de vidro cintilando no chão perto da bilheteria. Ouviram um alarme distante uivando em algum lugar no interior do museu.

— Ok, então sabemos que o nosso homem já chegou — anunciou Harry, tateando para saber se o revólver estava em posição no cós, na parte de trás. — Coloque dois homens na saída dos fundos assim que o próximo carro chegar.

Harry pegou a lanterna, entrou no prédio escuro e passou depressa pelas fotos e placas de esquiadores noruegueses que se tornaram heróis, por bandeiras norueguesas, graxa de esqui norueguesa, reis noruegueses e princesas norueguesas e textos sucintos proclamando que a Noruega era uma nação e tanto. Então se lembrou do motivo de ele nunca ter suportado aquele museu.

O elevador ficava bem nos fundos. Estreito e apertado. Harry olhou para a porta do elevador. Sentiu brotar um suor frio. Havia uma escada de aço ao lado.

Oito lances mais tarde, ele se arrependeu. A tontura e a náusea haviam voltado, e ele vomitou. O barulho de seus passos no metal ressoou para cima e para baixo da escada da torre, e as algemas pendendo dos seus punhos tocaram a música de um órgão no corrimão. A essa altura, seu coração devia estar bombeando adrenalina, preparando o corpo para entrar em ação. Mas talvez estivesse exausto demais, esgotado demais. Ou talvez soubesse que já tinha acabado. Que o jogo havia chegado ao fim, o resultado era o previsto.

Harry continuou. Colocava os pés nos degraus, nem se dando ao trabalho de ser silencioso, pois sabia que o outro já o ouvira há tempo.

A escada levou direto para a gaiola de vidro escura. Harry apagou sua lanterna, e, assim que sua cabeça chegou ao nível do piso, sentiu uma corrente de ar frio. Havia acabado de nevar, e um luar pálido adentrava. Tinha em torno de 4 metros quadrados, toda envidraçada, com uma balaustrada de aço onde os turistas se agarravam com um misto de pavor e alegria ao apreciarem a vista de Oslo e seus arredores, ou imaginando como devia ser descer a pista de salto com esquis. Ou como seria cair da torre na vertical até as casas, ou se espatifar em meio às árvores abaixo, lá longe.

Harry subiu o último degrau, virado para a silhueta que se desenhava contra o tapete de luz da cidade abaixo. O vulto estava sentado na balaustrada, no batente da grande janela aberta de onde vinha a corrente de ar.

— Lindo, não é? — A voz de Mathias soava leve, quase alegre.

— Se está falando da vista, concordo.

— Não estava falando disso, Harry.

Um pé de Mathias balançava do lado de fora da janela, e Harry ficou parado na escada.

— Foi você ou o boneco de neve que a matou, Harry?

— O que você acha?

— Acho que foi você. Afinal, é um cara esperto. Contei com você. É uma sensação terrível, não é? Claro, não é tão fácil ver a beleza assim. Quando você acabou de matar a pessoa que mais ama.

— Bem — disse Harry, dando um passo para a frente. — Você não deve saber muito sobre isso, não é?

— Não? — Mathias encostou a cabeça no caixilho da janela e riu. — A primeira mulher que matei, eu amava mais que tudo neste mundo.

— Então por que a matou? — Harry sentiu uma pontada de dor ao levar a mão direita às costas e envolver o revólver.

— Porque minha mãe era uma mentirosa e uma puta.

Harry girou a mão para a frente e levantou a arma.

— Desça daí, Mathias. Com as mãos para o alto.

Mathias fitou Harry com olhar curioso.

— Sabe que há vinte por cento de chance de sua mãe ter sido a mesma coisa, Harry? Há vinte por cento de chance de você ser o filho de uma puta. O que acha disso?

— Você me ouviu, Mathias.

— Me deixa facilitar as coisas para você, Harry. Primeiro, me recuso a obedecer. Segundo, pode dizer que não viu minhas mãos, eu poderia estar armado. Assim. Atire, Harry.

— Desce.

— Rakel era uma puta, Harry. E Oleg é o filho daquela puta. Você devia me agradecer por eu deixar você matá-la.

Harry trocou a pistola de mão. As argolas das algemas soltas se chocaram.

— Pense bem, Harry. Se você me prender, vou ser declarado louco e paparicado na ala psiquiátrica durante alguns anos antes de ser solto. Me mate agora.

— Você quer morrer — declarou Harry, e chegou mais perto. — Porque você já está morrendo de esclerodermia.

Mathias deu uma palmada no caixilho.

— Bom trabalho, Harry. Você verificou o que eu disse sobre anticorpos no meu sangue.

— Perguntei a Idar. E depois fui ver o que era esclerodermia. Com essa doença, é fácil escolher outra maneira de morrer. Uma morte espetacular, por exemplo, para coroar aquilo que você chama de obra da sua vida.

— Estou ouvindo seu desdém, Harry. Mas um dia você também vai entender.

— Entender o quê?

— Que estamos no mesmo ramo, Harry. Combatendo doenças. E que as doenças que você e eu combatemos não se deixam erradicar, todas as conquistas são temporárias. Por isso apenas o combate é a nossa missão de vida. E a minha acaba aqui. Não quer atirar, Harry?

Harry encarou o olhar de Mathias. Depois virou o revólver na mão. Estendeu-lhe a arma com o cabo em sua direção.

— Faça você mesmo, seu filho da mãe.

Mathias ergueu uma das sobrancelhas. Harry viu a hesitação, a desconfiança. Que aos poucos deram lugar a um sorriso.

— Como quiser. — Mathias estendeu a mão sobre a balaustrada e pegou a arma. Afagou o aço preto. — Foi um grande erro, meu amigo — disse ele, apontando o revólver para Harry. — Você será um belo ponto final, Harry. A garantia de que minha obra será um sucesso.

Harry olhou para a boca da arma, vendo o martelo levantar sua cabecinha feia. Era como se tudo acontecesse mais devagar e o lugar tivesse começado a girar. Mathias mirou. Harry mirou. E jogou a mão direita. A algema fez um gemido baixo no ar no instante em que Mathias atirou. O clique seco foi seguido por um estalido metálico quando a argola aberta bateu no seu punho.

— Rakel sobreviveu — disse Harry. — Você falhou, seu satânico filho da mãe.

Harry viu os olhos de Mathias se arregalarem. E se estreitarem. Viu como eles fitaram o revólver que não havia atirado, a algema em torno do pulso, atando-o a Harry.

— Você... Você tirou as balas — gaguejou Mathias.

Harry fez que não.

— Katrine Bratt nunca tinha balas em seu revólver.

Mathias levantou o olhar para Harry e se inclinou para trás.

— Vamos.

E pulou.

Harry foi arrancado para a frente e perdeu o equilíbrio. Ele tentou se segurar, mas Mathias era pesado demais, e Harry era um gigante encolhido, enfraquecido pela perda de carne e de sangue. O policial berrou ao ser puxado por cima da balaustrada de aço e sugado em direção à janela e ao abismo. E o que imaginou quando lançou a mão esquerda para trás foi o pé de uma cadeira e ele sozinho numa quitinete suja e sem janelas em Chicago. Harry ouviu o tinir de metal batendo, antes de atravessar a noite em queda livre. O jogo havia acabado.

Gunnar Hagen olhou para a torre de salto, mas os flocos de neve que caíam novamente impediram a visão.

— Harry! — repetiu no walkie-talkie. — Você está aí?

Ele soltou o botão de câmbio, mas a única resposta era um nada que zunia intensamente.

Quatro viaturas já haviam chegado ao estacionamento amplo ao lado da torre de salto, e houve uma confusão quando ouviram o grito vindo da torre alguns segundos antes.

— Caíram — disse o policial ao seu lado. — Tenho certeza de que vi dois vultos caírem da gaiola de vidro.

Resignado, Gunnar Hagen baixou a cabeça. Ele não sabia bem como e por que, mas por um momento lhe ocorreu que existia uma lógica absurda na coisa terminar daquele jeito, uma espécie de equilíbrio cósmico.

Que absurdo. O mais completo absurdo.

Hagen não podia ver os carros da polícia com toda aquela neve, mas podia ouvir as sirenes queixosas, como mulheres chorando, já a caminho. E ele sabia que o som iria atrair os carniceiros; os abutres das notícias, os vizinhos curiosos, os chefes sedentos de sangue. Viriam todos para ter seu quinhão do cadáver, sua iguaria preferida. E o menu da noite com dois pratos — o Boneco de Neve repugnante e o inspetor repugnante — cairia no gosto de todos. Não havia lógica, nenhum equilíbrio, apenas fome e comida. O walkie-talkie de Hagen chiou.

— Não conseguimos encontrá-los! Câmbio.

— Eles têm que estar lá — gritou Hagen. — Já procuraram nos telhados dos prédios? Câmbio.

Hagen esperou, perguntando-se como iria contar aos seus superiores que ele havia permitido que Harry fosse até lá sozinho. Como iria explicar que ele apenas era o superior de Harry, não o chefe dele, e que nunca havia sido. E que também nisso havia uma certa lógica, e que ele na verdade não estava nem aí se compreenderiam ou não.

— O que está acontecendo?

Hagen se virou. Era Magnus Skarre.

— Harry caiu — explicou Hagen e acenou com a cabeça para a torre. — Estão procurando o corpo agora.

— Corpo? De Harry? Sem chance.

— Sem chance?

Hagen se virou para Skarre, que fitava a torre.

— Pensei que a essa altura você já conhecesse o cara, Hagen.

Hagen sentiu que ele, apesar de tudo, invejava a convicção do jovem policial.

O walkie-talkie chiou de novo.

— Não estão aqui!

Skarre se virou para Hagen, seus olhares se cruzaram, e ele deu de ombros como quem diz "*Eu não falei?*".

— Ei, você! — gritou Hagen ao motorista do Land Rover e apontou para o refletor no teto. — Ilumine a gaiola de vidro. E me arranje um binóculo.

Poucos segundos depois, um feixe de luz cortou a noite.

— Está vendo alguma coisa? — perguntou Skarre.

— Neve — disse Hagen, apertando os binóculos aos olhos. — Ilumine mais para cima. Pare! Espere... meu Deus!

— O quê?

— Não é possível.

No mesmo instante, a neve se recolheu como a cortina de um teatro, abrindo-se para os lados. Hagen ouviu várias exclamações dos policiais. Pareciam dois homens atados pendendo de uma corrente no retrovisor de um carro, o de baixo com uma das mãos por cima da cabeça, numa espécie de gesto triunfante, o outro com os dois braços esticados na vertical, como se estivesse crucificado ao contrário. E os dois estavam inertes, com as cabeças pendendo, girando lentamente no ar.

Pelo binóculo, Hagen viu a algema prendendo a mão esquerda de Harry à balaustrada no interior da gaiola de vidro.

— Não é possível — repetiu Hagen.

Por acaso, foi o jovem policial da Divisão de Pessoas Desaparecidas, Thomas Helle, que estava agachado ao lado de Harry Hole quando ele recuperou os sentidos. Quatro policiais haviam puxado ele e Mathias Lund-Helgesen de volta para a gaiola de vidro. E nos anos seguintes, Helle contaria, repetidamente, a história da primeira e estranha reação do mal-afamado inspetor:

— Ele estava com um olhar selvagem, perguntando se Lund-Helgesen ainda estava vivo! Como se estivesse morrendo de medo de que o cara tivesse morrido, como se fosse a pior coisa que poderia ter acontecido. E, quando eu disse que ele estava sendo levado para a ambulância, ele berrou e disse que a gente precisava tirar os cadarços e o cinto de Lund-Helgesen, que precisávamos cuidar para que ele não cometesse suicídio. Onde já se viu tamanha preocupação com um cara que acabou de tentar matar sua ex-namorada?

37

Dia 22

Papai

Jonas pensou ter ouvido os sinos de vento. mas havia caído no sono de novo. Foi só ao ouvir os sons estrangulados que ele abriu os olhos. Havia alguém no quarto. Era o pai, sentado na beirada da cama.

E os sons estrangulados eram choro.

Jonas sentou-se na cama. Ele pôs uma das mãos no ombro do pai. Sentiu que tremia. Estranho, ele nunca havia reparado que os ombros do pai eram tão estreitos.

— Eles... Eles a encontraram — disse, soluçando. — Mamãe está...

— Eu sei — interrompeu Jonas. — Eu sonhei com isso.

Surpreso, o pai se virou para ele. No luar filtrado pelas cortinas, Jonas viu lágrimas escorrerem pelo rosto do pai.

— Somos só nós dois agora, papai.

O pai abriu a boca. Uma vez. Duas vezes. Mas não saía nada. Então, esticou os braços, abraçou Jonas e o apertou contra si. Segurou-o com força. Jonas encostou a cabeça no pescoço do pai, sentindo as lágrimas quentes umedecerem seu couro cabeludo.

— Sabe de uma coisa, Jonas? — sussurrou ele com voz pastosa. — Eu te amo tanto. Você é a coisa mais querida que eu tenho. Você é o meu menino. Está ouvindo? Meu menino. E sempre vai ser. A gente vai conseguir dar a volta por cima, você não acha?

— Sim, papai — sussurrou Jonas. — A gente vai conseguir. Você e eu.

38

Dezembro de 2004

Os cisnes

Chegou dezembro, e por fora das janelas do hospital os campos estavam sem neve e marrons sob um céu cor de aço. Na estrada, os pneus de neve trituravam o asfalto, e os transeuntes se apressavam sobre a ponte de pedestres, as golas dos casacos levantadas e rostos fechados. Mas, no interior das casas, as pessoas se reuniam. E na mesa da sala de estar do hospital, a vela solitária marcava o primeiro domingo do Advento.

Harry parou na porta. Ståle Aune estava sentado na cama e parecia ter acabado de dizer algo engraçado, porque a chefe da Perícia Criminal, Beate Lønn, ainda estava rindo. No seu colo havia um bebê com bochechas vermelhas fitando Harry com olhos redondinhos e a boca aberta.

— Meu amigo! — rugiu Ståle ao ver o policial.

Harry entrou e, inclinando-se, deu um abraço em Beate e apertou a mão de Aune.

— Você parece estar muito melhor do que na minha última visita — disse Harry.

— Dizem que vou ter alta antes do Natal — respondeu Aune, virando a mão de Harry sobre a sua. — Que garra diabólica. O que houve?

Harry deixou o outro estudar sua mão direita.

— O dedo médio foi decepado e não tinha como salvar. Costuraram os tendões do indicador, e as pontas dos nervos crescem 1 milímetro por mês e vão tentar se encontrar. Mas os médicos dizem que devo ter paralisia permanente.

— Um preço alto.

— Não — retrucou Harry. — Saiu barato.

Aune fez que sim.

— Novidades sobre o início do processo? — perguntou Beate, que havia se levantado para pôr o bebê no carrinho.

— Não — respondeu Harry, observando os movimentos eficazes da perita criminal.

— O Ministério da Defesa vai tentar declarar Lund-Helgesen doido — disse Aune, que ainda preferia a expressão popular *doido*, que, na opinião dele, não era apenas adequada, mas também poética. — E seria preciso um psicólogo pior do que eu para não conseguir isso.

— Bem, de qualquer maneira ele vai pegar perpétua — disse Beate, inclinando a cabeça e alisando o cobertor do bebê.

— Pena que perpétua não seja perpétua — bramiu Aune e esticou a mão para pegar o copo na mesinha. — Conforme vou envelhecendo, mais tendo a pensar que maldade é maldade, com ou sem distúrbio mental. Estamos todos com maior ou menor disposição para atos maldosos, mas isso não pode nos isentar da culpa. E, pelo amor de Deus, todos temos transtornos de personalidade. E são justamente nossos atos que definem até que ponto somos doentes. É o que chamamos de igualdade perante a lei, mas isso é totalmente sem sentido, já que ninguém é igual. Durante a peste, os marinheiros que tossiam eram logo jogados ao mar. Claro que sim. Porque a justiça é uma faca cega, tanto como filosofia quanto como juiz. Não temos nada além de quadros clínicos mais ou menos afortunados, meus amigos.

— De qualquer maneira, nesse caso, é perpétuo — disse Harry, olhando para o coto do dedo médio ainda enfaixado.

— Como assim?

— Quadro clínico mal-afortunado.

O silêncio se instalou no quarto.

— Já contei que me ofereceram uma prótese de dedo? — perguntou Harry, balançando a mão direita no ar. — Mas, na verdade, gosto assim mesmo. Quatro dedos. Mão de personagem de história em quadrinhos.

— O que fez com o dedo que estava aí?

— Tentei doá-lo ao Instituto de Anatomia, mas eles recusaram. Por isso, vou empalhá-lo e colocá-lo na minha mesa de trabalho, como Hagen fez com o dedo mindinho do japonês. Pensei que um dedo médio erguido podia figurar bem como as boas-vindas de Hole.

Os outros dois riam.

— Como estão Rakel e Oleg? — Beate quis saber.

— Surpreendentemente bem — disse Harry. — São durões.

— E Katrine Bratt?

— Melhor. Fiz uma visita a ela na semana passada. Katrine vai voltar ao trabalho em fevereiro. Vai voltar para a delegacia onde trabalhava em Bergen.

— Sério? Ela não quase matou alguém por puro entusiasmo?

— Nada disso. Descobriram que ela andava com o revólver sem munição. Foi por isso que teve a coragem de apertar o gatilho até o martelo levantar. E eu devia ter entendido isso antes.

— É?

— Quando você se muda de uma delegacia para outra, entrega o revólver de serviço e recebe um novo com duas caixas de munição. Havia duas caixas intactas na gaveta da mesa de trabalho dela.

Ficaram em silêncio por um momento.

— Que bom que ela se recuperou — disse Beate, afagando a cabeça do bebê.

— É mesmo — disse Harry distraído, pensando que era verdade, que ela parecia estar bem melhor. Quando fora visitar Katrine no apartamento da mãe dela, ela havia acabado de tomar banho depois de dar uma longa corrida na montanha de Sandviken. A franja ainda estava molhada e o rosto continuava vermelho enquanto a mãe servia chá. Katrine contou a ele como o caso do pai havia se tornado uma obsessão. Pediu que Harry a perdoasse por tê-lo envolvido nisso. Mas não vira sinais de arrependimento no seu olhar.

— Meu psiquiatra diz que sou apenas alguns graus mais extremada que a maioria das pessoas — dissera ela, rindo e dando de ombros. — Porém agora isso tudo é passado. Essa questão me perseguia desde a infância, mas finalmente o nome dele foi varrido e eu posso seguir minha vida.

— Encaminhando papéis na Divisão de Crimes Sexuais?

— É um começo, depois veremos.

Então seu olhar passou para a janela, sobre o fiorde. Em direção a Finnøy, talvez. E, quando Harry partiu, ele sabia que o dano estava ali e que sempre estaria.

Ele olhou para sua mão. Aune tinha razão: se todo bebê fosse um milagre perfeito, a vida não passava de um processo de degeneração.

Uma enfermeira pigarreou na porta.

— Hora de algumas espetadas, Aune.

— Ah, me livre dessa, enfermeira.

— Aqui ninguém escapa.

Ståle Aune suspirou.

— Enfermeira, o que é mais vil: tirar a vida de quem quer viver, ou impedir a morte de quem quer morrer?

Beate, a enfermeira e Ståle riram, e ninguém notou Harry ficar tenso na cadeira.

Harry subiu a pé a ladeira íngreme do hospital até Sognsvann. Não havia muitas pessoas lá, apenas o fiel bando de domingueiros fazendo o circuito habitual em volta da lagoa na floresta. Rakel esperava por ele junto aos carros.

Eles se abraçaram e começaram a caminhar em silêncio. O ar estava frio, e o sol brilhava fosco do céu azul pálido. As folhas secas farfalharam, desmanchando-se sob seus pés.

— Estive andando como um sonâmbulo — disse Harry.

— É?

— E devo estar fazendo isso já há algum tempo.

— Não é tão fácil estar sempre presente — disse ela.

— Não, não. — Ele balançou a cabeça. — Estou falando literalmente. Acho que estive andando pelo apartamento durante a noite. Só Deus sabe o que andei fazendo.

— Como descobriu?

— Na noite depois que voltei do hospital. Eu estava na cozinha, olhando para o chão, e vi pegadas molhadas. Então descobri que estava nu, exceto pelas minhas próprias botas de borracha. Era meio da noite e eu estava segurando um martelo.

Rakel riu e baixou o olhar. Mudou o passo para andarem no mesmo ritmo.

— Eu também andei sonâmbula por algum tempo — disse ela. — Logo depois de engravidar.

— Aune me disse que adultos podem ter sonambulismo em períodos de estresse.

Pararam na beira da lagoa. Observaram um par de cisnes passar flutuando na superfície cinza, calmos e silenciosos.

— Desde o começo eu sabia quem era o pai de Oleg — prosseguiu ela. — Mas ainda não sabia que teríamos um filho quando ele foi informado de que a namorada dele em Oslo estava grávida.

Harry encheu os pulmões com o ar fresco. Ele fechou os olhos para o sol e ficou ouvindo.

— Quando descobri, ele já tinha tomado a decisão dele e viajado de Moscou a Oslo. Eu tinha duas alternativas. Dar à criança um pai em Moscou que ia amá-lo e cuidar dele como se fosse seu próprio filho. Enquanto acreditasse que o filho era *seu*. Ou não dar pai nenhum. Era absurdo. Você sabe o que sinto em relação a mentiras. Se alguém tivesse me avisado que *eu*, entre todas as pessoas, um dia escolheria viver o resto da vida com uma mentira, é claro que teria me recusado veementemente. Quando você é jovem, acha que tudo é tão fácil e sabe tão pouco sobre as escolhas impossíveis. E, se tivesse apenas a mim mesma para cuidar, teria sido uma escolha fácil. Mas havia tantas coisas a levar em consideração. Não apenas se eu acabaria com Fjodor e afrontaria sua família, mas também se eu destruiria as coisas para o homem que tinha ido para Oslo e para a família dele. E havia as considerações em relação a Oleg. Oleg vinha em primeiro lugar.

— Entendo — disse Harry. — Entendo tudo.

— Não — disse ela. — Você não entende porque eu não lhe contei isso antes. Em relação a você, eu não tinha que fazer nenhuma consideração. Você deve achar que eu tentei parecer melhor do que sou.

— Não acho — disse Harry. — Não acho que você seja melhor do que é.

Ela inclinou a cabeça, tocando seu ombro.

— Você acha que é verdade o que dizem sobre os cisnes? — perguntou ela. — Que eles são fiéis até que a morte os separa?

— Acho que são fieis às promessas que fizeram — respondeu Harry.

— E quais são as promessas dos cisnes?

— Nenhuma, eu suponho.

— Então está falando de você mesmo? Na verdade, gostava mais de você quando fazia promessas e as quebrava depois.

— Quer mais promessas?

Ela fez que não.

Ao retomarem a caminhada, ela pôs o braço em torno do dele.

— Gostaria que pudéssemos recomeçar — suspirou ela. — Fazer de conta que nada aconteceu.

— Eu sei.

— Mas você também sabe que não vai dar.

Harry percebeu que ela tinha conseguido escolher um tom de voz que parecia ser de constatação, mas no qual havia uma leve interrogação escondida.

— Estou pensando em viajar — disse ele.

— Está? Para onde?

— Não sei. Não me procure. Especialmente não no norte da África.

— Norte da África?

— É uma fala de Marty Feldman num filme. Ele quer fugir, mas também quer ser encontrado.

— Entendo.

Uma sombra passou por eles no solo lavado da floresta amarelo-acinzentada. Olharam para cima. Era um dos cisnes.

— Como acabou o filme? — perguntou Rakel. — Eles se encontraram de novo?

— Claro.

— Quando você volta?

— Nunca — respondeu Harry. — Nunca voltarei.

Num porão frio num prédio em Tøyen, dois preocupados representantes do condomínio observavam um homem de macacão e óculos de lentes grossas fora do comum. Ao falar, o ar saía da boca como pó de gesso branco.

— É esse o problema do mofo. Não dá para ver que ele está aí.

Ele fez uma pausa. Apertou o dedo indicador na franja grudada à testa.

— Mas está.

Este livro foi composto na tipologia Sabon LT Std,
em corpo 10,5/14,3, e impresso em papel off-white
no Sistema Cameron da Divisão Gráfica
da Distribuidora Record.